La humanidad dividida

Ciencia Ficción

John Scalzi

La humanidad dividida

Traducción de Simon Saito Navarro

minotauro

PEFC Certificado

Este libro procede de bosques gestionados de forma sostenible

PEFC

PEFC/14-38-00305 www.pefc.es

La humanidad dividida
Núm. 5 de 6

Publicado originalmente como *The Human Division*

Avda. Diagonal, 662-664, 08034 Barcelona (España)
www.edicionesminotauro.com
www.planetadelibros.com

Adaptación de la cubierta: Booket / Área Editorial Grupo Planeta
Primera edición en Colección Booket: julio de 2024

Depósito legal: B. 11.541-2024
ISBN: 978-84-450-1803-3
Impresión y encuadernación: Liberdúplex, S. L.
Printed in Spain - Impreso en España

Biografía

John Scalzi es autor de varias novelas de ciencia ficción, incluida la serie *La vieja guardia*. Galardonado con el John W. Campbell de ciencia ficción al mejor escritor novel, cuenta en su haber con dos premios Hugo por *Your Hate Mail Will Be Graded* y *Redshirts*, así como con dos premios Locus por *Redshirts* y *El fin del imperio*. Sus libros han sido traducidos a catorce idiomas y ha ejercido como presidente de la Asociación de escritores de ciencia ficción y fantasía de América.

La humanidad dividida *está dedicada a las siguientes personas:*

Yanni Kuznia y Brian Decker, por su amor y su amistad.

John Harris, con admiración y gratitud por las ilustraciones que ha realizado para la edición original de esta novela y para todos los libros de La vieja guardia.

Gracias por vuestra creatividad.

1
El equipo B

Primera parte

I

La embajadora Sara Bair sabía que el protocolo recomendaba encarecidamente que declinara la invitación de la capitana de la *Polk* para presenciar el salto al sistema Danavar desde el puente de mando. La capitana estaría ocupada, ella sería un estorbo y de todos modos no había mucho que ver. Cuando la *Polk* diera el salto a docenas de años luz a través de aquella región de la galaxia, la única evidencia que cualquier ser humano tendría de lo que estaba sucediendo sería una ligera variación en las estrellas. Además, en el puente de mando esa imagen se vería a través de pantallas y no de ventanas. La capitana Basta le había hecho llegar la invitación por mero formalismo, y estaba tan segura de que la embajadora la rechazaría que había ordenado preparar para ella y su equipo una pequeña recepción para celebrar el salto en la diminuta y apenas utilizada cubierta observatorio, situada sobre la bodega.

La embajadora Bair sabía que el protocolo recomendaba que declinara la invitación, pero no le importaba. En los veinticinco años que llevaba en el cuerpo diplomático de la Unión Colonial jamás había pisado el puente de mando de una nave espacial. No sabía cuándo volverían a invitarla, y a pesar de lo que dijera el protocolo, opinaba que si alguien enviaba una invitación debería estar preparado para que fuera aceptada. Si las negociaciones con los utche fructificaban, y a estas alturas de la película nada indicaba que no fueran a hacerlo, nadie daría importancia a esa pequeña infracción de las convenciones.

¡Qué demonios, acudiría al puente de mando!

La capitana Basta no dio muestras de sentirse contrariada por el hecho de que hubiera aceptado la invitación. El teniente Evans acompañó a la embajadora y a su ayudante Brad Roberts al puente de mando cuando faltaban cinco minutos para el salto. La capitana interrumpió lo que estaba haciendo y se apresuró a darles educadamente la bienvenida a ambos. Cumplidos los formalismos, la capitana volvió a concentrarse en sus obligaciones previas al salto. El teniente Evans sabía lo que venía a continuación y les dio unos sutiles codazos a Bair y a Roberts para empujarlos hasta un rincón desde donde podrían observar sin molestar.

—¿Conoce el proceso de un salto, embajadora? —le preguntó Evans. El teniente Evans era el oficial de protocolo de la *Polk* durante la misión y actuaba como enlace entre la delegación diplomática y la tripulación de la nave.

—Mi conocimiento se limita a que estamos en un lugar en el espacio, se pone en marcha el impulsor de salto y aparecemos por arte de magia en otro lugar —respondió Bair.

Evans sonrió.

—No es magia, señora, sino física —dijo el teniente—. Aunque una física tan avanzada que parece magia vista desde fuera. Es para la teoría de la relatividad lo que la teoría de la relatividad es para la física newtoniana. Es decir, está dos pasos por delante de lo que es la experiencia cotidiana de cualquier persona.

—Entonces, ¿no se infringen las leyes de la física? —inquirió Roberts—. Porque cada vez que pienso en una nave espacial saltando de un lugar a otro de la galaxia me imagino a Albert Einstein vestido de policía y poniendo una multa.

—No infringimos ley alguna. Lo que hacemos es aprovechar literalmente una fisura legal —afirmó Evans, y a continuación se explayó en los principios físicos que se aplicaban en los saltos.

Roberts asentía con la cabeza y no despegaba los ojos del teniente, pero lo escuchaba con una leve sonrisa en los labios que iba dirigida a Bair, y ésta lo sabía. Significaba que su ayudante era consciente de que estaba cumpliendo una de sus tareas primordiales, que consistía en distraer a las personas que pretendían conversar sobre temas banales con la embajadora para que ella pudiera concentrarse en lo que mejor se le daba: escrutar lo que había a su alrededor.

Pero lo que había a su alrededor no era especialmente impresionante. La *Polk* era una fragata (Bair pensó que Evans sabría decirle con exactitud de qué clase, pero prefirió no volver a atraer hacia sí la atención, al menos de momento) con un modesto puente de mando. Constaba de dos hileras de consolas con monitores y una plataforma ligeramente alzada del suelo para que el capitán o el oficial de guardia supervisaran las operaciones. En la parte delantera había dos grandes pantallas que mostraban información o la vista del exterior, según se deseara. En ese momento ambas estaban apagadas y la tripulación estaba concentrada en sus monitores individuales, mientras que la capitana Basta y su segundo de a bordo paseaban entre sus hombres, conversando en voz baja.

Era casi tan emocionante como mirar secarse la pintura. O para ser más exactos, tan emocionante como mirar una tripulación perfectamente entrenada haciendo algo que habían hecho centenares de veces sin el menor asomo de dramatismo ni de incidentes. A pesar de que después de tanto tiempo en el cuerpo diplomático Bair sabía que un grupo de profesionales entrenados haciendo su trabajo no solía ser un entretenimiento apasionante para el espectador, no pudo evitar cierta decepción. Sus años como espectadora de dramatizaciones la habían predispuesto para asistir a una escena con un pelín más de acción. Suspiró sin darse cuenta.

—No es lo que esperaba, ¿verdad, señora? —dijo Evans, devolviendo su atención a la embajadora.

—No esperaba nada concreto, para ser sincera —respondió Bair, enfadada consigo misma por haber suspirado de una manera tan poco discreta, aunque lo disimuló—. Me ha sorprendido un poco la tranquilidad que reina en el puente de mando.

—Esta tripulación lleva muchos años trabajando junta —señaló

Evans—. Y no olvide que se pasa mucha información internamente. —Bair miró a Evans con las cejas enarcadas. El teniente sonrió y se llevó un dedo a la sien.

«Ah, claro», pensó la embajadora. La capitana Basta y el resto de los miembros de la tripulación pertenecían a las Fuerzas de Defensa Coloniales. Esto significaba que aparte de la piel verde y el aspecto juvenil, unos rasgos característicos de los sujetos sometidos a la modificación genética que saltaban a la vista, cada uno de ellos tenía implantando en el cerebro un ordenador llamado CerebroAmigo. Los miembros de las FDC podían utilizar los CerebroAmigos para hablar o compartir datos entre ellos sin necesidad de abrir la boca. No obstante, el murmullo que se oía indicaba que aún se comunicaban hablándose, al menos durante una parte del tiempo. Los miembros de las FDC habían sido antes personas comunes sin la piel verde ni ordenadores en la cabeza. Era difícil acabar con las viejas costumbres.

Bair, que había nacido en el planeta Erie y pasado los últimos veinte años destinada fuera del planeta Fénix, sede de la Unión Colonial, no tenía la piel verde ni un ordenador en la cabeza, pero había pasado tanto tiempo rodeada por miembros de las FDC durante sus viajes diplomáticos que ya no le llamaban la atención por encima de la variedad de los seres humanos con los que trabajaba. De hecho, a veces olvidaba que habían sido modificados genéticamente.

—Un minuto para el salto —anunció el segundo de a bordo de la *Polk*.

Un nombre apareció en la mente de Bair: Everett Roman. Aparte de la alusión al tiempo, nada había cambiado en el puente de mando, y Bair sospechó que el anuncio se había realizado por deferencia hacia ella y Robert. La embajadora echó un vistazo a las enormes pantallas situadas en la parte delantera del auditorio. Aún estaban oscuras.

—Comandante Roman —dijo Evans, y señaló con la cabeza las pantallas cuando el segundo de a bordo lo miró. Éste asintió y las pantallas se encendieron. Una mostraba la imagen de un campo de estrellas; la otra, un plano esquemático de la *Polk*.

—Gracias, teniente Evans —musitó Bair.

Evans sonrió.

El comandante Roman inició la cuenta atrás de los últimos diez segundos previos al salto y Bair fijó la mirada en la pantalla que mostraba el campo de estrellas. Cuando Roman llegó a cero, las estrellas que aparecían en la pantalla parecieron moverse siguiendo trayectorias aleatorias. Sin embargo, Bair sabía que las estrellas no se habían movido ni un centímetro de donde estaban, sino que eran estrellas completamente nuevas. La *Polk*, sin que se produjera la menor perturbación y sin hacer ruido alguno, se había trasladado varios años luz en un instante.

Bair parpadeó con insatisfacción. Si se consideraba lo que acababa de suceder en términos de logro científico, se trataba de una proeza pasmosa. Sin embargo, desde el punto de vista de la experiencia personal…

—¿Ya está? —preguntó Roberts sin dirigirse a nadie en particular.

—Sí —respondió Evans.

—Pues no ha sido muy emocionante, que digamos —señaló Roberts.

—La falta de emoción es la prueba de que hemos hecho un buen trabajo —repuso Evans.

—¿Qué tiene de divertido entonces? —preguntó en tono burlón Roberts.

—La diversión se la dejamos a otros —respondió Evans—. Nosotros nos dedicamos a la precisión. Los hemos llevado adonde tenían que estar, y a tiempo. O en este caso, con antelación. Se nos pidió que los trajéramos aquí tres días antes de la llegada prevista de los utche. Pues bien, los hemos traído con un adelanto de tres días y seis horas. Es decir, con antelación por partida doble.

—En cuanto a ese tema… —dijo Bair.

Evans se volvió hacia la embajadora y depositó en ella toda su atención.

La cubierta del puente de mando dio una violenta sacudida y los zarandeó a los tres. De repente se oyeron gritos en el puente de mando enumerando los daños que había sufrido la nave: brechas en el casco, pérdida de potencia, bajas… Algo había salido muy mal durante el salto.

Bair alzó la mirada y vio que las imágenes en las pantallas habían cambiado. Algunas secciones de la nave representada en el plano parpadeaban con luz roja, mientras que en la otra pantalla, otra imagen de la *Polk*, ésta en tres dimensiones, había sustituido el campo de estrellas. La nave ocupaba el centro de la pantalla, y en uno de los márgenes de la imagen aparecía un objeto en movimiento que se dirigía hacia la *Polk*.

—¿Qué es eso? —le preguntó Bair a Evans, que había comenzado a caminar hacia la pantalla.

Evans se quedó mirando la imagen en silencio durante unos instantes. Bair sabía que el teniente estaba accediendo a su CerebroAmigo para recabar más información.

—Una nave —dijo Evans al cabo.

—¿Son los utche? —preguntó Roberts—. ¿Podemos ponernos en contacto con ellos para pedirles ayuda?

Evans negó con la cabeza.

—No son los utche.

—¿Quiénes son? —inquirió Bair.

—No lo sabemos —respondió Evans.

Las pantallas crepitaron y de repente aparecieron en la imagen muchos más objetos que se dirigían a gran velocidad hacia la *Polk*.

—Dios mío —exclamó Bair, y se tensó cuando la tripulación informó de que eran misiles directos a la nave.

La capitana Basta estudió los misiles que surcaban el espacio y luego se volvió hacia Bair, o más exactamente hacia Evans.

—Esos dos —dijo—, a la cápsula de escape. Ahora.

—Espere… —dijo Bair.

—No hay tiempo, embajadora —la interrumpió Basta—. Son demasiados misiles. Voy a dedicar los siguientes dos minutos a sacarlos a ustedes de esta nave vivos. No los malgaste. —Se volvió de nuevo hacia su tripulación y les ordenó que prepararan la caja negra.

Evans agarró del brazo a Bair.

—Vamos, embajadora —dijo, y la sacó del puente de mando.

Roberts los siguió.

Cuarenta segundos después, Bair y Roberts entraron a empellones en un habitáculo minúsculo con dos asientos diminutos.

—¡Abróchense los cinturones! —dijo el teniente, gritando para que lo oyeran. Señaló debajo de uno de los asientos—. Ahí tienen paquetes de alimentos y de hidratación para emergencias. —Luego señaló debajo del otro—. Y ahí el reciclaje de desechos. Tienen aire para una semana. Estarán bien.

—El resto de mi equipo… —dijo Bair.

—En este momento están metiéndolos en otras cápsulas de escape —dijo Evans—. La capitana lanzará una sonda de salto para informar a las FDC de lo que ha pasado. Las FDC mantienen naves de rescate a la distancia de un salto para casos como éste. No se preocupen. Ahora abróchense los cinturones. Estos aparatos tienen un despegue algo brusco. —Evans retrocedió.

—Buena suerte, Evans —le deseó Roberts.

Evans hizo una mueca mientras la puerta de la cápsula se cerraba herméticamente. Cinco segundos después, la cápsula salió disparada de la *Polk*. Bair se sintió como si le hubieran dado una patada en la espalda y luego ligera como el aire. La cápsula era tan pequeña y básica que no estaba equipada con un sistema de gravedad.

—¿Qué diablos acaba de suceder? —se preguntó Roberts en voz alta un minuto después—. Atacaron la *Polk* en cuanto saltó.

—Alguien sabía que veníamos —dijo Bair.

—La misión era confidencial.

—Usa el cerebro, Brad. La misión era confidencial por nuestra parte. Pero podrían haber filtrado su existencia desde el lado de los utche.

—¿Cree que los utche nos han tendido una trampa? —preguntó Roberts.

—No lo sé —admitió la embajadora—. Ellos están en nuestra misma situación. Necesitan esta alianza tanto como nosotros. No tiene sentido que hayan seducido a la Unión Colonial para luego cometer una estupidez como ésta. Atacar la *Polk* no los beneficia en nada. Destruir una nave de las FDC es una acción de guerra en toda regla.

—Quizá la *Polk* pueda contraatacar —dijo Roberts.

—Tú has oído como yo lo que ha dicho la capitana Basta. Demasiados misiles. Y la nave ya estaba dañada.

—Entonces esperemos que el resto de la delegación haya conseguido llegar a las cápsulas de escape.

—No creo que los hayan llevado a las otras cápsulas —dijo Bair.

—Pero Evans ha dicho que…

—Evans ha dicho lo que tenía que decir para que cerráramos el pico y sacarnos de la *Polk*.

Robert se quedó callado unos segundos. Luego dijo:

—Si la *Polk* ha enviado una sonda de salto, ¿cuánto tardará en llegar a la distancia de salto? ¿Un día?

—Más o menos —respondió Bair.

—Un día para que llegue la noticia, un par de horas para los preparativos, otro par de horas hasta que nos encuentren… —calculó Roberts en voz alta—. En fin, dos días metidos en esta lata de sardinas. Eso en el mejor de los casos.

—Eso me temo.

—Y luego tendremos que dar parte —añadió Roberts—. No podremos decirles nada sobre quién nos atacó ni por qué.

—Cuando nos busquen, también buscarán la caja negra —dijo Bair—. En ella encontrarán todos los datos sobre la nave hasta el mismo momento en que sea destruida. Sólo la caja negra puede proporcionar la información sobre la identidad de las naves que nos han atacado.

—Eso si sobrevive a la destrucción de la *Polk* —apuntó Roberts.

—Oí a la capitana dar instrucciones a la tripulación para que preparara la caja negra —dijo Bair—. Supongo que eso significa que tenían tiempo suficiente para hacer todo lo necesario para que la caja aguante lo que sea.

—Así que usted, yo y la caja negra seremos los únicos supervivientes de la *Polk* —dijo Roberts.

—Eso creo. Sí —repuso Bair.

—Dios mío. ¿Le había ocurrido algo parecido alguna vez?

—No es la primera vez que se tuerce una misión en la que participo —respondió Bair, y miró a su alrededor, confinada en la cápsula de escape—. Pero no. Es la primera vez que me ocurre algo así.

—Esperemos que esto se solucione pronto. De lo contrario, dentro de una semana las cosas van a ponerse muy feas.

—A partir del cuarto día haremos turnos para respirar —dijo Bair.

Roberts rio tímidamente y luego se calló.

—No quiero malgastar oxígeno.

Bair también rio, y casi de inmediato vio con sorpresa que el aire que salía de sus pulmones realizaba el camino inverso impelido por la repentina descompresión en la cápsula de escape, que estaba haciéndose añicos. Bair tuvo un momento para ver la expresión de su ayudante antes de que la metralla de la explosión que estaba destruyendo la cápsula también destruyera sus cuerpos y los matara. La embajadora ya no pudo pensar en nada más que en la sensación del aire deslizándose entre sus labios y las breves e indoloras sacudidas de la metralla al atravesarla. Experimentó una última sensación de frío, y luego de calor, y después nada.

II

A sesenta y dos años luz de la *Polk*, el teniente Harry Wilson estaba de pie cerca del borde de un acantilado en el planeta Farnut. Lo acompañaban varios tripulantes más de la *Clarke*, una nave de correo de gabinete de la Unión Colonial. El día era maravilloso, soleado y caluroso, aunque no tanto como para que los humanos vestidos de etiqueta sudaran. Los diplomáticos coloniales formaban una fila paralela a la fila de los diplomáticos farnutianos, cuyos brazos resplandecían recubiertos de joyas. Cada diplomático humano sostenía un jarro con una decoración barroca lleno de agua traída expresamente de la *Clarke*. El diplomático que estaba al frente de la delegación de cada una de las especies que participaban en la negociación encabezaba su correspondiente fila: Ckar Cnutdin por parte de los farnutianos y Ode Abumwe por la de los coloniales. Cnutdin estaba en ese momento subido a un estrado, hablando en la glotal lengua farnutiana. Cerca de él, la embajadora Abumwe parecía estar escuchándolo con atención y de vez en cuando asentía con la cabeza.

—¿Qué dice? —preguntó en voz tan baja como fue capaz Hart Schmidt, que estaba al lado de Wilson en la fila.

—Los tópicos habituales sobre la amistad entre las naciones y las especies —respondió Wilson. Como único miembro de las Fuerzas de Defensa Coloniales en la delegación diplomática, sólo Wilson podía traducir el farnutiano directamente a través de su CerebroAmigo. Los demás debían confiar en los traductores aportados por los farnutianos. El único de estos traductores que se hallaba presente en la ceremonia se encontraba detrás de la embajadora Abumwe, a quien susurraba en el oído.

—¿Te parece que ya está acabando? —inquirió Schmidt.

—¿Por qué lo preguntas, Hart? —Wilson miró fugazmente a su amigo—. ¿Tienes prisa por llegar a la siguiente parte de la reunión?

Schmidt miró al individuo que ocupaba su mismo lugar en la fila farnutiana y guardó silencio.Resultó ser que Cnutdin, de hecho, estaba concluyendo su discurso. Hizo un gesto con los brazos que era el equivalente farnutiano a una reverencia y bajó del estrado. La embajadora Abumwe hizo una reverencia y enfiló hacia el estrado para pronunciar su discurso. Detrás de ella, el traductor se deslizó para situarse a la espalda de Cnutdin.

—Me gustaría agradecer al delegado comercial Cnutdin sus conmovedoras palabras sobre la consolidación de la amistad entre nuestras extraordinarias naciones —declaró Abumwe, y a continuación se extendió en su propia retahíla de tópicos, pronunciados con un acento que delataba su pertenencia a la primera generación de colonos. Sus padres habían emigrado desde Nigeria al planeta colonial Nueva Albión cuando Abumwe aún era un bebé, y la reminiscencia de la manera de hablar de aquel país en la aspereza del acento de Nueva Albión recordaba a Wilson el acento del Medio Oeste norteamericano en el que se había criado él.

No hacía mucho tiempo, en un intento de Wilson por entablar conversación con la embajadora, le había comentado que ambos eran los únicos miembros de la tripulación de la *Clarke* que habían nacido en la Tierra, pues los demás habían pasado toda la vida en las colonias. Abumwe lo había mirado con los ojos entornados y le preguntó qué quería decir con eso, y luego se marchó hecha una furia. Wilson se volvió entonces a su amigo Schmidt, que lo miraba horrorizado, y le preguntó qué error había cometido. Schmidt le sugirió que viera un noticiario.

Wilson siguió su consejo y así se enteró de que la Tierra y la Unión Colonial estaban inmersos en un proceso de separación que probablemente culminaría en el divorcio. Y también se enteró de quién era el responsable de ello.

«Ah, bien», se dijo Wilson mientras observaba a Abumwe, que estaba concluyendo su alocución. Nunca le había resultado simpático a la embajadora, y Wilson estaba casi seguro de que le molestaba la presencia de un miembro de las FDC a bordo de su nave, aunque se tratara de un relativamente inofensivo asesor tecnológico como él. Pero, como a Schmidt le gustaba señalar, no era algo personal. Todo parecía indicar que Abumwe jamás había sentido simpatía por nadie. A algunas personas simplemente no les gustaba la gente.

«No es una cualidad que cabría esperar de un diplomático», pensó Wilson por enésima vez.

Abumwe bajó del estrado y le dedicó una profunda reverencia a Ckar Cnutdin, tras lo cual cogió su jarro e hizo una indicación con la cabeza a la fila de su delegación. Cnutdin también dirigió un gesto a su fila.

—Ya está —dijo Schmidt al oído de Wilson.

Ambos se adelantaron en dirección a los farnutianos, quienes también avanzaron hacia ellos. Las dos filas se detuvieron a medio metro de distancia entre ellas.

Simultáneamente, como ya habían ensayado, todos los miembros de la delegación diplomática, incluida la embajadora Abumwe, tendieron los brazos con el jarro.

—Intercambiamos agua —dijeron al unísono, y con pompa y ceremonia inclinaron los jarros para verter el agua sobre lo que pasaba por los pies de los farnutianos.

Estos pronunciaron un sonido glotal que el CerebroAmigo de Wilson tradujo como «intercambiamos agua», y a continuación vomitaron agua de mar que habían almacenado en sus hinchadas vejigas directamente en la cara de los diplomáticos humanos, que quedaron empapados del agua salada y con la temperatura corporal de los farnutianos.

—Gracias —le dijo Wilson al farnutiano que tenía enfrente, pero éste ya se había dado la vuelta y emitía unos sonidos como de hipo dirigidos a otro sujeto de su especie mientras ambos rompían filas. El CerebroAmigo de Wilson tradujo aquellos hipidos: «Gracias a Dios que ya ha acabado. ¿Cuándo comemos?».

—Estás extrañamente callado —le dijo Schmidt a Wilson mientras regresaban a la *Clarke* en el transbordador.

—Estoy reflexionando sobre mi vida y el karma —dijo Wilson—. Y sobre lo que debo de haber hecho en una vida anterior para merecer que el escupitajo de un alienígena forme parte de una ceremonia diplomática.

—Eso es porque uno de los cimientos de su civilización es el mar —dijo Schmidt—. Intercambiar agua de nuestros planetas es una manera simbólica de decir que ahora nuestros destinos están unidos.

—También es una manera magnífica de propagar el equivalente farnutiano de la viruela —repuso Wilson.

—Por eso nos pusieron las inyecciones.

—Por lo menos me habría gustado haber vertido el agua del jarro en la cabeza de alguien —dijo Wilson.

—Eso no habría sido muy diplomático.

—¿Y escupirnos en la cara lo es? —preguntó Wilson, elevando ligeramente la voz.

—Sí, porque así es como ellos sellan los acuerdos. Además, también saben que cuando los humanos escupen a alguien en la cara o le vierten agua sobre la cabeza no significa lo mismo. Así que tuvimos que idear una manera de hacerlo que fuera simbólicamente aceptable para todos. El equipo de la avanzada estuvo negociando durante tres semanas hasta que se llegó a un acuerdo.

—Podrían haber acordado que los farnutianos aprendieran a dar un apretón de manos —apuntó Wilson.

—Podría haberse hecho. Pero había que tener en cuenta el pequeño detalle de que nosotros necesitamos esta alianza mucho más que ellos, así que hay que aceptar sus reglas. Por eso las negociaciones se han llevado a cabo en Farnut. Por eso la embajadora Abumwe ha aceptado un acuerdo que es perjudicial a corto plazo. Por eso nos escupieron en la cara y se lo agradecimos.

Wilson dirigió la mirada hacia la parte delantera del transbordador, donde la embajadora estaba sentada junto a sus principales asesores. Schmidt no había hecho méritos para ser uno de ellos, y Wilson muchos menos. Ambos estaban sentados en la parte trasera, en los asientos más modestos.

—¿Dices que ha firmado un acuerdo perjudicial? —preguntó Wilson.

—Le dieron instrucciones para que el acuerdo fuera perjudicial para nuestros intereses —respondió Schmidt, que también se volvió hacia la embajadora—. ¿Sabes el escudo defensivo que les has enseñado a utilizar? Lo hemos intercambiado por productos agrícolas. Por fruta. No necesitamos su fruta. ¡Pero si ni siquiera podemos comerla! Probablemente acabemos sumergiendo en etanol todo lo que nos han dado o haciendo cualquier otra cosa igualmente absurda.

—No entiendo entonces el motivo del acuerdo.

—Nos dijeron que pensásemos en él como en un reclamo —explicó Schmidt—. Algo que despierte el interés de los farnutianos en nosotros para más adelante alcanzar acuerdos más beneficiosos.

—Genial —dijo Wilson—. Estoy deseando que vuelvan a escupirme.

—No te preocupes —dijo Schmidt, y se apoltronó en su asiento—. Nosotros no volveremos.

—Ah, claro —exclamó Wilson—. Nos envían a nosotros en estas misiones diplomáticas de mierda para hacer el trabajo sucio y luego viene otro para llevarse la gloria.

—Noto cierto escepticismo en tus palabras. Venga, Harry, ya llevas mucho tiempo con nosotros. Has visto lo que hacemos. Nos encargan las misiones menos importantes o aquellas en las que si salen mal pueden culparnos a nosotros del fracaso en lugar de cuestionar las instrucciones que nos han dado.

—¿Y en qué categoría estaría ésta? —inquirió Wilson.

—Tenía un poco de ambas —respondió Schmidt—. Y la siguiente es igual.

—Eso me devuelve a mi pregunta sobre el karma.

—Seguramente asaste gatitos vivos —dijo Schmidt—. Y es probable que los demás estuviéramos contigo, con más gatitos en el espetón.

—Cuando me alisté en las FDC probablemente habríamos acribillado a los farnutianos y nos habrían dado lo que quisiéramos.

—Ah, los viejos tiempos —dijo sarcásticamente Schmidt, y se encogió de hombros—. Eso era antes. Ahora es diferente. Hemos perdido la Tierra, Harry. Tenemos que aprender a convivir con eso.

—La curva de aprendizaje va a ser la hostia —comentó Wilson tras unos segundos en silencio.

—Tienes razón. Agradece que no seas tú el profesor.

III

Necesito verte, fue el mensaje que el coronel Abel Rigney envió a la coronel Liz Egan, enlace de las FDC con el secretario de Estado, cuando ya se dirigía hacia su despacho en la Estación Fénix.

Ahora mismo estoy un poco liada, le respondió Egan.

Es importante, replicó Rigney.

Lo que estoy haciendo también es importante, fue la respuesta de Egan.

Esto es mucho más importante.

Bueno, es ese caso…, respondió Egan.

Rigney sonrió.

Estaré en tu despacho dentro de dos minutos.

No estoy en el despacho —contestó Egan—. *Ve al complejo de conferencias del Departamento de Estado. Estoy en el auditorio número siete.*

¿Qué haces ahí?, preguntó Rigney.

Asustando a los niños, respondió Egan.

Tres minutos después, Rigney se deslizó hasta las últimas filas de asientos del auditorio número siete, que estaba a oscuras y atestado de miembros de rango medio del cuerpo diplomático de la Unión Colonial. Rigney se sentó en una de las filas más altas de la sala y paseó la mirada por los rostros de las personas congregadas. Todos estaban muy serios. La coronel Egan estaba de pie en el escenario, y detrás de ella había una pantalla todavía apagada.

Ya estoy aquí, la avisó Rigney.

Entonces ya te habrás dado cuenta de que estoy trabajando —respondió Egan—. *Ahora estate calladito y dame un minuto.*

Egan estaba escuchando a uno de los diplomáticos de rango medio que hablaba con la monotonía y el tono ligeramente condescendiente, con que suelen hacerlo los diplomáticos de rango medio, cuando se dirigen a alguien que consideran de una categoría inferior. Rigney, que sabía que Egan había sido directora ejecutiva de un importante imperio de medios de comunicación, se puso cómodo para disfrutar del espectáculo.

—No discrepo de que nuestra nueva realidad supone un reto —dijo el diplomático—. Pero tampoco estoy completamente convencido de que no haya una solución para la situación, tal como sugiere con sus afirmaciones.

—¿Eso cree, señor DiNovo? —le preguntó Egan.

—Eso creo, sí —respondió el diplomático—. La especie humana siempre ha sido inferior en número, pero hemos sabido conservar nuestro sitio en el universo. A pesar de que han cambiado algunos detalles, pequeños pero importantes, lo fundamental no ha cambiado.

—¿En serio? —La pantalla situada a la espalda de Egan se encendió y mostró en tres dimensiones un campo de estrellas que rotaba lentamente. Rigney reconoció en él el vecindario interestelar. Una serie de estrellas destellaban con luz azul—. Recapitulemos. Estamos aquí. Éstos son todos los sistemas estelares en los que hay planetas humanos. La Unión Colonial. Y aquí está el resto de los sistemas estelares poblados por otras especies inteligentes que viajan por el espacio.

El campo de estrellas se volvió rojo cuando un par de miles de estrellas cambiaron de color para quedar marcadas como aliadas.

—La situación no difiere demasiado de otras con las que nos hemos enfrentado —dijo el diplomático llamado DiNovo.

—Se equivoca, señor DiNovo —replicó Egan—. Este mapa de las estrellas es engañoso y usted no parece darse cuenta de ello. Todas esas estrellas rojas representaban centenares de especies distintas que, como la humana, tuvieron que luchar o negociar con las especies que iban encontrando en sus viajes. Unas eran más fuertes que otras, pero ninguna poseía una fuerza o una ventaja táctica aplastantemente superior a las del resto. Había demasiadas civilizaciones en condiciones similares para que ninguna de ellas dominara durante mucho tiempo a las demás.

»Eso nos beneficiaba porque nosotros contábamos con una ventaja sobre el resto de las especies —continuó Egan. A su espalda, un sistema estelar azul, relativamente aislado del arco principal de los sistemas humanos, brillaba con más intensidad que los demás—. Teníamos la Tierra, que suministraba a la Unión Colonial dos cosas fundamentales: colonos, con los que podíamos poblar rápidamente los planetas que reclamábamos, y soldados, a los que utilizábamos para defender dichos planetas y asegurar otros mundos. La Tierra los suministraba en un número infinitamente mayor que en el que habría sido políticamente factible que lo hicieran esos mismos planetas. Esto proporcionaba a la Unión Colonial una ventaja tanto estratégica como táctica y aumentaba las posibilidades de la humanidad para dar la vuelta al orden político establecido en nuestra región del espacio.

—Una ventaja que aún podemos explotar —señaló DiNovo.

—Se equivoca otra vez, señor DiNovo. Porque ahora han cambiado dos aspectos fundamentales. En primer lugar está el Cónclave. —Dos terceras partes de las estrellas rojas se tornaron amarillas—. El Cónclave está formado por cuatrocientas especies alienígenas que en el pasado lucharon entre ellas, pero ahora actúan como una entidad política unificada, capaz de imponer sus políticas por la mera fuerza de su número. El Cónclave no permitirá que especies no afiliadas a él realicen nuevas colonizaciones, pero eso no impide a esas especies atacarse unas a otras para conseguir recursos, por razones de seguridad o para saldar cuentas pendientes. De manera que la Unión Colonial todavía tiene que lidiar con doscientas especies que se marcan como objetivo sus mundos y sus naves.

»En segundo lugar está la Tierra. Gracias a las acciones de los antiguos líderes de la colonia Roanoke, John Perry y Jane Sagan, la

Tierra ha suspendido sus relaciones con la Unión Colonial, al menos de manera temporal. Los habitantes de la Tierra están convencidos de que hemos frenado su desarrollo político y tecnológico durante décadas con el fin de que nos proveyeran de colonos y de soldados. La realidad es más compleja, pero como ocurre con la mayoría de los humanos, los terrícolas prefieren quedarse con la explicación sencilla, y ésta es que la Unión Colonial ha estado aprovechándose de ellos. Hemos perdido su confianza. No quieren tener nada que ver con nosotros. Pueden pasar años hasta que cambien de opinión.

—La postura que yo defiendo es que incluso sin la Tierra conservamos nuestra ventaja —replicó DiNovo—. La Unión Colonial tiene una población de varios miles de millones de personas repartidas por docenas de planetas ricos en recursos.

—Y sostiene que los planetas colonizados pueden suministrar a la Unión Colonial los colonos y los soldados que hasta ahora ha recibido de la Tierra —dijo Egan.

—No estoy diciendo que no vayan a producirse protestas —contestó DiNovo—. Pero sí, eso pienso.

—Coronel Rigney. —Egan pronunció en voz alta el nombre de su compatriota sin despegar los ojos de DiNovo.

—¿Sí? —respondió éste, sorprendido por oír su nombre. El auditorio abarrotado se volvió para mirarlo.

—Usted y yo coincidimos en la clase de reclutamiento —dijo Egan.

—Así, es —convino Rigney—. Nos conocimos en la *Américo Vespucio,* la nave que nos transportó desde la Tierra a la Estación Fénix. Hace ya catorce años.

—¿Recuerda cuántos reclutas había en la *Vespucio*? —preguntó Egan.

—Recuerdo que el representante de las FDC nos dijo que a bordo había mil quince reclutas.

—¿Cuántos seguimos vivos? —preguntó Egan.

—Ochenta y nueve —respondió Rigney—. Lo sé porque la semana pasada me notificaron la muerte de uno. El comandante Darren Reith.

—Así que un noventa y uno por ciento de bajas en catorce años —declaró Egan.

—Más o menos, sí —asintió Rigney—. La estadística oficial que las FDC proporcionan a los reclutas cifra el porcentaje de bajas en diez años de servicio en el setenta y cinco por ciento. Pero sé por experiencia que en realidad es más alto. Al cumplir diez años de servicio, los reclutas pueden licenciarse, pero muchos nos quedamos. —«Porque quién quiere empezar a envejecer otra vez», pensó Rigney.

—Señor DiNovo. —Egan devolvió su atención al diplomático—. Tengo entendido que usted procede de la colonia de Rus, ¿es correcto eso?

—Así es —respondió DiNovo.

—En los más de ciento veinte años de historia de Rus, jamás se le han solicitado soldados para la Unión Colonial —afirmó Egan—. Me gustaría que me explicara cómo cree que responderá la colonia cuando se le notifique que la Unión Colonial le exige... exige, no solicita... anualmente cien mil reclutas para alistarse en las Fuerzas de Defensa Coloniales, y cuando al cabo de los diez años de servicio militar el setenta y cinco por ciento de ellos estén muertos. Me gustaría que me explicara cómo responderán los habitantes de Rus cuando se enteren de que una parte de su trabajo consistirá en sofocar revueltas en las colonias, que se producen con más frecuencia de la que la Unión Colonial le gusta admitir. ¿Cómo reaccionarán los reclutas de Rus cuando se les ordene abrir fuego contra sus compatriotas? ¿Obedecerán? ¿Obedecerá usted esa orden, señor DiNovo? Ronda usted los cincuenta años. Aún le queda un poco lejos la edad para enrolarse. ¿Está preparado para luchar y muy probablemente morir por la Unión Colonial? Porque usted mismo encarna, señor DiNovo, esa ventaja que afirma que tenemos.

El diplomático no respondió.

—Llevo un mes haciendo estas presentaciones ante los miembros del cuerpo diplomático —añadió Egan, apartando los ojos del enmudecido DiNovo para escrutar los rostros del auditorio—. Y en todas y cada una de ellas me he encontrado con alguien como el señor DiNovo, defendiendo el argumento de que la situación no es tan mala. Y todos ellos, como él, están equivocados. Las Fuerzas de

Defensa Coloniales pierden un número espantoso de soldados cada año desde hace dos siglos. Nuestras colonias, en proceso de desarrollo, no pueden crecer al ritmo necesario para evitar acabar extinguidas sólo mediante la procreación. La existencia del Cónclave ha cambiado la aritmética de la supervivencia humana de una manera que no somos capaces de imaginar. La Unión Colonial ha sobrevivido y ha plantado cara a sus adversarios hasta ahora gracias al excedente de población de la Tierra. Ya no contamos con ese excedente, ni disponemos de tiempo para desarrollar algo parecido dentro de los límites del sistema de la Unión Colonial y sus habitantes.

—¿Cuál es la gravedad real de la situación, entonces? —preguntó Rigney, que se sorprendió tanto como el resto del público al oír su propia voz.

Egan le lanzó una intensa mirada y luego devolvió la atención al auditorio.

—Si las cosas no cambian —respondió Egan—, basándonos en el porcentaje de bajas de las FDC, dentro de tres años no dispondremos de fuerzas suficientes para defender las colonias de los saqueos y los ataques genocidas de otras especies—. A partir de entonces, nuestras estimaciones más optimistas pronostican que la Unión Colonial sobrevivirá como entidad política entre cinco y ocho años más. Sin la estructura de defensa de la Unión Colonial, los planetas humanos serán atacados y arrasados durante las siguientes dos décadas. Eso quiere decir, damas y caballeros, que la especie humana se extinguirá en menos de treinta años.

Un silencio sepulcral se instaló en el auditorio.

—No les estoy contando esto para que corran a sus casas y abracen a sus hijos —prosiguió Egan—. Se lo estoy contando porque durante más de doscientos años, el Departamento de Estado ha sido el apéndice vermiforme de la Unión Colonial, una idea de última hora en la estrategia de la UC de defensa agresiva y expansión. —Miró fijamente a DiNovo—. Una sinecura en la que poner a los mediocres para que las consecuencias si meten la pata no sean graves. Pues bien, todo eso cambia a partir de ahora. La Unión Colonial ya no puede permitirse vivir como lo ha hecho. No disponemos de los recursos ni de las personas necesarios para ello. Así que desde este momento, el Departamento de Estado tiene dos misiones: la primera, convencer a la Tierra para que vuelva, por el bien de ambas partes. La segunda, evitar en la medida de lo posible los conflictos con el Cónclave y con las especies no afiliadas. Y la diplomacia es el mejor medio para conseguir esos objetivos.

»Eso significa, damas y caballeros, que a partir de este momento el Departamento de Estado de la Unión Colonial juega un papel principal. Y ustedes, queridos amigos, tendrán que trabajar por nuestra supervivencia.

—¿Siempre machacas a alguien como has machacado a DiNovo? —le preguntó Rigney. El auditorio número siete ya estaba vacío. Los diplomáticos de rango medio habían abandonado la sala alicaídos y refunfuñando. Él y Egan estaban ahora junto a la pantalla, de nuevo apagada.

—Casi siempre —respondió Egan—. La verdad es que DiNovo me ha hecho un favor. Por cada uno como él, lo suficientemente estúpido como para abrir la boca, hay cincuenta que se quedan calladitos y con la intención de hacer oídos sordos a lo que digo. De esta manera consigo que el mensaje cale en todos ellos. Con este numerito me prestan más atención.

—¿De verdad piensas que todos ellos son unos mediocres?

—No todos. Sólo la mayoría. Aunque sí lo son todos con los que tengo que tratar. —Hizo un gesto con el brazo para abarcar el auditorio—. Sólo son una pieza en el engranaje. Están instalados aquí y defienden las posturas de siempre. Si fueran buenos en su trabajo estarían ahí fuera, en el universo... Pertenecerían al equipo A. ¡Demonios, pero si lo que llamo el equipo A en realidad es el equipo B! Los que han venido hoy aquí pertenecerían a los equipos que van de la C a la K.

—En ese caso no va a gustarte lo que voy a decirte —la advirtió Rigney—. Uno de tus equipos A ha desaparecido.

Egan frunció el ceño.

—¿Cuál?

—El equipo de la embajadora Bair —respondió Rigney—. Junto con una de nuestras fragatas, la *Polk*.

Egan permaneció callada unos instantes mientras procesaba la noticia.

—¿Cuándo ha ocurrido? —preguntó al cabo.

—Hace dos días que se lanzó una sonda de salto desde la *Polk*.

—¿Y me lo cuentas ahora?

—Te lo habría contado antes, pero querías que viera cómo asustabas a los niños —dijo Rigney—. Además, se espera a que pasen dos días sin contacto con la sonda antes de dar la alarma. En especial en misiones como ésta, que en teoría era secreta. He venido a informarte en cuanto se ha confirmado que no ha habido noticias de la sonda en dos días.

—¿Qué ha encontrado tu misión de recuperación? —preguntó Egan.

—No ha habido misión de recuperación —dijo Rigney, y miró a Egan a los ojos—. La negociación para que los utche aceptaran una fragata militar en la misión ya fue ardua. Si aparecen y se encuentran con varias naves militares en la zona y ninguna de ellas con diplomáticos a bordo, todo se irá a la mierda.

—¿Y sondas de reconocimiento?

—Por supuesto —dijo Rigney—. Todo está en una fase preliminar porque las sondas acaban de regresar, pero no han encontrado nada.

—¿Las habéis enviado al sistema correcto? —preguntó Egan.

—¿Crees que tienes que preguntarme eso?

—Nunca está de más.

—Enviamos las sondas al sistema correcto —afirmó Rigney—. Enviamos la *Polk* al sistema correcto. Los utche querían que la reunión se celebrara en el sistema Danavar.

Egan asintió.

—Un sistema en el que sólo hay gigantes gaseosos y lunas sin aire. A nadie se le ocurriría buscarlos allí. Es un lugar perfecto para una reunión secreta.

—Al parecer no era tan secreta —apuntó Rigney.

—Das por sentado que la *Polk* ha tenido un final violento —dijo Egan.

—Nuestras fragatas no tienden a evaporarse de un día para otro —repuso Rigney—. Pero quienquiera que haya hecho esto ya no está en el sistema Danavar. Allí no hay nada más que planetas, lunas y una enorme estrella amarilla.

—¿Hemos informado de lo sucedido a los utche? —preguntó Egan.

—No hemos informado a nadie —respondió Rigney—. Eres la primera persona ajena al mando militar que lo sabe. Ni siquiera le hemos contado a tu jefa que su equipo ha desaparecido. Pensamos que podrías hacerlo tú personalmente.

—Gracias —dijo irónicamente Egan—. Pero estoy segura de que los utche se habrán dado cuenta de que no hay nadie con quien negociar un tratado.

—La *Polk* llegó al lugar de la reunión con tres días de antelación.

—¿Por qué?

—El pretexto era que así el equipo de Bair tendría tiempo para preparar la negociación lejos de las distracciones de la Estación Fénix.

—¿Y la realidad? —inquirió Egan.

—La realidad era que queríamos asegurarnos de que estaríamos listos para una acción de retirada en el caso de que fuera necesaria.

—Me parece un poco drástico.

—No olvides que los utche nos aplastaron en tres de las últimas contiendas militares que hemos tenido con ellos —dijo Rigney—. El hecho de que hayan acudido a nosotros para proponernos una alianza no significa que debamos confiar ciegamente en ellos.

—¿Y no creéis que los utche podrían haberse olido la falta de confianza de la UC? —preguntó Egan.

—Estamos casi seguros de que lo han hecho —admitió Rigney—. En parte porque les informamos de que llegaríamos con antelación. A tu jefa se le ocurrió lo del pretexto, pero los utche no son estúpidos. Su disposición para cedernos una ventaja táctica era una manera de medir hasta qué punto deseaban la alianza.

—¿Habéis contemplado la posibilidad de que los utche hicieran volar la *Polk*?

—Claro que sí. Pero ellos han sido tan transparentes con nosotros como nosotros con ellos, y donde la transparencia no llegaba, teníamos espías. Nos habríamos enterado de una cosa así. Y nada de lo que están haciendo indica que sospechen que ocurre algo fuera de lo normal. Su delegación diplomática viaja en una nave llamada *Kaligm*, y está a un día de alcanzar la distancia de salto.

Egan no dijo nada, pero encendió la pantalla y se volvió hacia ella. La Estación Fénix flotaba en medio de la imagen, y debajo de ella, el extremo del planeta Fénix. La Estación Fénix estaba rodeada por naves comerciales y de las FDC, y al lado de cada una había una etiqueta con su nombre. La imagen en la pantalla se alejó y la Estación Fénix y el planeta se fundieron reducidos a un punto luminoso que incluía los miles de naves que llegaban a la capital de la Unión Colonial o partían de ella. La imagen siguió alejándose y mostró docenas de naves, representadas por puntos, que se dirigían hacia un lugar espacio-tiempo lo suficientemente plano como para realizar un salto. Egan comenzó a recabar información de una serie de manifiestos que iban apareciendo en la pantalla.

—Vale, me rindo —dijo Rigney al cabo de unos minutos—. Dime qué estás haciendo.

—La embajadora Bair no está en nuestra lista de diplomáticos de categoría A —explicó Egan sin dejar de estudiar los manifiestos de las naves—. Está en nuestra lista de categoría A superior. Si fue la escogida para las negociaciones, esta misión es prioritaria, no una simple reunión ultrasecreta de diplomáticos para lamerse el culo los unos a los otros.

—Me ha quedado claro —dijo Rigney—. ¿Y?

—Y tú no conoces a Galeano tan bien como yo —dijo Egan, refiriéndose a la secretaria de Estado—. Si entro en su despacho y le digo que es probable que uno de sus mejores diplomáticos y todo su equipo estén muertos y que su misión ha sido un completo fracaso, y no le presento un plan de emergencia listo para ser puesto en práctica, la cosa se pondrá realmente seria. Yo me quedaré sin trabajo, seguramente tú te quedarás sin trabajo simplemente por ser el mensajero, y la secretaria moverá cielo y tierra para que nuestros próximos destinos nos lleven a algún lugar donde la esperanza de vida pueda medirse con un temporizador de cocina.

—Parece una buena mujer.

—Es adorable —dijo Egan—. Hasta que la cabreas. —La pantalla, que había estado mostrando una sucesión de naves y manifiestos, se congeló de pronto en una nave—. Aquí está.

Rigney miró detenidamente la imagen.

—¿Qué es?

—El equipo B —respondió Egan.

—¿La *Clarke*? No la conozco.

—Se encarga de varias misiones diplomáticas menores —explicó Egan—. A la cabeza de la delegación está una mujer llamada Abumwe. —La imagen de una mujer de piel oscura y expresión severa apareció en la pantalla—. La negociación más importante que ha llevado a cabo hasta la fecha fue con los korba, hace un par de meses. Los impresionó al hacer que un oficial de las FDC que viaja con ella luchara con uno de sus soldados y se dejara ganar para obtener un valioso beneficio desde el punto de vista diplomático.

—Interesante —comentó Rigney.

—Sí, pero el mérito no es exclusivamente suyo —dijo Egan, e hizo aparecer las imágenes de dos hombres, uno de ellos con la piel verde—. Uno de sus ayudantes, Hart Schmidt, provocó la pelea, y el teniente Harry Wilson fue el que luchó.

—¿Por qué ellos? ¿Por qué estas personas son las idóneas para hacerse cargo de la misión?

—Por dos razones —respondió Egan—. Una es que Abumwe formó parte de una delegación diplomática que se reunió con los utche hace tres años. Las negociaciones no fructificaron, pero tiene experiencia en el trato con ellos. Eso significa que se la puede poner al día rápidamente. Y la otra —Egan cambió la imagen para mostrar la situación de la *Clarke* en el espacio— es que la *Clarke* puede alcanzar la distancia de salto en unas dieciocho horas. Abumwe y su gente aún están a tiempo de llegar al sistema Danavar antes que los utche y participar en las negociaciones, o por lo menos para ayudarnos a organizar una nueva ronda de conversaciones. Ninguna otra misión diplomática puede ofrecernos eso.

—Entonces enviamos el equipo B porque es ligeramente mejor que nada —dijo Rigney.

—Abumwe y su equipo no son unos incompetentes. Nunca serían la primera opción, pero ahora mismo no tenemos mucho donde elegir.

—Ya. ¿Esto es lo que vas a proponerle a tu jefa?

—A no ser que tengas una idea mejor —respondió Egan.

—La verdad es que no la tengo. —Rigney frunció el ceño—. Aunque…

—¿Aunque qué?

—Muéstrame otra vez a ese tipo de las FDC —le pidió Rigney.

Egan hizo aparecer de nuevo la imagen del teniente Harry Wilson.

—¿Qué pasa con él?

—¿Sigue a bordo de la *Clarke*? —preguntó Rigney.

—Sí. Es asesor técnico. En algunas de las misiones recientes de la *Clarke* la tecnología militar y las armas han formado parte de las negociaciones. Lo llevan con ellos para que enseñe a los alienígenas a utilizar las máquinas que les ofrecemos. ¿Por qué?

—Creo que he encontrado la manera de hacer que tu plan del equipo B le resulte más atractivo a la secretaria Galeano —respondió Rigney—. Y también a mis jefes.

IV

Wilson se fijó en la expresión de Schmidt cuando alzó la mirada y lo vio plantado junto a la puerta de la sala de reuniones de la embajadora Abumwe.

—Ahórrate esa cara de pasmarote —le dijo con sequedad.

—Lo siento —se excusó Schmidt, y se apartó para dejar entrar en la sala a los otros miembros de la delegación diplomática de la *Clarke*.

Wilson hizo un gesto con la mano para restarle importancia.

—No suelen incluirme en las reuniones en una fase tan temprana de las misiones. Me gusta esto.

—¿Sabes de qué se trata? —preguntó Schmidt.

—Déjame que te lo repita —replicó Wilson—: No suelen incluirme en las reuniones en una fase tan temprana de las misiones.

—Ya lo pillo. Bueno, ¿qué? ¿Entramos?

Entraron en la sala de reuniones, un espacio tan reducido como todos los demás en la *Clarke*. Las ocho sillas que rodeaban la mesa ya estaban ocupadas. La embajadora Abumwe los miró con una expresión de solemnidad cuando los vio aparecer y colocarse junto a la pared que quedaba enfrente de ella.

—Ahora que ya estamos todos —dijo, lanzando una mirada fugaz a Wilson y Schmidt—, empezaremos. El Departamento de Estado ha tomado la sabia decisión de que ya no nos necesitan en Vinnedorg.

Un gruñido general estalló alrededor de la mesa.

—¿Quién nos sustituye esta vez? —preguntó Rae Sarles.

—Nadie —respondió Abumwe—. Nuestros superiores parecen tener la impresión de que estas negociaciones prosperarán por arte de magia y sin necesidad de la presencia de una delegación de la Unión Colonial.

—Eso es absurdo —señaló Hugh Fucci.

—Gracias —repuso torciendo el gesto Abumwe—. Yo sola jamás habría llegado a esa conclusión.

—Lo siento, embajadora —se disculpó Fucci, refrenándose—. Lo que quiero decir es que nos han tenido trabajando en estas negociaciones con los vinnies durante más de un año. No entiendo qué se proponen poniendo en peligro la posición de fuerza que hemos conseguido al obligarnos a interrumpir nuestra labor.

—Por eso estamos celebrando esta reunión —dijo Abumwe, y luego hizo un gesto con la cabeza a Hillary Drolet, su secretaria, que tecleó algo en la pantalla de su PDA—. Si acceden a sus bandejas de entrada encontrarán toda la información sobre la nueva misión.

Todas las personas sentadas a la mesa más Schmidt miraron sus PDA. Wilson entró en su CerebroAmigo; encontró el archivo en la bandeja de entrada, lo abrió en un cuadrante inferior de su campo visual y echó un vistazo a la información.

—¿Los utche? —preguntó Nelson Kwok un minuto después—. ¿La UC no había negociado con ellos anteriormente?

—Yo formé parte de la delegación que se reunió con ellos hace tres años, antes de que me asignaran este destino —dijo Abumwe—.

En un principio dio la impresión de que las conversaciones no conducirían a nada, pero parece ser que llevan alrededor de un año negociando con ellos en secreto.

—¿Quién ha llevado las negociaciones?

—Sara Bair —respondió la embajadora.

Wilson se percató de que todas las miradas se volvían hacia Abumwe al oír ese nombre. Quienquiera que fuera Sara Bair, saltaba a la vista que tenía la consideración de superestrella.

—¿Por qué la han sacado de las negociaciones? —preguntó Sarles.

—No puedo revelarles esa información —respondió Abumwe—. Lo único que puedo decirles es que la embajadora Bair y su equipo están fuera y nosotros dentro.

—Lo siento por ella —dijo Fucci.

Wilson reparó en las sonrisas que provocó el comentario alrededor de la mesa. Al parecer, ser los sustitutos de esa tal Sara Bair era mejor que la misión original de la *Clarke*. Y Wilson volvió a preguntarse qué había hecho él para acabar metido en la *Clarke* con aquella pandilla de perdedores sin encanto alguno. Tampoco pudo evitar fijarse en que la única persona sentada a la mesa a la que no parecía hacer feliz tomar el relevo en las negociaciones con los utche era la propia Abumwe.

—En este archivo hay mucha información —dijo Schmidt, con los ojos fijos en la pantalla de su PDA mientras leía el informe—. ¿De cuántos días disponemos hasta el comienzo de las negociaciones?

En ese momento Abumwe sonrió, aunque de una manera casi imperceptible y sin un atisbo de alegría.

—Disponen de veinte horas.

Se hizo el silencio en la sala de reuniones.

—¿Es una broma? —inquirió Fucci.

Abumwe le lanzó una mirada que no dejaba lugar a dudas de que había llegado al límite de su paciencia con él por hoy. Fucci tomó la sabia decisión de no volver a abrir la boca.

—¿Por qué tantas prisas? —preguntó Wilson. Sabía que no disfrutaba de la simpatía de Abumwe, así que no le importaba formular en voz alta la pregunta que todos se hacían y nadie se atrevía a pronunciar.

—No puedo responder esa pregunta —dijo la embajadora sin alterarse, mirando brevemente a Wilson antes de devolver la atención a su equipo—. Y aunque pudiera, el motivo no afectaría en nada a lo que hay que hacer ahora. Tenemos dieciséis horas antes de saltar, y luego cuatro más hasta la hora programada para la llegada de los utche. A partir de entonces nos adaptaremos a su programa. Desconozco si quieren que la reunión se celebre de inmediato o al día siguiente. Daremos por supuesto que quieren iniciar las negociaciones inmediatamente. Eso significa que deben ponerse al día en doce horas. Volveremos a reuniremos antes y después del salto para planificar las negociaciones. Espero que hayan descansado bien estos últimos dos días porque no volverán a dormir durante algún tiempo. ¿Preguntas?

No las hubo.

—Bien —dijo Abumwe—. No creo que haga falta que les recuerde a ninguno de ustedes que, si estas negociaciones van bien, todos saldremos ganando. Y cuando digo todos me refiero a todos. Si van mal, también será en perjuicio de todos. Pero será especialmente perjudicial para aquellos que no hagan su trabajo como es debido y arrastren a su equipo en la caída. Quiero que eso les quede claro.

Les quedó claro.

—Teniente Wilson, quédese un momento —dijo Abumwe mientras la habitación se vaciaba—. Usted también, Schmidt.

En la sala de reuniones sólo quedaron la embajadora, Hillary Drollet, Schmidt y Wilson.

—¿Por qué ha preguntado por las prisas? —inquirió Abumwe.

Wilson hizo un enorme esfuerzo para que su cara no trasluciera lo que estaba pensando: «¿Va a echarme la bronca por eso?».

—Porque era una pregunta que todos se hacían y nadie se atrevía a formular en voz alta, señora.

—Porque saben que no deben hacerlo —replicó la embajadora.

—Salvo quizá Fucci, señora —dijo Wilson.

—Y usted —repuso Abumwe.

—No, yo sé que debo mantener la boca cerrada —dijo Wilson—. Aun así, pensé que alguien tenía que preguntarlo.

—Mmm... Dígame, teniente —continuó Abumwe—, ¿qué conclusión extrae de que dispongamos de veinte horas para preparar esta negociación?

—¿Está pidiéndome que conjeture, señora?

—¿No le parece obvio que eso es lo que estoy haciendo? Usted pertenece a las Fuerzas Coloniales de Defensa. No me cabe duda de que se habrá formado una opinión desde su perspectiva de militar.

—Han pasado muchos años desde que participé en algo remotamente parecido a un combate, señora —respondió Wilson—. Llevo bastante tiempo en el Departamento de Investigación y Desarrollo de las FDC, desde antes incluso de que me destinaran a la *Clarke* como asesor tecnológico.

—Pero aún es miembro de las FDC, ¿no? —replicó Abumwe—. Todavía tiene la piel verde y el ordenador dentro de la cabeza. Supongo que si hace un esfuerzo aún será capaz de contemplar las situaciones desde el punto de vista militar.

—Sí, señora.

—Entonces, comparta conmigo su análisis.

—Alguien la ha cagado —declaró Wilson.

—¿Perdón? —se sorprendió Abumwe.

Wilson se dio cuenta de que Schmidt estaba más pálido de lo habitual.

—Alguien la ha cagado —repitió Wilson—. Ha metido la pata hasta el fondo. La ha pifiado. Emplee la expresión que prefiera para decir que las cosas no han ido como debían. No es necesaria experiencia militar para darse cuenta de ello. Todas las personas que había en esta sala han pensado lo mismo. Sea lo que sea lo que esa tal Sara Bair y su equipo tenían que hacer, la han cagado, y por la razón que sea la Unión Colonial necesita salvar la situación, así que usted y su equipo son su última esperanza, los sustitutos de última hora.

—¿Y por qué mi equipo y yo?

—Porque saben hacer su trabajo —respondió Wilson.

La media sonrisa de Abumwe reapareció en su rostro.

—Para que me laman el culo, teniente, ya tengo a su amigo —dijo la embajadora, señalando a Schmidt con la cabeza.

—Entendido, señora. En ese caso, supongo que como estamos próximos a una zona de salto, cambiar nuestra ruta es más fácil. Además, usted tiene experiencia con los utche. Si a eso le sumamos que usted ocupa una posición relativamente baja en el escalafón diplomático, en el caso de que fracase, y probablemente lo hará porque es la sustituta improvisada, podrán echar la culpa a su incompetencia. —Wilson miró a Schmidt, que parecía a punto de hacer implosión—. Para ya, Hart. Me ha preguntado ella.

—En efecto, yo le he preguntado —asintió Abumwe—. Y tiene razón, teniente. Pero sólo a medias. Otra razón por la que nos han elegido es usted.

—¿Perdón? —dijo Wilson, completamente perplejo.

—Sara Bair no fracasó en su misión, desapareció —explicó Abumwe—. Junto con toda la delegación diplomática y una fragata de las FDC llamada *Polk*. Todos desaparecidos. Sin rastro.

—Esto huele mal —dijo Wilson.

—Otra vez oigo lo obvio —repuso Abumwe.

—¿Qué importancia tengo yo en este asunto, señora? —preguntó Wilson.

—No creen que la *Polk* desapareciera sin más. Sospechan que fue destruida —respondió la embajadora—. Y lo necesitan para buscar la caja negra.

—¿La caja negra? —inquirió Schmidt.

—Un dispositivo que graba datos —explicó Wilson—. Si la *Polk* fue destruida y la caja negra ha sobrevivido, podría decirnos qué le ocurrió a la nave y quién la atacó.

—¿No la podríamos encontrar sin ti? —preguntó Schmidt.

Wilson negó con la cabeza.

—Son pequeñas y no envían señales de ubicación a menos que se le solicite una respuesta mediante una señal encriptada que es específica para cada nave. Se trata de un sistema de claves militar. Para acceder a él se necesita un permiso especial. Y no se lo conceden a cualquiera; mucho menos a alguien que no pertenezca a las FDC. —Miró de nuevo a Abumwe—. Tampoco a un simple teniente.

—En ese caso tenemos la suerte de que usted no es un simple

teniente —dijo la embajadora—. Me han dicho que en su hoja de servicios constan varios permisos especiales en asuntos de seguridad.

—Formé parte del equipo que realizaba investigaciones acerca de la seguridad de los CerebroAmigos —dijo Wilson—. Pero hace años de eso. El permiso especial ya habrá caducado.

—Se equivoca —repuso Abumwe. Hizo un gesto a su secretaria, que de nuevo se puso a teclear la PDA. Wilson inmediatamente vio aparecer en la visión periférica la señal luminosa que lo informaba de la llegada de un archivo a la bandeja de entrada—. Vuelve a estar vigente.

—Vale —dijo el teniente mientras estudiaba detenidamente el contenido del permiso de seguridad especial que acababa de recibir. Al cabo de unos instantes añadió—: Embajadora, considero que debería saber que este permiso de seguridad me confiere una autoridad ejecutiva que en la práctica me permite dar órdenes a la tripulación de la *Clarke* para asegurar el cumplimiento de la misión.

—Le sugiero que no intente utilizar ese privilegio con la capitana Coloma —repuso la embajadora—. Nunca se ha dejado a nadie al otro lado de la puerta de una esclusa de aire, pero como se atreva a darle una orden, tal vez haga una excepción con usted.

—Tendré en cuenta el consejo.

—Más le vale. Entretanto, como seguramente ya habrá leído, sus órdenes son buscar la caja negra, decodificar su contenido y averiguar qué le sucedió a la *Polk*.

—Entendido, señora.

—Mis superiores me han dado a entender que su misión de encontrar la caja negra es tan importante, si no más, que mi éxito en las negociaciones con los utche —añadió Abumwe—. Por ello le he asignado un ayudante—. Señaló a Schmidt con la cabeza—. Yo no lo necesito. Es todo suyo.

—Gracias —dijo Wilson, que nunca había visto a Hart más afligido que ahora que su superior lo calificaba de prescindible—. Me será de gran ayuda.

—Eso espero. Porque, teniente Wilson, la advertencia que he hecho a mi equipo la reitero con usted. Si usted fracasa, toda esta misión será un fracaso, aunque mi parte sea un éxito. Eso significará que yo habré fracasado por su culpa. Tal vez yo ocupe una posición baja en el escalafón del cuerpo diplomático, pero es lo suficientemente alta como para que usted muera en la caída si yo lo empujo. —Miró entonces a Schmidt—. Y también lo matará a usted cuando se estampe contra el suelo.

—Entendido, señora —dijo Wilson.

—Bien. Una última cosa, teniente. Intente encontrar la caja negra antes de que lleguen los utche. Si alguien está intentando matarnos, me gustaría saberlo antes de que aparezcan nuestros interlocutores en la negociación.

—Haré todo lo posible.

—Hacer todo lo posible en su vida lo ha traído a la *Clarke* —dijo Abumwe—. Esfuércese más.

V

—Por favor, para —le suplicó Wilson a Schmidt. Ambos estaban sentados en el salón común de la *Clarke*, estudiando los datos sobre su misión.

Schmidt levantó la vista de su PDA.

—Pero si no estoy haciendo nada —protestó Schmidt.

—Estás hiperventilando —dijo Wilson. Tenía los ojos cerrados para concentrase en la información que había descargado su CerebroAmigo.

—Mi respiración es absolutamente normal.

—Respiras como un elefante exhausto desde hace un rato —dijo Wilson sin abrir los ojos—. Como sigas así vas a necesitar una bolsa de papel.

—Ya, bueno. Me gustaría saber cómo te sentirías tú si tu jefe te dijera que eres prescindible.

—El trato humano no es su fuerte —dijo Wilson—. Pero eso ya lo sabías. Y como mi ayudante, para mí eres imprescindible. Así que deja de pensar en tu jefa y más en el lío en el que estamos metidos nosotros.

—Perdona. No me siento demasiado cómodo con esto de ser tu ayudante.

—Te prometo que no te pediré que me traigas el café… siempre que pueda evitarlo.

—Gracias —replicó irónicamente Schmidt.

Wilson soltó un gruñido y volvió a concentrarse en los datos.

—Esta caja negra… —dijo Schmidt tras un par de minutos en silencio.

—¿Qué pasa con ella?

—¿Podrás encontrarla?

Wilson abrió los ojos.

—Mi respuesta depende de si quieres que sea optimista o sincero.

—Sé sincero, por favor —dijo Schmidt.

—Probablemente no —admitió Wilson.

—Te he mentido. Quiero la versión optimista.

—Demasiado tarde —dijo Wilson, y extendió una mano como si estuviera sosteniendo sobre ella una pelota imaginaria—. Mira, Hart. La caja negra en cuestión es una pequeña esfera del tamaño de una uva. El módulo de memoria en sí no es más grande que una uña; el resto consiste en un dispositivo de localización, un generador de campo de inercia para evitar que la caja negra se pierda en un pozo gravitatorio y una batería que los alimenta a ambos.

—Vale. ¿Y?

—Pues que se diseñó expresamente pequeña y negra para que sólo pudieran encontrarla las FDC.

—Ya, pero tú no estás buscándola —repuso Schmidt—. Tú vas a enviarle una señal, así que cuando reciba la señal correcta responderá.

—Sí, si la batería no se ha agotado —dijo Wilson—. Cosa que podría haber sucedido ya. Estamos trabajando con el supuesto de que la *Polk* fue atacada. Y si fue atacada, probablemente se produjo una batalla. Y si hubo una batalla, probablemente la *Polk* fue destruida y sus fragmentos salieron volando en todas direcciones con la energía de las explosiones. Es bastante probable que la caja negra invirtiera toda su energía en intentar mantenerse en una posición fija. En tal caso, cuando le enviemos la señal no vamos a recibir ninguna respuesta en absoluto.

—En tal caso tendremos que buscarla con la vista.

—En efecto —convino Wilson—. De modo que te lo repetiré:

una pequeña uva negra en un área que mide muchos miles de kilómetros cúbicos. Y tu jefa quiere que la encuentre y la examine antes de que lleguen los utche. Así que si no la encontramos durante la primera media hora tras el salto, probablemente estaremos jodidos. —Se recostó y volvió a cerrar los ojos.

—Pues se te ve muy tranquilo ante nuestro inminente fracaso —señaló Schmidt.

—Hiperventilar no sirve de nada. Y de todas formas no he dicho que vayamos a fracasar. Es cierto que las probabilidades de que no demos con ella son más altas, pero mi trabajo consiste en incrementar nuestras probabilidades de encontrarla, que es lo que he estado haciendo hasta que tus jadeos me distrajeron.

—¿Y en qué consiste mi trabajo?

—Tu trabajo consiste en ir a la capitana Coloma y decirle lo que necesito. Ya te he enviado la lista a la PDA —respondió Wilson—. Y hazlo amablemente, para que nuestra capitana se sienta una pieza valiosa en la misión y no que está siendo mangoneada por un vulgar técnico de las FDC.

—Ah, ya veo. Yo me encargo del trabajo sucio.

—No, tú te ocupas de la parte diplomática —puntualizó Wilson, abriendo un ojo—. Corren rumores de que tienes estudios en diplomacia. A menos que prefieras que vaya yo personalmente a hablar con ella mientras tú diseñas un protocolo para rastrear un objeto del tamaño de una canica en un par de millones de kilómetros cúbicos de universo.

—En ese caso iré yo a hablar con la capitana —dijo Schmidt, cogiendo la PDA.

—Me parece una idea maravillosa. La apruebo rotundamente.

Schmidt sonrió y se marchó del salón común.

Wilson cerró los ojos y volvió a concentrarse en sus propios problemas. Él se tomaba con más tranquilidad la situación, pero eso se debía en parte a que necesitaba que Hart mantuviera la calma, ya que su amigo solía ponerse muy nervioso cuando se estresaba.

La verdad era que estaba más preocupado que lo que había dado a entender. Una de las posibilidades que le había ocultado a Hart era la de que la caja negra ya no existiera. La información confidencial que le habían enviado incluía algunas imágenes preliminares de la sección del universo en la que supuestamente había desaparecido la *Polk*, y las aglomeraciones de restos eran casi inexistentes. Eso quería decir que la nave había sufrido un ataque tan devastador que la había pulverizado o que quienquiera que la hubiera atacado se había tomado la molestia de desintegrar los restos que superaran el metro cuadrado. Ninguna de las dos opciones pintaba bien.

Si la caja negra había sobrevivido, tendría que trabajar sobre el supuesto de que la batería se había agotado y que estaba flotando en el vacío en silencio y casi invisible. Ojalá la *Polk* se hubiera encontrado cerca de alguno de los planetas del sistema Danavar, porque entonces habría tenido alguna probabilidad de distinguir la figura de la caja negra recortada sobre la esfera del planeta. Sin embargo, su posición de salto en el sistema Danavar estaba tan alejada de cualquiera de sus gigantes gaseosos que ni siquiera tenía las mismas probabilidades que de encontrar una aguja en un pajar.

Por lo tanto, la tarea de Wilson consistía en encontrar un objeto oscuro y silencioso que quizá no existía, en medio de un campo de escombros del que apenas quedaban rastros y en un área del universo más extensa que cualquier planeta.

Un problema divertido.

Wilson se resistía a reconocer que estaba pasándoselo genial. Había tenido un montón de trabajos en sus dos vidas (desde un rutinario puesto en el laboratorio de una gran compañía hasta como profesor de física en un instituto; desde soldado y científico militar, hasta su puesto actual como técnico instructor en misiones diplomáticas), pero en todos ellos lo que más le había gustado hacer era darle vueltas durante horas a un problema aparentemente insoluble. Se sentía en su salsa, con la excepción de que esta vez disponía de menos horas de las que le habría gustado para tratar de solucionar el problema.

El verdadero problema, pensó Wilson mientras recordaba todo lo que sabía sobre esos dispositivos, era la caja negra en sí. La idea de un dispositivo que registrara los datos de un viaje había rondado la cabeza de los terrícolas durante siglos, y la expresión «caja negra» era el término que se había utilizado en los viajes aéreos en los límites del planeta Tierra. Era una ironía que casi ninguna de las cajas negras de aquellos lejanos tiempos fuera realmente negra; normalmente la mayoría tenía un color chillón para facilitar su localización. Las FDC también querían que sus cajas negras fueran encontradas, pero sólo por las personas correctas. Y las hicieron todo lo negras que les fue posible.

—Caja negra, agujero negro, cuerpo negro —musitó Wilson.

Oye.

Wilson abrió los ojos y se incorporó.

Su CerebroAmigo había recibido una señal. Era Schmidt. Wilson aceptó la conexión.

¿Cómo va la diplomacia?, preguntó.

Psss…, respondió Schmidt.

Enseguida voy.

El aspecto de la capitana Sophia Coloma no engañaba a nadie: era la clase de persona que no había nacido para comerse tus marrones. Estaba de pie en el puente de mando, imponente, con los ojos fijos en la puerta por la que Wilson entró. Junto a ella estaba Neva Balla, su segundo de a bordo, que tenía la misma cara de desagrado. Al otro lado de la capitana estaba Schmidt, cuya expresión estudiadamente neutra delataba su formación como diplomático.

—Capitana —dijo Wilson, acompañándose con el saludo militar.

—Así que quiere un transbordador —le espetó Coloma, haciendo caso omiso del saludo—. Quiere un transbordador, un piloto y acceso a nuestro equipo de sensores.

—Sí, señora.

—Supongo que es consciente de que está pidiendo todo eso justo cuando estamos a punto de saltar a una situación probablemente hostil y de entablar unas delicadas negociaciones con una especie alienígena —añadió Coloma.

—Lo soy —afirmó Wilson.

—En ese caso, ¿podría explicarme por qué debería priorizar sus necesidades en detrimento de todas las demás personas que hay a bordo de esta nave? —demandó Coloma—. En cuanto saltemos habrá que explorar la zona para descartar elementos hostiles. Habrá que explorarla exhaustivamente. No permitiré que el único transbordador de la *Clarke* despegue hasta que esté completamente segura de que no vamos a saltar por los aires.

—Imagino que el señor Schmidt ya la habrá puesto al corriente de mi actual grado de autoridad —dijo Wilson.

—Lo ha hecho —repuso Coloma—. También se me ha informado de que la embajadora Abumwe ha dado prioridad máxima a sus necesidades. Pero aún soy la capitana de esta nave.

—Señora, ¿está diciendo que va a contravenir las órdenes de sus superiores? —preguntó Wilson, que reparó en que Coloma apretaba los labios—. Y no me refiero a mí. Las órdenes vienen de mucho más arriba.

—No tengo intención alguna de contravenir las órdenes —respondió Coloma—. Las cumpliré cuando lo juzgue oportuno. Y eso ocurrirá cuando tenga la garantía de que la situación es segura y de que la embajadora y su equipo no corren peligro.

—Esa exploración de la que habla podría satisfacer sus necesidades y las mías —señaló Wilson—. Sólo tiene que compartir la información conmigo y explorar un par de zonas específicas que yo le pida. Las exploraciones que yo necesito sumadas a las suyas redundarán en nuestra seguridad.

—Realizaré las exploraciones que me pida cuando concluyamos las nuestras ordinarias —dijo Coloma.

—Me parece bien —admitió Wilson—. En cuanto al transbordador…

—No habrá transbordador ni piloto hasta que envíe a la embajadora Abumwe con los utche —aseveró Coloma.

Wilson sacudió la cabeza.

—Necesito el transbordador antes. La embajadora me ha pedido que encuentre la caja negra y acceda a la información que contiene antes de la reunión con los utche. Quiere saber si no sólo nosotros corremos peligro.

—Ella no tiene ninguna autoridad en esto —dijo Coloma.

—Pero yo sí, señora, y concuerdo con ella —replicó Wilson—. Tenemos que averiguar todo lo que sea posible antes de que lleguen los utche. Si alguna de las partes salta por los aires, la negociación se irá a pique. Sobre todo, si podríamos haberlo evitado, señora.

Coloma no respondió inmediatamente.

—Me gustaría hacer una sugerencia —apuntó Schmidt para romper el silencio.

La capitana miró al diplomático como si se hubiera olvidado de él.

—Hable —dijo Coloma.

—Necesitamos el transbordador para recuperar la caja negra —empezó Schmidt—. Pero aún no sabemos si seremos capaces de encontrarla. Si no damos con ella, no necesitamos el transbordador. Y si no la encontramos durante la primera hora posterior al salto, aunque lo hiciéramos después no habría manera de recuperarla antes de que aparecieran los utche y usted necesitara el transbordador para el equipo de la embajadora Abumwe. Así que ¿por qué no mantenemos el transbordador preparado para despegar durante esa primera hora? Si la encontramos para entonces, una vez que usted se haya asegurado de que no hay peligro, saldremos y la recogeremos. Y si la encontramos después, esperaremos a que haya trasladado el equipo de la embajadora a la reunión con los utche.

—No me parece mala idea —terció Wilson—. Si acepta realizar las exploraciones que le pediré.

—¿Y qué sucederá si considero que la zona no es segura? —preguntó Coloma.

—Aun así, tendré que salir a recuperar la caja negra —respondió Wilson—. Pero si la localizo, entre el piloto automático y mi CerebroAmigo podré ir solo. No tendrá que poner en riesgo la vida de su piloto.

—Sólo el transbordador, ¿eh? —ironizó Coloma—. Porque naturalmente no pasa nada si nos quedamos sin él…

—Lo siento, señora —dijo Wilson, y esperó.

Coloma miró con el rabillo del ojo a su segundo de a bordo.

—Dígale al señor Schmidt que le traspase toda la información a Neva. Faltan cuatro horas para el salto. Si lo hace en la próxima media hora, mucho mejor.

—De acuerdo, capitana —asintió Wilson—. Gracias, señora. —Hizo el saludo militar y esta vez Coloma se lo devolvió. Wilson se dio la vuelta para marcharse y la capitana apremió a Schmidt para que se fuera con él.

—Teniente, una última cosa —dijo en el último momento Coloma.

Wilson se volvió.

—¿Señora?

—Sólo para que lo sepa —le advirtió la capitana—. Si finalmente sale con el transbordador, cualquier daño que le haga al aparato se lo haré yo a usted.

—Lo cuidaré como si fuera mi coche —respondió Wilson.

—Más le vale —dijo Coloma antes de darle la espalda.

Wilson tomó nota del consejo.

—Ha estado bien eso del coche —dijo Schmidt cuando ambos salieron del puente de mando.

—Eso lo dices porque no sabes cómo acabó mi último coche.

Schmidt se detuvo.

—Relájate, Hart —lo tranquilizó Wilson, y antes de reanudar la marcha añadió—: Sólo era una broma. Vamos. Tenemos mucho trabajo.

Schmidt se quedó clavado en el sitio unos segundos y luego salió detrás de él.

Segunda parte

VI

—Es la segundo de a bordo Balla —dijo Schmidt. Él y Wilson estaban en un almacén de la nave que no se utilizaba en el que Wilson había instalado un monitor 3D. Habían esperado el momento del salto encerrados en él—. Dice que la *Clarke* ha enviado la señal encriptada de la *Polk* pero no ha recibido respuesta.

—Naturalmente —masculló Wilson—. ¿Por qué el universo iba a ponernos las cosas fáciles?

—¿Y ahora qué hacemos? —preguntó Schmidt.

—Permíteme que te responda con otra pregunta: ¿Cómo se busca una caja negra?

—¿Es en serio? —inquirió Schmidt tras reflexionar unos segundos—. ¿Se nos echa encima el tiempo y tú quieres comenzar un diálogo socrático conmigo?

—No pondría esto al nivel de Sócrates, pero sí —respondió Wilson—. Te habla el profesor de física de bachillerato que llevo dentro. Y llámame loco, si quieres, pero creo que me ayudarías más si no te comportaras como si te consideraras un mono inútil. Quiero suponer que tienes cerebro.

—Gracias —dijo Schmidt.

—De nada. Dime, entonces, ¿cómo se busca una caja negra? —preguntó de nuevo Wilson—. En concreto, una caja negra que no quiere que la encuentren.

—Rezando fervorosamente.

—Te lo estás tomando a broma —le soltó Wilson en un tono de reprobación.

—¡Esto es nuevo para mí! —protestó Schmidt—. Dame una pista.

—Está bien. Se empieza buscando aquello a lo que originariamente estuvo acoplada la caja negra.

—La *Polk* —dijo Schmidt—. O lo que quede de ella.

—Muy bien, mi joven aprendiz.

Schmidt lo fulminó con la mirada y luego dijo:

—Pero me habías dicho que las sondas automatizadas que habían explorado previamente la zona no encontraron nada.

—Cierto. Pero eran exploraciones preliminares y realizadas apresuradamente. La *Clarke* posee sensores más potentes. —Wilson atenuó la iluminación en el almacén y encendió el monitor, en el centro de cuya pantalla apareció un solitario y minúsculo puntito.

—Eso no es la *Polk*, ¿verdad? —preguntó Schmidt.

—Es la *Clarke* —respondió Wilson. Aparecieron una serie de circunferencias concéntricas dispuestas en tres ejes—. Y ésa es la zona que la *Clarke* está explorando exhaustivamente, con la distancia expresada logarítmicamente. Hay alrededor de un minuto luz hasta el borde exterior.

—Si tú lo dices.

Wilson pasó por alto el comentario e hizo aparecer otro punto en la pantalla, cerca del que simbolizaba la *Clarke*.

—Aquí es donde supuestamente apareció la *Polk* tras saltar. Supongamos que estalló nada más llegar. ¿Qué tendríamos que ver?

—Los restos de la nave aproximadamente donde estaba antes de explotar —respondió Schmidt—. Siento repetirme, pero las sondas no encontraron nada.

—En efecto. Ahora utilicemos los sensores de exploración de la *Clarke* a ver qué encuentran. Esto emplea la red estándar de LIDAR, la exploración activa por radio y radar.

Aparecieron varias esferas amarillas, incluida una cercana a la posición de entrada de la *Polk*.

—¡Restos! —exclamó Schmidt, señalando la esfera más próxima a la nave desaparecida.

—No es seguro —repuso Wilson.

—Venga ya —dijo Schmidt—. La correlación es bastante rotunda, ¿no te parece?

—La *Clarke* está marcando aglomeraciones de materia lo suficientemente densa para que reboten las señales. Es imposible que todas ellas sean restos de la nave. Lo mismo podría decirse de ésa. A lo mejor son partículas desprendidas de un cometa.

—¿Podemos acercarnos un poco más a la que está cerca de la supuesta posición de la *Polk*? —preguntó Schmidt.

—Claro. —Wilson aumentó la imagen mostrada en la pantalla y la esfera de escombros amarilla se expandió hasta desaparecer sustituida por varios puntos de luz diminutos—. Estas luces representan objetos individuales que devuelven la señal.

—Hay muchos —comentó Schmidt—. Lo que me lleva a sugerir que son fragmentos de una nave.

—Vale. Te lo explicaré. Los datos sugieren que ninguno de esos trozos es mucho más grande que tu cabeza. La mayoría son del tamaño de un guijarro. Aunque los juntaras todos en ningún caso obtendrías algo del tamaño de una fragata de las FDC.

—A lo mejor el que se cargó la *Polk* no quería dejar rastros —sugirió Schmidt.

—Ahora hablas como un paranoico.

—¡Oye!

—No te enfades —dijo Wilson, levantando una mano para aplacar a su amigo—. Te lo digo como un cumplido. Y creo que tienes razón. El que se cargó la *Polk* no quería que averiguásemos lo que le sucedió a la nave.

—Si pudiéramos llegar a ese campo de escombros podríamos recoger muestras.

—No hay tiempo. Y ahora mismo, averiguar lo que le sucedió a la *Polk* sólo es el medio para lograr un fin. Además, aún no tenemos la certeza de que sean los restos de la *Polk*. ¿Qué propones?

—No tengo la menor idea —respondió Schmidt.

—Piensa, Hart —insistió Wilson, señalando la imagen en el monitor—. ¿Qué pasó con el resto de la *Polk*?

—Probablemente se evaporó —sugirió Schmidt.

—Exacto —repuso Wilson, y esperó.

—Vale. ¿Y?

Wilson suspiró.

—¿Es que te criaste con una tribu de chimpancés, Hart?

—No sabía que hoy tenía examen de ciencias, Harry —protestó Schmidt, molesto.

—¡Si ya lo has dicho! Probablemente la nave se evaporó. El que destruyó la *Polk* se tomó su tiempo para desguazar la nave, fragmentar los trozos y reducirlos a moléculas. Pero seguramente no se llevó consigo todos los átomos.

Schmidt abrió los ojos con sorpresa y exclamó:

—¡Una nube gigante de partículas evaporadas de la *Polk*!

—Tú lo has dicho.

En el monitor apareció ahora una enorme masa amorfa con tentáculos que se extendían desde el cuerpo principal.

—¿Eso es la nave? —preguntó Schmidt, mirando la masa.

—Yo diría que sí —respondió Wilson—. Una de las imágenes adicionales que le pedí a la capitana Coloma fue un análisis espectrográfico de las inmediaciones. No es una cosa que se haga en una exploración rutinaria.

—¿Por qué no? —inquirió Schmidt.

—¿Y por qué sí? En el protocolo estándar no figura la exploración de las inmediaciones en busca de partículas moleculares de una fragata. Se suele reservar el análisis espectrográfico para las misiones científicas en las que se recogen muestras de gases. Las naves espaciales normalmente no tienen que preocuparse por los gases a menos que se encuentren cerca de un planeta y haya que calcular la extensión de su atmósfera. Y toda esa información relativa a los sistemas que ya hemos explorado se halla en la base de datos. Estoy casi seguro de que el responsable de la desaparición de la *Polk* sabía todo eso y no temió que una nube invisible de átomos de metal los delatara.

—No contaba con que la descubriéramos —apuntó Schmidt.

—Y lo normal habría sido que no lo hubiéramos hecho —repuso Wilson, que alejó la imagen para que mostrara todos los demás campos de escombros—. Ninguno de los otros campos de escombros muestra la misma densidad de partículas moleculares, y éstas tampoco son de la misma clase de metales que utilizamos para construir nuestras naves. —Volvió a acercar la imagen—. Por lo tanto, estoy casi seguro de que esto es lo que queda de la *Polk*. Y creo firmemente que fue atacada con toda la intención del mundo y destruida metódicamente.

—Eso significa que alguien filtró la información —dijo Schmidt—. Era una misión secreta.

Wilson asintió.

—Sí, pero tú y yo no tenemos que preocuparnos por eso ahora. Seguimos buscando la caja negra. La buena noticia, si quieres verlo así, es que esto reduce considerablemente el volumen de espacio para nuestra búsqueda.

—Retomaremos la primera imagen y examinaremos uno a uno los fragmentos de la *Polk* —sugirió Schmidt.

—Sería una posibilidad... si tuviéramos un mes.

—Ahora es cuando me haces quedar otra vez como un idiota —protestó Schmidt.

—No, esta vez voy a ahorrármelo porque la respuesta no es tan obvia —dijo Wilson.

—Menudo alivio.

—Volvamos a tu sugerencia. Aunque examinemos detenidamente las imágenes anteriores obtenidas durante la exploración, probablemente no encontraríamos nada —dijo Wilson—. Recuerda que las FDC quieren que sólo su gente encuentre la caja negra.

—Por eso la caja negra es negra.

—No sólo es negra, también es extremadamente escurridiza —puntualizó Wilson—. Está recubierta de un material que absorbe la mayor parte de las radiaciones que chocan con ella y dispersa el resto. No devuelve directamente las señales de los sensores. Desde el punto de vista de una red de sensores, no existe.

—Vale, Harry Wilson, supergenio. Si no se ve ni se puede rastrear, ¿cómo se encuentra?

—Me alegra que me hagas esa pregunta. Mientras pensaba en la caja negra, en mi cabeza ha aparecido la expresión «cuerpo negro». Es un objeto que absorbe todas las radiaciones que recibe.

—Como lo que has dicho que hace ese objeto —señaló Schmidt.

—Más o menos. La caja negra no es un cuerpo negro perfecto; nada lo es. Pero eso me recordó que cualquier objeto en el mundo real que absorba toda la radiación que recibe se calentará. Y entonces recordé que la caja negra está equipada con una batería que alimenta el procesador y el amortiguador de inercia, y que la batería no tiene un rendimiento del ciento por ciento.

Schmidt miró a Wilson sin comprender.

—Está caliente, Hart —dijo Wilson—. La caja negra tenía una fuente de alimentación que emitía calor. Ese calor la mantuvo relativamente caliente hasta mucho tiempo después de que todo lo que la rodeaba alcanzara un equilibrio en la entropía.

—La batería está muerta —dijo Schmidt—. Aunque se hubiera calentado, ya se habrá enfriado.

—Eso depende de tu definición de «caliente». La caja negra está diseñada de manera que tiene algunas partes interiores que actúan como aislantes. Aunque la batería esté muerta, tiene que pasar mucho más tiempo para que se enfríe hasta la temperatura del espacio que si fuera un simple trozo de metal. No necesito que esté a la misma temperatura que este almacén, Hart. Una simple diferencia de una fracción de grado centígrado respecto a la temperatura de lo que la rodea bastaría.

La imagen de la fantasmagórica masa de moléculas de la *Polk* fue sustituida en la pantalla del monitor por un mapa térmico de un azul oscuro casi negro en el que Wilson depositó toda su atención.

—Así que estás buscando algo con una temperatura ligerísimamente superior al cero absoluto —dijo Schmidt.

—En realidad la temperatura del espacio es de un par de grados por encima del cero absoluto —dijo Wilson—. Sobre todo en un sistema planetario.

—Parece un detalle irrelevante —comentó Schmidt.

—¿Y tú te consideras científico?

—No.

—Entonces no pasa nada.

—¿Qué pasa si ya se ha alcanzado el equilibrio térmico, si ya tiene la misma temperatura que todo lo que la rodea? —preguntó Schmidt.

—En ese caso estaremos jodidos —respondió Wilson.

—Detesto tu sinceridad.

—¡Ajá! —exclamó Wilson, y de repente la imagen amplió vertiginosamente algo que no fue visible hasta el último momento, y que aun así sólo tenía un tono ligeramente más claro del azul oscuro de todo lo demás.

—¿Eso es la caja negra?

—Espera a que cambie la escala térmica de color falsa —respondió Wilson. El objeto, esférico, se tornó verde de inmediato.

—¡Es la caja negra!

—Tiene el tamaño y la forma de una caja negra —dijo Wilson—. Si no lo es, el universo está jugando con nosotros. Hay otros objetos calientes en las inmediaciones, pero no concuerdan en tamaño ni en forma.

—¿Qué son?

Wilson se encogió de hombros.

—Posiblemente fragmentos de la *Polk* con bolsas de aire cerradas herméticamente. Ahora mismo no lo sé ni me importa. —Señaló la esfera—. Eso es lo que estábamos buscando.

Schmidt miró detenidamente la imagen en la pantalla.

—¿Está mucho más caliente que todo lo demás?

—0,03 grados centígrados más caliente. Si hubiéramos tardado un par de horas más jamás la habríamos encontrado.

—No me digas eso —jadeó Schmidt—. Me pone nervioso retroactivamente.

—La ciencia está edificada sobre variaciones minúsculas, amigo mío.

—¿Y ahora qué?

—Ahora iré a decirle a la capitana Coloma que vaya calentando el motor del transbordador. Tú ve a decirle a tu jefa que si la misión fracasa será por su culpa, no por la nuestra.

—Creo que se lo expondré de otra manera.

—Como veas. Por eso te dedicas a la diplomacia —repuso Wilson.

VII

La conversación con Coloma no fue demasiado grata. La capitana le exigió un informe detallado del protocolo empleado para la localización de la caja negra que Wilson le soltó de carrerilla, sin despegar los ojos del reloj. Wilson sospechó que la capitana Coloma no esperaba que encontrara la caja negra en el tiempo que habían acordado y estaba completamente descolocada. De manera que intentaba elucubrar una razón para no permitirle salir con el transbordador. Al parecer no se le ocurrió ninguna, si bien por motivos de seguridad, según le aseguró, no podría proporcionarle un piloto para la nave. Wilson se preguntó de qué serviría un piloto de transbordador a bordo de la *Clarke* si le ocurría algo al aparato mientras estaba en su poder. Pero en esta ocasión, como en muchas otras, se guardó para sí su opinión y sonrió, agradeció a la capitana su colaboración y se despidió de ella con el saludo militar.

El transbordador estaba diseñado para el transporte, no para la recogida de objetos. Eso significaba que Wilson tendría que improvisar un poco. Una de las cuestiones que debería resolver con la imaginación era cómo abrir el interior del transbordador al vacío del espacio, y lo cierto era que la idea no lo entusiasmaba por varias razones. Estudió detenidamente las especificaciones del aparato para ver si encontraba algo al respecto. La *Clarke* era una nave diplomática y no militar, lo que quería decir que ella y todo lo que contenía había sido construido en unos astilleros civiles, y posiblemente de acuerdo con unos planos distintos de los de las naves y los transbordadores militares con los que él estaba familiarizado. Por suerte, Wilson descubrió que el transbordador diplomático, a pesar de que su interior se había adaptado a las necesidades de sus funciones, compartía el chasis y la construcción con su hermano militar. Podría aguantar un poco de vacío.

No podía decirse lo mismo de Wilson. El vacío lo mataría, aunque más lentamente que a cualquier otro pasajero de la *Clarke*. Wilson no entraba en combate desde hacía años, pero aún pertenecía a las Fuerzas de Defensa Colonial y conservaba las mejoras genéticas y de otras clases que introducían en los soldados, incluida la SangreSabia, una sangre artificial que transportaba más oxígeno y le permitía aguantar durante más tiempo en condiciones de falta de oxígeno que un humano sin modificaciones. Cuando Wilson llegó a la *Clarke*, uno de los trucos a los que recurría para romper el hielo con sus colegas diplomáticos era aguantar la respiración mientras lo cronometraban; normalmente se aburrían cuando pasaba la marca de los cinco minutos.

Dicho lo cual, había una notable diferencia entre aguantar la respiración en la sala común de la *Clarke* y perder el conocimiento en medio del vacío frío y carente de oxígeno mientras el aire de dentro de tu cuerpo intenta reventarte los pulmones para salir al espacio. Unas pocas precauciones no estarían de más.

Por lo tanto, por primera vez en más de una década, Wilson se enfundó su unicapote de combate estándar de las Fuerzas de Defensa Colonial.

—¡Menuda pinta! —dijo Schmidt, sonriendo, mientras Wilson enfilaba hacia el transbordador.

—Mira quién fue a hablar —respondió Wilson.

—Creo que nunca te había visto con uno de ésos puesto —añadió Schmidt—. Ni siquiera sabía que lo tuvieras.

—El reglamento obliga a las unidades de las FDC que siempre viajen con el unicapote, incluso a destinos donde en principio no se esperan situaciones de combate —explicó Wilson—. En teoría, se considera que el universo es un medio hostil y que debemos estar permanentemente preparados para matar cualquier cosa que encontremos.

—Una filosofía interesante. ¿Dónde está tu pistola?

—No es una pistola —replicó Wilson—. Es un fusil MP-35. Y lo he dejado en mi taquilla. No entra en mis previsiones tener que dispararle a la caja negra.

—¿Estás seguro de que quieres correr ese riesgo?

—Cuando quiera tu asesoramiento militar, Hart, te lo comunicaré —dijo Wilson.

Schmidt sonrió y levantó en alto lo que llevaba en las manos.

—Quizá esto te dé una alegría —anunció el diplomático—. Un conector de las FDC con batería.

—Gracias —dijo Wilson. La batería de la caja negra estaría agotada y necesitaría un poco de energía para encender el transmisor.

—¿Sabrás pilotar esa cosa? —preguntó Schmidt, sacudiendo la cabeza en dirección al transbordador.

—Ya he programado una ruta hasta la caja negra y la he introducido en el navegador. Además, hay instalado un programa de despegue. Los he conectado entre sí. Y para regresar los conectaré en orden inverso. Mientras no tenga que intentar pilotarlo todo irá bien.

«¿Qué cojones…?», exclamó Wilson. En el monitor frontal del transbordador, en el que había resaltado los objetos que emitían luz para señalar la posición de las estrellas (atenuadas por las luces de su panel de mandos), había aparecido de manera repentina otra estrella. Ya iban dos en menos de treinta segundos. En su camino hacia la caja negra había un objeto.

Frunció el ceño, detuvo el transbordador y repasó los datos de la investigación previa que había realizado en la *Clarke*.

Vio el objeto en las imágenes de reconocimiento que había capturado con Schmidt: era otro fragmento con una temperatura ligeramente superior al espacio que lo rodeaba, lo suficientemente grande para causar daños en el transbordador en el caso de que colisionara con él.

«Al final tendré que pilotarlo», pensó Wilson. Se maldijo por no haber introducido los datos del reconocimiento en el plan de vuelo del transbordador. Ahora tendría que dedicar un tiempo precioso a reprogramar la ruta.

—¿Algún problema? —La voz de Schmidt llegó a través del panel de mandos.

—Todo bien —respondió Wilson—. Hay algo en mi camino. Voy a rodearlo. —El reconocimiento térmico indicaba que se trataba de un objeto que medía aproximadamente tres o cuatro metros de longitud, lo que lo convertía en un fragmento considerablemente mayor que todos los que las exploraciones rutinarias habían detectado, pero no tan grande como para obligar a Wilson a desviarse demasiado de su ruta. Modificó el itinerario para pasar doscientos cincuenta metros por debajo del objeto y luego retomar la ruta inicial. Introdujo la modificación en el programa del plan de vuelo, que aceptó el cambio sin problema, y reanudó la marcha hacia la caja negra. Devolvió la atención a los monitores y vio que, a medida que el transbordador se movía en relación con el objeto, éste ocultaba unas cuantas estrellas más.

El transbordador llegó a la caja negra pocos segundos después. Wilson no podía verla físicamente, pero tras localizarla en la *Polk* había llevado a cabo unas exploraciones complementarias que fijaban su posición a unos diez centímetros de donde estaba ahora el transbordador, suficientes para lo que tenía que hacer a continuación. Ejecutó la última secuencia del programa de navegación, la dedicada a realizar maniobras milimétricas. Esto duró otro minuto.

—Allá vamos —dijo Wilson, y dio la orden a su unicapote para que le envolviera la cara, cosa que hizo el traje con un chasquido. Wilson odiaba la sensación que le producía la máscara del unicapote; era como si alguien le hubiera envuelto a conciencia la cabeza con cinta americana. Sin embargo, en este caso era preferible eso a la única alternativa que se le ofrecía. La máscara cubría todo su campo visual, pero el CerebroAmigo compensaba esa ceguera suministrándole imágenes en tiempo real.

Completada esa fase, Wilson dio la orden al transbordador para vaciar de aire el interior. Los compresores del aparato se encendieron y absorbieron el aire para devolverlo a los tanques. Tres minutos después, en el interior del transbordador había casi tan poco oxígeno como en el espacio que lo rodeaba.

Wilson apagó la gravedad artificial del transbordador, se desabrochó las correas que lo mantenían fijo al asiento del piloto y, muy a su pesar, enfiló hacia la puerta. Se detuvo justo delante de ella y se agarró al asidero que había a uno de los lados para no salir flotando a la deriva. Apretó el botón que abría la puerta y está se deslizó para introducirse en la pared del transbordador. Las escasas moléculas de la atmósfera apta para el ser humano que quedaban en el interior del aparato escaparon rápidamente por el hueco de la puerta con un susurro apenas audible.

Wilson, tendió una mano hacia el espacio exterior sin soltarse del asidero. «¡Despacio!» Y un segundo después envolvió con los dedos un objeto. Volvió a introducir la mano en la nave.

Era la caja negra.

«Excelente», pensó Wilson, y soltó el asidero para apretar de nuevo el botón de la puerta y sellar el interior de la nave. Dio la orden para que el transbordador volviera a bombear aire a la cabina y regresara la gravedad artificial…, y al hacerlo estuvo a punto de dejar caer la caja negra. Pesaba más de lo que parecía.

Un minuto después, Wilson se retiró la máscara de la cara y tomó una bocanada de aire, innecesaria desde el punto de vista fisiológico, pero psicológicamente reconfortante. Regresó al asiento del piloto, cogió el conector con batería y escudriñó durante varios minutos la misteriosa superficie del objeto, buscando el diminuto orificio para enchufárselo. Por fin lo encontró. Oyó el clic que indicaba que había encajado bien y esperó los treinta segundos de rigor para que se transfiriera la cantidad de energía suficiente para que se encendieran el receptor y el transmisor de la caja negra.

Envió la señal encriptada a la caja negra a través de su CerebroAmigo. Tras unos segundos en los que no pasó nada, un torrente de información entró en el CerebroAmigo de Wilson a tanta velocidad que casi lo sintió físicamente.

Los últimos momentos de la *Polk*.

Wilson se puso a revisar los datos con su CerebroAmigo tan rápidamente como fue capaz.

Menos de un minuto después había confirmado sus sospechas: la *Polk* había sido atacada y destruida violentamente.

Y transcurrido otro minuto averiguó que desde la *Polk* se lanzó una cápsula de escape que había sido destruida unos diez segundos antes de que se hubiera liberado la caja negra al espacio. Wilson conjeturó que el ocupante de la cápsula de escape debió de ser la embajadora o alguien de su delegación.

Y tres minutos después de ese hallazgo descubrió algo más.

—Oh, mierda —exclamó en voz alta.

—Acabo de oír «oh, mierda» —dijo Schmidt desde el cuadro de instrumentos.

—Hart, ponme con Abumwe y con Coloma ahora mismo —le ordenó Wilson.

—La embajadora está ocupada con las sesiones informativas preliminares —repuso Schmidt—. Se disgustará si se la interrumpe.

—Se enfadará más contigo si no lo haces —replicó Wilson—. Créeme.

—¿Que la *Polk* fue atacada por qué? —exclamó Abumwe. Ella y Coloma se habían conectado mediante videoconferencia, Coloma desde su despacho y Abumwe desde una sala de reuniones en la que Schmidt prácticamente había tenido que meterla a rastras.

—Por al menos quince misiles Melierax Serie Siete nave-nave —dijo Wilson, hablándole a la pequeña cámara que había en el cuadro de mandos del transbordador—. Podrían haber sido más, porque los datos comenzaron a registrarse de manera incompleta a partir de que fallaran la mayoría de los sistemas. Pero fueron al menos quince.

—¿Qué importancia tiene la clase de misiles que destruyeron la *Polk*? —preguntó Abumwe con irritación.

Wilson miró de refilón a la capitana Coloma, que estaba pálida. Por lo menos ella comprendía el alcance de la noticia.

—Porque, embajadora, los misiles Melierax Serie Siete nave-nave los fabrica la Unión Colonial.

—Eso es imposible —aseveró Abumwe tras una pausa de varios segundos en silencio.

—Eso no es lo que dicen los datos —replicó Wilson, reprimiendo una diatriba sobre lo estúpido de la frase «eso es imposible» que a estas alturas probablemente sería contraproducente.

—Los datos podrían ser erróneos —observó Abumwe.

—Con todo el respeto, embajadora, las FDC han trabajado mucho para saber qué les disparan —repuso Wilson—. Si la *Polk* confirmó que se trataba de misiles de la clase Melierax es porque pudo identificarlos a partir de varios parámetros de confirmación, incluidos la forma, el tamaño, el diseño, la propulsión, etcétera. Las probabilidades de que no fueran Melierax Serie Siete son escasas.

—¿Qué sabemos de la nave que atacó a la *Polk*? —preguntó Coloma.

—No mucho —respondió Wilson—. No se identificó, y la *Polk* no invirtió más tiempo en averiguarlo que el que tardó en realizar un escaneo superficial, y a juzgar por esa información, era más o menos del mismo tamaño que la *Polk*. Aparte de eso no hay manera de saber nada más.

—¿La *Polk* contraatacó? —preguntó Coloma.

—Disparó por lo menos cuatro misiles. También Melierax Serie Siete. No hay información sobre si impactaron en el objetivo.

—No lo entiendo —dijo Abumwe—. ¿Por qué una nave nuestra atacaría a la *Polk* y la destruiría?

—No sabemos si lo hizo una nave nuestra —señaló Coloma—. La única certeza que tenemos es que quienquiera que fuera disparó nuestros misiles.

—Eso es cierto —repuso Wilson, y levantó un dedo para rebatir a la embajadora.

—Es posible que se vendieran los misiles a otra especie —sugirió Coloma—, que luego nos atacó.

—Es posible, pero hay que tener en cuenta dos cosas —apuntó Wilson—. La primera es que la mayor parte del armamento con el que comerciamos es tecnología punta. Cualquier especie capaz de construir una nave espacial puede fabricar misiles, y los Melierax son bastante básicos. Todas las especies tienen unos parecidos. La segunda es que la *Polk* estaba en una misión diplomática secreta, de manera que quien la atacó sabía dónde encontrarla. —Coloma abrió la boca para intervenir, pero Wilson continuó—: Y adelantándome a la siguiente pregunta, nunca hemos vendido misiles Melierax a los utche. —Coloma cerró la boca y una expresión glacial se instaló en su rostro.

—Así que nos encontramos ante una misteriosa nave que ataca a la Unión Colonial con sus propios misiles —resumió Abumwe.

—Sí —convino Wilson.

—¿En qué situación nos deja eso a nosotros? —inquirió la embajadora—. ¿Por qué no nos han atacado?

—No sabían que veníamos —respondió Wilson—. La decisión de enviarnos aquí se ha tomado en el último momento. Lo normal habría sido que la Unión Colonial hubiese tardado varios días en preparar una nueva delegación. Y para entonces el intento de negociar con los utche habría fracasado por culpa de nuestra incomparecencia.

—¿Alguien ha destruido una nave con el único fin de frustrar unas negociaciones diplomáticas? —preguntó Coloma—. ¿Ésa es su teoría para explicar lo sucedido?

—Es una hipótesis —respondió Wilson—. No voy a cometer el error de creer que sé lo suficiente sobre la situación para no equivocarme. Sin embargo, considero que deberíamos informar a la Unión Colonial lo antes posible. Capitana, ya he transferido los datos a los ordenadores de la *Clarke*. Sugiero encarecidamente que enviemos de inmediato a Fénix una sonda de salto con toda la información y mi análisis preliminar.

—Estoy de acuerdo —dijo Abumwe.

—Daré la orden para que se haga en cuanto cortemos esta comunicación —manifestó Coloma—. Ahora, teniente, quiero que usted y el transbordador regresen inmediatamente a la *Clarke*. Con todo el respeto debido a la embajadora Abumwe, aún no estoy convencida de que no haya alguna amenaza ahí fuera. Vuelva enseguida. Nos iremos de aquí en cuanto esté usted a bordo.

—¿Cómo? —dijo Abumwe—. Tenemos una misión. Yo tengo una misión. Hemos venido para negociar con los utche.

—Embajadora, la *Clarke* es una nave diplomática —dijo Coloma—. Carece de armamento ofensivo y apenas si está dotada de armas defensivas. Hemos confirmado que la *Polk* fue atacada. Y es posible que quienquiera que la atacó siga ahí fuera. Vamos a enviar la información que hemos recopilado a Fénix. Desde allí alertarán de la situación a los utche, quienes seguramente ordenarán el regreso de su nave. No va a celebrarse ninguna reunión.

—Eso no lo sabe usted —repuso Abumwe—. Podrían tardar horas en procesar la información. Quedan menos de tres horas para la llegada de los utche. Aunque nos marcháramos, aún estaríamos en el sistema cuando aparecieran, lo que significa que lo primero que verían al llegar sería a nosotros huyendo.

—No vamos a huir —replicó con acritud Coloma—. Y esta decisión no le corresponde a usted tomarla, embajadora. Yo soy la capitana de la nave.

—De una nave diplomática —apuntó Abumwe—. Y yo soy la jefa de la delegación diplomática que viaja a bordo de ella.

—Embajadora, capitana —intervino Wilson—. ¿Es necesaria mi presencia en esta parte de la conversación?

Wilson vio que ambas se inclinaban simultáneamente sobre sus respectivas pantallas y cortaban la comunicación.

«Me lo tomaré como un "no"», dijo Wilson para sus adentros.

VIII

Wilson estaba con la mosca detrás de la oreja mientras introducía en el plan de vuelo del transbordador la ruta de regreso a la *Clarke*. La *Polk* había recibido el impacto de al menos quince misiles nave-nave, pero una explosión había sacudido la nave antes de que ninguno de ellos la alcanzara. Sin embargo, no se había registrado dato alguno que explicara la causa de esa explosión: la nave había saltado, realizado una exploración preliminar de las inmediaciones y todo había transcurrido con normalidad hasta esa primera explosión. A partir de ese momento, la *Polk* se había convertido en un infierno en cuestión de segundos. Pero antes, nada. No había ningún indicio de que hubiera sucedido algo fuera de lo normal.

El ordenador de navegación del transbordador aceptó la ruta introducida y Wilson se abrochó los cinturones del asiento y se relajó. El viaje de vuelta a la *Clarke* sería breve, y supuso que para cuando llegara ya habría una vencedora en la lucha de poder en la que se habían enzarzado Coloma y Abumwe. En cuanto a él, no tenía ninguna preferencia, pues comprendía ambas posturas; además, las dos parecían despreciarlo en la misma medida, así que, ganara quien ganase, su situación personal no cambiaría.

«Yo he cumplido con lo que me mandaron», pensó Wilson, y echó un vistazo a la caja negra, acomodada en el asiento del pasajero. Parecía un oscuro agujero sin brillo que absorbiera la luz.

De repente lo asaltó un temor.

—Mierda —exclamó, y detuvo el transbordador.

—¿Has vuelto a decir «mierda»? —oyó que Schmidt le preguntaba—. Y te has detenido.

—Se me acaba de ocurrir una idea interesante —dijo Wilson.

—¿Y no puedes darle vueltas a esa idea mientras vienes a devolver el transbordador? La capitana Coloma dejó muy clara su postura sobre lo de traerlo de vuelta.

—Hart, enseguida estoy contigo.

—¿Qué vas a hacer?

—Preferirás no saberlo —respondió Wilson—. Es mejor que no lo sepas. Quiero asegurarme de que podrás alegar de una manera convincente que no sabías nada.

—No tengo ni idea de lo que hablas.

—Perfecto —repuso Wilson, y cortó la comunicación con su amigo.

Un par de minutos después, Wilson flotaba en la cabina sin aire del transbordador, enmascarado y agarrado al asidero situado junto a la puerta. Apretó el botón para abrirla.

No vio nada fuera. Y no debería ser así, puesto que su CerebroAmigo debería haber identificado las estrellas y aumentado su luz hasta una longitud de onda que le proporcionara visibilidad. Sin embargo, no veía nada.

Extendió la mano con la que no se aferraba al asidero. Nada. Cambió de postura para sacar buena parte de su cuerpo a través del hueco de la puerta y volvió a tender la mano. Esta vez tocó algo. Algo grande, negro e invisible.

«Hola —dijo mentalmente Wilson—. ¿Qué cojones eres?»

La cosa grande, negra e invisible no le respondió.

Wilson recurrió a su CerebroAmigo para hacer dos cosas. La primera fue comprobar el tiempo que había transcurrido desde que se había puesto la máscara: apenas dos minutos. Le quedaban unos cinco minutos hasta que su cuerpo comenzara a exigirle oxígeno. La segunda fue ajustar las propiedades del tejido nanobótico de su unicapote de combate para liberar una pequeña descarga eléctrica que recorriera las manos, las suelas y las rodillas del traje. Su propio calor corporal y la fricción creada por sus movimientos generaron la corriente. A continuación, volvió a tender una mano hacia el objeto grande, negro e invisible.

Su mano se pegó a él suavemente. «Un hurra por el magnetismo», dijo para sí Wilson, y con movimientos lentos para no salir lanzado de un modo accidental y fatal al espacio, salió del transbordador para iniciar la exploración.

· · ·

—Tenemos un problema —dijo Wilson, de nuevo conectado por videoconferencia con Coloma y Abumwe. Schmidt merodeaba sin decir ni mu detrás de la embajadora.

—Es usted quien tiene un problema —lo corrigió Coloma—. Se le ordenó que devolviera el transbordador hace cuarenta minutos.

—Tenemos un problema de otra índole —repuso Wilson—. He encontrado un misil en el espacio. Está armado. Y esperando a los utche. Y es uno de los nuestros.

—¿Perdón? —exclamó Coloma.

—Es otro Melierax Serie Siete —dijo Wilson, y sostuvo en alto la caja negra—. Está alojado en un pequeño silo recubierto con el mismo material con la propiedad de absorber la longitud de onda que esto. Cuando se explora la zona con los escáneres estándar pasa desapercibido. Hart y yo lo vimos porque realizamos una exploración térmica de gran precisión cuando buscábamos la caja negra, e incluso entonces no le dimos importancia porque no era lo que estábamos buscando. Mientras estudiaba los datos de la *Polk* encontré el registro de una explosión que parecía inexplicable antes de que la nave fuera atacada por la otra nave y los misiles que hemos podido identificar. Mi cerebro ha atado cabos mientras regresaba. Ya había pasado junto a este objeto de camino a la caja negra. Esta vez me he detenido para explorarlo minuciosamente.

—¿Y dice que está esperando a los utche? —preguntó Abumwe.

—Sí —respondió Wilson.

—¿Cómo lo sabe?

—He entrado en el sistema del misil. Me metí en el silo, curioseé en el cuadro de mandos del arma y luego usé esto. —Levantó la mano con el conector de las FDC.

—¿Saliste al espacio? —exclamó Schmidt, asomando la cabeza por encima del hombro de Abumwe—. ¿Estás loco?

—He salido tres veces —dijo Wilson mientras Abumwe se volvía para fulminar con la mirada a Schmidt—. Me he visto limitado por mi capacidad para aguantar la respiración.

—¿Entró en el sistema del misil? —inquirió Coloma, poniendo de nuevo el foco en el asunto principal.

—Así es. El misil está armado y esperando una señal de la nave utche.

—¿Qué señal? —preguntó la capitana.

—Creo que será la que nos envíe a modo de saludo —respondió Wilson—. Los utche utilizan unas frecuencias particulares para las comunicaciones entre naves, distintas de las que usamos nosotros. El misil está programado para salir disparado hacia las naves que empleen esas frecuencias. Por lo tanto, está esperando a los utche.

—¿Con qué fin? —preguntó Abumwe.

—¿No es obvio? —contestó Wilson—. Los utche son atacados por un misil de las Fuerzas de Defensa Colonial y su nave sufre daños o es destruida. La delegación diplomática de la Unión Colonial original viajaba en una fragata de las FDC. Daría la impresión de que ella había atacado a los utche. Rotas las negociaciones, fracasada la diplomacia, la Unión Colonial y los utche se lanzarán a la yugular del otro.

—Pero la *Polk* fue destruida —le recordó Coloma.

—He pensado sobre eso —dijo Wilson—. En la información que las FDC me enviaron sobre la misión de la *Polk* se decía que nuestra fragata tenía prevista su llegada setenta y cuatro horas antes que la nave utche. Los datos recuperados de la caja negra indican que la *Polk* llegó con ochenta horas de antelación con respecto a la hora programada para la aparición de los utche.

—¿Sugiere que al llegar con antelación pilló a alguien preparando la trampa? —preguntó Coloma.

—Yo no sé si lo «pilló» —respondió Wilson. Lo que yo creo es que quienquiera que fuera estaba inmerso en la preparación de la trampa y la llegada de la *Polk* lo sorprendió.

—Acaba de decir que su objetivo eran los utche —dijo Abumwe—. Pero las pruebas sugieren que también atacó a la *Polk*.

—Si los que estaban preparando la trampa se encontraban cerca, reprogramar el misil es muy sencillo. Sólo hay que hacer un cambio en el receptor. Y cuando el misil impactó en la *Polk*, a bordo de la nave estarían demasiado ocupados con ese imprevisto para prestar atención a la nave desconocida que debieron detectar los sensores. Hasta que fue demasiado tarde.

—La llegada anticipada de la *Polk* frustró sus planes —dijo Coloma—. Pero ¿por qué esa cosa sigue ahí fuera?

—Yo creo que más bien los cambió —repuso Wilson—. Tuvieron que destruir la *Polk* cuando apareció inesperadamente, y para sembrar la duda sobre lo que podría haberle ocurrido a la nave tuvieron que deshacerse de sus restos. Pero mientras queden suficientes fragmentos del misil de las FDC entre los restos de la nave utche habrán cumplido su misión. La desaparición de la *Polk* es una ventaja añadida, pues da la impresión de que las FDC están escondiendo la nave en lugar de mostrarla públicamente para probar que no disparó ella los misiles.

—Pero sabemos lo que le ocurrió a la *Polk* —dijo la embajadora.

—Nosotros sí, pero quienquiera que sea el responsable de esto no sabe que lo sabemos —puntualizó Wilson—. En esta situación somos el comodín. Pero eso no cambia el hecho de que los utche siguen siendo un objetivo.

—¿Ha desactivado el misil, teniente Wilson? —preguntó Coloma.

—No. Pude leer las instrucciones que le han programado, pero no está en mi mano cambiarlas. Además, no dispongo de las herramientas necesarias para desactivarlo. Y aunque lo hiciera, hay otros misiles ahí fuera. Los mapas térmicos de Hart y el mío muestran otros cuatro proyectiles muy cerca de éste. Nos queda menos de una hora para la hora programada para la llegada de la nave utche. Es imposible desactivarlos manualmente a tiempo.

—Así que no podemos hacer nada para impedir el ataque —dijo Abumwe.

—Un momento —intervino Coloma—. Teniente, ha dicho que es imposible desactivarlos manualmente. ¿Conoce alguna otra manera de hacerlo?

—Creo que podría haber una manera de destruirlos —respondió Wilson.

—Expóngala —le ordenó Coloma.

—No va a gustarle, capitana.

—¿Me gustará más que observar con impotencia cómo atacan a los utche y luego nos culpan de lo ocurrido?

—Querría pensar que sí —respondió Wilson.

—Entonces hable.

—El transbordador juega un papel esencial.

Coloma lanzó los brazos al aire.

—¡Cómo no!

X

—Toma. —Schmidt puso en las manos de Wilson una pequeña bombona y una máscara—. Un complemento de oxígeno. Para una persona normal son veinte minutos de aire. No sé cuánto te durará a ti.

—Unas dos horas —dijo Wilson—. Tiempo más que suficiente. ¿Y lo otro?

—Aquí lo tienes. —Schmidt le tendió otro objeto, no mucho mayor que la bombona de oxígeno—. Batería de alta densidad y descarga rápida. Directamente llegada de la sala de motores. Por cierto, fue necesaria la intervención directa de la capitana Coloma. Al ingeniero jefe Basquez no le hizo ni pizca de gracia desprenderse de ella.

—Si todo sale bien, muy pronto la tendrá de vuelta.

—¿Y si no sale todo bien?

—En ese caso tendremos problemas más gordos —respondió Wilson.

Ambos miraron el transbordador, en el que Wilson iba a entrar de nuevo tras una breve visita a la *Clarke* para repostar.

—Estás como una cabra. Lo sabes, ¿verdad? —dijo Schmidt tras unos segundos de silencio.

—Siempre me ha hecho gracia cuando la gente te dice cómo eres —respondió Wilson—. Cómo si no lo supieras ya.

—Podríamos activar el piloto automático y no haría falta que fueras tú.

—Podríamos —repuso Wilson— si un transbordador fuera como un vehículo mecánico al que puedes soltar con un ladrillo sobre el pedal del acelerador. Pero no es el caso. Está diseñado para que haya un humano sentado ante el cuadro de mandos. Incluso con el piloto automático activado.

—Podrías modificar el programa de navegación —sugirió Schmidt.

—Apenas nos quedan quince minutos hasta la llegada de los utche —dijo Wilson—. Agradezco tu confianza en mis habilidades, pero no es una solución. No hay tiempo. Y de todas formas no se trata simplemente de soltarlo al espacio.

—Como una cabra…

—Tranquilízate, Hart. Hazlo por mí. Estás poniéndome de los nervios.

—Perdona.

—No pasa nada. Ahora repíteme lo que vas a hacer en cuanto yo me marche.

—Iré al puente de mando —dijo Schmidt—. Si por cualquier razón fracasas, haré que la *Clarke* envíe un mensaje en nuestras frecuencias para alertar a los utche de la trampa. Los advertiré de que no deben respondernos ni establecer ninguna clase de comunicación en sus bandas habituales y les pediré que se larguen cagando leches del sistema Danavar. Si surge algún problema recurriré a tu permiso especial con la capitana.

—Excelente.

—Gracias por la colleja virtual —dijo Schmidt.

—Es una muestra de amor —le aseguró Wilson.

—Ya —asintió Schmidt con ironía, y devolvió la mirada al transbordador—. ¿Crees sinceramente que funcionará?

—Te diré cómo lo veo yo: Si no funciona, podremos demostrar que hicimos todo lo que pudimos para intentar impedir el ataque a los utche. Eso se tendrá en cuenta, digo yo.

Wilson entró en el transbordador, activó el programa de despegue y, mientras se ejecutaba, conectó la batería de alta densidad a la caja negra de la *Polk*. La primera enseguida transfirió toda su carga a la de la caja negra.

—Allá vamos —dijo por segunda vez ese día. El transbordador salió de la *Clarke*.

Schmidt tenía razón, todo esto habría sido mucho más fácil si se hubiera podido pilotar el transbordador de manera remota. No había ninguna barrera física que lo impidiera; los humanos llevaban siglos pilotando vehículos de manera remota. Pero la Unión Colonial insistía en la presencia de un piloto humano en los transbordadores de transporte por la misma razón que las Fuerzas de Defensa Colonial exigían una señal del CerebroAmigo para disparar un fusil MP: asegurarse de que sólo las personas correctas los empleaban con los fines correctos. Modificar el programa de navegación del transbordador para sacar la presencia humana de la ecuación no sólo requería un montón de tiempo, también era un motivo para ser acusado de traición.

Wilson prefería no meterse en líos que implicaran una acusación de traición si podía evitarlo. Así que allí estaba él, a bordo del transbordador, a punto de cometer una estupidez.

Hizo aparecer en la pantalla del vehículo espacial el mapa térmico que había creado y un cronómetro. El mapa registraba la ubicación de cada uno de los supuestos silos que alojaban los misiles, mientras que el cronómetro descontaba el tiempo que quedaba para la llegada de los utche, ahora menos de diez minutos. Por la escasa información sobre la misión que se había enviado desde las altas esferas a la embajadora Abumwe, Wilson tenía una idea algo imprecisa de dónde aparecería la nave utche tras el salto al sistema Danavar, así que desvió la trayectoria del transbordador y aceleró al máximo el motor para poner distancia entre él y la *Clarke*. Contó los kilómetros hasta que se alejó una distancia que juzgó segura.

«Ahora la parte peliaguda», pensó Wilson, y pulsó algunas teclas en el cuadro de instrumentos para comenzar a enviar señales en las bandas de comunicación habituales de los utche.

—Salid, venga, salid de dondequiera que estéis —dijo Wilson, hablando a los misiles.

Los proyectiles no oyeron su voz, pero si las señales emitidas por el transbordador y surgieron de sus silos. Uno, dos, tres, cuatro, cinco. Wilson los vio dos veces: la primera en la pantalla del transbordador, y la segunda a través de los datos enviados por los sensores de la *Clarke* a su CerebroAmigo.

—Cinco misiles van directamente hacia ti y con la trayectoria correcta —oyó que le decía Schmidt a través del cuadro de instrumentos.

—Venga, juguemos un poco —dijo Wilson, y puso el transbordador a máxima velocidad. No era tan rápido como los misiles, pero eso no era lo importante. Lo importante eran otras dos cosas: la primera, llevarse los misiles lo más lejos posible de donde se esperaba que aparecieran los utche; la segunda, juntarlos lo suficiente para que la explosión del primer misil al impactar con el transbordador destruyera el resto de los proyectiles, que al producirse la explosión se moverían con rapidez para evitar sufrir daños.

Para conseguirlo, Wilson había emitido la señal desde un punto todo lo equidistante de los cinco silos que había sido capaz, al mismo tiempo que lo suficientemente alejado de la *Clarke* para no ponerla en riesgo. Si todo salía bien, los impactos de los misiles se sucederían con un intervalo de menos de un segundo.

Wilson miró la trayectoria de los proyectiles. De momento todo iba bien. Apenas tenía un minuto hasta el primer impacto. No necesitaba más.

Se desabrochó los cinturones del asiento, cogió la bombona de oxígeno y la enganchó al unicapote de combate y se puso la máscara. Agarró la caja negra y comprobó el porcentaje de carga; estaba al ochenta por ciento y supuso que sería suficiente. La desconectó de la batería externa y luego enfiló hacia la puerta del transbordador, con la caja negra en una mano y la batería en la otra. Se situó en el que esperaba que fuera el sitio correcto, respiró hondo y arrojó la batería hacia el botón que abría la puerta. El objeto dio en el blanco y la puerta se deslizó.

La descompresión explosiva expulsó a Wilson a través del hueco de la puerta un segundo antes de lo que esperaba, y no se rompió la crisma contra el marco por un pelo.

Wilson salió disparado del transbordador en el vector del aire de la descompresión, pero con la misma velocidad que llevaba el transbordador, tal como formulan los principios de la mecánica newtoniana. Estos principios de la física serían su peor enemigo dentro de cuarenta segundos, cuando el primer misil impactara contra el vehículo espacial; incluso sin una atmósfera en la que crear una onda de choque, la explosión le haría papilla las entrañas. Wilson también corría el riesgo de ser achicharrado o acribillado por la metralla.

Miró la caja negra que llevaba apretada contra el abdomen y le envió una señal para informar al dispositivo de que había sido expulsado de una nave espacial, y entonces, a pesar de que ahora todas las percepciones visuales que recibía estaban controladas por su CerebroAmigo, cerró los ojos para aplacar la sensación de vértigo que le producían las estrellas que giraban sin ton ni son a su alrededor. El CerebroAmigo interpretó correctamente su reacción e interrumpió la retransmisión de las imágenes exteriores para sustituirla por una pantalla táctica. Wilson esperó.

«No me falles ahora, preciosa», dijo mentalmente Wilson dirigiéndose a la caja negra.

Ésta recibió la señal. Wilson notó un empujón cuando el campo de inercia del dispositivo incluyó el factor de su masa en sus cálculos y la presión creció a su alrededor. En la pantalla táctica generada por su CerebroAmigo, Wilson vio la representación del transbordador alejándose de él a una velocidad que aumentaba progresivamente.

Él había ido perdiendo velocidad en los últimos segundos y ya no corría un peligro inminente por la explosión del aparato.

De momento, su plan había resultado razonablemente bien.

«Espero no tener que hacer esto nunca más», se dijo Wilson.

«De acuerdo», se respondió.

—Diez segundos para el primer impacto —oyó que decía Schmidt a través de su CerebroAmigo. Wilson había pedido a su CerebroAmigo que le ofreciera una imagen estabilizada y mejorada del espacio exterior y ahora contemplaba cómo los misiles se dirigían hacia el invisible y desventurado transbordador.

Se produjo una serie de breves e intensos destellos, como de la explosión de unos petardos un par de calles más abajo.

—Impacto —anunció Schmidt.

Wilson sonrió.

—Mierda —exclamó entonces Schmidt.

Wilson dejó de sonreír y abrió rápidamente la pantalla táctica en su CerebroAmigo. El transbordador y cuatro misiles habían sido destruidos, pero el quinto estaba intacto y buscaba un objetivo.

En los márgenes de la pantalla táctica vio aparecer un objeto nuevo. Era la *Kaligm*. Los utche acababan de llegar.

«¡Envía ahora mismo el mensaje a los utche!», dijo mentalmente Wilson, y el CerebroAmigo lo transmutó en una notable imitación de la propia voz del teniente.

—¡La capitana Coloma se niega a hacerlo! —dijo Schmidt un segundo después.

¿Cómo? —envió Wilson a través de su CerebroAmigo—. *¡Dile que es una orden! ¡Apela a mi permiso especial! ¡Ahora!*

—Dice que cierres el pico, que la distraes —respondió Schmidt.

¿Que *yo la distraigo? ¿De qué? Pero ¿qué está haciendo?*

La *Clarke* comenzó a transmitir un mensaje a los utche para alertarlos del ataque del misil y pedirles que no respondieran y que abandonaran cuanto antes el sistema Danavar.

En la banda de frecuencia de los utche…

El quinto misil encontró su objetivo y se dirigió hacia la *Clarke*.

Oh, Dios mío, pensó Wilson, y su CerebroAmigo envió el pensamiento a Schmidt.

—Treinta segundos para el impacto —dijo Schmidt.

»Veinte segundos.

»Diez.

»Esto es el final, Harry.

Silencio.

X

Wilson calculó que le quedaban quince minutos de aire cuando el transbordador utche se deslizó hasta su posición y abrió la puerta de una esclusa de aire para él. Un utche enfundado en un traje espacial lo ayudó a entrar desde el interior del vehículo, cerró la puerta exterior y, cuando el ciclo de aire concluyó, abrió la puerta que daba paso al resto de la nave. Wilson se quitó la máscara de oxígeno, tomó aire y contuvo las arcadas que le sobrevinieron. El olor de los utche no era especialmente agradable para los humanos. Alzó la vista y vio que varios individuos de dicha especie lo miraban con curiosidad.

—Hola —saludó sin dirigirse a nadie en particular.

—¿Se encuentra bien? —le preguntó uno de los utche al tiempo que inspiraba para hablar.

—Estoy bien —respondió Wilson—. ¿Qué ha pasado con la *Clarke*?

—¿Se refiere a su nave? —inquirió otro utche con una voz similar.

—Sí —asintió Wilson.

—Ha sufrido daños graves —añadió el primero que había hablado.

—¿Hay muertos? ¿Heridos?

—Usted es soldado —intervino el segundo utche—. ¿Entiende nuestra lengua? Nos resultaría más sencillo hablar en ella.

Wilson asintió y ejecutó el programa de traducción de la lengua utche que había recibido junto con las nuevas instrucciones para la *Clarke*.

—Ustedes hablen en su lengua —dijo—. Yo responderé en la mía.

—Perfecto. Soy el embajador Suel —empezó el utche que había

hablado en segundo lugar. Entretanto, una voz iba traduciendo lo que decía—. Todavía desconocemos el alcance exacto de los daños en su nave o las bajas que ha sufrido porque acabamos de restablecer la comunicación con ellos, y aun así sólo ha sido posible hacerlo por medio de un transmisor de emergencia de la *Clarke*. Nos hemos ofrecido a ayudarlos y a traer a la tripulación a nuestra nave, pero la embajadora Abumwe ha insistido en que antes de viajar a la *Clarke* debíamos rescatarlo a usted. Ha sido tajante en este punto.

—Dado que se me estaba agotando el oxígeno, agradezco su insistencia —dijo Wilson.

—Yo soy el subembajador Dorb —le anunció el primer utche—. ¿Le importaría explicarnos cómo ha acabado flotando en el espacio lejos de cualquier nave?

—Tenía una nave —respondió Wilson—. Un puñado de misiles la hicieron papilla.

—Me temo que no entiendo lo que quiere decir —dijo Dorb después de mirar fugazmente a su jefe (¿jefa?).

—Estaré encantado de explicárselo —repuso Wilson—. Y más encantado aún de hacerlo durante el viaje a la *Clarke*.

Abumwe, Coloma y Schmidt, así como la mayor parte de la delegación diplomática de la *Clarke*, aguardaban ante la puerta del transbordador utche cuando ésta se abrió y los embajadores Suel y Dorb descendieron seguidos por Wilson.

—Embajador Suel —dijo Abumwe, y un dispositivo que le colgaba de una cinta alrededor del cuello tradujo sus palabras. Hizo una reverencia—. Soy la embajadora Ode Abumwe. Le ruego que me disculpe por la ausencia de un traductor de carne y hueso.

—Embajadora Abumwe —dijo Suel en su lengua, y también hizo una reverencia—. No es necesario que se disculpe. Su teniente Wilson nos ha explicado resumidamente por qué está usted aquí en sustitución de la embajadora Bair y lo que usted y la tripulación de la *Clarke* han hecho por nosotros. Naturalmente, tendremos que estudiar a fondo todos esos datos; aun así, me gustaría transmitirle nuestro agradecimiento.

—Aprecio su agradecimiento, pero no es necesario —repuso Abumwe—. Sólo hemos cumplido nuestro deber. En cuanto a los datos —Abumwe le hizo un gesto a Schmidt, que se acercó a los dos y le tendió a Dorb una tarjeta de memoria—, en esta tarjeta encontrará tanto los registros de la *Polk* como todos los datos que hemos recopilado desde que llegamos a Danavar. Deseamos ser francos y sinceros con ustedes y eliminar cualquier sombra de duda sobre nuestras intenciones y nuestros actos durante estas negociaciones.

Wilson se quedó perplejo, pues la información registrada por la caja negra y los dispositivos de recopilación de datos de la *Clarke* seguramente eran material confidencial. Abumwe estaba asumiendo un gran riesgo ofreciéndosela a los utche antes de firmar un tratado. Miró con el rabillo del ojo a Abumwe, cuya expresión era inescrutable. Estaba en modo diplomático y no había en ella ni rastro de otras facetas de su personalidad.

—Gracias, embajadora —dijo Suel—. Pero me pregunto si no sería conveniente suspender estas negociaciones por el momento. Su nave está dañada y no me cabe duda de que habrá heridos entre su tripulación. Debería concentrarse en su gente. Por supuesto, los ayudaremos en lo que nos solicite.

La capitana Coloma dio un paso al frente y se presentó ante Suel con el saludo militar.

—Capitana Coloma. Bienvenido a la *Clarke*, embajador.

—Gracias, capitana —dijo el embajador.

—Embajador, la *Clarke* ha sufrido daños que requieren reparaciones, pero sus sistemas de energía y de soporte vital están estables. Si bien dispusimos de un tiempo muy breve para prepararnos para el impacto del misil, redujimos al mínimo los heridos y evitamos las muertes. Aceptaremos con gratitud su ayuda, sobre todo en la reparación de los sistemas de comunicación, pero en este momento no hay ningún peligro inmediato. Por favor, no quisiera que por nuestra culpa no se llevaran a cabo sus negociaciones.

—Me alegra oírla decir eso, capitana —repuso Suel—. Aun así…

—Embajador, si me lo permite —intervino Abumwe—, la tripulación de la *Clarke* ha arriesgado sus vidas para que usted y su tripulación salieran ilesos y garantizar la firma de este tratado. Este caballero, miembro de mi delegación —prosiguió Abumwe, señalando a Wilson con la cabeza—, hizo que lo siguieran cuatro misiles y escapó de una muerte segura arrojándose al frío vacío del espacio desde el transbordador. Sería una falta de respeto que le pagáramos sus esfuerzos posponiendo la reunión.

Suel y Dorb miraron a Wilson como deseando conocer su opinión. El teniente miró con el rabillo del ojo a Abumwe, que mantenía el gesto inexpresivo.

—Bueno, me jugaría el pellejo a que preferirían no tener que volver a esta parte del espacio —dijo el teniente, dirigiéndose a Suel y a Dorb.

Los diplomáticos utche se lo quedaron mirando un momento y luego emitieron un sonido que el CerebroAmigo de Wilson tradujo como «risas».

Veinte minutos después, el transbordador utche partía de la *Clarke* con Abumwe y su delegación a bordo.

—Gracias a Dios que ha terminado —dijo Coloma mientras la nave despegaba. Giró sobre los talones para regresar al puente de mando sin mirar a Wilson ni a Schmidt.

—No es cierto que la nave sea segura, ¿verdad? —preguntó Wilson a la espalda de la capitana.

—Claro que no es cierto —respondió Coloma, dándose la vuelta—. La única verdad que he dicho es que no hemos tenido bajas mortales, aunque sería más preciso añadir «de momento». En cuanto a todo lo demás, nuestros sistemas de energía y de soporte vital penden de un hilo. La mayor parte del resto de sistemas fallan o sencillamente no funcionan, y será un milagro que la *Clarke* se mueva de donde está por sus propios medios. Pero lo peor de todo es que algún idiota destruyó nuestro transbordador.

—Lo siento —dijo Wilson.

—Mmm... —Coloma volvió a darse la vuelta.

—Ha sido una decisión admirable poner en riesgo su propia nave para salvar a los utche —añadió Wilson—. Yo no le pedí que lo hiciera. Salió de usted, capitana Coloma. Es una victoria, si quiere saber mi opinión.

Coloma se detuvo un momento y luego reanudó la marcha sin responder.

—Tengo la impresión de que no le gusto —le comentó Wilson a Schmidt.

—Yo describiría tu encanto como idiosincrático —repuso Schmidt.

—Entonces, ¿por qué a ti te caigo bien?

—Me parece que yo nunca he admitido que me caigas bien.

—Ahora que lo mencionas, creo que tienes razón —reconoció Wilson.

—No eres aburrido.

—¿Eso es lo que más te gusta de mí?

—No, el aburrimiento está bien —respondió Schmidt, y señaló el hangar del transbordador con la mano—. Ésta es la mierda que va a matarme.

XI

Los coroneles Abel Rigney y Liz Egan estaban comiendo hamburguesas con queso sentados a una mesa de un recóndito economato de la Estación Fénix.

—Estas hamburguesas con queso están buenísimas —dijo Rigney.

—Saben incluso mejor cuando tienes un cuerpo modificado genéticamente para no engordar —admitió Egan, y dio otro mordisco a la suya.

—Cierto. Quizá me coma otra.

—Adelante. Pon a prueba tu metabolismo.

—¿Has leído el informe? —preguntó Rigney entre bocado y bocado.

—Me paso el día leyendo informes —respondió Egan—. Mi vida consiste en leer informes y asustar a burócratas de medio pelo. ¿A qué informe te refieres?

—Al de la ronda final de las negociaciones con los utche. Con la *Clarke*, la embajadora Abumwe y el teniente Wilson.

—Lo he leído.

—¿Qué decisión habéis tomado respecto a la *Clarke*? —preguntó Rigney.

—¿Qué habéis averiguado sobre los fragmentos de los misiles?

—Yo he preguntado primero.

—Y yo no estoy en segundo de primaria, así que esa táctica no te servirá conmigo —replicó Egan, y le dio otro mordisco a la hamburguesa.

—En el trozo de misil que tus operarios sacaron de la *Clarke* encontramos un número de serie parcial que remite a una fragata llamada *Brainerd*. Según los registros, este misil en particular fue lanzado y destruido en unas maniobras con fuego real realizadas hace dieciocho meses. Todos los informes que he revisado confirman la versión oficial.

—De manera que nos enfrentamos a misiles fantasma utilizados por naves misteriosas para sabotear las negociaciones diplomáticas —dijo Egan.

—Más o menos —repuso Rigney, y dejó la hamburguesa.

—A la secretaria Galeano no va a gustarle que uno de nuestros misiles fuera utilizado con el fin de dañar gravemente una nave de su departamento.

—Estoy seguro de ello. A mis jefes no les hecho ninguna gracia que un topo del Departamento de Estado informara a quienquiera que utilizó nuestros misiles para atacar tu nave de dónde podía encontrarla y con quién iba a reunirse.

—¿Tienes pruebas de lo que dices? —preguntó Egan.

—No —confesó Rigney—. Pero tenemos bastantes pruebas de que los utche no filtraron la información. A partir de ahí se inicia el proceso de eliminación.

—Me encantaría ver esas pruebas.

—Y a mí me encantaría mostrártelas, pero tienes el problema del topo.

Egan miró a Rigney con los ojos entornados.

—Preferiría que sonrieras cuando dices eso, Abel.

—Hablemos claro —dijo Rigney—. Yo te confiaría… Te confié mi vida, recuerda los viejos tiempos como combatientes. No eres tú la que me preocupa, sino el resto de tu departamento. Alguien con una acreditación que le permite acceder a los asuntos más delicados ha cometido un acto de traición, Liz. Nos ha vendido al enemigo. Ignoro de qué enemigo se trata, pero nuestros amigos no hacen volar por los aires una nave nuestra ni intentan repetir la jugada con una segunda.

Egan no respondió y prefirió mojar una patata frita en el kétchup.

—Lo que nos devuelve a la *Clarke* —continuó diciendo Rigney—. ¿Cómo está la nave?

—Estamos intentando decidir qué sale más barato, si intentar ponerla de nuevo en marcha o desguazarla para construir una nave completamente nueva —respondió Egan—. Si la desguazamos, por lo menos recuperaremos algunas piezas.

—¿Tan mal está?

—Las FDC fabrican unos misiles nave-nave fantásticos. ¿Por qué lo preguntas?

—Por el equipo B. La actuación de Abumwe y de su equipo ha sido impresionante, ¿no crees?

—Han hecho un buen trabajo —respondió Egan.

—¡Un trabajo increíble! —exclamó Rigney, y levantó una mano para contar con los dedos—. Wilson y Schmidt desarrollaron un nuevo protocolo para localizar cajas negras de las FDC con la batería agotada y recuperaron la información que contenía para averiguar qué le sucedió a la *Polk*. Luego, Wilson dio unos cuantos paseos espaciales protegido únicamente por el unicapote de combate de las FDC y descubrió un plan para atacar la nave de la delegación utche con nuestros misiles. Destruyó cuatro de esos misiles y la capitana Coloma sacrificó su propia nave para evitar que el quinto misil impactase en la nave utche. Luego, Coloma mintió a los utche sobre el estado de su nave para dar a una oportunidad a Abumwe en las negociaciones, y ésta prácticamente secuestró a los utche, ¡a los utche!, hasta que cerró las negociaciones con ellos. Y todo eso sólo con un día para prepararlo.

—Han hecho un buen trabajo —repitió Egan.

—¿Qué más quieres que hagan? ¿Caminar sobre el agua?

—¿Adónde quieres llegar, Abel?

—Me contaste que en la negociación más importante que esas personas habían llevado antes de ésta también se vieron obligados a tomar decisiones sobre la marcha y a improvisar —dijo Rigney—. ¿No se te ha ocurrido pensar que a lo mejor Abumwe y su equipo están en tu lista de equipos B no porque no sean buenos en su trabajo, sino porque no han tenido la oportunidad de trabajar en las situaciones adecuadas?

—Ignorábamos que estas negociaciones serían la «situación adecuada» —apuntó Egan.

—Ya, pero ahora ya sabes cuáles son las situaciones adecuadas para ellos: aquellas que entrañan un alto riesgo y cuyos beneficios son grandes, en las que el camino al éxito no está marcado y debe abrirse a machetazos por una selva infestada de sapos venenosos.

—Lo de los sapos venenosos ha sido gracioso —dijo Egan mientras cogía otra patata frita.

—Ya me entiendes.

—Te entiendo —asintió Egan—. Pero no estoy completamente segura de que pueda convencer a la secretaria de que una pandilla de personas clasificadas como B sea lo más adecuado para las misiones de alto riesgo y sumamente beneficiosas.

—No para todas —apuntó Rigney—. Sólo para aquéllas en las que las chorradas diplomáticas no funcionan.

—¿A qué viene tanto interés por ellos? —quiso saber Egan—. Hablas con una pasión exacerbada de un grupo de personas cuya existencia desconocías hace sólo una semana.

—Tú misma respondes esa pregunta cada vez que asustas a tus mediocres directores del Departamento de Estado. Se nos agota el tiempo. Ya no contamos con la Tierra y necesitamos más aliados de los que tenemos si queremos sobrevivir. Y una manera para conseguirlos sería la tripulación de la *Clarke*: un equipo apagafuegos que enviamos cuando todo lo demás fracasa.

—¿Y cuando sean ellos los que fracasen?

—Sus fracasos se producirán en situaciones en las que el fracaso es el resultado esperado. Pero si tienen éxito, eso que ganamos.

—Si los nombramos «equipo apagafuegos», como propones, estamos alimentando unas expectativas en su labor —dijo Egan.

—La solución para eso es muy sencilla —repuso Rigney—. No les digamos que son un equipo apagafuegos.

—No se puede ser más cruel.

Rigney se encogió de hombros.

—Abumwe y su gente son conscientes de que no se sientan a la mesa de los adultos. ¿Por qué crees si no que intimidó a los utche para cerrar las negociaciones? Reconoce una oportunidad en cuanto la ve. Quiere esas oportunidades, y ella y su equipo van a devanarse los sesos para conseguirlas.

—Y también destruir sus naves, al parecer —repuso Egan—. Esta idea tuya del equipo apagafuegos podría salirnos muy cara, a corto plazo.

—¿Qué habíais pensado hacer con la tripulación de la *Clarke*? —preguntó Rigney.

—Aún no se tomado ninguna decisión —respondió Egan—. Podríamos poner a Abumwe y a su equipo en otra nave. Coloma va a tener que someterse a una investigación por colocar intencionadamente su nave en la trayectoria de un misil. Saldrá limpia, pero el proceso es ineludible. Wilson está cedido por el departamento de investigación y desarrollo de las FDC. Seguramente en algún momento lo reclamará de vuelta.

—¿Crees que podrías mantener en suspenso cualquier decisión respecto a la tripulación de la *Clarke* durante un par de semanas?

—Te veo muy emocionado con esta gente —insistió Egan—. Pero incluso si consigo dejarlos en el limbo durante algún tiempo para tu regocijo, no hay ninguna garantía de que la secretaria acepte tu idea del «equipo apagafuegos».

—¿Ayudaría que las FDC tuvieran una lista de incendios que prefirieran apagar por medio de la diplomacia que a tiros? —preguntó Rigney.

—¡Ajá! Por fin llegamos al meollo de la cuestión. Y puedo adelantarte ya cómo va a terminar esa idea. Cuando me uní al equipo de la secretaria como enlace de las FDC, Galeano tardó siete semanas en mantener conmigo una conversación de más de tres palabras, todas ellas monosilábicas. Si me presento ante ella con una lista de peticiones de las FDC y un equipo escogido a dedo, Galeano se comunicará conmigo mediante gruñidos.

—Razón de más para utilizar este equipo —dijo Rigney—. Está plagado de don nadies. Galeano creerá que nos la está colando. Primero háblale de las peticiones y luego sugiere a la tripulación de la *Clarke*. La jugada no puede salir mal.

—¿Quieres que le pida que no te arroje al barro cuando yo ya estoy en él?

—De momento sólo quiero que le pidas lo que acabo de decirte —respondió Rigney.

Egan comió sus patatas fritas en silencio. Rigney se acabó la hamburguesa y esperó.

—La tantearé —dijo al cabo Egan—. Pero si yo fuera tú no me haría demasiadas ilusiones.

—Nunca me hago ilusiones. Por eso he alargado tanto mi vida.

—Y mientras tanto me ocuparé de que no asignen un nuevo destino a la tripulación de la *Clarke*.

—Gracias —dijo Rigney.

—Me debes una.

—Por supuesto.

—Ahora tengo que irme —dijo Egan, empujando la mesa—. Más niños que asustar.

—En el fondo te gusta.

—Sabes que sí —repuso ella, y se dio la vuelta para marcharse.

—Oye, Liz. Esa estimación que les das a los… «niños», la de que los humanos nos extinguiremos dentro de treinta años. ¿Hasta qué punto es una exageración?

—¿Quieres saber la verdad?

—Sí —respondió Rigney.

—No tiene nada de exageración. Si acaso, es optimista.

Liz Egan se marchó y Rigney se quedó mirando los restos de la comida.

—Qué demonios —dijo—. Si de todos modos vamos a morir, quizá me coma esa segunda hamburguesa con queso.

2

Arrojados por la borda

[Inicio de la transcripción]

CHENZIRA EL-MASRI: [...] vale... Me da igual quién haya en la enfermería, Aurel. Ahora mismo estoy concentrado en encontrar los malditos contenedores. Si no damos con ellos, los próximos meses van a ser duros.

AUREL SPURLEA: Si no pensara que tiene algo ver con ellos no te molestaría, Chen. ¿Estás grabando, Magda?

MAGDA GANAS: Acabo de poner en marcha la grabadora.

SPURLEA: Chen, el tipo de la enfermería no es de aquí.

EL-MASRI: ¿Qué quieres decir con que no es de aquí? Somos una colonia clandestina. No se puede ser de otro sitio.

SPURLEA: Afirma que viene de la *Lucero del alba Erie*.

EL-MASRI: Eso es absurdo. Se suponía que no tenía que desembarcar nadie de la *Lucero del alba Erie*. Se suponía que enviarían los contenedores en modo piloto automático. El objetivo de hacerlo así era no involucrar a los humanos.

GANAS: Lo sabemos, Chen. Nosotros estábamos presentes cuando se envió la lista del cargamento. Por eso tienes que ver a este tipo. Olvida todo lo demás, no es uno de los nuestros. Viene de otra parte. Y puesto que la *Lucero del alba Erie* tenía programada la entrega para hace dos días y él está aquí hoy, no es difícil creerle si dice que viene de allí.

EL-MASRI: ¿Crees que bajó en uno de los contenedores?
GANAS: Parece probable.
EL-MASRI: No debió de ser un viaje divertido.
SPURLEA: Escucha, Chen, un par de cosas rápidas: la primera es que está muy jodido y lo hemos atiborrado a analgésicos.
EL-MASRI: Creía haberos dado órdenes...
SPURLEA: Antes de que me sermonees, le hemos dado toda el agua que hemos podido pero no hemos conseguido nada. Créeme, este tío tiene que tomar algo. Y la segunda es que tiene la putrefacción en la pierna.
EL-MASRI: ¿Es grave?
SPURLEA: Muy grave. Se la he limpiado lo mejor que he podido, pero es bastante probable que ya le haya pasado al riego sanguíneo, y ya sabes lo que quiere decir eso. Pero no es de aquí y él no sabe lo que significa, y no le veo mucho sentido a explicárselo a estas alturas. Mi objetivo es mantenerlo consciente para que puedas interrogarlo y luego aliviarle el dolor mientras decidimos qué hacemos con él.
EL-MASRI: Dios Santo, Aurel. Creo que si tiene la putrefacción ya sabes lo que hay que hacer con él.
SPURLEA: Aún estoy esperando los resultados del análisis de sangre. Si aún no se le ha extendido, podríamos cortarle la pierna y salvarlo.
EL-MASRI: ¿Y qué hacemos luego con él? Mira a tu alrededor, Aurel. No podemos mantener a nadie más, y mucho menos a un convaleciente con la pierna amputada que no puede trabajar.
GANAS: Tal vez deberías hablar con él antes de decidir abandonarlo a las manadas.
EL-MASRI: No es falta de compasión, Magda. Pero mi trabajo consiste en pensar en el bien de la colonia.
GANAS: Lo que la colonia necesita ahora mismo es que escuches la historia de este tío. Entonces tendrás una idea mejor de lo que debes pensar.
EL-MASRI: ¿Cómo se llama?
SPURLEA: Malik Damanis.
EL-MASRI: Malik. Vale.

[Se abre a medias una puerta]

EL-MASRI (en voz baja): Precioso.
SPURLEA: Por algo lo llamamos la putrefacción.
EL-MASRI: Ya.

[Se abre la puerta por completo]

EL-MASRI: Malik. Oye, Malik.
MALIK DAMANIS: ¿Sí? Perdone, me había quedado dormido.
EL-MASRI: No pasa nada.
DAMANIS: ¿Está el doctor Spurlea aquí? Creo que el dolor ha vuelto.
SPURLEA: Estoy aquí. Te pondré otra inyección, Malik, pero tendrás que esperar unos minutos. Tengo que estar presente en tu conversación con el líder de nuestra colonia.
DAMANIS: ¿Ése es usted?
EL-MASRI: Ése soy yo. Me llamo Chenzira El-Masri.
DAMANIS: Malik Damanis. Bueno, supongo que ya lo sabía.
EL-MASRI: Sí, Malik. Aurel y Magda me han contado que dices que vienes de la *Lucero del alba Erie*.
DAMANIS: Así es.
EL-MASRI: ¿Qué haces aquí?
DAMANIS: Soy un simple estibador. Trabajo cargando y descargando mercancía.
EL-MASRI: Pareces joven. ¿Es la primera nave en la que trabajas?
DAMANIS: Tengo diecinueve años estándar, señor. No, estuve en otra nave antes, en la *Estrella brillante*. Hago esto desde que cumplí los veinte años de Erie, que son más o menos los dieciséis estándar. Sin embargo, éste es mi primer viaje en la *Lucero del alba*. O ha sido.
EL-MASRI: ¿Ha sido?
DAMANIS: Sí, señor. Ya no hay nave, señor.
EL-MASRI: ¿Ya no hay nave porque se ha ido? ¿Ha partido hacia su siguiente destino?
DAMANIS: No. Ya no hay nave porque fue asaltada. Y creo que todas las personas que había a bordo ya podrían haber muerto.

EL-MASRI: Malik, necesito que te expliques un poco mejor. ¿La nave estaba bien cuando saltasteis a nuestro sistema?

DAMANIS: Por lo que yo sé, sí. En la nave se mantiene la hora de Erie, y cuando saltamos era bien entrada la noche. El capitán Gahzini prefiere hacerlo así para que cuando movamos la carga sea de día y estemos frescos. O eso dice él. Como la carga que les traíamos ya estaba preparada cuando subimos a bordo, la verdad es que eso daba igual. Pero al capitán no se le discute. Así que cuando llegamos, para nosotros era de noche.

EL-MASRI: ¿Estabais trabajando?

DAMANIS: No, señor. Yo estaba durmiendo en el camarote, como la mayoría de la tripulación. Estaba despierto el turno nocturno de guardia. Sólo me enteré de que estaba pasando algo cuando el capitán dio la alarma general. Sonó de repente y todos nos levantamos de los catres. No le dimos importancia en aquel momento.

EL-MASRI: ¿No le disteis importancia? ¿No había una situación de emergencia?

DAMANIS: Sí, pero el capitán Gahzini está haciendo simulacros continuamente. Dice que porque seamos una nave mercante eso no significa que no debamos tener disciplina. Así que cada tres o cuatro saltos hace un simulacro, y como al capitán le gusta saltar entrada la noche, estamos acostumbrados a despertarnos con las alarmas generales.

EL-MASRI: Ya veo.

DAMANIS: Así que nos levantamos de los catres, nos vestimos y esperamos a que se anunciara de qué clase de simulacro se trataba esta vez. ¿El impacto de un micrometeorito?, ¿el fallo de algún sistema? Entonces el segundo de a bordo Khosa anunció a través de la megafonía que estábamos siendo abordados. Todos nos miramos, porque aquello era una novedad. Nunca habíamos practicado algo parecido. No teníamos ni idea de qué hacer. Doctor, me duele mucho la pierna.

SPURLEA: Lo sé, Malik. Te daré algo en cuanto acabéis de hablar.

DAMANIS: ¿No puede darme algo mientras? Cualquier cosa.

GANAS: Le puedo dar ibuprofeno.

SPURLEA: Nos quedan muy pocos, Magda.
GANAS: Le daré de los míos.
SPURLEA: Como quieras.
GANAS: Malik, voy a buscar el ibuprofeno. No tardo nada.
DAMANIS: Gracias, doctora Ganas.
EL-MASRI: Has dicho que nunca hicisteis ningún simulacro de abordaje, pero piratas siempre ha habido…
DAMANIS: Habíamos ensayado una persecución de los piratas. En esos casos, la mayor parte de la tripulación se encierra con llave mientras las brigadas de defensa organizan la resistencia y las cuadrillas de estibadores se preparan para deshacerse del cargamento. Trabajamos en el espacio. Los piratas no pueden lanzarse en cuerdas y apoderarse de una nave. Por eso arrojar el cargamento es el último recurso. Si te deshaces de él ya no tienen ningún motivo para perseguirte.
EL-MASRI: Entonces no eran piratas.
DAMANIS: No sabíamos quiénes eran. Al principio ni siquiera sabíamos que fuera alguien. Aún pensábamos que era un simulacro. El segundo de a bordo Khosa anunció que nos estaban abordando y durante unos segundos nos preguntamos qué quería decir eso, y luego volvió a hablar a través de la megafonía y dijo que no era un simulacro. Sólo entonces nos dimos cuenta de que estaba ocurriendo algo, pero no sabíamos qué pensar. No habíamos practicado esta clase de situaciones. Nos quedamos parados mirándonos unos a otros. Entonces el contramaestre Zarrani apareció en los camarotes y dijo que nos estaban abordando y que debíamos quedarnos en los camarotes hasta que oyéramos de su boca o de la del capitán que todo estaba despejado. Luego eligió a siete de nosotros y nos llevó con él. Yo fui uno de ellos.
EL-MASRI: ¿Por qué?
DAMANIS: ¿Por qué me eligió a mí o a los siete?
EL-MASRI: Ambas cosas.
DAMANIS: Nos eligió para formar un destacamento de seguridad. Y a mí en particular porque estaba justo delante de él, supongo. Yo no sabía que nos quería para formar un destacamento de

seguridad hasta que nos llevó a su despacho, abrió un baúl y comenzó a sacar porras eléctricas.

SPURLEA: ¿Porras eléctricas? ¿Cómo es que no llevabais armas de fuego a bordo?

DAMANIS: Era una nave espacial. Las armas de fuego no son una buena idea en una nave en la que el vacío es esencial. Y la única razón para llevar armas en una nave es que a veces hay que lidiar con alguien que se mete en una pelea o ha bebido demasiado y está fuera de control. Y para eso lo mejor son las porras eléctricas. Le atizas con ella, el tipo cae y lo metes en el calabozo hasta que se le pasa la borrachera y se tranquiliza. Para eso teníamos las porras eléctricas. Zarrani las repartió. Pero había seis y éramos ocho, así que Tariq Murwani y yo nos quedamos sin ellas. El contramaestre nos dijo que exploraríamos la nave y nos pidió que sintonizáramos las PDA en un canal general para que todo el mundo supiera en todo momento dónde estaba el enemigo. A mí me pareció un poco absurdo, porque ya sabíamos por dónde entrarían.

EL-MASRI: Por las esclusas de aire…

DAMANIS: Así es, señor. Las abrirían desde fuera y entrarían por ellas. Creo que Zarrani y el capitán Gahzini pensaban lo mismo, porque Zarrani se llevó a dos miembros de la tripulación con él a la esclusa de aire de mantenimiento de babor y envió a otros tres a las esclusas de aire de mantenimiento de estribor. Pero nos equivocamos.

EL-MASRI: ¿Por dónde entraron?

DAMANIS: Abrieron un boquete en la proa y otro en la popa del casco, y por cada agujero entraron por lo menos una docena de soldados. Yo vi cómo abrían la brecha de la popa y entraban, lo comuniqué a gritos por mi PDA y luego eché a correr, porque los soldados llevaban fusiles de asalto.

SPURLEA: Me había parecido entender que se evitaban las armas de fuego en las naves espaciales.

DAMANIS: Nosotros sí. Los soldados no. Su misión era apoderarse de la nave. Y tal vez pensaron que, puesto que ya habían abierto un par boquetes en el casco, no importarían unos cuantos orificios de bala.

GANAS: Aquí está el ibuprofeno. Tres comprimidos.
DAMANIS: Gracias.
GANAS: Te traeré agua.
DAMANIS: Demasiado tarde. Ya me las he tragado. ¿Cuánto tardarán en hacer efecto?
GANAS: Son potentes, así que no mucho.
DAMANIS: Eso espero. Me duele mucho la pierna. Creo que está poniéndose peor.
SPURLEA: Déjame echarle un vistazo.
DAMANIS: ¡Aaahhh!
SPURLEA: Lo siento.
DAMANIS: No pasa nada, doctor. Pero ya se lo he dicho, me duele mucho.
SPURLEA: Intentaré limpiarla de nuevo cuando acabéis de hablar.
DAMANIS: Voy a necesitar unos analgésicos fuertes de verdad. La última vez que me la limpió creía que me iba a morir.
SPURLEA: Pondré todo el cuidado que pueda.
DAMANIS: Sé que está haciéndolo lo mejor posible, doctor Spurlea.
EL-MASRI: Has dicho que eran soldados. ¿De las Fuerzas de Defensa Colonial?
DAMANIS: No lo creo. No vestían uniformes de las FDC. Eran más corpulentos y vestían de negro, y llevaban cascos. No les pudimos ver la cara ni ninguna otra parte del cuerpo. Supongo que es lógico porque venían del espacio.
GANAS: Si abrieron unos boquetes en el casco, ¿los mamparos no cerraron las brechas?
DAMANIS: Supongo que tendrían que haberlo hecho, ya que los sistemas automáticos son sensibles a la pérdida de presión. Cuando los tipos entraron no escapó aire por los agujeros. Imagino que debieron de colocar unas esclusas de aire temporales en el exterior del casco antes de perforarlo.
EL-MASRI: Tu capitán podría haber activado manualmente los mamparos para impedirles la entrada.
DAMANIS: La brecha de proa estaba justo en el puente de mando. Lo primero que hicieron los soldados, por lo que yo sé, fue

apoderarse del puente de mando y capturar al capitán Gahzini. Con el puente de mando en su poder tenían el control de la nave. Uno de los tripulantes del puente de mando me contó que los soldados nada más entrar ordenaron al capitán que les diera todos los códigos. Él se negó y le dispararon a Khosa en el vientre. El segundo de a bordo cayó al suelo chillando, y los soldados amenazaron al capitán con disparar a todas las personas que había en el puente a menos que les diera los códigos. Cuando el capitán se los dio, le dispararon a Khosa en la cabeza para acabar con su agonía y luego tomaron el control de la nave.

EL-MASRI: ¿Qué pasó después?

DAMANIS: Los soldados registraron la nave, reunieron a la tripulación a punta de fusil y la condujeron a la bodega. Yo y los otros miembros del destacamento de seguridad evitamos a los soldados durante algún tiempo, pero al final nos encontraron. A mí me atraparon cerca del comedor. Salí a un pasillo y me encontré con un soldado a cada lado, apuntándome al pecho y a la cabeza con los fusiles. Intenté retroceder, pero detrás de mí había otro soldado con el fusil preparado para disparar. Levanté las manos y ahí acabó todo. Me llevaron a la bodega con el resto.

EL-MASRI: ¿Y durante todo ese tiempo ninguno de los soldados te dijo lo que querían?

DAMANIS: No, señor. Cuando llegué a la bodega estaban allí todos los demás tripulantes de la nave, arrodillados y con las manos detrás de la cabeza. El único que estaba de pie era el contramaestre Zarrani, recitando la ley de la marina mercante de la Unión Colonial a uno de los soldados. Éste no le prestaba atención, hasta que sacó una pistola y le pegó un tiro en la cara que lo mató. Y eso nos quitó las ganas a todos de hacer preguntas.

SPURLEA: Entonces toda la tripulación estaba en la bodega.

DAMANIS. Toda menos el capitán y un timonel llamado Qalat. Y Khosa, pero él ya estaba muerto.

EL-MASRI: Así que estabais todos en la bodega. ¿Y cómo llegaste desde allí hasta aquí, Malik?

DAMANIS: La *Lucero del alba Erie* llevaba a bordo cuatro portacontenedores con piloto automático. Dos de ellos estaban llenos de suministros para su colonia, pero los otros dos estaban vacíos. Los soldados los abrieron y nos ordenaron que nos metiéramos la mitad en uno y la otra mitad en el otro.

EL-MASRI: ¿Y obedecisteis sin más?

DAMANIS: Un par se resistieron y les dispararon en la cabeza. Los soldados no perdían el tiempo hablando con nosotros ni amenazándonos. Por lo que yo vi, salvo los que estaban en el puente de mando sonsacando al capitán los códigos, el resto no hablaron. Tampoco había ninguna necesidad de que lo hicieran, pues no hacía falta que nos hablaran para conseguir que hiciéramos lo que querían.

EL-MASRI: ¿Qué ocurrió una vez que estuvisteis dentro de los contenedores?

DAMANIS: Los cerraron. De pronto todo estaba oscuro y la gente comenzó a gritar. Unos cuantos encendieron las PDA para alumbrar el espacio con la luz de las pantallas. Eso pareció tranquilizarnos a todos un poco. Luego oímos voces y ruido de movimiento. Al parecer los soldados hablaban entre ellos, pero no podía oír nada con la claridad suficiente para averiguar qué estaban diciendo o haciendo. Y luego se oyó otro ruido. Era el del ciclo de vaciado de la bodega. Entonces la gente se puso a chillar de nuevo. Significaba que estaba abriéndose la puerta de la bodega y que nos iban a arrojar al espacio.

GANAS: ¿Iban a deshacerse de la tripulación?

DAMANIS: Así es, doctora. Aunque los miembros de la tripulación que había en mi contenedor sugirieron otra cosa. Cuando el contenedor comenzó a moverse y era evidente que iban a arrojarnos de la nave, alguien comenzó a gritar: «¡Nos tiran por la borda! ¡Nos tiran por la borda!» Siguió gritando lo mismo durante un par de minutos, hasta que oímos un ruido sordo y cerró la boca. Creo que alguien le dio un puñetazo para que se callara.

EL-MASRI: Los contenedores de carga no están diseñados para el transporte de seres vivos.

DAMANIS: No, señor. Se cierran herméticamente y mantienen

aislada la mercancía para que no se congele en el espacio ni se caliente en exceso durante la reentrada en la atmósfera. Pero tampoco hay gravedad artificial ni ningún lugar al que agarrarse. Lo más parecido a un asidero que hay son las correas para los palés en el suelo del contenedor. Las utilizamos para asegurar la mercancía, pero no son muy útiles si no eres un palé. Aun así, yo agarré una y me até el brazo con ella, tan cerca del anclaje en el suelo como pude para por lo menos no flotar a la deriva dentro del contenedor. Pensé que ayudaría cuando entráramos en la atmósfera.

EL-MASRI: ¿Y lo hizo?

DAMANIS: Más o menos. Entramos en la atmósfera y todo comenzó a agitarse y a dar vueltas. Yo me agarré a la correa, pero aun así giraba en un sentido o en otro según la correa rotaba alrededor del anclaje. Me estampaba contra el suelo del contenedor, volvía a salir disparado trazando un arco en el aire y me estampaba de nuevo al otro lado del anclaje. Encogí el cuerpo todo lo que pude y me rodeé la cabeza con los brazos para protegerla, pero no fue suficiente y perdí el conocimiento un par de veces. Si no me hubiera enrollado la correa al brazo, habría volado de un lado a otro dentro del contenedor como los demás.

GANAS: ¿Qué les pasó a los otros?

DAMANIS: Mis compañeros comenzaron a golpearse contra las paredes, el suelo, el techo y unos contra otros, con más fuerza y frecuencia según caíamos. Conmigo chocaron un par de veces, pero yo estaba casi pegado al suelo, así que siempre se estrellaban unos contra otros o contra las paredes. Y chillaban mientras volaban de aquí para allá, y de vez en cuando se oía un chasquido, y luego a alguien que gritaba cada vez más fuerte o se callaba para siempre. Una mujer se estampó de cabeza contra el suelo a mi lado con un golpetazo estremecedor y oí el crujido de su cuello. La mujer dejó de gritar. Dentro del contenedor había unas cincuenta personas. Calculo que entre diez y quince murieron durante la reentrada en la atmósfera, y tal vez otras tantas se rompieron algún brazo o alguna pierna.

SPURLEA: Menos mal que te sujetaste a esa correa.

DAMANIS: [risas] Míreme la pierna, doctor, y repítame que tuve suerte.

GANAS: ¿Te está haciendo efecto el ibuprofeno?

DAMANIS: Un poco. ¿Podría tomar un poco de agua, por favor?

GANAS: Sí, claro.

EL-MASRI: ¿Las cosas mejoraron cuando pasasteis la primera parte de la atmósfera?

DAMANIS: Un poco. El piloto automático se activó y estabilizó la caída, pero entonces se abrieron los paracaídas y la gente que estaba flotando en el interior se estrelló contra el suelo. Muchos de ellos se rompieron algunos huesos, pero por lo menos todo el mundo se quedó entonces en el suelo del contenedor, ya que por fin había gravedad. Luego se oyó un gran estrépito y la gente salió disparada en todas direcciones. Estábamos atravesando las copas de los árboles, o lo que tengan aquí equivalente a los árboles. Y entonces se produjo el impacto final. El contenedor aterrizó sobre un lado y las puertas se abrieron. Por fin estábamos en tierra firme.

GANAS: Aquí tienes el agua.

DAMANIS: Gracias.

SPURLEA: ¿En qué estado estabas en ese momento?

DAMANIS: Me dolía todo. Estoy seguro de que tenía una conmoción cerebral. Pero podía caminar y no tenía ningún hueso roto. Me desenrollé la correa del brazo y fui hasta la puerta, y entonces vi que algunos tripulantes que habían salido antes que yo estaban de pie en un pequeño claro, mirando arriba y señalando el cielo, así que alcé la vista.

EL-MASRI: ¿Qué señalaban?

DAMANIS: El otro contenedor. Estaba precipitándose por el cielo a gran velocidad. El piloto automático debía de estar dañado o algo así, porque no se estabilizaba ni se desplegaban los paracaídas. Contemplamos su caída durante veinte, treinta segundos, y entonces los árboles lo taparon y ya no vimos más. Pero luego, casi de inmediato, oímos el crujido de las ramas partidas y un golpe ensordecedor. El contenedor se había estrellado contra el suelo a toda velocidad. Si había alguien vivo en su interior antes del golpe, no habría sobrevivido. Al menos no me entra en la cabeza que nadie pueda sobrevivir a algo así.

EL-MASRI: ¿Viste caer más contenedores?

DAMANIS: Ya no seguí mirando.

EL-MASRI: Malik, ¿te importa esperar un momento?

DAMANIS: No, señor. ¿Significa eso que hemos acabado esta conversación por el momento? ¿Me pueden poner ya esa inyección?

EL-MASRI: Espera un poco, Malik. Volveré para hacerte unas cuantas preguntas más.

DAMANIS: Me duele mucho la pierna, señor.

EL-MASRI: Sólo será un momento. Aurel, Magda.

[Se abre una puerta. Se cierra]

EL-MASRI: ¿Por qué has traído la grabadora?

GANAS: Malik no hablará si tú no estás presente.

EL-MASRI: ¿La has apagado?

GANAS: Sí.

EL-MASRI: ¿De dónde venía Malik? De qué dirección, quiero decir.

SPURLEA: La pareja que lo encontró dijo que lo vio salir del bosque que hay al este de la colonia.

EL-MASRI: ¿Hemos enviado a alguien a buscar los contenedores?

SPURLEA: ¿Magda?

GANAS: Hemos enviado cinco partidas, cada una de ellas en una dirección, así que al menos una se ha dirigido al este.

EL-MASRI: Ponte en contacto con el resto de las partidas y envíalas también al este. Es posible que nuestros suministros hayan caído en esa dirección.

SPURLEA: ¿Crees que los piratas van a deshacerse del cargamento, Chen?

EL-MASRI: Creo que quienquiera que abordó la *Lucero del alba Erie* estaba interesado en la nave, no en la carga. Por eso se quedaron con el capitán y el piloto y tiraron por la borda al resto de la tripulación. Es muy posible que arrojaran el cargamento junto con la tripulación. Si lo hicieron, tenemos que encontrarlo. Necesitamos esos suministros.

GANAS: ¿Y qué pasa con los supervivientes?

EL-MASRI: ¿Qué supervivientes?

GANAS: Malik ha dicho que por lo menos algunos miembros de la tripulación sobrevivieron al aterrizaje. ¿Quieres que los busquemos también?

EL-MASRI: Creo que nuestra prioridad ahora mismo es encontrar esos suministros, Magda.

GANAS: Eso que dices es muy cruel, Chen. Esa gente cayó literalmente del cielo y se estrelló contra el suelo, y a ti te importan una mierda.

EL-MASRI: Escucha, no voy a disculparme porque a la hora de la verdad anteponga los intereses de la gente de esta colonia. Por eso precisamente me contratasteis, para que fuera el líder de vuestra colonia. ¿Recuerdas? Queríais a alguien con experiencia en las fronteras, acostumbrado a tomar las difíciles decisiones que se plantean en los márgenes de la civilización humana. Ésta es una de esas decisiones, Magda. ¿Priorizamos encontrar los suministros para nuestro pueblo, que ahora está sano, pero dejará de estarlo muy pronto si no conseguimos los productos para el tratamiento del suelo, las semillas y las raciones para emergencias que había en los contenedores de la *Lucero del alba Erie*, o priorizamos a un grupo de desconocidos, la mayoría de los cuales parecen heridos o moribundos, que sólo harán que mengüen más nuestros recursos ya casi inexistentes? Yo soy el líder de la colonia. Tengo que tomar una decisión, y la decisión es nosotros. Me dices que te parece inhumano, pero si me lo preguntas, ahora mismo eso me importa una mierda. Este suelo mata todo lo que plantamos. Casi todo lo que crece o vive aquí es incomestible, es como si intentara matarnos. Nos quedan víveres para tres semanas, y eso si los racionamos. Doscientas cincuenta personas confían en mí para que les salve la vida. Ése es mi trabajo. Y lo cumplo ordenando a nuestra gente que lo primero que tiene que hacer es buscar esos contenedores. Fin de la historia.

SPURLEA: Por lo menos deberías pedirle que intente describirnos el lugar donde aterrizaron para reducir el área de búsqueda. Fue capaz de llegar caminando desde allí estando sólo un poco mejor de lo que está ahora. Eso quiere decir que no debe de quedar muy lejos. Cuanta más información obtengamos, mayores serán las probabilidades de encontrar los contenedores, si es que existen.

EL-MASRI: Pídeselo tú.

SPURLEA: Si se lo pido yo, va a estar suplicando que le dé analgésicos todo el rato. El trato era que si hablaba contigo, le daría algo para el dolor. Así que tienes que hablar tú con él.

EL-MASRI: ¿Cuándo tendrás los resultados de su análisis de sangre? ¿Cuándo sabrás si la putrefacción se le ha extendido al resto del organismo?

SPURLEA: Miré la PDA mientras hablabas con él. Los cultivos aún estaban creciendo. Tendré un resultado definitivo dentro de media hora más o menos.

EL-MASRI: Vale. Magda, por favor, comunica a las partidas que centren la búsqueda en el este y que con un poco de suerte les podremos dar información más detallada sobre dónde buscar dentro de un rato. Dile a Drew Talford que envíe el mensaje por banda ancha. Será más rápido que si intentas ponerte en contacto con las partidas de una en una.

GANAS: ¿Qué hacemos si alguna de las partidas encuentra por casualidad a los supervivientes de la *Lucero del alba Erie*?

EL-MASRI: Que se queden con su ubicación pero que los eviten de momento. Si encontramos los contenedores con nuestros suministros volveremos y nos ocuparemos de los supervivientes. Pero por ahora no podemos pensar en ellos. Tenemos otras prioridades.

GANAS: Toma, Aurel. Asegúrate de grabar todo lo que diga Malik.

SPURLEA: Está bien.

EL-MASRI: De acuerdo, volvamos dentro.

[Se abre una puerta. Se cierra]

DAMANIS: Ya pensaba que se habían olvidado de mí.

EL-MASRI: Eso nunca podría ocurrir, Malik.

DAMANIS: Me alegra oírle decir eso. Siento hacerle perder tanto tiempo. Ser el líder de la colonia debe de mantenerlo muy ocupado.

EL-MASRI: Bueno, hablar contigo ha sido muy útil, y todavía podría serlo más, Malik.

DAMANIS: ¿Cómo puedo ayudar?

EL-MASRI: Necesito que me cuentes todo lo que recuerdes sobre el lugar donde aterrizaste y cómo llegaste aquí. Eso nos ayudará a encontrar al resto de la tripulación.

DAMANIS: Se lo contaré, pero dudo que encuentre al resto de la tripulación. Creo que están todos muertos.

EL-MASRI: Acabas de decirnos que por lo menos una parte de los tripulantes había sobrevivido al aterrizaje. Tú sigues vivo, así que parece lógico pensar que pueda haber más como tú.

DAMANIS: Mmm…

EL-MASRI: ¿Por qué niegas con la cabeza?

SPURLEA: Malik, ¿le pasó algo a la tripulación antes de que te encontráramos?

DAMANIS: Sí.

EL-MASRI: Cuéntanoslo. Podría sernos de utilidad.

DAMANIS: Tras el aterrizaje, los que teníamos heridas menos graves decidimos atender a los que estaban peor. Éramos unos diez. Regresamos al contenedor para separar a los vivos de los muertos, cuyos cadáveres amontonamos en un rincón del contenedor. A los vivos los sacamos para hacernos una idea de la gravedad de sus heridas. Casi la mitad de ellos tenían huesos rotos, pero estaban conscientes o todavía podían moverse. El resto había perdido el conocimiento o era incapaz de moverse porque tenía unas heridas demasiado graves o demasiado dolorosas. Regresamos al contenedor y arrancamos la ropa de los cadáveres para hacer cabestrillos, torniquetes y vendas.

SPURLEA: Entonces, diez relativamente ilesos, entre diez y quince con heridas graves, y más o menos el mismo número en estado crítico. Los demás están muertos.

DAMANIS: Así es. ¿Puedo beber más agua?

SPURLEA: Sí, claro.

DAMANIS: Cuando acabamos, los que estábamos mejor nos reunimos para decidir qué hacíamos a continuación. Algunos propusieron buscar su colonia. Sabíamos que estaba aquí porque, para empezar, ése era el motivo de que viajáramos a su planeta, y sabíamos además que no debían de estar lejos. Pero ninguna de nuestras PDA sobrevivió a la caída, así que no podíamos enviarles señales ni rastrear la zona para encontrar a alguno de sus miembros. La mayoría sugirió que construyéramos un campamento, buscáramos agua y comida y tratáramos de recuperarnos un poco antes de hacer nada más. Yo propuse que sacáramos a los muertos del contenedor y metiéramos en él a los vivos, ya que así por lo menos estarían resguardados. Un tipo, Nadeem Davi, comenzó a decir que deberíamos considerar la posibilidad de utilizar a los muertos como comida. Discutimos ese asunto durante tanto tiempo que no nos dimos cuenta de lo que le había ocurrido al bosque.

EL-MASRI: ¿Qué le había ocurrido?

DAMANIS: Se había instalado un silencio sepulcral. Como sucede cuando está rondando un depredador. ¿Saben lo que quiero decir? Todo lo que es susceptible de ser comido se vuelve sigiloso y se esconde. Nos dimos cuenta de ese silencio cuando en un momento dado todos nos quedamos callados. No se oía nada salvo a los heridos. Y entonces…

SPURLEA: Y entonces os atacó una manada de animales.

DAMANIS: ¿Saben de lo que hablo?

EL-MASRI: Los llamamos simplemente «la manada». No tenemos otro nombre para ellos porque nunca hemos visto uno en solitario. No se ven, y si se muestran es en grupos de varias docenas. No hay un término medio.

DAMANIS: No lo sabía. Los vi salir del bosque y me recordaron las historias que mi abuela me contaba de las hienas de África. Había muchos. Uno o dos por cada uno de nosotros.

EL-MASRI: La manada mató a catorce de los nuestros los primeros días, hasta que comprendimos que no debíamos adentrarnos solos en el bosque. Ahora nos movemos en grupos de cuatro o cinco personas, y siempre armados. Al parecer han aprendido a reconocer los fusiles, porque ya no los vemos con tanta frecuencia.

DAMANIS: Pues se resarcieron con nosotros. Primero atacaron a los heridos, se lanzaron a sus cuellos y a las heridas abiertas. No pudimos ayudarlos. Los que estaban menos graves intentaron escapar corriendo o arrastrándose, pero la manada se lo impidió. Era como si supieran que trataríamos de rescatarlos y que así podrían capturarnos también a nosotros. Luego, una veintena de las bestias se separaron de la manada principal y cargaron contra los que no estábamos heridos. Algunos de mis compañeros trataron de correr; yo ni siquiera me había dado cuenta de que había una manada más reducida atacándonos por el flanco. Nadeem fue uno de los que echó a correr, pero media docena de animales se abalanzaron sobre él antes de que los demás pudiéramos evitarlo. El resto fue hacia nosotros.

SPURLEA: ¿Cómo conseguiste escapar?

DAMANIS: Al principio también me cogieron. Uno de los animales de la manada me mordió la pantorrilla y me arrancó un trozo de carne. Logré quitármelo de encima de una patada y eché a correr con todas mis fuerzas. Para entonces la manada había capturado al resto de la tripulación y supongo que se conformó con lo que tenía. No necesitaba perseguirme. Yo seguí corriendo hasta que mi pierna dijo basta.

EL-MASRI: ¿Recuerdas en qué dirección corriste? ¿Hacia el norte? ¿Hacia el sur?

DAMANIS: No lo sé. ¿Hacia el sur tal vez? Recuerdo que cuando veía el sol lo tenía a la derecha, y creo que aquí era por la mañana cuando aterrizamos, así que, ¿hacia el sur?

EL-MASRI: ¿Qué pasó luego?

DAMANIS: Descansé un poco, no mucho porque ya había comenzado a dolerme la pierna y no quería que se me entumeciera. Seguí en dirección sur y al cabo de un rato, diez minutos quizá, llegué a un arroyo. Recordé que había leído en alguna parte que si te perdías en un bosque tenías que encontrar un arroyo y seguirlo corriente abajo, porque antes o después encontrarías la civilización. Así que bebí un poco de agua, me limpié la herida y seguí la corriente. Caminaba y descansaba un par de minutos de vez en cuando. Al final salí del bosque y vi su colonia. Vi a un par de personas en un campo.

SPURLEA: Debían de ser los Yang. Lo encontraron junto al campo en el que quieren cultivar sorgo.

EL-MASRI: Continúa, Malik.

DAMANIS: Les grité y agité los brazos a pesar de que ni siquiera sabía si podían oírme. Luego me desmayé, y cuando desperté estaba aquí y el doctor Spurlea estaba tratándome la pierna. Eso me despertó.

EL-MASRI: Te creo.

DAMANIS: Y eso es todo, señor. Eso es todo lo que sé.

EL-MASRI: Está bien. Gracias, Malik.

DAMANIS: De nada, señor. ¿Pueden ponerme ya la inyección? Creo que me voy a poner a llorar del dolor.

SPURLEA: Claro que sí, Malik. Tengo que hablar un momento con Chen y enseguida vuelvo para ponerte la inyección.

[Se abre una puerta. Se cierra]

EL-MASRI: Bueno, por lo menos ahora sabemos cómo contrajo la putrefacción. Debió de ser por la mordedura.

SPURLEA: Y si no fue eso, fue el agua que bebió del arroyo.

EL-MASRI: No se le puede culpar por no saber que el arroyo está contaminado de bacterias de la putrefacción.

SPURLEA: Créeme, no lo hago. Por cierto, me acaba de llegar el resultado del análisis de sangre.

EL-MASRI: ¿Malas noticias?

SPURLEA: No finjas que te importa, Chen.

EL-MASRI: Dime el resultado.

SPURLEA: Se le ha extendido a la sangre. Le quedan unas veinticuatro horas hasta que la septicemia lo destruya desde dentro.

EL-MASRI: No tenemos analgésicos suficientes para que le ahorres el dolor durante todo ese tiempo, Aurel. Por cosas así precisamente estamos en la situación en la que estamos con los analgésicos.

SPURLEA: Ya lo sé.

EL-MASRI: En ese caso, tú te encargarás de solucionar este problema.

SPURLEA: Cuando vuelva a entrar le administraré la cantidad suficiente para dormirlo y me ocuparé de él.

EL-MASRI: Siento tener que ponerme así contigo en este asunto.

SPURLEA: Lo entiendo, Chen. De verdad. Sólo es que estoy seguro de que cuando muera y me encuentre con Hipócrates, estará muy decepcionado conmigo.

EL-MASRI: De todos modos va a morir, y de una manera dolorosa. No le harías ningún favor.

SPURLEA: Hablemos de otra cosa. Mira, por ahí viene Magda.

GANAS: La partida que fue hacia el este ha encontrado los contenedores con la tripulación de la *Lucero del alba Erie*.

EL-MASRI: ¿Informe?

GANAS: Todos muertos. Muertos por el impacto en un sitio y por lo que parece el ataque de la manada en otro. Muy cerca unos de otros. Los que murieron por el impacto están un poco más al norte. La partida ha hecho fotos, así que si quieres tener pesadillas esta noche puedes mirarlas.

EL-MASRI: ¿No han encontrado más contenedores?

GANAS: Si siguen allí es porque no los han encontrado todavía.

EL-MASRI: Que continúen buscando. Envía las coordenadas al resto de las partidas y que exploren la zona.

GANAS: ¿Cómo está Malik?

SPURLEA: La putrefacción le ha pasado a la sangre.

GANAS: Dios mío.

SPURLEA: Otro día perfecto en Nueva Seattle.

EL-MASRI: Mira el lado bueno. Ya no puede ser peor.

GANAS: No tientes a la mala suerte.

EL-MASRI: Gracias, Aurel, Magda. Os avisaré enseguida si encontramos los suministros.

SPURLEA: Gracias, Chen.

GANAS: Menudo cabrón.

SPURLEA: Sabíamos cómo era cuando lo contratamos.

GANAS: Lo sé, pero es insoportable que te lo recuerden a todas horas.

SPURLEA: Sin él tal vez ya estaríamos muertos.
GANAS: También es insoportable que te recuerden eso a todas horas.
SPURLEA: Vamos. Tenemos que ponerle la inyección a Malik.
GANAS: ¿Te ha pedido Chen que después acabes con su vida?
SPURLEA: Sí.
GANAS: ¿Y lo harás?
SPURLEA: No lo sé.
GANAS: Eres un hombre bueno y decente, Aurel. De verdad que lo eres. Sigo sin entender cómo acabaste en una colonia clandestina.
SPURLEA: Mira quién fue a hablar, Magda. Entremos.
GANAS: De acuerdo.
SPURLEA: Y apaga eso. No quiero que fuera de mi conciencia quede un registro de lo que vaya a acabar haciendo.

[Fin de la transcripción]

3

Sólo necesitamos las cabezas

Hart Schmidt acudió al despacho de la embajadora Abumwe en la Estación Fénix en cuanto recibió su llamada, pero lo encontró vacío. Schmidt sabía que el hecho de que la embajadora no se encontrara en su despacho no era excusa para no presentarse ante ella cuando se lo pedía, así que buscó apresuradamente a su jefa con la PDA. Tres minutos después enfilaba hacia Abumwe en la sala observatorio.

—Embajadora.

—Señor Schmidt —dijo Abumwe sin volverse.

Hart siguió la trayectoria de su mirada a través del ventanal del tamaño de la pared de la cubierta observatorio hasta la destrozada nave suspendida a escasa distancia de la estación.

—La *Clarke* —dijo Schmidt.

—Muy bien, Schmidt —repuso Abumwe en un tono que le daba a entender que, como muchas otras cosas que solía decir como miembro de su delegación diplomática, no era nada que no supiera ya.

Schmidt carraspeó involuntariamente por los nervios.

—Hoy he visto a Neva Balla —dijo Schmidt, nombrando a la segunda de a bordo de la *Clarke*—. Me ha contado que no hay esperanza para ella. Los daños que sufrió durante nuestra última misión afectan a casi toda la nave. Repararla resultaría casi tan costoso como construir una nueva. Cree que la desguazarán.

—¿Y qué harán con la tripulación? —preguntó Abumwe.

—No me lo ha dicho. Lo único que me ha contado es que no los han separado, al menos por el momento. Existe la posibilidad de que la Unión Colonial les asigne una nave nueva. A lo mejor incluso la llaman también *Clarke*, si es que desguazan ésta —dijo Schmidt, señalando la nave.

—Mmm. —Abumwe continuó mirando fijamente y en silencio la *Clarke*.

Schmidt esperó un par de minutos y luego volvió a aclararse la garganta.

—Me ha llamado usted, embajadora —dijo al cabo, recordándole a Abumwe el motivo por el que estaba allí.

—¿Dice que todavía no se ha enviado a un nuevo destino a la tripulación de la *Clarke*? —inquirió la embajadora como si no se hubiera producido una pausa en su conversación anterior.

—Así es.

—Y, sin embargo, a mi equipo sí —dijo Abumwe, volviéndose por fin a mirar a Schmidt—. A la mayor parte de él, al menos. El Departamento de Estado me ha asegurado que los nuevos destinos sólo son temporales, que necesitan a mi gente para llenar huecos en otras misiones, pero entretanto han reducido mi equipo a dos personas. Hillary Drolet es una y usted la otra. Sé por qué me han dejado a Hillary. Es mi secretaria. Pero ignoro por qué se han llevado a todos los demás miembros de mi delegación, seguramente para participar en importantes tareas, y a usted lo han dejado aquí sin nada que hacer.

—No puedo darle una respuesta, señora. —Schmidt no podía decir nada más sin poner en riesgo su carrera en el cuerpo diplomático.

—Mmm. —Abumwe se volvió de nuevo hacia la *Clarke*.

Schmidt interpretó aquello como que la embajadora le daba permiso para abandonar la cubierta observatorio. Tal vez aprovecharía para tomarse algo en el economato más cercano. Pero entonces Abumwe habló de nuevo:

—¿Lleva encima la PDA?

—Sí, señora —dijo Schmidt.

—Échele un vistazo. Hemos recibido órdenes.

Schmidt sacó la PDA del bolsillo de la chaqueta, la desbloqueó y leyó las nuevas órdenes que habían llegado a su buzón de entrada.

—Nos unimos a las negociaciones con los bula —dijo mientras leía.

—Eso parece —dijo Abumwe—. La viceembajadora Zala ha sufrido una apendicitis y ha tenido que retirarse. Si se aplicara el protocolo, su ayudante tomaría las riendas de las negociaciones, pero éstas aún no han comenzado oficialmente, y por razones protocolarias la Unión Colonial necesita a alguien con la autoridad suficiente a la cabeza en esta parte del proceso. Así que ya ve.

—¿Qué área de las negociaciones nos han asignado? —preguntó Schmidt.

—Si le he pedido que lea las órdenes es por algo, Schmidt —respondió Abumwe, recuperando su tono habitual. Se volvió hacia su subordinado.

—Lo siento, señora —se apresuró a decir Schmidt, y señaló la PDA—. Aún no he acabado de leer.

Abumwe hizo un mohín, pero se reservó para sí el comentario dirigido a Schmidt que la estaba rondando.

—Comercio y acceso de turistas a los planetas de los bula. Cuántas naves, el tamaño de las naves, cuántos humanos puede haber simultáneamente en suelo de Bulati y de sus colonias, etcétera.

—Tenemos experiencia en esos temas —dijo Schmidt—. No deberíamos encontrar ninguna dificultad.

—Hay un pequeño detalle que no consta en sus órdenes —repuso Abumwe. Schmidt levantó los ojos de la PDA—. Hay una colonia bula llamada Wanjti. Fue una de las últimas que crearon los bula antes de que el Cónclave comunicara a las especies no afiliadas que no podían colonizar más planetas. Aún no han enviado colonos allí porque temen la reacción del Cónclave.

—¿Cuál es el problema?

—Las FDC recibieron hace tres días una sonda de salto procedente de Wanjti con un desesperado mensaje de auxilio —explicó Abumwe.

«¿Por qué los bula de un planeta oficialmente deshabitado enviarían un mensaje desesperado a las Fuerzas de Defensa Colonial?», estuvo a punto de preguntar en voz alta Schmidt, pero no lo hizo, pues se dio cuenta de que era la clase de pregunta que le daría pie a

Abumwe para pensar que era aún más estúpido que lo que ya creía. De manera que intentó responderse él mismo la pregunta. Unos pocos segundos después se le ocurrió una respuesta.

—¡Una colonia clandestina! —exclamó Schmidt.

—En efecto. Una colonia de la que los bula no parecen saber nada de momento.

—¿No vamos a revelarles su existencia?

—Todavía no. Las FDC van a enviar una nave.

—¿Vamos a enviar una nave de guerra a territorio bula para inspeccionar una colonia que no tendría que estar allí? —preguntó Schmidt con cierta incredulidad—. Embajadora, me parece muy mala idea…

—¡Naturalmente que es una mala idea! —le espetó Abumwe—. ¡Deje de soltarme obviedades, Schmidt!

—Disculpe.

—Nuestra misión en las negociaciones es doble —dijo ella—. Por una parte, negociaremos el tratado y el tema del turismo. Y por otra, llevaremos las negociaciones con la lentitud necesaria para que la *Tubingen* llegue a Wantji y saque a esa colonia clandestina, o lo que quede de ella, del planeta.

—Sin decírselo a los bula —añadió Schmidt, intentando que el tono escéptico de su voz sonara lo más educado posible.

—La idea es que si los bula no se han enterado aún, no ganamos nada sacándolos de su ignorancia ahora. Y si se enteran, habremos rescatado a los colonos antes de que se conviertan en un verdadero conflicto diplomático.

—Siempre y cuando no adviertan que hay una nave de las FDC curioseando en su planeta —señaló Schmidt.

—La idea es que la *Tubingen* abandone el planeta antes de que los bula reparen en ella —le aclaró Abumwe.

Schmidt reprimió el comentario «aun así es una idea muy mala» y dijo en su lugar:

—¿Y dice que la *Tubingen* es la nave que se dirige a esa colonia?

—Así es —respondió Abumwe—. ¿Pasa algo?

Schmidt accedió a su PDA y buscó en sus bandejas de correo.

—Harry Wilson fue destinado a la *Tubingen* hace un par de días

—dijo Schmidt, y le dio la vuelta a la PDA para mostrarle el mensaje que Wilson le había enviado—. Su sección de las FDC perdió a su hombre de sistemas en Brindle. Harry se unía a ellos para acompañarlos en su siguiente misión…, que será ésta, ¿no?

—Otro miembro de mi equipo que me han quitado —rezongó Abumwe—. ¿Adónde quiere llegar, Schmidt?

—Quiero llegar a que nos sería útil tener a alguien trabajando sobre el terreno en este asunto —respondió Schmidt—. Usted sabe que quien ha repartido las cartas en esta partida nos ha dado una mano malísima, señora. Por lo menos Harry puede darnos una pista de lo mala que es en realidad.

—Pedir información a su amigo de las FDC sobre una misión militar en curso es una buena manera de conseguir que le peguen un tiro, Schmidt.

—Supongo.

Abumwe guardó silencio durante unos segundos.

—No debería arriesgarse a que lo pillaran haciendo una cosa así —dijo al fin la embajadora.

—Entiendo perfectamente su preocupación, señora —repuso Schmidt, y dio media vuelta para marcharse.

—Schmidt.

—¿Sí, señora?

—Ha comprendido que antes estaba insinuando que si lo han dejado conmigo es porque es usted un completo inútil, ¿verdad?

—Lo he pillado, sí, señora —respondió Schmidt tras pensarlo unos segundos.

—No lo dudo. Ahora demuéstreme que me equivoco. —Abumwe se volvió a mirar de nuevo la *Clarke*.

«Ay, Harry, chico —pensó Schmidt mientras se alejaba de la cubierta observatorio—, espero que estés pasándolo mejor que yo ahora mismo.»

El transbordador de la *Tubingen* entró en la atmósfera del planeta como una roca perforando un dique de barro, desprendiendo calor y sacudiendo al pelotón de soldados de las Fuerzas de Defensa Colonial que transportaba dentro como si fueran las bolitas de plástico de un sonajero.

—Esto no está mal —dijo Harry Wilson sin dirigirse a nadie en particular. Luego miró a la teniente Heather Lee, la oficial al mando del pelotón—. Es curioso que en algo insustancial como el aire haya tantos baches.

Lee se encogió de hombros.

—Tenemos los arneses —dijo la teniente—. Y esto no es un acto social.

—Lo sé —asintió Wilson. El transbordador dio otra serie de sacudidas—. Pero ésta siempre ha sido mi parte menos favorita de una misión. Aparte de, ya sabe, lo de disparar y matar, y ser disparado y seguramente devorado por alienígenas.

Lee no parecía impresionada con Wilson.

—¿Hace mucho tiempo de su último descenso, teniente?

Wilson asintió.

—Después de mis días como soldado de combate me destinaron al cuerpo diplomático como asesor técnico y de investigación. Ahí no hay que hacer muchos descensos. Y los que se hacen son suaves y tranquilos.

—Considere esto como un cursillo de formación continua —dijo Lee. El transbordador los zarandeó de nuevo y se oyó un crujido preocupante.

—El espacio —comentó Wilson, y relajó los músculos constreñidos por el arnés—. Un lugar maravilloso.

—Maravilloso, sí, señor —dijo el soldado que estaba sentado al lado de Lee.

Wilson buscó automáticamente su identidad en su CerebroAmigo y de inmediato apareció un texto flotando encima de la cabeza del soldado que le informó de que se trataba del soldado raso Albert Jefferson. Wilson miró por el rabillo del ojo a Lee, quien se percató de la mirada, se volvió hacia él y se encogió de hombros de una manera casi imperceptible, como queriendo decir: «Es nuevo».

—Pretendía ser sarcástico, soldado —dijo Wilson.

—Ya lo sé, señor —respondió Jefferson—. Pero yo lo digo en serio. El espacio es un lugar maravilloso. Todo esto es increíble.

—Sí, bueno, menos por el frío, el vacío y ese insoportable silencio mortal —repuso Wilson.

—¿Mortal? —dijo Jefferson, y sonrió—. Le ruego que me disculpe, teniente, pero mortal era la Tierra. ¿Sabe qué estaba haciendo yo hace tres meses, señor?

—Supongo que estaba envejeciendo —respondió Wilson.

—Estaba enchufado a una máquina de diálisis, rezando para llegar a mi septuagésimo quinto cumpleaños. Ya me habían hecho un trasplante y se negaban a hacerme otro porque sabían que de todas maneras me iba a largar. Les salía más barato tenerme enchufado. Casi la palmo. Pero cumplí los setenta y cinco, me alisté, y una semana después, ¡bum!: cuerpo nuevo, vida nueva, trabajo nuevo. El espacio es maravilloso.

El transbordador impactó con alguna clase de bolsa de aire y el vehículo comenzó a dar tumbos hasta que el piloto consiguió enderezarlo de nuevo.

—Está el pequeño inconveniente de que probablemente tendrá que matar —dijo Wilson—. O de que intentarán matarlo. O de que caerá del cielo. Ahora es usted un soldado. Ésos son los riesgos de su nuevo puesto de trabajo.

—Me parece justo —repuso Jefferson.

—¿Es su primera misión? —preguntó Wilson.

—Sí, señor.

—Me interesará saber si mantiene esa opinión suya dentro de un año —dijo Wilson.

Jefferson rio.

—Me da a mí que usted es uno de esos tipos que ven el vaso medio vacío.

—En realidad, soy uno de esos tipos que ven veneno en ese vaso medio vacío.

—Sí, señor —dijo Jefferson.

Lee hizo un gesto repentino con la cabeza, pero no iba dirigido a Wilson ni a Jefferson, sino que era la reacción al mensaje que estaba recibiendo en su CerebroAmigo.

—Dos minutos para el aterrizaje —anunció la teniente—. Formen en escuadras.

—Los soldados formaron en grupos de cuatro. —Wilson, usted quédese conmigo.

Wilson asintió.

—¿Sabía que fui una de las últimas personas que salieron? —le comentó Jefferson a Wilson un minuto después, mientras el transbordador se dirigía al lugar elegido para el aterrizaje.

—¿Que salieron de dónde? —preguntó Wilson, que estaba distraído repasando los datos de la misión en su CerebroAmigo.

—De la Tierra. El día que me subí al ascensor de Nairobi, el tipo ése trajo la flota alienígena que se instaló en la órbita terrestre. Nos metió el miedo en el cuerpo a todos. Pensamos que nos estaban atacando. Luego la flota comenzó a difundir toda clase de acusaciones contra la Unión Colonial.

—¿Se refiere a acusaciones como que ha estado experimentando socialmente con la Tierra durante siglos para mantenerla como un criadero de colonos y soldados? —preguntó Wilson.

Jefferson resopló.

—A mí eso me parecen paranoias. Yo creo que ese tipo…

—John Perry —lo interrumpió Wilson.

—… para empezar tendría que explicar algunas cosas sobre cómo es que se ha puesto al mando de una flota de alienígenas. De todas formas, mi transporte fue uno de los últimos que partió de la Tierra. Hubo un par más, pero me dijeron que después la Tierra dejó de enviar soldados y colonos. Por lo que he oído, quiere renegociar su relación con la Unión Colonial.

—No me parece descabellado, visto lo visto —dijo Wilson.

El transbordador aterrizó con un ruido sordo y se estabilizó en el suelo.

—Por lo que a mí respecta, me alegro de que ese tal Perry esperara a que yo me fuera. De lo contrario aún sería un viejo sin riñones al borde de la muerte. Me da igual lo que haya aquí fuera, para mí es mejor que lo que tenía allí.

La puerta del transbordador se abrió con un crujido y entró del exterior una ráfaga de aire caliente, húmedo y cargado de los olores de muerte y la descomposición. Del pelotón surgieron un par de gruñidos y el sonido de las arcadas de al menos uno de sus miembros. A continuación, los hombres comenzaron a desembarcar en escuadras.

Wilson buscó con la mirada a Jefferson, cuya cara reflejaba el efecto que había tenido en él el olor que impregnaba el planeta.

—Espero que todo vaya bien —apuntó Wilson—. Pero a juzgar por el olor, aquí también estamos cerca de la muerte.

Salieron del transbordador y pisaron un nuevo mundo.

La subembajadora bula tenía un aspecto no muy alejado del de un lémur, un parecido que en el fondo podía aplicarse a todos los bula. Llevaba un amuleto que indicaba su posición en el cuerpo diplomático bula y tenía un nombre impronunciable que, dadas las circunstancias, no era del todo inusual, si bien insistió en que Abumwe y su equipo se dirigieran a ella como «subembajadora Ting».

—Es una forma de tratamiento adecuada para el trabajo oficial —explicó la subembajadora a través del dispositivo de traducción que le colgaba de un collar mientras estrechaba la mano de Abumwe.

—En ese caso, bienvenida, subembajadora Ting —dijo Abumwe.

—Gracias, embajadora Abumwe —respondió Ting, e invitó con un gesto a la embajadora humana, a Drolet y a Wilson a sentarse a la mesa de reuniones, enfrente de ella y de los dos miembros de su delegación—. Estamos encantados de que alguien como usted estuviera disponible para tomar las riendas de estas negociaciones pese a lo repentino del cambio. Lamento mucho lo que le ha pasado a Katerina Zula. Por favor, dele recuerdos de mi parte.

—Así lo haré —repuso Abumwe, y se sentó.

—¿Qué es ese apéndice del que está afectada? —preguntó Ting mientras también tomaba asiento.

—Es un órgano vestigial situado en el sistema digestivo —explicó Abumwe—. A veces se inflama, y si revienta puede causar septicemia y la muerte si no se trata a tiempo.

—Suena espantoso —señaló Ting.

—Se le diagnosticó tan pronto que la vida de la embajadora Zula no corre peligro alguno. Estará completamente recuperada dentro de unos días.

—Me alegra oírlo. Es interesante cómo un elemento tan pequeño puede hacer peligrar todo un sistema.

—Supongo que sí —asintió Abumwe.

Ting guardó un silencio cordial y luego, con un respingo, cogió la PDA que su ayudante había depositado en la mesa delante de ella.

—Bueno, pues empecemos, si le parece bien. Ninguna de las dos queremos que nuestro sistema diplomático se colapse por nuestra culpa, ¿verdad?

En el letrero escrito a mano situado en la frontera de la colonia ponía «Nueva Seattle». Hasta donde alcanzaba la vista de Wilson, ese cartel era lo único de la colonia que no estaba quemado.

—Equipos, informen —ordenó Lee. El único equipo que había en las inmediaciones era el suyo; su voz se transmitió a través de su CerebroAmigo. Wilson abrió el canal general.

—Aquí equipo uno —dijo Blaine Givens, el líder del equipo—. No veo más que cabañas carbonizadas y cadáveres.

—Aquí equipo dos —respondió Muhamad Ahmed—. Lo mismo en nuestra posición.

—Aquí equipo tres —informó Janet Mulray—. Más de lo mismo. No sé qué ha pasado en este lugar, pero no es reciente.

Los otros tres equipos transmitieron un informe idéntico.

—¿Alguien ha encontrado supervivientes? —preguntó Lee. Los equipos le respondieron que ninguno de momento—. Seguid buscando.

—Tengo que llegar al cuartel general de la colonia —dijo Wilson—. Para eso he venido.

Lee asintió con la cabeza e hizo avanzar a su equipo.

—Creía que las colonizaciones se habían acabado —le comentó Jefferson a Wilson mientras se adentraban en la colonia—. Los alienígenas nos advirtieron de que desintegrarían todo planeta que colonizáramos.

—No fueron los alienígenas —lo corrigió Wilson—, sino el Cónclave. No son la misma cosa.

—¿En qué se diferencian? —preguntó Jefferson.

—Tratamos con alrededor de seiscientas especies alienígenas —respondió Wilson—. Más o menos dos terceras partes de ellas son miembros del Cónclave. El resto son como nosotros, no afiliados. —Rodeó el cadáver carbonizado de un colono que se interponía en su camino.

—¿Y eso qué quiere decir? —quiso saber Jefferson, rodeando el mismo cuerpo pero sin despegar los ojos de él.

—Quiere decir que son como nosotros —repitió Wilson—. Si se les ocurre colonizar un planeta, el Cónclave también se los cargará.

—Pero esto es una colonia —señaló Jefferson, mirando a Wilson—. Una colonia nuestra.

—Es una colonia clandestina. No cuenta con la autorización de la Unión Colonial. Y de todas formas este planeta es propiedad de alguien.

—¿Del Cónclave?

Wilson negó con la cabeza.

—No —respondió—, de los bula. Otro grupo de alienígenas. —Señaló las cabañas y los refugios quemados a su alrededor—. Cuando esta gente vino aquí, lo hizo por su cuenta, sin el apoyo de la UC. Y también sin medios para defenderse.

—Entonces no es una colonia nuestra —dijo Jefferson.

—No.

—¿Los alienígenas también lo verán de esa manera? Me refiero a las especies por separado.

—Teniendo en cuenta que si no lo ven así estaremos jodidos, espero que lo hagan —respondió Wilson—. Alzó la vista y vio que él y Jefferson se habían quedado atrás respecto al resto del equipo de Lee—. Vamos, Jefferson —dijo, y echó a correr para alcanzar la cabeza del pelotón.

Dos minutos después, Wilson y el equipo se hallaban delante de un recinto prefabricado, alargado y con forma semicircular medio derrumbado.

—Creo que éste es el cuartel general —le dijo la teniente a Wilson.

—¿Cómo ha llegado a esa conclusión? —preguntó él.

—Es el edificio de mayor tamaño dentro de la colonia —respondió Lee—. Hay que tener un espacio para celebrar las reuniones del asentamiento.

—La lógica del razonamiento es incuestionable —repuso Wilson, y miró el recinto, preocupado por su estabilidad. Se volvió a Lee y a su pelotón.

—Usted primero, teniente —dijo ella.

Wilson suspiró y abrió la puerta. En el interior del recinto distinguió dos cuerpos en medio de un desastre colosal.

—Parece ser que algo los atacó —sugirió Lee, dando unos leves puntapiés a uno de los cadáveres.

Wilson reparó en que Jefferson miraba el cuerpo y el color verde de su cara adquiría un tono más pálido.

—¿Cuánto tiempo calcula que llevan muertos? —preguntó Wilson.

Lee se encogió de hombros.

—Más o menos desde algún momento entre que enviaron la llamada de socorro y nuestra llegada. No menos de una semana.

—¿Desde cuándo las colonias clandestinas piden ayuda? —preguntó Wilson.

—Yo sólo sé lo que me han dicho, teniente —respondió Lee. Le hizo un gesto a Jefferson y luego señaló uno de los cadáveres—. Busque un chip de identidad. Los colonos se los suelen poner para tenerse localizados permanentemente.

—¿Quiere que hurgue en el cuerpo? —inquirió Jefferson, visiblemente horrorizado.

—Envíele una señal —le sugirió Lee con impaciencia—. Use el CerebroAmigo. Si tiene un chip le enviará una respuesta.

Wilson se desentendió de la apasionante discusión entre Lee y Jefferson y se adentró en el recinto. Los cadáveres se hallaban en una zona abierta de lo que tenía toda la pinta de ser (la teoría de Lee parecía confirmarse) el espacio destinado a las reuniones de la colonia. Más hacia el interior encontró una serie de cubículos en ruinas y una pequeña sala privada.

Los cubículos estaban hechos polvo. La sala, sin embargo, vista desde fuera parecía seguir intacta. Wilson enfiló hacia allí con la esperanza de encontrar dentro los equipos informáticos y de comunicación.

La puerta estaba cerrada con llave. Probó a accionar un par de veces el picaporte y luego examinó el otro lado de la puerta. Sacó su herramienta multiusos, dio forma con ella a una palanca y extrajo los pasadores de los goznes. Quitó la puerta del vano y echó un vistazo al interior de la sala.

Hasta el último dispositivo había sido hecho trizas.

—Mierda —masculló Wilson. De todos modos, entró en la sala para ver si se podía rescatar algo.

Lee apareció en el hueco de la puerta unos minutos después.

—¿Ha encontrado algo?

—A quien le gusten los rompecabezas se lo pasaría bien aquí —respondió Wilson. Se puso de pie y señaló los restos de los equipos.

—Entonces no ha encontrado nada que pueda usarse.

—Nada —respondió Wilson. Se inclinó, recogió el fragmento de un componente informático y se lo tendió a Lee—. Esto es lo que queda del núcleo de memoria. Lo han destrozado hasta dejarlo inservible. De todas formas me lo llevaré para ver si puedo recuperar algo, pero yo no me haría ilusiones.

—Quizá haya algo en alguno de los ordenadores de los colonos —sugirió Lee—. Ordenaré a mis hombres que los recojan todos.

—Buena idea. Aunque si todo estaba conectado a este servidor central, es posible que se borrara toda la información antes de que los equipos acabaran así.

—No están así como consecuencia de la lucha que tuvo lugar aquí, ¿verdad? —preguntó Lee.

Wilson negó con la cabeza y señaló el desastre.

—La puerta estaba cerrada con llave. En esta parte del recinto no hay más que desperfectos. Y tengo la impresión de que se destrozaron los ordenadores a conciencia. Quien fuera el que lo hizo no quería que la información almacenada en ellos cayera en las manos equivocadas.

—Pero acaba de decir que la puerta estaba cerrada con llave. El que arrasó este lugar no se entretuvo en mirar el contenido de los ordenadores.

—Así es —asintió Wilson, y se volvió hacia Lee—. ¿Y usted? ¿Ha encontrado algo en los cadáveres?

—Sí, cuando Jefferson por fin se centró en su tarea. Martina y Vasily Ivanovich. En ausencia de cualquier otra prueba que refute mi conclusión, los considero los encargados de los ordenadores. He ordenado a los demás equipos que también busquen chips de identidad en los cuerpos.

—¿Ha descubierto algo más que los nombres? —preguntó Wilson.

—Los habituales datos biométricos. Envié una señal a la *Tub* para que los buscaran en su base de datos, pero no han encontrado nada. Lo cierto es que no tenía muchas esperanzas de lo hicieran, a menos que por una casualidad fueran exmiembros de las FDC.

—Sólo eran dos idiotas, como tantos otros, pésimamente aconsejados embarcados en una colonización —dijo Wilson.

—Junto a otros ciento cincuenta idiotas —apostilló Lee.

—Aun así, la Unión Colonial no es mucho más inteligente.

Lee resopló.

Hasta ellos llegó un lejano sonido de arcadas. Lee volvió la cabeza para mirar en la dirección del ruido.

—Vaya. Mire, es Jefferson. Ha echado la pota.

Wilson se levantó y se asomó por el hueco de la puerta.

—Ha aguantado más de lo que esperaba.

—Ha estado volviéndonos locos a todos con su entusiasmo —rezongó Lee.

—Es novato.

—Espero que se le pase la tontería antes de que alguien de los nuestros lo mate.

Wilson sonrió y luego enfiló a través del caos del recinto en dirección a Jefferson.

—Lo siento, señor —dijo el novato. Estaba arrodillado junto al cuerpo de Vasily Ivanovich y un charco de vómito. Los otros dos miembros de su escuadra habían encontrado un lugar mejor donde esperar.

—Tienes a tu lado dos cadáveres en estado de descomposición y parcialmente devorados —dijo Wilson—. Vomitar es una reacción perfectamente lógica.

—Si usted lo dice.

—Lo sé por experiencia. En mi primera misión casi me cago en los pantalones. Vomitar es normal.

—Gracias, señor —dijo Jefferson.

Wilson le dio unas palmadas en la espalda y echó un vistazo al cadáver de Vasily Ivanovich. El cuerpo tenía un aspecto espantoso; estaba hinchado y con buena parte del abdomen devorado por animales carroñeros. Incluso podía ver los restos mordisqueados de su aparato digestivo.

En cuyo interior destellaba algo.

Wilson frunció el ceño.

—¿Qué es eso?

—¿Qué es qué, señor? —demandó Jefferson.

Wilson hizo caso omiso de la pregunta del novato y miró con mayor detenimiento las entrañas de Ivanovich, hasta que un minuto después introdujo la mano enguantada en lo que quedaba de su estómago.

A Jefferson lo atacaron de nuevo las arcadas, pero esta vez no llegó a vomitar y fijó la mirada en el objeto minúsculo y resplandeciente que Wilson sostenía en la mano recubierta de restos de entrañas. El teniente cogió cuidadosamente el objeto con los dedos de la otra mano y lo sostuvo en alto.

—¿Qué es? —preguntó Jefferson.

—Una tarjeta de memoria —respondió Wilson.

—¿Y qué hacía dentro de su estómago?

—No tengo ni idea. —Wilson se volvió y gritó—: ¡Lee!

—¿Qué? —respondió también gritando la teniente desde el otro extremo del recinto.

—¡Dígales a sus hombres que busquen una PDA y que me la traigan inmediatamente! ¡Una con ranura para tarjetas de memoria!

Poco después, Wilson insertó la tarjeta en un dispositivo portátil y conectó éste a su CerebroAmigo.

—¿Por qué se tragaría una tarjeta de memoria? —preguntó Lee, observando a Wilson mientras trabajaba.

—Para que no cayera en manos enemigas —respondió éste al mismo tiempo que exploraba las carpetas de archivos de la tarjeta de memoria.

—Por eso destruyeron los equipos informáticos y de comunicación —dijo Lee.

—Podré darle más respuestas si me permite concentrarme en lo que estoy haciendo —protestó Wilson.

Lee se calló, ligeramente molesta. Wilson no dio importancia al enfado de su superior, cerró los ojos y se concentró en los datos.

Varios minutos después, levantó los párpados y miró a Ivanovich con una expresión cercana a la admiración. Lee se percató de ello.

—¿Qué? —preguntó la teniente—. ¿Qué ha averiguado?

Wilson miró a Lee con un gesto de incomprensión y volvió a fijar los ojos en Vasily y luego en el cadáver de Martina.

—¿Wilson? —insistió Lee.

—Creo que será mejor que nos llevemos estos cuerpos —dijo Wilson por fin.

—¿Por qué? —preguntó la teniente, mirando los cadáveres.

—Creo que no se lo puedo decir —respondió Wilson—. No creo que tenga la autoridad necesaria para saberlo.

Lee miró a Wilson con evidente irritación.

—No se lo tome como algo personal —dijo Wilson—. Estoy bastante seguro de que yo tampoco la tengo.

Lee, no precisamente satisfecha con la explicación de Wilson, miró a los Ivanovich.

—¿Quiere que subamos a estos dos a la *Tub*?

—No hay por qué llevárselos completos —respondió Wilson.

—¿Perdón?

—No hace falta subir los cuerpos enteros —precisó Wilson—. Con las cabezas bastará.

—También lo nota, ¿verdad? —le preguntó Abumwe a Schmidt durante un descanso en las negociaciones. Ambos estaban en el pasillo que conducía a la sala donde estaba celebrándose la reunión, bebiendo el té que Schmidt les había conseguido.

—¿Si noto el qué, señora?

Abumwe suspiró.

—Schmidt, si quiere que deje de pensar que es usted un completo inútil tendrá que demostrarme que me equivoco.

Schmidt asintió.

—Está bien. He notado algo raro en la subembajadora Ting.

—Así me gusta —dijo Abumwe—. Ahora descríbame ese «algo raro».

—No lo sé —repuso Schmidt. Vio la cara que ponía Abumwe y extendió los brazos de un modo perentorio. El gesto sorprendió a Abumwe, que se reservó el comentario que ya se había formado en su cabeza—. Lo siento —se apresuró a decir Schmidt—. Digo que no lo sé porque no estoy seguro de qué es lo que me causa esa impresión. Está siendo demasiado generosa en las negociaciones. Estamos consiguiendo casi todo lo que queremos. Está aceptando nuestras peticiones de una manera maquinal.

—Sí —asintió Abumwe—. Y me gustaría saber el porqué.

—A lo mejor sólo es una mala negociadora —sugirió Schmidt.

—Los bula pidieron negociar independientemente esta parte para tratarla con mayor detalle —le recordó Abumwe—. Eso significa que no es un asunto trivial para ellos. Los bula tampoco tienen fama de ser unos negociadores fáciles. Me cuesta creer que hayan colocado al frente de este tema a un diplomático cualquiera.

—¿Sabemos algo de Ting? —preguntó Schmidt.

—Hillary no ha encontrado nada sobre ella. Los archivos de la Unión Colonial sobre las misiones diplomáticas se centran en los principales diplomáticos, no en los secundarios. La tengo indagando, pero no espero que encuentre mucha cosa. Entretanto, ¿qué sugiere usted?

Schmidt se tomó una fracción de segundo para asimilar la sorpresa que le causaba que Abumwe le pidiera su opinión y luego respondió:

—Que sigamos como hasta ahora. Está concediéndonos lo que queremos. Lo que nos tiene que preocupar en este momento es que estamos logrando nuestro objetivo demasiado rápido y que acabaremos antes de que la *Tubingen* concluya su misión.

—Puedo inventarme una excusa para suspender las negociaciones hasta mañana —dijo Abumwe—. Puedo solicitar tiempo para informarme sobre algún aspecto particular de las negociaciones. No será complicado.

—Me parece bien.

—Hablando de la *Tubingen*, ¿alguna noticia de su amigo?

—Le enviaré un mensaje encriptado en la siguiente sonda de salto con destino a la nave —respondió Schmidt.

—No debería confiar en exceso en su sistema de encriptación.

—Y no lo hago —repuso Schmidt—. Pero supongo que levantaría sospechas si le enviara un mensaje sin encriptar, teniendo en cuenta la naturaleza de la misión. El mensaje en sí es un sinsentido inofensivo en el que he incluido la línea: «Es como aquella vez en la Estación Fénix».

—¿Qué significa? —preguntó la embajadora.

—Básicamente significa: «Dime si está pasando algo interesante». Lo entenderá.

—¿Le gustaría explicarme por qué ustedes dos tienen su propio código secreto?

—Mmm... —Schmidt se sentía incómodo—. Simplemente surgió.

—¿De verdad?

—Harry vio que usted me echaba la bronca en alguna de las negociaciones que hemos llevado a cabo y se acercó a mí para hacerme saber que le gustaría conocer los detalles más tarde —dijo apresuradamente Schmidt, sin mirar a los ojos a la embajadora.

—¿Tanto miedo me tiene, Schmidt? —preguntó Abumwe.

—Yo no lo llamaría «miedo». Más bien lo definiría como un respeto sano por su método de trabajo.

—Sí, claro. Su servilismo no me resulta de ninguna utilidad, al menos por ahora, así que ahórreselo.

—Lo intentaré —dijo Schmidt.

—Y hágamelo saber enseguida si recibe noticias de su amigo. Ignoro qué trama la subembajadora Ting, pero está crispándome los nervios. Tengo el presentimiento de que la colonia clandestina de Wantji tiene algo que ver en su actitud, y quiero ser la primera en enterarme de qué va eso exactamente.

—¿Que quiere que haga qué? —inquirió la doctora Tomek.

Finalmente se habían llevado los cuerpos completos de los Ivanovich a la nave y ahora ambos estaban tendidos sobre las mesas de examen. La doctora Tomek era una profesional demasiado experimentada para que la visión y el olor de los cadáveres putrefactos le causaran aversión, pero se mostró bastante menos complacida por el hecho de que el teniente Wilson los hubiera introducido en su enfermería sin consultárselo.

—Quiero que les haga un escáner del cerebro —dijo Wilson—. Estoy buscando algo.

—¿Qué está buscando? —preguntó Tomek.

—Se lo diré si lo encuentro.

—Lo siento, pero yo no trabajo así —le espetó Tomek. Buscó con la mirada a la teniente Lee, que se había quedado en la enfermería después de que sus hombres dejaran los cuerpos de los Ivanovich—. ¿Quién es este tipo? —preguntó, señalando a Wilson.

—Es el sustituto temporal de Mitchusson —respondió Lee—. Nos lo han cedido para una misión diplomática. Pero no es sólo eso.

—¿Qué más es? —inquirió Tomek.

Lee hizo un movimiento con la cabeza en dirección a Wilson, quien interpretó el gesto como que la teniente le cedía la palabra.

—Tengo un permiso especial de máxima seguridad que me permite dar órdenes a cualquier miembro de la tripulación de esta nave para que haga lo que yo le pida —declaró Wilson, dirigiéndose a Tomek—. La mantengo desde mi misión anterior. Aún no me la han revocado.

—Ya me he quejado de ello al capitán Augustyn —dijo Lee—. Está de acuerdo conmigo en que es una mierda, pero también en que por ahora no podemos hacer nada. Enviará una queja en la siguiente sonda de salto. Hasta entonces, tiene que hacer lo que le pida, doctora.

—Ésta aún es mi enfermería —replicó Tomek.

—Por eso estoy pidiéndole que lo haga usted —dijo Wilson, y señaló con la cabeza el armarito en el fondo de la enfermería donde estaba el escáner—. He utilizado esos aparatos y enseñado a otros a usarlos. Podría hacerlo yo mismo, pero a usted se le da mejor. No pretendo excluirla de esto, doctora, pues si resulta que no encuentro lo que busco, sería mejor para todos que me guardara para mí mis delirios paranoides.

—¿Y si lo encuentra? —preguntó Tomek.

—En ese caso, las cosas se complicarán bastante —respondió Wilson—. Esperemos que no lo encuentre.

Tomek volvió a mirar a Lee, que se encogió de hombros. Wilson comprendió el significado del gesto de la teniente: «Complace a este idiota. Pronto nos libraremos de él». Pero decidió no tomárselo a mal si así conseguía lo que quería.

Tomek enfiló hacia el armarito, sacó el escáner y la placa reflectante y regresó a la mesa de examen donde estaba el cuerpo de Vasily Ivanovich. Se puso unos guantes, levantó delicadamente la cabeza del colono y colocó debajo la placa.

—¿Dónde se muestra la imagen? —preguntó Wilson. Tomek señaló con la cabeza el monitor que había encima de la mesa de examen. Wilson la encendió—. Cuando quiera.

La doctora colocó en posición el escáner y lo activó, y un par de segundos después alzó la mirada hacia la pantalla.

—¿Qué demonios…? —exclamó casi de inmediato.

—Perfecto —masculló Wilson, mirando la pantalla—. Y con «perfecto», en realidad quiero decir «oh, mierda».

—¿Qué es eso? —preguntó Lee, acercándose para ver mejor lo que Wilson y Tomek estaban mirando.

—Le daré una pista —respondió Wilson—. Todos tenemos uno dentro de la cabeza.

—¿Eso es un CerebroAmigo? —preguntó Lee, señalando la imagen en la pantalla.

—Ha acertado a la primera —dijo Wilson, y se inclinó para acercarse un poco más a la pantalla—. El diseño parece ligeramente distinto del de los CerebroAmigos con los que trabajé cuando estaba en el departamento de investigación y desarrollo de las FDC. Pero no puede ser otra cosa.

—Este tipo es un civil —dijo Tomek—. ¿Qué demonios hace con un CerebroAmigo en la cabeza?

—Se me ocurren dos posibles explicaciones —respondió Wilson—. Una es que no sea un CerebroAmigo y que estemos mirando un tumor cuyo aspecto es sorprendentemente parecido. La segunda es que nuestro amigo Vasily Ivanovich no sea en realidad un civil. A mi parecer, hay una más probable que la otra.

Tomek echó un vistazo a Martina Ivanovich.

—¿Y ella? —preguntó la doctora.

—Sospecho que encontraremos lo mismo —dijo Wilson—. ¿Lo comprobamos?

En efecto, encontraron lo mismo.

—Sabe lo que significa esto, ¿verdad? —dijo Tomek después de apagar el escáner.

Wilson asintió.

—Ya le dije que las cosas se complicarían.

Lee miró los cuerpos tendidos en las mesas.

—Creo que me he perdido.

—Tenemos CerebroAmigos en las cabezas de dos sujetos aparentemente civiles —dijo Wilson—. Eso significa que probablemente no sean civiles. Lo cual sugiere que esta colonia clandestina podría no ser el asentamiento independiente que proclamaba ser. Y ahora sabemos por qué los colonos destrozaron a conciencia todos los ordenadores y los equipos.

—Salvo la unidad de almacenamiento que encontró en el interior de este tipo —dijo Lee, señalando a Ivanovich.

—No creo que se lo tragara para ponerlo a salvo precisamente —repuso Wilson—. Más bien me parece que se lo tragó porque estaban a punto de caer y no tuvo tiempo para destruirlo de otra manera.

—¿Qué había en la unidad de almacenamiento? —preguntó Tomek.

—Un montón de informes diarios —respondió Wilson. Lee no entendía qué importancia podía tener eso y frunció el ceño—. Lo importante no es lo que hubiera en la tarjeta de memoria —continuó Wilson—, sino el hecho de que se guardaran los archivos en una unidad de almacenamiento diseñada para el uso con CerebroAmigos. El mero hecho de que exista implica que alguien utilizaba un CerebroAmigo. Y el mero hecho de la presencia de un CerebroAmigo implica que esto era algo más que una simple colonia clandestina.

—Tenemos que contárselo enseguida al capitán Augustyn —dijo Lee.

—Es el capitán, así que probablemente ya lo sabía —repuso Tomek.

—De ser así, posiblemente no me habría permitido que la obligara a examinar a estos dos —replicó Wilson—. Por mucho que yo tenga un permiso especial. No. Creo que va a llevarse una sorpresa tan grande como la nuestra.

—Entonces se lo contaremos —dijo Lee—. ¿Se lo contaremos, verdad?

—Sí —afirmó Wilson—. Él enviará una sonda de salto para informar detalladamente de lo que hemos descubierto. Y supongo que casi de inmediato recibiremos una respuesta con nuevas instrucciones y la confirmación de que ya no es una vulgar misión de rescate.

—¿Qué será a partir de ahora? —preguntó Lee.

—Una misión de encubrimiento —respondió Tomek, y Wilson asintió con la cabeza—. Habrá que destruir todas las pruebas que pongan en duda que fuera una simple colonia clandestina.

—De todas maneras, ya teníamos instrucciones de destruir todas las pruebas de su existencia —apuntó Lee.

—No sólo allí abajo—repuso Wilson, y señaló a los Ivanovich—. Es decir, hasta el punto de convertir a estos dos y sus CerebroAmigos en polvo. Por no mencionar la destrucción completa de toda la información relativa a lo que acabamos de descubrir y la tarjeta de memoria que encontramos. Y si estos dos aún estaban en servicio activo en las FDC, sospecho que van a degradarlos póstumamente por no haberse volado la tapa de los sesos de un tiro.

Lee fue a hablar con el capitán Augustyn mientras Tomek se hacía cargo de los cadáveres y Wilson acudía al comedor de oficiales para tomarse una taza de café. El teniente accedió al buzón de entrada de su CerebroAmigo y encontró un mensaje enviado por Hart Schmidt. Wilson sonrió y se preparó para disfrutar de una nueva y deliciosa dosis de la neurosis de su amigo. Pero se le borró la sonrisa de la boca en cuanto se enteró de que Hart había sido nombrado mano derecha de la embajadora Abumwe en las negociaciones con los bula y de que la personalidad de la subembajadora Ting era como aquella vez en la Estación Fénix en la que él y Wilson se habían encontrado con aquel otro bula.

—Mierda —masculló Wilson. Era imposible que Hart hubiera empleado ese estilo de redacción por casualidad.

Wilson pensó en ello durante varios minutos antes de soltar un «¡joder!», redactar un mensaje de respuesta y encriptarlo. Luego le hizo una foto al café con su CerebroAmigo, creó una imagen esteganográfica a partir de ella y codificó el mensaje. A continuación puso como destinatario a Hart y lo adjuntó para que fuera enviado en la siguiente sonda de salto, que, dada la bomba que Lee estaba soltando en ese momento en el regazo del capitán Augustyn, saldría de manera casi inmediata.

Wilson no se engañaba, pues sabía que el truco de codificar el mensaje en la imagen del café no pasaría desapercibido eternamente. Sin embargo, esperaba que por lo menos permaneciera encriptado el tiempo suficiente para que Hart pudiera hacer lo necesario con la información que le enviaba.

—Con un poco de suerte no necesitará mucho tiempo —le dijo a su café. Éste no tenía nada que decir al respecto. Wilson tomó un sorbo y luego repasó los datos que había transferido de la tarjeta de memoria de Vasily Ivanovich a su CerebroAmigo. De hecho eran informes civiles sobre la vida en la colonia, pero Wilson ya había descubierto algo importante en ellos. No quería que se le escapara nada, puesto que sospechaba que no dispondría de mucho tiempo para estudiarlos antes de que le ordenaran que los borrara definitivamente.

Schmidt desconocía de qué hilos había tenido que tirar la embajadora Abumwe para salirse con la suya, pero lo había conseguido. Al otro lado de la mesa, enfrente de ella, estaban Anissa Rodabaugh, la jefa de la delegación diplomática encargada de llevar las negociaciones con los bula; la coronel Liz Egan, enlace entre las Fuerzas de Defensa Colonial y el Departamento de Estado, y el coronel Abel

Rigney, cuyo cargo concreto Hart desconocía, pero cuya presencia en la reunión resultaba en cualquier caso ligeramente perturbadora. Los tres miraban con frialdad a Abumwe, quien les respondía con la misma expresión. Nadie prestaba la menor atención a Schmidt, pero él se sentía cómodo en esa situación.

—Aquí nos tiene —dijo Egan, dirigiéndose a Abumwe—. Dentro de cinco minutos, usted y la embajadora Rodabaugh tendrán que regresar al trabajo, así que díganos el motivo de su urgente necesidad de vernos.

—Ustedes no han sido completamente sinceros conmigo en el asunto de la colonia clandestina de Wantji —dijo Abumwe. Schmidt advirtió el tono seco que empleaba la embajadora cuando estaba especialmente irritada, y se preguntó si alguno de los que estaban sentados a la mesa también lo notaría.

—¿En qué sentido? —preguntó Egan.

—En el sentido de que no es en absoluto una colonia clandestina, sino un puesto avanzado de las Fuerzas de Defensa Colonial encubierto —respondió Abumwe.

La afirmación de la embajadora fue recibida con diez segundos de silencio, durante los cuales, Rodabaugh, Egan y Rigney evitaron mirarse.

—No acabo de comprender por qué piensa eso —dijo Egan.

—¿Vamos a malgastar los próximos cinco minutos con esta clase de tonterías, coronel? —demandó Abumwe—. ¿O vamos a hablar con franqueza de cómo afectará eso a nuestras negociaciones?

—No afectará de ninguna manera a las negociaciones —afirmó Rodabaugh.

—¿En serio? —sonrió Abumwe. Schmidt reparó en que Rodabaugh hacía una mueca, pero ella y Abumwe estaban en teoría al mismo nivel en la jerarquía diplomática, así que poco podía hacer—. Porque, Anissa, ayer estuve hablando con una subembajadora bula que estoy casi segura de que sabe más sobre esa supuesta colonia clandestina que yo. Creo que como consecuencia de ello me están empujando hacia un precipicio. Y creo que cuando me tiren por él, toda esta negociación se irá a la mierda conmigo. Si fracaso en unas negociaciones por un error mío, lo acepto, pero si es porque me están puteando desde mi propio bando, no pienso quedarme de brazos cruzados.

Rigney, que había permanecido callado hasta ese momento, se volvió a mirar a Schmidt.

—Su amigo Harry Wilson está a bordo de la *Tubingen* —dijo el coronel—. Acabo de consultar mi CerebroAmigo. Él es el que está suministrándole la información.

Schmidt se dispuso a decir algo, pero Abumwe le posó una mano en el hombro. Este gesto, más que cualquier otra cosa, sorprendió tanto a Schmidt que lo dejó mudo. No recordaba otra ocasión en la que Abumwe lo hubiera tocado.

—Si Hart o Harry Wilson han hecho algo, ha sido siempre siguiendo mis órdenes —dijo Abumwe.

—¿Ordenó a Schmidt y a Wilson que llevaran a cabo lo que en definitiva son labores de espionaje en una misión de las Fuerzas de Defensa Colonial? —preguntó Rigney.

—Les recordé su obligación de ayudarme a lograr nuestros objetivos como diplomáticos —respondió Abumwe.

—¿Actuando como espías en una misión de las Fuerzas de Defensa Colonial? —repitió Rigney.

—Agradezco su intención de consumir mi tiempo distrayéndome con esta discusión banal, coronel Rigney, pero aparquémosla, por favor —replicó Abumwe—. Repito: está en curso una misión militar en un planeta bula. Y estoy casi segura de que los bula, con los que estamos negociando, están al tanto de ella.

—¿Qué pruebas tiene de eso? —preguntó Rodabaugh.

—Ninguna consistente —respondió Abumwe—. Pero me doy cuenta cuando alguien no negocia de buena fe.

—¿Eso es todo? —replicó Rodabaugh—. ¿Un presentimiento? Está tratando con una especie alienígena, por el amor de Dios. Su psicología es completamente distinta.

—Y eso es completamente irrelevante, porque el hecho es que tenemos un puesto avanzado ilegal en un planeta de dicha especie alienígena —dijo Abumwe—. Si estoy equivocada, no perdemos nada. Si estoy en lo cierto, está en riesgo toda la negociación.

—¿Qué quiere de nosotros? —preguntó Egan.

—Quiero saber qué está pasando aquí —respondió Abumwe—. Mi situación ya era mala cuando comencé las negociaciones con la amenaza de que los bula descubrieran que se había infiltrado una nave militar en su territorio para rescatar a una colonia clandestina que estaba siendo atacada, pero por lo menos podía inventar una excusa si la ocasión lo requería. Sin embargo, es imposible encontrar una justificación para una nave de las FDC que acude en auxilio de una instalación militar encubierta.

—No se trataba de una misión militar encubierta —aseveró Rigney, inclinándose hacia adelante.

—¿Estás seguro de lo que vas a hacer, Abel? —preguntó con un sobresalto la coronel, volviéndose hacia Rigney.

—Ya sabe más de lo que debería, Liz —repuso Rigney—. No creo que ofrecerle un contexto cambie nada a estas alturas. —Miró a Abumwe—. Realmente es una colonia clandestina.

—Una colonia clandestina con soldados de las FDC —puntualizó Abumwe. Era imposible pasar por el alto el escepticismo que transmitía su voz.

—En efecto —admitió Rigney—. Desde que el Cónclave estableció las restricciones de colonización para nuestra especie y el resto de las especies no afiliadas, hemos estado infiltrando miembros de las FDC en colonias clandestinas. El resto de los colonos desconoce su verdadera identidad. Modificamos sus cuerpos para que tengan el aspecto y el comportamiento del cuerpo humano en su estado natural, pero conservan los CerebroAmigos. Recopilan información y la envían esporádicamente. Reclutamos miembros de las FDC con experiencia en el campo de la tecnología, así que normalmente acaban encargándose de los sistemas de comunicación de las colonias.

—¿Con qué fin? —preguntó Abumwe.

—Queremos averiguar cómo reacciona el Cónclave a la existencia de las colonias clandestinas —respondió Rigney—. Si las considera una amenaza; si responde como si fueran una colonia oficial; y, en última instancia, si las colonias clandestinas, o colonias con apariencia de serlo, pueden ser una manera de proseguir nuestra expansión sin provocar un conflicto con el Cónclave.

—¿Y consideraron que colonizar un planeta ya conquistado por otra especie era una buena idea? —inquirió Abumwe.

Rigney abrió los brazos.

—¡Nosotros no elegimos los planetas! —dijo—. Sólo infiltramos a nuestra gente en las colonias ya existentes.

—¿Cuánta gente tenemos en Wantji? —preguntó Abumwe.

—Normalmente colocamos a un par de agentes —respondió Rigney—. La mayoría de las colonias clandestinas son pequeñas. Infiltramos a uno de los nuestros por cada cincuenta colonos. —Se volvió hacia Schmidt—. ¿Cuántos encontró su amigo Wilson?

Schmidt miró con el rabillo del ojo a Abumwe.

—Dos, señor.

—Lo que esperaba —repuso Rigney. Se arrellanó de nuevo en la silla.

—¿Qué hacemos? —demandó Abumwe.

—Supongo que lo que quiere saber es qué hacen ustedes —dijo Rigney.

—Sí —asintió Abumwe.

—No hagan nada —dijo Egan—. Los bula no han sacado el tema.

—Y tampoco lo sacaremos nosotros —añadió Rodabaugh—. Si preguntan por la colonia, les diremos que en cuanto nos enteramos de su existencia nos movilizamos para sacarla de su planeta… con tanta celeridad que no les pedimos permiso, y a continuación nos disculparemos. La misión estará de vuelta antes de que llegue ese momento.

—¿Y si descubren que había miembros de las FDC entre los colonos? —preguntó Abumwe.

Rigney señaló con el dedo a Schmidt

—A ésos ya los tenemos nosotros —dijo el coronel—. A ambos. Más concretamente, tenemos sus cabezas, donde están instalados los CerebroAmigos.

Abumwe miró boquiabierta a sus interlocutores.

—Es una broma, ¿verdad? Los bula no son tan estúpidos.

—Nadie ha dicho que sean estúpidos —repuso Rigney—. Pero nuestro servicio secreto afirma que los bula desconocen la existencia de la colonia clandestina y que ellos no fueron quienes la atacaron. Vamos a continuar las negociaciones tal como se han desarrollado hasta ahora.

—¿Y si me preguntan directamente sobre la colonia? Podrían hacerlo en contra de lo esperado.

—En ese caso, usted no sabe nada —respondió Rodabaugh.

—Hablemos claro, ¿está pidiéndome que mienta a los bula?

—Sí.

—¿Comprenden que me parece una mala idea? —dijo Abumwe.

Rodabaugh parecía irritada con ella, pero fue Egan quien respondió:

—Las directrices de este asunto han sido decididas por todos nosotros, embajadora. Y ninguno podemos permitirnos el lujo de discutirlas.

—De acuerdo —asintió Abumwe. Se puso de pie y abandonó la sala sin pronunciar una sola palabra más.

Rodabaugh, Egan y Rigney miraron a Schmidt desde su lado de la mesa.

—Gracias por venir —dijo Hart, que intentó en vano sonreír.

Harry Wilson entró en el puente de mando de la *Tubingen*. Un sorprendido capitán Augustyn alzó la cabeza junto con su segunda de a bordo y otros tripulantes que había en el puente. Harry les concedió unos segundos para que sus CerebroAmigos lo identificaran y luego dijo en voz alta:

—Creo que tenemos un problema.

Wilson percibió que al capitán se le pasaba fugazmente por la cabeza soltarle una diatriba por haber entrado en el puente de mando de una manera tan poco ortodoxa. Sin embargo, debió de pensárselo mejor.

—Explíquese —le exigió Augustyn.

—Tenemos un par de cadáveres de miembros de las FDC en la cámara frigorífica —dijo Wilson.

—Ya lo sé. ¿Y?

—Creo que debería haber uno más —dijo Wilson.

—¿Perdón?

—Tenemos a dos soldados de las FDC —manifestó Wilson—, y tengo razones para creer que había otro en la colonia. He estado estudiando los datos de Vasily Ivanovich. En ellos he encontrado los datos almacenados en un formato legible por los CerebroAmigos. Pero algunos documentos no fueron creados por Vasily. Algunos son de Martina Ivanovich, que se los transfirió a Vasily mediante el protocolo de comunicación entre CerebroAmigos. Sin embargo, hay otros creados por un tipo llamado Drew Talford, que también se los envió a Vasily mediante ese protocolo.

—Tenemos hombres en el planeta identificando los cadáveres —dijo Augustyn—. Ellos lo encontrarán.

—Ya lo han encontrado —afirmó Wilson—. No lo molestaría con este asunto si no lo hubiera comprobado ya personalmente.

—Si ya lo han encontrado, ¿cuál es el problema? —preguntó Selena Yuan, la segunda de a bordo de la *Tubingen*.

—Que no han encontrado su cuerpo completo —respondió Wilson—. Le falta la cabeza.

—Imagino que a muchos colonos les faltarán extremidades y otras partes del cuerpo —dijo Augustyn—. Sufrieron un ataque ya hace más de una semana, así que las bestias carroñeras habrán dado cuenta de ellos.

—Es cierto que hay muchos cadáveres mutilados —admitió Wilson, y envió al capitán y a su segunda de a bordo una imagen a través del CerebroAmigo—. Pero a ningún otro le han seccionado limpiamente una parte del cuerpo.

Hubo un momento de silencio mientras Augustyn y Yuan examinaban la foto.

—Nadie ha encontrado la cabeza —dedujo al cabo Augustyn.

—Eso es —asintió Wilson—. He tenido a los hombres buscando concienzudamente la cabeza durante un par de horas. Hay otros cuerpos decapitados, pero las cabezas suelen hallarse cerca de ellos o el corte es irregular. La cabeza de este tipo no estaba al lado de su cuerpo. No está en ninguna parte.

—Se la podría haber comido algún animal —sugirió Yuan.

—Es posible —admitió Wilson—. No obstante, cuando la cabeza de un soldado de las FDC ha sido seccionada limpiamente y no se encuentra en ninguna parte, me permito sugerir que no parece prudente dar por hecho que se la ha tragado un animal.

—¿Está insinuando que se la llevó quien atacó la colonia? —preguntó Augustyn.

—Así es —respondió Wilson—. Y además, creo que quien nos ha dicho que los bula no tienen ningún conocimiento de la existencia de la colonia está bastante equivocado. No sólo creo que sabían lo que había en su planeta, sino que estoy seguro de que ellos fueron quienes la atacaron. Y aun en el caso improbable de que no lo supieran, apostaría lo que fuera a que el responsable del ataque llevó la cabeza a los bula, ya que una prueba de la presencia de las FDC en uno de sus planetas es mucho más valiosa que un poco de dinero en efectivo.

—Pero no podían conocer la presencia de las FDC en la colonia —objetó Yuan—. ¡Si ni siquiera nosotros la conocíamos!

—Llegados a este punto, me parece que es intrascendente si ellos lo averiguaron antes —dijo Wilson—. Lo importante es que ahora saben que había soldados de las FDC en su planeta. Por lo tanto…

—Por lo tanto, saben que nosotros estamos aquí —concluyó Augustyn.

—En efecto —afirmó Wilson—. Así que la colonia no es el mayor problema diplomático de la UC en este momento, sino nosotros.

Augustyn había dejado de prestar atención a Wilson para concentrarse en ponerse en contacto con las fuerzas desplegadas en la superficie del planeta y ordenarles que regresaran de inmediato.

Sólo la mitad de ellas habían vuelto cuando seis naves de guerra bula aparecieron tras un salto en las inmediaciones de Wantji y apuntaron a la *Tubingen* con sus armas, ya listas para ser disparadas.

Las negociaciones de Abumwe con la subembajadora Ting ya tocaban a su fin cuando Schmidt oyó el agradable pitido de la PDA de la diplomática bula. Ting se excusó, cogió el dispositivo y aparentemente leyó un mensaje en la pantalla con el equivalente bula de una sonrisa en los labios.

—¿Buenas noticias? —preguntó Abumwe.

—Tal vez —respondió Ting, y depositó de nuevo la PDA en la mesa. Se volvió a su ayudante, se inclinó hacia ella y le cuchicheó algo al oído.

La ayudante se puso en pie y salió de la sala.

—Lo siento mucho —se disculpó Ting—, pero para concluir estas negociaciones necesito una cosa que en este momento no tengo conmigo. Espero que no les importe esperar mientras mi ayudante va a buscarla.

—En absoluto —dijo Abumwe.

—Gracias. Creo que usted y yo hemos congeniado, embajadora Abumwe. Ojalá todos mis interlocutores fueran igual de agradables que usted y de un trato tan fácil como el suyo.

—Gracias —respondió Abumwe—. Ya tenemos demasiados quebraderos de cabeza como para añadir una tirantez innecesaria a las negociaciones.

—Coincido plenamente con usted —manifestó Ting. La puerta que había a su espalda se abrió y entró su ayudante cargada con una caja que dejó sobre la mesa—. Y confío en que esta opinión común nos ayude a ambas ahora.

—¿Qué tiene ahí? —preguntó Abumwe, señalando la caja.

—Embajadora, ¿recuerda cuando ayer hablamos sobre el apéndice de la embajadora Zula? —preguntó Ting sin responder la pregunta de Abumwe.

—Sí, claro.

—Le comenté lo extraño que era que un elemento tan pequeño pudiera hacer peligrar todo un sistema.

—Sí —asintió Abumwe, mirando la caja.

—Entonces comprenderá que lo que me diga ahora, aquí, en esta salita, lejos de las conversaciones principales entre la Unión Colonial y los bula, tendrá un impacto inmediato en toda la negociación. Me he preguntado si estaba haciendo lo correcto, puesto que el aspecto esencial de nuestra negociación, es decir, la visita de nuestros compatriotas a nuestros respectivos planetas, se presta a ello. Lo único que tenía que hacer era esperar hasta que recopiláramos toda la información que necesitábamos.

Abumwe sonrió.

—Me temo que me he perdido, subembajadora Ting.

—Estoy segura de que no es así, embajadora Abumwe —repuso Ting—. Por favor, cuénteme todo lo que sepa sobre la presencia de las Fuerzas de Defensa Colonial en Wantji.

—¿Perdón?

—Por favor, cuénteme todo lo que sepa sobre la presencia de las Fuerzas de Defensa Colonial en Wantji.

Schmidt miró con el rabillo del ojo a su jefa y se preguntó si una alienígena que no estaba familiarizada del todo con el lenguaje corporal humano interpretaría correctamente el significado psicológico de la tensión que él advertía en su cuello y en su porte.

—Yo no pertenezco a las Fuerzas de Defensa Colonial, así que no creo que esté cualificada para responder preguntas sobre su presencia en un planeta concreto —respondió Abumwe—. Pero conozco personas en las FDC que podrán aclararle cualquier duda al respecto.

—Embajadora, el ingenio de su evasiva es admirable. Ni yo misma lo habría hecho mejor de haber estado en su situación. Pero me temo que debo insistir en que me dé una respuesta más concreta ahora mismo. Por favor, cuénteme lo que sepa sobre la presencia de las Fuerzas de Defensa Colonial en Wantji.

—No puedo contarle nada —respondió Abumwe, abriendo los brazos en un gesto que quería decir: «Ojalá pudiera ayudarla».

—«No puedo» es una respuesta estratégicamente ambigua. ¿No puede porque no sabe nada? ¿O porque ha recibido instrucciones de no decir nada? Quizá la culpa sea mía, embajadora. A lo mejor no he sido lo suficientemente precisa en mi pregunta. Lo intentaré de nuevo. Esta vez le haré una pregunta que podrá contestar con un «sí» o con un «no». De hecho, debo insistirle en que la responda con un «sí» o con un «no». Embajadora Abumwe, ¿está al corriente de la presencia de tropas de las Fuerzas de Defensa Colonial en Wantji?

—Subembajadora Ting…

—Embajadora Abumwe —la interrumpió Ting con un tono de voz cordial pero firme—, si no obtengo un «sí» o un «no» como respuesta, me temo que tendré que suspender las negociaciones. Y si suspendo las negociaciones, mis superiores suspenderán las que ellos están llevando a cabo con sus colegas. Todo el proceso fracasará porque usted no ha sido capaz de ofrecerme una respuesta simple a una pregunta directa. Creo que estoy siendo muy clara. De modo que se lo preguntaré por última vez: ¿Está al corriente de la presencia de tropas de las Fuerzas de Defensa Colonial en Wantji?

—No —respondió Abumwe—. No estoy al corriente.

Ting sonrió como lo hacen los bula y abrió los brazos en un gesto muy humano, como queriendo decir: «¿Ve como no era tan difícil?».

—Eso es todo lo que necesitaba saber, embajadora —dijo la subembajadora bula—. Una respuesta simple a una pregunta directa. Gracias. Le ruego que me disculpe por introducir este elemento de tensión en nuestras negociaciones. Lo lamento aún más, si cabe, por tratarse de usted. Como ya le he dicho, tengo la impresión de que hemos congeniado.

Schmidt reparó en que el cuello y los hombros de Abumwe se relajaban.

—Acepto sus disculpas, pero no son necesarias. Me gustaría que concluyéramos nuestro trabajo.

—¡Ah, pues ya hemos terminado! —exclamó Ting, y se puso en pie. Abumwe y Schmidt se apresuraron a imitarla—. Ha concluido en el mismo instante en el que me ha mentido.

—¿Cuándo le he mentido? —inquirió con perplejidad Abumwe.

—Acaba de hacerlo. Tenga en cuenta una cosa, embajadora Abumwe, estoy absolutamente convencida de que recibió órdenes de sus superiores para que me mintiera. He negociado con suficientes humanos para reconocer a alguien que ha recibido la orden de mentir. Sin embargo, usted acaba de mentirme, y ésa era la prueba, averiguar si lo haría o no. Y lo ha hecho.

—Subembajadora Ting, le aseguro que, con independencia de lo que usted crea que yo sé, mis actos no deberían interferir en las negociaciones principales…

Ting levantó una mano.

—Le prometo, embajadora Abumwe, que su pueblo y el mío aún no han roto las negociaciones. Sin embargo, el objeto de las conversaciones ha cambiado sustancialmente. —Señaló la caja que había sobre la mesa—. Y finalmente llegamos a esto.

—¿Qué hay en la caja? —preguntó Abumwe.

—Un regalo —respondió Ting—. Por así llamarlo. Aunque para ser más precisa, le diré que les devolvemos algo que pertenecía a las Fuerzas de Defensa Colonial. En realidad son dos cosas, una dentro de la otra. Nos planteamos la posibilidad de extraer la primera de la segunda, pero entonces pensamos que ustedes, los humanos, podrían argumentar que la primera no procedía de la segunda, así que consideramos que era mejor dejarlas tal como las encontramos.

—Está siendo algo imprecisa, subembajadora Ting —repuso Abumwe.

—Lo sé. Tal vez porque no quiero chafarle la sorpresa. Puede abrirla, si lo desea.

—Quizá no debería hacerlo.

—Como quiera —dijo Ting—. De todos modos, le agradecería que transmitiera a sus superiores un mensaje de parte de los míos.

—¿De qué se trata?

—Dígales que después de abrir la caja, cuando volvamos a reunirnos, el tema de las negociaciones será la retribución por la presencia ilegal en nuestro territorio de las Fuerzas de Defensa Colonial. No sólo por el caso del asentamiento ilegal en Wantji, sino también por el de la nave de guerra que hemos confiscado... *Tubingen,* creo que se llama.

—¿Han atacado a la *Tubingen*? —preguntó Schmidt, que inmediatamente se lamentó de su precipitación.

—No —respondió Ting, volviéndose a mirar con gesto divertido a Schmidt—. Pero no vamos a permitirle ir a ningún lado. Les devolveremos la tripulación en su debido momento. Supongo que en la nueva ronda de negociaciones se fijará el precio de la devolución de la nave. —Miró de nuevo a Abumwe—. Dígales eso también a sus superiores, embajadora Abumwe.

Ésta asintió con la cabeza.

Ting sonrió y recogió la PDA de la mesa.

—Ahora me despido de ustedes, embajadora Abumwe, señor

Schmidt. Tal vez su próxima misión acabe de una manera más beneficiosa para sus intereses.

La subembajadora bula abandonó la sala seguida por su ayudante. La caja se había quedado en la mesa y Abumwe y Schmidt la miraron en silencio. Ninguno de los dos hizo el ademán de abrirla.

4
Una voz en el desierto

Albert Birnbaum, actualmente «Una voz en el desierto», y en el pasado el presentador del cuarto programa de entrevistas más popular de la radio en los Estados Unidos de América, ordenó a su coche que marcara el número de su productora.

—¿Tienes ya los datos? —soltó a bocajarro cuando ella respondió la llamada. Aparte de por el identificador, ella sabría quién era en cuanto oyera su voz.

—Los tengo —respondió Louisa Smart.

Birnbaum se la imaginó hablando desde su despacho con los cascos puestos, más que nada porque apenas la había visto en otro contexto.

—¿Y qué tal? ¿Son buenos? ¿Mejores que el mes pasado? Dime que son mejores que el mes pasado.

—¿Estás sentado? —preguntó Smart.

—Estoy conduciendo, Louisa —dijo Birnbaum—. ¡Claro que estoy sentado!

—No deberías conducir —le recordó ella—. Te han retirado el carné. Si te paran y revisan el ordenador de tu coche y ven que tienes desactivado el piloto automático, se te va a caer el pelo.

—Eres mi productora, Louisa, no mi madre. Ahora ve al grano y dame los datos.

Smart suspiró.

—Has caído un doce por ciento con respecto al mes pasado.

—¿Cómo? ¡Imposible, Louisa!

—Al, ¿por qué iba a mentirte? ¿Crees que me gusta tener que aguantar tu ataque de pánico?

—¡Es imposible! —repitió Birnbaum, haciendo oídos sordos al comentario de su productora—. ¡Es imposible que hayamos perdido uno de cada ocho oyentes en un maldito mes!

—Yo no me invento los datos, Al —dijo Smart—. Sólo te digo lo que hay.

Birnbaum no dijo nada y comenzó a golpear el salpicadero del coche, y a punto estuvo de salirse de la carretera.

—¡Mierda! ¡Mierda, mierda, puta mierda, mierda!

—A veces me asombra que te ganes la vida hablando —dijo Smart.

—Estoy fuera del trabajo —repuso Birnbaum—. Podré quedarme sin palabras en mi tiempo libre, ¿no?

—Estos datos indican que has perdido un tercio de tus oyentes en lo que va de año —continuó Smart—. Vas a perder el favor de los anunciantes. Otra vez. Eso significa que vamos a tener que compensarlos de alguna manera. Otra vez.

—Se cómo va esto, Louisa.

—Quiere decir que vamos a terminar el trimestre en números rojos —dijo Smart—. Y ya van dos trimestres así de los últimos tres. Ya sabes lo que eso significa.

—Sólo significa que tenemos que asegurarnos de que los números sean de color negro al acabar el próximo trimestre —replicó Birnbaum.

—Te equivocas —repuso Smart—. Significa que Walter te ha puesto en su punto de mira. Y cuando Walter te pone en su punto de mira, estás a un paso de la cancelación. Y lo de «Una voz en el desierto» no sólo será una ingeniosa ocurrencia tuya. De verdad te quedarás solo.

—Walter no va a cancelarme el programa —dijo Birnbaum—. Soy su presentador favorito.

—¿Recuerdas a Bob Arrohead? ¿El tipo al que sustituiste? Él también era el favorito de Walter. Pero tuvo tres trimestres malos seguidos y le dio la patada. Walter no ha construido un imperio de comunicación valorado en miles de millones porque trate con cariño a sus favoritos. ¡Cancelaría hasta el programa de su madre si acabara tres trimestres seguidos en números rojos!

—Yo podría ponerme por mi cuenta si fuera necesario —dijo Birnbaum—. Pediría un préstamo, montaría una cosa humilde... Es completamente factible.

—Eso es lo que hace ahora Bob Arrohead. Deberías preguntarle cómo le va. Si es que lo encuentras. Si es que encuentras a alguien que sepa cómo encontrarlo.

—Ya, pero él no te tiene a ti —respondió Birnbaum, que no se cortó a la hora de hacerle la pelota.

Y Smart no se cortó a la hora de rechazarlo en plena cara.

—Y si cancelan tu programa y te echan de SilverDelta, tú tampoco me tendrás. Yo tengo un contrato con la empresa, no contigo, Al. Pero gracias por el halago. ¿Dónde estás, por cierto?

—Me dirijo al partido de fútbol de Ben.

—El partido de tu hijo no empieza hasta las cuatro y media, Al —replicó Smart—. Aprende a mentir mejor a alguien que tiene tu agenda en la pantalla del ordenador. Vas a ver a la fan que conociste en las jornadas de la asociación de locutores, ¿verdad?

—No sé de qué me hablas, Louisa.

Smart suspiró y Birnbaum oyó que contaba hasta cinco en voz baja.

—¿Sabes una cosa? —dijo al cabo Smart—. Tienes razón, no soy tu madre. ¿Quieres tirarte a otra fan? Por mí no hay problema. Pero ten presente que Walter no va a ser tan comprensivo contigo con dos trimestres en números rojos como cuando eras su mayor fuente de ingresos. Y recuerda que no tienes un acuerdo prenupcial. Y Judith, a diferencia de tu segunda esposa, no es idiota... aunque tú tal vez sí lo seas y por eso consiguió que no firmarais el acuerdo prenupcial. Espero que la afirmación de tu ego de mediana edad y tres minutos de ejercicio físico valgan la pena.

—Valoro estas llamadas, Louisa. Sobre todo, tus sutiles indirectas sobre mi pericia sexual.

—Dedica menos tiempo a tirarte a fans y más a tu programa, Al. Los oyentes no te dan la espalda porque de repente tus opiniones hayan perdido popularidad. Te la dan porque te has vuelto perezoso y aburrido. ¿Y sabes qué pasa cuando uno se vuelve perezoso y aburrido en este mundillo? Pues que te echan de él. Y desaparecen las fans.

—Gracias por ser tan gráfica —repuso Birnbaum.

—No bromeo, Al. Tienes un trimestre para dar la vuelta a la situación. Los dos lo sabemos. Más te vale que te pongas manos a la obra. —Louisa Smart colgó.

Lo abordaron cuando salía del vestíbulo del hotel.

—Señor Birnbaum —dijo el hombre joven.

Él levantó una mano y trató de continuar.

—Ahora no puedo pararme a firmar autógrafos. Llego tarde al partido de fútbol de mi hijo.

—No quiero un autógrafo —dijo el joven—. He venido para presentarle una propuesta de negocios.

—Puede enviársela a mi representante —respondió él, volviendo ligeramente la cabeza hacia el joven mientras pasaba de largo—. Para eso le pago a Chad, para estudiar las propuestas de negocios.

—¿Un doce por ciento menos este trimestre, señor Birnbaum? —gritó el joven para que lo oyera el interesado, que ya estaba llegando a la puerta giratoria.

Dio la vuelta completa con la puerta giratoria y regresó adonde estaba el joven.

—¿Qué ha dicho?

—He dicho: «¿Un doce por ciento menos?».

—¿Cómo es que tiene usted mis datos de audiencia? Es una información privada.

—Un locutor de radio que pasa tanto tiempo como usted desvelando documentos y vídeos filtrados no debería necesitar hacer una pregunta como ésa —respondió el joven—. La manera como he conseguido esos datos no importa, señor Birnbaum. Lo importante es cómo puedo ayudarlo yo a mejorarlos.

—Lo siento, pero no lo conozco a usted de nada —dijo Birnbaum—. Por lo tanto, no tengo por qué escucharlo ni me interesa lo que tenga que decirme.

—Me llamo Michael Washington —dijo el joven—. En cuanto a mí, tiene razón, no tiene por qué escucharme. Pero tal vez le interese escuchar a las personas a las que represento.

—¿Y quiénes son esas personas? —quiso saber Birnbaum.

—Un grupo que conoce las ventajas de las relaciones mutuamente beneficiosas.

El radiofonista sonrió.

—¿Eso es todo? ¿En serio? ¿Un misterioso grupo secreto? Mire, Michael, quizá de vez en cuando me sienta atraído por las teorías de la conspiración…, son divertidas y a los oyentes les encantan, pero eso no quiere decir que me las crea.

—No forman un grupo misterioso ni secreto —repuso Washington—. Simplemente prefieren mantener el anonimato por ahora.

—Pues allá ellos. Cuando quieran hablar en serio de lo que quiera que sea y tengan nombres, pueden llamar a Chad. Hasta entonces esto es una pérdida de tiempo para mí y para ellos.

Washington le ofreció su tarjeta.

—Lo comprendo perfectamente, señor Birnbaum, y le ruego que me disculpe por hacerle perder el tiempo. No obstante, si cuando mañana se reúna con Walter cambia de parecer, póngase en contacto conmigo.

No cogió la tarjeta.

—No tengo programada una reunión con Walter para mañana.

—El hecho de que no la tenga programada no significa que no vaya a producirse —repuso Washington. Blandió ligeramente la tarjeta.

Birnbaum se marchó sin molestarse en cogerla y sin volverse a mirar a Washington. Llegaba tarde al partido de fútbol de Ben.

El equipo de Ben perdió.

Birnbaum había concluido su programa matinal y estaba escribiendo un mensaje de texto a su nuevo rollo para proponerle otro encuentro en un hotel cuando levantó la mirada de la pantalla de la PDA y vio que Walter Kring estaba plantado, con sus dos metros de estatura, delante de él.

—Walter —dijo Birnbaum, intentando no perder la compostura al ver a su jefe.

Kring señaló con la cabeza la PDA de su empleado.

—¿Le estás escribiendo un mensaje a Judith?

—Más o menos.

—Bien hecho —dijo Kring—. Es una mujer extraordinaria, Al. Casarte con ella es lo más inteligente que has hecho en tu vida. Serías un estúpido si lo estropearas. Cuéntale lo que te acabo de decir.

—Claro —repuso Birnbaum—. ¿Qué te trae hoy a la cueva? ¿Cómo es que has bajado?

Los estudios de SilverData se encontraban en las primeras plantas del edificio de la empresa en la ciudad de Washington. El despacho de Walter ocupaba toda la planta decimocuarta y disponía de un ascensor que lo subía directamente a la azotea, donde estaba estacionado el helicóptero que utilizaba a diario para trasladarse de su casa en Annapolis al trabajo y viceversa. El director general de SilverData rara vez bajaba más allá de la décima planta.

—Voy a despedir a un empleado.

—¿Cómo dices? —La boca de Birnbaum se frunció como si hubiera succionado un mazacote de alumbre.

—A Alice Valenta —continuó Kring—. Acabamos de recibir los datos de audiencia del trimestre. Lleva mucho tiempo cayendo y no va a remontar. Ha llegado el momento de seguir adelante. Y ya sabes lo que pienso sobre estas cosas, Al. Los despidos no se delegan. Hay que estar preparado para matar a tu propio perro y para despedir a tus empleados. Es una cuestión de respeto.

—Estoy completamente de acuerdo.

—Lo sé. Es un capítulo que no falta en cualquier manual de liderazgo.

Birnbaum tragó saliva y asintió, mudo de repente.

—Me alegra no haber tenido que bajar por ti, Al —añadió Kring, inclinándose hacia él de una manera que probablemente no podía evitar dados sus dos metros de altura, pero Birnbaum fue plenamente consciente de quién era el perro beta en esta situación concreta—. Tú no me darías ese disgusto, ¿verdad, Al?

—Claro que no, Walter —le aseguró Birnbaum con la voz que

empleaba para hablar en la radio, pues si hubiera hablado con su propia voz, seguramente se le habría quebrado.

Kring se puso derecho y le dio una palmada en la espalda.

—Eso quería oír. Deberíamos comer juntos algún día. Hace mucho tiempo que no lo hacemos.

—Me encantaría —mintió Birnbaum.

—Bien. Le diré a Jason que se encargue de ello. Seguramente encontrará un hueco para la semana que viene.

—Genial.

—Ahora te ruego que me perdones, Al —dijo Kring—. No todas las reuniones que me esperan hoy van a ser tan agradables como ésta.

Birnbaum asintió con la cabeza y Kring enfiló en silencio por el pasillo en dirección al estudio número ocho, que muy pronto se convertiría en el antiguo lugar de trabajo de Alice Valente.

Birnbaum esperó a que el jefe desapareciera de su vista y suspiró y se estremeció simultáneamente. Se palpó ostensiblemente el bolsillo del pantalón, en apariencia para sacar las llaves de su vehículo, pero en realidad quería comprobar si se había meado encima.

La PDA vibró para avisarlo de la llegada de un mensaje. Lo leyó:

¿Cuándo quiere que nos veamos?

Birnbaum comenzó a escribir que, si no se producía algún imprevisto, otro encuentro en un hotel no sería posible en lo que quedaba de semana, pero entonces se dio cuenta de que el mensaje no se lo había enviado su nuevo rollo. Borró lo que había escrito.

¿Quién eres?, escribió y envió.

Michael Washington, fue la respuesta.

¿Cómo ha conseguido mi número?, escribió Birnbaum.

Era su PDA personal, y hasta ese momento creía que las únicas personas que tenían el número eran Judith, Ben, Louisa Smart y el nuevo rollo.

De la misma manera que averigüé en qué hotel estaba con esa mujer que no es su esposa. Debería distraerse menos con ella y concentrarse más en conservar su trabajo, señor Birnbaum. ¿Quiere que nos veamos?

Birnbaum aceptó reunirse con él.

Se encontraron en Bonner's, que era la clase de bar con las paredes revestidas de madera que la gente que se dedicaba a los programas de entretenimiento utilizaba para reunirse en secreto con políticos.

—Antes de que hagamos o digamos nada, quiero que me explique por qué sabe tanto sobre mí —dijo Birnbaum sin perder el tiempo en preámbulos cuando Washington se sentó a su mesa—. Sabe sobre mis asuntos personales y profesionales más de lo que cualquier otra persona en el mundo sabe o debería saber.

—Louisa Smart sabe tanto como yo —respondió a media voz Washington.

—¿Está sacándole a ella la información? —preguntó Birnbaum—. ¿Paga a mi productora para que me espíe? ¿Es eso?

—No, señor Birnbaum. Debería conocer mejor a su productora después de diez años juntos.

—¿De dónde la obtiene entonces? ¿Trabaja para el gobierno? ¿Para el nuestro? ¿Para otro? —Birnbaum se embarcó inconscientemente en la retórica paranoide que tanta fama le había dado en sus inicios profesionales—. ¿Hasta dónde llega la red de vigilancia que han tejido sobre mí? ¿Hay más gente en mi situación? ¿La orden ha salido de las altas esferas? Porque le juro que voy a llegar hasta el fondo del asunto. Aun a riesgo de poner en peligro mi vida y mi libertad.

—¿En serio cree que existe una conspiración del gobierno contra usted, señor Birnbaum?

—Dígamelo usted —respondió él.

Washington señaló la PDA que tenía sobre la mesa.

—Su PDA.

—¿Qué le pasa a mi PDA?

—Préstemela un momento, por favor.

—¡¿Me la han pinchado?! —exclamó Birnbaum—. ¡Me la han pirateado!

—Su PDA, por favor —insistió Washington, con la mano extendida.

Él se la dio con cierto azoramiento. Washington la cogió y deslizó el dedo por la pantalla, la presionó ligeramente y se la devolvió a Birnbaum, que se la quedó mirando con desconcierto.

—¿Me está enseñando la aplicación de «Una voz en el desierto»? —inquirió el locutor.

—Sí —asintió Washington—. La aplicación gratuita de su programa para que la gente pueda escucharlo y enviarle comentarios mediante mensajes de texto o de voz, así como su localización para que usted sepa desde dónde le envían los mensajes cuando los lee o los emite en su programa. Lo que significa que la aplicación puede enviar y recibir audio y también rastrear sus movimientos. Y puesto que se la encargó a una pandilla de programadores que se gana la vida haciendo aplicaciones como la suya, de una manera apresurada y descuidada, es increíblemente sencillo piratearla.

—Un momento... ¿Ha utilizado mi propia aplicación contra mí?

—Así es —dijo Washington—. Ha recibido lo que merece por el dinero que pagó a los programadores, señor Birnbaum.

—¿Y lo de la reunión con Walter? Me dijo que me vería con él y así ha sido. ¿Cómo lo supo?

—Acababan de llegar los datos trimestrales de audiencia —respondió Washington—. Algunos presentadores habían perdido oyentes, y es sabido que Kring despide personalmente a sus empleados. Así que sumé dos más dos. Las probabilidades de que hoy viera a Kring eran muy altas. Y dado que le metí en la cabeza la idea de que se reuniría con él, usted interpretaría cualquier clase de encuentro con su jefe como que yo había acertado. Luego sólo tenía que estar pendiente de su PDA para abordarlo en cuanto la «reunión» concluyera.

Birnbaum apartó de sí la PDA con un mohín de desagrado.

—¿Decepcionado? —preguntó Washington al percatarse de su

expresión —. ¿Porque no trabajo para el gobierno? ¿Porque no es víctima de una conspiración planetaria?

—No sea idiota —le espetó Birnbaum sin inmutarse—. Ya le he dicho que no me van esas cosas.

—Lo lamento. Lamento no ser más malvado ni estar conectado con los elementos más turbios de la política nacional y mundial.

—¿Quién es usted entonces?

—Como ya le he dicho, represento a un grupo que quiere ofrecerle una solución a sus problemas actuales.

Birnbaum iba a preguntarle que quiénes eran realmente sus clientes, pero las palabras de Washington le hicieron cambiar la pregunta.

—¿Y cuál es exactamente mi problema?

—Su problema es, exactamente, que está perdiendo oyentes a un ritmo acelerado y no tardará en convertirse en una vieja gloria de los debates sobre política nacional —aseveró Washington.

Birnbaum quiso rebatir aquella afirmación, pero se dio cuenta de que no sacaría nada de enzarzarse en una discusión y descartó la idea.

—¿Y cómo pretenden ayudarme sus amigos?

—Quieren sugerirle un tema para que lo tome en consideración —respondió Washington.

—¿Se trata de un soborno? ¿Quieren pagarme para que defienda alguna postura en particular? Porque yo no hago esas cosas. —Lo cierto era que las había hecho, un par o una decena o más de veces, y precisamente había negociado los tratos en Bonner's. Birnbaum se decía que eran cosas que de todas formas diría en antena para tranquilizar su conciencia, así que lo que hacía era ilegal, pero nunca una traición a sus principios. No obstante, uno siempre tenía que aparentar que era insobornable, para que quien le proponía el soborno tuviera la sensación de que había conseguido doblegarlo.

—No hay dinero de por medio.

Birnbaum hizo una mueca y Washington se echó a reír.

—Señor Birnbaum, usted tiene dinero de sobra. Al menos de momento. Lo que le ofrecen mis clientes es mucho más valioso que el dinero: la posibilidad no sólo de volver a la cumbre de la fama y del poder donde estaba no hace mucho tiempo, sino de llegar mucho más alto. Usted llegó a ser la cuarta voz más importante de la radio nacional, aunque no aguantó arriba mucho tiempo. Mis clientes le ofrecen la oportunidad de instalarse en el número uno y quedarse allí el tiempo que desee.

—¿Y cómo van a hacerlo? —preguntó con interés el locutor.

—Señor Birnbaum, doy por sentado, teniendo en cuenta su profesión, que sabe quién fue William Randolph Hearst.

—Un magnate de la prensa —respondió Birnbaum. Hasta ahí llegaba lo que sabía de aquel personaje. Sus conocimientos sobre historia norteamericana eran sólidos en lo relativo a la fundación del país y a sus últimos cincuenta años, pero en todo lo demás dejaban bastante que desear.

—En efecto. Un magnate de la prensa. A finales del siglo XIX estaba a punto de estallar la guerra entre Estados Unidos y España por Cuba, y Hearst envió a un ilustrador al país caribeño para que realizara dibujos de la contienda. Cuando el ilustrador llegó a Cuba, envió un telegrama a Hearst para decirle que no veía nada que indicara que la guerra fuera inminente y que regresaba a casa. Hearst le respondió que no se moviera de la isla y le dijo: «Usted proporcióneme los dibujos que yo le proporcionaré la guerra». Y lo hizo.

Birnbaum miró a Washington con cara de no entender nada.

—Señor Birnbaum, mis clientes necesitan a alguien que les proporcione los dibujos —dijo Washington—. Alguien que comience un debate. Cuando el debate esté en marcha, mis clientes se encargarán del resto. Pero antes, alguien ajeno a mis clientes tiene que iniciar el debate.

—Yo les proporciono los dibujos y ellos proporcionan la guerra —dijo Birnbaum—. ¿Cuál es la guerra en este caso?

—No se trata de una guerra real —le aseguró Washington—. De hecho, lo que tiene que decir posiblemente evite una guerra.

Birnbaum reflexionó un momento.

—Pero no hay dinero de por medio.

Washington sonrió.

—No. Sólo audiencia, fama y poder. No obstante, el dinero suele ser una consecuencia natural de todo eso.

—¿Y me los puede garantizar? —preguntó.

—Usted proporcione los dibujos, y la guerra llegará. Y más pronto que tarde, me atrevería a añadir.

La ocasión para proporcionar los dibujos se le presentó a Birnbaum al día siguiente.

—¿Podemos hablar del gobierno mundial? —le preguntó Jason, de Canoga Park, a Birnbaum en antena. Jason, de Canoga Park, era uno de los oyentes más fieles de Birnbaum y tarde o temprano siempre sacaba a colación el tema del gobierno mundial, el temor al gobierno mundial o la manera como cualquier tema estaba conectado invariablemente con el gobierno mundial. Uno podía ponerse al día sobre el gobierno mundial con Jason, de Canoga Park.

—Ya sabe que me encanta hablar sobre el gobierno mundial, Jason —dijo Birnbaum de una manera más o menos automática—. ¿De qué se trata esta vez?

—Bueno, ¿es que no te parece obvio, Al? —respondió Jason—. Ahora mismo el debate principal es si deberíamos recuperar las relaciones diplomáticas con la Unión Colonial o no. Y fíjate que no se habla de que las recuperen Estados Unidos. Nada de eso. Se habla de que lo haga la población de la Tierra, es decir, el gobierno mundial de la Tierra que está constituyéndose en secreto, delante de nuestras narices. Cada día que pasamos hablando sobre las relaciones con la Unión Colonial, discutiendo la conveniencia de enviar una delegación diplomática a la Unión Colonial, es un día más que los tentáculos del gobierno mundial constriñen un poco más el cuello de la libertad individual, Al.

—Es una opinión fascinante, Jason —dijo Birnbaum, utilizando una frase que en realidad expresaba el pensamiento: «Eres un imbécil integral, pero discutir contigo sería una auténtica pérdida de tiempo, así que voy a cambiar de tema»—. Y toca un tema que ha estado dando vueltas en mi cabeza últimamente: la Unión Colonial. ¿Está al día de la información oficial sobre la UC, Jason?

—¿En relación con el gobierno mundial? —preguntó Jason.

—Claro —dijo Birnbaum—, y con todos los demás temas. La

información oficial, la que da el gobierno y que todos los demás gobiernos suscriben, sostiene que, ¿durante cuánto tiempo... doscientos años?, la Unión Colonial ha sometido a la población de la Tierra. Nos ha impedido salir del planeta si no era de acuerdo con sus condiciones; nos ha utilizado como criadero de soldados y de colonos; ha fomentado nuestro atraso al no compartir con nosotros sus avances tecnológicos ni sus conocimientos sobre nuestro lugar en el universo. Pero ¿sabe qué, Jason? A pesar de todos los errores que ha cometido nuestro gobierno de Washington durante los últimos seis años, y han sido muchos, reconozcámoslo, ése no es uno de ellos.

»Y paradójicamente también lo es. Hasta un ciego lo vería. ¿Es que nadie va a decirlo? ¿Es que nadie se atreve a denunciarlo? ¡Seamos valientes y digámoslo! Denunciemos que el gobierno ha aprovechado políticamente esta situación. Pongamos el foco en los hechos. ¿Cuál ha sido el crecimiento económico de Estados Unidos en los últimos tres o cuatro años? Vamos, ¿quién va a negarme que ha sido casi nulo? Usted y yo lo sabemos, Jason. Todo el mundo lo sabe. ¿Y por qué ha sido casi nulo? Por culpa de las políticas económicas de este ejecutivo. Cientos de millones de estadounidenses decentes, los que se levantan todos los días para ir a trabajar y hacen lo que se espera de ellos, lo que les piden que hagan..., personas como usted y como yo, Jason, estamos sufriendo. ¿O no es verdad? Sufrimos todos los días del año.

»Y justo cuando nuestro querido líder, el que está cómodamente instalado en la Casa Blanca, no puede seguir echando la culpa al bulo de la llamada crisis económica global y tiene que dar la cara y defender sus políticas ante el pueblo estadounidense, llegan, como un milagro caído del cielo, John Perry y esa flota del Cónclave y nos dicen que la Unión Colonial, no el presidente, no las políticas de su gobierno, no la llamada recesión global, es la raíz de todos nuestros problemas. ¡Qué oportuno para nuestro querido líder! ¿No le parece, Jason?

Pero ahora Louisa Smart estaba dando golpecitos al cristal desde el estudio de control de audio. Birnbaum la miró.

«¿Qué demonios estás haciendo?», dijo ella moviendo los labios sin emitir sonidos.

Birnbaum levantó las manos con gesto suplicante, como queriéndole decir que lo tenía controlado y que no se preocupara.

—No veo qué tiene eso que ver con el gobierno mundial —dijo Jason con tono dubitativo.

—Pues tiene todo que ver con el gobierno mundial, Jason. En los últimos meses no se ha hablado de otra cosa que no sea la Unión Colonial, de lo que deberíamos hacer en relación a ella y si es digna de nuestra confianza. Cada día que se habla sobre la Unión Colonial es un día que no se discuten nuestras propias necesidades, nuestros problemas ni las carencias de nuestro gobierno… y del actual ejecutivo. Proclamo que ha llegado la hora de cambiar el fondo del debate. Ha llegado el momento de cuestionar la versión oficial, el momento de dejar de lado las interpretaciones y conocer la verdad.

»Y yo voy a revelarles esa verdad. Y sé que va a resultar bastante impopular porque choca de frente con la versión oficial, y ya sabemos todos lo celosos que son el ejecutivo y sus voceros de los medios de comunicación con la versión oficial. Pero yo voy a ofrecerles la verdad, y comprueben ustedes mismos si les encaja.

»¿La Unión Colonial? ¡Es lo mejor que le ha pasado nunca a la Tierra! ¿Quién se atreve a negarlo? Es cierto que ha mantenido a la Tierra confinada en su propia burbuja protectora. Pero ¿han leído los informes? En nuestra región del universo hay seiscientas especies alienígenas inteligentes, y casi todas han atacado de una u otra manera a la especie humana, incluido el adorado Cónclave de John Perry, que habría aniquilado una colonia planetaria entera si la Unión Colonial no hubiera intervenido para impedírselo. Parémonos a pensar un momento. Si estaban dispuestos a eliminar toda una colonia planetaria, ¿qué les hace creer que se cortarían a la hora de destruir la Tierra si nos consideraran una amenaza?

»Ya sé lo que están pensando. Se dicen: "Bueno, vale, la Unión Colonial nos protege, pero también nos impide viajar al espacio a menos que nos convirtamos en soldados o en colonos". Pero reflexionen sobre lo que eso significa. Significa que cada persona que viajaba al espacio desde la Tierra cumplía un papel diseñado para proteger a la humanidad desde las estrellas, para cimentar el lugar de los humanos en el universo. Todos ustedes saben que no escatimo elogios ni admiración para los héroes uniformados que sirven a nuestra nación. ¿Por qué debería ser menos con aquellos que protegen la humanidad, incluida la parte de los que vivimos en el planeta Tierra? La Unión Colonial recurre a nuestro pueblo, a los terrícolas, señoras y señores, cuando está en juego nuestra supervivencia. La opinión oficial lo denomina «esclavitud». Yo lo llamo «deber». ¿Creen que cuando yo cumpla setenta y cinco años querré pasarme lo que me quede de vida sesteando en una mecedora hasta que llegue el día que no me despierte? ¡Ni hablar! ¡Que me pinten de verde y me manden al espacio! Al impedirme que yo o cualquier otra persona se enrole libremente en las Fuerzas de Defensa Colonial, este gobierno no está protegiéndome de la Unión Colonial. Lo único que está haciendo al cerrarnos la puerta de la única organización fundada con el propósito de protegernos es poner en peligro la supervivencia de nuestra especie.

»Sé que todavía algunos de ustedes se aferran a la versión oficial con el argumento de que nos ocultan deliberadamente los avances tecnológicos e impiden el desarrollo de nuestra sociedad. Pero me gustaría hacerles la siguiente pregunta: ¿Eso es cierto? ¿De verdad es así? ¿O con ello la Unión Colonial ha conseguido que los humanos de todos los lugares seamos tecnológicamente autosuficientes? No contamos con la ventaja de ver qué hacen el resto de las especies. Si necesitamos algo, tenemos que construirlo por nuestros propios medios. Poseemos un conocimiento de base inalcanzable para ninguna otra especie porque ellas se pasan el tiempo espiándose y robándose tecnología. Y, lejos de controlarnos, la Unión Colonial nos deja a nuestro aire en la Tierra para que decidamos nuestros propios destinos políticos y nacionales.

»Jason, dígame, ¿cree que habríamos podido evitar la constitución de un gobierno mundial si no hubiéramos contado con el respaldo de la Unión Colonial? ¿No cree que la gente habría exigido un gobierno mundial ante la amenaza casi segura de ser conquistados por una especie alienígena?

—Esto…

—Sabe que tengo razón —continuó Birnbaum—. Y tal vez haya personas que quieren instaurar en nuestro país el gobierno que tienen en Pekín, Nueva Delhi, El Cairo y París, pero yo no soy una de ellas. ¿Somos tan ingenuos para creer que el gobierno mundial que conocemos sería como el que tenemos en nuestro país? ¡Ni hablar! ¡Este gobierno ha invertido mucho esfuerzo en intentar restringir nuestros derechos para equipararnos con el resto de la humanidad!

»De modo que yo digo: ¡A la basura la versión oficial! ¡Quedémonos con la verdad! La verdad es que la Unión Colonial no ha frenado nuestro desarrollo. Nos ha permitido seguir siendo libres. Cuanto más tiempo perdamos engañándonos con lo contrario, más cerca estaremos de desaparecer como especie. Y tal vez yo no tenga todas las respuestas. Al fin y al cabo sólo soy un tipo hablando en un programa de radio. Pero sé lo que la humanidad necesita para poder luchar por su supervivencia en el universo. ¿De qué lado están, mis queridos oyentes? Ésa es la cuestión que me gustaría debatir con ustedes cuando regresemos de la pausa publicitaria. Jason, de Canoga Park, gracias por su llamada.

—Al, me gustaría añadir…

Birnbaum cortó la conexión y dejó a Jason con la palabra en la boca para que Louisa Smart diera paso a los anuncios

—Vale. Fuera bromas. ¿Qué demonios está pasando aquí? —dijo la voz de Louisa a través de los cascos de Birnbaum—. ¿Qué mosca te ha picado con el tema de la Unión Colonial?

—Me pediste que dedicara más tiempo a pensar en cómo levantar el programa —respondió Birnbaum.

—¿Y crees que defender a la organización que ha estado jodiendo a la Tierra durante dos siglos es una buena estrategia para conseguirlo? Ahora mismo tu salud mental me genera más dudas que nunca.

—Confía en mí, Louisa. Esto va a salir bien.

—¿En serio te crees la parrafada que acabas de soltar?

—Si la audiencia sube, me creo hasta la última maldita palabra que he dicho —respondió Birnbaum—. Y si le tienes algún cariño a tu trabajo, tú también deberías hacerlo.

—Mi trabajo no depende de que tú estés aquí o no, Al —le recordó Louisa—. Así que me reservaré mi opinión, si no te importa. —Bajó la mirada a su monitor y torció el gesto.

—¿Qué pasa? —preguntó Birnbaum.

—Al parecer has irritado a alguien —dijo Louisa—. Tengo una llamada desde Foggy Bottom. No todos los días llama alguien del Departamento de Estado, eso seguro.

—¿Estás segura de que es del Departamento del Estado?

—Estoy comprobando el nombre —dijo Louisa—. Sí. Es un funcionario de la Subsecretaría de Asuntos Espaciales. Un don nadie.

—No importa. Pásame la llamada a la vuelta de la publicidad. Voy a abrirle los ojos.

—Es una mujer.

—Da igual —repuso él, aprestándose para la batalla.

Birnbaum esperaba que después de haber proporcionado él los dibujos, los clientes de Washington proporcionaran la guerra. Lo que no esperaba era la guerra relámpago que sobrevino.

Ese día la audiencia de su programa estuvo un uno por ciento por debajo de la media; menos de un millón de personas habían oído su diatriba en directo a través de los distintos medios que había a disposición de los oyentes para escuchar el programa. Sin embargo, en menos de diez minutos, el *podcast* con su perorata comenzó a sumar descargas. Al principio de una manera relativamente lenta, pero el número de oyentes aumentó de forma imparable a medida que las páginas de la red sobre información política incluían el enlace a la grabación. Al cabo de dos horas, la versión grabada alcanzó el millón de oyentes. Y dos horas después, los cuatro millones. A partir de ese momento, y durante varias horas, no dejó de crecer el número de descargas del *podcast*. A la mañana siguiente, siete millones de personas se habían descargado la aplicación para la PDA del programa de radio «Una voz en el desierto». El contenido de ese día, dedicado por entero al tema de la Unión Colonial (como lo fueron todos durante varios días seguidos), consiguió una audiencia en directo de 5,2 millones de oyentes. Al final de la semana, lo escuchaban en directo veinte millones de personas.

Como una grieta en una presa, las diatribas de Birnbaum en defensa de la Unión Colonial provocaron la rotura del silencio que habían mantenido hasta ese momento diversos grupos políticos y se produjo una riada de apoyos a la opinión de Birnbaum y de vituperios a la decisión del ejecutivo de romper relaciones con la Unión Colonial. Birnbaum disfrutaba de una posición idónea en el mundo de los medios de comunicación, pues no era tan influyente como para ser capaz de promover una teoría potencialmente impopular (y posiblemente delirante), ni tan anónimo para que lo tacharan directamente de excéntrico.

El gobierno, al que aquel *tsunami* de opiniones contrarias en el tema de la Unión Colonial pilló completamente desprevenido, metió la pata en las respuestas precipitadas que dio a Birnbaum y sus seguidores; incluida la de la desafortunadamente despistada funcionaria de la Subsecretaría de Asuntos Espaciales que había llamado al programa de Birnbaum y cuyos argumentos el locutor había rebatido con tal rotundidad que tres días después presentó su dimisión y regresó a su localidad natal en el estado de Montana, donde acabaría trabajando como profesora de historia en un instituto.

Por lo menos ella se quitó de en medio. La reacción del gobierno dejó tanto que desear, que durante varios días su lamentable manejo de la situación amenazó con eclipsar el debate en sí sobre la Unión Colonial.

Una amenaza que no se consumó, en parte porque Birnbaum, que reconocía una buena oportunidad en cuanto la veía, no lo permitió. Desde su nueva atalaya, Birnbaum repartía opiniones, recibía valiosa información de fuentes internas que dos semanas antes no le habrían dado ni la hora y preparaba el programa diario para el debate sobre la Unión Colonial.

Naturalmente, hubo quien intentó arrebatarle el protagonismo en la discusión. Presentadores de programas rivales, atónitos ante su repentina influencia, quisieron apropiarse del tema de la Unión Colonial, pero no consiguieron acortar la ventaja que había obtenido Birnbaum como precursor del debate. Incluso los presentadores anteriormente más influyentes parecían unos ignorantes en la materia, y finalmente todos, salvo los más inconscientes, le cedieron la supremacía en lo referente a la polémica con la Unión Colonial y se centraron en otros temas. Los políticos intentaban desviar la atención del asunto, pero si Birnbaum no conseguía que acudieran a su programa, los vilipendiaba.

En cualquier caso, la cuestión de la Unión Colonial le pertenecía, y él lo exprimía a su antojo y retocaba cuidadosamente su mensaje para que tuviera un efecto digno de un estadista. Afirmaba que no podía excusarse a la Unión Colonial por haber mantenido a los terrícolas aislados del resto del universo, naturalmente, pero había que entender el contexto en el que se había tomado esa decisión. Otras veces declaraba que la Tierra nunca debería someterse a la Unión Colonial ni convertirse en una más de sus colonias, y defendía que una alianza en igualdad de condiciones tenía unas ventajas evidentes. Por supuesto, había que considerar las posiciones del Cónclave y estudiar los beneficios que podría obtener la Tierra si negociaba con él. En otras ocasiones se preguntaba si era conveniente que olvidáramos que éramos humanos y concluía su discurso con la afirmación de que sólo a la humanidad, nuestra propia especie, se debía una verdadera lealtad.

Louisa Smart le preguntaba de vez en cuando si de verdad creía lo que pregonaba a su nuevo y crecido público. Birnbaum la remitía a la respuesta que le había dado la primera vez que le había formulado esa pregunta, y ella lo dejaba en paz con ese asunto durante algún tiempo.

Llegaron los datos de audiencia mensuales y la retransmisión en vivo había crecido un 2.500 por ciento. El *podcast* del programa presentaba unos números similares: cuarenta millones de descargas en la aplicación para PDA. Birnbaum llamó a su agente y le pidió que renegociara su último contrato con SilverData. La agente obedeció, a pesar de que no hacía ni dos años desde la firma del último contrato. Tal vez Walter Kring fuera un macho alfa de dos metros, pero Monica Blaustein, la insistente abuelita judía de Nueva York de un metro y medio escaso de estatura, le producía un terror inexplicable. Kring también sabía leer un informe de audiencias y reconocía una mina de oro en cuanto la veía.

La vida de Birnbaum se redujo al programa y a dormir. La fan con la que estaba enrollado, disgustada por su falta de interés, lo abandonó, y su relación con Judith, su tercera esposa, la lista, la que lo había manipulado para que no firmaran un acuerdo prenupcial, mejoró considerablemente en casi todos los aspectos. Incluso el equipo de fútbol de su hijo Ben ganó un partido, aunque Birnbaum no creía que en este caso el mérito fuera suyo.

—Esto no va a durar —le dijo Smart cuando habían pasado dos meses desde su fulgurante ascensión.

—¿Qué te pasa? —preguntó Birnbaum—. Eres deprimente.

—Lo que soy es realista, Al. Estoy encantada de que todo te vaya de puta madre, pero tu programa es monotemático. Y llegará el día, en un futuro no muy lejano, en el que el tema se resolverá de una manera u otra. ¿Y qué será de ti? Pasarás de moda. Sé que has firmado un nuevo contrato y todo eso, pero Kring no se lo pensará dos veces a la hora de cortarte la cabeza como tengas tres trimestres malos seguidos. Y entonces, para bien o para mal, caerás desde una altura mucho mayor.

—Me gusta que pienses que no sé todo eso —dijo Birnbaum—. Por suerte para ambos, ya he dado los primeros pasos para ocuparme de ello.

—Cuéntame.

—El Mitin —dijo Birnbaum, pronunciando la «m» inicial de manera que quedara claro que se escribía en mayúscula.

—Ah, el mitin —repuso Smart, bajando a minúscula la «m». El mitin en apoyo a la Unión Colonial que llevas planeando desde hace dos semanas.

—El mismo.

—Te has dado cuenta de que el tema del mitin es la Unión Colonial, ¿verdad? —inquirió Smart—. O lo que es lo mismo, el tema único del que no te sales.

—Lo importante del Mitin no es eso, sino quiénes van a acompañarme. En el escenario estarán el líder de la mayoría en el Senado y el líder de la minoría en la Cámara de Representantes. He estado cultivando mi relación con ellos durante el último mes y medio, Louisa. Han estado suministrándome información de toda clase porque tenemos unos objetivos comunes a medio plazo. Quieren recuperar la mayoría en la Cámara de Representantes y yo soy quien va a conseguírsela. Así que después del Mitin comenzaremos a desviar la atención de la Unión Colonial para centrarnos en asuntos más domésticos. Estiraremos todo lo que podamos el tema de la Unión Colonial, por supuesto, pero cuando ese pozo se agote, aún estaré en posición de influir en el curso de la política nacional.

—Siempre y cuando no te importe ser el títere de un partido político —repuso Louisa Smart.

—Personalmente prefiero la denominación «autor no oficial del programa del partido» —dijo Birnbaum—. Y si hago que gane las elecciones, creo que podré utilizar otra denominación. Todo son ventajas.

—¿Ésta es la parte en la que yo estoy a tu lado mientras tú entras triunfalmente en Roma y te susurro al oído que debes recordar que eres mortal?

—No entiendo la referencia —confesó Birnbaum. Sus conocimientos sobre historia universal eran ligeramente menores que los que poseía sobre la historia de los Estados Unidos de América.

Louisa Smart puso los ojos en blanco.

—Claro que no la entiendes. De todos modos, no la olvides. Algún día podría resultarte útil.

Birnbaum se prometió que la recordaría, pero había estado tan ocupado con el programa de radio, el Mitin y todo lo que vendría después, que acabó por olvidarla. Sin embargo, le vino a la cabeza fugazmente el día del Mitin, cuando tras el cuarto de hora que duraron los encendidos discursos del líder de la minoría en la Cámara de Representantes y del líder de la mayoría en el Senado, Birnbaum subió al podio y contempló desde detrás del atril los setenta mil rostros (menos de los cien mil que había esperado, pero aun así eran muchos, y de todos modos redondearían por arriba, porque en estos actos siempre se hacían estimaciones). Las caras, la mayoría de personas de mediana edad, lo miraban con admiración y fervor, y con el convencimiento de que formaban parte de un todo más grande, de un movimiento que él, Albert Birnbaum, había iniciado.

«Eres mortal», le dijo de nuevo Louisa Smart dentro de su cabeza. Birnbaum sonrió. Su productora no había acudido al Mitin porque tenía una boda. Ya ajustaría cuentas con ella después. Birnbaum abrió sus notas en la pantalla del atril y se disponía a comenzar a hablar, pero entonces la confusión se apoderó de él. Cayó de bruces del podio, jadeando como un pez y con el cuerpo embadurnado con la sangre que escapaba a borbotones de lo que quedaba de su hombro. Oyó un trueno lejano precedido por un relámpago, y luego los gritos y el alboroto de setenta mil personas que huían en estampida, hasta que perdió el conocimiento.

Birnbaum alzó la vista y se topó con el rostro de Michael Washington.

—¿Cómo ha llegado aquí? —preguntó Birnbaum tras dedicar un par de minutos a recordar quién era (Albert Birnbaum), dónde estaba (Hospital Católico del Sagrado Corazón de Washington) averiguar la hora (las 2.45) y el motivo de su presencia allí (le habían disparado).

Washington se señaló la placa que llevaba en el pecho y Birnbaum se fijó en que vestía el uniforme de la policía.

—Es un disfraz.

—En absoluto —respondió Washington—. Normalmente voy de paisano, pero en este caso el uniforme me ofrecía más ventajas.

—Lo creía una especie de conseguidor —dijo Birnbaum—. Tiene clientes...

—Lo soy y los tengo. Algunos polis tenemos otras ocupaciones. Pero éste es mi trabajo principal.

—Está bromeando.

—Es completamente posible —dijo Washington.

—¿Por qué está aquí? —preguntó Birnbaum.

—Porque teníamos un asunto pendiente.

—No sé de qué habla. Me pidió que montara una historia a favor de la Unión Colonial. Es lo que hecho.

—Y lo ha hecho a las mil maravillas. Aunque al final perdió fuelle. En el Mitin reunió a menos gente de la que había previsto.

—Había cien mil personas —dijo Birnbaum débilmente.

—No. Pero le agradezco el esfuerzo.

Birnbaum se sentía mareado, pero intentó concentrarse en Washington.

—¿Qué asunto pendiente tenemos?

—Su muerte —respondió Washington—. Deberían haberlo asesinado durante el Mitin; deberían, pero nuestro francotirador erró el disparo. Echó la culpa a una racha de viento entre él y el blanco. Así que me ha tocado a mí.

Birnbaum estaba confuso.

—¿Por qué me quieren muerto? Hice lo que me pidió.

—Y le repito que lo ha hecho a las mil maravillas —afirmó Washington—. Pero ahora hay que llevar el debate a otro nivel, y convertirlo en un mártir de la causa contribuirá a lograr ese fin. Nada como un asesinato a la vista de su público para introducir el tema en la conciencia nacional.

—No lo entiendo —repuso Birnbaum, cada vez más confuso.

—Lo sé. Pero usted nunca lo ha entendido, señor Birnbaum. Me atrevería a decir que nunca ha querido entenderlo. Ni siquiera le importaba para quién trabajaba yo. Lo único que le interesaba eran las promesas que utilicé para tentarlo. No quería ver más allá de ellas.

—¿Para quién trabaja? —preguntó Birnbaum con voz ronca.

—Para la Unión Colonial, naturalmente. Necesitaba provocar un cambio en la situación. O, si lo prefiere, trabajo para los rusos y los brasileños, que están disgustados con la manera como Estados Unidos lleva la voz cantante en los debates internacionales sobre la Unión Colonial y querían acabar con su liderazgo. O no, la verdad es que trabajo para el partido político que no está en la Casa Blanca, que pretende cambiar la intención de voto en las próximas elecciones. En realidad, todo eso es mentira y trabajo para un grupo secreto que quiere constituir un gobierno mundial.

Birnbaum se lo quedó mirando con incredulidad.

—El periodo para exigir una respuesta sincera concluyó cuando aceptó el trabajo, señor Birnbaum —continuó Washington—. Ahora nunca lo sabrá. —Alzó una jeringuilla—. Sólo ha despertado porque yo le he inyectado esto. Está desactivando su sistema nervioso mientras nosotros conversamos. Deja un rastro bastante evidente. No queremos que haya dudas de que fue asesinado. Hemos colocado pistas suficientes para que la investigación sea entretenida. Será usted más famoso de lo que es ya. Y con la fama llegará la influencia. Por supuesto, usted no podrá disfrutar de ella. Pero otros lo harán, y eso bastará. Fama, poder y audiencia, señor Birnbaum. Le prometí esas tres cosas. Y se las he concedido.

Birnbaum no dijo nada; había muerto en mitad del monólogo de Washington. El policía sonrió, dejó la jeringuilla sobre la cama del locutor y salió de la habitación.

—Tienen al asesino en una grabación de vídeo —dijo Jason, de Canoga Park, a Louisa, que se había hecho cargo del programa de radio de manera temporal para la emisión del homenaje a Birnbaum—. Lo tienen grabado mientras le pone la inyección y habla con él antes de que muera. ¡Ése es el momento en el que revela la trama del gobierno mundial!

—No podemos saberlo —dijo Smart, que por enésima vez se preguntó cómo había sido capaz Birnbaum de hablar con sus oyentes y reprimir el deseo de viajar por las ondas para estrangularlos—. La resolución del vídeo es muy baja y no hay sonido. Nunca sabremos lo que se dijeron.

—¿De qué otra cosa iban a hablar? ¿Quién si no podría hacer algo así?

—Su opinión es fascinante, Jason —dijo Smart mientras se preparaba para dar paso a la siguiente llamada y escuchar la teoría absurda de turno que le planteara el oyente.

—Voy a echarte de menos, Al —dijo Jason antes de que Louisa cortara su llamada—. Se llamaba a sí mismo la voz en el desierto. Pero si lo era, todos sus oyentes estábamos en el desierto con él. ¿Quién será esa voz ahora? ¿Quién nos guiará? ¿Y qué nos dirá?

Louisa Smart no tenía una respuesta que ofrecerle y pasó a la siguiente llamada.

5

Historias desde la *Clarke*

—Bueno, capitana Coloma —dijo la subsecretaria adjunta del Departamento de Estado Jamie Maciejewski—. No es habitual que un capitán coloque intencionadamente su nave en la trayectoria de un misil.

La capitana Coloma apretó los dientes con cuidado de no pulverizarse los molares. Había imaginado un sinfín de maneras de cómo podría transcurrir la última comisión de investigación acerca de sus acciones en el sistema Danavar, pero que comenzara con aquella afirmación no era una de ellas. Una lista interminable de respuestas apareció en su cabeza, pero descartó la mayoría porque eran cuando menos inapropiadas para el buen desarrollo de su carrera. Tras unos segundos en silencio, encontró una que juzgó adecuada.

—Ya tiene mi informe completo de lo sucedido.

—Sí, claro —asintió Maciejewski, y señaló con la mano al comandante de Flota del Departamento de Estado Lance Brode y al enlace con las FDC Elizabeth Egan, quienes, junto con Maciejewski, formaban la comisión encargada del último interrogatorio—. Tenemos su informe completo. También tenemos los informes de su segunda de a bordo, la comandante Balla, de la embajadora Abumwe y de Harry Wilson, el adjunto de las Fuerzas de Defensa Colonial en la *Clarke* en el momento del incidente.

—También tenemos el informe de la contramaestre Gollock —añadió Brode—. En el que resume los daños que causó el misil en la *Clarke*. Ha de saber que la impresionó usted bastante. Afirma que el hecho de que consiguiera traer de vuelta la *Clarke* a la Estación Fénix constituye un pequeño milagro. La nave debería haberse partido por la mitad, incapaz de soportar la presión durante la aceleración para el salto.

—También afirma que los daños que ha sufrido la *Clarke* son tan considerables que repararla llevaría más tiempo que construir una nave diplomática de la clase Robertson completamente nueva —dijo Maciejewski—. Posiblemente también sería más caro.

—Y luego está el asunto de las vidas que puso en peligro —dijo Egan—. Las vidas de su tripulación. Las vidas de la delegación diplomática que debía reunirse con los utche. Más de trescientas personas en total.

—Minimicé los riesgos todo lo posible —repuso Coloma. «En los apenas treinta segundos que tuve para trazar un plan», pensó sin atreverse a decirlo en voz alta.

—Sí —dijo Egan—. Ya he leído su informe. Y sus acciones no causaron víctimas mortales. Sin embargo, sí hubo heridos, algunos graves y cuyas vidas corren peligro.

«¿Qué quieren de mí?», quiso espetarles Coloma. Para empezar, la *Clarke* no tenía por qué estar en el sistema Danavar; la delegación diplomática que iba a bordo había sido escogida en el último momento para sustituir en las negociaciones con los utche a la primera delegación, que había desaparecido y presumiblemente muerto. Cuando la *Clarke* llegó, descubrió las trampas que se habían dejado preparadas para los utche utilizando misiles robados a la Unión Colonial para que todo pareciera un ataque de los humanos. Harry Wilson (Coloma tuvo que reprimir algunas opiniones sobre sus decisiones sólo con pensar su nombre) inutilizó todos los misiles menos uno empleando el transbordador de la *Clarke* como cebo, con lo que destruyó el transbordador y estuvo a punto de matarse. Luego aparecieron los utche, y ella no tuvo más remedio que atraer el último misil hacia la *Clarke* para evitar que impactara con la nave utche, la destruyera y desencadenara con ello una guerra que la Unión Colonial no podía permitirse en este momento.

«¿Qué quieren de mí?», volvió a preguntar mentalmente Coloma. No iba a formularles la pregunta en voz alta; no podía permitirse bajar los brazos de esa manera ante la comisión de investigación. Sabía a ciencia cierta lo que le responderían, y sería algo distinto a lo que había hecho. De modo que dijo:

—Sí, sé que hubo heridos.

—Que podrían haberse evitado —señaló Egan.

—Sí. Podrían haberse evitado si hubiera permitido que el misil, un Melierax Serie Siete de la Unión Colonial, alcanzara la nave utche, que no estaba preparada ni avisada del ataque. El impacto habría dañado seriamente la nave, si no destruido por completo, y las bajas habrían sido numerosas, incluidas varias decenas de muertos. Juzgué que mi decisión era la menos mala.

—Nadie discute que sus acciones evitaron que la nave utche sufriera daños de consideración y ahorraron a la Unión Colonial un incómodo incidente diplomático —dijo Maciejewski.

—Pero queda el asunto de la nave —apuntó Brode.

—Soy perfectamente consciente del asunto de la *Clarke*. Es mi nave.

—Ya no —repuso Brode.

—¿Perdón? —Coloma se clavó las uñas en las palmas de las manos para no cruzar como un rayo la sala y agarrar a Brode por el cuello de la camisa.

—Ha sido relevada del mando de la *Clarke* —anunció Brode—. Se ha tomado la decisión de desguazar la nave. Se ha transferido el mando al astillero donde se desmontará. Es el procedimiento estándar para las naves destinadas al desguace, capitana. No es una consecuencia de sus actos.

—Sí, señor —dijo Coloma, aunque lo dudaba—. ¿Cuál es mi próximo destino? ¿Y en qué situación quedan mis oficiales y mi tripulación?

—Esta comisión de investigación se ha constituido en parte para resolver esa cuestión, capitana Coloma —dijo Egan, y lanzó una mirada fría a Brode—. Lamento que tenga que enterarse de esta manera, en estas circunstancias. Pero ya que lo pregunta, debería saber que no estamos aquí para tomar una decisión respecto a lo que hizo, sino respecto a lo que pensamos que debe hacer a partir de ahora. ¿Comprende la diferencia?

—Con todos los respetos, señora, pero creo que no lo comprendo del todo —repuso Coloma, que acababa de caer en la cuenta de que ahora era una capitana sin nave (lo que significaba en la práctica que ya no era capitana) y un repentino sudor frío le recorrió el cuerpo, que quería temblar, sacudirse el entumecimiento que se había apoderado de él.

—En ese caso, comprenda que lo mejor que puede hacer ahora es ayudarnos a entender qué pensaba en el momento de acometer cada una de sus acciones —dijo Egan—. Tenemos su informe. Sabemos lo que hizo. Pero queremos tener una idea mejor de por qué actuó como lo hizo.

—Ya saben por qué actué como lo hice —respondió Coloma antes de pensar lo que decía, y casi de inmediato se arrepintió—. Porque quería evitar una guerra.

—Todos coincidimos en que evitó una guerra —afirmó Maciejewski—. Lo que tenemos que decidir es si su manera de proceder justifica que le demos el mando de otra nave.

—Entiendo —dijo Coloma, negándose a que su voz trasluciera el menor atisbo de derrota.

—Perfecto —repuso Maciejewski—. Entonces empecemos por la decisión de permitir que el misil impactara con su nave. Repasemos ese momento segundo a segundo, ¿de acuerdo?

La *Clarke*, como otras naves de gran tamaño, no se acoplaba directamente a la Estación Fénix, sino que lo hacía a una pequeña distancia, en la sección de la estación destinada a las reparaciones. Coloma estaba en el borde de la plataforma de embarque de los vehículos de reparaciones, observando a los operarios que entraban en los que los trasladarían a la *Clarke*, donde rescatarían cualquier elemento valioso o aprovechable antes de reducir el casco a fragmentos manejables que se reciclarían para fabricar algo completamente nuevo: otra nave, piezas para una estación espacial, armas, o quizá papel de aluminio para envolver sobras de comida. Coloma sonrió con amargura al imaginarse el resto de un bistec envuelto con el recubrimiento de la *Clarke*.

Pero entonces se le borró la sonrisa. Tenía que reconocer que durante las últimas dos semanas se le estaba dando demasiado bien encontrar maneras de deprimirse.

Advirtió con el rabillo del ojo que se le acercaba una figura y no necesitó volverse para saber que era Nava Balla, su segunda de a bordo. Balla caminaba con una cojera que la acompañaba desde que sufrió un accidente ecuestre en su juventud. La secuela práctica de ese hecho era que no cabía duda de que era ella cuando la oías caminar hacia ti. Coloma habría sabido que era Balla aunque llevara una bolsa en la cabeza.

—¿Mirando por última vez la *Clarke*? —dijo la segunda de a bordo cuando se reunió con Coloma.

—No —respondió la capitana. Balla se la quedó mirando con una expresión socarrona—. Ya no es la *Clarke*. Cuando la trajeron aquí le quitaron el nombre. Ahora sólo es CUDS-RC-1181. Y eso durante el tiempo que tarden en cortarla en pedazos.

—¿Y qué pasa con el nombre?

—Lo devuelven a la rotación —respondió Coloma—. Se acabará bautizando con él otra nave. Eso si no deciden retirarlo definitivamente por una cuestión de superstición.

Balla asintió y luego señaló la nave.

—*Clarke* o no, aún era su nave, capitana.

—Sí. Lo era.

Ambas contemplaron en silencio los transbordadores que se dirigían a la que había sido su nave.

—Bueno, ¿qué ha averiguado? —le preguntó Coloma a su segunda de a bordo.

—Aún estamos en espera —dijo Balla—. Usted, yo y casi la totalidad de la tripulación de la *Clarke*. Algunos de los miembros ya han sido destinados a otras naves para llenar huecos, pero casi ninguno de ellos es oficial ni tiene un grado más allá de alférez.

Coloma asintió. En circunstancias normales, ella habría sido la encargada de decidir los nuevos destinos de su tripulación, pero la realidad era que ellos ya no eran su tripulación ni ella capitana. Balla tenía amigos entre los mandamases del Departamento de Estado, o mejor dicho, amigos que eran secretarios o ayudantes de los mandamases del Departamento de Estado, que venía a ser lo mismo desde el punto de vista de conseguir información.

—¿Se sabe algo sobre por qué aún no se ha dado un nuevo destino a ninguno de los oficiales de la *Clarke*?

—Aún están investigando el incidente en Danavar —respondió Balla.

—Ya, pero es un asunto que sólo nos afecta a usted, a mí y a Marcos Basquez —repuso Coloma, nombrando al ingeniero jefe de la *Clarke*—. Y a Basquez no están investigándolo como a nosotras dos.

—Aun así es más sencillo si nos tienen cerca. Pero hay otra cosa.

—¿De qué se trata?

—La delegación diplomática de la *Clarke* tampoco ha recibido un nuevo destino. Algunos de sus miembros han sido enviados a misiones y negociaciones en curso, pero sólo de manera temporal.

—¿De dónde ha sacado esa información? —preguntó Coloma.

—De Hart Schmidt. Él y la embajadora Abumwe se sumaron a las negociaciones con los bula la semana pasada.

Coloma se estremeció al oír aquello. Las negociaciones con los bula no habían ido como se esperaba, en parte porque las Fuerzas de Defensa Colonial habían establecido una base clandestina en un subdesarrollado planeta colonizado por los bula y habían sido pilladas con las manos en la masa cuando intentaban evacuarla. O al menos eso se rumoreaba. Su participación en esa misión no debía de ser un plato de buen gusto para Abumwe ni para Schmidt.

—Así que estamos en una especie de limbo…

—Eso parece —dijo Balla—. Por lo menos no la han dejado sola, señora.

Coloma se echó a reír.

—No me han dejado sola, pero no le quepa duda de que me están castigando.

—No veo por qué tendrían que castigarnos. Nos enviaron a una misión diplomática en el último momento, descubrimos una trampa y la desbaratamos. Y todo eso sin sufrir ninguna baja. Y encima las negociaciones con los utche se completaron satisfactoriamente. A la gente le dan medallas por eso.

Coloma señaló lo que quedaba de la *Clarke*.

—A lo mejor le tenían mucho cariño a la nave.

Balla sonrió.

—No creo.

—¿Por qué no? —inquirió Coloma—. Yo se lo tenía.

—Usted hizo lo correcto, capitana —dijo Balla, poniéndose seria—. Eso les he dicho a los investigadores. Y lo mismo han hecho la embajadora Abumwe y el teniente Wilson. ¡Si son incapaces de verlo, que se vayan a infierno!

—Gracias. Me gusta oírla hablar así. Recuérdelo cuando nos asignen un cacharro destartalado.

—Hay destinos peores —dijo la segunda de a bordo.

Coloma estaba a punto de replicar cuando sonó su PDA. Accedió a la bandeja de entrada de mensajes nuevos y leyó el correo. Luego apagó la pantalla, bajó la PDA y volvió a mirar los restos de la *Clarke*.

Balla se quedó mirando con expectación a su capitana un momento.

—¡Hable! ¡Me está matando! —exclamó al cabo.

—¿Recuerda lo que ha dicho antes sobre que hay destinos peores? —preguntó Coloma a su segunda de a bordo.

—Teniendo en cuenta que es lo penúltimo que he dicho, sí. ¿Por qué?

—Porque tal vez nos envíen a uno de ellos.

—Se llamaba *Porchester* —dijo el coronel Abel Rigney—. Al menos durante sus primeros treinta años de servicio, cuando era una corbeta de la clase Hampshire de las FDC. Luego fue trasladada al Departamento de Estado y se le cambió el nombre por el de *Ballantine*, en honor de un viejo secretario del departamento. Durante otros veinte años sirvió como nave de correo y de avituallamiento. Se retiró del servicio el año pasado.

Coloma estaba en el puente de mando de la nave con Rigney y Balla, y paseó la mirada por los monitores apagados de los equipos. El aire estaba cargado y hacía frío, nada más acorde con una nave que se había quedado sin tripulación y sin una función definida.

—¿Su retiro se debió a algún motivo concreto? —preguntó Coloma.

—¿Distinto de su antigüedad? No —respondió Rigney—. Funcionaba correctamente. Funciona correctamente, como comprobará cuando la ponga en marcha. La nave ha hecho un montón de kilómetros, y con el paso del tiempo, que a alguien lo destinaran a ella comenzó a tomarse como un castigo.

—Mmm… —murmuró Coloma.

—Pero todo depende de cómo se mire, ¿no? —Se apresuró a añadir Rigney para intentar arreglar el insulto implícito, aunque involuntario—. Si uno es nuevo en los viajes espaciales y no tiene su propia flota, lo que usted y yo vemos como una antigualla parecerá nuevo y reluciente. Cuando los terrícolas a los que pretendemos vendérsela posen sus ojos en ella la verán como su primer paso hacia el universo infinito. Es un aparato acorde con ellos.

—Así que ése es mi trabajo —dijo Coloma—. Coger este cacharro y convencer a esos palurdos de que están adquiriendo una nave último modelo.

—Yo no lo diría así, capitana —repuso Rigney—. No queremos engañar a los terrícolas. Ya saben que no estamos ofreciéndoles tecnología punta. Pero también saben que no están preparados ni entrenados para manejar nuestras naves más sofisticadas. Toda la tecnología relacionada con los viajes espaciales que han desarrollado hasta ahora se limita a los transbordadores que trabajan en torno a la estación espacial que orbita alrededor de su planeta. Nosotros hemos hecho todo lo demás.

—Por eso les damos una nave con tres ruedas… —ironizó Coloma.

—Preferimos pensar que estamos ofreciéndoles un modelo de tecnología clásica para que aprendan de él y sean capaces de construir sus propias naves —señaló Rigney—. Ya sabe que los terrícolas andan un poco disgustados con la Unión Colonial.

Coloma asintió con la cabeza; el enfado de los humanos de la Tierra era de conocimiento general. Y no los culpaba. Si ella fuera una terrícola y descubriera que la Unión Colonial había estado utilizando el planeta entero como un criadero de soldados y colonos, también estaría cabreada.

—Lo que probablemente no sepa es que los terrícolas no sólo están en conversaciones con nosotros —continuó Rigney—. El Cónclave también ha empleado una estrategia muy agresiva para tratar de congraciarse con ellos. Sería una noticia muy mala para la Unión Colonial que la Tierra decidiera unirse al Cónclave, y no sólo porque nos quedaríamos sin colonos y sin reclutas para las FDC. Esta nave es uno más de varios gestos con los que esperamos recuperar su simpatía.

—¿Por qué se la venden, entonces? —preguntó Balla—. ¿Por qué no se la regalan?

—Ya les estamos regalando mucha tecnología de otros campos —respondió Rigney—. No queremos dar la impresión de que estamos indemnizándolos por algo que hemos hecho mal. De todos modos, los gobiernos de la Tierra recelan de nosotros. Temen que estemos ofreciéndoles caballos de Troya. Hay más probabilidades de que nos ganemos su confianza si les hacemos pagar por la nave. No me pregunte por los fundamentos psicológicos de este razonamiento. En cualquier caso, se la estamos vendiendo a precio de ganga, y básicamente es un trueque. Creo que a cambio van a darnos maíz.

—La venta de la nave es una excusa para que los terrícolas nos abran la puerta de su casa —dijo Coloma.

Rigney tendió una mano abierta hacia la capitana.

—Exacto. Y así llegamos a usted y su tripulación. Es completamente lógico que consideren el destino a una nave retirada como un castigo por lo que sucedió en Danavar. Pero, de hecho, capitana Coloma, comandante Balla, lo que estamos pidiéndoles que hagan es una tarea de suma trascendencia para la Unión Colonial. Su trabajo consiste en convertir la nave en un objeto de deseo, en hacer que los terrícolas crean que va a ser una adquisición muy beneficiosa para ellos, en responder sus preguntas y en proporcionarles una experiencia positiva con la Unión Colonial. Es una misión importantísima, y que puede concederle una libertad absoluta para elegir su siguiente destino.

—¿Tengo su palabra, coronel? —preguntó Coloma.

—No —respondió Rigney—. Pero eso es a lo que me refiero, capitana. Venda esta nave y no necesitará mi palabra para nada.

—Entiendo.

—Bien —dijo Rigney—. Ahora eche un vistazo a la nave, examine los sistemas y dígame lo que necesita. Pero dese prisa. La delegación de la Tierra llegará dentro de dos semanas para ver qué es capaz de hacer esta nave. Téngala a punto para entonces.

—¡Ahí está el problema! —dijo Basquez, señalando una serie de conductos en la sala de motores de la nave. Tenía que hablar a gritos para hacerse oír por encima del bullicio de sus hombres, inmersos en las actualizaciones y las reparaciones.

—Yo veo tuberías, Basquez —dijo Coloma.

—Está viendo conductos de energía —la corrigió Basquez.

—¿Y?

—En una nave espacial hay dos clases de motores —explicó Basquez—. Están los motores convencionales, para el desplazamiento normal por el espacio, y los propulsores de salto, que perforan agujeros espacio-tiempo. Ambos se alimentan de la misma fuente de energía, ¿vale? Hoy en día, dado que sabemos lo que hacemos, podemos instalar el motor y el propulsor de salto en el mismo sitio. Sin embargo, hace cincuenta años, cuando se fabricó este montón de chatarra, había que instalarlos por separado. —Señaló los conductos de energía—. Ésos son los conductos que envían la energía al propulsor de salto desde el motor.

—Vale —dijo Coloma—. ¿Cuál es el problema?

—El problema es que están deteriorados y hay que cambiarlos —respondió Basquez.

—Pues sustitúyalos.

Basquez negó con la cabeza.

—Si eso fuera tan sencillo no se lo estaría explicando, capitana. Este motor fue diseñado hace cincuenta años. Esta nave es la última de su clase que sigue en servicio. No hay otra con un motor igual. No se fabrican piezas de repuesto para estos motores desde hace más de una década.

—No puede sustituir los conductos porque no existen conductos de repuesto.

—Eso es —asintió Basquez.

—Todavía se fabrican conductos de energía —repuso Coloma—. En la *Clarke* los teníamos por todas partes.

—Sí, pero no están diseñados para esta clase de motor —replicó Basquez—. Querer instalar aquí el conducto de energía estándar empleado actualmente sería como querer cruzar un gran danés con un chihuahua.

Coloma se tomó un momento para visualizar mentalmente la comparación utilizada por Basquez.

—¿Estos conductos aguantarán hasta que concluyamos la misión? —preguntó después la capitana—. Sólo haremos un salto de ida y otro de vuelta al sistema Rus.

—Hay dos maneras de responder esa pregunta. La primera sería decir que los conductos probablemente no se sobrecargarán ni reventarán, que no destruirán esta sección de la nave, o el casco, o que no matarán a nadie a bordo, incluidos esos importantes visitantes terrícolas. La segunda sería que si no decide sustituirlos, espero que no le moleste que yo haga mi trabajo a distancia, por ejemplo desde la Estación Fénix.

—¿Qué sugiere, Basquez?

—¿Cuánto tiempo tenemos? —preguntó el ingeniero jefe.

—Doce días.

—Hay dos opciones —dijo entonces—. Registramos de arriba abajo astilleros civiles y de las FDC a ver si encontramos unos conductos de este tamaño rezando para que no estén tan deteriorados, o encargamos a unos astilleros que nos fabriquen unos nuevos basándose en sus especificaciones y rogamos para que lleguen a tiempo.

—Haremos las dos cosas —dijo Coloma.

—Cinturón y tirantes, muy inteligente —dijo Basquez—. Ésta es la parte en la que le envía un mensaje a ese tal Rigney para que le pegue cuatro gritos a esa gente y envíe las piezas a tiempo, ¿verdad? Me gustaría pasar un par de días con los tipos del astillero para asegurarme de que son capaces de hacer lo que necesitamos.

—Me encargaré de ello mientras voy a mi siguiente reunión —prometió Coloma.

—Esto es lo que me gusta de trabajar con usted, capitana —dijo

Basquez, y se volvió hacia uno de sus ingenieros, que evidentemente necesitaba que le pegaran un grito.

Rigney prometió poner a trabajar en las piezas a los especialistas en conductos de los astilleros de las FDC y le pidió a Coloma que Basquez le enviara directamente a él las especificaciones. Coloma sonrió y cortó la comunicación con Rigney. Las naves de las Fuerzas de Defensa Colonial tenían prioridad sobre los capitanes y las naves civiles cuando de materiales y de expertos se trataba. Sería bueno estar por una vez la primera en la lista.

La siguiente reunión de Coloma, en una minúscula sala de reuniones de la nave, tenía como interlocutor a Harry Wilson.

—Capitana —dijo Wilson en cuanto la vio entrar, y se cuadró para hacerle el saludo militar.

—¿Por qué hace eso? —preguntó Coloma, y se sentó a la mesa de la sala de reuniones.

—¿Perdón, señora? —repuso Wilson, bajando el brazo.

—¿Por qué me hace el saludo militar? Usted pertenece a las Fuerzas de Defensa Colonial y yo no. No está obligado a emplearlo con capitanes civiles.

—Aun así, usted es superior a mí en graduación.

—En Danavar no fue eso lo que me dijo cuando me restregó por la cara su permiso especial y me ordenó que le entregara mi transbordador, que por cierto destruyó.

—Lamento ese incidente, señora —dijo Wilson—. Era completamente necesario.

—¿Su permiso especial aún está vigente? —inquirió Coloma.

—Sí. Creo que han olvidado que me lo dieron. Aunque no me sirve de mucho. Casi únicamente lo utilizo para enterarme de los resultados de los partidos de béisbol de la Tierra.

—Tengo entendido que fue rehén de los bula —dijo Coloma.

—Así es, señora. Un desafortunado incidente que acabó con seis naves bula decididas a hacernos saltar por los aires. La embajadora Abumwe formó parte de la delegación diplomática que nos liberó. Creo que aún están negociando los detalles del rescate. El hecho de que permitieran que nos marcháramos antes de cerrarlo fue una prueba de su buena voluntad. No éramos su única baza en las negociaciones.

—Siempre acaba usted metido en todos los líos.

—No me importaría no poseer ese don —repuso Wilson.

—Tengo un trabajo para usted —declaró Coloma—. Estoy preparando esta nave para vendérsela a una delegación de terrícolas. Necesito a alguien que les haga de guía y de enlace mientras están a bordo, y quiero que sea usted.

—No sé por qué, pero tengo la impresión de que hay a su disposición todo un cuerpo diplomático donde elegir a alguien para ese trabajo —dijo Wilson—. Yo sólo soy un especialista en tecnología de las FDC.

—Usted viene de la Tierra. Todos los diplomáticos con los que podría contar nacieron en la Unión Colonial. Mi tarea consiste en hacer que esas personas se sientan a gusto con la nave y con nosotros. Considero que resultaría útil tener en el equipo a alguien que hable su lengua.

—A lo mejor no hablo su lengua —repuso Wilson—. En la Tierra hay un par de centenares de lenguas vivas.

—Sólo era una forma de hablar —dijo Coloma, y sacó su PDA—. Me refería a alguien que comparta con ellos su historia y que sea capaz de exponerles de un modo convincente las ventajas que les ofrece una alianza con la Unión Colonial. Sus conocimientos técnicos serán un valor añadido porque podrá explicarles los detalles de la nave, cosa que un diplomático de carrera no podría hacer. Además, según los informes que me han hecho llegar sobre los miembros de la delegación terrícola, todos vienen de Estados Unidos o de Canadá. Creo que no encontrará dificultades para hablarles en su lengua. —Tecleó varias veces la pantalla de la PDA—. Ya está. Le he enviado toda la información.

—Gracias —dijo Wilson—. Si así lo desea, estaré encantado de cumplir ese papel para usted. Sólo es que me sorprende que me quiera a su lado. Estaba convencido de que me había puesto en su lista negra, capitana.

—Y estaba en ella —manifestó Coloma—. Aún lo está. Pero ayúdeme en este asunto y tacharé su nombre.

—De acuerdo, señora.

—Bien. Entonces hemos acabado. Puede retirarse.

—Por supuesto —dijo Wilson, y se despidió con el saludo militar.

—Ya le he dicho que no hace falta que haga eso, teniente.

—Usted puso su nave en la trayectoria de un misil destinado a asesinar a los miembros de una especie alienígena y evitó que la Unión Colonial entrara en una guerra que habríamos perdido —respondió Wilson—. Eso merece todo mi respeto, señora.

Coloma le devolvió el saludo y Wilson se marchó.

Basquez recibió sus conductos un día antes de la partida y estaba de todo menos contento por ello.

—Apenas tenemos tiempo para instalarlos, así que de probarlos ya ni hablemos —dijo el ingeniero jefe a través de su PDA—. Y encima no he tenido tiempo para actualizar los sistemas informáticos del departamento de ingeniería de la nave. ¡Estamos trabajando con una nave que tiene cincuenta años! Tiene que pedirle a Rigney unos días más.

—Ya lo hice y no me los concedió —respondió Coloma desde la sala de control del hangar del transbordador, donde esperaba junto a Balla y Wilson la llegada de la delegación de la Tierra—. La agenda con los terrícolas es muy apretada.

—Su preciosa agenda se irá por el retrete si saltamos por los aires —repuso Basquez.

—¿De verdad es un problema tan grave? —inquirió Coloma.

Sólo llegó silencio desde el otro lado de la línea.

—No —respondió al cabo Basquez—. Hice una prueba preliminar cuando los desempaqueté. Deberían aguantar.

—Tardaremos tres días en alcanzar la distancia de salto, Basquez —dijo Coloma—. Debería ser tiempo suficiente para que realice sus pruebas.

—Sería mejor poder hacer las pruebas aquí en la estación.

—Estoy de acuerdo con usted —repuso Coloma—, pero no depende de nosotros.

—Ya. Haré que estos cabrones los instalen en seis horas y luego realizaré unas cuantas pruebas más en los sistemas. Si puedo los actualizaré con los programas nuevos mañana. Podrían proporcionarnos datos más precisos.

—Perfecto —dijo Coloma—. Manténgame informada.

La capitana cortó la comunicación.

—¿Problemas? —preguntó Balla.

—Ninguno aparte de que Basquez está paranoico —respondió Coloma.

—No está mal que un ingeniero se ponga paranoico —observó Balla.

—Yo también lo prefiero —convino Coloma—. Pero no cuando estoy liada con otras cosas.

—El transbordador se encuentra a veinte kilómetros y está aminorando la velocidad —anunció Wilson—. Voy a preparar la atmósfera y a abrir las puertas.

—Adelante —dijo Coloma.

Wilson asintió con la cabeza y se comunicó directamente con los sistemas del hangar mediante el CerebroAmigo instalado en su cabeza. Los equipos de ventilación aspiraron el aire y lo almacenaron para liberarlo posteriormente. Cuando el hangar se vació, Wilson dio la orden para que se abrieran las puertas. El transbordador, completamente silencioso, ya estaba suspendido en el espacio ante ellas.

—Ya han llegado los terrícolas —anunció Wilson.

El transbordador se posó en el suelo del hangar. Wilson cerró las puertas y liberó el aire almacenado para reponer la atmósfera. Concluido el proceso, Wilson, Balla y Coloma enfilaron hasta el vehículo espacial y esperaron a que se abriera la puerta y comenzara el desfile de terrícolas.

Lo cierto es que a Coloma no le causaron una impresión especial. Eran tres hombres y dos mujeres, todos ellos de mediana edad y con un aspecto y una actitud similares. Se presentó a sí misma y luego presentó a Wilson y a Balla. El líder de la delegación terrícola dijo llamarse Marlon Tiege e hizo lo propio con su equipo, si bien vaciló al dar el nombre de dos de sus miembros.

—Lo siento —se disculpó—. El viaje se nos ha hecho muy largo.

—No se preocupe —dijo Coloma—. El teniente Wilson será su guía durante su estancia aquí. Estará encantado de enseñarles sus aposentos. En esta nave nos regimos por la hora universal, y la salida hacia la Estación Fénix está programada para mañana a las 5.30. Hasta entonces pueden descansar y relajarse. Wilson les proporcionará cualquier cosa que necesiten.

—Me pongo a su servicio —dijo Wilson, y sonrió—. En los informes pone que es usted de Chicago, señor Tiege.

—Así es —asintió éste.

—¿De los Cubs o de los White Sox?

—¿Es que hay duda? ¡De los Cubs!

—En ese caso, me siento moralmente obligado a informarle de que yo soy seguidor de los Cardinals —dijo Wilson—. Espero que eso no sea causa de un incidente diplomático.

Tiege sonrió.

—Por una vez, y sin que sirva de precedente, estoy dispuesto a pasarlo por alto.

—Hablamos de béisbol —explicó Wilson al advertir la expresión en la cara de Coloma, que era una mezcla de desconcierto e irritación—. Es un deporte de equipo muy popular en Estados Unidos. Su equipo y el mío juegan en la misma división, lo que significa que son rivales y que se enfrentan a menudo.

—Ah —dijo la capitana.

—¿Aquí no tienen béisbol? —preguntó Tiege.

—Casi nadie lo juega —respondió Wilson—. Los colonos proceden de distintas partes del mundo. Lo más parecido que tienen es el criquet.

—¡Menudo disparate! —exclamó Tiege.

—Y que lo diga —mostró su acuerdo Wilson, que extendió una mano para que la delegación de la Tierra lo siguiera fuera del hangar mientras Tiege seguía parloteando sobre los Cubs.

—¿Qué acaba de pasar aquí? —le preguntó la capitana Coloma a su segunda de a bordo.

—Usted misma dijo que quería a alguien que hablara su lengua —le recordó Balla.

—Yo esperaba ser capaz también de hablarla —refunfuñó Coloma.

—Pues aprenda un poco más sobre béisbol —le sugirió Balla.

El primer día de viaje consistió en la visita guiada a la nave que Wilson ofreció a los visitantes. Coloma no se emocionó cuando la delegación terrícola se presentó en el puente de mando, pero el objetivo principal del viaje era venderles la nave, así que hizo todo lo que pudo para mostrarse como una capitana educada y entregada a su trabajo que no tenía nada mejor que hacer que responder preguntas absurdas. Entre pregunta y pregunta echaba alguna que otra mirada a Wilson, que parecía preocupado.

—¿Qué sucede? —le preguntó al fin, cuando Balla acompañó a la comitiva para enseñarles los sistemas de soporte vital y los monitores de la gestión de la energía.

—¿Qué sucede de qué? —respondió Wilson.

—Algo lo preocupa, teniente —dijo Coloma.

—No es nada —repuso Wilson. Y luego añadió—: Ya hablaremos más tarde, señora.

Coloma se planteó la posibilidad de insistirle, pero entonces Tiege y su séquito regresaron, y Wilson se los llevó de allí. Coloma apuntó mentalmente que debía hablar con el teniente más tarde y luego se enfrascó en sus tareas cotidianas como capitana.

La nave era tal como Rigney se la había vendido: vieja pero fiable. Todos los sistemas funcionaban correctamente. El único contratiempo había sido que ella y todos los miembros de su tripulación tuvieron que aprender a utilizar sistemas arcaicos. Algunos de ellos, como los de la sala de motores, jamás se habían actualizado, simplemente porque se habían diseñado con la idea de que no hubiera necesidad de hacerlo. Otros sistemas se habían modernizado cuando la nave realizó la transición del uso militar al civil; mientras que otros, como los que controlaban el armamento, por ejemplo, habían sido eliminados casi por completo. A pesar de todo, ningún sistema de la nave tenía menos de quince años, dos años más de los que Coloma llevaba sirviendo en la flota del Departamento de Estado. Afortunadamente, ni las FDC ni el Departamento de Estado eran la clase de organismos que hacían un cambio radical de las interfaces de sus sistemas informáticos. Incluso los paneles de control de los equipos de ingeniería, con más de cincuenta años, resultaban relativamente sencillos de utilizar una vez que se habían hecho un par de concesiones a su antigüedad.

«No es una mala nave», se dijo Coloma. Tal vez los terrícolas no se llevaran un aparato moderno, pero tampoco estaban adquiriendo un trasto. No obstante, la capitana no se atrevió a llegar a tanto como considerarla un clásico de los viajes espaciales.

Tiempo después sonó la PDA de Coloma. Era Basquez.

—Creo que podríamos tener un problema, capitana —dijo el ingeniero jefe.

—¿Qué clase de problema?

—Uno de esos problemas que es mejor explicar en persona —respondió Basquez.

—Intenté actualizar los programas informáticos a través de los cuadros de control, pero no funcionó porque los cuadros tienen cincuenta años y los nuevos programas no pueden instalarse en estos equipos —dijo Basquez, tendiendo su PDA a Coloma—. Así que probé a hacer lo contrario. Copié los programas en mi PDA y creé un entorno virtual para ejecutarlos. Luego los actualicé en ese entorno y entonces fue cuando vi esto. —Señaló en la pantalla de la PDA la imagen de lo que parecía un tubo resplandeciente.

Coloma parpadeó.

—¿Qué es lo que vio, Basquez? —preguntó la capitana—. ¿Qué estoy mirando?

—Está mirando el flujo de energía a través de una sección del conducto que acabamos de instalar —explicó el ingeniero jefe—. Y esto es una curva en el flujo —añadió, señalando una parte de la imagen y dando unos golpecitos a la pantalla para otorgar énfasis a sus palabras.

—¿Qué quiere decir eso? —preguntó Coloma.

—Ahora mismo no significa nada —respondió Basquez—. Sólo estamos pasando un diez por ciento de la capacidad del conducto para preparar la prueba para el propulsor de salto. Es una alteración de una diezmilésima del flujo total. Lo suficientemente pequeña para no haberla advertido de no ser porque actualicé el programa informático. El hecho es que existe una razón para mantener al mínimo el flujo de energía: las alteraciones provocan el caos, y caos significa interrupción. Si nos excedemos, no hay ninguna garantía de que la alteración no aumente de forma exponencial, y entonces...

—Y entonces se producirá una interrupción en el flujo y estaremos jodidos —concluyó Coloma.

—El riesgo es muy bajo, pero es a usted a quien la Unión Colonial le ha dicho que haga ir esta nave como la seda. Y esto es un contratiempo... potencial.

—¿Qué quiere hacer? —preguntó Coloma.

—Me gustaría coger ese trozo de tubo y escanearlo —respondió Basquez—. Averiguaré la causa del problema. Si se trata de una imperfección en el conducto en sí, en el recubrimiento interior, podremos arreglarlo aquí mismo. Pero si es otra cosa... Bueno, no tengo ni idea de lo que podría ser aparte de una imperfección, pero si se trata de otra cosa tendremos que descubrir qué es y cómo podemos solucionarlo.

—¿Afecta en algo a nuestro itinerario? —preguntó la capitana.

—A lo mejor, pero no tendría por qué —dijo el ingeniero jefe—. Estoy seguro al 99,9 por ciento de que es algo que podemos arreglar. Mi gente necesitará unos noventa minutos para extraer la sección dañada del conducto, y otros sesenta para escanearla como es debido; otros diez minutos para pulir la imperfección que encontremos y noventa más para volver a instalarlo en su sitio y realizar algunas pruebas. Si todo va bien, entonces podremos aumentar el flujo de energía. No faltará a su cita con el salto, capitana.

—Entonces no siga hablando conmigo y póngase manos a la obra, Basquez.

—Sí, señora —dijo el ingeniero jefe—. La avisaré cuando hayamos acabado.

—Bien. —Coloma ya se marchaba cuando vio que Wilson enfilaba hacia ella—. ¿Ha perdido su rebaño?

—No lo he perdido. Lo he dejado en la sala común viendo un vídeo —respondió el teniente—. Luego me pasé por el puente de mando y Balla me dijo que la encontraría aquí, capitana.

—¿Qué ocurre?

—Se trata precisamente de sus terrícolas —respondió Wilson—.

Estoy casi seguro de que no es verdad que vengan de la Tierra... al menos no han salido de allí recientemente.

—¿Sus sospechas se fundamentan en un equipo de béisbol? —inquirió Neva Balla con incredulidad.

Coloma había llamado a su segunda de a bordo para que acudiera a la sala de reuniones donde ya estaban ella y Wilson, y le había pedido a éste que le repitiera lo que acababa de contarle.

—No se trata de un equipo de béisbol cualquiera, ¡son los Cubs! —repuso Wilson, y lanzó los brazos al aire con un gesto de desesperación—. Escuchen, tienen que comprender una cosa: en toda la historia del deporte profesional, los Cubs son el paradigma del fracaso absoluto. El campeonato de béisbol se llama las Series Mundiales, y hace tanto tiempo que los Cubs las ganaron por última vez que ninguna persona viva lo recuerda. Hace tanto tiempo que ninguna persona viva conoce a alguien que estuviera vivo cuando lo hicieron. Estoy hablando de siglos de fracaso continuado.

—¿Y? —preguntó Balla.

—Pues que los Cubs ganaron las Series Mundiales hace dos años —respondió Wilson. Movió la cabeza en dirección a Coloma—. Le dije a la capitana medio en broma que estaba utilizando mi permiso especial de seguridad para enterarme de los resultados del béisbol. Pues bien, no era mentira. Me gusta mantener un vínculo con mi hogar. Ayer, cuando Tiege me mencionó que era seguidor de los Cubs, pedí información sobre las estadísticas de los Cubs desde la temporada en la que abandoné la Tierra. Como seguidor de los Cardinals, quería restregarle en la cara los continuos fracasos de su equipo. Pero entonces descubrí que los Cubs habían roto su maldición.

Balla se quedó mirando con perplejidad a Wilson.

—Los Cubs ganaron ciento un partidos la temporada pasada —continuó Wilson—. Son más partidos que la suma de todos los que ganaron a lo largo de un siglo. Sólo perdieron un partido en todo el *playoff* por el título, y barrieron a los Cardinals, mi equipo, en las series de la división. En el cuarto partido de las Series Mundiales, un lanzador llamado Jorge Alamazar consiguió lo que se llama el partido perfecto en unas Series Mundiales por primera vez desde el siglo XX.

Balla miró a la capitana.

—El béisbol no es lo mío —dijo la segunda de a bordo—. No entiendo absolutamente nada de lo que dice.

—Quiere decir que es absolutamente imposible que un seguidor de los Cubs que haya estado en la Tierra en algún momento en los últimos dos años no le mencione a un aficionado al béisbol que los Cubs han ganado las Series Mundiales. Y cuando le dije que yo era seguidor de los Cardinals, la primera reacción de Tiege debería haber sido restregarme en la cara la victoria de su equipo. Simplemente es imposible.

—A lo mejor no es tan seguidor de ese equipo —sugirió Balla.

—Siendo de Chicago, jamás habría dejado pasar una oportunidad así —dijo Wilson—. Y anoche hablamos bastante sobre béisbol, de modo que estoy seguro de que no es un seguidor ocasional de la liga. Pero le reconozco que tuve en cuenta la posibilidad de que no fuera un seguidor tan fanático de los Cubs, o incluso de que fuera demasiado educado para mencionarme el fin de la sequía del equipo, así que lo comprobé.

—¿Cómo? —preguntó Balla.

—Le comenté que los Cubs eran el símbolo definitivo de la futilidad del deporte profesional —explicó Wilson—. Pinché a Tiege con ese comentario como una decena de veces, y él se lo tomó bien y me admitió que era cierto. No sabe que los Cubs ganaron las Series Mundiales. No lo sabe porque la Unión Colonial mantiene el bloqueo de noticias procedentes de la Tierra. No lo sabe porque, o bien es un colono de pura cepa, o bien es un antiguo miembro de las Fuerzas de Defensa Colonial retirado y reconvertido en colono.

—¿Y los que lo acompañan? —preguntó Balla.

—Conversé con todos ellos y de vez en cuando les solté como quien no quiere la cosa alguna pregunta sobre la vida en la Tierra. Todos son personas muy agradables, como el propio Tiege, pero si alguno de ellos sabe algo sobre la última década en la Tierra, no fui capaz de sacárselo. Ninguno pudo decirme cosas que sabría cualquier persona nacida en Estados Unidos o en Canadá, como el nombre de los actuales presidente y primer ministro, cantantes o figuras del espectáculo populares, ni nada sobre los acontecimientos más importantes del último año. El año pasado un huracán barrió Carolina del Sur y arrasó buena parte de Charleston. Una de las mujeres, Kelle Laflin, afirma que es de Charleston, pero parece desconocer por completo el desastre del huracán.

—¿Qué está pasando aquí entonces? —inquirió Balla.

—Nos hacemos la misma pregunta —dijo Coloma—. Tenemos a bordo una delegación de terrícolas dispuestos a comprar la nave de la Unión Colonial, pero si no son de la Tierra, ¿de dónde vienen? ¿Y qué pretenden hacer con la nave?

Balla miró a Wilson.

—No debería haberlos dejado solos.

—He puesto a un miembro de la tripulación a vigilar la puerta —dijo Wilson—. Me avisará si alguno de los visitantes intenta escabullirse. También tengo localizadas sus PDA, y por lo menos hasta ahora no se han separado. De momento ninguno ha dado la menor muestra de pretender escaparse de nuestro control.

—Ahora tenemos que dilucidar qué es lo que el coronel Rigney sabe sobre el asunto —dijo Coloma—. Hemos tratado con él todos los aspectos de la misión. Me resulta imposible creer que él no esté detrás de esta charada.

—No esté tan segura, capitana —dijo Wilson—. Las Fuerzas de Defensa Colonial tienen un largo historial de luchas internas. No en vano es una de las causas de nuestros problemas con la Tierra. Es completamente posible que alguien por encima de Rigney esté jugándosela al coronel.

—Pero esto es absurdo —señaló Balla—. Da igual quién haya metido a unos falsos diplomáticos de la Tierra en la nave, el caso es que no vamos a vendérsela a los terrícolas. Esto no tiene pies ni cabeza.

—Se nos escapa algo —dijo Wilson—. Tal vez no tengamos toda la información que necesitamos.

—¿De dónde podríamos obtener más explicaciones? —preguntó Coloma—. Estoy abierta a sugerencias.

Sonó la PDA de Coloma. Era Basquez.

—Tenemos un problema —anunció el ingeniero jefe.

—¿Es otro problema de la clase «creo que tenemos un problema potencial con el flujo de energía»? —inquirió Coloma.

—No, es un problema de la clase «estamos jodidos y vamos a morir de una manera espantosa en la fría y oscura infinitud del universo» —respondió Basquez.

—Ahora mismo bajamos.

—Vaya, esto es interesante —dijo Wilson con la mirada fija en el minúsculo objeto que sostenía con las puntas de los dedos.

Él, Coloma, Balla y Basquez estaban en la sala de ingeniería, junto al trozo de conducto y una serie de herramientas que Basquez empleaba para sus inspecciones. Basquez había alejado de allí a sus operarios, que ahora merodeaban a una distancia prudencial del grupo, intentando oír lo que decían.

—Es una bomba, ¿verdad? —preguntó el ingeniero jefe.

—Sí, eso creo —respondió Wilson.

—¿Qué daño puede causar una bomba de ese tamaño? —preguntó Coloma—. Es tan pequeña que apenas se ve.

—Si contiene antimateria, el daño podría ser considerable —dijo el teniente—. No se necesita una gran cantidad para provocar un buen desastre.

Coloma volvió a mirar con detenimiento el diminuto objeto.

—Si contuviera antimateria, ¿no habría explotado ya? —preguntó la capitana.

—No necesariamente —respondió Wilson sin apartar los ojos del artefacto—. Cuando estaba en el departamento de investigación y desarrollo de las FDC había un equipo trabajando en unidades contenedoras de antimateria del tamaño de un balín. Se genera un campo de energía suspendido y se recubre con una envoltura que actúa como una batería que lo alimenta. Cuando ésta se agota, el campo de energía cae y la antimateria entra en contacto con el envoltorio, y entonces... ¡pum!

—¿Y esos investigadores obtuvieron resultados positivos? —preguntó Basquez.

—¿Mientras estuve allí? No —dijo Wilson, lanzando una mirada fugaz a Basquez—. Pero eran unos tipos muy listos. Y estábamos estudiando la tecnología punta que les habíamos robado a los consu, que nos llevan una ventaja de por lo menos un par de milenios en estas cosas. —Miró de nuevo el objeto—. Así que no me cabe duda de que han tenido tiempo para perfeccionar esta preciosidad.

—Pero no se puede derribar la nave sólo con eso, ¿no? —quiso saber Balla—. Con antimateria o sin ella.

Wilson abrió la boca para responder, pero Basquez se le adelantó.

—No haría falta —explicó el ingeniero jefe—. Sólo hay que obstruir el conducto. La energía que fluye por él se encargaría del resto. ¡Ni siquiera haría falta obstruirlo! Sólo con que eso agrietara mínimamente el conducto, la interrupción en el flujo de energía nos haría saltar por los aires.

—Y ésa es la ventaja adicional de hacerlo pasar por una explosión provocada por un fallo en el material en lugar de por una bomba —aseveró Wilson.

—Sí —convino Basquez—. Si la caja negra sobreviviera a la destrucción, sólo habría registrado la alteración en el flujo de energía, no la explosión de la bomba.

—Si se programara para que explotara justo antes del salto, mientras se está inyectando energía al propulsor, sería una jugada maestra —dijo Wilson.

—Rigney insistió en que era imprescindible cumplir el programa —apuntó Basquez, dirigiéndose a su capitana.

—¡Un momento! No pensarán que nosotros pusimos la bomba, ¿verdad? —exclamó Balla.

Coloma, Wilson y Basquez permanecieron mudos.

—¡Es completamente absurdo! —dijo Balla—. ¡Es completamente absurdo que la Unión Colonial quiera hacer saltar por los aires su propia nave!

—Y también es absurdo que la Unión Colonial meta terrícolas falsos en ella —señaló Wilson—. Y aquí están.

—Un momento. ¿Cómo? —intervino Basquez—. ¿Que esos diplomáticos no son de la Tierra? ¿Qué demonios está pasando aquí?

—Ya hablaremos luego sobre eso —dijo Coloma. Basquez cerró

la boca, pero este nuevo giro de los acontecimientos le hizo hervir la sangre. La capitana miró a Wilson—. Estoy abierta a sugerencias, teniente.

—No se me ocurre nada, capitana —repuso Wilson—. Dudo que ninguno de nosotros tenga respuestas para tantas preguntas. Así que sugiero que busquemos otro medio para obtenerlas.

Coloma reflexionó un momento.

—Se me ha ocurrido algo —dijo al cabo la capitana.

—¿Está todo listo? —preguntó Coloma a Wilson a través de la PDA. Sus palabras se transmitieron directamente al CerebroAmigo del teniente, así que él fue el único que las oyó.

Wilson, que estaba en la plataforma del hangar del transbordador con los falsos terrícolas, lanzó una mirada a la sala de control y asintió escuetamente con la cabeza. Después devolvió la atención a los terrícolas.

—Harry, ya hemos visto el transbordador —dijo Marlon Tiege—. Dos veces.

—Quiero enseñárselo desde una perspectiva completamente nueva, Marlon, se lo prometo —dijo Wilson.

—Suena emocionante —repuso Tiege con una sonrisa.

—Sólo hay que esperar un poco más —declaró Wilson—. Entretanto, me gustaría hacerle una pregunta.

—Dispare.

—Ya se habrá dado cuenta de que me gusta meterme con usted a costa de los Cubs —dijo Wilson.

—Lo echarían del club de fans de los Cardinals si no lo hiciera, Harry.

—Sí. Quería preguntarle qué sería capaz de hacer si los Cubs ganaran alguna vez las Series Mundiales.

—¿Antes o después de que me diera el ataque al corazón? —preguntó Tiege—. Probablemente besaría a todas las mujeres con las que me cruzara. Y a la mayoría de los hombres.

—Los Cubs ganaron el campeonato hace dos años, Marlon —soltó Wilson.

—¿Cómo?

—Barrieron a los Yankees en cuatro partidos. En el último, el lanzador de los Cubs hizo el partido perfecto. Los Cubs ganaron ciento un partidos en su camino hasta los *playoff*. Los Cubs son campeones de las Series Mundiales, Marlon. Me pareció que debía saberlo.

Coloma observaba el rostro de Marlon Tiege y reparó en que la fisonomía del supuesto terrícola no era la apropiada para expresar dos emociones simultáneamente: la felicidad absoluta provocada por la noticia sobre los Cubs y la profunda consternación por haber sido desenmascarado. No obstante, la capitana habría mentido si hubiera negado que estaba disfrutando del espectáculo que constituía la cara del hombre en sus esfuerzos para disimular ambas expresiones.

—¿De dónde es, Marlon? —inquirió Wilson.

—De Chicago —respondió Tiege, recuperando la compostura.

—¿Dónde ha estado últimamente? —preguntó el teniente.

—¡Vamos, Harry! —exclamó Tiege—. ¡Esto es una locura!

Wilson no dijo nada y se volvió hacia una de las mujeres, Kelle Laflin.

—El año pasado, un huracán arrasó Charleston —dijo, y vio que la terrícola palidecía—. Supongo que no lo ha olvidado aún.

Ella asintió en silencio.

—Bien —dijo Wilson—. ¿Qué nombre le pusieron al huracán?

Coloma advirtió que una expresión de desolación estaba adueñándose del rostro de Laflin. Wilson miró de nuevo a Tiege.

—El trato es el siguiente, Marlon. —Wilson señaló la sala de control. Tiege miró en la dirección en la que apuntaba el dedo del teniente y vio a la capitana sentada en su interior, detrás de un panel de mandos—. Cuando le dé la señal, la capitana Coloma comenzará a extraer el aire de este hangar. El ciclo tarda en completarse un minuto. No tienen que preocuparse por mí. Soy miembro de las Fuerzas de Defensa Colonial, lo que significa que soy capaz de contener la respiración sin esfuerzo durante diez minutos. Además, debajo de esta ropa llevo puesto mi uniforme de combate, así que no correré ningún peligro. Sin embargo, usted y sus amigos probablemente morirán de una manera dolorosa mientras les fallan los pulmones y escupen sangre al vacío.

—¡No pueden hacer eso! —protestó Tiege—. ¡Somos una delegación diplomática!

—Sí, pero ¿de dónde? —inquirió Wilson—. Porque ustedes no vienen de la Tierra, Marlon.

—¿Tan seguro está? —replicó Tiege—. Porque, si se equivoca, piense en lo que ocurrirá cuando la Tierra descubra que nos han matado.

—Sí, bueno —dijo Wilson, y sacó una cajita de plástico que contenía la minúscula bomba, que descansaba sobre un trozo de algodón—. De todas formas habrían muerto cuando explotara esta bomba, y todos nosotros con ustedes. De esta manera nosotros sobrevivimos. Última oportunidad, Marlon.

—Harry, no puedo… —comenzó a decir Tiege, pero Wilson levantó una mano para interrumpirlo.

—Usted lo ha querido —dijo el teniente, e hizo una señal con la cabeza a Coloma.

La capitana inició el ciclo de vaciado y el ruido de los motores que succionaban el aire colmó el hangar del transbordador.

—¡Esperen! —exclamó Tiege.

Wilson hizo el gesto convenido con la capitana y envió a su PDA a través del CerebroAmigo un mensaje para pedirle que parara. Coloma interrumpió el ciclo de vaciado y esperó.

Marlon Tiege permaneció inmóvil unos segundos, sudando. Luego esbozó una sonrisa y se volvió hacia Wilson.

—Soy de Chicago, pero ahora vivo en Erie. Le doy mi palabra de que le contaré todo lo que sé sobre la misión, pero antes me gustaría que me aclarara una cosa, Harry.

—¿De qué se trata? —preguntó Wilson.

—Lo que me ha dicho sobre los Cubs, no se lo ha inventado, ¿verdad?

—Así que le gustaría una explicación —dijo el coronel Abel Rigney sentado a su escritorio en la Estación Fénix. Al otro lado de la mesa estaba sentada la coronel Liz Egan, mirando fijamente a Coloma.

—Lo que me gustaría es tirarlo al espacio desde una esclusa de aire —repuso Coloma, y miró a Egan—. Y posiblemente a usted detrás. —Volvió a mirar a Rigney—. Pero de momento me conformaré con una explicación.

Rigney esbozó media sonrisa.

—Supongo que recuerda el incidente en Danavar —empezó—. Una fragata de las FDC llamada *Polk* fue destruida, una nave utche se salvó por los pelos y su propia nave, capitana, sufrió daños irreparables.

—Sí —asintió Coloma.

—Y ya estará al tanto del reciente incidente con los bula —añadió Egan—. Una colonia clandestina instalada en uno de sus planetas fue atacada y se descubrió que tres miembros modificados y encubiertos de las FDC formaban parte de ella. Cuando intentamos rescatar lo que quedaba de la colonia, los bula rodearon nuestra nave y tuvimos que pagar un rescate para recuperar el aparato y a sus tripulantes.

—Wilson y algunas personas que trabajan con la embajadora Abumwe me comentaron algo —dijo Coloma.

—Estoy seguro de ello —manifestó Rigney—. El problema al que nos enfrentamos es que sospechamos que quienquiera que preparó la emboscada para la *Polk* y su nave en Danavar consiguió la información sobre la misión de la *Polk* de la propia FDC. Y lo mismo creemos sobre el asunto de la colonia clandestina en territorio bula.

—¿Qué obtuvieron la información de las FDC? —exclamó Coloma con extrañeza.

—O del Departamento de Estado —terció Egan—. O de ambos.

—¿Tienen un espía?

—Varios, probablemente —admitió Egan—. Es imposible que una sola persona pueda abarcar las dos misiones.

—Necesitábamos precisar de dónde salen las filtraciones y qué es lo saben quienesquiera que sean sus responsables, así que decidimos ir de pesca —explicó Rigney—. Teníamos una nave espacial retirada y, después de su incidente con la *Clarke*, también una tripulación sin nave. Considerábamos que era una oportunidad para lanzar el anzuelo y esperar a ver qué pescábamos.

—Y lo que han pescado es una bomba que habría destruido mi nave y matado a todas las personas a bordo, incluida su falsa delegación de terrícolas —dijo Coloma.

—Así es —repuso Egan—. Y mire lo que hemos descubierto: hemos descubierto que quienes intentaron sabotear su nave tienen acceso a las investigaciones secretas de las Fuerzas de Defensa Colonial. Hemos descubierto que además tienen la capacidad de pinchar las comunicaciones que se realizan a través de los canales de las Fuerzas de Defensa Colonial. Hemos descubierto que pueden acceder a los astilleros y las fábricas de las FDC. Hemos reunido una gran cantidad de información que nos servirá para reducir la lista de sospechosos de vendernos y evitar que vuelva a repetirse. Impediremos que se produzcan más muertes.

—Un fin muy noble —ironizó Coloma—. Salvando la parte en la que mi tripulación y sus terrícolas morimos.

—Era un riesgo que teníamos que asumir —señaló Rigney—. No podíamos contárselo porque no sabíamos de dónde salían las filtraciones. Ni siquiera se lo contamos a «nuestros terrícolas». Todos son miembros retirados de las FDC que ocasionalmente realizan trabajos para nosotros, cuando la piel verde llamaría demasiado la atención. Saben que en las tareas que se les encomiendan siempre existe el riesgo de muerte.

—Nosotros ignorábamos ese detalle —le espetó Coloma.

—Teníamos que averiguar si intentarían sabotear la misión —dijo Rigney—. Ahora lo sabemos y sabemos más que nunca sobre el *modus operandi* de los espías. No voy a pedir disculpas por las decisiones que tomamos, capitana. Puedo decir que lamento que dichas decisiones fueran necesarias. Puedo decir que me alegra que no murieran.

Coloma digirió como pudo las palabras del coronel.

—¿Y ahora qué? —preguntó al fin.

—¿Qué quiere decir? —inquirió Egan.

—No tengo órdenes —dijo Coloma—. No tengo nave. Mi tripulación y yo estamos en una especie de limbo. —Tendió una mano hacia Egan—. Desconozco la decisión que ha tomado su comisión de investigación acerca de mi futuro. —Miró de nuevo a Rigney—.

Usted me dijo que si completaba satisfactoriamente esta misión podría elegir mi próximo destino. No sabría decirle si el resultado de la misión ha sido satisfactorio ni, aunque lo fuera, si su promesa es papel mojado.

Rigney y Egan se miraron y la enlace con el Departamento de Estado asintió con la cabeza.

—Desde nuestro punto de vista, capitana Coloma, el resultado de la misión ha sido satisfactorio —le confirmó Rigney.

—En cuanto a la comisión de investigación, se ha llegado a la conclusión de que sus decisiones en el sistema Danavar se ajustaron a las mejores tradiciones de la comandancia y de la diplomacia —dijo Egan—. Ha recibido una distinción que ya consta en su hoja de servicios. Felicidades.

—Gracias —dijo Coloma, algo abrumada.

—En cuanto a su nave —añadió Rigney—. Me parece que ya tiene una. Es un poco antigua y todo el mundo la ha visto como un destino duro. Por otro lado, sin embargo, un destino duro es mejor que ninguno.

—Su tripulación ya se ha familiarizado con la nave —señaló Egan—. Y necesitamos otra nave diplomática en la flota. La embajadora Abumwe y su equipo tienen una larga lista de reuniones y ningún medio para llegar a ellas. Si quiere la nave, es suya. Y si no la quiere, también lo es. Felicidades.

—Gracias —repitió Coloma, esta vez completamente aturdida.

—De nada —repuso Egan—. Puede retirarse, capitana.

—Sí, señora.

—Ah, capitana Coloma —dijo Rigney.

—¿Sí, señor?

—Póngale un buen nombre. —Rigney devolvió la atención a Egan y ambos se pusieron a charlar.

Coloma salió por la puerta.

Balla y Wilson estaban esperándola fuera del despacho.

—¿Y bien? —preguntó la segunda de a bordo.

—He recibido una distinción —dijo Coloma—. Me han dado una nave. La tripulación sigue junta. El equipo de Abumwe regresa a bordo.

—¿Qué nave le han dado? —preguntó Wilson.

—La de la última misión.

—¿Esa chatarra? —exclamó Wilson.

—Ándese con ojo, teniente —le advirtió Coloma—. Es mi nave y tiene nombre. A partir de ahora se llama *Clarke*.

6

El canal de comunicación secreto

—General, retomemos al tema de los humanos —dijo Unli Hado.

En la tarima, Hafte Sorvalh, sentada detrás del general Tarsem Gau, el líder del Cónclave, suspiró con todo el disimulo del que fue capaz.

Cuando se constituyó el Cónclave y se creó la Gran Asamblea, donde representantes de todos los miembros del Cónclave redactaban las leyes y las tradiciones de la nueva entidad política, compuesta por más de cuatrocientas especies, el general Gau prometió que cada sur (un período que comprendía cuarenta días estándar), él y quienes lo sucedieran como presidente comparecerían en la asamblea y responderían las preguntas de los diputados. Era la manera que se le había ocurrido a Gau para garantizar a los miembros del Cónclave que el líder rendiría cuentas al resto de los representantes.

Hafte Sorvalh le había dicho en el momento de tomar esa decisión que, en su opinión como su asesora de mayor confianza, la comparecencia se convertiría en una vía para que los miembros más ambiciosos de la asamblea dieran rienda suelta a su fanfarronería, y que por lo demás sería una pérdida de tiempo. El general Gau le dio las gracias por su sinceridad en ese tema y en todos los demás, pero no cambió de opinión.

Sorvalh había llegado a la conclusión de que el general quería tenerla sentada detrás de él durante esas sesiones de preguntas y respuestas para no tener que ver la expresión de «se lo advertí» en su cara. Precisamente ahora tenía una de esas expresiones en el rostro, mientras escuchaba al pesado de Hado, del planeta Elpri, dando de nuevo la lata con el tema de los humanos.

—¿Retomar el asunto, diputado Hado? —dijo Gau sin elevar la voz—. Por lo visto en estas sesiones, da la impresión de que nunca lo ha aparcado.

El comentario del general fue recibido con risas por los diputados de la asamblea, pero Sorvalh tomó nota mental de los rostros y las expresiones que no transmitían el mismo entusiasmo. Hado era un pelma y defendía la postura de una minoría, pero no podía afirmarse que la minoría a la que pertenecía fuera despreciable.

Hado, en pie ante su asiento, movió las facciones de la cara para componer una expresión de disgusto que Sorvalh identificó al instante.

—¿Habla en broma, general? —demandó Hado.

—No, diputado Hado —repuso Gau sin variar su tono—. Soy plenamente consciente de su preocupación con esa especie en particular.

—Si es plenamente consciente de ello, tal vez pueda compartir conmigo, con la asamblea, sus planes para contenerlos —dijo Hado.

—¿Para contener a quiénes? —preguntó Gau—. Usted sabe, diputado, que la especie humana se halla actualmente dividida en dos facciones: la Unión Colonial y la Tierra. La Tierra no representa una amenaza para nosotros, pues carece de naves y de medios para viajar por el espacio aparte de los que le proporciona la Unión Colonial, de la que se ha distanciado. En cuanto a la Unión Colonial, se nutría de la Tierra para conseguir soldados y colonos. Ahora ese suministro se ha interrumpido. La Unión Colonial sabe que no puede reemplazar a los soldados y los colonos que pierda a partir de ahora. Eso la ha vuelto precavida y recelosa con sus posibles bajas. ¡De hecho, me han contado que la Unión Colonial ha regresado a la diplomacia pura y dura! —Este anuncio fue recibido con más risas—. El hecho de que los humanos estén intentando llevarse bien con otras especies, mi querido diputado, es una prueba de la prudencia con la que están actuando.

—¿Cree usted, general, que porque los humanos estén jugando a la diplomacia ya no representan una amenaza? —insistió Hado.

—En absoluto. Creo que porque ya no pueden amenazarnos como lo hacían antes han optado por la diplomacia.

—Se me escapa la diferencia que pueda haber entre una cosa y otra, general —repuso Hado.

—Soy plenamente consciente de ello, diputado Hado —contestó Gau—. No obstante, la diferencia existe. Es más, en este momento, la Unión Colonial invierte casi todos sus esfuerzos en el acercamiento con la Tierra. Puesto que me ha preguntado por mis planes para contener a los humanos, voy a decirle algo que ya debería saber: desde que la flota mercante del Cónclave, con John Perry a bordo, apareció en la Tierra, hemos mantenido una presencia diplomática activa en el planeta. Tenemos delegaciones en cinco de sus capitales principales y hemos logrado convencer a los gobiernos y a la población de ese planeta de que si deciden no reconciliarse con la Unión Colonial, siempre existirá la posibilidad de que la Tierra se una al Cónclave.

El anuncio causó estupor en la asamblea, y no sin motivo. La Unión Colonial había destruido la flota de guerra del Cónclave en la órbita de la colonia Roanoke, una flota formada por una nave de cada una de las especies que pertenecían a la organización. No había una sola especie miembro del organismo que no hubiera sufrido en sus propias carnes la ira de los humanos o que fuera consciente de lo cerca que había estado de desaparecer el Cónclave tras aquel desastre.

El diputado Hado parecía especialmente furioso.

—¿Va a permitir la entrada en el Cónclave de la especie que intentó destruirlo?

Gau no respondió directamente a la pregunta lanzada por Hado y se volvió hacia otro diputado.

—Diputado Plora, por favor, póngase en pie.

El diputado Plora, de Owspa, se alzó estirando sus largas y delgadas piernas.

—Si hacemos memoria, diputado Hado, en un pasado no muy

lejano, los elpri y los owspa derramaron mucha sangre e invirtieron muchas riquezas en el esfuerzo de erradicarse mutuamente del espacio y de la historia —le recordó Gau—. ¿Cuántos millones de compatriotas murieron en cada bando por culpa del odio que se profesaban ambas especies? Y sin embargo, aquí están, reunidos en esta augusta asamblea y conversando pacíficamente.

—Nos atacamos mutuamente, nunca fuimos contra el Cónclave —señaló Hado.

—Estoy seguro de que el fondo de la cuestión es el mismo —repuso Gau con un tono que daba a entender que esperaba esa réplica de Hado—. Y en todas las ocasiones la Unión Colonial ha atacado el Cónclave, no la Tierra. Culpar a la Tierra, a los humanos que la habitan, de las atrocidades cometidas por la Unión Colonial es no comprender cómo la Tierra misma ha sido utilizada por la Unión Colonial. Y en cuanto a la cuestión que le preocupa, diputado, cuanto más tiempo retrasemos, por medios diplomáticos, que la Tierra se alíe con la Unión Colonial o que se adhiera a ella, más tiempo evitaremos que los humanos vengan a nuestras casas a hacer travesuras. ¿He respondido su pregunta?

Sorvalh se fijó en que Hado se movía con nerviosismo. Naturalmente, las palabras de Gau no satisfacían al diputado. Lo que él habría querido oír era que el Cónclave iba a exterminar a la especie humana. Pero daba la impresión de que por ahora se sentía acorralado por Gau, y Sorvalh supuso que ésa era una de las razones por las que el general insistía en estas ridículas sesiones de preguntas y respuestas, ya que se le daba muy bien eso de acorralar a sus oponentes.

—¿Y qué hay de las naves desaparecidas? —demandó otra voz, y todos, incluida Sorvalh, se volvieron a mirar al diputado Plora, que seguía de pie frente a su asiento. El diputado, repentinamente consciente de que se había convertido en el foco de atención, se encogió, pero no se sentó—. Han llegado informes que hablan de más de una docena de naves desaparecidas en los sistemas fronterizos entre los territorios del Cónclave y los humanos. ¿No han sido los humanos?

—Y si han sido ellos, ¿por qué no hemos respondido? —añadió Hado, que se había escabullido del acorralamiento al que lo habían sometido.

El general Gau lanzó una mirada a Sorvalh, quien reprimió la expresión de «se lo advertí».

—Es cierto que hemos perdido varias naves durante el último sur —asintió el general Gau—. La mayoría de ellas eran naves mercantes. Sin embargo, en los sistemas donde han ocurrido esos incidentes la piratería es frecuente. Antes de saltar directamente a la conclusión de que los humanos son los responsables de las desapariciones, deberíamos explorar la posibilidad, más probable, de que los verdaderos culpables sean asaltantes independientes, aparentemente súbditos del Cónclave.

—¿Cómo puede saberlo con certeza? —inquirió Hado—. ¿Ha dado prioridad a esa investigación? ¿O va a subestimar a los humanos por segunda vez?

Aquellas preguntas silenciaron la asamblea. Gau había asumido la responsabilidad de la debacle en Roanoke y nunca había permitido que se culpara a nadie más. Pero sólo un necio lo atacaría con ese tema, y todo parecía indicar que Unli Hado era ese necio.

—Para este gobierno siempre es una prioridad buscar a los súbditos desaparecidos —respondió Gau—. Los encontraremos y averiguaremos quién está detrás de su desaparición. Lo que nunca haremos, diputado Hado, es utilizar la desaparición de esas naves para lanzar una ofensiva contra un pueblo que ha demostrado un compromiso inquebrantable para destruirnos cuando se ha sentido acorralado y no ha tenido más remedio que luchar. Me ha preguntado si voy a subestimar a los humanos. Le garantizo que no voy a hacerlo. Sin embargo, diputado, me pregunto por qué usted parece tan decidido a hacerlo.

Sorvalh visitó más tarde al general Gau en su despacho privado, un espacio estrecho aunque el visitante no fuera de la especie lalan (cuyos individuos eran de una gran estatura) ni Hafte Sorvalh, que era alta para su especie.

—No te cortes —la invitó Gau desde detrás de su escritorio cuando vio entrar por la puerta a Sorvalh—. Dilo.

—¿Que diga el qué? —preguntó Sorvalh.

—Cada vez que te agachas para pasar por esa puerta, entras, te pones derecha y miras a tu alrededor —dijo Gau—. Y siempre veo en tu rostro la expresión de quien ha dado un mordisco a algo con un ligero mal sabor. Así que dilo: mi despacho es estrecho.

—Yo más bien diría acogedor —repuso Sorvalh.

Gau se echó a reír a su manera.

—No me cabe duda.

—Circulan comentarios sobre las pequeñas dimensiones de su despacho dada su posición, general —le recordó Sorvalh.

—Ya dispongo del despacho público para las reuniones y para impresionar a la gente cuando la ocasión lo requiere, naturalmente. No ignoro el poder de intimidación de los espacios grandes, pero he pasado la mayor parte de mi vida en naves espaciales, incluso cuando ya estaba inmerso en la constitución del Cónclave. Uno acaba acostumbrándose a los espacios reducidos. Además, me siento más cómodo aquí. Y nadie puede acusarme de permitirme más lujos de los que disfrutan los representantes de las demás especies. Eso también tiene sus ventajas.

—Lo comprendo —admitió Sorvalh.

—Bien. —Gau le señaló la silla que había en el despacho a propósito para ella, pues se ajustaba a las características de su cuerpo—. Por favor, siéntate.

Sorvalh se sentó y aguardó. Gau esperó a que su asesora se impacientara y comenzara a hablar, pero esperar a que un miembro de la especie lalan se impacientara era una apuesta perdida de antemano.

—Está bien —dijo al cabo el general—. Di lo otro que estás pensando.

—Unli Hado.

—Uno de los tipos ambiciosos sobre los que me advertiste —reconoció Gau.

—No va a parar —afirmó Sorvalh—. Y no está falto de aliados.

—Escasos.

—Pero en continuo crecimiento —repuso Sorvalh—. Me hace acompañarlo en estas sesiones para que cuente cabezas, general, y yo cuento cabezas. En cada sesión hay más diputados que lo apoyan o que se inclinan hacia su postura. Esta vez no hay por qué preocuparse, ni la próxima lo habrá, probablemente no lo haya durante varias sesiones más. Pero si la cosa sigue igual, llegará un momento en el que la facción opositora sea numerosa y hará mucho ruido en favor del exterminio de los humanos. De todos ellos.

—Una de las razones por las que fundamos el Cónclave fue la de querer erradicar la idea de que todo un pueblo podía o debía ser exterminado.

—Lo sé —asintió Sorvalh—. Ése es uno de los motivos por los que mi pueblo aceptó aliarse con usted y con el Cónclave. También sé lo difícil que es llevar a la práctica los ideales, sobre todo cuando son novedosos. Y también sé que en el Cónclave no hay una sola especie que no considere que los humanos son… en fin… «Molestos» sería probablemente el adjetivo más suave para calificarlos.

—Y lo son —admitió Gau.

—¿De verdad cree que sería tan difícil exterminarlos? —preguntó Sorvalh.

Gau recibió la pregunta con una interesante expresión en la cara.

—Una pregunta insólita y sorprendente viniendo de ti.

—No es que desee su muerte —repuso Sorvalh—. Al menos de un modo activo. Y el gobierno lalan no apoyaría una política de exterminio. Pero en su respuesta a Hado ha insinuado que serían unos oponentes formidables. Tengo curiosidad por saber si de verdad cree eso.

—¿Aguantarían los humanos una confrontación con nosotros de nave contra nave, de soldado contra soldado? No, naturalmente que no —declaró Gau—. Ni siquiera la derrota en Roanoke, con la destrucción de cuatrocientas de nuestras naves, supuso una merma significativa desde el punto de vista material. Cada miembro del Cónclave sólo perdió una de las docenas o centenares de naves que tiene.

—Así que no lo cree.

—Eso no es lo que he dicho. He dicho que no aguantarían una confrontación de nave contra nave. Pero si los humanos van a la guerra contra nosotros, no lo harán nave contra nave. ¿Cuántas naves humanas intervinieron en Roanoke? Ninguna. Y aun así nos derrotaron… y el golpe fue tremendo. El Cónclave estuvo a punto de desaparecer, Hafte, no porque nuestras armas fueran insuficientes, sino porque nuestra fuerza mental no estuvo a la altura. El objetivo de los ataques humanos no eran las naves, sino nuestra unión. Los humanos podrían habernos destruido.

—¿Y cree que podrían hacerlo de nuevo? —preguntó Sorvalh.

—¿Si se sienten acorralados? ¿Por qué no? —respondió Gau—. Provocar que las especies que componen el Cónclave se enfrenten de nuevo unas con otras sería un resultado óptimo para los humanos. Las guerras civiles nos mantendrían ocupados mientras ellos recuperan su fuerza y su posición anteriores. La verdadera pregunta no es si los humanos, la Unión Colonial, podría atacar y posiblemente destruir el Cónclave. La verdadera pregunta es por qué no han intentado hacerlo desde Roanoke.

—Como usted mismo ha dicho, han volcado todos sus esfuerzos en reconciliarse con la Tierra —dijo Sorvalh.

—Esperemos que tarden en hacerlo.

—O tal vez ya hayan comenzado la guerra contra el Cónclave —sugirió Sorvalh.

—¿Se refiere a las naves desaparecidas?

—Sí. Quizá el diputado Hado sea un pesado, pero no se debería descartar tan a la ligera la responsabilidad de los humanos en la desaparición de tantas naves cerca de su región espacial.

—Y no la descarto —dijo Gau—. El diputado almirante de la flota ha enviado investigadores a las zonas de las desapariciones y a los planetas próximos para recabar información. De momento no se ha averiguado nada.

—Las naves no suelen volatilizarse —repuso Sorvalh—. El hecho de que no dejen rastro es un dato que debería tenerse en cuenta.

—Sin embargo, no nos dice nada sobre la identidad de los responsables —señaló Gau, que levantó una mano cuando vio que Sorvalh iba a añadir algo—. Huelga decir que nuestra red de espías infiltrados en la Unión Colonial está trabajando noche y día en busca de una conexión entre los humanos y las desapariciones. No obstante, si la encontramos, trataremos el asunto con extrema discreción y sin la beligerancia abierta que Hado y sus amiguitos de la asamblea ansían.

—Su deseo de sutileza alimentará su frustración —apuntó Sorvalh.

—No me preocupa su frustración —repuso Gau—. Es un pequeño precio que hay que pagar para mantener intacto el Cónclave. Sin embargo, no te he pedido que vinieras para hablar sobre las desapariciones de las naves, Hafte.

—Usted dirá, general.

Gau cogió una hoja manuscrita que tenía sobre el escritorio y la tendió hacia la asesora.

Sorvalh miró con curiosidad al general mientras la cogía.

—Una copia impresa —comentó asombrada. El general solía enviarle las instrucciones directamente al ordenador.

—No es una copia —la rebatió Gau—. Esa hoja es el único lugar en todo el Cónclave donde consta la información que contiene.

—¿Qué es?

—Es una lista de las nuevas colonias humanas —respondió el general.

Sorvalh se quedó mirando a Gau con sincera perplejidad. El Cónclave había prohibido que las especies no afiliadas a la organización colonizaran planetas nuevos. En el caso de que se quebrantara la prohibición, las colonias eran trasladadas o directamente destruidas si los colonos no las abandonaban.

—No puedo creer que sean tan estúpidos —dijo Sorvalh.

—No lo son —repuso Gau—. O al menos, oficialmente, la Unión Colonial no lo es. —Señaló la hoja—. Ahí constan lo que los humanos denominan «colonias clandestinas». Es decir, no están patrocinadas ni respaldadas por la Unión Colonial. La mayoría de los colonos que las fundan mueren en menos de un año.

—De modo que no podemos acusar de nada a la Unión Colonial —dijo Sorvalh.

—Así es —repuso Gau—. Pero hay algo más. Nos han llegado rumores de que los bula han descubierto humanos intentando fundar una de esas colonias en uno de sus planetas, y de que al menos una parte de los colonos eran miembros de las Fuerzas de Defensa Colonial. La Unión Colonial intentó sacar a los colonos del planeta, pero los bula los pillaron con las manos en la masa. Los humanos han tenido que pagar un rescate considerable para recuperar a sus súbditos y comprar el silencio de los bula.

—Entonces, estas colonias clandestinas en realidad no son extraoficiales —dedujo Sorvalh—. Lo que nos devuelve a la cuestión de que son unos verdaderos estúpidos.

—Ésa es una cuestión interesante, pero que sólo toca tangencialmente mi preocupación real —dijo Gau.

Sorvalh agitó la hoja.

—¿Le preocupa que Hado y sus amigos lo descubran? ¿Es eso?

—Exacto —asintió Gau, y volvió a señalar el documento—. Ésta es la única lista escrita que existe, y sólo la he redactado una vez para evitar que caiga en manos equivocadas. Pero no soy tan idiota para creer que mis espías sólo me informan a mí. Hado y su camarilla acabarán descubriéndolo, y cuando lo hagan, si en esas colonias hay realmente miembros de las Fuerzas de Defensa Colonial, no nos quedará más remedio que eliminarlas. Y si los colonos no las abandonan, tendremos que destruirlas.

—Y si las destruimos entraremos en guerra con la Unión Colonial —observó Sorvalh.

—O sucederá algo parecido. Los humanos son conscientes de que actualmente están en una posición delicada, Hafte. En el mejor de los casos son animales peligrosos. Si los provocamos, todos saldremos mal parados. Quiero que esto se resuelva de un modo discreto antes de que se convierta en un problema público.

Sorvalh sonrió.

—Supongo que para eso me ha llamado.

—He abierto un canal de comunicación secreto con la Unión Colonial —dijo Gau.

—¿Cómo lo ha hecho?

—Me puse en contacto con nuestro emisario en la ciudad de Washington —explicó Gau—, y él lo hizo con John Perry. Éste habló con un amigo suyo de las Fuerzas Especiales de las FDC. Los mensajes circularon arriba y abajo por la cadena de mando.

Sorvalh asintió con la cabeza.

—Y mi misión consiste en ser nuestro interlocutor en ese canal de comunicación secreto…

—Así es —asintió Gau—. Y en este caso será alguien con un cargo inferior al tuyo… Lo siento, los humanos son un poco suspicaces. —Sorvalh hizo un movimiento con la mano para restar importancia a ese hecho—. Se trata del coronel Abel Rigney. No ocupa un cargo muy importante, pero disfruta de una posición adecuada para conseguir que se hagan las cosas.

—Quiere que le enseñe esta lista y le diga que sabemos lo de los soldados de las FDC.

—Lo que quiero que hagas es que lo asustes —dijo Gau—, de esa manera que solo tú sabes hacer.

—¿Por qué dice eso, general? —inquirió Sorvalh, que de nuevo parecía perpleja—. No tengo ni idea de a qué se refiere.

El general Gau se limitó a sonreír.

—Bueno, alto sí era el tipo, ¿no? —comentó Sorvalh mientras contemplaba la estatua del Lincoln Memorial.

—Bastante para ser un humano —asintió el coronel Rigney—, y sobre todo para la época en la que vivió. Abraham Lincoln fue presidente de Estados Unidos mucho antes de que los humanos viajaran al espacio. En esos tiempos la desnutrición no era un mal raro en la población. Las personas eran más bajas, así que Lincoln sobresalía por encima de casi todo el mundo. Sin embargo, entre su pueblo, consejera Sorvalh, sería considerado un enano.

—Ah, bueno, la mayoría de las especies inteligentes que conocemos nos consideran altos, pero seguro que hay humanos tan altos como los lalan.

—Tenemos a los jugadores de baloncesto —dijo Rigney—. Son muy altos para tratarse de humanos. El más alto de ellos tal vez tenga la estatura del más bajo de los suyos.

—Muy interesante —repuso Sorvalh sin despegar los ojos de Lincoln.

—¿Hay algún lugar en especial adonde quiera que vayamos a hablar, consejera? —preguntó Rigney tras conceder unos segundos a Sorvalh para que admirara la estatua.

La consejera lalan miró al humano y sonrió.

—Lo siento, coronel. Sé que está haciendo una concesión permitiendo que nos reunamos en una atracción turística como ésta.

—En absoluto —repuso Rigney—. De hecho, me ha dado una alegría. Antes de abandonar la Tierra viví en esta zona. Me ha dado una excusa para visitar viejos fantasmas.

—Me alegro —dijo Sorvalh—. ¿Ya ha visitado a algún familiar o amigo?

Rigney negó con la cabeza.

—Mi esposa falleció antes de que yo me marchara de la Tierra y no tuvimos hijos. Todos mis amigos rondarán los ochenta o los noventa años, así que la mayoría ya habrá muerto, y no creo que a los que siguen vivos les haga muy felices verme con esta agilidad y con el aspecto que tenía con veintitrés años.

—Comprendo que podría suponer un problema.

Rigney señaló a Lincoln.

—Él conserva el aspecto que tenía cuando me marché.

—¡Eso espero! —exclamó Sorvalh—. Coronel, ¿le importaría que paseáramos mientras hablamos? Cuando venía por la explanada pasé por delante de alguien que vendía algo llamado «churros» y me gustaría probar la cocina humana.

—¡Ah, churros! —dijo Rigney—. Buena elección. ¡Claro que sí, consejera!

Bajaron los escalones del Lincoln Memorial y enfilaron hacia la explanada. Sorvalh caminaba lentamente a fin de que Rigney no tuviera que correr para no quedarse atrás.

La lalan advirtió que los humanos con los que se cruzaban la miraban con curiosidad. Los alienígenas aún eran una rareza en la Tierra, y llamaban la atención en la ciudad de Washington. Se dio cuenta de que miraban de la misma manera al humano verde que iba a su lado.

—Gracias por reunirse conmigo —dijo Sorvalh.

—Lo hago encantado. Me ha dado una excusa para volver a visitar la Tierra. Para un miembro de las FDC no es algo habitual.

—Qué oportuno que la Tierra se haya convertido en territorio neutral para nuestros gobiernos.

Rigney se estremeció.

—Sí, entiendo. Aunque oficialmente no se me permite alegrarme de esa situación en particular.

—Lo comprendo —dijo Sorvalh—. Ahora, pues, coronel, vayamos al trabajo.

—Metió la mano entre los pliegues de su vestido, sacó la hoja manuscrita y se la entregó a Rigney.

El coronel la miró con curiosidad.

—Me temo que soy incapaz de leerlo —dijo al cabo de un momento.

—Vamos, coronel —replicó Sorvalh—. Sé perfectamente que tiene uno de esos ordenadores dentro de la cabeza, como todos los miembros de las Fuerzas de Defensa Colonial. ¿Cómo era ese nombre ridículo que le han puesto?

—CerebroAmigo —dijo Rigney.

—Sí, eso es. Estoy segura de que no sólo ha copiado el contenido íntegro de esta hoja en su ordenador, sino que también lo ha sometido a una traducción.

—Me ha pillado.

—Coronel, no vamos a llegar a ninguna parte si insiste en ponerme trabas hasta en las cosas más insignificantes —protestó Sorvalh—. No habríamos abierto este canal de comunicación secreto si no hubiera sido absolutamente necesario. Haga el favor de no tratarme como si estuviera en mi primera misión diplomática.

—Le ruego que me disculpe, consejera —se excusó Rigney, y le devolvió el documento—. Tengo la costumbre de no revelar todas mis armas. Digamos que mis reflejos han actuado automáticamente.

—Está bien —dijo Sorvalh, que cogió el documento y volvió a guardarlo entre los pliegues del vestido—. Ahora que sin duda ya ha tenido tiempo para escanear la traducción, ¿podría decirme qué hay escrito en el documento?

—Es una lista de planetas deshabitados —respondió Rigney.

—Permítame que ponga en duda ese adjetivo, coronel.

—Oficialmente, no tengo ni idea de lo que habla —dijo Rigney—. Extraoficialmente, estaría muy interesado en saber cómo ha elaborado esa lista.

—Me temo que esa información debo mantenerla en secreto

—repuso Sorvalh—. Más que nada porque la desconozco. Pero supongo que ya podemos prescindir del cuento de que no hay diez colonias humanas donde no deberían estar.

—No son colonias patrocinadas —señaló Rigney—. Son clandestinas. No podemos evitar que la gente pague a capitanes de naves espaciales para que los lleven a un planeta y los dejen allí sin nuestro permiso.

—Estoy segura de que podrían evitarlo —repuso Sorvalh—. Pero ésa no es la cuestión en este momento.

—¿El Cónclave culpa a la Unión Colonial de la existencia de esas colonias clandestinas? —preguntó Rigney.

—Lo que ponemos en duda es que se trate realmente de colonias clandestinas, coronel —dijo Sorvalh—, pues en la heterogénea mezcla de colonos no suele haber soldados de las Fuerzas de Defensa Colonial.

Rigney no supo qué decir. Sorvalh esperó unos momentos para ver si eso cambiaba y luego añadió:

—Coronel Rigney, estoy segura de que entiende que si hubiéramos querido eliminar esas colonias ya lo habríamos hecho.

—En realidad no lo entiendo —replicó Rigney—. Como tampoco entiendo cuál es el propósito esencial de esta conversación.

—El propósito esencial es que traigo un mensaje y una propuesta del general Gau para la Unión Colonial. Es decir, de carácter personal del general Gau, no del general Gau como líder del Cónclave, una federación de cuatrocientas especies que, unidas, podrían erradicar la humanidad como si de una molesta plaga se tratase.

El rostro del coronel Rigney reveló un atisbo de irritación al oír aquella aseveración despectiva sobre la Unión Colonial, pero desapareció rápidamente.

—Soy todo oídos.

—El general Gau simplemente quiere que sepan que él sabe que sus colonias clandestinas no son tal cosa, y que en otras circunstancias ustedes se habrían enterado de que lo sabe con la aparición de nuestras naves en esas colonias, seguido de otras represalias diseñadas para disuadirlos de intentar fundar nuevas colonias —manifestó Sorvalh.

—Con todos mis respetos, consejera. La última vez que sus naves se presentaron en la puerta de nuestra casa, el asunto no acabó muy bien para su flota.

—Coronel, la última vez que una flota nuestra se presentó en la puerta de su casa perdieron la Tierra —repuso Sorvalh—. Por lo demás, creo que usted y yo sabemos que no disfrutarán de la oportunidad para repetir la hazaña de Roanoke.

—Así que el general desea recordarnos que en circunstancias normales habría destruido las colonias.

—Desea recordárselo y resaltar el hecho de que esta vez no tiene ningún interés en hacerlo.

—¿Por qué no?

—Porque no.

—¿En serio? —Rigney se detuvo—. ¿«Porque no» es la razón que va a darme?

—La razón no importa —declaró Sorvalh—. Baste decir que el general no quiere comenzar una guerra por esas colonias en este momento, y apuesto a que ustedes tampoco. Pero algunos diputados del Cónclave estarían encantados de ir a la guerra, y eso es algo que ni ustedes ni el general desean, si bien es obvio que por diferentes motivos. Ahora mismo, el general y yo somos los únicos miembros de la clase política del Cónclave que conocen la existencia de la lista, y estoy segura de que usted posee experiencia suficiente en la política para saber que los secretos nacen con los días contados. Disponemos de poco tiempo antes de que la lista caiga en manos de algunos miembros del Cónclave que disfrutarían arrasando sus colonias y, por extensión, la Unión Colonial. —Sorvalh reanudó la marcha.

Rigney la siguió un segundo después.

—Dice que disponemos de poco tiempo. Precíseme cuánto.

—Tienen hasta la próxima vez que el general Gau acuda a la sesión de preguntas y respuestas de la Gran Asamblea —dijo Sorvalh—. Para entonces, los diputados más belicistas de la cámara conocerán casi con absoluta certeza la existencia de al menos alguna de las colonias y la presencia de soldados de las FDC en ellas. Exigirán al Cónclave que tome medidas y el general no tendrá más remedio que acceder. Eso ocurrirá dentro de treinta días estándar; unos treinta y seis días de su calendario de la Unión Colonial.

—Me ha quedado claro el mensaje —dijo Rigney—. ¿Cuál es la propuesta?

—También es muy simple —respondió Sorvalh—. Hagan desaparecer las colonias y el Cónclave no las atacará.

—Es más fácil decirlo que hacerlo.

—Eso no es problema nuestro.

—Suponiendo que hubiera miembros de las Fuerzas de Defensa Colonial en esas colonias —apuntó Rigney—, ¿no bastaría simplemente con sacar a los soldados?

Sorvalh se quedó mirando a Rigney como si fuera un niño con problemas de aprendizaje. El coronel captó al instante el significado de aquella mirada y levantó las manos.

—Lo siento. He hablado sin pensar.

—Esas colonias no deberían existir, coronel —dijo la consejera—. Probablemente habríamos hecho la vista gorda si se hubiera tratado de auténticas colonias clandestinas, al menos hasta que hubieran crecido demasiado para poder obviar su existencia. Pero sabemos que en las que constan en la lista hay soldados de las FDC. El Cónclave jamás las pasaría por alto. Tienen que desaparecer antes de que descubramos oficialmente su existencia. Ya sabe cuáles serán las consecuencias de lo contrario para nuestros respectivos gobiernos.

Rigney volvió a quedarse mudo unos instantes.

—¿Nada de triquiñuelas, consejera?

Sorvalh ignoraba el significado de «triquiñuelas», pero lo supuso por el contexto.

—Nada de triquiñuelas, coronel.

—Será sencillo evacuar el noventa por ciento de esas colonias —afirmó Rigney—. Sus habitantes son ciudadanos corrientes descontentos con la Unión Colonial y con vagos ideales sobre la liberación de la tiranía de la especie humana, o que simplemente prefieren vivir aislados o rodeados de un reducido número de personas. De todos modos, seis de las colonias de la lista están a punto de morir de hambre y probablemente se alegren de que las rescatemos. Yo lo haría si estuviera en su lugar.

—Luego está esa otra colonia —dijo Sorvalh.

—Sí, luego está esa otra colonia —repitió Rigney—. ¿Hay racistas en el Cónclave? ¿Individuos que se creen superiores al resto de las especies inteligentes?

—Alguno hay. Pero la opinión general es que son idiotas.

—Ya. Bueno, esa otra colonia está formada casi en su totalidad por racistas. No sólo discriminan al resto de las especies inteligentes, siento escalofríos sólo de pensar en lo que opinarían de usted, sino también a los humanos que no comparten su fenotipo.

—Parecen unas personas encantadoras —comentó Sorvalh.

—Son unos capullos. Sin embargo, también están armados hasta los dientes, perfectamente organizados y cuentan con grandes recursos económicos, y esa colonia en particular es especialmente rica. La fundaron porque no querían formar parte de una Unión Colonial mestiza, y nos odian hasta el punto de que creerán que muriendo conseguirán enviarnos al infierno con ellos. Evacuarlos será un asunto peliagudo.

—¿En serio supone un problema para las FDC? —se extrañó Sorvalh—. No quisiera excederme en mi franqueza, pero las FDC no se distinguen precisamente por sus escrúpulos a la hora de matar.

—Y tiene razón —admitió Rigney—. Y cuando llegue el momento los sacaremos de allí, porque la alternativa es poco halagüeña. Pero además de estar armados, bien organizados y disponer de recursos económicos, están bien relacionados. Su líder es el hijo de una mandamás del gobierno de la UC. Aunque están distanciados, pues a ella la mortifica que su hijo se haya convertido en un gilipollas racista, sigue siendo hijo suyo.

—Entiendo —dijo Sorvalh.

—Como le he dicho, va a ser un asunto peliagudo.

Habían llegado al puesto de los churros. El vendedor se quedó mirando con asombro a Sorvalh. Rigney pidió para los dos y continuaron paseando después de que el vendedor les entregara su pedido.

—¡Están deliciosos! —exclamó Sorvalh tras dar el primer bocado.

—Me alegra que le gusten —dijo Rigney.

—Coronel Rigney, le preocupa que sacar a esos colonos racistas, intratables y capullos se convierta en un baño de sangre, ¿verdad?

—dijo Sorvalh tras dar otro mordisco al churro que tenía en la mano.

—Sí —admitió Rigney—. Lo haremos para evitar una guerra, pero nos gustaría tener una alternativa.

—Bueno, en vista de que soy yo quien le pide que lo haga, no sería justo que no le ofreciera una posible solución.

—La escucho.

—Quiero que comprenda que lo que voy a sugerirle será una de esas cosas que nunca han sucedido —dijo Sorvalh.

—Puesto que esta conversación tampoco existe, eso no será un problema.

—También tengo que pedirle una cosa antes.

—¿De qué se trata? —inquirió Rigney.

—Invíteme a otro churro.

—Da otro paso, bicho, y te vuelo la cabeza —dijo el colono que estaba justo delante de Sorvalh, apuntándola al pecho con una escopeta.

Ella se detuvo sin perder la calma en la frontera de la colonia de Deliverance. Su transbordador había aterrizado en el otro extremo de la extensa pradera sobre la que se alzaba la colonia y fue caminando hacia allí. Su vestido se arremolinaba con un susurro a su alrededor, y el collar que llevaba puesto contaba con dispositivos de imagen y de sonido que transmitían directamente a la nave. Había caminado con paso lento con el fin de dar tiempo a los colonos para reunir una comitiva de bienvenida. Ahora, cinco hombres armados hasta los dientes estaban plantados delante de ella, con las armas levantadas. Sorvalh vio otros dos en los tejados de la colonia, apuntándola con sus rifles de largo alcance. Supuso que habría muchos más escondidos, si bien éstos de momento no la preocupaban. Pronto se dejarían ver.

—Buenos días, caballeros —saludó Sorvalh. Señaló los dibujos en la piel de los colonos—. Son preciosos. Muy angulosos.

—¡Cierra el pico, bicho! —le espetó el colono—. Cierra el pico, da media vuelta, vuelve a ese transbordador en el que has venido y vete volando como una cucaracha obediente.

—Me llamo Hafte Sorvalh —dijo ella sin perder los modales—. No «bicho».

—Un bicho es lo que eres —replicó el colono—. Y me importa una mierda cómo te llames. Aire.

—Vaya —dijo Sorvalh, mostrándose impresionada—. Sí que tienes mal genio.

—Que te follen, bicho —contestó el colono.

—Sin embargo, eres un poco repetitivo.

El colono alzó la escopeta para apuntar a la cabeza de Sorvalh.

—Lárgate ahora mismo.

—Lo cierto es que no voy a irme —repuso la consejera lalan—. Y si tú o algún miembro de tu divertida banda intenta dispararme, estará muerto antes de que apriete el gatillo. Verás, amigo, mientras venía caminando hacia tu poblado, mi nave espacial ha estado sobrevolando este asentamiento y registrando las marcas térmicas de todas las criaturas vivas de tu colonia con un peso mayor de diez kilos. Ahora todos estáis en la base de datos del armamento de la nave, y alrededor de una docena de armas de rayos de partículas están siguiendo entre veinte y treinta objetivos cada una. Si alguno de vosotros intenta matarme, morirá, y de una manera espantosa, y luego lo haréis todos los demás pobladores de la colonia, uno detrás de otro, en el orden en el que aparecéis en la lista de objetivos de las armas. Todos, incluso las cabezas de ganado y los animales domésticos de mayor tamaño, estaréis muerto en menos de uno de vuestros segundos. Yo quedaré hecha unos zorros, porque buena parte de lo que tenéis dentro de la cabeza probablemente me salpicará, pero sobreviviré. Y tengo ropa limpia en el transbordador.

El colono y los que lo acompañaban miraron a Sorvalh sin variar el gesto.

—Bueno, sigamos —dijo la consejera—. ¿Vais a intentar matarme o me permitiréis hacer lo que he venido a hacer? Hace una mañana estupenda y odiaría desaprovecharla.

—¿Qué quieres? —preguntó otro colono.

—Quiero hablar con vuestro líder —respondió Sorvalh—. Tengo entendido que se llama Jaco Smyrt.

—Nunca hablará contigo —dijo el primer colono.

—¿Por qué? —inquirió Sorvalh.

—Porque eres un bicho —respondió el colono como si fuera lo más obvio del mundo.

—Pues qué mala suerte —fingió lamentarse Sorvalh—. Porque veréis, si no hablo con el señor Smyrt antes de diez minutos, esas armas de rayos de partículas de las que os he hablado comenzarán a disparar y todos moriréis, también. Pero supongo que si al señor Smyrt no le importa que muráis, no tenéis por qué preocuparos. A lo mejor os gustaría pasar este tiempo con vuestras familias, caballeros.

—No te creo —dijo un tercer colono.

—Está bien —repuso Sorvalh, y señaló una pequeña cerca—. ¿Cómo llamáis a esos animales?

—Son cabras —respondió el tercer colono.

—Son una monada. ¿De cuántas podéis prescindir?

—No podemos prescindir de ninguna —respondió el segundo colono.

Sorvalh suspiró con exasperación.

—¿Cómo esperáis que os haga una demostración si no podéis prescindir de ninguna cabra?

—Una —dijo el primer colono.

—¿Podéis prescindir de una? —inquirió Sorvalh.

—Sí —respondió el primer colono, y uno de los animales explotó antes de que hubiera pronunciado completamente la palabra.

El resto de las cabras, alteradas y cubiertas de sangre, salieron disparadas hacia el otro extremo de la cerca.

Cuatro minutos y veintidós segundos después, Jaco Smyrt estaba enfrente de Sorvalh.

—Es un placer conocerlo —dijo la consejera—. Veo que usted también ha optado por los dibujos angulosos.

—¿Qué quieres, bicho? —le espetó Smyrt.

—Y dale con lo de «bicho» —dijo Sorvalh con ironía—. No sé qué quiere decir, pero estoy segura de que no es nada bonito.

—Te he preguntado que qué quieres —replicó Smyrt con los dientes apretados.

—No se trata de lo que yo quiero, sino de lo que ustedes quieren

—respondió Sorvalh—. Y lo que quieren es marcharse de este planeta.

—¿Qué has dicho? —preguntó Smyrt.

—Creo que he sido absolutamente clara —dijo Sorvalh—. Pero le proporcionaré un contexto. Soy diputada del Cónclave. Como seguramente sabrá, señor Smyrt, hemos prohibido la colonización por parte de los humanos y de otras especies. Ustedes son, al menos en teoría, humanos. No deberían estar aquí. Así que lo he preparado todo para que usted y todos los colonos que lo acompañan se marchen. Hoy.

—Por mis cojones que no nos vamos a ninguna parte —la desafió Smyrt—. Yo no doy explicaciones a la Unión Colonial, al Cónclave y mucho menos a ti, bicho.

—Naturalmente que no —repuso Sorvalh—, pero permítame que por lo menos intente hacerlo entrar en razón. Si se marcha, vivirá. Si no se marcha, morirá y provocará una guerra entre el Cónclave y la Unión Colonial, que seguramente tendrá terribles consecuencias para la Unión Colonial. Estoy segura de que eso no le dará igual.

—No se me ocurre una manera mejor de morir que como mártir de mi raza y de mis principios —aseveró Smyrt—. Y si la Unión Colonial desaparece con nosotros, sus debilitados súbditos serán nuestra guardia de honor cuando entremos en el infierno.

—Conmovedor —dijo Sorvalh—. Ya me habían contado que creían en la pureza racial y esas cosas.

—Sólo hay una especie: la humana —aseveró Smyrt—. Debe ser preservada y purificada. Pero para la humanidad es mejor desaparecer que sobrevivir como la especie desnaturalizada que es actualmente.

—Maravilloso. Tengo que leer sus libros.

—Ningún bicho leerá jamás nuestros libros sagrados —le espetó Smyrt.

—Casi resulta enternecedora la devoción que profesa a esos ideales raciales.

—Moriría por ellos.

—Lo sé, y todos los que son como usted —continuó Sorvalh—.

Porque ocurre lo siguiente: si no abandonan esta colonia hoy mismo, todos morirán… cosa que están dispuestos a hacer, como me ha dejado claro. Pero cuando mueran, examinaré uno a uno a todos los individuos que integran esta colonia suya para identificar la esencia de su raza. Luego, el Cónclave hará una visita a la Unión Colonial y le dará un ultimátum: si no muere hasta el último individuo de su querida raza pura, morirá toda la humanidad. Y, bueno, ya sabe cómo piensan los «mestizos». No sienten aprecio alguno por la perfección de la pureza.

—¡No podéis hacer eso! —bramó Smyrt.

—Claro que podemos —repuso Sorvalh—. El Cónclave supera en número a la Unión Colonial en todos los aspectos. La cuestión es si queremos hacerlo o no. Y que queramos o no depende de usted, señor Smyrt. Márchense ahora o de lo contrario dejarán la especie humana en manos de los mestizos para siempre. Les doy diez minutos para que lo piensen.

—Me parece una táctica repugnante —dijo Gau cuando Sorvalh le relató su encuentro con los colonos de Deliverance.

—Ya sé que lo es —repuso Sorvalh—. Pero cuando se trata con individuos repugnantes hay que hablarles en su lengua.

—¿Y resultó? —inquirió Gau.

—¡Ya lo creo que resultó! Aquel ridículo hombre estaba más que dispuesto a dejar que la humanidad se extinguiera, pero cuando lo amenacé con que haríamos desaparecer sólo la minúscula porción con su fenotipo se vino abajo. Y estaba convencido de que lo haríamos.

—Supongo que tranquilizaste al resto de los humanos de que no teníamos intención alguna de cumplir la amenaza —dijo Gau.

—El coronel Rigney, con quien traté el asunto, no necesitó que lo tranquilizara. Comprendió mi plan desde el principio. Y en cuanto convencí a aquel hombre para que abandonara la colonia, él y su equipo los metieron en transbordadores y se los llevaron del planeta. Al anochecer había acabado todo.

—Entonces hiciste bien —dijo Gau.

—Hice lo que me pidió, general. Aunque me da pena la cabra.

—Me gustaría que mantuvieras este canal de comunicación secreto con Rigney. Si trabajas bien con él, tal vez podríamos evitar que nuestros intereses choquen.

—Su consideración hacia los humanos va a convertirse en un punto de fricción, general —señaló Sorvalh—. Y a pesar de que esta primera reunión que he mantenido con él ha ido bien, pienso que tarde o temprano surgirá algún conflicto entre nuestras civilizaciones y ningún canal de comunicación podrá evitarlo. Los humanos son demasiado ambiciosos. Y usted también lo es.

—En ese caso, trabajemos para que eso ocurra más tarde que temprano —repuso Gau.

—Supongo que entonces querrá que le devuelva esto. —Sorvalh sacó el manuscrito del interior del vestido y se lo entregó al general—. Quizá convendría que la información que contiene llegue ahora a manos del diputado Hado. Permítale que la airee en la Gran Asamblea, y entonces anuncie que usted también tiene conocimiento de la lista y que nuestras fuerzas han visitado cada uno de los planetas referidos y no han encontrado rastros de población humana... como tampoco la encontrarán ellos, pues la Unión Colonial ha eliminado concienzudamente cualquier rastro de la presencia de las colonias. Entonces podrá acusar a Hado de buscar a toda costa la guerra y de fabricar el documento falso. Eso lo destrozará, o por lo menos lo dejará lo suficientemente tocado como para que no incordie durante un largo tiempo.

Gau cogió el documento.

—A esto me refería cuando te dije que eras temible a tu manera, Hafte.

—¿Qué quiere decir, general? —inquirió Sorvalh—. No sé de qué me habla.

7
El rey Perro

—¡No pises ahí! —gritó Harry Wilson cuando vio que Hart Schmidt, el secretario de la embajadora, se acercaba al transbordador en el que estaba trabajando.

Sobre un hule de trabajo había esparcidas herramientas y piezas de la nave. Schmidt se detuvo en el borde del mismo. Wilson tenía el brazo hundido hasta el hombro en un compartimento exterior del transbordador, del que salían ruidos de golpes y arañazos.

—¿Qué haces? —preguntó Schmidt.

—Estás viendo las herramientas, las piezas y mi brazo metido en una pequeña nave espacial ¿y me preguntas qué hago? —respondió Wilson.

—Veo lo que estás haciendo —repuso Schmidt—. Sólo pongo en duda tu capacidad para ello. Sé que eres el tío responsable de la tecnología de la misión, pero ignoraba que tus conocimientos abarcaran los transbordadores.

Wilson se encogió de hombros como buenamente pudo con el brazo metido en las entrañas del transbordador.

—La capitana Coloma necesitaba que le echara una mano. Esta nave que le han dado es el aparato más antiguo en activo de toda la flota, y el resto de la tripulación está examinando a fondo todos los sistemas. No había nadie disponible para encargarse del transbordador y yo no tenía nada mejor que hacer, así que me ofrecí voluntario.

Schmidt dio un paso atrás y paseó la mirada por el transbordador.

—No reconozco este modelo —dijo un minuto después.

—Quizá sea porque aún no habías nacido cuando la incorporaron al servicio —dijo Wilson—. Este transbordador es más viejo aún que la *Clarke*. Supongo que han querido mantener el estilo *vintage*.

—¿Y cómo es que sabes arreglar estos cacharros?

Wilson se dio unos golpecitos en la cabeza con la mano libre.

—Se llama CerebroAmigo. Cuando uno tiene un ordenador en la cabeza, se convierte instantáneamente en un experto en cualquier cosa.

—Recuérdame que no entre en este transbordador hasta que alguien realmente cualificado lo haya revisado —dijo Schmidt.

—Gallina —replicó Wilson, y esbozó una sonrisa triunfal—. ¡Lo tengo! —exclamó, sacando el brazo del compartimento del vehículo. En la mano tenía un pequeño objeto ennegrecido.

Schmidt se inclinó hacia él para mirarlo.

—¿Qué es?

—Yo diría que es un nido de pájaro —dijo Wilson—. Pero teniendo en cuenta que en Fénix no hay aves autóctonas, probablemente sea un nido de otra cosa.

—No es buena señal que haya un nido dentro de un transbordador—observó Schmidt.

—Lo que no es buena señal es que sea el tercero que encuentro. Me da por pensar que han sacado este transbordador de una chatarrería y nos lo han endilgado directamente.

—Genial.

—No hay días aburridos para los últimos monos del cuerpo diplomático de la Unión Colonial —dijo Wilson. Dejó el nido en el suelo y cogió una toalla para limpiarse la grasa y la mugre de la mano.

—Eso me recuerda por qué he venido a verte —dijo Schmidt—. Acaban de asignarnos una misión nueva.

—¿De verdad? ¿Me toca hacer de rehén? ¿O vamos a volar por los aires para que el Departamento de Estado encuentre su topo? Porque ya tengo experiencia en ambas cosas.

—Soy el primero en reconocer que las dos últimas misiones no han concluido con lo que se suele considerar un éxito rotundo —dijo Schmidt. Wilson esbozó media sonrisa—. Pero creo que ésta va a devolvernos a la senda ganadora. ¿Sabes algo sobre los icheloe?

—Nunca he oído hablar de ellos —reconoció Wilson.

—Son buena gente. Su aspecto es un poco como si mezclaras un oso con una garrapata, pero no todos podemos ser bellos. Su planeta lleva inmerso en una guerra civil desde hace un par de siglos, desde que su rey desapareció misteriosamente del palacio y una facción de la población acusó de la desaparición a la otra.

—¿Dónde está el problema? —preguntó Wilson.

—El rey no dejó descendientes —explicó Schmidt—. Su corona sagrada desapareció con él y al parecer ninguna de las facciones enfrentadas puede reclamar legítimamente el trono, de ahí los doscientos años de guerra civil.

—Por eso nunca apoyaré la monarquía como sistema de gobierno —dijo Wilson. Se agachó para comenzar a poner en su sitio las piezas del transbordador que había quitado.

—La buena noticia es que todos están hartos de la guerra y buscan una manera de poner fin al conflicto que no deje malparado a ninguno de los bandos. La mala noticia es que una de las razones por las que quieren concluir esa guerra es que planean unirse al Cónclave, y el Cónclave no los aceptará a menos que se pongan de acuerdo para que haya un gobierno unificado en el planeta. Ahí es donde entramos nosotros.

—¿Vamos a ayudarlos a poner fin a la guerra civil para que se unan al Cónclave? ¿Eso no choca de frente con nuestros intereses?

—Sí. Nos hemos ofrecido voluntarios para mediar en el conflicto —dijo Schmidt—. Tenemos la esperanza de que así generaremos un clima favorable para que los icheloe prefieran unirse a nosotros. Eso a su vez nos ayudará a construir alianzas con otras especies, con la vista puesta en crear un contrapeso que equilibre las fuerzas con el Cónclave.

—Ya lo intentamos antes —dijo Wilson, extendiendo el brazo para coger una llave inglesa—. Cuando ese tal general Gau comenzó a formar el Cónclave, la Unión Colonial intentó responder con la creación de una organización equivalente.

Schmidt le acercó la herramienta.

—Ya, pero aquello no consistió exactamente en establecer alianzas. Más bien se trató de sabotear la formación del Cónclave.

Se dibujó una sonrisita de satisfacción en los labios de Wilson.

—Y aún nos preguntamos por qué las demás especies inteligentes no confían en la Unión Colonial —dijo el teniente, y se puso a trabajar con la llave inglesa.

—Por eso es tan importante esta misión. La Unión Colonial ha ganado una gran credibilidad con las negociaciones en Danavar. El hecho de que interpusiéramos una de nuestras naves en la trayectoria de un misil ha demostrado a un montón de especies alienígenas que vamos en serio en lo de buscar soluciones por la vía diplomática. Si conseguimos que vean que actuamos con buena fe en esta mediación con los icheloe, estaremos en una posición más ventajosa para avanzar en el plan.

—Vale —dijo Wilson. Volvió a colocar el panel exterior en su sitio y se dispuso a sellarlo—. No tienes que venderme la misión, Hart. De todos modos, iré. Sólo quiero que me digas cuál será mi tarea.

—Bueno, verás... la embajadora Abumwe no será quien lleve la voz cantante en esta mediación. La embajadora y el resto de su delegación actuaremos como equipo de apoyo de la embajadora Philippa Waverly, que ya tiene experiencia con los icheloe y se lleva bien con el pretor Gunztar, quien hará de intermediario con las facciones enfrentadas durante las rondas de negociaciones.

—Parece lógico.

—La embajadora Waverly no viaja sola —añadió Schmidt—. Es un poco rarita.

—Vale —dijo lentamente Wilson. El compartimento del transbordador ya estaba completamente sellado.

—Llegados a este punto, me gustaría recordar que no hay tareas insignificantes en una misión diplomática...

—Espera un momento —lo interrumpió Wilson—. Vale, dispara. Porque con un preámbulo como ése, cualquiera que sea la mierda de trabajo que me vas a asignar tiene que ser «bueno» por narices.

—Y estoy segura de que se acordará de *Tuffy*, pretor Gunztar —dijo la embajadora Philippa Waverly, señalando a su lhasa apso, que sacó la lengua y la dejó colgando de la boca de una manera encantadora ante el diplomático icheloe.

Wilson tiró de la correa enganchada al collar del perrito mientras sonreía también al pretor Gunztar, no fuera a ser que luego le llamaran la atención por no haberlo hecho.

—¡Claro que me acuerdo de él! —exclamó el pretor Gunztar con unos gorgoritos que se encargó de traducir el dispositivo que colgaba de su cuello, y se agachó hacia el perro, que comenzó a moverse con excitación—. ¿Cómo iba a olvidar a su inseparable compañero? Me preocupaba que no hubiera superado la cuarentena.

—Tuvo que someterse al mismo proceso de descontaminación que el resto —dijo Waverly, señalando con la cabeza a los demás humanos de la delegación diplomática, quienes, con la excepción de Wilson, que era claramente un accesorio del perro, ya habían sido presentados a sus homólogos icheloe—. Lo pasó muy mal, pero sabía que el pobrecito se pondría muy triste si no lo veía, pretor.

El lhasa apso, *Tuffy*, ladró entonces como si confirmara que su entusiasmo al encontrarse cerca del pretor Gunztar lo hubiera elevado a unos niveles de felicidad que le impedían retener la orina en la vejiga.

Wilson, con la correa del perro sujeta, lanzó una mirada a Schmidt, que había evitado en todo momento mirar en su dirección. El grupo al completo, formado por humanos e icheloe, estaba participando en una ceremonia de presentación formal en el palacio real, en el mismo jardín privado en el que se había visto por última vez al rey ausente, cuya misteriosa desaparición había sumido a su planeta en una guerra civil. Las dos comitivas se habían encontrado en una plaza situada en el centro del jardín rodeada de jardineras dispuestas con un diseño circular en las que estaba representada toda la flora del planeta. En todas las jardineras había un parterre de *fleurs du roi*, una flor nativa de agradable olor que por ley sólo podía cultivar el rey. En el resto del planeta sólo estaba permitido que creciera de forma silvestre.

Wilson recordaba vagamente que las *fleurs du roi*, como los álamos en la Tierra, en realidad eran una colonia clonal, y los parterres de flores del jardín eran todos idénticos y partían de un vasto sistema de raíces que podía extenderse a lo largo de kilómetros. Lo sabía porque formaba parte de su trabajo como encargado del perro: tenía que averiguar qué plantas del jardín privado resistirían la orina de *Tuffy*. Estaba bastante seguro de que las *fleurs du roi* aguantarían bien cuando llegara el momento, pues tenía la certeza de que el momento llegaría. *Tuffy* era el único perro en todo el planeta. Era un extenso territorio por marcar.

—Ahora que ya hemos sido presentados todos, creo que es el momento de que celebremos la primera reunión —dijo el pretor Gunztar, desviando la atención del lhasa apso para volver a centrarla en la embajadora Waverly—. Había pensado que dedicáramos el día de hoy simplemente a pactar las condiciones del proceso de negociación, a confirmar el programa de las reuniones y a escuchar las declaraciones formales inaugurales de todas las partes.

—Me parece perfecto —dijo Waverly.

—Excelente —expresó Gunztar con satisfacción—. Uno de los motivos por los que he programado una sesión corta hoy es que me gustaría tener un detalle especial con usted y sus acompañantes. Tal vez ya sepa que el palacio real se levanta sobre uno de los sistemas de cuevas más extensos del planeta. Desciende hasta dos kilómetros de profundidad e incluso coincide con un vasto río subterráneo. A lo largo de la historia, el palacio ha utilizado las cuevas como fortaleza, refugio e incluso catacumba para la familia real. Me gustaría ofrecerles una visita a ese sitio, que sólo los icheloe han visto antes. No es más que un detalle en agradecimiento por la voluntad que ha manifestado la Unión Colonial para mediar en unas negociaciones que seguramente serán arduas.

—Será un honor —dijo Waverly—. Y, naturalmente, aceptamos su invitación. ¿De verdad son tan profundas esas cuevas?

—Sí, aunque no descenderemos hasta el fondo. Están cerradas

por motivos de seguridad. Pero lo que verán no los dejará insatisfechos. El sistema de cuevas es tan vasto que aún no se ha explorado por completo.

—¡Fascinante! —exclamó Waverly—. No me cabe duda de que la ilusión por realizar la visita nos inyectará el ímpetu necesario para acabar cuanto antes los asuntos que tenemos por delante.

—Eso también —dijo Gunztar, y todos rieron, cada uno a la manera propia de su especie.

A continuación, el grupo formado por humanos e icheloe enfiló en masa hacia el palacio, con destino a las cámaras reservadas para las negociaciones.

Mientras se dirigían allí, Waverly lanzó una mirada a Abumwe, quien a su vez hizo lo mismo con Schmidt, que se quedó atrás con Wilson. Éste se detuvo y tiró de la correa para refrenar al perro, que comenzaba a ponerse nervioso porque veía que su ama se alejaba sin él.

—Hoy no serán más de un par de horas —dijo Schmidt—. Ambas partes ya han acordado el programa de las negociaciones, así que únicamente se van a repasar las mociones. Tú sólo tienes que encargarte de mantener entretenido a *Tuffy* hasta el descanso. A partir de mañana, *Tuffy* y tú os quedaréis en nuestra embajada hasta que acabe la misión.

—Lo he pillado, Hart —repuso Wilson—. No es exactamente ingeniería aeroespacial.

—¿Lo tienes todo?

Wilson se señaló un bolsillo de la chaqueta.

—Comida y premios, aquí. —Luego se señaló un bolsillo del pantalón—. Bolsas para la caca, aquí. El pipí no lo recojo.

—Vale.

—Ya saben que va a hacer sus necesidades, ¿no? —preguntó Wilson—. Si alguno de estos individuos del personal del palacio ve a *Tuffy* cagar en cualquier parte no se va a producir un grave incidente diplomático, ¿verdad? Porque no estoy preparado para enfrentarme a una cosa así.

—Ésa es una de las razones para que te quedes fuera —respondió Schmidt—. Es un jardín privado. Tiene permiso para hacer sus necesidades. Pero nos han pedido que no lo dejemos excavar en el suelo.

—Si lo veo excavar puedo cogerlo en brazos.

—Ya sé que te lo he dicho antes, pero lo siento mucho, Harry. Cuidar perros no consta en la descripción de tu puesto de trabajo.

—De nada —dijo Wilson, y cuando vio la expresión de perplejidad de Schmidt se explicó con otras palabras—: No es tan grave, Hart. Es como trabajar en el transbordador. Alguien tiene que hacerlo, y todos están ocupados con otras tareas más útiles. Es cierto que estoy sobrecualificado para cuidar del perro, pero eso sólo significa que no tienes que preocuparte por nada... Y que me invitarás a un trago cuando esto acabe.

—De acuerdo —aceptó Schmidt, sonriendo—. Pero si por casualidad ocurre algo, he configurado mi PDA para que acepte tus llamadas.

—¡Haz el favor de largarte de una vez y hacer algo útil para alguien antes de que *Tuffy* intente follarse tu bota!

El perro miró a Schmidt con una expresión aparentemente esperanzada. Schmidt se marchó precipitadamente y *Tuffy* se volvió a mirar a Wilson.

—Ni te acerques a mis botas, colega.

Tengo un problema, escribió Wilson a Schmidt apenas media hora después.

¿Qué ocurre?, respondió Schmidt mediante la función de mensajería de su PDA para no interrumpir los discursos.

Sería más fácil de explicar en persona.

¿Tiene algo que ver con el perro?

Más o menos, respondió Wilson.

¿Más o menos? ¿El perro está bien?

Bueno, está vivo, respondió Wilson.

Schmidt se levantó todo lo rápida y silenciosamente posible y se dirigió al jardín.

—¡Sólo tenías que hacer una cosa! —le soltó Schmidt mientras enfilaba hacia Wilson—. ¡Una cosa! ¡Pasear al perro! Me dijiste que no tenía que preocuparme por nada.

Wilson levantó las manos.

—No es culpa mía. Te lo juro.

Schmidt miró en torno a él.

—¿Dónde está el perro?

—Aquí —respondió Wilson—. Más o menos.

—¿Qué quieres decir?

Llegó un ladrido desde algún lugar indeterminado. Schmidt volvió a mirar a su alrededor.

—Oigo al perro, pero no lo veo.

Sonó otro ladrido, al que siguieron unos cuantos más. Schmidt siguió el sonido hasta que llegó al borde de una jardinera llena de *fleurs du roi* y se volvió a mirar a Wilson.

—Vale, me rindo. ¿Dónde está?

Otro ladrido. Del interior de la jardinera.

De debajo de la jardinera.

Schmidt miró completamente desconcertado a Wilson.

—Las flores se han comido el perro —dijo Wilson.

—¿Cómo?

—Te lo juro. *Tuffy* estaba junto a la jardinera, meando en las flores, cuando de repente el suelo se abrió y algo tiró de él hacia abajo.

—¿Qué tiró de él hacia abajo, Harry?

—¿Cómo voy a saberlo, Hart? —respondió Wilson con exasperación—. ¡No soy botánico! Cuando fui a mirar vi que había algo debajo de la tierra de lo que brotaban flores. Las flores son parte de esa cosa.

Schmidt se inclinó sobre el parterre de *fleurs du roi* para echar un vistazo. La tierra estaba removida y debajo se veía un bulto enorme y fibroso por cuya superficie discurría una grieta de un metro de longitud.

Otro ladrido. Del interior del bulto.

—Hostia puta —masculló Schmidt.

—Lo sé —dijo Wilson.

—Es como una dionea o algo así.

—Lo que es una mala noticia para el perro —señaló Wilson.

—¿Qué hacemos? —preguntó Schmidt, volviéndose hacia su amigo.

—No lo sé. Por eso te he llamado, Hart.

El perro volvió a ladrar.

—No podemos dejarlo ahí dentro.

—Estoy de acuerdo —asintió Wilson—. Estoy abierto a sugerencias.

Schmidt se quedó pensativo un momento y luego salió disparado en dirección a la entrada del jardín. Wilson lo vio salir sin moverse, desconcertado.

Schmidt regresó un par de minutos después con un icheloe lleno de polvo y vestido con unas prendas recubiertas de tierra seca.

—Éste es el jardinero —señaló Schmidt—. Habla con él.

—Tendrás que traducirle lo que yo diga —declaró Wilson—. Mi CerebroAmigo traducirá sus palabras, pero yo no puedo hablar su lengua.

—Espera un momento —dijo Schmidt. Sacó la PDA, abrió el programa de traducción y le dio el aparato a Wilson—. Tú habla. La PDA se encargará del resto.

—Hola —empezó Wilson. La PDA parloteó en la lengua de los icheloe.

—Hola —respondió el jardinero, y luego lanzó una mirada al parterre que se había tragado el perro—. ¿Qué le han hecho a mi jardinera?

—Bueno, verá, ése es el problema —repuso Wilson—. Yo no le he hecho nada a la jardinera. La jardinera, sin embargo, se ha comido mi perro.

—¿Se refiere a esa criatura diminuta y ruidosa que ha traído la embajadora humana? —preguntó el jardinero.

—Sí, ésa —respondió Wilson—. Se acercó a la jardinera para aliviar la vejiga y lo siguiente que supe fue que se lo había tragado entero.

—Claro que se lo ha tragado —manifestó el jardinero—. ¿Qué esperaba?

—No esperaba nada. Nadie me había dicho que hubiera una planta comeperros en el jardín.

El jardinero miró a Wilson y luego a Schmidt.

—¿Nadie le había hablado de las flores del rey?

—Lo único que sé de la planta es que es una colonia clonal —dijo Wilson—, que casi toda ella está bajo tierra y que las flores son la parte visible. No tenía ni idea de que fuera carnívora.

—Las flores son un señuelo —explicó el jardinero—. En los bosques atraen a los animales salvajes, y mientras éstos se las comen, la planta los engulle.

—Exacto —dijo Wilson—. Eso es lo que le ha pasado al perro.

—Debajo de las flores hay una cámara digestiva, tan grande que un animal de gran tamaño puede caber en ella. Al final pueden ocurrir dos cosas: el animal se muere de hambre o se asfixia y muere. Luego la planta lo digiere y sus nutrientes sirven de sustento para la colonia.

—¿Y cuánto tiempo tarda en ocurrir eso?

—Tres o cuatro días —respondió el icheloe, y señaló la jardinera—. Esa flor del rey en particular lleva en este jardín desde antes de que desapareciera el rey. La alimentamos con un kharhn cada diez días o así. Mañana le tocaba comer, así que debía de estar hambrienta. Por eso se comió su criatura.

—Ojalá alguien me hubiera dado esa información antes —dijo Wilson.

El jardinero se encogió de hombros a la manera icheloe.

—Creíamos que lo sabía. Ya me extrañaba a mí que dejara acercarse a su... ¿cómo lo llama? ¿Perro? —Wilson asintió con la cabeza—. Ya me extrañaba a mí que dejara acercarse a su perro a las flores del rey, pero nos habían ordenado que dejáramos campar a sus anchas a la criatura por el jardín. De manera que me dije que no era problema mío.

—¿A pesar de que sabía que las flores podían comerse el perro? —inquirió Wilson.

—Pensé que a lo mejor usted quería que las flores se comieran el perro —respondió el jardinero—. Es completamente concebible que trajera el perro para las flores del rey como un obsequio. ¡Yo qué sé! ¡Yo sólo cuido del jardín!

—Está bien. Ahora que sabemos que mi intención no era que la planta se comiera el perro, ¿cómo lo sacamos de ahí? —preguntó Wilson.

—No tengo ni idea —admitió el icheloe—. Nadie me había hecho esa pregunta antes.

Wilson miró a Schmidt, que hizo un gesto de impotencia con las manos.

—Formularé la pregunta de otra manera —dijo Wilson—. ¿Tiene alguna objeción en que intente rescatar el perro?

—¿Cómo va a hacerlo? —quiso saber el jardinero.

—Entraré como entró el perro. Y esperemos que pueda salir de la misma manera.

—Interesante —repuso el jardinero—. Iré a buscar una cuerda.

—Quizá debería frotar un poco los pétalos —sugirió el jardinero, señalando las flores del rey—. No es que su perro sea grande, así que probablemente la flor se haya quedado con hambre.

Wilson se quedó mirando con recelo al icheloe, pero acarició con el pie las flores.

—Esto no sirve de nada —masculló el teniente, y le dio una patada a la planta.

—Espere un poco —dijo el jardinero.

—¿Cuánto tiempo…? —comenzó a preguntar Wilson, pero entonces la tierra se removió y unos tentáculos fibrosos le envolvieron la pierna.

—Oh, esto no pinta bien —dijo Schmidt.

—No me ayudas, Hart —le espetó Wilson.

—Lo siento.

—No se ponga nervioso cuando la planta comience a cortar la circulación en sus piernas —le advirtió el jardinero—. Es una fase absolutamente normal del proceso.

—Eso es fácil decirlo. No es usted el que está perdiendo la sensibilidad en las piernas.

—Recuerde que la intención de la planta es comérselo —añadió el icheloe—. No va a soltarlo. No luche con ella. Déjese comer.

—No se lo tome a mal, pero su consejo es de todo menos útil —replicó Wilson. La planta había comenzado a tirar de él hacia abajo.

—Lo siento —se disculpó el jardinero—. Normalmente, el kharhn que le damos para alimentarlo ya está muerto. Nunca he visto darle nada aún vivo. Para mí es un momento emocionante.

Wilson hizo un esfuerzo para no poner los ojos en blanco.

—Me alegra que esté disfrutando del espectáculo. ¿Me pasa la cuerda, por favor?

—¿Cómo? —preguntó el jardinero, pero entonces recordó lo que tenía en las manos—. Sí, claro. Lo siento.

El icheloe le entregó un extremo de la cuerda a Wilson, que rápidamente se la ató a la manera de los montañeros. Schmidt cogió el otro extremo de las manos del jardinero.

—No la sueltes por nada del mundo —dijo Wilson. La planta ya lo había engullido hasta la entrepierna—. No me apetece que me digiera.

—Todo saldrá bien —dijo para animarlo Schmidt.

—La próxima vez te toca a ti.

—Yo paso.

Brotaron más tentáculos de la tierra que se enrollaron alrededor de la espalda y la cabeza de Wilson.

—Vale. Afirmo de manera oficial que esto no me gusta nada.

—¿Es doloroso? —preguntó el jardinero—. Lo pregunto por interés científico.

—¿Le importa que dejemos las preguntas para después? Ahora mismo estoy un poco ocupado.

—Sí, claro. Lo siento —se disculpó el jardinero—. ¡Es que esto es tan emocionante! ¡Maldita sea! —El jardinero comenzó a palparse la ropa—. ¡Debería grabarlo!

Wilson, con una expresión de absoluta desesperación, buscó a Schmidt con la mirada. Éste se encogió de hombros. El día estaba siendo de lo más extraño.

—Ya está hecho —dijo el teniente, ahora sólo con la cabeza sobresaliendo de la tierra. Entre los tentáculos que lo constreñían y tiraban de él y los movimientos de succión de la flor del rey para llevárselo bajo tierra, Wilson estaba razonablemente convencido de que las pesadillas postraumáticas lo acosarían durante meses.

—¡Contenga la respiración! —gritó el jardinero.

—¿Por qué? —preguntó Wilson.

—¡Nunca está de más! —respondió el icheloe.

Wilson ya se disponía a lanzarle una réplica sarcástica cuando se dio cuenta de que, en realidad, no estaba de más, así que cogió aire.

La planta lo absorbió por completo.

—¡Es el mejor día de mi vida! —exclamó el jardinero.

Una sensación asfixiante se apoderó de Wilson durante un par de minutos mientras la planta lo conducía a su saco digestivo. Entonces notó que se precipitaba desde la garganta de la planta carnívora hacia su estómago, hasta que una superficie esponjosa y húmeda interrumpió la caída. Se hallaba en el fondo del aparato digestivo de la flor del rey.

¿Estás dentro?, le preguntó Schmidt a través del CerebroAmigo.

¿En qué otro sitio crees que puedo estar?, le respondió gritando Wilson. Su CerebroAmigo transmitiría su voz hasta su amigo.

¿Ves a Tuffy?, preguntó Schmidt.

Dame un momento. Esto está oscuro. Necesito unos segundos para que mis ojos se acostumbren a la ausencia de luz.

Tómate el tiempo que necesites.

Gracias, dijo sarcásticamente Wilson.

Treinta segundos después, los ojos genéticamente mejorados de Wilson se acostumbraron a la tenue luz que llegaba desde arriba y miraron a su alrededor. Estaba dentro de una húmeda cápsula orgánica con forma de lágrima. Extendió los brazos.

¿Eh?

¿Eh? —repitió Schmidt—. «¿Eh?» *no suele ser buena señal. Pregúntale al jardinero cuánto tarda la planta en digerir la comida.*

El jardinero dice que lo normal es que tarde un par de días. ¿Por qué?

Tenemos un problema.

¿Tuffy *ya está muerto?*, preguntó Schmidt con un tono de desesperación.

No lo sé. Ese cabrón no está aquí.

¿Adónde ha ido?, preguntó Schmidt.

Hart, si lo supiera no habría dicho «¿eh?», ¿no te parece? —respondió con irritación Wilson—. *Dame un momento.* —Wilson escudriñó la oscuridad durante unos segundos y luego se puso a cuatro patas y gateó hacia una pequeña sombra que había divisado cerca de la base de la cápsula—. *He encontrado una fisura* —dijo Wilson después de examinar la sombra—. *Parece que es la entrada de un túnel o algo así.*

El jardinero dice que debajo del palacio el suelo está plagado de grietas y de túneles —le comunicó Schmidt un poco después—. *Debe de ser un elemento del sistema de cuevas subterráneas.*

¿Esas grietas y esos túneles van a alguna parte?, preguntó Wilson.

El jardinero dice que tal vez. No se ha explorado el sistema entero.

Wilson oyó el breve eco de un ladrido procedente del interior del negrísimo túnel.

Vale, la buena noticia es que el perro sigue vivo. Y la mala, que sigue vivo dentro de un túnel estrecho y oscuro.

¿Puedes meterte en el túnel?, preguntó Schmidt.

Wilson miró a su alrededor y luego palpó la pared de la cápsula.

¿Qué opina nuestro amigo el jardinero sobre que agrande un poco la fisura en la pared estomacal de la planta?

Dice que en los bosques, estas plantas están acostumbradas a los golpes y los desgarros de los animales salvajes que se tragan, así que no le harás mucho daño. De todas maneras, no la rajes más de lo necesario.

Entendido —repuso Wilson—. *Oye, Hart, hazme un favor y tírame una linterna.*

Sólo tengo la luz de la PDA.

Pregúntale al jardinero si él tiene algo.

Desde el interior del túnel llegó un repentino gemido de sorpresa.

Dile que se dé prisa, por favor.

Un par de minutos después se abrió la boca de la planta y un pequeño objeto se precipitó por el interior de la cápsula. Wilson recogió la linterna del suelo y la encendió, separó los bordes de la grieta y dirigió la luz al interior del túnel. Alumbró a un lado y a otro para hacerse una idea de sus dimensiones. Imaginó que podría avanzar por él gateando. El túnel era tan largo que la luz de la linterna se perdía en la oscuridad.

Voy a tener que dejar la cuerda —dijo—. *Es demasiado corta para el túnel.*

No me parece buena idea, replicó Schmidt.

Dejarse engullir por una planta carnívora no era una buena idea desde el principio —repuso Wilson mientras deshacía el nudo de la cuerda—. *Comparado con eso, dejar la cuerda no es nada.*

¿Y si te pierdes?

Mi CerebroAmigo te informará de mi ubicación... y te avisará si quedo atrapado —dijo Wilson—. *Lo sabrás por el tono de pánico de mi voz.*

Vale. Hay otra cosa. No sé si es una información que te gustará recibir ahora, pero la secretaria de la embajadora Waverly acaba de enviarme un mensaje. Dice que la reunión concluirá dentro de una hora y que a la embajadora le gustaría tener a Tuffy *para, y te juro que cito textualmente, «acurrucarse un ratito con él».*

Genial. Bueno, por lo menos ahora sabemos el tiempo que tenemos.

Una hora. Pásalo bien en esta excursión de espeleología. Intenta no morir.

Ya, dijo Wilson.

De rodillas ante la fisura, la agrandó lo justo para poder pasar, sujetó la linterna entre los dientes y se adentró gateando.

Los primeros cien metros fueron fáciles, ya que, a pesar de la estrechez del túnel, estaba seco y se extendía en línea recta mientras descendía a través del lecho rocoso. Wilson conjeturó que estaba deslizándose por lo que había sido un conducto de lava, pero de momento se conformaba con que el techo no se le derrumbara encima. No era una persona que pudiera considerarse claustrofóbica, pero nunca antes había estado en un túnel a varias decenas de metros de profundidad, y se dijo que no debía reprocharse el sentirse un poco intranquilo.

Al cabo de un centenar de metros, el túnel se ensanchaba ligeramente, pero también se volvía más tortuoso y la pendiente se hacía más pronunciada. Wilson rezaba para que en algún momento el espacio fuera lo bastante amplio para poder darse la vuelta, pues no le agradaba la idea de tener que regresar gateando con el culo por delante y arrastrado el perro.

¿Cómo va?, preguntó Schmidt.

Baja y lo sabrás —dijo Wilson, apretando los dientes alrededor de la linterna.

Schmidt le dio mil excusas para no hacerlo.

Wilson llamaba a *Tuffy* cada veinte metros. El perro a veces le respondía con ladridos. Después de casi una hora gateando por el túnel, por fin los ladridos comenzaron a sonar aparentemente más cercanos. Y cuando se cumplía exactamente una hora desde que había entrado en el túnel, Wilson oyó dos cosas: a Schmidt empezando a desesperarse en la superficie y el ruido de una criatura escarbando a escasa distancia delante de él.

El túnel se ensanchaba abruptamente para dar paso a una cueva. Wilson se acercó precavidamente a la entrada, se sacó la linterna de la boca y recorrió las paredes con la luz.

La cueva medía alrededor de diez metros de largo y unos cuatro o cinco de ancho, y tenía una profundidad de cinco metros. Lo curioso era que a un lado de la entrada había un montón de piedras que formaban una empinada rampa hasta el fondo de la cueva, mientras que justo delante de la entrada no había nada, sólo la caída al vacío. Wilson recorrió la rampa de piedras con la luz y atisbó huellas de polvorientos pies de perro. *Tuffy* había evitado la caída.

Wilson dirigió entonces la luz al suelo de la cueva y llamó varias veces al perro. *Tuffy* no le respondió, pero Wilson oyó el repiqueteo de sus uñas contra el suelo. De repente, el perro entró en el haz de luz y sus ojos brillaron con una luz verde al mirar a Wilson.

—¡Ahí estás, pequeño diablillo! —exclamó el teniente.

El perro estaba cubierto de polvo, pero por lo demás parecía haber salido ileso de su aventura. Sujetaba algo entre los dientes. Wilson lo observó detenidamente. Tenía el aspecto de un hueso. Al parecer, *Tuffy* no era el primer animal vivo que la flor del rey había engullido, y antes que él alguna criatura había recorrido aquel túnel que partía de una fisura en el interior de la planta sólo para morir en aquella cueva sin salida.

El perro se aburrió de mirar a Wilson y echó a andar. El teniente vislumbró entonces algo centelleante adherido al perro y fijó la luz en *Tuffy* mientras éste se movía para tratar de averiguar qué despedía aquel brillo. Lo que quiera que fuera estaba de alguna manera enganchado al perro, le rodeaba uno de los hombros y le bajaba por la pata.

—¿Qué demonios será eso? —se preguntó Wilson en voz alta. Aún seguía a *Tuffy* con la luz y por eso vio el esqueleto de la criatura a la que el perro le había arrancado su juguetito. El esqueleto medía alrededor de un metro y medio y estaba casi intacto; le faltaba lo que parecía una costilla (que era lo que masticaba con fruición *Tuffy*) y la cabeza. Wilson desvió ligeramente la luz y algo esférico destelló cerca del esqueleto.

«Ah —pensó Wilson—. Ahí está la cabeza.»

Tardó unos instantes en darse cuenta de que estaba mirando el esqueleto de un icheloe adulto.

Y tardó un poco más, mientras *Tuffy* entraba en el haz de luz de la linterna y salía de él centelleando, en caer en la cuenta de a qué icheloe pertenecía probablemente aquel esqueleto.

—¡Oh, mierda! —exclamó en voz alta.

¿Harry? —dijo de repente Schmidt—. *Eh… bueno, sólo para tu información. Ya no estoy solo aquí. Y tenemos un pequeño problema.*

Aquí también tenemos un pequeño problema, Hart, respondió Wilson a través del CerebroAmigo.

Apuesto a que tu problema no es la embajadora Waverly buscando su perro, dijo Schmidt.

No —respondió Wilson—. *El mío es mucho más grande.*

El teniente oyó un grito de indignación en su CerebroAmigo procedente del exterior e imaginó que Schmidt había tapado el micrófono de su PDA para evitar que Wilson oyera los arrebatos de la embajadora.

¿Es Tuffy*? ¿Está bien?* —Más gritos—. *¿Está vivo?*

Tuffy *está perfectamente. Está vivo* —dijo Wilson—. *Pero he encontrado otra cosa aquí abajo de la que no puedo decir lo mismo.*

¿A qué te refieres?, preguntó Schmidt.

Hart, estoy casi seguro de que he encontrado al rey desaparecido.

—¿Oyen eso? —preguntó la embajadora Waverly, señalando al exterior desde la ventana de una de las numerosas salas de estar del palacio real.

La ventana estaba abierta y por ella entraba un lejano y monótono ruido que recordaba a Wilson el estridente sonido de las cigarras que colmaba las noches del Medio Oeste. Sin embargo, aquí no había cigarras.

—Son manifestantes protestando —dijo Waverly—. Miles de icheloe descontentos que exigen la restauración de la monarquía. —Señaló a Wilson—. Usted es el culpable. Más de un año de trabajo en la sombra, de conversaciones secretas para conseguir una silla en la mesa, más de un año colocando una detrás de otra las piezas de dominó para que esta negociación se convirtiera en el primer paso en la construcción de un contrapeso legítimo del Cónclave, ¡y usted se lo carga todo en dos horas! Felicidades, teniente Wilson.

—Wilson no tenía ninguna intención de encontrar al rey desaparecido, Philippa —dijo la embajadora Abumwe.

En la sala estaban ella, Wilson y Waverly. También Schmidt, a quien habían obligado a quedarse a regañadientes porque, palabras textuales de Waverly, era «cómplice» de las correrías de Wilson. *Tuffy* también se hallaba presente, mordisqueando una pelota de juguete que le había dado el personal del palacio. Wilson le había quitado discretamente al perro el hueso real mucho antes de que ambos salieran de la cueva. Sin embargo, la corona seguía enganchada a él, pues se había adherido al perro de tal manera que resultaba imposible arrancársela. Los cinco estaban esperando el regreso del pretor Gunztar, que se había visto obligado a participar en una reunión de emergencia.

—Da igual cuál fuera su intención —soltó Waverly—. Lo que cuenta es lo que ha hecho. Y lo que ha hecho es frustrar en un abrir y cerrar de ojos unas negociaciones diplomáticas que venían de largo. Ahora los icheloe vuelven a estar al borde de una guerra civil y la culpa es nuestra.

—No tiene por qué acabar tan mal —repuso Abumwe—. Por lo menos hemos resuelto el enigma de la desaparición del rey, que, para empezar, fue el origen de la guerra civil. El conflicto estalló porque las dos facciones se culpaban mutuamente de haber secuestrado y asesinado al rey. Ahora sabemos que eso nunca ocurrió.

—Como ya he dicho, eso da igual —se reafirmó Waverly—. Tú sabes tan bien como yo que la desaparición del rey sólo fue la excusa que necesitaban ambos bandos para atacarse el uno al otro con pistolas y cuchillos. Si el rey no hubiera desaparecido, habrían encontrado otra razón para saltar a la yugular del enemigo. Lo único importante en este momento es que querían poner fin a la guerra. —Waverly volvió a señalar a Wilson—. Pero ahora él ha desenterrado al maldito rey y ha proporcionado a las facciones enfrentadas una nueva excusa absurda para luchar.

—Ignoramos cómo acabará esto —dijo Abumwe—. Confiabas en que el proceso fuera un éxito. Los icheloe todavía desean la paz.

—Pero ¿aún la desearán con nosotros? —inquirió Waverly, dándose la vuelta—. ¿Ahora que hemos desbaratado innecesariamente su proceso de paz y añadido complicaciones? Ésa es la cuestión. De verdad que espero que tengas razón, Ode. Pero tengo dudas. —Volvió a mirar a Wilson—. ¿Tiene usted alguna opinión sobre el tema, teniente?

Wilson miró a Abumwe, cuyo rostro permanecía impertérrito, y a Schmidt, que premeditadamente se había quedado blanco.

—Lamento haber desbaratado innecesariamente su proceso, embajadora. Le pido disculpas. —Wilson vio con el rabillo del ojo que Schmidt lo miraba con sorpresa. Era obvio que Hart no esperaba el tono respetuoso de su amigo.

—¿Lo lamenta? ¿Se disculpa? —gruñó Waverly, caminando hacia él—. ¿Eso es todo lo que tiene que decir?

—Sí, creo que sí, señora —respondió Wilson—. A menos que usted piense que debo añadir algo.

—Pienso que su dimisión sería pertinente —le espetó Waverly.

Wilson sonrió.

—Las Fuerzas de Defensa Colonial no suelen aceptar de buena gana las dimisiones, embajadora Waverly.

—¿Es su última palabra sobre el tema, teniente? —insistió Waverly.

Wilson miró fugazmente a Abumwe y advirtió su apenas perceptible encogimiento de hombros.

—Bueno, me gustaría decir también que ya sé qué haré la próxima vez que suceda algo parecido.

—¿Ah, sí? ¿Qué hará? —inquirió Waverly, desafiante.

—Dejaré que la planta se coma el perro —respondió Wilson.

El pretor Gunztar abrió la puerta de la sala y Waverly perdió la ocasión de estallar y soltar una diatriba contra Wilson. La embajadora giró sobre los talones para encarar al pretor con tal violencia que incluso Gunztar, que no era un experto en identificar las emociones humanas, se dio cuenta de la ira que consumía a Waverly.

—¿Va todo bien? —preguntó el pretor nada más entrar.

—Naturalmente, pretor Gunztar —dijo con los dientes apretados la embajadora.

—Perfecto —repuso el pretor, y se adentró como un rayo en la sala de estar antes de que Waverly pudiera extenderse en su respuesta—. Traigo noticias. Una buena y otra no tanto.

—De acuerdo —dijo Waverly.

—La buena, ¡la extraordinaria!, es que los líderes de ambas facciones se han puesto de acuerdo en que nadie fue responsable de la muerte del rey, salvo el propio rey —anunció Gunztar—. Era pública la afición del rey a la bebida y a pasear por su jardín privado durante la noche. La explicación más obvia de lo sucedido es que el rey estaba bebido, cayó sobre el parterre de la flor del rey y la planta lo engulló. Cuando despertó, intentaría escapar, y siguió el túnel que lo condujo a la tumba. El jardín formaba parte de su residencia privada y él estaba soltero, así que nadie lo echó de menos hasta que el personal del palacio fue a despertarlo por la mañana.

—¿A nadie se le ocurrió mirar dentro de la planta? —preguntó Abumwe.

—Por supuesto que se miró dentro de la planta —afirmó Gunztar—. Pero no se hizo hasta después de revisar otros lugares más probables. Y para entonces no había ni rastro del rey. Ya debía de haberse adentrado en el túnel, y si no estaba muerto, las heridas de la caída no le habrían permitido pedir ayuda.

Wilson, que recordó a *Tuffy* masticando al menos un par de huesos aparte de la costilla, guardó silencio.

—La noticia es buena porque uno de los permanentes puntos de fricción entre las facciones ha sido cómo resolver la cuestión de la desaparición del rey —dijo Gunztar—. Las cuestiones de la culpa y de la responsabilidad siempre han sido espinosas. O habían sido. Ya no. Durante la reunión de emergencia, el líder de la facción favorable al rey ha pedido disculpas provisionales por acusar a los agitadores de asesinarlo. Por su parte, el líder de los agitadores ha expresado su pésame provisional por la muerte del rey. Mientras esto se mantenga así, nuestra tarea será bastante más sencilla.

—¡Vaya! —exclamó Wilson—. Y yo que pensaba que la desaparición del rey sólo era una excusa de lo más conveniente para que ambas facciones dieran rienda suelta a un odio reprimido durante años.

—Nada de eso —dijo Gunztar, volviéndose hacia Wilson y, por lo tanto, perdiéndose el rubor que tiñó el cuello y la cara de Waverly—. Para ser precisos, las dos facciones ya estaban al borde de la guerra, pero ésta no se habría alargado tanto ni habría sido tan cruenta si los bandos no se hubieran culpado mutuamente del regicidio. Por lo tanto, los icheloe estamos en deuda eterna con usted, teniente Wilson, y le estamos tremendamente agradecidos por lo que ha hecho por nosotros hoy.

—Si alguien merece su agradecimiento es la embajadora Waverly, pretor Gunztar —repuso Wilson—. Sin ella jamás habría encontrado a su rey. Después de todo, la embajadora fue quien trajo a *Tuffy*.

—Sí, claro —dijo Gunztar, haciendo una reverencia al estilo icheloe dirigida a la embajadora Waverly, quien a pesar de que todavía estaba furiosa con Wilson se dio cuenta de que el teniente estaba trasladándole todo el mérito y asintió en silencio—. Me temo que ahora es el turno de la mala noticia.

—¿Cuál es la mala noticia? —preguntó la embajadora Waverly.

—Tiene que ver con *Tuffy* —respondió el pretor—. La corona está enganchada a su cuerpo.

—Sí —asintió Waverly—. Se le ha enredado el pelo en ella. Se la quitaremos. Le cortaremos el pelo si es necesario.

—La cosa no es tan sencilla —señaló Gunztar—. Si no se le

puede quitar no es porque se le haya enredado el pelo en ella, sino porque de la corona han brotado unas fibras microscópicas que se han adherido a su cuerpo y la fijan a él.

—¿Cómo? —exclamó Waverly.

—La corona está pegada a *Tuffy*. Las pruebas con escáneres que nuestros científicos realizaron cuando salió de la planta no dejan lugar a dudas.

—¿Cómo es posible? —preguntó Abumwe.

—La corona es un símbolo muy importante del rey —dijo Gunztar—. Una vez que se pone, no se puede quitar. —Se señaló la cabeza plagada de arrugas—. La corona está diseñada para que se ciña a la cabeza del rey de manera que nunca sea necesario quitarla. Y para garantizarlo, se fabricó con unos filamentos nanobióticos en su superficie interior en los que se injertó el ADN del rey. La corona también es sensible a las señales eléctricas producidas por la actividad vital. Sólo se desactiva con la muerte, cuando la actividad cerebral y la orgánica cesan.

—¿Cómo ha acabado adherida a *Tuffy*? —preguntó Waverly—. Es obvio que no tiene relación genética con el rey.

—Para nosotros también es un misterio —reconoció Gunztar.

—Esto… —intervino Wilson.

—¿Qué sucede, teniente? —preguntó Abumwe.

—¿Qué cantidad de material genético sería necesaria para que la corona lo confundiera con el rey? —preguntó Wilson.

—Eso habría que preguntárselo a los científicos —respondió el pretor Gunztar.

Wilson se acercó a *Tuffy*, que se había quedado dormido.

—Cuando lo encontré estaba mordisqueando un hueso del monarca. Llevaba por lo menos una hora jugando con el esqueleto. Tiempo más que suficiente para que se transfiriera a su cuerpo material genético del rey. Si había algún error en la programación de la corona, tal vez cotejó el material genético y las señales eléctricas de *Tuffy* con su base de datos y la coincidencia le pareció suficiente.

—Bueno, pues bañamos a *Tuffy*, le limpiamos bien todo el… esto… polvo del rey, y la corona se desprenderá —propuso Schmidt—. ¿No?

Wilson miró a Gunztar, que negó con la cabeza.

—No. Sólo la muerte libera la corona —dijo el pretor. Se volvió hacia la embajadora Waverly—. Y me temo que las partes son inflexibles en que la corona debe ser liberada.

Waverly se quedó mirando con una expresión de incomprensión a Gunztar durante los diez segundos que tardó en asimilar las palabras del pretor. Wilson miró a Schmidt y a Abumwe como diciendo: «Ya estamos».

—¡¿Quieren matar a mi perro?! —exclamó con voz estridente Waverly.

Gunztar lanzó de inmediato los brazos al aire.

—No queremos matar a *Tuffy* —se apresuró a decir—. Pero tiene que entenderlo, amiga mía. La corona es un objeto de un valor histórico, político y social incalculable. No exagero si digo que es uno de los objetos más emblemáticos y significativos que tenemos los icheloe. Ha estado perdida durante generaciones. Para nosotros es de una importancia indescriptible. Y su perro la lleva puesta.

—No es culpa suya —protestó Waverly.

—Estoy de acuerdo con usted —asintió Gunztar—. Pero en última instancia no es culpa de nadie. Las partes han sido unánimes en que la corona no puede quedarse en su perro. —Señaló en dirección a la ventana, a las alborotadas masas congregadas ante el palacio—. Esos reaccionarios no representan a la mayoría de nuestro pueblo, pero son suficientes para causar problemas. Si descubrieran que una mascota lleva la corona del monarca desaparecido, las revueltas durarían días. Y le mentiría si le dijera que entre los participantes en la reunión no había quien se sentía profundamente ultrajado por el hecho de que *Tuffy* llevara puesta la corona. Uno incluso lo llamó el rey Perro, y no de una manera cariñosa.

—¿Está insinuando que el hecho de que *Tuffy* lleve la corona pone en juego nuestra misión diplomática? —inquirió Abumwe.

—La situación aún no es insalvable —respondió Gunztar—. El hecho de que encontraran los restos del rey desaparecido pesa mucho más que el tema de la corona, de momento. Pero cuanto más se demore su devolución, más preguntas surgirán al respecto desde las partes negociadoras. A buen seguro que al final peligrará el éxito de su misión y su papel como mediadores. Y el papel como mediadora de la Unión Colonial.

—Philippa —dijo Abumwe.

Waverly miró a todos en silencio y luego enfiló hacia *Tuffy*, que roncaba suavemente tumbado sobre el lomo y con las patas levantadas de un modo adorable. La embajadora se sentó al lado de su perro y lo tomó en brazos. *Tuffy* se despertó mientras su ama lloraba con la cara hundida en su pequeño lomo. El animal estiró el cuello y trató de lamer la cabeza de Waverly, pero sólo consiguió dar lengüetazos al aire.

—Oh, venga ya —dijo Wilson cuando había transcurrido medio minuto de silencio incómodo, durante el cual sólo se oyeron en la sala de estar los sollozos de la embajadora Waverly—. Me siento como si tuviera doce años y me obligaran a releer los últimos capítulos de *Fiel amigo*.

—Teniente Wilson, quizá deberíamos conceder unos momentos a la embajadora Waverly con *Tuffy* —dijo el pretor Gunztar—. Es duro despedirse de un amigo.

—¿Así que ya está decidido que vamos a matar al perro? —preguntó Wilson.

—¡Wilson! —lo reconvino Abumwe.

El teniente levantó una mano apaciguadora.

—No lo pregunto porque sea un cabrón —dijo Wilson—. Lo pregunto porque si ya está decidido, no quiero que nadie me mire como si estuviera chiflado por proponer una solución completamente descabellada.

—¿Qué solución? —preguntó Abumwe.

Wilson se acercó a Waverly y su mascota. El perro sacó la lengua al verlo y la embajadora alzó los ojos con una expresión de profunda desconfianza.

—Una tecnología mal diseñada nos ha metido en este problema —dijo Wilson, mirando a *Tuffy* y a Waverly—. Quizá una tecnología mejor diseñada nos saque de él.

—Toma —dijo Schmidt, entregando a Wilson el bastoncito con el botón en un extremo. Señaló con la cabeza a la pareja de técnicos icheloe que los miraban con cara de asustados—. Cuando aprietes el botón, todo se apagará. Y cuando vuelvas a apretarlo, todo volverá a la actividad... esperemos.

—Entendido —dijo Wilson, y se quedó mirando a otro icheloe que llevaba en brazos a *Tuffy* y lo colocaba sobre una mesa de acero inoxidable, sobre la que se había extendido una pequeña toalla para que el perro no tuviera frío en los pies.

—Los técnicos también me han pedido que te dé las gracias por ofrecerte voluntario para apretar el botón —añadió Schmidt.

—Claro. La embajadora Waverly ya me odia, y si esto no funciona, mejor que haya apretado el botón uno de los nuestros que uno de los suyos.

—Eso mismo piensan ellos.

—¿Cómo está la embajadora Waverly, por cierto? —preguntó Wilson. No la veía desde hacía horas.

—Está con Abumwe —respondió Schmidt—. Creo que el plan es emborracharla.

—No me parece un mal plan.

Schmidt miró a su amigo.

—¿Cómo estás tú?

—Bien —dijo Wilson—. Pero me gustaría acabar esto de una vez.

—¿Te traigo un zumo o algo?

—Si quieres, ayuda al técnico que está con *Tuffy* —dijo Wilson, moviendo la cabeza en dirección al técnico icheloe que sujetaba al revoltoso perro—. Se le va a escapar en cualquier momento.

Schmidt corrió hasta él, lo relevó con el perro y sostuvo al animal sobre la mesa. El técnico retrocedió sin perder un instante, obviamente aliviado al verse liberado de la responsabilidad. Los otros dos técnicos también se retiraron en silencio.

—¿Quieres que me vaya? —preguntó Schmidt, forcejeando con *Tuffy* para obligarlo a quedarse quieto.

—No, necesito que me ayudes —respondió Wilson—. Aunque te recomiendo que quites las manos de ahí.

—¡Oh, vale! —dijo Schmidt, y dio un paso atrás.

Tuffy hizo el ademán de seguir a Schmidt, pero Wilson gritó su nombre al mismo tiempo que chasqueaba los dedos para atraer su atención.

—Buen perro —dijo Wilson. *Tuffy* le respondió con una sonrisa canina y meneó la colita peluda.

Wilson accedió a su CerebroAmigo, donde dos monitores mostraban los datos que recibía de dos pequeños sensores que se habían instalado en el cuerpo del animal, uno encima de la cabeza y el otro en el pecho, cerca del corazón. Uno registraba la actividad cerebral del perro y el otro la cardíaca. Había otro sensor en la nuca del perro, cerca del punto de unión de la médula espinal y el cerebro, pero Wilson no recibía los datos de él.

—¡*Tuffy*! ¡Siéntate! —gritó Wilson.

El perro se sentó, haciendo gala de una obediencia enternecedora.

—¡Buen chico! ¡Haz el muerto! —Wilson apretó el botón del bastoncito.

Los monitores que mostraban los datos de los sensores en el CerebroAmigo de Wilson reflejaron un instantáneo cese de actividad tanto cerebral como cardíaca. El lhasa apso soltó un leve gemido y se quedó tieso, como un animal disecado zarandeado por una racha de viento.

—¿Haz el muerto? —dijo Schmidt diez segundos después, tras examinar al perro—. Eso ha sido un poco cruel.

—Si esto no resulta, tendré problemas más serios que una broma de mal gusto —replicó Wilson—. Ahora, mantén la boca cerrada durante un par de minutos, Hart. Me pones nervioso.

—Perdona.

Wilson asintió con la cabeza y caminó hasta la mesa donde yacía el perro.

Tuffy estaba muerto.

Wilson lo pinchó unas cuantas veces con el dedo. Ninguna reacción.

—Se despertará en cualquier momento —dijo luego.

Wilson había decidido asumir el riesgo que entrañaba su experimento porque los icheloe le habían asegurado que sus sistemas biológicos eran muy parecidos a los de los vertebrados de la Tierra.

Pasó un minuto. Pasaron dos.

—¿Harry? —dijo Schmidt.

—Silencio —lo hizo callar Wilson sin despegar los ojos de la corona, todavía adherida al cuerpo del perro.

Pasaron dos minutos más. Tres.

—¿Qué hacemos si esto no sale bien?

—¿Estás preguntándome si hay un plan B?

—Sí —respondió Schmidt.

—Lo siento, pero no lo hay.

—¿Y por qué me lo dices ahora?

—¿Por qué no me lo preguntaste antes?

Pasó otro minuto.

—Mira —dijo Wilson, señalando a *Tuffy*.

—¿Qué?

—La corona se ha movido.

—Yo no he visto nada —repuso Schmidt.

—Recuerdas la parte en la que mi vista genéticamente modificada es unas diez veces mejor que la tuya, ¿verdad, Hart?

—Ah, esa parte.

—Quítale la corona, por favor —dijo Wilson.

Schmidt levantó cuidadosamente la corona, que se desprendió con facilidad del cuerpo del perro.

—¡La tengo! —exclamó Schmidt.

—Gracias. Ahora, échate a un lado.

Schmidt retrocedió para alejarse de la mesa.

—Muy bien, *Tuffy* —dijo Wilson, mirando al perro, y levantó la mano que empuñaba el bastoncito—. Ha llegado el momento de aprender otro truco.

Apretó por segunda vez el botón.

El perro dio una sacudida, se meó encima y se puso de pie sobre la mesa ladrando con ferocidad.

—¡Anda, se ha meado! —exclamó Schmidt, sonriendo.

—Cierto, meado y cabreado. Una reacción completamente lógica —dijo Wilson, sonriendo para sus adentros.

Los icheloe regresaron en tropel a la sala. Uno de ellos llevaba una bolsa llena de un líquido rojo que no era otra cosa que la sangre de *Tuffy*.

—Esperen —dijo Wilson, pero entonces se dio cuenta de que

los icheloe no entendían una palabra de lo que decía y se hizo entender mediante gestos. Luego se volvió a Schmidt—. Diles que envíen a alguien a avisar a la embajadora Waverly, por favor. Quiero que vea que el perro está bien antes de que al pobre le hagan la transfusión.

Schmidt asintió y habló con los icheloe a través de la PDA. Uno de ellos salió disparado de la sala.

Otro icheloe señaló al perro y miró a Wilson.

—¿Cómo es posible que le haya dado al animal su sangre si no son de la misma especie? —preguntó el alienígena en su lengua, traducida por el CerebroAmigo de Wilson.

Wilson le cogió prestada la PDA a Schmidt.

—En realidad es un fluido que se llama SangreSabia —dijo con la PDA colocada enfrente de él—. Es completamente inorgánico, así que el organismo del perro no lo rechaza. Tiene una capacidad aumentada para transportar oxígeno, de manera que se pueden detener los procesos vitales durante un periodo relativamente largo de tiempo sin que se vean afectados los tejidos. —Wilson se acercó al perro todavía mojado y lo cogió en brazos. *Tuffy* ya no ladraba—. Y eso es lo que hemos hecho: sustituir la sangre de este muchachote por la mía; luego hemos detenido su corazón y su cerebro el tiempo suficiente para que la corona pensara que había muerto. Y finalmente lo hemos resucitado.

—Parece arriesgado —observó el icheloe.

—Ya lo creo que era arriesgado —asintió Wilson—. Pero la alternativa era peor.

—¿Se refiere a que rompiéramos las relaciones diplomáticas con ustedes? —inquirió el otro icheloe.

—Bueno, más bien estaba pensando en que el perro muriera —dijo Wilson—. Pero sí, eso también.

La embajadora Waverly apareció por la puerta de la sala seguida de Abumwe y del pretor Gunztar. *Tuffy* ladró con alborozo en cuanto vio a su ama. Wilson lo dejó en el suelo y las uñas del perro repiquetearon de una manera adorable mientras corría hacia Waverly.

Todos los presentes, conmovidos, profirieron un «oooh» general.

—¿Se te ocurre un final más feliz? —le susurró Schmidt a Wilson.

—No —respondió éste.

—Y supongo que ahora vamos a pactar que nunca hablaremos sobre esto —señaló Schmidt.

—Sí, creo que sería la decisión más inteligente.

—Estoy de acuerdo —repuso el diplomático—. Es más, sugiero que nos emborrachemos ahora mismo.

—Secundo tu propuesta. Creo recordar que me prometiste invitarme a un trago cuando todo esto acabara.

—¿Quieres recuperar antes la SangreSabia que le prestaste a *Tuffy*?

—No, creo que podré pasar sin ella —dijo Wilson.

Ambos observaron cómo se marchaban juntos Waverly y su mascota, seguidos por algunos icheloe con una expresión de profunda preocupación en la cara y cargados con la bolsa de sangre de *Tuffy*.

8
El alboroto de la rebelión

Heather Lee oyó el zumbido del aire producido por la mano antes de sentir la bofetada, un golpe asestado con la idea de hacerla volver en sí. Tomó una brusca bocanada de aire y trató de orientarse.

Enseguida se dio cuenta de dos cosas: la primera, que debajo de la sábana que envolvía su cuerpo estaba desnuda; y la segunda, que estaba inmovilizada, sentada en alguna clase de silla, con las muñecas, los tobillos y la cintura firmemente atados.

Después se dio cuenta de una tercera cosa: no veía. Algo le cubría por entero la cabeza.

En su opinión, nada de aquello era buena señal.

—Por fin ha despertado —dijo una voz con una extraña modulación, pues cambiaba continuamente de tono y de timbre.

Lee lo encontró interesante.

—¿Qué le pasa a tu voz? —preguntó.

Hubo un breve silencio antes de que la voz le respondiera:

—Ésa no es la primera pregunta que nos han hecho sus dos colegas. Ellos estaban más preocupados por averiguar dónde estaban y por qué los reteníamos.

—Lo siento —dijo Lee—. No sabía que existía un protocolo.

El comentario provocó la risa de su interlocutor.

—La distorsión de mi voz se debe a que sabemos que tiene uno de esos ordenadores en la cabeza. Y sabemos que si no está grabándome ya, comenzará a hacerlo en cualquier momento, y que podría utilizar la grabación para identificarme. Y preferiría que eso no sucediera. Le cubrimos los ojos por el mismo motivo, para que no pueda capturar ninguna imagen que pudiera delatarnos. Y por supuesto, la inmovilizamos porque la queremos quietecita, de momento. Además, le quitamos el uniforme de combate porque sabemos que le proporciona una fuerza y unos recursos defensivos que no nos apetece que disfrute. Le ruego que nos disculpe por ello.

—¿Que os disculpe? —le espetó Lee con toda la ironía que pudo reunir dadas las circunstancias.

—Sí. Aunque no tiene por qué creerme, me gustaría que supiera que no tenemos ningún interés en torturarla ni abusar sexualmente de usted. Sólo le hemos quitado el uniforme de combate por motivos de seguridad; ésa es la única razón.

—Me costaría menos creerte si no me hubieras despertado de un bofetón —replicó Lee.

—La sorprendería saber lo que nos ha costado despertarla. ¿Cómo está?

—Pues verás, me duelen la cabeza y los músculos. Me muero de sed y necesito ir al baño. Estoy inmovilizada y ciega. ¿Y tú cómo estás?

—Mejor que usted, lo reconozco —respondió la voz—. Seis, agua.

«¿Qué?», se preguntó Lee, pero entonces algo se apoyó en sus labios, una tetina de plástico duro del que salió líquido. Lee bebió. Era agua, o eso parecía.

—Gracias —dijo—. ¿Por qué has dicho «seis»?

—La persona que está en la sala con usted se llama Seis —respondió la voz—. Los números no tienen ningún significado; se eligen aleatoriamente. Los cambiamos en cada misión.

—¿Y qué número eres tú?

—Esta vez soy Dos.

—¿Y no estás en la habitación conmigo?

—Estoy cerca —contestó Dos—. Pero no tengo ningún interés en dejarla oír mi voz para darle la oportunidad de aislarla, así que escucho y observo, y Seis se encarga de todo lo demás.

—Aún necesito ir al baño.

—Seis —dijo Dos. Lee oyó que Seis se movía, y de repente una parte del duro asiento de su silla desapareció—. Adelante.

—¿Es una broma?

—Me temo que no —dijo Dos—. De nuevo, lo siento. Pero ¿no pensaría de verdad que iba a soltarla? Incluso desnuda y privada de la vista, una soldado de las Fuerzas de Defensa Colonial es una oponente formidable. Debajo de la silla hay un recipiente que recogerá los desechos. Seis se los llevará después.

—Me siento como si tuviera que pedirle perdón a Seis —dijo Lee—. Sobre todo porque en algún momento tendré que hacer algo más que mear.

—No es la primera vez que Seis tiene que hacer algo así. Aquí todos somos profesionales.

—Eso me tranquiliza —repuso Lee. Se encogió de hombros y vació la vejiga. Cuando acabó, sonó el chirrido de la cacerola arrastrada por el suelo y luego la parte del asiento retirada volvió a su sitio con un chasquido. A continuación se oyó un ruido de pasos y de una puerta que se abría y se cerraba.

—Sus colegas me han contado que es la teniente Heather Lee, de la nave de las Fuerzas de Defensa Colonial *Tubingen* —dijo Dos.

—Correcto.

—Bueno, teniente Lee, permítame que le explique cómo vamos a hacer esto. Ha sido capturada y es mi prisionera. Voy a hacerle unas preguntas y usted va a responderme la verdad de la manera más detallada y completa que pueda. Si hace lo que le digo, cuando acabemos la dejaré libre, obviamente lejos de donde estamos ahora, pero la liberaré. De lo contrario, o si descubro que me ha mentido una sola vez, la mataré. No voy a torturarla ni a maltratarla. Tampoco será violada. Simplemente le meteré una bala en la cabeza para matarla y destruir el ordenador que tiene dentro. Ya sé que está algo pasado de moda, pero da resultado. Lamento comunicarle que uno de sus colegas, el soldado Jefferson, ya ha puesto a prueba mi sinceridad y ha descubierto, para desgracia suya, que no bromeo. Me temo que la lección ya no le sirve de nada a él, pero espero que su ejemplo sea de utilidad para usted.

Lee no dijo nada. Estaba pensando en Jefferson, a quien siempre le había perdido su exceso de entusiasmo.

Se abrió la puerta; presumiblemente, Seis regresaba a la habitación.

—Ahora Seis le dará de comer y la bañará si lo desea, y luego nos marcharemos. Hay otros asuntos que me mantendrán ocupado un par de horas. Mientras tanto, si quiere, puede pensar sobre lo que acabo de decirle. Haga lo que le pedimos y saldrá ilesa. Haga cualquier otra cosa distinta de lo que le pedimos y morirá. Las opciones son claras. Espero que tome una decisión inteligente.

Lee repasó la situación cuando la dejaron a solas.

Primero: Sabía quién era. Heather Lee, nacida en el condado de Robeson, Carolina del Norte. Su madre se llamaba Sarah Oxendine, y su padre, Joseph Lee. Tenía una hermana, Allie, y dos hermanos, Joseph y Richard. En su vida anterior había sido músico, guitarrista o chelista dependiendo del bolo. Se había enrolado en las FDC hacía seis años y llevaba dos y medio destinada en la *Tubingen*. Era importante tener claros esos datos. Si uno tenía dudas sobre su identidad, lo más seguro es que existieran lagunas en otros aspectos fundamentales que serían imposibles de identificar.

Segundo: Sabía dónde estaba, en un sentido general, y qué hacía allí. Estaba en el planeta Zhong Guo. La habían enviado con su compañía desde la *Tubingen* para sofocar una rebelión en la capital provincial Zhoushan. Los insurgentes se habían apoderado de los edificios de la administración local y de los medios de comunicación, habían tomado rehenes y comenzado a difundir que Zhong Guo se había independizado de la Unión Colonial y buscaba una nueva alianza con la Tierra, «el auténtico seno de la humanidad», según afirmaban. La policía local se había movilizado para detenerlos, pero los agentes se habían llevado una ingrata sorpresa al descubrir que estaban mejor armados que ellos, y los rebeldes acabaron matando a dos docenas de policías y tomando unos cuantos más como rehenes que añadieron a su arsenal de escudos humanos.

El éxito de los rebeldes desencadenó una serie de protestas a favor de la Tierra en otras ciudades y poblaciones, incluidas Luzhau, Karhgar y Chifeng. Esta última sufrió graves daños, ya que los subversivos arrasaron el centro financiero y quemaron comercios y edificios de una manera aparentemente indiscriminada. Llegados a ese punto, el gobierno, con sede en la capital, Nueva Harbin, se hartó y solicitó la intervención de las FDC.

Lee y su pelotón realizaron un descenso estándar amparados en la oscuridad de la noche y se infiltraron en el edificio gubernamental y en las sedes de los medios de comunicación antes de que los rebeldes se percataran siquiera de que habían caído sobre sus tejados. La batalla fue breve y desigual, pues los rebeldes apenas contaban con unos pocos miembros experimentados en el combate, a quienes habían puesto en la primera línea cuando la policía local cargó contra ellos. El resto habían sido reclutados de grupos juveniles y poseían más entusiasmo que destreza con las armas. Los guerreros rebeldes se enfrentaron a las FDC y rápidamente fueron reducidos o asesinados, pues no eran rivales para los soldados coloniales, con una preparación física y táctica muy superior. Los demás se rindieron sin oponer demasiada resistencia.

Dos vehículos rebeldes abrieron fuego contra las oficinas de la sede gubernamental, pero fueron reducidos a humeantes montones de chatarra por la *Tubingen*, que les había disparado desde su posición en la órbita del planeta. Los rehenes, encerrados en la planta subterránea del edificio llena de salas de reuniones, estaban mugrientos y exhaustos, pero casi todos ilesos. La incursión había durado menos de treinta minutos y no se había producido ninguna baja en el bando de las FDC.

Con el deber cumplido, los soldados de las FDC solicitaron y les fue concedido un permiso en Zhoushan, cuyos habitantes los recibieron con los brazos abiertos, o esa impresión dio, si bien esa reacción también podría deberse a que se sabía que la Unión Colonial pagaba la cuenta en los locales donde los miembros de las FDC disfrutaban de sus permisos, de manera que los ciudadanos animaban a los soldados a que gastaran ingentes cantidades de dinero y los comerciantes y vendedores locales ponían unos precios exorbitados a sus productos. Los simpatizantes de los rebeldes, de haberlos entre los vecinos de Zhoushan, mantenían la boca cerrada y aceptaban el dinero de las FDC.

Lo último que recordaba Lee antes de despertarse en la sala donde estaba ahora era a ella, Jefferson y la soldado Kiana Hughes cenando en una cervecería (Zhong Guo, a pesar de sus topónimos en chino, estaba poblado en su mayor por personas procedentes del centro y del sur de Europa; una ironía que a Lee, descendiente de chinos por parte de padre, le hacía cierta gracia). Recordaba que los tres estaban casi como una cuba, lo que visto con la perspectiva del tiempo debería haber disparado las alarmas, pues gracias a la fisiología genéticamente mejorada de los soldados de las FDC, era casi imposible que se emborracharan. En aquel momento, sin embargo, lo que sentía era un agradable aturdimiento provocado por el alcohol. Se acordaba de haber salido de la cervecería de madrugada y dirigirse tambaleándose al hotel que tenían reservado. Ése era el último recuerdo hasta ahora.

Lee evocó con remordimiento sus afirmaciones acerca del estado de entusiasmo general de la población local por la labor de las FDC. Era obvio que no todos la celebraban por igual.

Tras rememorar esos sucesos, Lee se concentró en tratar de averiguar dónde se hallaba ahora. El reloj interno de su CerebroAmigo le indicaba que llevaba fuera apenas seis horas. Dado ese periodo de tiempo, era posible que ella, el supuestamente fallecido Jefferson y Hughes estuvieran en el otro extremo del planeta. No obstante, tenía dudas de que fuera así. Dos y Seis habrían necesitado tiempo para desnudarla y atarla a la silla, además de prepararse para lo que planearan hacer con ella. Dos (en quien Lee decidió pensar como un hombre) también había mencionado que había hablado con Jefferson y con Hughes, y que había matado al primero cuando no cooperó. Esos datos la hacían pensar que seguían en Zhoushan.

También llegó a la conclusión de que, puesto que todavía estaba en poder de Dos y de Seis y su pelotón no la había rescatado, se encontraba en un lugar protegido con alguna clase de escudo que impedía a su CerebroAmigo enviar datos sobre su paradero. Intentó conectarse con Hughes y luego con otros miembros del pelotón, pero en ambos casos fue en vano. Probó a enviar una señal a la *Tubingen*: también en vano. O bien estaba encerrada en una habitación dotada con un inhibidor de señales de dispositivos electrónicos, o el lugar donde se hallaba había sido diseñado desde su construcción para, entre otras cosas, impedir la transmisión de señales. En este caso, se reducía drásticamente el número de posibles edificios en la ciudad de Zhoushan.

Lee reflexionó de nuevo con mayor detenimiento sobre su situación y se dio cuenta de que estaba sentada en una silla. Ésta era alguna clase de instrumento de inmovilización; es más, se trataba de una silla de inmovilización diseñada para mantener a la persona retenida durante un largo periodo de tiempo, pues el asiento estaba dotado de una trampilla que permitía que el prisionero hiciera sus necesidades. Lee no se consideraba una experta en sistemas de inmovilización, pero ya era una nonagenaria y había visto un par de ellos a lo largo de su vida. Y según su experiencia, las sillas de inmovilización estaban presentes en tres lugares: hospitales, prisiones y burdeles especializados en aficiones muy concretas.

El primer sitio que descartó fue el burdel, ya que éstos eran lugares de comercio que no destacaban por sus medidas de seguridad. La gente vivía y trabajaba en ellos, y (si tenían éxito) la clientela de toda clase y condición entraba y salía a todas horas. Los burdeles garantizaban cierta discreción, pero seguramente el disparo de un arma de fuego no pasaría desapercibido, por no hablar ya de un par de cadáveres sacados a rastras del local.

En un hospital, un cadáver no plantearía un problema, pero no podía decirse lo mismo del estruendo de un disparo. Un hospital abandonado resolvería esa cuestión, pero los hospitales no solían estar protegidos con inhibidores de señales, ya que la ingente cantidad de información médica que se transmitía mediante dispositivos eléctricos lo hacía inviable.

De modo que la prisión parecía la opción más probable: sillas de inmovilización, un edificio con un sistema de seguridad que impedía la transmisión de señales y todas las facilidades del mundo para deshacerse de un cadáver, ya que debía disponer de su propio depósito de cadáveres. La opción de la prisión también implicaba que quien los retenía podía meter gente en el recinto y sacarla de él sin llamar la atención, así que debía de ser un miembro de la policía local o, al menos, del gobierno.

Entre el material que le habían entregado para la misión, Lee había recibido un mapa de Zhoushan. Lo abrió en su CerebroAmigo y experimentó un leve estremecimiento cuando el ordenador activó el córtex visual. El hecho de llevar varias horas sin ver hacía que incluso la ilusión de la luz le resultara ligeramente dolorosa.

Por lo que veía (una expresión que dadas las circunstancias no estaba exenta de ironía), en Zhoushan había dos edificios que reunían las condiciones para ser el lugar donde podría estar retenida: uno era la cárcel municipal, situada en el centro de Zhoushan y a menos de un kilómetro de la cervecería de la que salían cuando los secuestraron; el otro era la cárcel provincial, a una decena de kilómetros del centro de la ciudad. Lee no tenía mapas detallados de ninguno de los edificios (sólo se los habían proporcionado del edificio del gobierno municipal y de las sedes de los medios de comunicación), pero de todas formas se conformaba con tener al menos una idea aproximada de donde podía estar. Le sería útil.

A continuación se concentró en su situación personal, que aún estimaba bastante negativa. La desnudez no la incomodaba especialmente, pues nunca había dado importancia a su cuerpo; sin embargo, la fastidiaba estar desprotegida. Dos tenía razón al afirmar que el uniforme de las FDC proporcionaba a quien lo vestía protección y ciertas ventajas, aunque su utilidad era más pasiva que activa. El uniforme no hacía más fuerte a Lee, sino más resistente a los golpes. Sin él sería más vulnerable en un combate cuerpo a cuerpo que, sospechaba, acabaría produciéndose. Por no hablar de la vulnerabilidad a las balas.

Y hablando de balas, también estaba desarmada. Era un problema, pero no perdió el tiempo lamentándose por no tenerlas. No servía de nada desear armas cuando no las había.

El asunto de estar sujeta a la silla era otro motivo de preocupación. Se dobló con toda la discreción de la que fue capaz para tocar las ligaduras y descubrió que estaba atada con algo de un material blando, pegajoso y flexible en lugar de duro y rígido, por lo que conjeturó que se trataba de alguna clase de cuerda y no de unas esposas metálicas. Tiró con el brazo izquierdo para comprobar si cedían, pero no lo hicieron lo más mínimo. Las otras ligaduras eran iguales. Lee poseía toda la superfuerza de un soldado de las FDC genéticamente mejorado, pero nada que le hiciera de palanca para emplearla. Si las ligaduras tuvieran al menos una ligera rasgadura, podría aprovecharla, pero por lo que había podido comprobar, estaban en perfecto estado.

Finalmente decidió centrar todos sus esfuerzos en sus bazas, que en ese momento se limitaban prácticamente a su cerebro; no podía utilizar la vista ni la fuerza física ni tenía manera de comunicarse con nadie salvo quizá con Dos, que no le servía de nada, y con Seis, que tampoco parecía de gran utilidad. Y a pesar de que creía que tenía un buen cerebro, dadas las circunstancias de poco le servía atrapado dentro de su cabeza.

— Mierda —dijo en voz alta, escuchando el sonido de su voz, que viajó por la habitación. Ésta era bastante grande y las paredes eran de un material que hacía rebotar el sonido, probablemente piedra u hormigón.

«Hola», dijo su cerebro.

Pasó la siguiente media hora a solas con su cabeza, murmurando para sí de vez en cuando. Si Dos estaba observándola, no sabría qué pensar.

Por fin se abrió la puerta de la habitación y Seis (supuso Lee) volvió a entrar.

—Teniente Lee —dijo Dos—. ¿Está preparada para empezar?

—Estoy preparada para hablar hasta el aburrimiento —respondió Lee.

Durante las siguientes dos horas, Lee habló largo y tendido sobre todos los temas que le planteó Dos, incluidos el número y la disposición de las tropas de las FDC, los mensajes que habían intercambiado las FDC y la Unión Colonial sobre la secesión de la Tierra, lo que ambas organizaciones estaban llevando a cabo para compensar la pérdida del suministro de humanos de la Tierra, la situación de las rebeliones en varias colonias, tanto lo que sabía Lee por propia experiencia como lo que conocía por otros soldados y personalidades de la Unión Colonial, y los detalles de la misión de Lee en Zhong Guo.

Lee respondía con hechos cuando podía, con suposiciones y conjeturas fundadas cuando no y con hipótesis disparatadas cuando tenía que recurrir a ellas, pero siempre asegurándose de que Dos tuviera claro cuándo se trataba de una cosa o de otra para no dejar margen a los malentendidos entre ambos.

—Está siendo muy comunicativa —dijo Dos en cierto momento.

—No quiero que me meta una bala en la cabeza —repuso Lee.

—Me refiero a que está contando mucho más que su colega superviviente.

—Yo soy la teniente. Mi trabajo consiste en saber más que los soldados bajo mi mando. Cuento más que la soldado Hughes porque sé más, no porque ella esté escondiendo nada.

—Por supuesto —dijo Dos—. Y ésa es una buena noticia para la soldado Hughes.

Lee sonrió al recibir la confirmación de que Hughes era la otra soldado retenida y de que, por lo menos de momento, seguía viva.

—¿Qué más quieres saber?

—Por ahora, esto es todo —dijo Dos—. Pero regresaré más tarde con nuevas preguntas. Mientras tanto, Seis se ocupará de sus necesidades. Gracias por su colaboración, teniente Lee.

—Ha sido un placer.

Lee supuso que Dos se había marchado, seguramente para hablar con sus compañeros conspiradores, de los que debía de haber al menos cinco más. Entonces oyó los pasos de Seis en la habitación.

—¿Le importa si hablo? —preguntó Lee en voz alta—. Ya sé que no puede responderme, pero debo confesar que este incidente me pone muy nerviosa.

Lee comenzó a hablar, principalmente sobre su infancia, mientras Seis le daba de comer y de beber, y luego sobre sus necesidades físicas. Veinte minutos después, Seis se marchó y Lee cerró la boca.

La idea había surgido a raíz de la acústica de la habitación. Lee había trabajado varios años como músico de sesión y de gira, y una parte de su trabajo consistía en comprobar que el lugar donde tocaran ella o el grupo no mermara la calidad del sonido de los instrumentos. Había tocado en suficientes sótanos con las paredes de piedra o de hormigón para saber hasta qué punto el sonido que rebotaba en las paredes interfería en la música, y también para identificar qué clase de reverberaciones provocaba cada material. Era capaz de tocar una nota y calcular con los ojos cerrados el tamaño aproximado de la habitación, con qué material estaban construidas las paredes y si el sonido chocaba con algún objeto. No obstante, no era tan buena como para trazar mediante este sistema un mapa completo de la habitación.

Pero su CerebroAmigo sí podía hacerlo.

Lee había estado hablando de manera casi ininterrumpida durante dos horas y media, moviendo la cabeza como buenamente podía para no partirse el cuello atado a la silla. Y mientras hablaba, su CerebroAmigo recopilaba datos de su voz y de la de Dos para dibujar un mapa de la habitación en el que estaban representadas todas las superficies en las que rebotaba el sonido, y empleaba el lapso entre las reverberaciones para calcular el área de la habitación; a ello iba añadiendo otros datos para completar el retrato acústico del espacio, de Seis y de todo lo que hubiera al alcance de su oído.

Lee había averiguado lo siguiente:

Primero: Dos era (o mejor dicho, estaba hablándole a través de) una PDA colocada sobre una mesa a un metro y medio de distancia, justo enfrente de ella. Era la misma mesa en la que Seis tenía las botellas de sopa y de agua con las que la alimentaba.

Segundo: Seis era una mujer de un metro y sesenta y cinco centímetros de estatura y cincuenta y cinco kilos de peso. Cuando Lee le hablaba directamente a la cara, obtenía una «imagen» relativamente buena de ella; le echó entre cuarenta y cincuenta años y descartó que hubiera estado en las FDC.

Tercero: Al lado de la silla había otra mesa, a menos de un metro, sobre la que había un arma de fuego y varios instrumentos quirúrgicos y herramientas para cortar. Esto confirmaba que lo que Dos le había dicho sobre la tortura sólo eran una patraña y que probablemente no saldría viva de aquella habitación... como tampoco lo haría Hughes de la suya.

Lee sospechaba que Seis regresaría más pronto que tarde y que Dos le comunicaría que lo sentía mucho pero que tenían que reanudar el interrogatorio, esta vez con algún incentivo en forma de dolor, y luego, al acabar, recibiría el tiro mientras Dos y sus amigos repasaban las discrepancias de sus respuestas con las respuestas de Hughes. Lo que significaba que disponía de un tiempo indeterminado pero breve para escapar de la silla, rescatar a Hughes y huir de dondequiera que estuvieran.

No tenía ni idea de cómo iba a hacerlo.

«Vamos», se dijo, y echó hacia atrás la cabeza tanto como se lo permitió la ligadura del cuello. No fue mucho, pero sí lo suficiente para estirar la mandíbula y clavarse los incisivos del lado izquierdo en la punta de la lengua. Sintió una breve punzada de dolor y luego notó el sabor, nada salado, de la SangreSabia que escapaba por la herida.

Se estremeció. Nunca se acostumbraría al sabor de la SangreSabia, la sustancia con una superior capacidad para transportar oxígeno con la que las FDC sustituían la sangre humana de sus soldados; las células nanobióticas podían transportar mucho más oxígeno que los glóbulos rojos. Eso significaba que un soldado de las FDC era capaz de aguantar la respiración mucho más tiempo que un humano normal. También quería decir que la SangreSabia podía llegar a sobreoxigenarse de tal manera que uno de los trucos favoritos de los miembros de las FDC cuando estaban de fiesta era sobrepasar el límite de los nanobots de la SangreSabia, que podían programarse a través del CerebroAmigo para que ardieran por combustión espontánea. Era una manera sorprendentemente eficaz de librarse de los insectos chupasangre: dejabas que te chuparan la sangre y, cuando se iban volando, hacías que ardiera la SangreSabia que habían ingerido.

«Ojalá Seis fuera un vampiro —se dijo Lee—. Le haría una demostración.»

Escupió la SangreSabia que había acumulado en la boca sobre la muñeca derecha y la ligadura que la inmovilizaba.

«Hola», volvió a decir su cerebro. Justo en ese momento se abrió la puerta. Lee desplegó una ventana visual con el mapa de la habitación y comenzó a seguir el sonido nuevo y sus reverberaciones. Un par de segundos después, Seis apareció en su campo de visión, situada entre la silla en la que estaba inmovilizada y la mesa con el arma y el instrumental quirúrgico. Lee estuvo a punto de dejar de «ver» a Seis cuando se detuvo y cesó todo ruido salvo el sonido de su respiración, pero entonces Dos habló a través de la PDA y consiguió distinguir su silueta.

—Me temo que tengo muy malas noticias, teniente Lee —dijo Dos—. He trasladado a mis colegas la información que me dio y, a pesar de que han quedado impresionados con su disposición para hablar, esa misma disposición ha despertado su suspicacia. Consideran que un soldado de las FDC jamás revelaría voluntariamente información, al menos con la alegría con la que lo ha hecho usted. Sospechan que, si bien algunas de las cosas que dice podrían ser ciertas, muchas otras podrían no serlo.

—Le he contado todo lo que sé —dijo Lee, añadiendo una nota de desesperación a la voz.

—Lo sé —asintió Dos—. Y la creo. Por eso sigue viva, teniente. Pero mis colegas son más escépticos. Les he preguntado qué podría hacer para convencerlos y me han sugerido que repita el interrogatorio, pero esta vez con una cierta… premura añadida.

—No me gusta cómo suena eso —repuso Lee.

—Lo lamento. Le dije que no la torturaría. Y de verdad pensé que no tendría que hacerlo, pero las circunstancias han cambiado.

Lee no dijo nada. Sabía que su lenguaje corporal expresaba que estaba tratando de contener el llanto.

—Seis es un médico de cierto renombre —dijo Dos—. Le prometo que sólo le infligiremos el dolor estrictamente necesario. Seis, puedes comenzar.

Lee abrió ligeramente la boca para proferir lo que esperaba que sonara como un suplicante gemido de terror.

Seis cogió un escalpelo de la mesa, lo dirigió hacia el dedo anular derecho de Lee y deslizó el filo por debajo de la uña.

Lee, que llevaba un rato mordiéndose la lengua con ahínco, escupió un pegote de SangreSabia que cubrió el brazo de Seis y la mano con la que sujetaba el escalpelo. Las reverberaciones del ruido del escupitajo permitieron a Lee ver que la barbilla de Seis se movía bruscamente, como si su torturador se hubiera vuelto para mirar a Lee con expresión burlona.

—Ahora vas a hacer un poco de ruido, Seis —dijo Lee, y ordenó a la SangreSabia que había escupido que ardiera con toda su furia.

Seis se convirtió en una mancha estridente y brillante mientras daba brincos y lanzaba alaridos, con el brazo y la mano envueltos en llamas. Giró en redondo y chocó con la mesa donde estaba de pie la PDA, que cayó hacia delante e impidió ver a Dos lo que ocurría a continuación.

Lee también gritaba, ya que la SangreSabia que se había escupido en la muñeca quemaba de un modo insoportable. Apretó los dientes con todas sus fuerzas y comenzó a tirar del brazo derecho, cuya ligadura estaba consumiéndose por el efecto de la SangreSabia en llamas.

Tiró una vez, dos veces, tres… cuatro. Se oyó el ruido de un desgarrón y el brazo derecho de Lee quedó libre. La teniente no se paró a apagar el fuego en la muñeca ni a descubrirse la cabeza; alargó la mano hacia la mesa para coger una cuchilla y se puso a cortar las otras ligaduras sin perder un segundo: muñeca izquierda, cuello, cintura y tobillos.

Cuando se liberaba los tobillos oyó la voz de Seis envuelta en gritos de dolor. Lee supuso que el torturador ya había descubierto lo que estaba haciendo y trataba de llegar a la mesa donde estaba la escopeta. Lee cortó la última ligadura y se lanzó hacia la mesa… demasiado tarde: Seis ya tenía la escopeta en sus manos.

Lee lanzó un grito, recogió del suelo el escalpelo que Seis había soltado y se abalanzó sobre su oponente, a pesar de que la escopeta apuntaba hacia ella, y le hundió el escalpelo en el abdomen. Seis resolló con un jadeo de sorpresa cuando sintió el dolor lacerante, dejó caer la escopeta y se derrumbó sobre el suelo.

Lee por fin se descubrió la cabeza, cerró el mapa sonoro y miró con los ojos entornados a Seis, que la miraba con algo parecido a la admiración. Lee se fijó en que su oponente estaba todo ensangrentado.

—¿Cómo lo has hecho? —preguntó con un susurro Seis, intercalando las palabras con jadeos.

—Tengo buen oído —respondió Lee.

Seis se quedó sin respuesta para eso y para cualquier otra cosa.

Lee cogió la escopeta, comprobó que estuviera cargada y rápidamente se colocó junto a la puerta. Menos de veinte segundos después ésta se abrió violentamente y entró un hombre armado con una pistola. Lee lo derribó de un disparo en el estómago y luego giró sobre un pie para disparar a un segundo hombre que se había quedado fuera. Soltó la escopeta descargada, cogió el arma del hombre abatido, comprobó el cargador y salió de la habitación.

Al otro lado de la puerta se extendía un pasillo de unos cinco metros de largo. Lee agarró al segundo hombre al que había disparado y lo llevó a rastras con ella por el pasillo, echó abajo la puerta que había al final del pasillo de una patada y arrojó el cadáver al otro lado. Esperó a que sonara el segundo disparo de escopeta y luego entró, vio al hombre que seguía empuñando el arma descargada y le disparó a bocajarro. El tipo cayó al suelo, y Lee apuntó entonces y disparó a la PDA que había sobre una mesa; el aparato saltó por los aires hecho trizas. A continuación se adentró en la habitación y vio a Hughes atada a una silla, desnuda y lógicamente con los nervios a flor de piel.

—Soldado Hughes —dijo Lee—, ¿cómo está?

—Lista para levantarme de esta maldita silla, teniente —respondió ella.

Lee se acercó a la mesa, sobre la que había instrumental quirúrgico, y cortó las ligaduras que mantenían a la soldado inmovilizada en la silla. Hughes se descubrió la cabeza y se quedó mirando con los ojos entrecerrados a su teniente desnuda.

—No esperaba que lo primero que viera fuera esto —dijo.

—Olvídelo —masculló Lee, y señaló el cadáver del hombre que había arrojado por el hueco de la puerta—. Regístrelo a ver si lleva un arma y larguémonos de aquí.

—Sí, señora —dijo Hughes, y corrió hasta el cuerpo.

—¿Cómo se hacía llamar éste? —preguntó Lee, haciendo un gesto hacia el hombre de la escopeta.

—Uno —respondió Hughes—. Pero no me lo dijo él. Ni siquiera sabía si era un hombre o una mujer. Alguien que decía llamarse Dos se dirigía a él con ese nombre.

Hughes encontró una pistola y revisó el cargador.

—Vale. He matado a tres más, incluido el que se llamaba Seis. Eso hace cuatro muertos y al menos dos vivos.

—¿Vamos a quedarnos a esperar a los otros? —preguntó Hughes—. Porque preferiría no hacerlo.

—Yo también. Vámonos.

Fueron hasta la puerta, Hughes delante, y enfilaron por el pasillo por el que había venido Lee. Pasada la habitación donde había estado retenida la teniente había otra puerta, a unos cinco metros. La abrieron y encontraron la habitación vacía salvo por una silla y un charco de materia gris y de fluidos en el suelo.

—Jefferson —señaló Lee.

Hughes asintió con desazón y continuaron por el pasillo.

Encontraron otra puerta junto a una escalera. La echaron abajo a empujones y entraron en un pequeño despacho en el que había un escritorio con una PDA y poca cosa más.

—Éste debía de ser el despacho de Dos —dijo Lee.

—¿Dónde se habrá metido ese hijo de puta?

—Creo que lo acojoné cuando prendí fuego a su amigo. —Lee cogió la PDA—. Vigile la puerta.

En el dispositivo encontró una serie de grabaciones de vídeo de Lee, Hughes y Jefferson, así como otros documentos con los que no perdió el tiempo, y rápidamente hurgó en los archivos del sistema en busca de un programa concreto.

—Aquí está —dijo, y pulsó la pantalla.

El CerebroAmigo de la teniente se conectó al instante, y al buzón de entrada comenzaron a llegar mensajes del sargento, del capitán y de la propia *Tubingen*.

Hughes, que al parecer también recibió un aluvión de mensajes urgentes, sonrió.

—Me alegra saber que nos han echado de menos.

—Ocúpese de informarles de dónde estamos —dijo Lee—. Y asegúrese de que estén preparados para destruir este edificio hasta los cimientos en cuanto les dé la señal.

—Eso está hecho, señora.

Salieron del despacho, Lee con la PDA debajo del brazo, y subieron la escalera. Llegaron a otro pasillo corto que parecía más propio de un hotel. Ambas lo recorrieron sigilosamente, y al girar en una esquina se toparon con una puerta cerrada. Lee hizo un gesto con la cabeza a Hughes, que abrió la puerta y entró.

Se encontraron en el extremo de un salón lleno de ancianos arrugados vestidos con ropa de calle y otras personas más jóvenes y muy atractivas semidesnudas.

—¿Dónde demonios estamos? —preguntó Hughes.

Lee se echó a reír.

—¡Joder! —exclamó—. ¡Era un burdel!

Las trabajadoras del burdel y los clientes se volvieron a mirar a Lee y a Hughes y se instaló un silencio sepulcral en el salón.

—¿Qué pasa? —les espetó la soldado Hughes sin bajar el arma—. ¿Nunca habían visto a una mujer desnuda?

—No creo que pueda contárselo de una manera distinta de como se lo he contado las últimas tres veces, señora —dijo Lee.

La teniente tenía entendido que su interlocutora, la coronel Liz Egan, era alguna clase de enlace con el Departamento de Estado que había mostrado un interés especial en su secuestro y posterior huida.

—Sólo intento conseguir algún dato más sobre esa persona llamada Dos —dijo Egan.

—No, señora —repuso Lee—. Nunca lo vi y sólo oí su voz distorsionada a través de la PDA. Tiene todos los archivos que yo creé y los archivos que copié de su PDA. No puedo contarle nada más sobre él.

—Ella.

—¿Perdón, señora?

—Ella —repitió Egan—. Estamos casi seguros de que Dos es Elyssia Gorham, la encargada de la Flor de loto, el burdel donde estuvieron retenidas. El despacho donde encontraron la PDA era el suyo, y no le suponía ninguna dificultad ocultar a quien quisiera en el sótano donde estuvieron retenidas ustedes. Esas habitaciones están reservadas a los clientes con gustos extremos o a los que quieren un espacio privado para alguna clase de acto especial. Eso también explicaría los inhibidores de señales. La clase de gente que alquilaría esos espacios querría que le garantizaran la privacidad. En definitiva, eran un lugar perfecto para retenerlos a usted y a los suyos, teniente.

—¿Se sabe ya quién nos drogó? —preguntó Lee.

—Hemos seguido el rastro hasta el camarero de la cervecería. Afirma que le ofrecieron el sueldo de un mes a cambio de echarles la droga en la bebida. Al parecer, necesitaba el dinero. Le vendrá bien, ya que lo han despedido.

—Pensaba que no se nos podía drogar —dijo Lee—. Suponía que era una de las ventajas de la SangreSabia.

—No se los puede drogar con una sustancia biológica —explicó Egan—. No sé qué les dieron, pero al diseñarlo tuvieron en cuenta la SangreSabia. Es algo de lo que tendremos que estar pendientes en el futuro. El departamento de investigación y desarrollo de las FDC ya está trabajando en ello.

—Bien.

—Y hablando de la SangreSabia, fue una gran idea utilizarla para incapacitar a su captor. Lo de crear un mapa de la habitación con datos acústicos también fue muy ingenioso. Se ha propuesto que se le conceda una distinción por ambas acciones. Siento que eso no implique un ascenso.

—Gracias, pero las distinciones y los ascensos no me quitan el sueño —dijo Lee—. Quiero saber más sobre la gente que mató a Jefferson. Durante el interrogatorio me hicieron un montón de preguntas acerca de lo que sabía sobre los movimientos separatistas y los grupos que desean que sus colonias se alíen con la Tierra en lugar de hacerlo con la Unión Colonial. Yo no sé nada sobre el tema, pero han matado a uno de mis hombres. Quiero saber más.

—En realidad no hay nada que contar —afirmó Egan—. Son tiempos convulsos para la Unión Colonial. Estamos muy ocupados intentando devolver al redil a la Tierra, y mientras tanto nuestras colonias hacen lo que pueden para sobrevivir. No existe un movimiento separatista organizado y la Tierra no está intentando atraer activamente las colonias. Por lo que sabemos, todas estas acciones son obra de grupos aislados. El que redujimos en Zhong Guo sólo estaba una pizca más organizado.

—Ya —dijo Lee. Sabía cuándo alguien le mentía, pero también sabía cuándo debía guardarse ese conocimiento.

La coronel Egan se puso en pie y Lee la imitó.

—En cualquier caso, teniente, no es algo por lo que tenga que preocuparse ahora mismo. Su distinción viene acompañada de dos semanas de permiso para que haga lo que le apetezca. Le sugiero que las pase en un lugar que no sea Zhong Guo. Y que se mantenga alejada de las cervecerías durante algún tiempo.

—Sí, señora. Aprecio su consejo. —Lee se despidió de la coronel con el saludo militar y se la quedó mirando hasta que Egan abandonó la sala. Luego cerró los ojos y se concentró en los sonidos de la nave.

9

Los observadores

—Teniente Wilson —dijo la embajadora Ode Abumwe—. Entre. Tome asiento, por favor.

Harry Wilson entró en el camarote de Abumwe en la nueva *Clarke*, que era incluso más estrecho e incómodo que el de la nave anterior.

—Una habitación muy acogedora —comentó, y se sentó.

—Si con «acogedora» quiere decir «casi humillantemente estrecha», sí, eso es exactamente —respondió Abumwe—. Pero si de verdad piensa que es acogedora, debería revisar su concepto de la comodidad.

—En realidad estaba pensando en la primera opción cuando lo he dicho —le aseguró Wilson.

—Sí, bueno. Cuando te quitan tu nave espacial y a cambio te dan otra que tiene más de medio siglo de antigüedad y cuyas piezas se mantienen unidas mediante cables y pegamento, una se las apaña como puede. —Señaló las paredes—. La capitana Coloma me ha asegurado que de hecho es uno de los camarotes privados más amplios que hay en la nave. Incluso más que el suyo propio. No sé si es cierto.

—Yo duermo en un cuarto con una cama abatible —dijo Wilson—. Creo que mi camarote es una tercera parte de éste. Puedo darme la vuelta en él, pero no puedo estirar los dos brazos a la vez en sentidos contrarios. El de Hart es incluso más pequeño, y encima lo comparte con otro tripulante. Si antes no se matan, acabarán durmiendo juntos simplemente por una cuestión de supervivencia.

—Me alegra oír que el señor Schmidt está disfrutando de sus vacaciones —dijo Abumwe.

—Ya lo creo que lo hace. Me ha dicho que está pensando en pasar lo que le queda en un hotel, por cambiar de aires.

—El romanticismo de la vida diplomática, teniente Wilson.

—Estamos viviendo nuestro sueño, señora.

Abumwe miró fijamente a Wilson durante unos segundos, como si le costara creer que habían mantenido un diálogo jocoso. Wilson no se lo reprochaba, pues no se habían llevado bien desde el mismo momento que lo habían destinado al grupo de trabajo de la embajadora. Abumwe era seca e intimidante; y él era sarcástico e irritante. Y ambos sabían que en el fondo estaban colgados del peldaño más bajo de la escalera diplomática. Sin embargo, las últimas semanas habían sido muy extrañas para los dos, y si bien todavía no eran lo que comúnmente se considera amigos, al menos ambos eran conscientes de que las circunstancias los habían colocado en el mismo bando, enfrentado a buena parte del resto del universo.

—Dígame, Wilson, ¿recuerda aquella vez que me dijo que teníamos algo en común?

Wilson frunció el ceño mientras hacía memoria.

—Sí, claro —dijo al fin—. Le comenté que ambos habíamos nacido en la Tierra.

Abumwe asintió.

—Eso es. Usted vivió allí setenta y cinco años, hasta que se enroló en las Fuerzas de Defensa Colonial. Yo emigré cuando era niña.

—Me parece recordar que no le hizo mucha gracia que le recordara ese vínculo entre nosotros —señaló Wilson.

Abumwe se encogió de hombros.

—Comentó esa relación justo cuando la Tierra y la Unión Colonial se separaban. En ese momento pensé que lo decía con segundas.

—No era mi intención reclutarla, se lo juro —dijo Wilson, asumiendo el riesgo de introducir un poco de frivolidad en la conversación.

—No fue eso lo que me molestó —repuso Abumwe—. Pensé que estaba haciendo una broma de pésimo gusto.

—Ah, vale. Ya lo pillo.

—Pero resulta que ese vínculo que nos une ha propiciado que nos encomienden una misión muy poco común —dijo Abumwe.

La embajadora cogió la PDA, la desbloqueó y pulsó la pantalla. Un segundo después, el CerebroAmigo de Wilson emitió un pitido y una nota apareció en su campo visual. Abumwe le había enviado un archivo.

Wilson abrió el archivo y lo examinó rápidamente, con los ojos cerrados para concentrarse. Un minuto después, sonrió.

—Vienen los terrícolas —dijo.

—Así es. A la Unión Colonial le preocupa que la Tierra todavía desconfíe de la transparencia de nuestros tratos con ella. Le preocupa que la Tierra acabe decidiendo seguir su propio camino, o peor aún, que comience a negociar su anexión al Cónclave. De manera que, como gesto de buena voluntad, se va a conceder a un grupo de observadores el acceso sin restricciones a una de nuestras negociaciones diplomáticas en curso. Y se han elegido para la ocasión nuestras inminentes conversaciones con los burfinor para intentar firmar un acuerdo comercial. Me han comunicado que la propia secretaria de Estado considera que mis vínculos personales con la Tierra, y los vínculos de mi equipo, es decir, los de usted, tendrán un impacto positivo en las relaciones entre la Unión Colonial y la Tierra.

—¿Y usted piensa igual? —inquirió Wilson, abriendo los ojos.

—Claro que no —respondió Abumwe—. Nos han elegido porque nuestras negociaciones con los burfinor son intrascendentes. Son atractivas porque el objetivo es conseguir la tecnología biomédica de los burfinor, lo que sin duda causaría una honda impresión si jamás se ha oído hablar del tema, y la gente de la Tierra no tiene la menor idea de su existencia. Pero no es algo especialmente delicado. De manera que no importa que los terrícolas nos observen mientras trabajamos. El hecho de que usted y yo tengamos relación con la Tierra sólo es un gesto de cara a la galería.

—¿Tenemos la certeza de que estas personas de verdad vienen de la Tierra? —preguntó Wilson—. La capitana Coloma y yo tuvimos un incidente con falsos terrícolas no hace mucho tiempo. Las FDC hicieron pasar a soldados retirados por representantes de la Tierra con el fin de encontrar a un espía. Ya jugaron con nosotros una vez, señora. Estaría bien saber si pretenden hacerlo de nuevo, y en ese caso, con qué intención.

Abumwe sonrió, lo que en sí ya era suficientemente raro para que Wilson reparara en ello.

—Usted y yo hemos pensado lo mismo, y por eso lo he comprobado con algunas personas de mi confianza en la Estación Fénix. He verificado toda la información que nos han dado sobre ellas. Sin embargo, no estoy tan familiarizada con la Tierra como usted, así que podría haber pasado algo por alto. Le he enviado todos los archivos sobre los cinco miembros del equipo de observadores. Estúdielos y hágamelo saber si encuentra algo que le llame la atención.

—Entendido —dijo Wilson—. También pondré mi pasado en la Tierra a trabajar para nosotros.

—De acuerdo —respondió Abumwe—. Y otra cosa, Wilson. Usted abandonó la Tierra hace sólo una década. Aún sabe cómo piensa y actúa la gente de allí, así que podrá descifrar mejor su opinión sobre la Unión Colonial y su relación con nosotros.

—Bueno, eso depende. Yo soy de Estados Unidos. Si los observadores vienen de otras partes del mundo, no voy a ser más útil que cualquier otra persona a bordo.

—Uno de ellos viene de su país, creo —dijo Abumwe—. Encontrará la información en los archivos. Compruébelo. Si es así, intime con él.

—Vale. Ahora llega la parte en la que le recuerdo que oficialmente mi trabajo en esta misión tendría que ser muy distinto; concretamente, debería examinar el equipo que los burfinor nos entregan.

—Naturalmente —asintió Abumwe, ligeramente irritada—. Haga su trabajo y haga lo que le he pedido. De hecho, combine ambas tareas e invite a los observadores a que lo ayuden a llevar a cabo sus pruebas. Con ello ganaremos puntos de transparencia adicionales. Y mientras tanto, averigüe todo lo que pueda sobre ellos.

—Quiere que los espíe.

—Prefiero el término «observar» —repuso Abumwe—. Después

de todo, ellos estarán observándonos a nosotros. No veo por qué no deberíamos devolverles el favor.

Los humanos llegados de la Tierra constituían un grupo cuidadosamente seleccionado para que representaran a todo el planeta, no únicamente a un continente, una facción política o intereses concretos. De Europa provenía Franz Meyer, economista y escritor. Luiza Carvalho era una política de América del Sur. De África venía Thierry Bourkou, ingeniero. En representación de América del Norte estaba la doctora Danielle Lowen. Asia estaba presente con Liu Cong, un diplomático que además era el líder de la delegación de observadores.

La embajadora Abumwe les dispensó un afectuoso recibimiento a su llegada a la *Clarke*, les presentó a la capitana Coloma, a la segunda de a bordo Neva Balla y a los miembros de su propio equipo diplomático. El último en ser presentado fue Wilson, quien les fue ofrecido como enlace entre ellos y Abumwe.

—Wilson les resolverá cualquier duda que tengan —dijo la embajadora Abumwe.

Éste asintió, estrechó la mano de Liu y, tal como había acordado con Abumwe, se dirigió a él en chino.

—Bienvenidos a nuestra nave. Estaré encantado de ayudarlos en todo lo que pueda.

Liu sonrió, miró brevemente a Abumwe y de nuevo a Wilson.

—Gracias, teniente. No me habían informado de que hablara otra lengua además del inglés.

Wilson esperó a que su CerebroAmigo tradujera las palabras del líder de los observadores y luego pensó una respuesta. El CerebroAmigo la tradujo y le indicó la pronunciación, que él trató de reproducir.

—Y no hablo ninguna otra lengua —manifestó—. El ordenador que tengo dentro de la cabeza es capaz de traducir lo que usted dice y mi respuesta en su lengua. Así que puede hablarme en la lengua que desee. No obstante, le pido que me permita responderle en mi lengua, porque estoy seguro de estar destrozando la suya.

Liu rio.

—Es cierto —dijo el terrícola en un inglés sin acento—. Su pronunciación es terrible. Pero le agradezco el esfuerzo. ¿Puede hacerles el mismo truco a mis colegas?

Wilson podía hacerlo y lo hizo. Mantuvo una breve conversación en portugués de Brasil, otra en árabe y otra en alemán antes de que llegara el turno de Lowen.

—Creo que el truco de la traducción no es necesario con usted.

—*Pouvez-vour repeter, s'il vous plaît?* —dijo Lowen.

—¿Eh? —Wilson, algo aturdido, se preparó para responder en francés.

—No, no, sólo estaba tomándole el pelo —se apresuró a decir Lowen—. Soy de Colorado.

—No hace ni treinta segundos que nos conocemos y ya puedo decir que es usted una persona complicada, señora Lowen —dijo Wilson.

—Considérelo un desafío, teniente Wilson —repuso Lowen—. Confiaba en su capacidad para salir del apuro.

—No hay problema.

—Su acento me suena del Medio Oeste —señaló Lowen—. ¿Ohio, tal vez?

—Indiana.

—¿Se ha enterado de lo de los Cubs? —preguntó Lowen. Wilson sonrió.

—Algo he oído.

—Por fin han ganado las Series Mundiales y el mundo no se ha acabado. Todas esas profecías se han ido directas al infierno.

—Decepcionante, la verdad —repuso Wilson.

—No para mí. Tengo todas mis cosas en la Tierra.

—El teniente Wilson y usted parecen haber congeniado, doctora Lowen —dijo Liu mientras asistía a la conversación entre ambos.

—Sí, parece que hablamos el mismo lenguaje —asintió Lowen.

—Entonces, quizá no le importe ser nuestro portavoz con el teniente —sugirió Liu—. Sería más sencillo si una persona sola se encargara de transmitirle todas nuestras peticiones.

—Si así lo desea, embajador Liu —aceptó Lowen, y se volvió hacia Wilson—. ¿Está usted conforme, teniente?

—¿Me transmitirá las peticiones en francés? —preguntó Wilson.

—Si tanto deseo tiene de seguir torturando sus oídos con mi espantoso francés de secundaria, por supuesto.

—En ese caso, tenemos un trato —dijo Wilson.

—*Merveilleux*.

Wilson lanzó una mirada a Abumwe, cuya expresión se debatía entre la diversión y la irritación.

«Bueno, usted fue quien me pidió que intimara con mi compatriota», pensó Wilson.

Las negociaciones con los burfinor no fueron bien.

—Lamentamos tener que informarles de que nuestra ministra de Comercio considera que las condiciones iniciales de la negociación son demasiado desfavorables para nuestros intereses —dijo Blblllblblb Doodoodo, cuyo nombre de pila los humanos pronunciaban de una manera más correcta si pegaban un dedo a los labios y lo despegaban de ellos repetida y velozmente; en cuanto al apellido, la mejor pronunciación era canturrearlo.

—Ciertamente es una pena —se lamentó Abumwe.

Wilson, que estaba en el fondo de la sala de reuniones, preparado para entregar un informe que ahora sospechaba que acabaría tirando a la basura, advirtió la tensión en la mandíbula de Abumwe, señal inequívoca de su irritación por el inesperado revés en las negociaciones, aunque no creía que fuera apreciable por alguien que no hubiera pasado algún tiempo con ella. Al menos ninguno de los observadores de la Tierra dio la impresión de percatarse de ello; todos parecían mucho más pendientes de Doodoodo. Wilson tuvo que recordarse que para los terrícolas todavía era una novedad pasar tiempo en compañía de especies alienígenas; era posible que los burfinor fueran la primera especie inteligente no humana que todos ellos habían visto en carne y hueso.

—¿Podría darnos alguna explicación más detallada para este cambio de opinión? —añadió Abumwe.

—No cabe duda de que la Unión Colonial se beneficiará de los escáneres biomédicos que les hemos ofrecido —dijo Doodoodo.

—¿Wilson? —le preguntó Abumwe sin volverse a mirarlo.

—He realizado un diagnóstico preliminar del aparato que nos han facilitado como muestra —dijo Wilson—. Su comportamiento ha sido el esperado, al menos durante el tiempo que he estado trabajando con él, lo que quiere decir que su capacidad de diagnóstico es de una magnitud superior a la de nuestros bioescáneres. Me gustaría disponer de más tiempo con él para seguir realizando pruebas, y todavía no he podido ver los otros aparatos incluidos en la negociación. Pero en general, los escáneres son lo que esperábamos, hacen lo que nos prometieron.

—Exacto —asintió Doodoodo—. Son de un valor incalculable para sus colonias.

—De la misma manera que nuestras naves espaciales lo son para las suyas —señaló Abumwe. La Unión Colonial esperaba intercambiar cinco fragatas recientemente retiradas del servicio por varios centenares de escáneres.

—Sin embargo, existe una diferencia abismal en la sofisticación de la tecnología, ¿no cree? —repuso Doodoodo—. La tecnología que nosotros les ofrecemos es la vanguardia de la biomedicina. Lo que ustedes nos ofrecen son naves de una o varias generaciones anteriores a las más modernas de su flota.

—La tecnología es robusta —insistió Abumwe—. Quisiera recordarle que nosotros hemos venido en una nave que pertenece a una generación muy anterior a la de las naves que les ofrecemos. Es fiable y está en perfecto estado.

—Sí, por supuesto —admitió Doodoodo—. Sabemos perfectamente que utilizan la *Clarke* como cebo para vendernos esos aparatos de saldo. Sin embargo, la ministra considera que la desigualdad es demasiado grande. Queremos renegociar el trato.

—Acordamos las condiciones iniciales con su ministra —repuso Abumwe—. Introducir esos cambios a estas alturas es algo completamente inusual.

Doodoodo se frotó suavemente la base de los tentáculos rematados por ojos.

—Creo que la ministra considera que las circunstancias han cambiado. —Uno de los tentáculos con ojo de Doodoodo, posiblemente de manera inconsciente, giró para mirar a los observadores terrícolas.

Abumwe se daba cuenta de las consecuencias de aquel revés en las negociaciones, pero en ese momento no podía hacer nada para evitarlo. En cambio, siguió presionando a Dodoodo con la esperanza de que al menos trasladara a su jefa la petición de que reconsiderara aquella voluntad de cambio en el trato. Dodoodo se mostró prodigiosamente amable y comprensivo con su homóloga humana, pero no le prometió nada.

En el transcurso de la reunión, Liu y sus colegas terrícolas no dijeron nada ni mostraron el menor indicio de lo que pasaba por sus cabezas. Wilson intentó en varias ocasiones cruzar una mirada con Lowen para conseguir alguna pista de lo que estaba pensando, pero la doctora no despegaba los ojos de Dodoodo.

Las negociaciones concluyeron poco después y los humanos, frustrados, regresaron a la *Clarke* en el transbordador en completo silencio. Cuando desembarcaron en la nave se dispersaron, igualmente callados. Wilson observó alejarse a Abumwe, seguida por su secretario; el resto del equipo de Abumwe permaneció unos instantes en el hangar, sin saber muy bien qué hacer, hasta que finalmente fueron marchándose. El grupo de terrícolas se había reunido en un rincón y estaban conversando. En un momento dado, Lowen levantó la cabeza y miró en la dirección de Wilson. Éste intentó no sacar conclusiones precipitadas de aquel gesto.

Finalmente, el grupo de terrícolas se disgregó y Liu y Lowen enfilaron directamente hacia él.

—Saludos, terrícolas —dijo Wilson.

Liu se lo quedó mirando con perplejidad. Lowen sonrió.

—¿Cuánto tiempo lleva esperando la ocasión para decir eso? —preguntó la doctora.

—Por lo menos doce años —respondió Wilson.

—¿Y ha sido como esperaba?

—Ya lo creo.

—Una reunión interesante la de hoy —dijo diplomáticamente Liu.

—Una manera de definirla tan buena como cualquier otra —repuso Wilson.

—¿Qué ha pasado? —inquirió Lowen.

—¿Me pregunta por qué un rutinario acuerdo comercial se va al traste y deja en evidencia a la Unión Colonial delante de los observadores a los que quería impresionar con su habilidad diplomática? —Wilson reparó en la expresión que puso Liu, pese a su discreción, al oír aquel resumen de los acontecimientos del día.

—Sí, a eso me refería —asintió Lowen.

—La respuesta está implícita en la pregunta. Ustedes han estado presentes en las negociaciones. Los burfinor saben algo de los problemas de la Unión Colonial con la Tierra. Supongo que imaginaban que estaríamos dispuestos a mejorar nuestra oferta para evitar quedar en ridículo delante de ustedes.

—Y no les ha funcionado —dijo Lowen.

—Sí, bueno, ya veremos. Los burfinor no conocen bien a la embajadora Abumwe. Es una mujer insistente a la que no le gustan las sorpresas.

—¿Y qué va a pasar ahora? —quiso saber Liu.

—Supongo que la embajadora Abumwe volverá a reunirse con Doodoodo mañana, lo informará de que es inaceptable cualquier cambio en las condiciones del acuerdo y, de la manera más educada posible, amenazará con abandonar las negociaciones. A lo que nuestro buen amigo Doodoodo probablemente responderá con la retirada de la petición de pactar unas condiciones distintas, ya que, si bien para la Unión Colonial sería estupendo contar con unos escáneres biomédicos nuevos, los burfinor están a punto de enzarzarse en una sucia guerra de fronteras con los eroj y andan cortos de naves. Así que necesitan este acuerdo más que nosotros. Si no llega a buen puerto, ellos salen perdiendo.

—Interesante —dijo Liu.

—Queríamos evitar que se aburrieran —bromeó Wilson.

—Y también querían evitar que asistiéramos a una negociación en la que la Unión Colonial estuviera en desventaja —repuso Lowen, mirando directamente a los ojos a Wilson.

—¿Y eso les sorprende? —inquirió éste.

—No —respondió Liu—. Aunque he de admitir que sí me sorprende ligeramente que usted lo reconozca.

Wilson se encogió de hombros.

—Yo soy un laureado experto en tecnología, no un experimentado diplomático. Se me permite decir obviedades.

—Dudo que a su jefa le guste que comparta «obviedades» con nosotros —señaló Lowen.

Liu se adelantó a Wilson en la réplica:

—Todo lo contrario —dijo el diplomático chino—. Creo que la embajadora Abumwe sabía perfectamente lo que hacía cuando nos asignó al teniente Wilson como enlace.

—La embajadora es todo lo contrario a estúpida —convino Wilson.

—Ya me he dado cuenta —repuso Liu, y luego bostezó—. Lo siento. Aún no me he acostumbrado a los viajes espaciales y he descubierto que me dejan exhausto. Creo que iré a descansar un poco.

—Por cierto, ¿qué le parece el camarote? —preguntó Wilson.

—Es acogedor —respondió Liu.

—Una respuesta muy diplomática —repuso el teniente.

Liu se echó a reír.

—Sí, bueno, a eso me dedico —le recordó Liu. Se despidió de los otros dos y se marchó.

—Es un buen tipo —comentó Wilson.

—Un tipo excelente —afirmó Lowen—. Uno de los mejores diplomáticos que hay en el mundo y una de las personas más encantadoras que he conocido. Incluso ha cedido su camarote privado a Franz y se ha instalado con Thierry. Franz tuvo un pequeño ataque de claustrofobia. Asegura que ha visto celdas de prisiones más grandes.

—Y seguramente tiene razón.

—Lo irónico del caso es que quien sufre las consecuencias es Thierry —dijo Lowen—. Liu es una persona brillante y maravillosa, pero también ronca como si fuera un tren de mercancías. Ahora es Thierry quien tiene que aguantarlo. No le sorprenda si estos días lo ve agotado.

—Usted podría prescribirle algo que lo ayude a dormir. Después de todo, es médico.

—No creo que mis prescripciones tengan validez pasado Neptuno. De todas maneras, Franz viaja con un aparato que genera ruido blanco que lo ayuda a dormir y se lo ha prestado a Thierry. Debería irle bien. En teoría.

—Bien. ¿Y usted? ¿Qué tal su camarote?

—Es un asco —respondió Lowen—. Y Luiza ya se ha apoderado de la cama de abajo.

—Qué vida más dura.

—Si la gente supiera… Por cierto, ¿a quién tengo que matar para conseguir una copa en este sitio?

—Por suerte, a nadie —respondió Wilson—. Hay un salón de oficiales tres cubiertas más abajo. Ofrece una lamentable selección de cervezas aguadas y licores repugnantes.

—Eso puedo arreglarlo —dijo Lowen—. Viajo con una botella de Laphroaig de dieciocho años en la maleta.

—No suena muy saludable.

—Es para relajarme. Si fuera alcohólica de verdad llevaría algo mucho más barato. La traje por si acaso me veía en la necesidad de camelarme a alguno de ustedes y fingir ser amable y todo eso.

—Gracias a Dios que no ha necesitado hacerlo —dijo Wilson.

—Antes de llegar tenía previsto invitar a la embajadora Abumwe a tomar una copa —le confesó Lowen—. Pero tengo la sensación de que no es la clase de persona que se deje camelar.

—Creo que la ha calado a la perfección.

—Usted, por el contario… —dijo Lowen, señalándolo.

—Yo nací para que me camelaran, doctora Lowen —afirmó el teniente.

—Estupendo. Primera parada, el cuchitril que ustedes llaman camarote. Segunda parada, el salón de oficiales. Esperemos que sea más amplio.

El salón de oficiales era más amplio, pero no mucho más.

—¿La Unión Colonial tiene algo en contra del espacio? —preguntó Lowen mientras plantaba la botella de Laphroaig en una mesa diminuta.

El salón de oficiales estaba vacío salvo por Lowen, Wilson y el Laphroaig.

—La nave es vieja —dijo Wilson mientras elegía un par de vasos del armario del salón—. Antiguamente la gente era más pequeña y sabía disfrutar de la cercanía de otras personas.

—Pongo en duda la veracidad de su explicación.

—Quizá haga bien —dijo Wilson. Volvió a la mesa y los vasos hicieron un ruido sordo cuando los depositó en ella.

Lowen, extrañada, levantó uno de ellos.

—¡Están imantados! —se sorprendió la doctora.

—Sí. No suele haber interrupciones en la gravedad artificial, pero cuando se producen, es mejor no tener vasos flotando en el aire.

—¿Y el contenido?

—Se apura de un trago —dijo Wilson, levantando su vaso y agitándolo delante de Lowen.

La doctora miró al teniente con una expresión burlona, abrió la botella de Laphroaig, vertió un dedo y medio en el vaso de Wilson y se sirvió la misma cantidad.

—Por la gravedad artificial —brindó Lowen.

—Por la gravedad artificial —repitió Wilson, y ambos bebieron.

Unos minutos después se sirvieron la segunda ronda.

—Dígame, ¿cómo lo lleva? —preguntó Lowen.

—¿Cómo llevo el qué?

Lowen hizo un gesto con la mano para señalar de arriba abajo el cuerpo de Wilson.

—Lo de ser verde.

—Me parece increíble que me haga esa pregunta.

—Lo sé —dijo Lowen—. Jim Henson y varias generaciones de descendientes suyos están ahora mismo revolviéndose en sus tumbas, a varias docenas de años luz de aquí.

—Eso es gracioso. O lo fue la primera de las seiscientas veces que lo he oído.

—¡Se lo pregunto en serio! —protestó Lowen—. Es una pregunta que le hago desde el punto de vista de mi curiosidad como médico. Quiero saber si todas esas supuestas mejoras que les introducen las Fuerzas de Defensa Colonial realmente son tales.

—Bueno, empecemos por lo siguiente: ¿Cuántos años me echa?

Lowen lo observó unos instantes.

—No lo sé… ¿veintidós? Veinticinco como máximo. El hecho de que sea verde me confunde. Pero parece mucho más joven que yo, que tengo treinta y cinco. Sin embargo, no es más joven, ¿verdad?

—Tengo noventa años.

—¡Venga ya!

—Más o menos —dijo Wilson—. Cuando se lleva demasiado tiempo en el espacio se acaba perdiendo la noción del tiempo a menos que se consulte continuamente. Eso es porque los miembros de las FDC no envejecen.

—¿Cómo puede ser? La entropía todavía actúa, ¿no? La física no pierde completamente su vigencia.

Wilson extendió un brazo.

—Está anclada en la patética falacia —replicó el teniente—. El hecho de que mi aspecto sea el de un ser humano no significa que sea humano. Este cuerpo contiene más material genético que no es estrictamente humano que material propiamente humano. Además, tiene integradas un montón de máquinas. Mi sangre en realidad es un fluido lleno de nanobots. Yo y todos los soldados de las FDC somos cíborgs genéticamente modificados.

—¡Pero usted sigue siendo usted, ¿no?! Es la misma persona que abandonó la Tierra. Su conciencia es la misma.

—Ésa es una cuestión sobre la que los soldados no nos ponemos de acuerdo —respondió Wilson, que replegó el brazo—. Cuando te transfieren al cuerpo nuevo, la máquina encargada del proceso hace que durante un momento fugaz estés en dos cuerpos a la vez. Da la sensación de que tú, como persona, estás transfiriéndote, pero creo que es igual de plausible que lo que ocurra sea que los recuerdos son transferidos a un cerebro especialmente diseñado para ellos, éste se despierta y se establece una comunicación entre los dos cerebros separados que crean la ilusión de una transferencia antes de que el cerebro viejo se apague.

—En ese caso, usted, en realidad, está muerto —manifestó Lowen—. Su verdadero yo. De manera que el nuevo yo es una imitación.

—Correcto. —Wilson tomó un sorbo de su vaso—. Sea lo que fuere, las FDC podrían enseñarle gráficos y cuadros que demuestran que se produce una auténtica transferencia de conciencia. Pero yo creo que es una de esas cosas que no se pueden teorizar desde fuera. No me queda más remedio que aceptar la posibilidad de que sea un imitador de Harry Wilson.

—¿Y eso no lo incomoda?

—En un sentido metafísico, sí, se lo aseguro —respondió él—. Pero en el día a día, lo cierto es que no le doy demasiadas vueltas. Lo que sé seguro es que por dentro me siento como si llevara en este mundo noventa años, y en última instancia, a esta versión de mí le gusta estar vivo. Así que no sé.

—Vaya, esta conversación ha tomado un rumbo que no me esperaba —apuntó la doctora Lowen.

—Si lo que le he dicho le parece raro, espere a que le cuente que gracias a la tecnología del propulsor de salto, usted está ahora en un universo completamente distinto y nunca volverá a ver a sus amigos ni a su familia.

—Un momento… ¿Cómo dice?

Wilson señaló la botella de Laphroaig.

—Será mejor que se sirva otra copa.

Un rato después. Cuarta ronda.

—¿Sabe cuál es el problema de la Unión Colonial?

—¿Sólo hay uno? —respondió Wilson.

—¡La arrogancia! —exclamó Lowen sin hacer caso a la pregunta del teniente—. ¿Qué clase de gobierno toma la decisión de que lo más inteligente, lo más prudente, lo más sensato es mantener a un planeta entero en un estado de retraso para utilizarlo como criadero de colonos y de soldados?

—Si espera que actúe como abogado de las prácticas de la Unión Colonial, el debate va a ser muy breve —replicó Wilson.

—Y no hablo de cualquier planeta —continuó Lowen, de nuevo pasando por encima de las palabras de Wilson. Éste sonrió; era evidente que la doctora se soltaba cuando se achispaba—. ¡Se trata de la Tierra! O sea, ¿es alguna clase de broma macabra? La cuna de la vida humana en el universo, el lugar donde nació todo, ¡nuestro hogar! Y sólo hace un par de siglos, un puñado de gilipollas de Fénix pensaron: «¡Eh! ¡Que se jodan!». Sinceramente, ¿qué pensaba la Unión Colonial que iba a suceder cuando descubriéramos hasta qué punto estaba puteándonos? ¿Cuánto tiempo creía que íbamos a seguir aguantándolo?

—Reitero mi comentario de que si espera que yo defienda a la Unión Colonial, se va a llevar una decepción tremenda —insistió Wilson.

—¡Pero usted es uno de ellos! —exclamó Lowen—. Por lo menos sabe cómo piensa la Unión Colonial, ¿no? ¿Qué pensaba?

—Creo que no se les pasó por la cabeza que alguna vez la Tierra descubriera algo —respondió Wilson—. Y si queremos ser precisos, la Unión Colonial hizo un buen trabajo manteniendo la Tierra aislada durante un par de siglos. Si no hubiera intentado matar a un amigo mío, y a toda su familia, y acabar con su colonia por una cuestión de conveniencia política, probablemente la situación no habría cambiado.

—Un momento. ¿Usted conoce a John Perry?

—Abandonamos la Tierra en el mismo vehículo —afirmó Wilson—. Formábamos parte del mismo grupo de amigos. Nos hacíamos llamar los Pelmas. Éramos siete. Ya sólo quedamos tres: John, Jesse Gonzales y yo.

—¿Dónde está ella?

—En la colonia de Erie —dijo Wilson—. Salimos juntos una temporada, pero ella quiso abandonar las FDC y yo no. Se casó con un tipo en Erie y ahora tiene un par de gemelas. Es feliz.

—Pero todos los demás están muertos.

—Cuando nos enrolamos nos dijeron que tres cuartas partes de nosotros estaríamos muertos en menos de diez años —dijo Wilson. Por un momento se quedó ensimismado; luego levantó la cabeza para mirar a Lowen y sonrió—. Así que, desde el punto de vista estadístico, los Pelmas hemos ganado.

—Siento haber despertado sus recuerdos —se disculpó Lowen tras unos segundos de silencio.

—Estamos hablando y bebiendo, doctora Lowen. Los recuerdos tenían que aflorar.

—Puede llamarme Danielle. O Dani. Como prefiera. Supongo que después de haber bebido tanto whisky juntos lo normal es que nos tuteemos.

—No te lo discutiré —dijo Wilson—. Llámame Harry.

—Hola, Harry.

—Hola, Dani.

Chocaron los vasos.

—Le han puesto el nombre de tu amigo a mi antiguo instituto —dijo Lowen—. Antes se llamaba Instituto Hickenlooper. Ahora es el Instituto Perry.

—No se puede recibir mayor honor.

—En realidad me molesta un poco —confesó Lowen—. Recibo correos del estilo «Saludos, exalumnos del Perry», y yo me digo: «Pero ¿qué es esto? ¿Yo no fui al Perry?».

—Conociendo a John, se llevaría un disgusto si se enterara que te molesta que le hayan cambiado el nombre a tu instituto.

—Bueno, para ser justa, ese hombre ha liberado a mi planeta de una campaña de represión sistemática y de control social que se ha prolongado durante dos siglos —dijo Lowen—. Así que supongo que no debería estar rabiosa por el cambio de nombre del instituto.

—Posiblemente no.

—Pero eso nos lleva de vuelta a la cuestión inicial: ¿Qué demonios pensaba la Unión Colonial?

—¿Quieres una respuesta seria? —inquirió Wilson.

—Por supuesto, si no es demasiado complicada. Estoy un poco borracha.

—Utilizaré palabras sencillas —prometió Wilson—. Apostaría a que al principio la Unión Colonial pensó que atrayendo toda la atención hacia sí y hacia sus planetas estaba protegiendo la Tierra, y que ayudaba al desarrollo de la humanidad en general al recurrir a la Tierra para contribuir al rápido crecimiento de las colonias con migrantes y soldados.

—Eso era al principio. ¿Y después?

—¿Después? La costumbre —respondió Wilson.

Lowen lo miró con incredulidad.

—¿La costumbre? ¿Eso es todo? ¿Ésa es tu explicación?

Wilson se encogió de hombros.

—No te prometí una buena respuesta; sólo que sería seria.

—Menos mal que soy diplomática —señaló Lowen—. De lo contrario, te diría lo que pienso en realidad de tu respuesta.

—Me hago una idea.

—¿Y tú que piensas, Harry? ¿Crees que la Tierra y la Unión Colonial deberían aliarse después de todo lo que ha sucedido?

—No estoy seguro de ser la persona más cualificada para responderte —repuso Wilson.

—¡Oh, venga ya, Harry! —insistió Lowen, e hizo un gesto con el brazo para abarcar el salón de oficiales, cuyos únicos ocupantes seguían siendo Wilson, ella y la botella de Laphroaig—. Estamos solos.

—Creo que ahí fuera hay un universo aterrador. En el que no hay muchos humanos.

—Pero ¿qué me dices del Cónclave? Cuatrocientas especies alienígenas que no se matan unas a otras. ¿Eso no lo hace un poco menos aterrador?

—¿Para esas cuatrocientas especies? Seguro —asintió Wilson—. Mientras dure. Para todos los demás es igual de aterrador.

—Eres la alegría de la huerta.

—Prefiero decir que soy realista.

Más tarde. Sexta ronda.

—¿Todas las partes de tu cuerpo son verdes? —preguntó Lowen.

—¿Perdón?

—Lo pregunto sólo por mero interés científico.

—Gracias —dijo Wilson con un tono cargado de ironía—. Eso lo mejora.

—Es decir, a menos que prefieras que mi pregunta tenga una razón menos científica.

—Pero bueno, doctora Lowen —exclamó Wilson, fingiéndose estupefacto—. No soy de esa clase de chicos.

—También en eso soy escéptica —replicó Lowen.

—Te diré una cosa: hazme esa pregunta cuando no hayas consumido una cantidad considerable del contenido de la botella de un excelente whisky de malta de una sentada. Si entonces te sale preguntármelo, tal vez recibas una respuesta distinta de mí.

—Está bien —dijo con decepción Lowen. Luego miró detenidamente a Wilson, en cierta manera como lo haría un búho—. Tú no estás borracho.

—No —admitió Wilson.

—Has bebido tanto como yo y yo estoy como una cuba. Incluso teniendo en cuenta tu masa corporal, tú también deberías estar borracho.

—Las ventajas de un cuerpo nuevo. Una tolerancia al alcohol muy superior. En realidad, la explicación es bastante más complicada, pero es tarde y has bebido demasiado, así que mejor me la guardo para mañana. Por cierto, ya es hora de que te retires a tu cuchitril si no quieres estar con resaca en la reunión de mañana. —Se levantó y le tendió una mano a la doctora.

Ella la tomó y se levantó tambaleándose sólo levemente.

—¡Vaya! —exclamó Lowen—. Alguien está jugando con la gravedad artificial.

—Sí. Te has dado cuenta, ¿eh? Vamos.

Wilson la acompañó por los pasillos y las escaleras hasta que llegaron a los camarotes que la capitana Coloma había asignado a los observadores.

—Ya casi estamos —dijo Wilson.

—Ya era hora. Me da a mí que me has llevado por la ruta turística que implica un rodeo.

—Te traeré un poco de agua y algunas galletas saladas.

—Me parece una idea excelente —dijo Lowen, que dio un leve respingo al oír el estruendo de una puerta al abrirse violentamente y golpear la pared de la nave.

Wilson se volvió en la dirección del ruido y vio a Thierry Bourkou con el rostro desencajado.

—¿Va todo bien, señor Bourkou?

Bourkou se volvió hacia Wilson, vio a Lowen rodeada por su brazo y corrió hacia ellos.

—¡Dani! ¡Dani, ven, deprisa! ¡Es Cong!

—¿Qué pasa con Cong? —preguntó Lowen, aparentemente menos cansada y con una voz más clara que sólo unos instantes antes. La doctora reparó en la expresión de pánico en la cara de su colega, y el tono alarmado de su voz le cortó de cuajo la borrachera—. ¿Qué sucede?

—¡No respira! —exclamó Bourkou—. ¡Está azul y no respira! —Agarró la mano de Lowen y tiró de ella para llevársela por el pasillo en dirección a su camarote—. ¡No respira! ¡Creo que está muerto!

—Estaba bien cuando se acostó —dijo Bourkou—. Los dos estábamos cansados, así que nos fuimos a dormir a la vez. Entonces comenzó a roncar, así que encendí el aparato de ruido blanco y me dormí. Cuando me desperté le dije que iba a buscar un té y le pregunté si quería uno. No me respondió, así que lo sacudí un poco. Entonces vi que tenía los labios azules.

Todos los observadores estaban en la enfermería de la *Clarke* con Wilson, Abumwe, la capitana Coloma y la doctora Inge Stone, jefe médico de la nave. El cuerpo de Liu Cong también estaba allí, tendido sobre una camilla.

—¿Te dijo algo aparte de que estaba cansado? —preguntó Stone—. ¿Se quejó de algún dolor? ¿Te comentó si tenía alguna enfermedad?

Bourkou negó con la cabeza.

—Conocía a Cong desde hace diez años. Siempre fue un hombre sano. Lo peor que le había pasado fue cuando, al cruzar una calle, una moto lo atropelló y le rompió el pie.

—¿Qué le ha pasado? —preguntó Franz Meyer. Él era el segundo en el escalafón de los observadores, sólo por debajo de Liu.

—Es difícil saberlo —respondió Stone—. Parece una intoxicación por monóxido de carbono, pero no tiene sentido. El señor Bourkou no está afectado, cosa imposible si hubiera sido el monóxido de carbono, y en cualquier caso, cerca de su camarote no hay nada que pueda haber sufrido una fuga de gas.

—¿Y el generador de ruido blanco? —preguntó Lowen. La combinación de cafeína, ibuprofeno y nervios la había despejado por completo—. ¿Podría provocar algo así?

—¡Claro que no! —le espetó Meyer, casi con desdén—. Las únicas partes móviles del aparato son los altavoces. Y sólo emiten ruido blanco.

—¿Alguna alergia o trastorno? —preguntó Stone.

Esta vez fue Meyer quien respondió negativamente con la cabeza.

—Tenía intolerancia a la lactosa, pero eso no lo puede haber matado. Por lo demás, no era alérgico a nada. Thierry ya lo ha dicho, es un hombre sano. Era.

—¿No estamos pasando algo por alto? —preguntó Luiza Carvalho.

Todas las miradas se volvieron hacia ella. Era la primera vez que hablaba desde que el grupo se había reunido en la enfermería.

—¿Qué estamos pasando por alto? —inquirió Coloma.

—La posibilidad de que no sea una muerte natural —respondió Carvalho—. Cong era un hombre sano, sin problemas de salud previos.

—Con todos mis respetos, señora Carvalho, no creo que haya que acudir a ese extremo en busca de una explicación —dijo Stone—. Es más probable que el señor Liu sucumbiera a una enfermedad que no se le había diagnosticado. Es algo bastante habitual, sobre todo en personas aparentemente sanas. La ausencia de síntomas visibles implica que no visitan la consulta del médico con la frecuencia con la que lo hacen otras personas. Las enfermedades menos visibles hacen mella en ellos.

—Estoy de acuerdo en que la explicación más sencilla suele ser la correcta —dijo Carvalho—. Por supuesto. Pero también sé que en mi país, Brasil, el asesinato por envenenamiento ha vuelto a ponerse de moda. El año pasado, un senador de Mato Grosso fue asesinado con arsénico.

—¿Un asesinato político? —preguntó Abumwe.

—No —respondió Carvalho—. Lo asesinó su esposa por acostarse con su secretaria.

—No quiero ser indiscreta, pero ¿podemos descartar que esa situación se haya dado aquí? —preguntó Abumwe.

Meyer miró a sus colegas.

—Estoy seguro de que ninguno de nosotros estaba acostándose con Cong —dijo el observador europeo—. También estoy seguro de que ninguno de nosotros tenía motivos profesionales para quererlo muerto. Con la excepción de Thierry, ninguno de nosotros lo conocíamos antes de esta misión. La selección de los miembros de la delegación se basó principalmente en motivos políticos. Todos representamos intereses diferentes en la Tierra, así que no existe entre nosotros una competición directa ni celos profesionales.

—¿Todos sus representados se llevan bien? —preguntó Wilson.

—La mayoría sí —respondió Meyer, y señaló a Lowen—. La doctora Lowen representa los intereses de Estados Unidos, un país que, para bien o para mal, todavía ocupa una posición predominante en la política global, sobre todo a partir de la aparición de Perry. Los representantes de los restantes intereses políticos intentamos minimizar su influencia en esta misión, por eso el señor Liu Cong fue elegido el líder de la delegación, a pesar de las objeciones de Estados Unidos, y la representante del país norteamericano, perdona que lo diga así, Dani, ocupa el último lugar en el escalafón. Pero en ningún caso nuestras diferencias alcanzan el grado de intentar el juego sucio.

—En todo caso, yo he pasado varias horas en compañía del teniente Wilson —dijo Lowen.

Esta confesión hizo que Meyer y Abumwe enarcaran las cejas.

—Cong me pidió que profundizara en la relación con nuestro enlace con la Unión Colonial para intentar averiguar algo más sobre la mecánica del organismo. Y eso hice. —Se volvió hacia Wilson—. No te lo tomes a mal.

—Tranquila —dijo con sinceridad Wilson.

—Por lo tanto, parece ser que podemos descartar el envenenamiento y el asesinato —dijo Stone.

—A menos que el autor pertenezca a la Unión Colonial —apuntó Carvalho.

Abumwe, Wilson y Coloma se miraron, y su actitud no pasó desapercibida.

—Vale, ¿qué está pasando aquí? —preguntó Lowen.

—¿Te refieres al repentino y elocuente intercambio de miradas? —inquirió Wilson antes de que Abumwe y Coloma pudieran decir nada.

—Sí, a eso mismo.

—Recientemente hemos sufrido varios casos de sabotaje —dijo Abumwe, fulminando con la mirada a Wilson.

—¿En esta nave? —preguntó Meyer.

—No se originaron en la *Clarke* —respondió Coloma—, pero la nave se vio afectada.

—¿Y creen que la muerte de Cong puede ser un nuevo caso de ésos? —preguntó Meyer.

—Lo dudo —respondió Abumwe.

—Pero no pueden estar seguros al cien por cien —insistió Meyer.

—No, no podemos —admitió la embajadora.

—¿Qué me he perdido? —preguntó Stone, mirando a Abumwe y a Coloma.

—Luego hablamos, Inge —dijo Coloma.

La doctora Stone cerró la boca, enfurruñada.

—Considero que nos enfrentamos a un problema potencial —declaró Meyer.

—¿Qué sugiere que hagamos? —inquirió Abumwe.

—Creo que se debería realizar una autopsia —respondió el terrícola—. Y cuanto antes se haga, mejor.

—Seguro que la doctora Stone puede encargarse de ella —apuntó Coloma. Meyer negó con la cabeza y Coloma frunció el ceño—. ¿No le parece aceptable?

—No me parece aceptable que la realice sola —repuso Meyer—. No pretendo ofender a la doctora Stone, pero esto se ha convertido en un asunto político muy delicado. Si alguien de la Unión Colonial está saboteándolos, todo el aparato de la Unión Colonial está bajo sospecha. No pongo en duda que la doctora Stone hará un trabajo excelente con la autopsia, pero tampoco pongo en duda que todos los políticos de la Tierra lo interpretarán como una maniobra de la Unión Colonial para eliminar toda sospecha en la muerte de un diplomático de la Tierra y lo utilizarán para sus propios fines, cualesquiera que sean.

—Entonces tenemos un problema —dijo Stone—. Porque todo mi equipo también es de la Unión Colonial.

Meyer lanzó una mirada a Lowen, que asintió.

—Yo colaboraré con usted en la autopsia —dijo la doctora terrícola.

Stone se la quedó mirando con perplejidad.

—¿Es usted médico?

Lowen asintió con la cabeza.

—Por la Universidad de Pennsylvania. Especializada en hematología y nefrología. Ejercí mi especialidad durante tres meses antes de que el Departamento de Estado me contratara como asesora.

—La doctora Lowen ha omitido el hecho de que su padre es el secretario de Estado de Estados Unidos Saul Lowen —declaró Meyer sonriendo—. Y que más o menos se vio obligada a aceptar ese trabajo a petición de su padre. Lo que en ningún caso quiere decir que no esté capacitada.

—Sí, bueno… —dijo Lowen, ligeramente ruborizada por el comentario de Meyer—. El hecho es que tengo los conocimientos y la experiencia. Si trabajamos juntas, nos aseguramos de que nadie pueda poner en duda los resultados.

Stone buscó con la mirada a Coloma, que a su vez miró a Abumwe. Ésta asintió, como también hizo Coloma.

—Está bien. ¿Cuándo quiere empezar? —preguntó Stone.

—Necesito dormir un poco —dijo Lowen—. Creo que a todos nos vendrá bien descansar. Mañana nos espera un día duro.

Stone asintió. Los observadores se despidieron y enfilaron hacia sus camarotes.

—¿Qué demonios estaba pensando, Wilson? —le espetó Coloma cuando los terrícolas se hubieron marchado.

—¿Se refiere a cuando les he contado lo de los sabotajes? —inquirió Wilson. Coloma asintió—. Mire, ellos ya se habían dado cuenta de nuestra reacción. Sabían que estaba pasando algo raro.

Podríamos haberles mentido torpemente, con lo que nos habríamos ganado su desconfianza, o decirles la verdad para que confíen en nosotros. El líder de su delegación está muerto y no sabemos la causa. Tenemos que conseguir toda la confianza de su parte que podamos.

—La próxima vez que sienta la necesidad de tomar decisiones en el ámbito de la diplomacia, consúltemelo primero —dijo Abumwe en bastante mal tono—. Ya lo ha hecho antes, así que sé que es capaz de hacerlo. Usted no es el responsable de la misión, de modo que no le corresponde decidir qué se les cuenta y qué no.

—Sí, embajadora Abumwe. No era mi intención hacer más difícil su trabajo.

—Teniente, me importan una mierda sus intenciones —le soltó, cabreada, Abumwe—. Creía que ya lo sabía.

—Sí, embajadora.

—Puede retirarse, Wilson —dijo, y se volvió hacia Coloma y Stone—. Los adultos tenemos que hablar en privado.

Wilson pilló la indirecta y abandonó la enfermería.

Lowen estaba esperándolo en el pasillo.

—¿No te ibas a dormir?

—Quería disculparme —dijo la doctora terrícola—. Sé que lo que dije sobre lo de pasar más tiempo contigo sonó feo.

—¿La parte en la que dijiste que estabas conmigo porque Liu te lo había ordenado?

—Sí, ésa.

—¿Te sentirías mejor si te dijera que mi jefa me pidió que intimara contigo?

—Lo cierto es que no.

—Entonces lo retiro —repuso Wilson—. Al menos hasta que te hayas recuperado.

—Gracias —dijo Lowen, con una sonrisa irónica en los labios.

Wilson quiso mostrarse comprensivo y le acarició un brazo.

—En serio, ¿cómo estás? —le preguntó el teniente.

—Oh, bueno, ya sabes —respondió Lowen—. Mi jefe está muerto y era un hombre encantador, y mañana tengo que rajarlo para averiguar si lo han asesinado. No he estado mejor en mi vida.

—Vamos, Dani. —Wilson la rodeó con el brazo—. Te acompaño al camarote.

—¿Tu jefa te ha pedido que lo hagas? —preguntó con tono burlón Lowen.

—No —respondió Wilson muy serio—. Ha salido de mí.

La extrema irritación de Abumwe, primero por la situación del acuerdo comercial al final de la primera jornada de negociaciones, y luego por la muerte de Liu Cong y sus posibles consecuencias, era evidente en el segundo día de las conversaciones con los burfinor. Abumwe despellejó a Doodoodo en una demostración de cortesía viperina como Wilson nunca antes había visto en su vida. Éste y su equipo de negociadores se arrugaron, literalmente, a la manera de los burfinor, lo que a ojos de Wilson semejaba más una contracción escrotal que cualquier otra cosa.

Mientras Wilson observaba a la embajadora haciendo su trabajo, y haciéndolo con algo cercano a un jubiloso arrebato vengativo, se dio cuenta de que su deseo largamente anhelado de que Abumwe se relajara de vez en cuando era un error monumental. Aquella mujer daba lo mejor de sí cuando estaba profundamente cabreada; desear que se suavizara era como desear que un depredador alfa se hiciera vegetariano. Era no entender nada.

El CerebroAmigo de Wilson pitó dentro de su cabeza de manera inaudible para el resto de los miembros de las partes negociadoras. Era Lowen.

¿Puedes hablar?, preguntó.

Yo no, pero tú sí —respondió Wilson—. *Te oigo directamente en el CerebroAmigo, así que no molestarás a nadie.*

Espera un momento, cambio a llamada, dijo Lowen.

»*Creo que tenemos un problema grave,* continuó la doctora.

Define «grave», repuso Wilson.

Hemos terminado la autopsia. Físicamente, Cong estaba bien. Todo parecía sano y tan perfecto como puede estarlo en un hombre de su edad. No tenía hernias ni aneurismas, ningún órgano dañado. Nada. No hay ninguna razón para que haya muerto.

¿Eso te sugiere juego sucio?

Sí. Pero hay algo más, y por eso te he llamado. Le extraje una muestra de sangre para analizarla y he encontrado un montón de anomalías. Hay una concentración de partículas extrañas como nunca había visto.

¿Compuestos venenosos?

No lo creo.

¿Se lo has enseñado a Stone?

Todavía no. De hecho, había pensado que tú podrías ayudarme. ¿Puedes recibir imágenes?

Claro.

Vale, te las envío.

El aviso de la llegada de una imagen parpadeó en el margen del campo visual de Wilson. El teniente abrió el archivo.

Son glóbulos sanguíneos.

No son sólo glóbulos sanguíneos.

Wilson los miró con mayor detenimiento y distinguió unos puntitos en los glóbulos. Hizo un *zoom* para agrandar los puntitos, que ganaron definición. Wilson frunció el ceño, abrió otra imagen y comparó las dos.

Parecen nanobots de SangreSabia, manifestó al cabo de un momento Wilson.

Eso mismo me pareció a mí —dijo Lowen—. *Y es un problema, porque no deberían estar ahí. Como tampoco Cong debería estar muerto. Si tienes a alguien que no debería estar muerto y ninguna explicación de su muerte, y si encuentras una gran concentración de material extraño en su sangre, no es difícil deducir que una cosa está relacionada con la otra.*

¿Crees que lo ha matado alguien de la Unión Colonial?

No tengo ni idea de quién ha sido. Sólo sé lo que parece.

Wilson no supo qué decir.

Ahora voy a contarle a Stone lo que he descubierto y luego tendré que decírselo a Franz. Estoy segura de que Stone se lo contará a Coloma y a Abumwe. Calculo que tenemos una hora antes de que esto se ponga feo de verdad.

Vale.

A ver si se te ocurre algo para evitar la que se nos viene encima.

Veré qué puedo hacer.

Lo siento, Harry, dijo Lowen, y cortó la comunicación.

Wilson continuó sentado en silencio durante un momento, observando a Abumwe y a Doodoodo mientras bailaban su particular danza verbal y decidían cuál era el trato justo en el intercambio de naves espaciales por equipos médicos. Luego envió un mensaje prioritario a la PDA de Abumwe:

Pida un descanso de diez minutos. Confíe en mí.

Abumwe no se dio cuenta enseguida de que había recibido un mensaje prioritario, pues estaba muy ocupada machacando a Doodoodo. Cuando el representante burfinor por fin consiguió meter baza, la embajadora bajó la vista a la PDA y luego lanzó una mirada a Wilson, con una expresión apenas perceptible que nadie más salvo él sabría traducir por «¿es una puta broma?». Wilson le respondió con un gesto igualmente sutil que esperaba que la embajadora interpretara como «no es una puta broma». Abumwe se lo quedó mirando fijamente durante otro segundo y luego interrumpió a Doodoodo para solicitar un breve receso. El burfinor, no sin cierto aturdimiento porque pensaba que por fin tenía la sartén por el mango, accedió. Abumwe le hizo un gesto a Wilson para que se reuniera con ella en el vestíbulo.

—Parece haber olvidado lo que hablamos anoche —dijo Abumwe.

—Lowen ha encontrado lo que parecen nanobots de SangreSabia en la sangre de Liu —la informó Wilson, haciendo oídos sordos al comentario de la embajadora—. Si Stone no la ha informado ya del descubrimiento, pronto recibirá un mensaje suyo. Meyer y el resto de los observadores también están a punto de enterarse.

—¿Y? No es que no me importe, pero Liu está muerto y estas negociaciones no, y no había ninguna necesidad de que me interrumpiera para darme una información que de todas maneras voy a recibir.

—No la he interrumpido por eso —repuso Wilson—. La he interrumpido porque necesito que consiga que los burfinor me entreguen un escáner. Ahora mismo.

—¿Para qué?

—Porque creo que hay algo muy sospechoso en el hecho de hallar nanobots de SangreSabia en el riego sanguíneo de Liu y quiero analizarlos mejor. El equipo médico que hay en la enfermería de la *Clarke* venía de serie cuando la nave entró en servicio hace medio siglo. Necesitamos máquinas mejores.

—¿Y por qué lo necesita ya?

—Porque cuando las negociaciones concluyan hoy, el ventilador va a propagar la mierda en todas direcciones. Embajadora, un diplomático de la Tierra está muerto y todas las pruebas indican que lo ha matado la Unión Colonial. Cuando Meyer y los demás observadores regresen a la *Clarke* enviarán una cápsula a la Estación Fénix y a la delegación terrícola que hay allí. Van a exigirnos que los llevemos de vuelta inmediatamente, de manera que habrá que interrumpir estas negociaciones, y eso será un fracaso, la escisión entre la Tierra y la Unión Colonial se agravará y toda la culpa recaerá sobre nosotros. Otra vez.

—A menos que usted lo resuelva antes de que eso ocurra —dijo Abumwe.

—Así es. La SangreSabia es tecnología, embajadora. La tecnología es lo mío. Y ya sé utilizar esas máquinas porque trabajé con ellas mientras las evaluaba. Pero necesito una ahora mismo. Y usted tiene que conseguírmela.

—¿Cree que saldrá bien? —preguntó Abumwe.

Wilson hizo un gesto con las manos que quería decir «tal vez».

—Lo que sé es que si no lo intentamos estaremos jodidos. Aunque sea un tiro a ciegas, sigue siendo un tiro.

Abumwe sacó la PDA y escribió un mensaje a su secretaria:

Dile a Doododo que necesito verlo en el vestíbulo. Ahora.

Guardó la PDA y volvió a mirar a Wilson.

—¿Quiere algo más, ya que ha abierto la veda de peticiones?

—Necesito el transbordador para volver a la *Clarke*. Quiero que Lowen y Stone me observen mientras trabajo para que no haya dudas sobre lo que descubra.

—Está bien.

—También me gustaría que alargara la jornada de negociaciones todo lo que pueda —continuó Wilson.

—No creo que eso sea un problema.

Doododo apareció en el vestíbulo, moviendo los tentáculos con ojos como pidiendo disculpas.

—Y si es posible —añadió Wilson—. Intente firmar el acuerdo hoy. Sólo por si acaso.

—Teniente Wilson, en eso le llevo una ventaja considerable —repuso Abumwe.

—¡En esta habitación hay un asesino! —exclamó Wilson.

—Por favor, no digas eso cuando estén aquí —le suplicó Lowen.

—Por eso lo digo ahora.

Wilson, Lowen y Stone estaban en la enfermería, esperando a Abumwe, Meyer, Bourkou y Coloma. La capitana vendría desde el puente de mando; el resto, directamente del transbordador que acababa de aterrizar en la *Clarke*.

—Ya vienen —dijo Lowen mirando la PDA—. Franz me dice también que ya han firmado el trato. Al parecer, Abumwe ha conseguido un acuerdo fantástico por los escáneres.

—Bien —dijo Wilson, y le dio unas palmaditas al escáner que había estado utilizando—. A lo mejor puedo quedarme éste. Es una maravilla.

La primera en llegar fue Coloma. Abumwe, Meyer y Bourkou lo hicieron un minuto después.

—Ya estamos todos, así que empecemos —dijo Wilson—. Si revisan sus PDA, encontrarán unas imágenes que les acabo de enviar. —Todos los presentes, salvo Wilson, Stone y Lowen, sacaron las PDA—. Lo que están viendo es una muestra de la sangre de Liu Cong. En ella verán glóbulos rojos y blancos, plaquetas y algo más. Ese algo más parecen nanobots de SangreSabia. Para los que vienen de la Tierra, los nanobots son una sustancia inorgánica con la que se sustituye la sangre de los soldados de las Fuerzas de Defensa Colonial. Además de otras ventajas, su capacidad para transportar oxígeno es mayor.

—¿Cómo llegaron a la sangre de Cong? —preguntó Meyer.

—Una pregunta interesante —repuso Wilson—. Casi tan interesante como la que quiero formular yo: ¿cuándo se introdujeron en su sangre?

—Si es un producto de la Unión Colonial, lo más probable es que ocurriera cuando ya estábamos aquí —señaló Bourkou.

—Eso mismo habría pensado yo —apuntó Wilson—. Pero entonces examiné más detenidamente esos nanobots. Por favor, miren la segunda imagen que les he enviado.

Todos obedecieron. La segunda imagen mostraba dos objetos muy parecidos, colocados uno al lado del otro.

—El primer objeto es la imagen aumentada de lo que encontré en la sangre de Liu. El segundo, la imagen aumentada de un verdadero nanobot que extraje de mi propia SangreSabia hace un par de horas. —Levantó en alto el dedo pulgar para mostrar la marca del pinchazo.

—A mí me parecen iguales —observó Meyer.

—En efecto, y sospecho que ésa era la intención —dijo Wilson—. Las diferencias no se aprecian hasta que se analiza su interior. Si sólo hubiéramos contado con el equipo médico de la *Clarke*, jamás habríamos descubierto esas diferencias. Incluso analizándolos con los equipos más sofisticados de la Unión Colonial habríamos tardado mucho tiempo en descubrirlas. Por suerte, tenemos unos juguetitos nuevos. Por favor, pasen a la siguiente imagen.

Todos abrieron la tercera imagen.

—No espero que ninguno de ustedes sepa qué está mirando, pero cualquier persona con experiencia técnica en SangreSabia se daría cuenta de dos diferencias principales en la estructura interna —dijo Wilson—. La primera tiene que ver con la manera como los nanobots capturan el oxígeno; la segunda, con el receptor de radio.

—¿Qué significan esas diferencias? —preguntó Abumwe.

—En relación con la captura del oxígeno, significa que los nanobots son capaces de absorber muchas más moléculas de oxígeno —respondió Wilson—, si bien no hacen nada con ellas. La SangreSabia está diseñada para facilitar la transferencia del oxígeno a los tejidos del organismo. Lo que hay en la sangre de Liu, sin embargo, no realiza esa función, sino que retiene el oxígeno. Lo captura en los pulmones y no lo suelta. Por lo tanto, disminuye la cantidad de oxígeno disponible para que lo transporten los glóbulos rojos, y disminuye el volumen de éste que llega a los tejidos.

—Cong murió por asfixia —señaló Lowen.

—Correcto —asintió Wilson—. En cuanto al receptor, bueno, la SangreSabia recibe órdenes del CerebroAmigo del sujeto a través de un canal encriptado y realiza su función principal, que es la de transportar oxígeno. —Señaló la PDA de Abumwe—. Estos falsos nanobots también se comunican mediante una señal encriptada. Sin embargo, por defecto están apagados; sólo se activan cuando reciben una señal. No obstante, la señal no proviene de un CerebroAmigo.

—¿De dónde proviene, entonces? —preguntó Meyer.

Lowen levantó un objeto en el aire. Era el generador de ruido blanco de Meyer.

—Eso es imposible —exclamó Meyer.

—Es posible —lo rebatió Wilson—. Y lo es porque lo he comprobado. ¿Por qué cree que podemos explicar lo que hacen esos falsos nanobots? Por eso he dicho que la pregunta realmente interesante es cuándo esos falsos nanobots llegaron a la sangre de Liu. Porque esto —Wilson señaló el generador de ruido blanco que Lowen había dejado sobre la mesa— sugiere que fue antes de que ustedes, amigos míos, partieran de la Tierra.

—¿Cómo lo han descubierto? —preguntó Abumwe.

—Repasamos todas las circunstancias de la muerte de Liu —respondió Lowen—. Sabíamos cuándo había muerto y sabíamos que esos nanobots necesitaban un transmisor, y el señor Bourkou había manifestado que encendió el generador de ruido blanco para no oír los ronquidos de Liu.

—No creerán que lo hice yo —protestó Bourkou.

—Usted lo encendió en el camarote —le recordó Wilson.

—¡Si ni siquiera es mío! —exclamó Bourkou—. ¡Franz me lo prestó! ¡Es suyo!

—Eso es cierto —asintió Wilson, mirando a Meyer.

Éste estaba estupefacto.

—¡Yo no maté a Cong! Y nada de esto tiene sentido. Estaba previsto que Cong tuviera un camarote individual. El aparato no iba a estar en su habitación.

—Buena observación —afirmó Wilson—. Por eso he comprobado el radio de alcance del transmisor del generador. Es de una veintena de metros. Sus camarotes eran contiguos, y son lo suficientemente pequeños como para que la cama de Liu quedara dentro del radio de acción, incluso contando con la atenuación de la señal por la presencia de la pared común.

—El viaje hasta aquí duró más de una semana —repuso Meyer—. Antes de llegar dormíamos en camarotes individuales, y aun así la distancia entre nosotros era lo suficientemente pequeña para que la señal del aparato alcanzara a Cong. Lo utilicé todas las noches y no le pasó nada.

—Curiosamente, hay dos transmisores en el generador de ruido blanco —anunció Wilson—. Uno de ellos afecta a los nanobots. El segundo afecta al primero. Lo enciende y lo apaga.

—De manera que no tenía por qué pasarle nada a Cong hasta que llegamos aquí —dijo Lowen.

—¡Esto es una locura! —exclamó Meyer—. ¡No tengo un control remoto para manejar el aparato! ¡Registren mi camarote! ¡Compruébenlo ustedes mismos!

Wilson miró a la capitana Coloma.

—Enviaré a alguien para que registre el camarote —dijo Coloma.

—¿Se ha soltado basura recientemente? —preguntó Wilson.

—No —respondió Coloma—. Normalmente esperamos a regresar a la Estación Fénix. Y cuando la soltamos al espacio, no lo hacemos en sistemas de otras especies. Es de mala educación.

—Entonces sugiero que revisemos la basura —dijo Wilson—. Puedo proporcionarle la frecuencia de transmisión, por si eso ayuda.

Coloma asintió con la cabeza.

—¿Por qué lo mataste? —le preguntó Bourkou a Meyer.

—¡Yo no lo he matado! —gritó Meyer—. ¡Tú podrías haberlo hecho tanto como yo, Thierry! Tenías el generador. Tú convenciste a Cong para que me cediera su camarote. Yo no se lo pedí.

—Te quejaste de la claustrofobia —dijo Bourkou.

—¡Hice una broma sobre la claustrofobia, idiota! —le espetó Meyer.

—Y no fui yo quien le sugirió el cambio a Cong —replicó Bourkou—. Fue Luiza. Así que no me culpes a mí.

Una extraña expresión cruzó el rostro de Meyer. No pasó desapercibida para Wilson. Tampoco para Abumwe.

—¿Qué ocurre? —preguntó la embajadora a Franz Meyer.

Meyer recorrió el grupo con la mirada, como si se debatiera entre hablar o callar. Entonces suspiró.

—Llevo tres meses acostándome con Luiza Carvalho —dijo al fin—. Desde el proceso de selección para la misión. No era una relación amorosa; más bien se trataba de sacar el máximo provecho de una oportunidad para ambos. No le di importancia porque ninguno de los dos tenía ningún poder para seleccionar al otro para la misión.

—Está bien —dijo Abumwe—. ¿Y?

—Luiza siempre se quejaba de que yo dormía mal —dijo Meyer, y señaló el generador de ruido blanco—. Hace dos semanas, cuando nos comunicaron quiénes integraríamos la delegación, ella me regaló eso. Me dijo que me ayudaría a dormir.

—Luiza también fue quien sugirió a Meyer que me prestara el generador —dijo Bourkou—. Para contrarrestar los ronquidos de Cong.

—A todo esto, ¿dónde está la señora Carvalho? —preguntó Stone.

—Ha dicho que iba a su camarote —respondió Abumwe—. El teniente Wilson no pidió que estuviera aquí, así que no le dije que viniera.

—Deberíamos avisar a alguien para que la detenga —sugirió Wilson, pero Coloma ya estaba hablando por su PDA, ordenando a alguien que la detuviera.

La PDA de Coloma pitó casi inmediatamente después. Era Neva Balla. Coloma activó el altavoz de su dispositivo para que todo el mundo pudiera oír a la segunda de a bordo.

—Tenemos un problema —anunció Balla—. Hay una persona en el lado exterior de la esclusa de aire de mantenimiento. Parece una de las terrícolas.

—Transmíteme la señal de la cámara —le ordenó Coloma.

Cuando comenzó a recibir la señal de la transmisión en su dispositivo, la capitana la compartió con las PDA del resto de los presentes en la enfermería. Era Luiza Carvalho.

—¿Qué está haciendo? —inquirió Lowen.

—Está sellando la esclusa de aire—respondió Coloma.

—Demasiado tarde —dijo Balla—. Ya ha iniciado el ciclo de vaciado.

—De alguna manera ha estado escuchando la conversación —comentó Abumwe.

—¿Cómo demonios ha llegado hasta allí? —preguntó con enfado Coloma.

—De la misma manera que hizo que Meyer y Bourkou la ayudaran a matar a Liu —respondió Wilson.

—Pero ¿por qué lo mató? —preguntó Meyer—. ¿Con quién trabaja? ¿Para quién?

—Nunca sabremos las respuestas —dijo Wilson.

—Bueno, por lo menos sabemos una cosa —intervino Lowen.

—¿El qué? —quiso saber Wilson.

—Que quienquiera que sea el responsable de los sabotajes en el espacio también está actuando ahora en la Tierra —respondió ella.

—Y casi se sale con la suya —declaró Wilson—. De no haber sido por el escáner, habría dado la impresión de que la Unión Colonial lo había asesinado. Cuando se descubriera la verdad, ya sería demasiado tarde para arreglar el lío que habría provocado.

Nadie dijo nada.

Luiza Carvalho miró en la dirección de la cámara que estaba transmitiendo sus movimientos como si lo hiciera directamente al grupo congregado en la enfermería y se despidió con la mano.

La esclusa se vació de aire. Carvalho espiró, y siguió espirando lentamente para no perder la consciencia hasta que se abriera la compuerta exterior.

Salió disparada al espacio sin oponer resistencia.

—Dani —dijo Wilson.

—¿Sí, Harry?

—¿Te queda algo de Laphroaig?

—Sí —respondió Lowen.

—Me alegro, porque ahora mismo creo que necesito un trago.

10
Debe ser aquí

Hart Schmidt viajó a la Estación Fénix en el transbordador de la *Clarke*, luego tomó un transporte de conexión hasta la dársena principal de la estación y a continuación una de las lanzaderas que hacían el trayecto de ida y vuelta desde la Estación Fénix cada quince minutos. La lanzadera lo dejó en la terminal de la Estación Fénix, en el intercambiador de la Ciudad de Fénix, donde hacían parada la mayoría de los medios de transporte civiles de la metrópolis más antigua del planeta interestelar colonizado más poblado de la humanidad.

Nada más salir de la lanzadera, Hart recorrió la terminal C del aeropuerto espacial y subió al tren que la unía con la terminal principal CF. Tres minutos después, Hart descendió y enfiló hacia la asombrosamente larga escalera mecánica, que lo depositó en la terminal principal. Éste era uno de los edificios más grandes que el ser humano había construido, una vastísima estructura con el techo abovedado que alojaba tiendas, oficinas, hoteles e incluso viviendas para los trabajadores del intercambiador, colegios para los niños, hospitales e incluso una cárcel, si bien Hart no había estado jamás en ninguno de estos dos últimos recintos.

Sonrió en cuanto puso el pie en la terminal principal. Siempre lo asaltaba la misma imagen: una multitud de personas que de repente se cogían de la mano por parejas y comenzaban a bailar un vals. Estaba seguro de que había visto esa escena (ya fuera en la terminal principal de la Estación Fénix o en una estación o terminal parecida) en alguna película. Por supuesto, en la realidad nunca ocurría, pero eso no evitaba que Hart conservara la ilusión.

La primera parada de Hart fue el hotel Campbell CF de la terminal principal. Eligió una habitación un poco más espaciosa que la estándar, soltó la maleta al pie de una cama de tamaño extragrande, e inmediatamente disfrutó, después de meses compartiendo el camarote del tamaño de un cuarto de la limpieza de la *Clarke* con otro diplomático, de los casi cuarenta metros cuadrados para él solo.

Suspiró con satisfacción y al instante cayó dormido. Se despertó tres horas después, se dio una ducha indecentemente larga con agua indecentemente caliente y pidió la cena al servicio de habitaciones, sin privarse de un helado con toda clase de complementos y bañado con chocolate caliente. Dio una propina desproporcionada al camarero que le subió la comida a la habitación y comió hasta reventar, cambió el canal de entretenimiento por el de cine clásico y se tragó melodramas ambientados en los primeros años de la colonización y películas de aventuras de hacía más de cien años, protagonizados por actores que llevaban mucho tiempo muertos, hasta que se le cerraron los ojos. Durmió profundamente, con la tele encendida, durante casi diez horas.

A la mañana siguiente, ya tarde, Hart salió del hotel, se subió a otro vehículo de conexión entre terminales que lo llevó hasta la terminal de trenes A y compró un billete para el tren 311, con parada en Catahoula, Lafourche, Feliciana y Terrebonne. Schmidt se bajó en Terrebonne, y tuvo que correr para no perder la conexión con el expreso de Tangipahoa, al que se subió cuando las puertas ya estaban cerrándose. En Tangipahoa tomó el Iberia Local y se bajó en la tercera parada, Crowley. Un coche estaba esperándolo allí. Hart sonrió cuando reconoció a Broussard Kueltzo, el conductor.

—¡Brous! —exclamó, y abrazó al tipo—. ¡Feliz Cosecha!

—¡Cuánto tiempo sin verte, Hart! —dijo Brous—. ¡Feliz Cosecha también para ti!

—¿Cómo te va? —preguntó Hart.

—Como siempre. Trabajando para tu padre, trasladando su trasero de un lado a otro. Manteniendo la tradición familiar de los

Kueltzo de ser la fuerza que mantiene en pie el trono familiar de los Schmidt.

—Venga ya. No somos tan así.

—Está bien que pienses eso. Pero te diré que el mes pasado, un día en que tu madre estaba fuera, en una de las reuniones de su organización, tuve que llevar a mi madre al hospital para unas pruebas. Tu padre llamó a la PDA de mi madre para preguntarle cómo funcionaba la máquina del café: ¡estaban sacándole sangre mientras le decía a tu padre por la PDA qué botones tenía que apretar! Tu padre es una de las personas más poderosas de Fénix, Hart, pero se moriría de hambre el mismo día que lo abandonáramos.

—No te lo discuto —asintió Hart—. ¿Cómo está tu madre?

Magda Kueltzo podría ser o no ser la fuerza que mantenía en pie el trono de los Schmidt, pero era indudable que la familia de Hart le tenía un cariño inmenso.

—Mucho mejor —dijo Brous—. De hecho, anda atareada preparando la comida que vas a engullir dentro de un par de horas, así que será mejor que te lleve para allá.

Brous cogió la maleta de Hart, la arrojó al asiento trasero del coche y ambos se sentaron delante. Brous introdujo el destino y el coche rodó solo.

—No es un trabajo muy exigente —comentó Hart mientras el coche se alejaba de la estación.

—De eso se trata —replicó Brous—. En mi, entre comillas, tiempo libre puedo dedicarme a la poesía, que, por cierto, me está yendo muy bien. Gracias por preguntar. En la medida en que la poesía puede ir bien, lo que como sabrás es algo muy relativo ahora y desde hace siglos. Ahora soy un poeta reconocido y apenas gano dinero con ello.

—Vaya, lo siento.

Brous se encogió de hombros.

—Tampoco está tan mal. Tu padre ha sido generoso a su manera. Ya sabes cómo es. Siempre sermoneando sobre que las personas deben labrarse un camino en la vida y sobre el valor de una jornada de trabajo honrado. Antes moriría que financiar una beca, pero me da trabajos ridículamente sencillos y me paga lo suficiente para que yo pueda dedicarme a mis versos.

—Le gusta ser el jefe.

—Exacto —afirmó Brous—. El año pasado gané con un poemario el premio de poesía Nova Acadia, y él sintió más orgulloso que yo mismo. Le he dejado que cuelgue la medalla que me entregaron en su despacho.

—Así es papá.

Brous asintió con la cabeza.

—Hizo lo mismo con Lisa —dijo, mencionando a su hermana—. La tuvo un año fregando cuartos de baño en casa y luego le pagó lo suficiente para que subsistiera mientras cursaba el doctorado en virología. Fuimos todos a la ceremonia cuando se doctoró. Insistió en que nos hiciéramos una foto. La tiene en su escritorio.

— Me gusta que sea así —dijo Hart.

—Sé que vosotros dos habéis tenido vuestras diferencias.

—Aún no me perdona que prefiriera el cuerpo diplomático de la Unión Colonial en vez de la política de Fénix.

—Ya se le pasará.

—¿Piensas seguir trabajando para él? —preguntó Hart, cambiando de tema.

—Es curioso que me lo preguntes —dijo Brous, que captó la intención de Hart y le siguió el rollo—. El premio me ayudó a conseguir una plaza de profesor en la Universidad de Metairie. Tendría que haber empezado a principios de otoño, pero les pedí retrasar mi incorporación un semestre para ayudar a tu padre durante las elecciones.

—¿Qué tal fueron?

—Oh, tío. ¿En serio no las has seguido?

—He estado en el espacio —respondió Hart.

—¡Fueron la hecatombe! —exclamó Brous—. No para tu padre, naturalmente. Ni siquiera tuvo rival. Lo sacarán del despacho empujándole la silla de ruedas. Pero el resto del PPF se ha dado un batacazo descomunal. Ha perdido sesenta escaños en el parlamento regional y noventa en el planetario. Los nuevos verdes forman una coalición con los unionistas, y suyos son el primer ministro y los titulares de los departamentos.

—¿Cómo ha podido ocurrir? —preguntó Hart—. He estado

fuera algún tiempo, pero no tanto como para que Fénix se haya ablandado de repente. Y lo digo como simpatizante que soy de sus políticas, no me malinterpretes.

—No te malinterpreto. Yo mismo voté a los Nuevos Verdes en las regionales. No se lo digas a tu padre.

—Tu secreto se irá a la tumba conmigo —le prometió Hart.

—El PPF se durmió en los laureles. Llevaban tanto tiempo instalados en el poder que olvidaron que se los podía echar con los votos. Malas personas en puestos clave, un par de escándalos estúpidos y un líder carismático en el partido Nuevos Verdes. Súmalo todo y la gente le dará una oportunidad a una cara nueva. Pero no durará, creo. Ya han surgido diferencias entre los Nuevos Verdes y los unionistas, y el PPF está llevando a cabo una limpieza interna. Entretanto, tu padre está de un humor de perros. Sobre todo porque él fue uno de los arquitectos de la estrategia planetaria del partido. El desastre lo señala personalmente, o eso piensa él.

—Vaya. El Día de la Cosecha va a ser divertido.

—Sí, lleva un tiempo de muy mal humor —afirmó Brous—. Tu madre ha sabido manejarlo, pero el Día de la Cosecha va a reunirse en casa toda la familia, y ya sabes cómo se pone cuando se reúne todo el clan. Sobre todo con Brandt ascendiendo en el Partido Unionista.

—Los hermanos Schmidt —dijo Hart—. Brandt el traidor, Hart el conformista y Wes… bueno, Wes.

Brous sonrió.

—No olvides a tu hermana.

—Nadie olvida a Catherine, Brous. Catherine la inolvidable.

—¿Sabías que ya están todos aquí? ¿En casa? Llegaron anoche. Todos, con sus respectivos cónyuges e hijos. No voy a mentirte, Hart: una de las razones por las que he venido a buscarte es que necesitaba cinco minutos de tranquilidad.

Hart esbozó una sonrisa.

En ese momento apareció ante sus ojos la finca de la familia Schmidt: casi cincuenta hectáreas de terreno con la casa principal en la cima de una colina, alzándose por encima de huertos, campos y zonas ajardinadas. El hogar.

—Recuerdo cuando tenía seis años y mi madre entró a trabajar aquí —dijo Brous—. Recuerdo que pensé que era imposible que en tanto espacio sólo viviera una familia.

—Bueno, cuando llegasteis vosotros ya no fuimos sólo una familia.

—Eso es cierto. Te contaré otra historia que te divertirá. Cuando estaba en la universidad, llevé a mi novia a nuestra casa sobre el garaje y alucinó con todo el espacio que teníamos para vivir. Me daba miedo llevarla a la casa principal por lo que pudiera ocurrir. La había impresionado y temía que se le pasara.

—¿Y se le pasó? —preguntó Hart.

—No entonces. Se le pasó luego por algo completamente distinto. —Cambió a modo manual y condujo el coche por el camino de entrada a la casa. Lo detuvo ante la puerta—. Ya hemos llegado, Hart. Toda la familia está dentro, esperándote.

—¿Cuánto me costaría que me llevaras de vuelta a la estación?

—Dentro de un par de días lo haré gratis —rio Brous—. Hasta entonces, amigo mío, estás atrapado.

—¡Ah, el pródigo hombre del espacio ha regresado! —clamó Brandt, quien, como el resto de los hermanos Schmidt, estaba holgazaneando en el patio trasero de la casa principal, observando a los cónyuges y los niños dispersos por el césped. Se acercó a Hart para abrazarlo, seguido por Catherine y por Wes. Le puso en la mano el cóctel que llevaba —. Aún no lo he empezado. Me prepararé otro.

—¿Dónde están mamá y papá? —preguntó Hart, dando un sorbo a la copa. Frunció el ceño. Era un gin tonic, más bien cargado.

—Mamá está con Magda, discutiendo sobre la cena —dijo Brandt mientras se encaminaba al bar del patio para prepararse otro gin tonic—. Enseguida viene. Papá está en su despacho, gritándole a algún funcionario del Partido Patriótico de Fénix. Aún tardará un rato.

—Ya —asintió Hart. Mejor esperaría a que vinieran todos.

—¿Te has enterado de lo de las últimas elecciones? —le preguntó Brandt.

—Algo he oído.

—Entonces sabrás por qué papá está de mal humor.

—Tampoco ayuda que tú andes chinchándolo todo el tiempo, Brandt —dijo Catherine.

—Yo no lo chincho —protestó Brandt—. Lo único que hago es recordarle la historia reciente de los procesos electorales en Fénix.

—Ésa es una definición bastante aproximada de «chinchar» —dijo lacónicamente Wes desde su hamaca, cuyo respaldo estaba en posición casi horizontal. Tenía los ojos cerrados y de la mano le colgaba un vaso que casi se apoyaba en el suelo del patio.

—Reconozco que le digo cosas que no quiere oír —admitió Brandt.

—Lo chinchas —dijeron simultáneamente Catherine y Wes. Eran gemelos y hacían eso a todas horas.

Hart sonrió.

—Está bien. Lo chincho —dijo Brandt, que tomó un trago del gin tonic, frunció el entrecejo y regresó al bar para echarle otro chorro de ginebra—. Pero después de tantos años oyéndolo hablar sobre la importancia histórica de todas las elecciones y del papel que el PPF ha jugado en ellas, considero que es absolutamente justo que haya un pequeño cambio.

—Eso es exactamente lo que necesita este Día de la Cosecha —dijo Catherine—. Otra cena deliciosa de Magda quedándose helada porque papá y tú volvéis a liarla en la mesa.

—Habla por ti —dijo Wes—. Yo nunca he dejado de comer por ellos.

—Bueno, Wes, tu siempre has tenido un talento especial para desconectar —repuso Catherine—. Al resto de los mortales nos quita el apetito.

—No voy a disculparme por ser el único hermano que tiene algún interés en la política —dijo Brandt.

—Nadie te ha pedido que te disculpes —replicó Catherine—. Y sabes que a todos nos interesa la política.

—A mí no —dijo Wes.

—A todos nos interesa la política menos a Wes —se corrigió Catherine—, que se conforma con disfrutar de los beneficios de pertenecer a una familia con un apellido importante en la política. Así que, Brandt, por lo que más quieras, discute sobre política todo lo que quieras con papá, pero espera a que sirvan la tarta para liarla.

—Política y tarta —simuló deleitarse Wes—. Mmm... —Se llevó el vaso a los labios, todavía con los ojos cerrados.

Brandt se volvió hacia Hart.

—Échame una mano.

Hart negó con la cabeza.

—No me importaría pasar un Día de la Cosecha sin que papá y tú os lancéis dardos envenenados. No he venido para hablar sobre política, sino para estar con mi familia.

Brandt puso los ojos en blanco al oír a su hermano pequeño.

—¿De verdad conoces a tu familia, Hart?

—¡Oh, no le des la lata a Hart con la política planetaria! —le soltó Catherine—. Es la primera vez que va a pasar unos días en casa en quién sabe cuánto tiempo.

—Desde el anterior Día de la Cosecha —dijo Hart.

—Brandt, no esperarás en serio que esté al día de la insignificante política doméstica de Fénix cuando está lidiando con la trascendental crisis de la Unión Colonial —dijo Catherine, y se volvió hacia Hart—. ¿Cuál ha sido tu última victoria en la diplomacia interestelar, Hart?

—Ayudé a electrocutar un perro para salvar una negociación de paz —respondió Hart.

—¿Cómo? —inquirió Catherine, completamente desconcertada.

—¿Fue algo así como sacrificar una gallina para los dioses? —preguntó Wes, que había entreabierto un ojo para mirar a Hart.

—Es más complicado de lo que parece a primera vista —dijo éste—. Y debo añadir que el perro sobrevivió.

—Bueno, doy gracias a los dioses por ello —repuso Brandt, y miró a su hermana—. Acepto tu observación, Catherine. Es evidente que Hart tiene preocupaciones más importantes que la intrascendente política de Fénix.

Antes de que Catherine pudiera contestar a su hermano, Isabel Schmidt apareció en el patio y abrazó a su hijo menor.

—Oh, Hart. —Le dio un beso rápido en la mejilla—. Qué alegría verte, hijo. No puedo creer que haya pasado un año entero. —Dio un paso atrás—. No has cambiado nada.

—No ha cambiado casi nada —la corrigió Brandt—. Aún es demasiado joven para que se le note que está envejeciendo mal.

—Oh, Brandt, no digas eso —dijo Isabel con un tono de reprimenda no exento de ternura—. Ya tiene treinta años. Se le notaría si estuviera envejeciendo mal. A ti se te empezó a notar a los veintisiete.

—¡Mamá! —protestó Brandt.

—Tú has sacado el tema, cielo —dijo Isabel, y devolvió la atención a Hart—. ¿Sigue gustándote tanto tu trabajo en el cuerpo diplomático de la Unión Colonial? —preguntó con cara seria—. ¿Aún no te has aburrido?

—En mi trabajo es imposible aburrirse —respondió Hart.

—¿Todavía trabajas con...? Oh... ¿Cómo se llamaba...? ¿Ottumwa?

—Abumwe.

—Eso es —dijo Isabel—. Perdona, hijo. Ya sabes que soy terrible con los nombres.

—No pasa nada —repuso Hart—. Y sí, todavía trabajo con ella.

—¿Sigue siendo una gilipollas? —preguntó Catherine—. Las historias que contaste la última vez que viniste la pintaban como una auténtica cabrona.

—¿Qué comentan tus subordinados sobre ti? —le soltó Brandt a su hermana.

—Si comentan algo dejan de ser mis subordinados —respondió Catherine.

—Ha mejorado un poco —afirmó Hart—. O por lo menos creo que yo la entiendo mejor.

—Me alegra oírte decir eso —se congratuló Isabel.

—Pregúntale por el perro —masculló Wes con voz cansina desde su hamaca.

—¿El perro? —preguntó Isabel, mirando a Wes y de nuevo a Hart—. ¿Qué es eso del perro?

—¿Sabes qué, mamá? Creo que te lo contaré más tarde. Quizá después de cenar.

—¿La historia acaba mal para el perro? —preguntó Isabel.

—¿Mal? No, en absoluto —respondió Hart—. Acabar, acaba bien. Pero lo pasó mal.

—La diplomacia es asombrosa —se burló Wes.

—Te esperábamos ayer —dijo Isabel, cambiando de tema.

—Me quedé en el intercambiador —respondió Hart, recordando la habitación del hotel—. Era más sencillo viajar a primera hora de la mañana.

—Está bien. Pero por lo menos te quedarás toda la semana, ¿no?

—Cinco días, sí —asintió Hart. Tenía reservada otra noche en el Campbell antes de regresar a la *Clarke* y no pensaba renunciar a ella.

—Vale, bien —dijo Isabel—. Si uno de estos días tienes un momento, me gustaría presentarte a alguien.

—¡Oh, mamá! —exclamó Catherine—. ¿Otra vez? ¿De verdad?

—¿Qué tiene de malo presentarle a Hart algunas opciones? —protestó Isabel.

—¿Tiene nombre esta opción? —preguntó Hart.

—Lizzie Chao.

—¿Lizzie Chao, mi compañera en el instituto? —quiso saber Hart.

—Eso creo —respondió su madre.

—Pero está casada.

—Separada.

—Lo que significa que aspira a encontrar un marido mejor —señaló Catherine.

—Mamá, me acuerdo de Lizzie —refunfuñó Hart—. De verdad que no es mi tipo.

—Tiene un hermano —sugirió Wes desde la hamaca.

—Él tampoco es mi tipo.

—¿Quién es tu tipo actualmente, Hart? —quiso saber Isabel.

—No tengo un tipo actualmente —respondió él—. Mamá, trabajo todo el año en una nave espacial. Comparto un camarote que es más pequeño que la despensa de la cocina. Me paso la vida intentando convencer a especies alienígenas de que ya no queremos exterminarlas. Trabajo las veinticuatro horas del día. Dadas mis circunstancias, sería un estúpido si buscara cualquier clase de relación. No sería justo para la otra persona, ni para mí.

—Hart, sabes que odio hablar como la típica madre, pero eres el único hijo que tengo que todavía no se ha casado ni ha tenido hijos. Incluso Wes lo ha conseguido.

—Gracias, mamá —dijo Wes, levantando perezosamente una mano.

—No quiero que acabes sintiendo que has dejado pasar la oportunidad de disfrutar de las mejores cosas que puede ofrecerte la vida.

—No siento eso.

—Ahora no —insistió Isabel—. Pero, cielo, ya tienes treinta años y sigues siendo un segundón. Si tu situación no mejora en un año o dos, no lo hará nunca. Y entonces, quién sabe dónde estarás. Te quiero y quiero que seas feliz. Pero ha llegado la hora de que empieces a pensar de un modo realista en estas cosas y te plantees si el cuerpo diplomático de la UC realmente es el mejor lugar para que desarrolles todo tu talento y tengas una vida feliz.

Hart se inclinó y le dio a su madre un breve beso en la mejilla.

—Voy a subir para deshacer la maleta y luego me pasaré a saludar a papá. Apuró de un trago el gin tonic y enfiló hacia la casa.

—La sutileza todavía es una cualidad, mamá —oyó Hart que Catherine decía mientras entraba en la casa. Sin embargo, no alcanzó a oír la réplica de su madre, si la hubo.

Hart encontró a su padre, Alastair Schmidt, en su despacho, situado en el ala de la casa reservada para sus progenitores en la tercera planta, que incluía su dormitorio, con un cuarto de baño completo, armarios empotrados y no empotrados, un despacho para cada uno, una biblioteca y una sala de estar. El ala de los hijos no era menos completa, pero dispuesta de otra manera.

Alastair Schmidt estaba de pie detrás del escritorio, escuchando por el altavoz lo que le decía uno de sus subordinados del partido. No cabía duda de que el subordinado en cuestión estaba en un cubículo de la sede del Partido Patriótico de Fénix en la Ciudad de

Fénix, desesperado por marcharse de la oficina para celebrar el Día de la Cosecha con su familia, pero a quien mantenían clavado a la silla las funestas atenciones de Schmidt, uno de los mandamases del partido y de la política en general de Fénix.

Hart asomó la cabeza por la puerta abierta y saludó con la mano a su padre para que supiera que ya estaba en casa. El señor Schmidt le indicó con un brusco gesto que entrara y luego devolvió la atención al desdichado subalterno.

—No te he preguntado por qué es difícil localizar los datos, Klaus. Te he preguntado por qué no los tenemos. «Difíciles de localizar» y «no están en nuestro poder» son dos cosas muy distintas.

—Lo entiendo, ministro Schmidt —respondió el subalterno Klaus—. Lo único que quería decirle es que las vacaciones entorpecen la labor. La mayoría de la gente está fuera. Hemos presentado las solicitudes y serán atendidas, pero habrá que esperar a que la gente regrese de las fiestas.

—Bueno, tú estás trabajando, ¿no? —dijo Alastair.

—Sí —respondió Klaus, y Hart advirtió la desdicha que traslucía su voz—. Pero…

—Y el gobierno no cierra ni siquiera en las fiestas más importantes —insistió el señor Schmidt, interrumpiéndolo antes de que pudiera poner más objeciones—. De manera que ahora mismo tu trabajo consiste en encontrar a las personas que, como tú, están trabajando hoy, conseguir los datos y los pronósticos y enviármelos para que yo los tenga encima de mi mesa antes de que me meta en la cama. Y te diré, Klaus, que suelo acostarme temprano en los Días de la Cosecha. Justo después de la tarta.

—Sí, ministro Schmidt —respondió el empleado con pesar.

—Bien. Feliz Cosecha, Klaus.

—Fe…

Alastair Schmidt cortó la comunicación sin esperar a oír acabar la frase.

—No va a pasar una Cosecha feliz porque estás obligándolo a trabajar el Día de la Cosecha —observó Hart.

—Si me hubiera conseguido los datos ayer, como yo le pedí y él me prometió, ahora estaría en casa masticando un trozo de muslo

—replicó el señor Schmidt—. Pero no lo hizo, así que no está en su casa, y la culpa es sólo suya.

—Me he dado cuenta de que todavía te llamaba «ministro».

—Ah, así que te has enterado de lo de las elecciones. ¿Brandt ha estado pavoneándose?

—La información me ha llegado por otras fuentes —dijo Hart.

—Oficialmente, el gobierno en coalición de los Nuevos Verdes y de los unionistas está tendiendo una rama de olivo al PPF ofreciéndome que continúe como ministro de Comercio y Transporte. Extraoficialmente, ha quedado claro que la coalición no tiene a nadie ni remotamente competente para asumir la cartera, y si van a joder a algún ministro, al que no joderán es al que garantiza que los alimentos lleguen adonde tienen que llegar y que la gente esté a su hora en su puesto de trabajo.

—Es una postura legítima —señaló Hart.

—Personalmente, cuanto antes caiga esta coalición entre los verdes y los unionistas, más feliz seré yo, y te confieso que se me pasó por la cabeza rechazar la oferta sólo para ver cómo descarrila el tren. Pero entonces me di cuenta de que probablemente también descarrilarían trenes de verdad, y ésa es la clase de desastre que hace rodar cabezas, y no sólo las cabezas de los integrantes de la coalición.

Hart esbozó una sonrisa.

—La célebre compasión de Alastair Schmidt.

—No empieces —dijo su padre—. Ya tengo bastante con Brandt. No es que no me importe, pero estoy cabreado con los resultados de las elecciones.

El señor Schmidt invitó a Hart a sentarse en la silla que había delante de su escritorio. Hart se sentó y su padre hizo lo propio en su sillón, sin despegar los ojos de su hijo.

—¿Qué tal la vida en el cuerpo diplomático de la Unión Colonial? Imagino que estará llena de emociones ahora que se han roto las relaciones entre la Tierra y la UC.

—Es un momento interesante, sí —respondió Hart.

—Y tu embajadora Abumwe parece estar metida de lleno en el asunto últimamente. Saltando de misión en misión de un lado a otro del espacio conocido.

—La han mantenido ocupada.

—¿Tú también has estado ocupado? —inquirió el señor Schmidt.

—Bastante —respondió Hart—. Estoy trabajando mucho con el teniente Harry Wilson, que es un técnico de las FDC que lleva a cabo varias tareas para nosotros.

—Lo sé —dijo Alastair Schmidt—. Tengo un amigo que trabaja en el Departamento de Estado. Me mantiene al día de los informes diplomáticos de la *Clarke*.

—¿Ah, sí?

—Electrocutar perros no tiene mucho futuro, Hart.

—Ya estamos.

—¿Es que he dicho algo que no sea cierto?

—¿De verdad lees los informes que te envían, papá? —preguntó Hart—. Si leyeras el informe sobre el perro sabrías que lo que ocurrió es que salvamos unas negociaciones de paz y ayudamos a sellar una alianza de la Unión Colonial con una especie que estaba a punto de aliarse con el Cónclave.

—Claro, después de que en un descuido dejarais que una planta carnívora se comiera el perro y descubrierais el cadáver de un rey cuya desaparición había provocado una guerra civil. Ese descubrimiento puso en peligro un proceso de paz que hasta ese momento había transcurrido sin ningún sobresalto. No te atribuyas ningún mérito por apagar fuegos que tú mismo has encendido, Hart.

—El informe oficial difiere de tu interpretación, papá.

—Por supuesto que lo hace. Si yo fuera tu jefe también habría escrito así ese informe. Pero no lo soy, y sé leer entre líneas mejor que mucha gente.

—¿Adónde quieres llegar, papá? —preguntó Hart.

—Creo que ha llegado el momento de que regreses a Fénix, hijo —dijo el señor Schmidt—. Has ofrecido lo mejor de ti a la Unión Colonial y no han sabido valorar tu talento. Te tienen estancado en una delegación diplomática que lleva años yendo de causa perdida en causa perdida y te han asignado a un amargado de las FDC que te utiliza para tareas de baja categoría. Te has acomodado demasiado a tu situación para quejarte, y tal vez estés divirtiéndote, pero así no vas a llegar a ninguna parte, Hart. Y puede que eso estuviera bien cuando comenzabas tu carrera, pero ya no estás en el comienzo de tu carrera. Te has metido en un callejón sin salida. No vas a avanzar.

—No estoy de acuerdo contigo —replicó Hart—. Pero ¿por qué te preocupas, papá? Siempre nos has dicho que tenemos que seguir nuestro camino, que teníamos que aprender a nadar por nuestra cuenta si no queríamos hundirnos. Eres un verdadero filón de metáforas sobre el tema. Si crees que estoy hundiéndome, deberías dejar que lo hiciera.

—Porque no se trata sólo de ti, Hart —contestó el señor Schmidt. Señaló el altavoz por el que había estado gritando a Klaus—. Tengo setenta y dos años, por el amor de Dios. ¿Crees que quiero pasar lo que me queda de vida impidiendo a un pobre desgraciado que disfrute del Día de la Cosecha con su familia? No, lo que quiero es pedirle al PPF que siga adelante sin mí y pasar más tiempo con mis nietos.

Hart, desconcertado, se quedó mirando a su padre, que nunca había dado muestras de sentir un interés más que superficial por sus nietos. «Quizá porque todavía no son interesantes», dijo una parte del cerebro de Hart, y se dio cuenta de por qué pensaba eso; su padre había estado más unido a sus propios hijos a medida que crecían. Y no podía negarse que tenía su lado tierno. Los ojos de Hart saltaron a la vitrina con medallas de la pared, en cuyo interior colgaba la que le habían dado a Brous al ganar el premio Nova Acadia.

—No puedo hacerlo porque detrás de mí no vienen las personas adecuadas —continuó el señor Schmidt—. Brandt se pavonea porque los unionistas han conseguido una cuota de poder, pero en realidad ha sucedido porque el PPF no ha cultivado nuevos talentos, y ahora estamos pagando las consecuencias.

—Espera un momento, papá —dijo Hart—. ¿Quieres que me afilie al PPF? Porque tengo que decirte desde ahora mismo que eso no va a suceder nunca.

—No entiendes lo que te digo. El PPF no ha promovido el surgimiento de nuevos talentos, pero tampoco lo han hecho los verdes ni los unionistas. Yo sigo ocupando mi cargo porque la siguiente generación de políticos de Fénix, con muy pocas excepciones, está llena de absolutos incompetentes. —Señaló en dirección al patio trasero, donde se hallaba el resto de la familia—. Brandt cree que me enfado con él porque está con los unionistas. ¡Me enfado con él porque no está ascendiendo a su liderato con la velocidad que debería!

—A Brandt le gusta la política —dijo Hart—. A mí no.

—A Brandt le gusta todo lo que rodea la política. La política en sí le importa una mierda. El tiempo lo pondrá en su sitio. El tiempo también pondrá en su sitio a Catherine. Está muy atareada construyendo unos sólidos cimientos en el mundo de la caridad, refinanciando a la gente y consiguiendo que se lo agradezcan apoyando sus obras. Cuando finalmente se meta en política, irá derecha a la jefatura del gobierno.

—¿Y Wes?

—Wes es Wes. En todas las familias hay uno. Lo quiero, pero lo considero un consentido sarcástico.

—Si yo fuera tú, no le diría eso a él, papá —apuntó Hart.

—Hace tiempo que se imagina lo que pienso de él —dijo el señor Schmidt—. Creo que lo ha aceptado, sobre todo porque no se le exige nada a cambio. Como te he dicho, hay uno en todas las familias. No podemos permitirnos tener dos.

—Así que quieres que vuelva a casa —señaló Hart—. ¿Y qué hago aquí? ¿Vas a buscarme un cargo político? Porque, claro, nadie lo considerará una demostración palmaria de nepotismo, papá.

—No des por sentada tan rápidamente la falta de sutileza de tu padre. ¿Crees que Brandt ha llegado donde está con los unionistas por méritos propios? ¡Qué va! Reconocieron el valor del apellido Schmidt, como no podía ser de otra manera, y llegamos a un acuerdo sobre los beneficios que obtendrían a cambio de enchufarlo en la organización.

—Si yo fuera tú, jamás le contaría eso a Brandt —dijo Hart.

—Naturalmente que jamás se lo contaré. Pero te lo cuento a ti para que comprendas cómo funcionan estas cosas.

—Sigue siendo nepotismo.

—Prefiero pensar en ello como que ayudo a prosperar a las personas que han demostrado su valía —declaró el señor Schmidt—. ¿Tú has demostrado tu valía, Hart? ¿No tienes habilidades, perfeccionadas durante tu carrera como diplomático, que podrían resultar útiles en las altas esferas? ¿De verdad querrías empezar desde abajo? Ya eres un poco viejo para eso.

—Tú mismo acabas de reconocer que debo mis habilidades al cuerpo diplomático de la Unión Colonial —señaló Hart.

—Nunca he dicho que no las tuvieras —repuso su padre—. He dicho que estaban desaprovechándose. ¿No te gustaría emplearlas como es debido? Aquí es donde podrás hacerlo, Hart. Ha llegado el momento de que la Unión Colonial cuide de sí misma. Regresa a Fénix, Hart. Te necesito. Te necesitamos.

—Lizzie Chao me necesita —dijo con pesar.

—¡Oh, no, mantente lejos de ella! No trae nada bueno. Ha estado tirándose a mi delegado de Crowley.

—¡Papá!

—No se lo digas a tu madre. Ella cree que Lizzie es una buena chica. Y tal vez lo sea… sólo que no ha tomado buenas decisiones.

—Eso no nos conviene.

—Ya has tomado suficientes malas decisiones en tu vida, Hart. Ha llegado la hora de corregir eso.

—No esperaba volver a verte tan pronto —dijo Brous Kueltzo. Estaba apoyado contra el coche, leyendo un mensaje en la PDA. Hart había llegado paseando al garaje.

—Necesitaba escapar de mi familia un rato —le confesó Hart.

—¿Tan pronto? ¡Vaya!

—Sí.

—Y aún te quedan cuatro días —le recordó Brous—. Te tendré presente en mis oraciones.

—Brous, ¿puedo hacerte una pregunta?

—Claro.

—¿Alguna vez nos has guardado rencor? ¿Alguna vez me has guardado rencor a mí?

—¿Me lo preguntas porque sois obscenamente ricos y perteneces a una de las familias más importantes del planeta sin haber tenido que mover un dedo para conseguirlo y porque tienes todo lo que quieras servido en bandeja sin ser consciente de lo dura que es la vida para todos los demás?

—Eh… sí —asintió Hart, ligeramente contrariado—. Sí, por eso.

—Durante algún tiempo, sí. O sea, ¿acaso esperabas otra cosa? El rencor representa el sesenta por ciento de la existencia de un adolescente. Y vosotros, Catherine, Wes, Brandt, tú, erais bastante inconscientes de lo anómala que era vuestra situación. ¿Y yo aquí, viviendo encima del garaje? Sí, había rencor.

—¿Y sigue habiéndolo?

—No —respondió Brous—. En cierta manera, traer a aquella novieta de la universidad al garaje me hizo ver que, si ponía todas las cosas en la balanza, tampoco estaba tan mal. Había ido a los mismos colegios que tú y tu familia me mantenía y cuidaba de mí, de mi hermana y de mi madre, y no a la manera de la *noblesse oblige*, sino como amigos. Demonios, Hart, ¡escribo poemas! Y lo hago gracias a tu familia.

—Vale —dijo éste.

—Es decir, tú aún tienes tus momentos de clasismo, créeme, y los hermanos os pincháis unos a otros de una manera un poco repugnante —añadió Brous—. Pero estoy convencido de que, aunque no tuvierais dinero, Brandt seguiría siendo un trepa, Catherine arrollaría a cualquiera que se le pusiera delante y Wes sería un parásito; y tú harías tu papel, que es el de observar y ayudar. Todos seríais como sois. Lo demás es circunstancial.

—Me alegra saber que piensas así —dijo Hart.

—Pienso así. No me malinterpretes, pero si quieres renunciar a tu parte del fondo de fideicomiso de tu familia y dármelo a mí, lo aceptaré. Te dejaré dormir encima del garaje siempre que lo necesites.

—Gracias —respondió Hart con una sonrisa irónica.

—¿A qué ha venido este interrogatorio, si me permites la pregunta?

—Bueno, ya sabes. Mi padre está presionándome para que abandone el cuerpo diplomático y me una a la ocupación familiar, que al parecer consiste en dominar este planeta.

—Ah, eso.

—Sí, eso.

—Ése es otro motivo por el que no os guardo rencor —declaró Brous—. Toda esta mierda de «nacido para mandar» cansa mucho. Mis únicas ocupaciones son llevar en coche a tu padre y juntar palabras.

—¿Y qué pasa si no quiero mandar? —preguntó Hart.

—Pues no mandes. No sé muy bien por qué me estás preguntando estas cosas. Hasta ahora se te ha dado muy bien eso de no mandar.

—¿Qué quieres decir?

—Sois cuatro hermanos —respondió Brous—. Dos de vosotros estáis preparados para continuar la ocupación familiar: Brandt, porque le gustan los incentivos que ofrece, y Catherine, porque se le da bien. Y los otros dos no queréis tener nada que ver con ella: Wes, que muy pronto descubrió que uno de vosotros tenía que ser la oveja negra de la familia y se dijo que por qué no él, y tú. Wes se apropió del papel de oveja negra, así que tú hiciste lo único que por lógica le queda al tercer varón de una familia noble: te fuiste de casa para buscarte la vida.

—¡Vaya! —exclamó Hart—. Sí que has dedicado tiempo a reflexionar sobre este tema.

Brous se encogió de hombros.

—Soy escritor. Y he tenido mucho tiempo para observaros a ti y a tus hermanos.

—Podrías haberme dicho todo esto antes —le recriminó Hart.

—Nunca me lo preguntaste.

—Ya.

—Además, podía estar equivocado —dijo Brous—. Con el tiempo he aprendido que estoy tan lleno de mierda como cualquiera.

—Yo no lo creo —repuso Hart—. Me refiero a lo de que pudieras estar equivocado. En cuanto a lo de «lleno de mierda», me mantengo neutral.

—Vale. Esto me huele a que estás experimentando una crisis existencial, Hart, si me permites decírtelo.

—Quizá sea eso. Intento decidir qué quiero ser de mayor. Una bonita incertidumbre cuando tienes treinta años.

—No creo que tenga importancia a qué edad obtengas tu respuesta —dijo Brous—. Creo que lo importante es obtenerla antes de que otra persona te diga lo que quieres ser, y se equivoque.

—¿Quién se encarga del brindis este año? —preguntó Isabel.

Estaban todos sentados a la mesa: Alastair e Isabel, Hart, Catherine, Wes, Brandt y sus respectivos cónyuges. Los niños estaban confinados en una sala contigua, sentados a mesas bajas, y se mantenían ocupados tirándose guisantes y rollitos de hojaldre mientras las niñeras intentaban en vano que la situación no se les fuera de las manos.

—Lo haré yo —dijo el señor Schmidt.

—Tú te encargas todos los años —replicó Isabel—. Y tus brindis son aburridos, cariño. Demasiado largos y llenos de alusiones políticas.

—Es la ocupación familiar —aseveró el señor Schmidt—. Es una cena familiar. ¿Sobre qué quieres que hable?

—Y además, sigues amargado por las elecciones y no quiero oírte hablar de ese tema esta noche —dijo Isabel—. Así que no, olvídate del brindis.

—Lo haré yo —se ofreció Brandt.

—¡Oh, no, ni hablar! —bramó el señor Schmidt.

—¡Alastair! —lo reprendió Isabel.

—Si pensabas que mi brindis iba a ser largo, aburrido y lleno de alusiones políticas —dijo el señor Schmidt—, espérate a escuchar a este relamido que tienes por hijo.

—Papá tiene razón —terció Catherine.

—Entonces te encargas tú —decidió Isabel.

—Sí —asintió Brandt, claramente dolido al ver que su propuesta de encargarse del brindis era rechazada—. Diviértenos con las historias de la gente que has conocido y machacado durante el año.

—Al infierno con el brindis —masculló Wes, y estiró el brazo para coger el puré de patatas.

—¡Wes! —lo reconvino Isabel.

—¿Qué? —respondió su hijo, sirviéndose una cucharada de puré—. Cuando por fin decidáis quién se encarga del brindis, toda esta comida estará fría y seca. Respeto demasiado el trabajo de Magda.

—Yo me encargaré del brindis —dijo Hart.

—¡Vaya! —exclamó Brandt—. Esto sí que es una novedad.

—Cállate, Brandt —le ordenó Isabel, y miró a su hijo menor—. Adelante, cielo.

Hart se puso en pie, cogió la copa de vino y paseó la mirada por la mesa.

—Todos los Días de la Cosecha, el encargado del brindis comenta los sucesos más destacados que ha vivido durante el último año —empezó Hart—. Pues bien, me gustaría decir que este año mi vida ha estado llena de sucesos destacados. Un alienígena me escupió en el contexto de unas negociaciones. Mi nave fue atacada por un misil que estuvo a punto de destruirla. Un alienígena, que no tiene nada que ver con el primero, me entregó la cabeza de una persona en el transcurso de otras negociaciones. Y, como todos habéis conocido recientemente, colaboré en la operación para dejar inconsciente a un perro como parte de una tercera negociación. Y durante todo ese tiempo viví en una nave espacial que es la más antigua que hay en servicio en la Unión Colonial, durmiendo en un camarote en el que apenas quepo, compartido con un tipo que se pasa casi toda la noche roncando o despidiendo gases.

»Si pensáis en ello, es un estilo de vida ridículo. Vaya si lo es. Y, como se me ha señalado hace poco, no es un estilo de vida que me ofrezca un futuro prometedor, pues trabajo para una embajadora de segunda que tiene que sacar adelante misiones que otros diplomáticos más eminentes mirarían con desdén y considerarían muy por debajo de lo que merecen su talento y sus habilidades. Esto plantea la pregunta de por qué quiero esta vida. De por qué la elegí.

»Y entonces recuerdo por qué la quiero. Porque es extraña, y agotadora, y enervante, y sí, incluso puede llegar a ser humillante, pero al final del día, cuando todo sale bien, es lo más emocionante que he hecho nunca. Nunca. Y entonces lo pienso y me parece increíble que yo forme parte de un grupo de personas que se reúnen con especies que no son humanas pero que son capaces de razonar, y dialogamos, y que gracias a ese diálogo llegamos a un acuerdo para convivir, sin matarnos y sin exigirnos nada más que lo que cada uno necesita del otro.

»Y eso está ocurriendo en una época de nuestra historia que es la más crítica de la humanidad. Estamos solos, sin la protección ni los recursos que la Tierra siempre nos había proporcionado. Y por esa razón, cada negociación, cada acuerdo, cada decisión que tomamos, incluso los últimos monos del cuerpo diplomático, es crucial para el futuro de la humanidad. Para el futuro de este planeta y de todos los planetas como éste. Para el futuro de todas las personas que estamos sentadas a esta mesa.

»Os admiro a todos. Papá, admiro tu dedicación a Fénix y tu deseo de verlo prosperar. Mamá, admiro cómo cuidas de todos nosotros, aunque nos eches una regañina de vez en cuando. Brandt, admiro tu ambición y tu determinación. Catherine, te admiro porque algún día mandarás sobre todos nosotros. Wes, te admiro por tu papel de bufón en la familia; gracias a ti no olvidamos que tenemos defectos. Admiro a Magda, a Brous y a Lisa, que han compartido su vida con nosotros.

»Hace poco me dijeron que si quería hacer algo importante, debía ser aquí. En Fénix. Con todo el cariño y el respeto, no estoy de acuerdo. Papá, Brandt y Catherine cuidarán de Fénix por nosotros. Mi trabajo es cuidar del resto. A eso me dedico. Y a eso voy a seguir dedicándome. Porque fuera de Fénix lo que hago es importante.

»Así que, familia, brindo por vosotros. Cuidad de Fénix. Yo me ocuparé de todo lo demás. Cuando el año que viene vuelva para el Día de la Cosecha, os contaré qué tal me ha ido. Os lo prometo. ¡Salud!

Hart tomó un sorbo de su copa. Todos bebieron menos el señor Schmidt, que esperó hasta que su mirada se cruzara con la de su hijo menor. Entonces alzó un poco más la copa y bebió.

—Ha valido la pena hacer esperar al puré de patatas —dijo Wes—. Ahora pásame la salsa de carne, por favor.

11
Un problema de balances

Lo primero que hizo la capitana Coloma cuando se detectó el misil que se dirigía a la *Clarke* fue pensar: «Otra vez». Lo segundo fue gritarle a Helmsman Cabot que realizara una maniobra de evasión. Cabot respondió de una manera admirable al activar el modo evasión y las contramedidas de la nave. La *Clarke* chirrió ante el repentino cambio de vector y la gravedad artificial se tomó un respiro momentáneo, durante el cual dio la impresión de que el campo se interrumpiría y todos los objetos dentro de la *Clarke* que no estaban fijos saldrían disparados hacia el techo a una velocidad de un par de kilómetros por hora.

La gravedad se estabilizó, la nave se escabulló por el espacio y las contramedidas se dedicaron a desviar el misil del blanco. El proyectil pasó a toda velocidad ante la *Clarke* e inmediatamente comenzó a buscar su objetivo.

—Es un misil acke —dijo Cabot mientras leía la información en su panel de mandos—. La *Clarke* tiene su frecuencia en la memoria. A menos que la hayan cambiado, podemos mantener su confusión.

—Disparados dos misiles más —anunció la segunda de a bordo Neva Balla—. Impacto dentro de sesenta y tres segundos.

—Mismo tipo —dijo Cabot—. Iniciando interferencias.

—¿Qué nave está atacándonos? —preguntó Coloma.

—La pequeña —respondió Balla.

—¿Y qué hace la otra?

—Está disparando a la pequeña —informó Balla.

Coloma abrió una imagen táctica en su consola. La nave pequeña, alargada y fina, con un abultado compartimento para el motor en la popa y otro más pequeño en la proa, seguía siendo un enigma para el ordenador de la *Clarke*. En cambio, la grande había sido identificada como la *Nurimal*, una fragata de fabricación lalan. En otras palabras, una nave de guerra del Cónclave.

«Maldita sea —se dijo Coloma—. Hemos caído de lleno en la trampa.»

—Los nuevos misiles son inmunes a las interferencias —informó Cabot.

—Esquívelos —ordenó Coloma.

—¡Siguen nuestros movimientos! —exclamó Cabot—. ¡Van a impactar con nosotros!

—¡La fragata está orientando los cañones de rayos! —advirtió Coloma—. ¡Los apuntan en nuestra dirección!

«El Cónclave creía que la otra nave éramos nosotros —pensó Coloma—. Le ha disparado y la nave pequeña le ha respondido con fuego. Cuando aparecimos nosotros, sólo nos disparó como medida de defensa.»

Ahora la *Nurimal* sabía quién era el verdadero enemigo y no iba a perder el tiempo con él.

«Estoy harta de la diplomacia —se dijo Coloma—. En la próxima vida exigiré una nave con armas.»

La *Nurimal* disparó los cañones de rayos de partículas. Los potentes chorros de energía alcanzaron y perforaron sus objetivos.

Los misiles que iban directos hacia la *Clarke* explotaron a varios kilómetros de distancia de la nave de la UC. El primer misil, que seguía errando sin destino a un centenar de kilómetros de la *Clarke*, se volatilizó sólo unos segundos después.

—Esto no... no era lo que esperaba —dijo Balla.

La *Nurimal* reorientó los cañones y apuntó con ellos a la nave pequeña. Los rayos atravesaron el compartimento de los propulsores de la misteriosa nave. Los motores saltaron por los aires y se separaron del resto de la estructura, que, cortado el suministro de energía, quedó a oscuras y comenzó a girar descontroladamente impulsada por la energía liberada por la explosión.

—¿La damos por muerta? —preguntó Coloma.

—Por lo menos ya no nos dispara —dijo Cabot con alivio.

—Me conformo con eso —repuso Coloma.

—La *Clarke* ha identificado la nave —informó Balla.

—La *Nurimal* —dijo Coloma—, ya lo sé.

—No me refería a ésa, sino a la pequeña. Es la *Urse Damay*. Es una corbeta easo al servicio del cuerpo diplomático del Cónclave.

—¿Y por qué demonios nos ha atacado? —preguntó Cabot.

—¿Y por qué la *Nurimal* la ha atacado? —inquirió Coloma.

—Capitana —dijo Orapan Juntasa, la oficial de comunicaciones y alarmas—. La capitana de la *Nurimal* nos envía saludos. —Juntasa guardó silencio mientras escuchaba a través de los cascos. De repente abrió los ojos con sorpresa.

—¿Qué ocurre? —preguntó Coloma.

—Dice que quieren rendirse y entregarse… a usted —dijo Juntasa.

Coloma permaneció callada unos instantes.

—Señora —la apremió Juntasa—, ¿qué le respondo a la *Nurimal*?

—Diles que hemos recibido su mensaje y que por favor esperen un momento —respondió Coloma. Se volvió hacia Balla—: Vaya a buscar a la embajadora Abumwe y dígale que venga ahora mismo. Si estamos aquí es por ella. Y traiga también al teniente Wilson. Él es militar. No sé si yo puedo aceptar una rendición. Pero él seguro que sí.

Hafte Sorvalh era alta, incluso para un lalan, y por lo tanto habría tenido dificultades para moverse por los pasillos estrechos y de techo bajo de la *Clarke*. Por deferencia, las negociaciones para la rendición de la *Nurimal* se llevaron a cabo en el hangar del transbordador de la *Clarke*. Acompañaban a Sorvalh la capitana de la *Nurimal*, Puslan Fotew, que no daba la impresión de sentirse especialmente cómoda a bordo de la *Clarke*, y Muhtal Worl, el secretario de Sorvalh. Por la parte humana, los interlocutores eran Coloma, Abumwe, Wilson y Hart Schmidt, cuya presencia había solicitado Wilson y

Abumwe había consentido. Estaban sentados a una mesa que se había traído del comedor de oficiales. Se trajeron también sillas para todos, si bien Wilson sospechaba que para los lalan, dada la forma de su cuerpo, no resultarían tan cómodas.

—Nos enfrentamos a una situación interesante —dijo Hafte Sorvalh, dirigiéndose a los humanos. Un pequeño dispositivo que llevaba prendido como un broche se encargaba de traducir sus palabras—. Una de ustedes es la capitana de esta nave. Otra es el líder de la delegación diplomática que viaja a bordo. Y otro —señaló con la cabeza a Wilson— pertenece al ejército de la Unión Colonial. ¿A quién debe entregarse mi capitana?

Coloma y Abumwe miraron a Wilson, que asintió con la cabeza.

—Soy el teniente Wilson, de las Fuerzas de Defensa Colonial. La capitana Coloma y la embajadora Abumwe son miembros del gobierno civil de la Unión Colonial, como también lo es el señor Schmidt —añadió, mirando a su amigo—. La *Nurimal* es una nave militar del Cónclave, por lo tanto, hemos decidido que, por una cuestión de protocolo, yo sería la persona más indicada para recibir la petición de rendición.

—¿Sólo es teniente? —preguntó Sorvalh. A pesar de que no era un experto en psicología lalan, Wilson creyó advertir una expresión socarrona en su rostro—. Me temo que sería un poco humillante para mi capitana rendirse a alguien de su graduación, teniente Wilson.

—Lo comprendo —repuso Wilson, y entonces se salió del guión—. Y si me lo permite, embajadora Sorvalh…

—Consejera Sorvalh sería más apropiado, teniente —apuntó la lalan.

—Si me lo permite, consejera Sorvalh, me gustaría saber por qué quiere rendirse su capitana. El armamento de la *Nurimal* supera de lejos el de la *Clarke*. Si quisieran, podrían hacernos añicos.

—Por eso precisamente he ordenado a la capitana Fotew que les entregue la nave —dijo Sorvalh—. Para convencerlos de que no representamos ninguna amenaza para ustedes.

Wilson lanzó una mirada a la capitana Fotew, que mantenía un porte rígido y formal. El hecho de que hubiera sido obligada a rendirse lo explicaba todo, tanto su actitud en ese momento como su comportamiento con Sorvalh. Wilson no podía imaginarse a la capitana Coloma aceptando la orden de rendirse de la embajadora Abumwe; una petición así probablemente acabaría con charcos de sangre en el suelo.

—Nos habría quedado mucho más clara su intención si no hubiera escogido una nave de guerra para su misión diplomática —señaló Wilson.

—Bueno, en ese caso, ahora estarían muertos —repuso Sorvalh.

«Buena observación», pensó Wilson.

—La *Urse Damay* es una nave del Cónclave —dijo el teniente.

—Era —lo corrigió Sorvalh—. Aunque supongo que, técnicamente, aún puede seguir siéndolo. No obstante, cuando atacó su nave, y también la *Nurimal*, no cumplía órdenes del Cónclave ni de sus fuerzas armadas, ni estaba tripulada por súbditos del Cónclave.

—¿Qué pruebas tiene de ello? —preguntó Wilson.

—En este momento, ninguna —respondió Sorvalh—. Pero puede ser que consiga alguna en el futuro, durante el transcurso de estas conversaciones. Entretanto, tendrá que conformarse con mi palabra. Dele el valor que quiera.

Wilson miró por el rabillo del ojo a Abumwe, que le hizo un escueto gesto de asentimiento con la cabeza. Miró de nuevo a la capitana Fotew.

—Con todos mis respetos, capitana, no puedo aceptar su rendición. La Unión Colonial y el Cónclave no están en guerra, y sus acciones militares, por lo que pude constatar, no constituyeron un ataque directo contra la *Clarke* ni contra la Unión Colonial. De hecho, sus acciones y las de su tripulación salvaron la *Clarke* y las vidas de sus tripulantes y pasajeros. Así que, además de rechazar su rendición, le doy las gracias por lo que ha hecho.

Fotew se quedó muda y con una expresión de perplejidad durante unos segundos.

—Gracias, teniente —dijo al fin—. Acepto su agradecimiento y lo compartiré con mi tripulación.

—Bien hecho —le dijo Sorvalh a Wilson. Se volvió hacia Abumwe—. Para tratarse de un oficial del ejército, no se le da mal la diplomacia.

—A veces hace bien las cosas, consejera —terció Coloma.

—Si me permiten la pregunta, ¿qué vamos a hacer con la *Urse Damay*? —inquirió Coloma—. Está dañada, pero no destruida. Aun representa una amenaza para nuestras naves.

Sorvalh concedió permiso para hablar a la capitana Fotew.

—La *Urse Damay* está dotada de nueve lanzamisiles —dijo la capitana lalan, respondiendo la pregunta de Coloma—. A ustedes les dispararon tres. A nosotros otros tres. Nuestras armas tienen localizados los tres restantes. Si los disparan, serán destruidos antes de que abandonen los cañones. Eso siempre y cuando a la *Urse Damay* le quede energía suficiente para dirigirlos contra nuestras naves o dispararlos siquiera.

—¿Se han puesto en contacto con la nave? —preguntó Coloma.

—Les ordenamos que se rindieran y nos ofrecimos a rescatar a su tripulación —respondió Fotew—. No hemos vuelto a saber nada de ella desde la batalla. No hemos querido hacer nada mientras estuviéramos pendientes de nuestra rendición.

—Si el teniente Wilson hubiera aceptado nuestra rendición —señaló Sorvalh—, ustedes habrían sido los encargados de coordinar el rescate.

—Si aún quedara alguien vivo a bordo de la nave, ya nos habría enviado alguna señal —opinó Fotew—. A nosotros o a ustedes. Toda la tripulación de la *Urse Damay* está muerta, capitana.

Coloma guardó silencio, insatisfecha con aquella consideración.

—¿Cómo explica este incidente? —preguntó Abumwe a Sorvalh.

—¿En qué sentido? —inquirió ésta.

—Es decir, nuestros respectivos gobiernos han acordado que estas conversaciones nuestras jamás habrán existido —dijo Abumwe—. Si esta conversación no va a existir, imagino que va a ser difícil explicar una batalla.

—Será sencillo, desde el punto de vista político, lidiar con ese hecho —repuso Sorvalh—. La explicación de la rendición, en cambio, sería más difícil. Razón de más para agradecer la decisión de su teniente Wilson.

—Si tan agradecidos están, tal vez puedan darnos la respuesta que hemos venido a buscar —dijo Abumwe.

—¿Cuál es la pregunta? —inquirió Sorvalh.

—¿Por qué el Cónclave está atacando naves de la Unión Colonial?

—Qué interesante —dijo Sorvalh—. Porque nosotros queríamos hacerles la misma pregunta con respecto a nuestras naves.

—En el último año han desaparecido dieciséis naves —explicó el coronel Abel Rigney a la embajadora Abumwe. Ambos se hallaban en el despacho de la coronel Liz Egan, que escuchaba sentada a la mesa de reuniones—. De ellas, diez en los últimos cuatro meses.

—¿A qué se refiere con «han desaparecido»? —preguntó Abumwe—. ¿Fueron destruidas?

—No, se han volatilizado —declaró Rigney—. Tal como suena. Después de un salto no se volvió a tener noticias de ellas. Nada de cajas negras, nada de sondas de salto, ninguna clase de comunicación.

—¿Ni restos?

—No hemos encontrado nada, tampoco nubes de gas formadas por fragmentos microscópicos de naves —dijo Egan—. Absolutamente nada.

Abumwe devolvió la atención a Rigney.

—¿Eran naves de las Fuerzas de Defensa Colonial?

—No —respondió Rigney—. O para ser exactos, ya no. Las naves que han desaparecido habían pertenecido a las FDC, pero fueron reacondicionadas para el uso civil. Como la *Clarke*, su nave, que había sido una corbeta de las FDC. Cuando una nave deja de ser útil a las FDC la vendemos a las colonias para que las utilicen los gobiernos locales, o a empresas especializadas en el transporte de mercancías entre colonias.

—El hecho de que ya no fueran naves militares explica por qué no nos percatamos de su desaparición inmediatamente —añadió Egan—. Las naves civiles y comerciales a veces desaparecen sin más. Un salto mal ejecutado, presas de buscavidas o de piratas, se utilizan también para transportar una colonia clandestina a algún lugar donde no debería haberla y son atacadas… La Unión Colonial sigue el rastro de todos los viajes y los transportes legales en el espacio colonial, así que sabemos cuándo una nave es destruida o desaparece. Pero no siempre sabemos qué clase de nave es, o en este caso, era.

—Sólo comenzamos a darle importancia cuando un chupatintas encargado de los registros de las naves observó que estaban desapareciendo naves de unos tipos específicos —dijo Rigney—. Y encontramos que había una relación en las desapariciones. Todas las naves de la lista eran fragatas o corbetas retiradas del servicio durante los últimos cinco años. La mayoría había desaparecido en sistemas próximos al territorio del Cónclave.

Abumwe frunció el ceño.

—No parece el *modus operandi* del Cónclave —señaló la embajadora—. Ya no nos permiten colonizar planetas, pero aparte de eso, no se han mostrado abiertamente hostiles con la Unión Colonial. No tienen ninguna necesidad de hacerlo.

—Estamos de acuerdo —coincidió Egan—. Pero el Cónclave tiene razones para atacar a la Unión Colonial. Son un organismo mucho mayor que el nuestro, pero no hace mucho tiempo estuvimos a punto de destruirlo.

Abumwe asintió. Recordó cómo las FDC aniquilaron la flota del Cónclave en la órbita de la colonia Roanoke, una acción que colocó a la Unión Colonial al borde de la guerra contra la confederación mucho mayor y más furiosa de alienígenas.

Lo irónico del asunto es que lo que salvó en el último momento a la Unión Colonial fue que el líder y fundador del Cónclave, el general Tarsen Gau, consiguió sofocar una rebelión interna y conservar intacto el Cónclave; una ironía nada desdeñable si se tiene en cuenta que el objetivo de las FDC era derrocar a Gau.

—No me cabe duda de que Gau tiene motivos para querer borrar del mapa la Unión Colonial —señaló Abumwe—. Lo que no me explico es cómo pretende conseguirlo haciendo desaparecer un puñado de naves retiradas del servicio.

—Nosotros tampoco nos lo explicamos —admitió Rigney—. Las naves no pueden ser reutilizadas para la guerra, ya que se les retira todo el armamento y los sistemas defensivos. Tampoco parece posible que las hubieran confundido y tomado por naves de las FDC aún en servicio. Hacerlas desaparecer no merma lo más mínimo nuestra capacidad militar.

—Hay otra posibilidad —apuntó Egan—. Una que personalmente considero más probable, y es que el Cónclave no está detrás de las desapariciones; el responsable es otro, e intenta inculpar al Cónclave con la esperanza de empujarnos a ambos a otra guerra.

—De acuerdo —dijo Abumwe—. Explíquenme qué tiene esto que ver conmigo.

—Necesitamos establecer un canal de comunicación secreto con el Cónclave para tratar este tema —dijo Rigney—. Si ellos están detrás de las desapariciones, tenemos que decirles que no las toleramos, de una manera que no permita saber a nuestros otros enemigos contra quién podríamos estar concentrando nuestros recursos militares. Si el Cónclave no es el responsable de las desapariciones, descubrir quién lo es puede beneficiar a ambas partes... También en este caso la discreción es esencial.

—La hemos elegido para esta misión porque, siendo francos, usted ya sabe que alguien o algún grupo está intentando sabotear las negociaciones de la Unión Colonial con otras especies y otros gobiernos —dijo Egan—. Sabemos cómo es usted y que su equipo sabe mantener la boca cerrada.

Abumwe esbozó media sonrisa.

—Les agradezco su sinceridad.

—También sabe hacer su trabajo —añadió Egan—. Le gusta la claridad. Pero la discreción es una cualidad de especial valor en este caso.

—Entiendo —asintió Abumwe—. ¿Cómo quieren que establezca el primer contacto con el Cónclave? Personalmente no conozco a nadie del Cónclave, pero sé de alguien que podría hacer de intermediario.

—¿Se refiere al teniente Wilson? —preguntó Egan.

Abumwe asintió.

—Conoce a John Perry —dijo la embajadora, nombrando al excomandante de las FDC que buscó refugio en el Cónclave tras los sucesos de la colonia Roanoke. Después viajó a la Tierra con una flota de naves mercantes alienígenas e informó al planeta de su desigual relación con la Unión Colonial—. No es que sea una conexión que me apetezca utilizar, pero podría hacerlo en el caso de que fuera necesario.

—No será necesario —la informó Rigney—. Tenemos línea directa con alguien del círculo más estrecho del general Gau. Una consejera llamada Sorvalh.

—¿Cómo es eso? —preguntó Abumwe.

—Después del disgusto que supuso la aparición del comandante Perry en la Tierra con una flota del Cónclave, el general Gau juzgó conveniente establecer un canal de comunicación extraoficial entre nosotros y sus colaboradores más cercanos —dijo Egan—. Para evitar darnos mutuamente nuevos disgustos por error.

—Se presentará donde le digamos —afirmó Rigney—. Sólo tenemos que enviarla a usted.

—Y asegurarnos de que nadie más se entere de adónde va —añadió Egan.

—Nosotros no estamos atacando sus naves —le aseguró Abumwe.

—Qué curioso —repuso Sorvalh—, porque en los últimos meses nos han desaparecido una veintena de ellas.

—¿Naves militares del Cónclave? —inquirió Abumwe.

—No —dijo Sorvalh—. La mayoría eran mercantes, y unas pocas, naves reacondicionadas.

—Continúe —la invitó a seguir Abumwe.

—No hay mucho más que decir. Todas se perdieron en territorios fronterizos con el espacio de la Unión Colonial. Desaparecieron sin dejar rastro. Las naves, volatilizadas. Las tripulaciones, volatilizadas. Las mercancías, volatilizadas. Muy pocas naves para constituir un acto que exija una respuesta. Demasiadas para tildarlo de casualidad o echar la culpa al destino.

—¿Y ninguna de esas naves ha vuelto a aparecer? —preguntó Abumwe.

—Sólo una —dijo Sorvalh—. La *Urse Damay*.

—¿Es una broma? —intervino Wilson.

—No, teniente Wilson —dijo la consejera lalan, volviéndose hacia él—. La *Urse Damay* fue una de las primeras que desapareció, y la que nos causó mayor preocupación. Es una nave diplomática, o era, y su desaparición era una posible acción de guerra en toda regla. Pero no oímos que se comentara nada sobre ella en nuestros canales habituales, y en un caso así, tendríamos que haberlo sabido.

—Y sin embargo, siguen pensando que estamos detrás de las desapariciones —dijo Abumwe.

—Si estuviéramos completamente seguros de su responsabilidad ya se habrían enterado, y no a través de un canal de comunicación secreto —afirmó Sorvalh—. Tenemos nuestras sospechas, pero no tenemos el menor interés en declarar la guerra a la Unión Colonial por unas sospechas. De la misma manera que ustedes, es obvio, tampoco albergan deseo alguno de comenzar una guerra fundamentada en sospechas.

—El hecho de que la *Urse Damay* haya aparecido aquí debería convencerlos de que nosotros no la secuestramos —dijo Coloma—. ¡Nos atacó!

—Atacó a las dos naves —observó la capitana Fotew—. Y a la nuestra primero. Llegamos al lugar de encuentro antes que ustedes. Estaba aquí cuando aparecimos.

—Si nosotros hubiéramos llegado los primeros, lo que habríamos visto habría sido una nave diplomática del Cónclave —señaló Coloma—. Es obvio que quería atraer a la *Clarke* para atacarla.

—Eso es una interpretación —dijo Sorvalh—. Otra es que podrían haber fingido que una nave del Cónclave, capturada y tripulada por ustedes, atacaba una nave diplomática desarmada de la Unión Colonial para utilizarlo como propaganda. No sería la primera vez que la Unión Colonial sacrificara una nave o una colonia para legitimar un arranque de ira.

Coloma se tensó al oír aquello. Abumwe alzó una mano en su dirección para tranquilizarla.

—¿Sugiere que estamos ante un caso así?

—No —respondió Sorvalh—. Sólo estoy poniendo de relieve que ambos tenemos más preguntas que respuestas en este momento. La nave desapareció. Ha reaparecido aquí. Nos ha atacado a ambos. La cuestión de quién era su verdadero objetivo es trivial ahora mismo porque ambos acabamos siendo su objetivo. Las preguntas que deberíamos estar haciéndonos son: ¿Quién nos tiene a ambos en su punto de mira? ¿Cómo supo dónde encontrarnos? ¿Sea quién sea, también es el responsable de la desaparición de nuestras naves?

—Ha dicho que la *Urse Damay* ha quedado destruida —le dijo Wilson a la capitana Fotew.

—Como mínimo, incapacitada —repuso ella—. En todo caso, ya no representa una amenaza.

—Tengo una sugerencia —dijo el teniente.

—Adelante, por favor —lo invitó a continuar Sorvalh.

—Tal vez haya llegado el momento de hacer un viaje juntos —dijo Wilson.

—No hagas nada raro —le recomendó Hart Schmidt a su amigo Wilson. Ambos estaban en el hangar del transbordador de la *Clarke*. El transbordador de la *Nurimal*, con el piloto y dos soldados del Cónclave, esperaban a que Wilson embarcara—. Echa un vistazo a ver qué descubres y lárgate.

—Me gustaría saber cuándo te convertiste en mi madre —dijo Wilson.

—Tú sigue haciendo tonterías y arrastrándome con ellas.

—Si lo prefieres, otra persona puede hacerme el seguimiento.

—No seas imbécil, Harry —dijo Schmidt mientras revisaba el traje de combate de Wilson por segunda vez—. ¿Has comprobado el suministro de oxígeno?

—Mi CerebroAmigo lo controla permanentemente —le aseguró Wilson—. Además, el traje de combate está configurado para el vacío. Y puedo contener la respiración durante diez minutos. Por favor, Hart. Eres mi amigo, pero voy a tener que matarte.

—Vale, perdona. Te seguiré desde el puente de mando. Mantén abiertos los circuitos de vídeo y de sonido. Coloma y Abumwe estarán conmigo, por si necesitas preguntarles algo y viceversa.

—No querría tener a nadie más dentro de la cabeza —comentó Wilson.

Uno de los soldados del Cónclave, un lalan, asomó la cabeza por la puerta del transbordador y señaló a Wilson.

—Vamos —dijo.

Schmidt miró fijamente al soldado.

—No te fíes de esos tipos.

—No van a matarme, Hart —lo tranquilizó Wilson—. Daría muy mala imagen.

—Algún día te llevarás una sorpresa.

—Espero estar muy lejos de ti que cuando eso suceda —contestó el teniente.

Schmidt sonrió y enfiló hacia la sala de control del hangar del transbordador.

Wilson subió al vehículo. El piloto y uno de los soldados eran lalan, como Sorvalh y la capitana Fotew. El otro era fflict, una especie de individuos achaparrados y peludos. Éste le hizo un gesto a Wilson para que se sentara. Él obedeció y colocó su MP-35 debajo de los pies.

—Tenemos circuitos de traducción integrados en los trajes —dijo el fflict en su propia lengua, mientras que la traducción salió de un altavoz acoplado a su cinturón—. Puedes hablar tu lengua y nuestra toma de sonido traducirá lo que digas.

—Lo mismo digo. —Wilson señaló el altavoz—. Puede apagar eso, si quiere. Lo entenderé cuando hable.

—Perfecto —dijo el fflict, y apagó el altavoz—. Odio la voz que sale de este cacharro. —Levantó una mano y plegó dos veces el dispositivo—. Soy el teniente Navill Werd. —Señaló a los lalan—. El piloto Urgrn Howel y el cabo Lesl Carn.

—Teniente Harry Wilson —dijo él.

—¿Has estado antes en un lugar con condiciones de vacío? —le preguntó Werd.

—Un par de veces —respondió.

—Bien —asintió Werd—. Ahora, escúchame. Ésta es una misión conjunta, pero alguien tiene que asumir el mando, y propongo que sea yo, puesto que ya mando sobre estos dos, además de que éste es mi transbordador. ¿Alguna objeción?

Wilson sonrió.

—Ninguna, señor.

—Sexo equivocado —señaló Werd—. Aunque «señora» tampoco sería del todo correcto. De modo que puedes seguir llamándome «señor». No hay por qué complicar las cosas.

—Sí, señor.

—De acuerdo, pongámonos en marcha —dijo Werd. Se volvió al piloto y le hizo una señal con la cabeza.

Éste cerró la puerta del aparato e informó a la *Clarke* de que estaba listo para partir. Entonces se inició el ciclo de vaciado del hangar. El cabo Carn se puso cómodo en el asiento del copiloto.

—Es la primera vez que trabajo con un humano —dijo Werd.

—¿Y qué tal por ahora? —preguntó Wilson.

—No está mal —respondió Werd—. Aunque eres un poco feo.

—Me lo dicen siempre.

—Te creo. No me meteré contigo por eso.

—Gracias —dijo Wilson.

—Pero si hueles mal, te arrojaré por una esclusa de aire.

—Entendido.

—Me alegra que hayamos alcanzado un acuerdo —dijo Werd.

—El teniente es así con todos, no sólo con usted —intervino el cabo Carn, volviéndose para mirar a Wilson.

—No es culpa mía que todo el mundo haga daño a la vista —continuó Werd—. No todos podéis ser tan guapos como yo.

—¿Cómo consigue sobrevivir siendo tan guapo, señor? —preguntó Wilson.

—La verdad es que no lo sé —respondió Werd—. Supongo que porque soy la encarnación de la esperanza y de la belleza.

—Ya ve que no le he mentido —dijo Carn, dirigiéndose a Wilson.

—Sólo está celoso —repuso Werd—. Y además es feo.

—Me encanta vuestro sentido del humor, chicos —dijo Wilson—. Y mi amigo Schmidt que temía que me matarais…

—Ni hablar —repuso Werd—. Eso lo reservamos para la segunda misión.

El transbordador partió de la *Clarke* y se dirigió a la *Urse Damay*.

—Vale, ¿quién quiere decirme lo que tiene de raro esta nave? —preguntó Werd sin dirigirse a nadie en particular. La voz del teniente llegó a través del CerebroAmigo de Wilson. Él, Werd y Carn estaban en lugares distintos de la nave.

—¿Que no hay un solo ser vivo en ella? —sugirió Carn.

—Casi, pero no —replicó Werd.

—¿Eso no es lo raro? —preguntó Carn—. ¿Qué lo es, entonces?

—Que no hay una sola evidencia de que alguna vez haya habido un ser vivo en ella —intervino Wilson.

—Gana el humano —dijo Werd—. Esto es lo más raro que he visto en mi maldita vida.

Los tres se deslizaban cautamente por la parte delantera de la *Urse Damay*.

El piloto del transbordador había coordinado los movimientos del aparato con los giros y las rotaciones de la nave a la deriva y los tres habían pasado de un aparato a otro por una cuerda enganchada a un arpón magnético. Una vez a bordo, el transbordador había retrocedido hasta situarse a una distancia segura sin dejar de replicar los vaivenes de la *Urse Damay*.

Dentro de la nave, el movimiento era lo suficientemente desequilibrante como para obligar a Wilson, Werd y Carn a esquivar mamparos que formaban extraños ángulos en la estructura interior de la nave. Los tres tenían que caminar con mucho cuidado, y de vez en cuando, a través del canal de comunicación se oían los improperios que soltaba el altísimo cabo Carn cada vez que chocaba con algo.

La parte delantera de la nave se había quedado sin su principal fuente de energía, pero las baterías supletorias seguían funcionando, y las luces de emergencia bañaban los pasillos con un resplandor tenue pero eficaz. A primera vista no se advertía ningún indicio de que alguien hubiera recorrido los pasillos recientemente. Wilson abrió puertas de camarotes, salas de reuniones y lo que parecía un comedor, a juzgar por los bancos y lo que parecían zonas destinadas a preparar platos.

Todo estaba vacío y limpio.

—¿Se puede programar la nave? —preguntó Carn—. ¿Como las sondas de salto?

—He visto la grabación de la batalla con la *Nurimal* —dijo Werd—. La *Urse Damay* empleaba tácticas que descartan, al menos en mi opinión, la posibilidad de que estuviera ejecutando un programa.

—Estoy de acuerdo —asintió Wilson—. Daba toda la impresión de que había alguien a los mandos.

—A lo mejor la controlaban de manera remota —sugirió Carn.

—Realizamos un barrido de la zona —dijo Wilson—. No encontramos drones ni naves más pequeñas. Estoy seguro de que la capitana Fotew hizo lo mismo desde la *Nurimal*.

—¿Cómo luchó entonces esta nave sin nadie a bordo? —preguntó Carn.

—¿Qué opináis de los fantasmas? —bromeó Werd.

—Prefiero que mis muertos sigan muertos —respondió Wilson.

—El humano ha vuelto a dar la respuesta acertada —replicó Werd—. De modo que seguiremos buscando algo vivo en la nave.

Un par de minutos después, en el canal abierto se oyó un ruido emitido por Carn. Un segundo más tarde, el CerebroAmigo de Wilson lo tradujo como: «¿eh?».

—¿Qué ocurre? —preguntó Werd.

—Creo que he encontrado algo —respondió Carn.

—¿Está vivo? —quiso saber Wilson.

—Quizá —dijo Carn.

—Carn, tendrás que ser más concreto —lo apremió Werd.

Wilson captó el tono de exasperación de este último incluso en la traducción.

—Estoy en el puente de mando —informó Carn—. No he encontrado a nadie, pero hay una pantalla encendida.

—Vale —dijo Werd—. ¿Y qué?

—Pues que cuando he pasado por delante de la pantalla ha aparecido una palabra.

—¿Qué palabra? —preguntó Wilson.

—«Vuelve» —dijo Carn.

—Creía que habías dicho que no había nadie contigo en el puente de mando —dijo Werd.

—No hay nadie —repuso Carn—. Espera, ha aparecido algo nuevo en la pantalla. Otra palabra.

—¿Qué pone ahora? —preguntó Werd.

—«Socorro» —dijo Carn.

—Dijiste que eras un experto en tecnología —le dijo Werd a Wilson, y señaló la pantalla del puente de mando, que colgaba torcida encima de sus cabezas—. Haz que funcione.

Wilson torció el gesto y escrutó la pantalla. Las palabras que aparecían en imagen estaban en la lengua de los lalan, y superpuesta en su campo visual apareció la traducción de su CerebroAmigo. Wilson no acertó a ver ningún teclado ni botón en el dispositivo. Estiró el brazo y dio unos golpecitos en la pantalla. Nada.

—¿Cómo funcionan vuestras pantallas? —preguntó—. ¿Hay alguna clase de interfaz de controles estándar del Cónclave?

—Yo sólo mando y disparo —respondió Werd—. Las interfaces de controles no son lo mío.

—Tenemos una banda de transmisión estándar —les recordó Carn— distinta de la que empleamos para hablar.

¿Hart?, llamó Wilson.

Ahora te lo miro, dijo Schmidt en su cabeza.

—Mirad. —Carn señaló la pantalla—. Palabras nuevas.

«No necesitáis la banda de datos —apareció escrito en lalan—. Puedo oíros en la banda de sonido. Pero no entiendo el lalan. Mi módulo de traducción está estropeado.»

—¿Qué lengua hablas? —dijo Wilson en voz alta, y ordenó al CerebroAmigo que tradujera sus palabras.

«El easo», apareció escrito en la pantalla.

Wilson buscó en su CerebroAmigo, que tenía instalada la lengua, y activó la traducción.

—¿Mejor así? —preguntó.

«Sí, gracias.»

—¿Quién eres? —inquirió Wilson.

«Me llamo Rayth Ablant.»

—¿Eres el capitán de la *Urse Damay*?

«En cierta manera, sí.»

—¿Por qué atacasteis a la *Clarke* y a la *Nurimal*?

«No tuve elección.»

—¿Dónde está todo el mundo? —preguntó Werd, que al parecer también tenía en su sistema un traductor del easo.

«¿Se refiere a mi tripulación?»

—Sí.

«Yo soy la única tripulación.»

—¿Dónde estás? —preguntó Wilson.

«Una pregunta interesante.»

—¿Estás en la nave?

«Yo soy la nave.»

—¿He oído bien? —preguntó Carn al cabo de unos segundos—. No es que el programa de traducción se haya equivocado, ¿verdad?

Aquí estamos preguntándonos lo mismo, dijo Schmidt en el CerebroAmigo de Wilson, a pesar de que él era el único que podía oírlo a bordo de la *Urse Damay*.

—Tú eres la nave —repitió Wilson.

«Sí.»

—Eso no es posible —dijo Werd.

«Ojalá eso fuera cierto.»

—El teniente Werd tiene razón —dijo Wilson—. Ninguna especie ha sido capaz de crear verdaderas máquinas inteligentes.

«No he dicho que sea una máquina.»

—Este tío está acabando con mi paciencia —masculló Werd—. Habla con acertijos.

—Y puede oírte —le recordó Wilson. Werd cerró la boca—. Rayth Ablant, tendrás que explicarte un poco mejor. Creo que ninguno de los que estamos aquí comprendemos lo que dices.

«Será más sencillo si os lo enseño.»

—Está bien —asintió Wilson—. Enséñanoslo.

«Mirad detrás de vosotros.»

Wilson se volvió. Detrás de él había una serie de monitores alineados y un enorme armario negro. Devolvió la vista a la pantalla.

«Ábrelo. Con cuidado.»

Wilson abrió el armario.

«Hola.»

—¡Joder! —exclamó.

—Era un cerebro dentro de una urna —decía Wilson—. Literalmente, un cerebro dentro de una urna. Abrí el armario y dentro encontré la urna con un cerebro easo y un sistema nervioso extendido y conectado a cables de fibra inorgánicos. Alrededor del cerebro había alguna clase de fluido, que supongo que le proporcionaba oxígeno y nutrientes. También había un tubo que lo conectaba con lo que parecía un dispositivo de filtrado, otro conducto que salía del otro extremo del aparato. Todo se reciclaba. Era absolutamente impresionante, hasta que recuerdas que hay una conciencia real atrapada ahí dentro.

Wilson estaba sentado en el hangar del transbordador de la *Clarke* con Abumwe, Sorvalh, Muhtal Worl y Hart Schmidt. Las capitanas Coloma y Fotew habían regresado a sus puestos. Abumwe y Coloma habían visto a Rayth Ablant desde el punto de vista de Wilson a través de la transmisión de vídeo que realizaba su CerebroAmigo, aun así, Sorvalh quería un informe. Wilson le ofreció la grabación que había realizado su CerebroAmigo, pero ella la rechazó con el argumento de que prefería «un relato de viva voz».

—¿Quién será ese tal Ablant? —preguntó Sorvalh—. Tendría una vida antes de… eso.

—Era piloto de la *Urse Damay*, o eso afirmó —dijo Wilson—. Usted podrá comprobarlo mejor que yo, consejera.

Sorvalh hizo un gesto a Worl, que escribió una nota en su tableta.

—Formaba parte de la tripulación —dijo Sorvalh—. A bordo de la *Urse Damay* viajaban cincuenta tripulantes y los doce miembros de una delegación diplomática. ¿Qué les sucedió?

—Dijo que no lo sabía —respondió Wilson—. Afirmó que estaba dormido cuando la nave fue abordada y que durante la invasión lo dejaron inconsciente de un golpe. Cuando despertó se encontró como lo hemos encontrado nosotros. Los que se lo hicieron no le dijeron nada sobre el resto de la tripulación.

—¿Y quiénes son los que se lo hicieron? —preguntó Sorvalh.

—Tampoco lo sabía —respondió Wilson—. Dijo que ni siquiera le habían hablado nunca. Se comunicaban con él mediante textos escritos. Cuando volvió en sí le explicaron que su trabajo consistía en aprender a pilotar solo la *Urse Damay,* y que cuando adquiriera la destreza necesaria le encargarían una misión. Ésta era su misión.

—¿Cree que era sincero cuando dijo que no sabía quiénes eran? —inquirió Sorvalh.

—Disculpe mi lenguaje, consejera, pero ese tipo era un puto cerebro sin cuerpo —dijo Wilson—. No tenía más poderes de observación que los que le habían dado. Dijo que ni siquiera le dieron información del exterior hasta que la nave saltó. Volaba a ciegas hacia la primera parte de su misión. Es completamente factible que no supiera nada de esos tipos salvo lo que le decían, que era casi nada.

—Confía en él —afirmó más que preguntó Sorvalh.

—Siento pena por él —repuso Wilson—. Pero también pienso que no ha mentido. Si hubiera participado voluntariamente en esto, no habrían necesitado poner su cerebro dentro de una urna para obligarlo a hacer lo que ellos querían.

—Cuéntele a la consejera qué recompensa le prometieron si cumplía la misión —le pidió Abumwe.

—Le dijeron que si cumplía la misión volverían a colocarle el cerebro en el cuerpo y lo enviarían a casa —dijo Wilson—. La recompensa era que volviera a ser él mismo.

Sorvalh reflexionó sobre aquello en silencio durante unos segundos. Luego cambió de postura y se volvió hacia Abumwe.

—Le pido que no se tome a mal la franqueza con la que voy a hablar ahora.

—Es usted mi invitada —repuso Abumwe.

—No es un secreto que la Unión Colonial hace experimentos como éste continuamente —empezó la consejera Sorvalh—. Su teniente, por ejemplo —señaló a Wilson—, es el resultado de una conciencia transferida de un cuerpo a otro modificado genéticamente. Dentro de la cabeza tiene un ordenador conectado al cerebro mediante unos conductos inorgánicos que tienen un funcionamiento como mínimo similar a los que estaban conectados a esa pobre criatura. Los soldados de sus fuerzas especiales presentan incluso más modificaciones. Sabemos que cuentan con algunos soldados de fuerzas especiales que tienen tan sólo un ligero aire humano. Y sabemos que uno de los correctivos que las Fuerzas de Defensa Colonial administran a sus solados cuando comenten una infracción es extraerles el cerebro y confinarlo en un contenedor durante algún tiempo.

Abumwe asintió.

—Vaya al grano, consejera.

—Iré al grano, embajadora. Quienquiera que le haya hecho eso a Rayth Ablant tiene unos métodos más parecidos a los de la Unión Colonial que a los del Cónclave.

Abumwe miró de nuevo a Wilson.

—Explíquele las órdenes que tenía Rayth Ablant.

—Dijo que sus órdenes eran destruir todas las naves que aparecieran tras un salto —explicó Wilson—. Sin distinción de su procedencia. Le pidieron que atacara todo lo que se moviera con la esperanza de que les saliera bien la jugada.

—¿Con qué fin? –preguntó Sorvalh.

—¿Acaso importa? —respondió Abumwe—. Si hubieran destruido nuestra nave, la Unión Colonial los habría acusado a ustedes de tendernos una emboscada. Si hubieran destruido la suya, el Cónclave nos habría lanzado la misma acusación. Si ambas acababan destruidas, es posible que nuestros gobiernos ya se hubieran declarado la guerra. Usted misma lo dijo hace unas horas: a estas alturas, el porqué es intrascendente a menos que sepamos el quién.

—Si el teniente Wilson está en lo correcto y ese tal Rayth Ablant no tenía manera de saber para quién trabajaba, nosotros tampoco podemos averiguar su identidad —dijo Sorvalh—. Lo único que tenemos son métodos, y estos métodos son más parecidos a los suyos que a los nuestros.

—Rayth Ablant no sabe para quién trabaja, pero él no es todo lo que tenemos —señaló Wilson.

—Explíquese —dijo Sorvalh.

—Él es un cerebro dentro de una urna —repitió Wilson—. Y la urna puede darnos mucha información. Como a quién pertenece la tecnología que la ha hecho posible. Es una pista que deberíamos seguir. Aun en el caso de que se trate de un artilugio único, podemos investigar cómo se construyó, y tal vez demos con algo parecido ya existente. Por lo menos es mejor que lo que ya tenemos, que es nada.

—¿Qué necesitaríamos? —preguntó Sorvalh.

—Bueno, para empezar, me gustaría sacar a Rayth Ablant de la *Urse Damay* —dijo Wilson—. Y cuanto antes, mejor. El tiempo corre en nuestra contra.

—¿Por qué? —preguntó Sorvalh.

—Porque una de las primeras palabras que nos escribió fue «socorro» —respondió Wilson—. Resulta que las baterías para emergencias que mantienen en funcionamiento su sistema de soporte vital están agotándose. Les quedan ocho horas de carga.

—¿Y quiere traerlo aquí? —preguntó Sorvalh, abriendo los brazos para dejar claro que se refería a la *Clarke*.

Wilson negó con la cabeza.

—Está en una nave del Cónclave. Con independencia de la procedencia de la urna, está enchufada a una red de energía del Cónclave. El sistema de energía de la *Nurimal* es más parecido al de la *Urse Damay* que el de la *Clarke*. —Wilson sonrió—. Además, ustedes tienen las armas.

Sorvalh le devolvió la sonrisa.

—Está bien, teniente. Pero no sé si su jefa estará muy contenta de permitir que el Cónclave se apropie de una tecnología así.

—Mientras permita que el teniente Wilson examine detenidamente esa tecnología, no tengo ninguna objeción —afirmó Abumwe—. La tecnología es su especialidad. Confío en que averiguará lo que busca.

—Quizá a sus jefes no les haga muy felices esa decisión, embajadora Abumwe —manifestó Sorvalh.

—Quizá. Pero eso es problema mío, no suyo.

—¿Cuándo puede empezar? —preguntó Sorvalh.

—En cuanto les ordene a Werd y a Carn que me echen una mano otra vez —respondió Wilson—. La urna con el cerebro no es grande, por suerte, pero el medio en el que está hace que sea complicado moverla. Y necesito el transbordador para trasladarla, claro.

Sorvalh hizo un gesto a Worl, que volvió a escribir algo en la tableta.

—¿Algo más? —preguntó la consejera.

—De hecho, querría pedirle una cosa —dijo Wilson.

—Hable.

—Me gustaría que me prometiera que cuando Rayth Ablant esté en su nave lo conectará a la red.

—Y el motivo es…

—Ese pobre cabrón ha pasado quién sabe cuánto tiempo practicando simulacros de operaciones con una nave espacial. Todos sus amigos están muertos y no ha hablado con nadie más que con los hijos de puta que lo han metido en esa urna. Pienso que debe de sentirse un poco solo.

¿Puedo hacerte una pregunta? —inquirió Rayth Ablant. Wilson había abierto la banda de datos para que Rayth pudiera enviarle directamente los mensajes al CerebroAmigo en lugar de comunicarse a través de la pantalla. No obstante, mantuvo la interfaz de texto, pues le parecía que era lo correcto.

—Adelante —dijo Wilson, que estaba atareado extrayendo baterías de debajo del suelo del puente de mando de la *Urse Damay* y sudaba embutido en el traje de combate para condiciones de vacío.

Me gustaría saber por qué quieres ayudarme.

—Pediste ayuda —respondió Wilson.

También intenté destruir tu nave contigo dentro.

—Eso fue antes de que me conocieras.

Querría disculparme por ello.

—No voy a rechazarte las disculpas —dijo Wilson—. Pero entiendo que quieras recuperar tu cuerpo.

Eso ya no va a ocurrir.

—No a través de los capullos que te han hecho esto. Pero eso no quiere decir que no pueda suceder algún día.

Me parece poco probable.

—Estás hablando con un tipo que está en su segundo cuerpo. Yo soy más optimista que tú. —Extrajo la batería y la colocó al lado de las otras que ya había sacado.

Werd y Carn estaban en otra parte de la *Urse Damay*, también extrayendo baterías. Las utilizarían para mantener en funcionamiento los sistemas de la urna con el cerebro de Rayth Ablant hasta que estuvieran a salvo en la *Nurimal.* El viaje desde la *Urse Damay* a la *Nurimal* sólo duraría un par de minutos, pero Wilson prefería pecar por exceso cuando un imprevisto podía acabar en muerte.

Gracias por hacer esto.

—Gracias por tener tan mala puntería —bromeó Wilson, y se puso de nuevo manos a la obra.

Los humanos tienen muy mala reputación entre nosotros.

—Algo he oído.

Se comenta que sois unos falsos; que no respetáis los contratos ni los acuerdos; que os damos un miedo terrible y que la solución que habéis encontrado para eso es destruirnos a todos.

—Por otro lado, todos tenemos una voz preciosa —ironizó Wilson.

Te lo comento porque en ti no veo nada de todo eso.

—Los humanos son como todas las especies. ¿Todos los easo son buenos? ¿El gobierno que tenías antes del Cónclave lo hacía todo bien? ¿El Cónclave lo hace todo bien ahora?

Lo siento, no pretendía comenzar una discusión sobre política.

—Y no lo has hecho. Yo hablo sobre la esencia de los seres racionales de cualquier lugar. Todos tenemos un montón de responsabilidades. Personalmente no espero demasiado de los demás. Pero en cuanto a mí, en la medida de mis posibilidades, intento no ser un capullo integral.

¿Y eso incluye rescatar cerebros metidos en urnas?

—Bueno, incluye rescatar a un ser que resulta que en este momento es un cerebro dentro de una urna. —Extrajo otra batería.

El teniente Werd apareció en el puente de mando cargado con las baterías que había extraído y las colocó junto a las de Wilson.

—¿Cuántas más crees que necesitamos? —le preguntó Werd—. En la descripción de mi puesto de trabajo no dice nada sobre desmontar entera una nave espacial.

Wilson sonrió y contó las baterías.

—Creo que ya tenemos suficientes. La urna no está fijada a la cubierta, así que creo que podremos empujarla con facilidad. Levantar cosas sí que está en la descripción de tu puesto de trabajo, ¿verdad, teniente?

—Sí —respondió Werd—. Pero volver a dejarlas en el suelo tiene un coste adicional.

—De acuerdo —dijo Wilson—. Ahora debemos tener cuidado para que no se produzca ninguna interrupción significativa del flujo de energía cuando desconectemos la urna de la red de la *Urse Damay* y la enchufemos a las baterías. —Señaló los serpenteantes cables de la urna enchufados a la red de energía de la nave—. Seguramente habrá una pequeña batería de reserva dentro de la urna. Echaré un vistazo para ver cuánto dura la carga.

—Lo que tú digas, Wilson —dijo Werd—. Esta vez estás al mando.

—Gracias —repuso Wilson, y abrió la puerta del armario que contenía la urna, de nuevo con sumo cuidado para no hacer caer ninguno de sus componentes—. Tú, Carn y yo somos el modelo de cooperación que demuestra que nuestras naciones todavía están a tiempo de convivir en paz y armonía.

—El sarcasmo no es exclusivo de los humanos. Pero reconozco que no se te da mal.

Wilson no contestó. En cambio, examinó detenidamente la urna.

—¿Qué sucede? —preguntó Werd.

Wilson le hizo un gesto con la cabeza para que se acercara al armario. Werd obedeció.

Wilson había apartado una gruesa maraña de cables conectados al contenedor del cerebro y del sistema nervioso de Rayth Ablant para echar un vistazo a la zona en la que los cables enchufados a la red entraban en la urna. Allí mismo había lo que parecía una pequeña batería con una carga que duraba alrededor de un minuto, para que el sistema continuara en funcionamiento en el caso de que se produjera un corte en el suministro de energía.

Pero también había algo acoplado a aquella batería de reserva.

—Ya veo —masculló Werd. Wilson asintió—. Carn —dijo Werd, hablando a su sistema de comunicación.

—¿Sí, teniente? —respondió Carn.

—El teniente Wilson y yo acabamos de darnos cuenta de que hemos olvidado algunas herramientas y te necesitamos para que nos ayudes con ellas —dijo Werd—. Regresa al transbordador. Nos reuniremos allí.

—¿Señor? —dijo Carn, ligeramente desconcertado.

—Confirma que has entendido la orden —dijo Werd.

—Orden recibida —repuso Carn—. Voy para allá.

¿Va todo bien?

—Todo va bien —le respondió Wilson a Rayth Ablant—. Es que acabo de descubrir que en tu estructura interna hay algunas cosas que van a darnos más quebraderos de cabeza que otras. Necesito más herramientas. Tenemos que regresar a la *Nurimal* para cogerlas. Volveremos enseguida.

Entiendo. No tardéis mucho. La energía de la nave está agotándose.

—Volveré lo antes posible. Te lo prometo.

Rayth Ablant no dijo nada. Wilson y Werd enfilaron hacia el transbordador en silencio; se encontraron con Carn y juntos se dirigieron al aparato sin intercambiar una sola palabra.

Cuando ya estaban viajando a bordo del transbordador, Wilson abrió un canal de comunicación con la *Clarke*.

—Hart, necesito que Abumwe se reúna conmigo cuanto antes en la *Nurimal*. Tenemos un problema. Un problema muy gordo. —Cortó la comunicación antes de que Schmidt pudiera responderle y miró a Werd—. Necesito que les pidas a los tuyos que me consigan un plano de los sistemas de energía de la *Urse Damay*. Tengo que averiguar algunas cosas. Ahora.

—Puede ser que no lo tengamos —dijo Werd—. La *Urse Damay* no es una nave de la flota militar del Cónclave.

—En ese caso necesito que uno de vuestros ingenieros me explique el funcionamiento de los sistemas de energía del Cónclave. Eso sí es posible, ¿verdad?

—Me pongo a ello —dijo Werd, y abrió un canal de comunicación con la *Nurimal*.

Carn los miró a ambos y reparó en sus expresiones.

—¿Qué ha pasado?

—Estamos enfrentándonos a unos verdaderos cabrones —aseveró Wilson.

—Pensaba que eso ya lo sabíamos —repuso Carn.

—Sí, pero resulta que nos habíamos quedado cortos —dijo Wilson—. Hay una bomba acoplada al sistema de alimentación de la urna. Da la impresión de que está configurada para que se active si se produce una alteración en el suministro de energía a la urna. Si movemos a Rayth Ablant, morirá.

—Y si no lo movemos, también morirá —señaló Carn—. La energía de la nave está agotándose.

—Ahora ya sabes por qué he dicho que nos enfrentamos a unos verdaderos cabrones —dijo Wilson, que no volvió a abrir la boca hasta que llegaron a la *Nurimal*.

¿Esta vez has venido solo?

—Sí —respondió Wilson.

Eso me da mala espina.

—Te prometí que volvería.

No vas a mentirme, ¿verdad?

—Me dijiste que te gustaba que yo no fuera como te han contado que son los humanos —dijo Wilson—. Así que no, no voy a mentirte. Pero tienes que saber que la realidad no es agradable.

Soy un cerebro dentro de una urna. La realidad ya es bastante desagradable.

Wilson sonrió.

—Una manera muy filosófica de ver las cosas.

Cuando eres un cerebro metido en una urna, la filosofía es lo único que tienes.

—Hay una bomba en la urna —dijo Wilson—. Está acoplada a la batería de reserva. Por lo que he podido averiguar, tiene un sensor que capta la entrada de energía. El sistema de energía de la *Urse Damay* tiene integrados los sistemas de energía de emergencia, de manera que cuando uno falla, el otro ya está funcionando y no se produce ninguna interrupción en el suministro a los sistemas fundamentales de la nave, incluida tu urna. Pero si desenchufamos la urna de la red, el sensor registrará la alteración y la bomba explotará.

Y me matará.

—Sí. Puesto que me has pedido que no te mienta, he de decirte que sospecho que el verdadero motivo por el que han colocado la bomba es que quieren asegurarse de que no nos llevamos la urna para estudiar su tecnología. Tu muerte sólo es una consecuencia secundaria.

Pensándolo mejor, tal vez preferiría que me dijeras alguna mentirijilla.

—Lo siento.

¿Hay alguna manera de retirar la bomba de la urna?

—No se me ha ocurrido nada. Al menos que no acabe contigo muerto. La urna es, si me permites decirlo así, una obra de ingeniería impresionante. Si dispusiera de más tiempo podría estudiar su construcción y decirte cómo funciona. Pero no tengo ese tiempo. Podría sacarte de la urna, o sea, la parte que eres tú, pero no se puede sacar y enchufarla sin más a una batería. La urna es un sistema integrado. No puedes sobrevivir sin ella.

Tampoco voy a sobrevivir mucho más tiempo dentro de la urna.

—Puedo volver a conectar las baterías que hemos extraído del sistema —sugirió Wilson—. Ganaríamos algo de tiempo.

¿Ganaríamos?

—Yo sigo aquí. Puedo mantenerla en funcionamiento. Seguramente haya pasado algo por alto.

Si toqueteas la bomba, siempre cabe la posibilidad de que la hagas explotar accidentalmente.

—Sí.

De todas maneras, cuando la energía se agote, la bomba explotará.

—Imagino que la bomba utilizará la pequeña batería de reserva de la urna para activarse.

¿Sueles desactivar bombas? ¿Es tu especialidad?

—Me dedico a la investigación y el desarrollo de tecnología. Es mi campo.

Me suena a mentirijilla.

—Creo que puedo salvarte.

¿Por qué quieres salvarme?

—No mereces morir así —respondió Wilson—, reducido a un cerebro metido en una urna, sin estar siquiera completo.

Tú mismo has dicho que la urna es una obra de ingeniería impresionante. Parece que quien me ha hecho esto se tomó un interés especial en impedir que la sacaran de aquí. No pretendo insultarte, pero dado que tienes tan poco tiempo, ¿de verdad crees que vas a ser más listo que él y vas a poder salvarme?

—Soy bueno en mi trabajo.

No te ofendas, pero si fueras tan bueno no estarías aquí.

—Me gustaría intentarlo.

Y a mí me gustaría que lo intentaras, si no implicara la posibilidad de que mueras. Ya parece inevitable que uno de nosotros muera. Aún podría evitarse que lo hagamos los dos.

—Nos pediste ayuda —le recordó Wilson.

Y me habéis ayudado. Me conformo con que lo hayáis intentado. Dado mi estado, aunque quisiera no podría evitar que siguieras intentándolo, pero cuando os pedí ayuda me ayudasteis. Ahora te pido que lo dejes.

—De acuerdo —dijo Wilson tras meditarlo un momento.

Gracias.

—¿Qué más puedo hacer por ti? ¿Quieres que nos pongamos en contacto con algún familiar, con algún amigo? ¿Quieres que enviemos de tu parte algún mensaje a alguien?

No tengo familia. La mayoría de mis amigos estaban en la Urse Damay. *Casi todos a los que conocía ya están muertos. No me queda nadie.*

—Eso no es del todo cierto.

¿Estás ofreciéndote voluntario?

—Me haría feliz que me consideraras tu amigo.

Intenté matarte.

—Eso fue antes de que me conocieras —le dijo por segunda vez Wilson—. Y ahora que me conoces, me has dejado claro que no permitirás que muera si puedes evitarlo. Creo que eso compensa tus faltas anteriores.

Si eres mi amigo, tengo una petición.

—Dime.

Tú eres soldado. Ya has matado antes.

—No es algo de lo que me sienta orgulloso, pero sí.

Voy a morir porque no le importo nada a quien me ha hecho esto. Me han utilizado y luego me han tirado a la basura. Preferiría que mi muerte fuera una decisión mía.

—¿Quieres que te ayude?

Si puedes... No estoy pidiéndote que lo hagas personalmente. Si esta urna es tan sensible como dices, si muero, la bomba podría explotar, y no quiero que andes cerca de aquí cuando eso suceda. Pero seguro que se te ocurre alguna manera de hacerlo.

—Imagino que sí. O por lo menos podría intentarlo.

Acepta este regalo por las molestias.

El CerebroAmigo de Wilson lo avisó con un pitido de la llegada de un archivo; estaba encriptado mediante un sistema desconocido para él.

Cuando completara mi misión, es decir, cuando hubiera destruido tu nave y la del Cónclave, tenía que introducir eso en el sistema de navegación. Son las coordenadas de mi viaje de regreso. Quizá te ayude a descubrir quién es el responsable de todo esto.

—Gracias —dijo Wilson—. Va a sernos de una ayuda que no te imaginas.

Cuando los encuentres, hazlos saltar por los aires un poco de mi parte.

Wilson sonrió.

—Prometido.

No queda mucho tiempo para que se agoten las baterías.

—Tendré que dejarte. Lo que quiere decir que, pase lo que pase, ya no regresaré nunca.

No quiero verte otra vez aquí pase lo que pase. ¿Mantendrás el contacto conmigo?

—Sí, claro.

Entonces, márchate ya. Y no te entretengas, porque apenas queda tiempo.

—Sé que lo que voy a decir no va a gustarle, pero de todas maneras va a morir —aseveró la capitana Fotew—. No hay motivo para malgastar recursos.

—¿De pronto le preocupa el presupuesto, capitana? —le espetó Wilson—. ¿Es que el Cónclave ya no puede permitirse un mísero misil o un rayo de partículas?

Estaban en el puente de mando de la *Nurimal*, junto a Abumwe y Sorvalh.

—Ya le advertí que no iba a gustarle —dijo Fotew—. Pero alguien tiene que decírselo.

—Rayth Ablant nos ha dado una información vital sobre el paradero de los responsables de su situación —repuso Wilson, y señaló el puesto de comunicaciones y ciencia del puente de mando, donde la oficial científico ya estaba inmersa en la labor de descodificar el archivo con las coordenadas—. Ha colaborado con nosotros desde el mismo momento que pusimos el pie en su nave.

—Tampoco es que tuviera alternativa —repuso Fotew.

—¿Cómo que no tenía alternativa? —insistió Wilson—. ¡Si no se hubiera comunicado con el cabo Carn jamás habríamos descubierto que estaba allí! No sabríamos que una organización está convirtiendo las naves del Cónclave desaparecidas en naves no tripuladas de combate. No sabríamos que este grupo es una amenaza tanto para el Cónclave como para la Unión Colonial. Y no sabríamos que nuestros respectivos gobiernos no están librando una guerra encubierta.

—De eso último aún no hay ninguna certeza, teniente Wilson —observó Sorvalh—. Porque todavía no sabemos quién está detrás de esto. Aún no conocemos la identidad de los jugadores de este juego.

—Todavía no —admitió Wilson, señalando de nuevo el puesto de comunicación—. Pero, dependiendo de la habilidad de su oficial científico, tal vez ése sólo sea un problema temporal. Además, nuestros gobiernos, por lo menos de momento, están compartiendo información, pues usted ha recibido esa información de mí.

—Pero éste es un problema de balances, ¿no? —replicó Sorvalh—. ¿Lo que descubrimos gracias a usted compensa lo que invertimos para descubrirlo? ¿Lo que perdemos concediéndole a Rayth Ablant la muerte que desea es más valioso que lo que ganamos, por ejemplo, si recuperáramos los fragmentos de la urna después de la explosión? Aún se podrían averiguar muchas cosas de los restos.

Wilson miró a Abumwe con gesto suplicante.

—Consejera —dijo la embajadora humana—, no hace mucho tiempo decidió ofrecernos la rendición de su nave. El teniente Wilson no la aceptó. Entonces alabó su buen juicio. Por favor, tome en consideración su buen juicio ahora.

—¿Quiere que tome en consideración su buen juicio? —repuso Sorvalh—. ¿O quiere que acepte su petición porque se supone que estoy en deuda con él?

—Preferiría que hiciera lo primero —respondió Abumwe—, pero me conformaré con lo segundo.

Sorvalh esbozó una sonrisa. Miró a Wilson y luego a la capitana Fotew.

—¿Capitana?

—Considero que es un gasto innecesario —dijo ésta—, pero la decisión es suya, consejera.

—Prepare el misil —ordenó Sorvalh. La capitana se dispuso a cumplir la orden. La consejera lalan devolvió la atención a Wilson—. Ya he saldado mi deuda con usted, teniente. Esperemos que en el futuro no se arrepienta de no haberla reservado para una ocasión mejor.

Wilson asintió y abrió un canal de comunicación con la *Urse Damay*.

—¿Rayth Ablant?

«Aquí estoy», le respondió por escrito Ablant.

—Te he conseguido lo que me pediste.

«Justo a tiempo. La carga está por debajo del dos por ciento.»

—Misil preparado y listo para ser disparado —anunció la capitana Fotew.

Sorvalh hizo un gesto de asentimiento con la cabeza en dirección a Wilson.

—Avísame cuando estés preparado —dijo éste.

«Cuando quieras.»

Wilson le hizo una señal a Fotew con la cabeza.

—Fuego —ordenó la capitana tras volverse hacia el puesto de artillería.

—Misil en camino —lo informó Wilson.

«Gracias por todo, teniente Wilson.»

—Ha sido un placer.

«Te echaré de menos.»

—Yo también a ti.

No hubo respuesta.

—Ya he descodificado el archivo —reclamó su atención la oficial científico.

—Informe —ordenó Sorvalh.

La oficial científico lanzó una mirada a los humanos presentes en el puente de mando y luego miró a la capitana Fotew.

—¿Señora?

—Ya ha oído la orden —dijo ésta.

—Las coordenadas para el vuelo de regreso de la *Urse Damay* están en este sistema —dijo la oficial científico—. Ubican un punto bajo la superficie de una estrella local. Si la nave hubiera aparecido en ellas tras el salto, se habría desintegrado instantáneamente.

—Su amigo en ningún momento iba a regresar a casa, teniente Wilson —dijo Sorvalh.

—El misil ha alcanzado la *Urse Damay* —anunció Fotew sin despegar los ojos de la pantalla del puente de mando—. Ha impactado de lleno en la nave.

—Me gustaría pensar que lo hemos ayudado a volver, consejera —dijo Wilson, que abandonó el puente de mando de la *Nurimal* y enfiló en soledad hacia el hangar del transbordador.

12

El noble arte de cortar cabezas

—Su teoría de la conspiración es muy interesante —dijo Gustavo Vinicius, el subsecretario de administración del consulado de Brasil en Nueva York.

Danielle Lowen frunció el ceño. Había esperado mantener aquella reunión con la cónsul general, pero al llegar al consulado la habían enviado a Vinicius. El subsecretario era un hombre muy apuesto, engreído y (sospechaba Lowen) no tan brillante. Era la clase de persona que rezumaba el aroma del nepotismo por todos sus poros. Probablemente era el sobrino descarriado de un senador o embajador brasileño y lo habían colocado en un puesto donde la inmunidad diplomática pudiera tapar sus deslices personales.

Si alguien sabía algo sobre el nepotismo era la propia Lowen. No en vano su padre era el secretario de Estado de Estados Unidos de América. Sin embargo, la estupidez empaquetada en un bonito envoltorio de aquel tal Vinicius estaba crispándole los nervios.

—¿Está sugiriendo que Luiza Carvalho actuó sola? —preguntó Lowen—. ¿Que a una política de carrera, sin absolutamente ningún antecedente delictivo ni de haber cometido ninguna ilegalidad, moderada en sus opiniones políticas, de repente se le metió en la cabeza la idea de asesinar a Liu Cong, otro diplomático, con el fin de socavar las relaciones entre la Tierra y la Unión Colonial?

—No es imposible —repuso Vinicius—. La gente imagina conspiraciones porque cree que una persona sola no puede causar un gran daño. Aquí, en Estados Unidos, la gente todavía está convencida de que los hombres que asesinaron a los presidentes Kennedy y Stephenson formaban parte de una conspiración, cuando todas las pruebas apuntan a que fueron obra de un único hombre que actuaba solo.

—Sin embargo, en esos dos casos que menciona se presentaron pruebas —señaló Lowen—. Y ése es el motivo que me ha traído aquí. Su gobierno, señor Vinicius, solicitó que empleáramos este canal de comunicación para resolver el problema de una manera más discreta que a través de su embajada en Washington. No nos ha importado contentarlos, pero no voy a permitir que ahora nos tomen el pelo.

—Le prometo que no estoy tomándole el pelo —afirmó Vinicius.

—Entonces, ¿por qué estoy reunida con usted y no con la cónsul Nascimento? Este encuentro estaba programado como una reunión confidencial de alto nivel. Anoche volé desde Washington expresamente para asistir a ella.

—La cónsul Nascimento ha estado todo el día en las Naciones Unidas —dijo Vinicius—. Ha habido reuniones de emergencia. Me ha pedido que le traslade sus disculpas.

—He estado en las Naciones Unidas antes de venir aquí —declaró Lowen.

—Es una institución muy grande —argumentó Vinicius—. Es muy posible que no se hayan cruzado.

—Me aseguraron que me entregarían información acerca de las actividades de la señora Carvalho.

—Lamento decirle que en este momento no puedo entregarle nada. Es posible que se produjera un malentendido en nuestras comunicaciones previas.

—¿Me lo está diciendo en serio, señor Vinicius? Nuestros gobiernos, que han estado en permanente contacto desde que su nación envió su primera delegación a Washington en 1824, ¿de repente tienen problemas de comunicación?

—No es imposible —señaló Vinicius por segunda vez en la conversación—. Siempre hay sutilezas que pueden malinterpretarse.

—Estoy segura de que ahora mismo están malinterpretándose

algunas cosas, señor Vinicius —espetó Lowen—. Aunque desconozco su grado de sutilidad.

—Y si me permite decirlo, señora Lowen, en este caso en particular hay mucha desinformación. Hay toda clase de versiones sobre lo que ocurrió en la nave donde se produjo el incidente.

—¿En serio?

—Así es —afirmó Vinicius—. Los informes de los testigos no son especialmente dignos de crédito.

Lowen sonrió.

—¿Ésa es su opinión personal, señor Vinicius, o la del ministro de Asuntos Exteriores brasileño?

Vinicius le devolvió la sonrisa e hizo un movimiento con la mano como queriendo decir que era un poco de ambas cosas.

—¿Está diciendo que yo no soy una testigo digna de crédito?

La sonrisa de Vinicius se borró de un plumazo.

—¿Perdón?

—Acaba de decir que no soy una testigo digna de crédito —repitió Lowen—. Porque yo formé parte de esa delegación diplomática, señor Vinicius. De hecho, no sólo estuve en aquella nave, sino que también realicé la autopsia que confirmó que Liu Cong había muerto asesinado, y también ayudé a clarificar cómo se había producido el asesinato. Cuando dice que los informes de los testigos no son dignos de crédito, está juzgándome a mí. En cambio, si sus palabras en realidad reflejan la opinión del ministro de Asuntos Exteriores, tenemos un problema. Un problema muy grave.

—Señora Lowen, yo…

—Señor Vinicius, es evidente que hemos empezado con mal pie esta reunión, porque me garantizaron que me entregarían información y porque usted es un idiota incompetente —casi gritó Lowen mientras se levantaba. Vinicius se apresuró a ponerse en pie también—. De manera que le sugiero que comencemos de nuevo. Le explicaré lo que vamos a hacer. Yo saldré del consulado, entraré en la cafetería de enfrente y me tomaré un café y quizá un *bagel.* Los disfrutaré sin prisas; digamos que durante media hora. Cuando regrese dentro de treinta minutos, la cónsul general Nascimento estará aquí para entregarme un informe completo y confidencial sobre todo lo que el gobierno brasileño sabe sobre Luiza Carvalho, que yo a su vez remitiré al secretario de Estado, quien, por si acaso no lo sabe, puesto que es evidente que ignora muchas cosas, resulta ser mi padre, un hecho que, como mínimo, me garantiza que me cogerá el teléfono. Si cuando regrese, la cónsul Nascimento está aquí y no hay rastro de usted, tal vez no proponga que lo despidan hoy mismo. Por el contrario, si regreso y ella no está aquí y tengo que volver a ver su cara de petulante, propondré que le concedan un largo descanso a la hora de comer para que le dé tiempo para reservar un billete de vuelta a Brasilia, porque mañana a esta misma hora estará en su país. ¿Le han quedado claros los detalles?

—Ajá.

—Bien —asintió Lowen—. Entonces espero ver a la cónsul Nascimento dentro de media hora.

Lowen salió del despacho de Vinicius y llegó al ascensor del consulado antes de que subsecretario fuera capaz de pestañear de nuevo.

Ya sentada en la cafetería que había enfrente del consulado, Lowen sacó la PDA y llamó al despacho de su padre. Le respondió James Prescott, su jefe de gabinete.

—¿Cómo ha ido? —le preguntó Prescott sin preámbulos en cuanto se estableció la comunicación.

—Exactamente como preveíamos —respondió Lowen—. Nascimento no estaba y en su lugar me han enviado a ver a un subalterno ridículamente estúpido.

—A ver si lo adivino —dijo Prescott—. Un tipo llamado Vinicius.

—Bingo.

—Es un reconocido imbécil. Su madre es la ministra de Educación de Brasil.

—¡Lo sabía! —exclamó Lowen—. Pues resulta que el niñito de mamá hizo un comentario especialmente estúpido que me dio la oportunidad de amenazarlo con provocar un conflicto diplomático de proporciones colosales si Nascimento no me recibía.

—Ah, el noble arte de cortar cabezas —señaló Prescott.

—No es un tipo para sutilezas —dijo Lowen, y entonces la onda expansiva de la explosión que se produjo en el edificio del otro lado de la calle resquebrajó los vidrios de las ventanas de la cafetería.

Lowen y las otras personas que había en la cafetería se agacharon y chillaron, y a continuación se oyó el ruido de cristales rotos y cascotes cayendo por toda la Sexta Avenida. Lowen abrió los ojos con cautela y vio que los vidrios de las ventanas de la cafetería, aunque estaban agrietados, aguantaban en los marcos y que todas personas que había con ella dentro de la cafetería aparecían vivas e ilesas.

Los gritos de Prescott podían oírse por el altavoz de su PDA. Lowen se levantó y volvió a pegarse el aparato a la oreja.

—Estoy bien. Estoy bien —dijo—. Todo está bien.

—¿Qué ha ocurrido? —preguntó Prescott.

—Ha pasado algo en el edificio de enfrente —explicó Lowen, que fue hasta la puerta de la cafetería esquivando a los clientes que seguían agachados, la abrió cuidadosamente para que no se desprendieran los cristales y se asomó fuera—. Creo que no voy a tener esa reunión con Nascimento.

—¿Por qué?

—El consulado brasileño ya no existe. —Cortó la comunicación con Prescott y sacó fotos del desastre que asolaba la Sexta Avenida. Luego, como médico que era, ayudó a atender a los heridos en la calle.

—Culpan a los separatistas del Amazonas —la informó Prescott, que había tomado un avión desde Washington una hora después de la explosión de las bombas.

—Dime que es una broma —exclamó Lowen.

Ella y Prescott estaban en una sala para empleados de la Oficina de Misiones Internacionales del Departamento de Estado. Lowen ya había prestado declaración al Departamento de Policía de Nueva York y al FBI y les había entregado copias de las fotografías que había tomado; ahora estaba reponiendo fuerzas antes de repetir todo el proceso con los cuerpos de seguridad estatales.

—Ya esperaba que no me creerías —confesó Prescott—. Yo sólo te cuento lo que dicen los brasileños. Sostienen que alguien del grupo llamó para reivindicar el atentado. Supongo que esperan que pasemos por alto que ese grupo en concreto al que culpan jamás ha perpetrado un atentado, y mucho menos ha viajado a otro país para colocar una bomba en un edificio con importantes medidas de seguridad.

—Sí que son astutos esos separatistas del Amazonas.

—Al menos me reconocerás que su contundencia es impresionante —repuso Prescott—. Han volado el consulado entero para evitar que hablen contigo.

—Sé que estás bromeando, pero de todas maneras voy a decirlo, aunque sólo sea para oírmelo decir: los brasileños no han volado su propio consulado. Lo han hecho los cómplices de nuestra amiga Luiza Carvalho.

—Ya lo sé —asintió Prescott—. La explosión ha sido desproporcionada. Sobre todo porque el embajador de Brasil está ahora mismo en Foggy Bottom entregándole a tu padre todo lo que saben sobre la vida y obra de Carvalho. Si su plan era intimidar al gobierno brasileño para que no hablara, les ha salido el tiro por la culata.

—No creo que fuera ése su plan.

—Si tienes alguna idea de cuál era, soy todo oídos. Tengo que regresar esta noche para reunirme con Lowen padre.

—No tengo ni idea, Jim. Yo soy médico, no investigadora privada.

—Las especulaciones también me valen —dijo Prescott.

—¿Una maniobra de distracción, tal vez? Si se hace saltar por los aires el consulado brasileño en suelo estadounidense se consigue que dos gobiernos centren su atención en una cosa: el consulado destruido. Es un incidente que nos va a mantener ocupados un par de meses. Entretanto, lo que sea que esta gente esté tramando, como el plan para que Carvalho matara a Liu Cong, pasa a un segundo plano.

—Por lo menos hemos conseguido la información sobre Carvalho.

—Sí, pero ¿qué vamos a hacer con ella? —inquirió Lowen—. Imagínate que tú eres el gobierno de la nación y puedes elegir entre centrarte en un caso en el que un ciudadano extranjero ha asesinado a otro ciudadano extranjero en una nave de la Unión Colonial, en el que no tienes absolutamente ninguna jurisdicción y sólo un interés tangencial, o dedicar todo tu tiempo y tus energías en averiguar quién acaba de matar a treinta y dos personas en la Sexta Avenida de la ciudad de Nueva York. ¿Qué eliges?

—Los responsables podrían ser los mismos —apuntó Prescott.

—Podrían serlo, pero mi teoría es que si lo son, se han mantenido tan alejados de los sucesos que las pruebas inculparán a alguien que no tiene nada que ver con ellos. Y ya sabes cómo funciona esto: si encontramos un sospechoso obvio con un motivo obvio, vamos a por él.

—Como los separatistas del Amazonas —dijo maliciosamente Prescott.

—Exacto.

—Su precisión también es demasiado perfecta —señaló Prescott—. El consulado saltó por los aires en cuanto tú saliste de allí.

—Creo que ha sido una mera coincidencia. Si hubieran podido ser verdaderamente precisos habrían esperado a que Nascimento regresara a su despacho.

—Y tú habrías muerto.

—Con lo que su intención de emplear el atentado como una maniobra de distracción habría visto multiplicados sus efectos. Matar en un atentado a la hija del secretario de Estado habría puesto el foco en Estados Unidos. Razón de más para pensar que el atentado se había planeado hace mucho tiempo.

—Cuando le exponga tu teoría al secretario omitiré esa parte —dijo Prescott. Sacó la PDA para tomar notas—. Seguro que comprendes el motivo.

—No pasa nada.

—Oh, vaya —dijo Prescott, mirando la PDA.

—¿Qué pasa?

—Estoy reenviándote el enlace de una noticia que acaban de pasarme.

Lowen sacó la PDA y abrió el enlace. Se trataba de un artículo sobre ella y la atención que había prestado a los heridos en la Sexta Avenida después de la explosión, e incluía un vídeo donde aparecía Lowen de rodillas junto a una mujer tendida en el suelo.

—¡Oh, venga ya! —exclamó Lowen—. Pero si ni siquiera estaba herida. Sólo tuvo un ataque de nervios y se tiró al suelo cuando estalló la bomba.

—Comprueba tu buzón de entrada —dijo Prescott.

Lowen lo hizo. Varias docenas de medios de comunicación le pedían una entrevista.

—¡Ahhh! —exclamó Lowen, tirando la PDA sobre la mesa, lejos de ella—. Me he convertido en parte de la distracción.

—Interpreto tu reacción como que el Departamento de Estado debe responder que en este momento no puedes conceder entrevistas.

—¡Ni en este momento ni nunca! —exclamó Lowen, y fue a buscar un café para automedicarse contra el inminente dolor de cabeza.

Lowen acabó concediendo seis entrevistas. Una para el *New York Times*, otra para el *Washington Post*, dos para sendos programas matinales de noticias de televisión y otras dos para programas de radio. En todas ellas sonreía y explicaba que sólo hizo su trabajo, lo que no era estrictamente cierto, pues había abandonado la práctica de la medicina para trabajar en el Departamento de Estado de Estados Unidos, y de todas maneras su especialidad era la hematología. A nadie pareció importarle ese detalle, puesto que la historia de la hija del secretario de Estado llegando como un ángel sanador al escenario de un atentado terrorista era demasiado bonita para cambiarla.

Lowen no sabía dónde meterse mientras su cara aparecía en las pantallas de todo el planeta durante dos días seguidos. El segundo día en las noticias vino provocado por la llamada que recibió del presidente de Estados Unidos, que le dio las gracias por los servicios prestados al país. Lowen le agradeció la llamada y apuntó mentalmente que le debía unos gritos a su padre, quien sin duda había maquinado la operación con los medios de comunicación para beneficiar a su jefe, que se enfrentaba a unas elecciones de mitad de mandato y necesitaba recabar popularidad.

Lowen no quería saber nada más de entrevistas, llamadas de felicitación ni mensajes, ni siquiera de la oferta que le hizo el ministro de Turismo de Brasil para visitar el país. Lo único que deseaba era poner las manos en el informe sobre Luiza Carvalho. Dio la lata a Prescott y a su padre hasta que por fin apareció en su casa, junto con una funcionaria del Departamento de Estado cuyo trabajo consistía en no perder de vista el informe. Lowen le sirvió un refresco y dejó que se sentara con ella a la mesa de la cocina mientras leía.

Un par de minutos después levantó la vista del informe y miró a la funcionaria.

—No me puedo creer que esto sea todo.

—Yo no he leído el informe, señora —respondió la funcionaria.

En el informe no había nada reseñable sobre Luiza Carvalho. Había nacido en Belo Horizonte; sus padres eran físicos; hija única. Estudió en la Universidade Federal de Minas Gerais, donde se graduó en económicas y en derecho antes de incorporarse al cuerpo diplomático brasileño. Destinos en Vietnam, los Estados Siberianos, Ecuador y México antes de ser requerida para formar parte de la delegación de Brasil en las Naciones Unidas, que es donde había estado trabajando los últimos seis años antes de ser seleccionada para la misión de la *Clarke*, donde asesinó a Liu Cong.

Como ocurría con todos los funcionarios brasileños que trabajaban en el extranjero, Luiza Carvalho era interrogada todos los años por sus superiores acerca de sus relaciones profesionales y actividades, y además tenía que firmar el consentimiento para que los servicios de inteligencia brasileños pudieran «examinarla» (es decir, seguirla y pinchar sus dispositivos de comunicación) si lo juzgaban oportuno para asegurarse de que no estaba haciendo nada impropio de su cargo. Aparte de unas cuestionables relaciones sexuales («cuestionables» en cuanto a su gusto para elegir pareja, no porque pusieran en peligro la seguridad nacional) no había nada fuera de lo normal.

Carvalho no tenía conocidos ni amigos fuera de la comunidad de los cuerpos diplomáticos. Los únicos viajes que hacía eran a Belo Horizonte en Navidad, donde pasaba las vacaciones con sus padres. No había faltado al trabajo más que una vez, dos años antes de su muerte, cuando fue hospitalizada por una meningitis viral; pasó cuatro días en el hospital y dos semanas en casa, recuperándose. Y luego regresó al trabajo.

No tenía animales domésticos.

—Qué mujer más aburrida —dijo en voz alta Lowen, aunque hablaba para sí.

La funcionaria carraspeó.

Una hora después, ésta se marchó con el informe debajo del brazo y Lowen se quedó con una irritante sensación de impotencia. Se dijo que quizá un trago lo arreglaría, pero una visita a la nevera le sirvió para comprobar que dentro sólo quedaban los posos de un té frío que no recordaba haber preparado. Hizo una mueca de fastidio, sacó la jarra de la nevera y vertió el contenido en el fregadero. Luego salió de su apartamento del edificio Alexandria, recorrió las dos manzanas que la separaban del local bien iluminado y más próximo de una cadena de restaurantes temáticos, se sentó a la barra central y pidió algo grande y afrutado sólo para contrarrestar el regusto de aburrimiento que Luiza Carvalho le había dejado en la boca.

—¡Qué copa tan grande! —dijo alguien al cabo de un par de minutos.

Lowen levantó la vista de la bebida y vio a un hombre anodinamente guapo de pie frente a la barra, a medio metro de ella.

—Lo irónico es que es el tamaño pequeño —dijo Lowen—. El margarita grande lo sirven en una copa que parece una bañera. Es para cuando has optado por la intoxicación etílica como estilo de vida.

El hombre insulsamente guapo sonrió y ladeó la cabeza.

—Tu cara me suena.

—Por favor, dime que tienes mejores frases que ésa para ligar.

—Las tengo —repuso el hombre—, pero no estaba intentando ligar contigo. De verdad que me suena tu cara. —La miró con mayor detenimiento y chasqueó los dedos—. ¡Ya está! Te pareces a la doctora esa del atentado en el consulado de Brasil.

—Me lo dicen siempre.

—No me extraña —dijo el hombre—. Pero no puedes ser tú, ¿no? Estás en Washington y el consulado estaba en Nueva York.

—Parece lógico —replicó Lowen.

—¿Tienes una hermana gemela idéntica? —preguntó el hombre, y señaló el taburete que había al lado de Lowen—. ¿Te importa si me siento?

Lowen se encogió de hombros y le dio a entender con un gesto que podía hacer lo que quisiera. El hombre se sentó.

—No tengo una hermana gemela idéntica. Ni siquiera tengo una hermana. Sólo un hermano. ¡Doy gracias a Dios por no parecernos!

—Entonces podrías trabajar como doble de esa mujer. Podrías ofrecer tus servicios para fiestas.

—No creo que sea tan famosa.

—Oye, incluso la llamó el presidente —dijo el hombre—. ¿Cuándo fue la última vez que te llamó a ti el presidente?

—Te llevarías una sorpresa —respondió Lowen.

—Un cubalibre —pidió cuando apareció la camarera. Miró de refilón a Lowen—. Te invitaría a una copa, pero…

—Oh, Dios, no —rehusó ésta—. Tendré que coger un taxi para volver a casa cuando me acabe esto, y eso que sólo vivo a un par de manzanas de aquí.

—Un cubalibre —repitió el hombre, y devolvió la atención a Lowen. Le tendió una mano—. John Berger.

Lowen se la estrechó.

—Danielle Lowen.

Berger se la quedó mirando, perplejo, y luego se le dibujó una sonrisa en los labios.

—¡Entonces sí eres la doctora del consulado brasileño! Y trabajas para el Departamento de Estado. Por eso puedes estar hoy aquí aunque ayer estuvieras en Nueva York. Lo siento, deja que me presente de nuevo. —Berger le tendió de nuevo la mano—. Hola, soy un imbécil.

Lowen se echó a reír y volvió a estrechársela.

—Hola. No te sientas mal. Yo tampoco estaba siendo muy comunicativa.

—Bueno, después de toda la atención que has acaparado los últimos dos días comprendo que quieras mantener un perfil bajo —dijo Berger. Señaló la copa de Lowen—. ¿Por eso el cubo de margarita?

—¿Eh? ¡No! —Lowen hizo un mohín—. Bueno, quizá. No exactamente.

—El alcohol está haciendo efecto.

—No es por ser el foco de atención, aunque te aseguro que podría ser un motivo para darme a la bebida. Es por otra cosa relacionada con el trabajo.

—¿El qué? Si me permites la pregunta.

—¿A qué te dedicas tú, John? —preguntó Lowen.

En ese momento volvió la camarera con el cubalibre. John Berger le dio las gracias con una sonrisa y tomó un sorbo. Hizo una mueca de disgusto.

—No es el mejor cubalibre que he probado.

Lowen acarició el borde de su copa de margarita con un dedo.

—La próxima vez prueba uno de estos cubos.

—Tal vez lo haga —asintió Berger. Tomó otro sorbo de cubalibre y dejó el vaso en la barra—. Soy comercial. Trabajo para una farmacéutica.

—Aún no os he olvidado —dijo Lowen.

—Apuesto a que no.

—Ahora todo cobra sentido. Conversador, de un atractivo soso, ninguna peculiaridad, buscando una venta.

—Lo has clavado —dijo Berger.

—No vas a venderme nada. O sea, no te ofendas, pero esta noche tengo planeado salir de aquí sola.

—Vale —repuso Berger—. De todos modos, mi único objetivo era mantener una conversación interesante.

—¿En serio? —replicó Lowen, y dio un trago a la copa de margarita—. Está bien, John, tengo una pregunta para ti: ¿Cómo conviertes a una persona gris en asesina?

Berger permaneció en silencio unos segundos.

—De repente estoy muy contento de no hacer esa venta hoy.

—Te lo pregunto en serio —insistió Lowen—. Cojamos hipotéticamente a una persona, una mujer normal, ¿vale? Tiene padres normales, una infancia normal, va a una escuela normal, estudia unas carreras normales y luego encuentra un trabajo normal. Y un día, sin motivo aparente, va y asesina a un tipo. Y no de una manera normal, es decir, no lo mata con un cuchillo ni con un bate de béisbol. No. Lo hace siguiendo un plan enrevesadísimo. ¿Cómo se explica?

—¿El tipo es un exnovio? —preguntó Berger—. Es decir, hipotéticamente.

—Hipotéticamente, no —respondió Lowen—. La mejor manera de definir su hipotética relación sería diciendo que son colegas de trabajo, aunque no se trataban habitualmente.

—Y no es una espía, ni un agente secreto, ni lleva una doble vida como hábil asesina, ¿verdad?

—Es completamente normal y lleva una vida absolutamente gris —dijo Lowen—. Ni siquiera tiene animales domésticos. Hipotéticamente.

Berger tomó un trago del cubalibre.

—Entonces probaré con lo que conozco. Trastorno mental por la adicción a fármacos.

—¿Hay medicamentos que pueden convertir a una persona gris en un asesino metódico, como por ejemplo los que hacen que algunas personas maten todo lo que encuentran en casa en un arrebato, incluso a los peces? —preguntó Lowen—. No recuerdo que viniera nadie a vendérmelos cuando trabajaba de médico.

—Bueno, no, no hay nada que haga algo tan concreto —respondió Berger—. Pero sabes tan bien como yo que: primero, a veces la interacción de varias drogas tiene unos efectos curiosos…

—¿Como convertir a alguien en un asesino metódico? —volvió a preguntar con incredulidad Lowen.

—… y segundo, hay muchos productos que te funden el cerebro si abusas de ellos, y con el cerebro fundido empiezas a hacer cosas que no eran propias de ti. Como, quizá, convertirte en un asesino metódico.

—Una hipótesis razonable —admitió Lowen—. Pero esa persona, hipotética, no tomaba con regularidad fármacos legales ni ilegales. Siguiente hipótesis.

—Está bien —dijo Berger, y dio la impresión de que se devanaba los sesos para sugerir rápidamente otra teoría—. Un tumor.

—¿Un tumor?

—Sí, un tumor. Un hipotético tumor cerebral que crece y presiona una parte del cerebro que procesa cosas como la distinción de lo que es un comportamiento socialmente apropiado. A medida que el tumor crece, nuestra aburrida persona comienza a obsesionarse con el asesinato.

—Interesante —dijo Lowen, y tomó otro sorbo de margarita.

—He leído cosas así, y no sólo porque mi empresa venda un tratamiento farmacológico para interrumpir el flujo sanguíneo a los tumores.

—Está bien leer por placer —comentó Lowen.

—Eso pienso yo.

—Pero por muy atractiva que sea a primera vista esa idea, nuestra hipotética persona se sometió a un chequeo médico antes de incorporarse a su último puesto de trabajo. Era un trabajo hipotético que requería viajar mucho, de manera que uno de los requisitos previos para poder aspirar al puesto era superar un examen médico exhaustivo.

—Esa hipotética persona está volviéndose muy concreta —observó Berger.

—No estoy inventándome las reglas —dijo Lowen.

—Sí lo haces. Por eso es una persona hipotética.

—¡Última oportunidad, John! ¡Tú puedes! ¡Vamos, hombre!

—Bueno, ¡allá voy! —exclamó Berger—. ¡Vale! Control remoto.

—¿Cómo? Piensa algo en serio.

—Escucha: si quieres matar a alguien, sin que nadie sospeche nada y sin que haya posibilidad de que encuentren algún rastro tuyo, ¿qué haces? Haces que lo mate alguien completamente inesperado. Pero ¿cómo consigues que lo haga? A los buenos asesinos se les da bien pasar desapercibidos entre la gente normal, pero los mejores asesinos son las personas normales. Así que encuentra a una persona normal e insértale en el cerebro un dispositivo de control remoto.

—Tú has estado leyendo demasiados *thrillers* de ciencia ficción —dijo Lowen.

—No me refiero a un control remoto que te permita controlar burdamente sus movimientos, como si fuera un robot. No. Hablo de algo que afecte a los lóbulos frontales y que de una manera sutil y lenta, en el transcurso del tiempo, vaya impulsando a la persona a hacer algo inexplicable. De tal manera que esa persona ni siquiera se daría cuenta de que está cambiándole la personalidad ni se cuestionaría su necesidad de matar a alguien. Simplemente se dejaría llevar, trazaría un plan y lo ejecutaría, como si estuviera rellenando los impresos de la declaración de la renta o redactando un informe.

—De todas maneras, creo que la gente se daría cuenta si alguien tuviera un dispositivo de control remoto metido en la cabeza —opinó Lowen—. Por no mencionar que esa hipotética persona recordaría que alguien le había abierto el cráneo para metérselo dentro.

—Bueno, si eres de la clase de persona que fabrica esa clase de dispositivos de control remoto, te tomarías la molestia de hacerlos de forma que no fuera fácil encontrarlos. Y serías disimulado a la hora de instalarlos en la cabeza de tus víctimas. Supongo que buscarías la manera de introducírselos cuando menos se lo esperan. —Berger señaló la copa de Lowen—. Con nanobots en la bebida, por ejemplo. Se necesitarían muy pocos, y se podrían programar para que se multiplicaran dentro del cuerpo hasta que tuvieras suficientes. El único problema que podrías encontrarte es que el organismo rechazara los nanobots y la persona se pusiera enferma, por ejemplo, con una meningitis de algún tipo.

Lowen dejó a medias el sorbo que estaba dando y miró a Berger.

—¿Qué acabas de decir?

—Meningitis —repitió Berger—. Es cuando se inflama…

—Ya sé lo que es la meningitis —dijo Lowen.

—Así que parece meningitis —continuó Berger—. Al menos hasta que la persona que le ha insertado los nanobots los retoque ligeramente para que no causen una respuesta inmune. Y luego, después de eso, los nanobots se instalan en el cerebro, sin apenas actividad y casi indetectables, hasta que son activados y ejecutan su lenta contraprogramación. —Berger tomó un trago de cubalibre—. A partir de ahí, es una cuestión de tiempo. Colocas a la persona controlada remotamente en el lugar correcto, le dejas utilizar el cerebro para que aproveche sus oportunidades y le deslizas la cantidad justa de instrucciones y de motivaciones para que haga lo que tú quieres, más o menos cuando tú quieres, sin que deje de pensar que ha sido idea suya. Su propia idea, íntima y secreta, que no sienten la necesidad de compartir con nadie. Si todo sale según lo planeado, el control remoto se desactiva y es expulsado del organismo al cabo de unos días sin que nadie se entere de nada, y menos aún la persona que ha sido controlada remotamente.

—¿Y si no sale según lo planeado? —preguntó Lowen casi con un susurro.

—La persona que ha sido controlada remotamente buscará la manera de desaparecer para que nadie descubra lo del control remoto dentro de su cerebro. Aunque, naturalmente, nadie sabrá que ésa es la explicación de lo que ha hecho. Ése es el objetivo del control remoto. En cualquier caso, nunca se descubriría la existencia del mismo. No hay modo de hacerlo. De hecho, la única manera como podrías conocer su existencia sería si alguien que sabe sobre esas cosas te hablara de ellas, quizá porque está harto de esa mierda y ya no le preocupan las consecuencias.

Berger apuró de un trago el cubalibre y dejó el vaso en la barra.

—Hipotéticamente —añadió.

—¿Quién eres? —volvió a preguntarle Lowen.

—Ya te lo he dicho, trabajo como comercial de una farmacéutica —respondió Berger. Se llevó la mano al bolsillo trasero del pantalón, sacó la cartera y extrajo un par de billetes—. Soy un comercial de una farmacéutica que buscaba una conversación interesante. La he tenido y me he tomado una copa, y ahora me voy a casa. No obstante, no estoy sugiriéndote que hagas lo mismo. Al menos esta noche. —Dejó los billetes sobre la barra—. Esto debería ser suficiente para las dos copas. —Le tendió otra vez la mano—. Buenas noches, Danielle.

Lowen le estrechó la mano con torpeza y se lo quedó mirando mientras salía del restaurante.

La camarera se acercó, cogió los billetes y estiró el brazo para coger también el vaso de Berger.

—¡No! —casi gritó Lowen, haciendo un esfuerzo para articular. La camarera se la quedó mirando, extrañada—. Perdón. Sólo es que… No toque ese vaso, ¿vale? De hecho, me gustaría comprárselo. Cóbremelo. Y tráigame un café, por favor. Solo.

La camarera puso los ojos en blanco, pero se marchó para cobrarle el vaso. Lowen se lo acercó arrastrando el posavasos sobre el que estaba y luego sacó la PDA. Llamó a James Prescott.

—Hola, Jim. No se lo digas a papá, pero creo que me he metido en un lío de mil demonios. Necesito que vengas a buscarme. Y tráete al FBI. Diles que traigan un equipo para recogida de pruebas. Date prisa, por favor. No quiero estar expuesta más tiempo del estrictamente necesario.

—Tu relación con los problemas se ha puesto muy interesante últimamente —le dijo Prescott unas horas después, cuando ambos estaban cómodamente instalados en la seguridad de Foggy Bottom, en el despacho de Prescott.

—¿No pensarás que me gusta? —repuso Lowen, arrellanándose en el sofá de Prescott.

—Creo que no te gusta lo más mínimo —respondió él—. Pero eso no resta verdad a mi afirmación.

—Entiendes por qué me puse paranoica, ¿verdad?

—¿Te refieres a lo de que se presentara un hombre ante ti, te contara una historia que, pese a lo ridícula que era, explicaba perfectamente el enigma de por qué Luiza Carvalho mató a Liu Cong, te invitara a la copa y te aconsejara que no volvieras a casa? No, no tengo la más remota idea de por qué te entró la paranoia.

—Debajo de este edificio hay un búnker, ¿no? Creo que me gustaría ir allí.

—El búnker está en la Casa Blanca —dijo Prescott—. Y relájate. Aquí estás segura.

—Claro, porque últimamente no ha volado por los aires cerca de mí ningún edificio lleno de diplomáticos.

—No hagas que yo también me ponga paranoico, Danielle.

Se abrió la puerta del despacho de Prescott y su ayudante asomó la cabeza.

—El FBI acaba de enviar un informe preliminar —lo informó el funcionario.

—Gracias, Tony —dijo Prescott, y cogió la PDA—. Tráeme un café, por favor.

—Sí, señor. —Tony miró a Lowen—. ¿Y para usted, doctora Lowen?

—No necesito ponerme más nerviosa, gracias —respondió Lowen.

Tony cerró la puerta.

—Lo primero es lo primero —dijo Prescott mientras leía el informe preliminar—. John Berger, o al menos el que tú conociste, no existe. Han cruzado su nombre con la base de datos de Hacienda. Hay diez John Berger en el área metropolitana de la ciudad de Washington, pero ninguno vive en Alexandria y tampoco son comerciales de una farmacéutica. Supongo que no es ninguna sorpresa.

—Lo cierto es que no —admitió Lowen.

—Todavía están procesando el ADN recogido del vaso. Quizá puedan decirnos algo dentro de un rato. Han comparado las huellas dactilares con los archivos federales y locales y no han encontrado nada. Ahora están cotejándolas con las bases de datos internacionales. También se han llevado la grabación de la cámara de seguridad del bar y han escaneado su cara para procesarla con un programa de reconocimiento facial. Tampoco han obtenido resultados todavía.

—De manera que estoy quedando como una paranoica.

—No, estás paranoica —repuso Prescott, dejando la PDA sobre la mesa—. Pero estás paranoica por una buena razón.

—La historia que me contó no deja de ser una locura —apuntó Lowen.

—Y que lo digas. El único problema real que le veo es que no es del todo imposible. Carvalho asesinó a Liu con nanobots infiltrados en su sangre diseñados específicamente para asfixiarlo. No es completamente descabellado pensar que alguien pudiera diseñar nanobots que actuaran en el cerebro como te ha sugerido tu amigo. Los CerebroAmigos de la Unión Colonial actúan sobre partes del cerebro de quienes los llevan. Nada de todo esto es especialmente nuevo en sí. Lo novedoso es el uso que se le está dando. Hipotéticamente.

Lowen se estremeció.

—Por favor, no emplees esa palabra conmigo durante algún tiempo.

—Vale —asintió Prescott, mirando a Lowen con recelo—. Nuestro verdadero problema es que no tenemos manera de verificarlo. La Unión Colonial abandonó el cuerpo de Carvalho en el espacio. Tenemos una buena historia, pero las buenas historias no son suficientes.

—¿Y tú crees esa historia? —inquirió Lowen.

—Creo que es posible. Y fíjate hasta qué punto creo que es posible que voy a recomendarle a tu padre que preparemos un protocolo para combatir las plagas nanobióticas y erradicarlas cuando las identifiquemos. El lado bueno de esta historia es que, si bien es una completa locura, si somos capaces de poner en marcha un proceso, la vía de los sabotajes quedará cerrada. Y si no es real, quedará cerrada antes de que se convierta en un problema.

—Tres hurras por la paranoia.

—Lo que sería de gran ayuda, naturalmente, es que encontráramos a tu amiguito. Las teorías de la conspiración relacionadas con dispositivos de control remoto implantados en el cerebro son más verosímiles cuando hay personas que pueden explicarlas con todo lujo de detalles.

—No creo que tu deseo se cumpla —comentó Lowen.

—Nunca digas nunca.

La puerta volvió a abrirse y entró Tony.

—Su café —dijo—. Y el FBI ha solicitado una comunicación por vídeo.

—Está bien —asintió Prescott. Dejó el café sobre la mesa y cogió la PDA. Se entretuvo un momento poniéndose un auricular—. Soy Prescott —dijo, mirando fijamente al aparato.

Lowen observó a Prescott mientras éste escuchaba y vio que le lanzaba una mirada y luego devolvía la vista a la pantalla de la PDA.

—Entendido —manifestó un minuto después—. Voy a desactivar el micrófono un momento. Pulsó la pantalla y miró a Lowen—. Creen haber encontrado a tu amigo. Al menos a alguien que se corresponde con la imagen que han extraído de la cámara de seguridad. Quieren que le eches un vistazo para confirmar si es él.

—Está bien —asintió Lowen, y estiró el brazo para coger la PDA de Prescott.

—Esto… No tiene muy buen aspecto.

—¿Quieres decir que está muerto? —preguntó ella.

—Sí —respondió Prescott—. No pareces sorprendida.

—Pásamela.

Prescott le dio la PDA y el auricular.

—Soy Danielle Lowen —dijo después de colocarse el auricular y activar el micrófono. Enséñenmelo.

La imagen giró un par de veces hasta que la pantalla mostró un cuerpo tendido en un callejón cualquiera. Tenía la cabeza cubierta de sangre. Lowen se acercó la PDA a los ojos y vio la profunda señal encima de la sien. Alguien le había hecho un corte en la cabeza.

Pese a todo, su rostro conservaba la belleza insulsa y sus labios mostraban los residuos de una sonrisa tensa.

—Es él —afirmó Lowen—. Por supuesto que es él.

13

El suelo abajo, el cielo arriba

Primera parte

I

—No voy a mentirte, Harry —dijo Hart Schmidt—. Me inquieta un poco me hayas traído a una esclusa de aire de mantenimiento.

—No voy a arrojarte al espacio, Hart —lo tranquilizó Wilson. Dio unos toquecitos a la compuerta exterior de la esclusa de aire, que, entre otras cosas, contaba con una portilla fabricada con una aleación transparente—. Sólo es que las esclusas de aire son el único lugar en toda esta chatarra olvidada de la mano de Dios donde se encuentra una de éstas.

—No dejes que la capitana Coloma te pille llamando chatarra a la *Clarke*.

—Ya sabe que es una chatarra.

—Sí, pero no le gustaría oírlo salir de tu boca —repuso Schmidt—. Activaría el ciclo de vaciado de esta esclusa de aire.

—La capitana está en el puente de mando. Y de todas maneras tiene razones de mucho más peso para arrojarme al espacio que un chascarrillo sobre su nave.

Schmidt examinó la portilla.

—No va a verse muy bien.

—Lo suficiente —afirmó Wilson.

—En la nave hay un montón de monitores en los que se vería mejor.

—No es lo mismo.

—La resolución de los monitores es mejor que la de tu vista —insistió Schmidt—. Desde el punto de vista de tus ojos, la imagen que verás será exactamente igual. Incluso mejor, ya que abarcará más superficie.

—Los ojos no son lo importante en esto —repuso Wilson—, sino el cerebro. Y mi cerebro lo necesita.

Schmidt no dijo nada.

—Tienes que entender, Hart, que cuando te marchas, te dicen que jamás regresarás. No es una amenaza trivial. Te quitan todo lo que tienes antes de marcharte. Te declaran legalmente muerto. Todo lo que posees se reparte de acuerdo con tu testamento, si es que has dejado uno. Cuando te despides de las personas, estás haciéndolo para siempre. No vuelves a verlas. No volverás a verlas jamás ni te enterarás de nada de lo que les pase. De verdad es como si hubieras muerto. Luego te llevan a un delta, te suben por el tronco de una habichuela gigante y te meten en una nave. Y la nave te lleva muy lejos. Jamás te permiten regresar.

—¿Nunca se te había pasado por la cabeza que volverías algún día? —preguntó Schmidt.

Wilson negó con la cabeza.

—Nadie lo ha hecho. Nadie. Lo más parecido que hay a un regreso es lo que hacen los tipos que van en las naves de transporte, que se plantan en una habitación llena de reclutas y les dicen que al cabo de diez años la mayoría de ellos habrán muerto. Pero ni siquiera lo suyo es un verdadero regreso. En ningún momento salen de las naves, al menos hasta que llegan a la Estación Fénix. Cuando te marchas, te marchas. Para siempre.

Wilson miró a través de la portilla.

—Es una mierda, Hart —continuó diciendo—. Al principio te parece que no está tan mal. Cuando te enrolas en la Unión Colonial tienes setenta y cinco años; probablemente la salud ya te haya dado algún susto importante y un par de avisos, te duelan las rodillas y te falle la vista, y quizá lleves algún tiempo sin empalmarte. Si no te enrolas, de todas maneras vas a morir. Lo que significa que también te marcharás. Mejor largarse vivo que muerto.

—Parece la conclusión lógica —reconoció Schmidt.

—Sí —repuso Wilson—. Pero entonces te largas. Y vives. Y cuanto más vives... cuanto más tiempo vives en este universo, más la echas de menos. Más echas de menos los lugares donde vivías, la gente que conocías. Más consciente eres de todo a lo que has renunciado. Más cuenta te das de que quizá has cometido un error largándote.

—Nunca te había oído hablar así.

—¿Por qué iba a hacerlo? —le preguntó Wilson, mirándolo—. Mi abuelo siempre me contaba que su abuelo le contaba una historia sobre su abuelo, que emigró a Estados Unidos desde otro país. Mi antepasado nunca decía cuál era ese otro país; jamás hablaba sobre el país que había abandonado con nadie, decía mi abuelo, ni siquiera con su esposa. Cuando le preguntaban el porqué, él respondía que lo había abandonado por una razón, ya fuera buena o mala, y que no tenía nada que añadir.

—¿No lo incomodaba que su esposa no supiera de dónde era? —preguntó Schmidt.

—Sólo es una historia, Hart —respondió Wilson—. Estoy seguro de que mi abuelo la adornó un poco. A lo que voy es que el pasado es el pasado, y uno pasa página porque no puede cambiarlo. Mi antepasado no hablaba sobre el lugar del que venía porque jamás regresaría allí. Para bien o para mal, esa parte de su vida había acabado. En mi caso ocurre lo mismo. Esa parte de mi vida acabó. ¿Por qué iba a hablar de ella?

—Hasta ahora —señaló Schmidt.

—Hasta ahora —asintió Wilson. Revisó su CerebroAmigo—. Literalmente ahora. Saltamos dentro de diez segundos. —Volvió a mirar a través de la portilla y realizó mentalmente la cuenta atrás.

El salto fue como todos los saltos: silencioso, anodino, desilusionante. El resplandor de las luces de la esclusa de aire era lo bastante intenso para empañar el cielo que se extendía al otro lado de la portilla, pero los ojos genéticamente modificados de Wilson le permitieron distinguir un puñado de estrellas.

—Me parece ver Orión.

—¿Qué es Orión? —preguntó Schmidt.

Wilson no le respondió. La *Clarke* viró y un planeta apareció ante sus ojos.

La Tierra.

—Hola, preciosa —masculló Wilson a través de la portilla—. Te he echado de menos.

—¿Qué sientes al volver a casa? —le preguntó Schmidt.

—Me siento como si nunca me hubiera ido —respondió Wilson.

Schmidt le concedió unos segundos para que disfrutara del momento y luego le dio unos golpecitos en el hombro.

—Vamos, me toca.

—Ve a mirarla desde un monitor —dijo Wilson.

Schmidt sonrió.

—¡Venga ya, Harry! Ya sabes que no es lo mismo.

II

—Una idea espantosa —le dijo el coronel Abel Rigney a la coronel Liz Egan por encima del plato de pasta.

—Estoy de acuerdo —asintió ésta—. Yo quería ir a un tailandés.

—Primero: sabes que me tocaba elegir a mí —replicó Rigney—. Y segundo: sabes que no hablo de eso.

—¿Estamos hablando otra vez sobre la cumbre con los terrícolas en la Estación Tierra?

—Sí —asintió Rigney.

—¿Es una conversación oficial? ¿Está usted, coronel Rigney, transmitiéndome a mí, el enlace de las Fuerzas de Defensa Colonial con el Departamento de Estado, un mensaje de sus superiores que yo deberé entregar a la secretaria de Estado?

—No hagas eso, Liz —dijo Rigney.

—Entonces, ¿no es una reunión oficial y sólo estás aprovechando la hora de la comida para desahogarte otra vez?

—No me siento cómodo con esa valoración de la situación —repuso Rigney—, pero sí, en esencia es correcta.

—¿Estás en contra de la cumbre? —preguntó Egan mientras enrollaba la pasta con el tenedor—. ¿Te has alineado con la facción de las FDC que considera que tendríamos que aparecer en la Tierra con cañones y conquistarla por la fuerza? Porque tengo que decirte que eso sí que sería una aventura.

—Creo que lo más probable es que la cumbre sea una pérdida de tiempo —admitió Rigney—. En la Tierra todavía hay mucha gente resentida con las FDC. Y luego está la gente resentida con los gobiernos terrícolas por no permitirles emigrar ni enrolarse antes de morir. Además, está el hecho de que en el planeta hay un par de centenares de estados soberanos, y ninguno de ellos está por la labor de ponerse de acuerdo con los demás, salvo en el tema de su enfado con nosotros. La cumbre acabará con todo el mundo gritándose y perdiendo el tiempo, un tiempo que ni nosotros ni la Tierra tenemos en realidad. De modo que sí, me parece una pérdida de tiempo.

—Si la cumbre se celebrara tal como se había planeado originalmente, estaría de acuerdo contigo —dijo Egan—. Si bien la alternativa, es decir, la no celebración de la cumbre, la Tierra dando la espalda a la Unión Colonial y el Cónclave esperándola con los brazos abiertos para aceptarla como miembro, es considerablemente peor. El compromiso es la clave, aunque luego acabe en nada, cosa que, por otra parte, no ocurrirá.

—No es eso lo que me preocupa. Si tus diplomáticos y los suyos quieren hablar hasta cansarse, allá ellos. Mi preocupación es el escenario elegido.

—¿Te refieres a que se celebre en la Estación Tierra? —inquirió Egan.

—Sí —asintió Rigney—. Sería mejor que se hiciera aquí, en la Estación Fénix.

—Porque no existe otro lugar donde los terrícolas se sentirían menos intimidados que en la estructura más grande jamás construida por la humanidad —dijo irónicamente Egan—. Que casualmente les recordará el retraso al que los hemos condenado durante los últimos doscientos años. —Se metió la pasta en la boca.

—Tal vez tengas razón —dijo Rigney tras considerarlo.

—¿Tal vez? —replicó Egan con la boca llena—. No podemos

celebrar aquí la reunión por las razones que acabo de enumerarte. No podemos celebrar la cumbre en la Tierra porque en todo el planeta no hay un solo rincón, aparte de la Estación Amundsen-Scott del Polo Sur, en el que no fueran a producirse revueltas, tanto de personas que odian a la Unión Colonial como de las que quieren que los saquemos de ese pedrusco. El Cónclave, ¡el Cónclave!, se ofreció a albergar la cumbre como, cito textualmente, «tercera parte neutral», en su propio pedrusco administrativo, que, te recuerdo, es el doble de grande que la Estación Fénix. Te aseguro que no nos conviene que los terrícolas saquen sus propias conclusiones de eso. ¿Qué nos queda entonces?

—La Estación Tierra —dijo Rigney.

—La Estación Tierra. Que es de nuestra propiedad, aunque esté en la órbita terrestre. Y por cierto, ése es uno de los puntos que se van a negociar.

Rigney frunció el ceño.

—¿Qué quieres decir?

—Vamos a ofrecérsela en alquiler —manifestó Egan—. De hecho, esa propuesta se ha aprobado esta mañana.

—Nadie me ha dicho nada.

—No te ofendas, Abel, pero ¿por qué iba a decírtelo nadie? Eres coronel, no general.

Rigney se tiró del cuello del uniforme.

—Clávame otra puñalada, Liz, ¿a qué esperas?

—No me has entendido —dijo Egan—. Yo tampoco me habría enterado de no ser porque soy el enlace. El Departamento de Estado necesitaba la firma de las FDC. Es un acuerdo que compete a gente que está por encima de nosotros. Pero sin duda es una jugada maestra, si lo piensas bien.

—¿La pérdida de nuestro único puesto avanzado en la órbita de la Tierra te parece una jugada maestra?

—No vamos a perder la estación —repuso Egan—. Seguirá siendo nuestra y el derecho de amarre es innegociable. Es una jugada maestra porque cambia la esencia del juego. Ahora mismo, la Tierra no tiene ninguna salida al espacio. Hemos mantenido aislado el planeta durante tanto tiempo que carecen de infraestructuras para los viajes espaciales. No tienen estaciones. Ni aeropuertos espaciales. ¡Por el amor de Dios, si apenas cuentan con lo que ellos llaman naves! Invertirán años y varias veces la producción mundial hasta estar preparados. Estamos ofreciéndoles una salida al espacio ya existente. Quien la controle controlará el comercio, los viajes espaciales... El destino de la Tierra, en definitiva. A menos que todos los gobiernos de la Tierra lleguen a un acuerdo para gestionarla conjuntamente. Y ya sabes lo que eso significa.

—Significa que colocamos otro objetivo en su punto de mira y reducimos la tensión con la Tierra —dijo Rigney.

—Eso como entrante —repuso Egan—. Inmediatamente desbaratamos todo frente común que pudieran estar constituyendo contra nosotros. Tú mismo lo has dicho, Abel. Las naciones de la Tierra son incapaces de ponerse de acuerdo en nada que no sea su enfado con nosotros. De un solo golpe, nosotros aparecemos como los arrepentidos y sensatos y ellos se enzarzan en luchas internas y se lanzan a una búsqueda desesperada de alianzas y tratados...

—Y nosotros podemos elegir entre todos los jugadores, enfrentar a unos contra otros y firmar acuerdos ventajosos —concluyó Rigney.

—Exactamente. Eso cambia radicalmente la dinámica de la cumbre.

—A menos que ellos decidan dejar de lado sus diferencias e ir todos a una contra nosotros —apuntó Rigney.

—Parece poco probable que ocurra eso. Sé que tú y yo abandonamos la Tierra hace quince años, pero no creo que en este tiempo las relaciones internacionales entre los gobiernos del planeta hayan alcanzado el punto de ponerse a remar juntos en la misma dirección, ¿no crees?

—Supongo que la respuesta correcta sería: «Esperemos que no».

Egan asintió.

—¿Ves ahora por qué la Estación Tierra es el lugar idóneo para celebrar la cumbre? No sólo se hablará de los temas que atañen a la Tierra y a la Unión Colonial. Podrán ver con sus propios ojos el modelo en exposición y pasearse por él.

—¿Tus diplomáticos saben que los habéis reconvertido en comerciales? —le preguntó Rigney.

—Creo que están enterándose en este preciso momento —respondió Egan, hundiendo el tenedor en la pasta.

—No va a gustarles nada —dijo Rae Sarles durante la reunión de la delegación diplomática convocada de urgencia a bordo de la *Clarke*—. Estamos aquí para mantener unas conversaciones francas sobre temas que no tienen nada que ver con eso, ¡y vamos a cambiar el orden del día sólo horas antes de su inicio! ¡Así no se hacen las cosas!

Wilson, que escuchaba de pie en el fondo de la sala, miró con el rabillo del ojo a Abumwe y se preguntó cuánto tardaría la embajadora en pisotear la cabeza de aquel subordinado especialmente contumaz.

—Entiendo —dijo Abumwe—. ¿Y piensa hacer personalmente esa observación a la secretaria de Estado, o al estado mayor de las Fuerzas de Defensa Colonial, que son quienes han acordado este plan? ¿O a los jefes de todos los demás departamentos de la Unión Colonial que han participado en este cambio de política?

—No, señora —respondió Sarles.

—No, claro —señaló Abumwe—. Bueno, pues en ese caso le sugiero que no siga perdiendo el tiempo con lo que debería hacerse y dedique más tiempo a lo que tenemos que hacer. De hecho, podría ser que los representantes de los diversos gobiernos de la Tierra se llevasen una grata sorpresa cuando les ofrezcamos la Estación Tierra en alquiler. Sin embargo, señor Sarles, nuestra labor consiste en que el cambio de planes los haga felices. Confío en que sea capaz de hacer su trabajo.

—Sí, embajadora —asintió Sarles.

Wilson sonrió. «Cabeza aplastada», se dijo.

—Por lo demás, en esencia, nuestro papel no ha cambiado —continuó Abumwe—. Nos han asignado conversaciones con países secundarios y neutrales de la Tierra. Ocupan el tercer puesto en cuanto a grupos de poder e influencia en el planeta, pero la Unión Colonial no se halla en posición de despreciar ni descartar ningún país. Además, podrían proporcionarnos importantes ventajas…

—Abumwe cogió la PDA para enviar a sus subordinados la actualización de sus funciones en la misión; todos ellos cogieron sus respectivas PDA como si estuvieran siguiendo el ejemplo del sacerdote en la iglesia.

Media hora después, la habitación se vació de subordinados y quedaron a solas Abumwe y Wilson.

—Tengo una misión especial para usted —le anunció la embajadora.

—¿Voy a reunirme con Micronesia? —inquirió Wilson.

—No, eso lo haré yo —respondió Abumwe—. Resulta ser que tengo que plantearles la posibilidad de establecer una base en Kapingamarangi. No es una negociación carente de importancia, o eso me ha asegurado la secretaria de Estado en persona. De manera que aparque por un momento su condescendencia conmigo y con mi equipo a propósito de las misiones que nos han asignado para que podamos continuar.

—Lo siento —se disculpó Wilson.

—Desde el incidente de Perry, la Tierra ha vetado la presencia de las naves y de los miembros de las Fuerzas de Defensa Colonial en la Estación Tierra y en su planeta. Salvo por la visita ocasional de un par oficiales de alta graduación, la Unión Colonial ha respetado el veto.

—Oh, ya la veo venir —la interrumpió Wilson—. Ahora es cuando me dice que mi misión es vigilar los remaches de la *Clarke*.

—Como no deje de interrumpirme me aseguraré de que sea así —le espetó Abumwe.

—Lo siento —se disculpó otra vez.

—Y no. Dejando de lado otras consideraciones, sería una crueldad traerlo tan cerca de la Tierra y mantenerlo confinado en la nave. Aparte de eso, me ha demostrado repetidas veces su utilidad.

—Gracias, embajadora.

—Aunque sigue siendo un grano en el culo.

—Entendido.

—Las FDC siguen sin tener un papel oficial en estas conversaciones —dijo Abumwe—. No obstante, también consideran su presencia una oportunidad para llegar a las organizaciones militares de la Tierra. En particular, sabemos que Estados Unidos acudirá a la cumbre con una pequeña unidad militar. Ya los hemos puesto sobre aviso de su presencia y se han mostrado receptivos a la posibilidad de reunirse con usted. De manera que su misión consta de dos partes. La primera consiste en que usted esté disponible para ellos.

—¿Disponible en qué sentido? —preguntó Wilson.

—Para lo que ellos quieran —respondió Abumwe—. Si le piden que les cuente cómo es la vida en las FDC, cuénteselo. Si se interesan sobre la capacidad militar y las tácticas de las FDC, también puede informarlos, siempre y cuando no revele información confidencial. Si quieren tomar una cerveza y hacer pulsos, conténtelos.

—¿Y mientras tanto también tengo que sacarles información?

—Si puede... —dijo Abumwe—. Su graduación es lo suficientemente baja para que los miembros de ese contingente militar se sientan cómodos con usted como persona. Aproveche esa ventaja.

—¿Y cuál es la segunda parte de mi misión?

Abumwe sonrió.

—Las FDC quieren que se arroje en caída libre.

—Repítalo, por favor.

—Los jefazos del ejército de Estados Unidos han oído rumores acerca de que las FDC a veces lanzan soldados a la superficie de un planeta desde una órbita baja —explicó Abumwe—. Quieren ver una demostración.

—Genial —repuso Wilson.

—Esto no es nuevo para usted, ¿verdad? Por lo menos cuando me enviaron las instrucciones relativas a esto señalaban que ya lo había hecho.

Wilson asintió con la cabeza.

—Lo hice una vez. Pero eso no significa que me gustara. Entrar en una atmósfera a velocidad supersónica, depositando toda tu confianza en que una fina película de nanobots impida que te conviertas en una humeante bola de fuego atravesando el cielo, no es mi idea de pasar un rato divertido.

—Comprendo —dijo Abumwe—. Pero en vista de que es una orden, no creo que tenga elección.

—También está el pequeño problema de que tengo un unicapote de combate de las FDC estándar, pero no dispongo del traje para el salto —señaló Wilson.

—Las FDC ya han enviado una cápsula de carga con dos de ellos —le aseguró Abumwe—. Uno para usted y otro para la persona que lo acompañará en el salto.

—¿Va a saltar alguien conmigo?

—Al parecer, entre los militares terrícolas que acuden a la cumbre hay uno que tiene experiencia en saltos y quiere probar algo más exótico.

—Han tenido en cuenta que esos trajes se controlan con el CerebroAmigo, ¿verdad?, cosa de la que el otro tipo no dispone. Primero se asfixiará, luego arderá y finalmente minúsculos fragmentos de su cuerpo caerán como gotas de lluvia sobre la superficie terrestre. No es un buen plan.

—Usted controlará ambos trajes —dijo Abumwe.

—Por lo tanto, si muere durante el salto será culpa mía.

—Si el terrícola muere durante el salto, le sugeriría que lo adecuado, desde un punto de vista diplomático, sería que usted corriera la misma suerte —aseveró Abumwe.

—Me gustaba más esta misión cuando sólo tenía que beber cerveza y hacer pulsos.

—No olvide el hecho de que, cuando complete el salto, usted habrá vuelto a la Tierra —señaló Abumwe—. Algo que le dijeron que jamás ocurriría.

—Eso sí —admitió Wilson—. No le negaré que me hace mucha ilusión. Por otro lado, la Estación Tierra está conectada con el planeta mediante una especie de ascensor espacial. Preferiría emplear ese medio para descender. Es mucho menos espectacular, pero también mucho más seguro.

Abumwe esbozó una sonrisa.

—La buena noticia es que también podrá utilizar el tronco de habichuela —dijo la embajadora, refiriéndose al ascensor espacial con el nombre con el que se lo conocía popularmente—. La mala noticia es que lo hará en sentido ascendente, para regresar de la Tierra casi inmediatamente después de aterrizar.

—Intentaré disfrutarlo todo lo que pueda —ironizó Wilson—.

¿Y usted, embajadora? Usted nació en la Tierra. ¿No tiene ningún interés en bajar a la superficie?

Abumwe negó con la cabeza.

—Apenas guardo recuerdos de la Tierra. Mi familia emigró por culpa de la guerra civil en Nigeria. Ya había estallado cuando ellos nacieron y seguía cuando se marcharon. Los recuerdos que tienen mi madre y mi padre del planeta no son agradables. Fuimos afortunados de poder marcharnos, y afortunados de que hubiera un lugar adonde ir. Fuimos afortunados de que la Unión Colonial existiera.

—Estas negociaciones tienen un interés especial para usted, ¿verdad? —inquirió Wilson.

—Sí —admitió Abumwe—. También lo tendrían en otras circunstancias, no en vano es mi trabajo, pero recuerdo las historias de mi madre y las cicatrices de mi padre. Recuerdo que, pese a todos los pecados de la Unión Colonial, que los ha cometido, teniente Wilson, en la Tierra siempre habrá guerras y refugiados. La Unión Colonial abrió la puerta a estos últimos, les dio una vida en la que no tenían que temer al vecino. Pienso en las guerras y en los refugiados que hay en este momento en la Tierra. Pienso en cómo muchos de esos refugiados que han muerto podrían seguir vivos si la Unión Colonial los hubiera acogido.

—No sé si las prioridades de la Unión Colonial coinciden con las suyas, embajadora.

Abumwe miró a Wilson y se le dibujó media sonrisa en los labios.

—Soy consciente de que el objetivo principal de la Unión Colonial para restablecer las relaciones con la Tierra es recuperar el suministro de soldados. Y entiendo que la amenaza del Cónclave de destruir cualquier asentamiento nuevo nos impide colonizar nuevos mundos. Aun así, todavía hay sitio en los planetas que ya tenemos, y seguimos necesitando gente. De manera que también se satisfarán mis prioridades. Siempre y cuando todos hagamos nuestro trabajo. Incluido usted.

—Caeré del cielo lo mejor que pueda por usted —le aseguró con sorna Wilson.

—Más le vale —le advirtió Abumwe. Cogió la PDA de la mesa

para ocuparse de otros asuntos—. Por cierto, le he asignado a Hart Schmidt, por si necesita que lo ayude en algo. Parecen formar un buen equipo. Le doy permiso para que le diga que lo he asignado a usted no porque sea innecesario, sino porque su misión es una prioridad de la Unión Colonial.

—Se lo diré —dijo Wilson—. ¿Es verdad?

—Eso dependerá de usted, teniente —respondió Abumwe, que estaba absorta en su PDA.

Wilson abrió la puerta y se topó de frente con Hart Schmidt, que estaba esperándolo en el pasillo.

—Acosador —le dijo Wilson.

—No estoy de humor, Harry —gruñó Schmidt—. Soy el único miembro de la delegación sin una misión y tú acabas de tener una conversación privada de diez minutos con Abumwe. No hace falta ser un genio para saber quién va a ser tu chico para todo en este viaje.

III

—No parece gran cosa, ¿no? —le comentó Neva Balla a la capitana Sophia Coloma.

—¿Se refiere a la Estación Tierra? —preguntó ésta.

—Sí, señora —dijo Balla. Ambas estaban en el puente de mando de la *Clarke*, que permanecía estacionada a distancia de seguridad de la Estación Tierra, a la que el transbordador de la nave llevaba y de donde traía diplomáticos en un ir y venir permanente.

—Usted creció en Fénix —dijo Coloma—. Está acostumbrada a alzar la vista y ver la Estación Fénix suspendida en el cielo. Comparada con ella, cualquier otra estación parece pequeña.

—En realidad crecí en el otro lado del planeta —repuso Balla—. No vi la Estación Fénix con mis propios ojos hasta que era adolescente.

—Lo que quiero decir es que la Estación Fénix es su referencia. La Estación Tierra es de las pequeñas, pero no más que la mayoría de las estaciones de otras colonias.

—El ascensor espacial es interesante —dijo Balla, cambiando ligeramente de tema—. Me pregunto por qué no los hemos construido en otros planetas.

—Básicamente por una cuestión política —respondió Coloma, y señaló el tronco de habichuela mostrado en la pantalla—. En el tronco no se cumplen las leyes clásicas de la física. En teoría debería desplomarse. El hecho de que no lo haga recuerda a la gente de la Tierra lo avanzado de nuestra tecnología, así nos ganamos su respeto.

Balla resopló.

—Pues da la impresión de que no está dando resultado —dijo la segunda de a bordo.

—Ahora conocen las leyes de la física que lo mantienen en pie —dijo Coloma—. El Incidente Perry les solucionó ese problema. Ahora tienen un problema económico y de organización. No pueden permitirse otro tronco de habichuela ni una estación espacial de grandes dimensiones, y si alguna nación intentara construirlo en solitario, el resto de países se le echarían encima.

—Vaya lío.

Coloma iba a decirle que estaba de acuerdo cuando sonó su PDA y bajó la mirada a la pantalla. Las parpadeantes lucecitas roja y verde indicaban la llegada de un mensaje confidencial prioritario. Retrocedió para leer el mensaje. Balla, que se percató de la situación, buscó algo que hacer.

Coloma leyó el mensaje, introdujo su código personal para dar acuse de recibo y se volvió a la segunda de a bordo.

—Necesito que vacíe el hangar del transbordador. Deben abandonarlo todos los tripulantes y no regresar hasta nuevo aviso.

Balla enarcó las cejas, pero no cuestionó la orden.

—El transbordador tiene prevista su llegada dentro de veinticinco minutos.

—Si para entonces no he acabado, que esperen a diez kilómetros de la nave hasta que yo dé luz verde a su aterrizaje —ordenó Coloma.

—Sí, señora.

—El puente de mando es suyo —dijo la capitana, y se marchó.

Minutos después, Coloma se acomodó en el sillón que había ante el panel de mandos de la sala de control del hangar del transbordador y activó el ciclo de vaciado. El aire que había fue absorbido y almacenado, y las puertas del hangar se abrieron silenciosamente en el vacío.

Un transporte de mercancías no tripulado del tamaño de un pequeño vehículo privado entró en el hangar y aterrizó. Coloma cerró las puertas y volvió a presurizar la zona. A continuación abandonó la sala de control y enfiló hacia la pequeña nave.

Ésta le requirió que se identificara para desbloquearse. Coloma apretó la mano derecha contra la pantalla de apertura y esperó a que el dispositivo escaneara el trazo de sus huellas y de sus vasos sanguíneos. Unos pocos segundos después, la cerradura se desbloqueó.

Lo primero que Coloma vio fue el paquete para el teniente Wilson, que contenía un par de trajes y depósitos de nanobots para su salto…, para el cual, pensó Coloma con amargura, necesitaría otra vez su transbordador. Desaprobaba lo que les ocurría a sus transbordadores cuando Wilson estaba de por medio.

Desterró ese pensamiento y apartó el paquete para Wilson. No estaba allí por eso.

Estaba allí por el otro paquete, colocado al lado del de Wilson; el que llevaba su nombre escrito.

—Se supone que soy tu ayudante —dijo Schmidt.

—Ya estás ayudándome —repuso Wilson—. Trayéndome la cerveza.

—Que será la última que te traiga, por cierto —replicó Schmidt, dándole la IPA que había ido a buscarle a la barra—. Soy tu ayudante, no tu chico de la cerveza.

—Gracias —dijo Wilson mientras cogía el vaso. Echó un vistazo a su alrededor—. La última vez que estuve aquí, en este salón, y creo que sentado a esta misma mesa, vi mi primer alienígena. Era un gehaar. Fue un gran día.

—Es poco probable que veas a otro gehaar por aquí —señaló Schmidt—. Son miembros fundadores del Cónclave.

—Es una pena. Parecían buena gente. Un poco guarros comiendo, pero majos.

—Tomó un sorbo de cerveza—. ¡Qué buena! En la Unión Colonial es imposible conseguir una IPA. No tengo ni idea de por qué.

—¿Queréis que vaya a buscaros unas galletitas saladas, oh, mi amo?

—No te me pongas así —dijo Wilson—. Cuéntame qué has averiguado sobre la marcha de la cumbre.

—Es una locura, por supuesto —empezó Schmidt—. Apenas había concluido la sesión de inauguración cuando han tirado por la borda el orden del día previsto para la cumbre. El hecho de que la Unión Colonial les haya propuesto alquilarles esta estación lo ha alterado todo casi antes de empezar.

—Que es precisamente lo que pretendía la Unión Colonial. Nadie habla ya de compensaciones a la Tierra por haberlos sometido durante siglos.

—Aún hablan sobre eso, pero en realidad a nadie le importa.

—¿Quiénes son los primeros pretendientes? —preguntó Wilson, y tomó otro trago de cerveza.

—Estados Unidos, lo que no es una sorpresa, que digamos —respondió Schmidt—. Aunque para disimular que su postura es unilateral dicen que están en negociaciones con Canadá, Japón y Australia para formar una alianza. Los países europeos están poniéndose de acuerdo, y China está haciendo lo propio con los Estados Siberianos. India, por el momento, va por libre. A partir de ahí es un completo caos. La embajadora Abumwe tiene a la mayoría de los países africanos y del sureste asiático llamando a su puerta para concertar reuniones con ella en grupos de tres o cuatro naciones.

—De modo que esto se alargará durante cuatro o cinco días, y entonces les sugeriremos a los diplomáticos de la Tierra que vuelvan a sus casas, formalicen sus propuestas y las presenten en una nueva ronda de negociaciones —dedujo Wilson—. Harán una primera ronda de eliminación, lo que provocará movimientos en las alianzas y cambios en las propuestas, cada vez más ventajosas para la Unión Colonial, hasta que al final tendremos a la mitad del planeta haciendo lo que le pidamos, que es enviarnos soldados y algún que otro colono.

—Ése parece ser el plan.

—Buen trabajo, Unión Colonial —dijo Wilson—. Lo digo desde un punto de vista pragmático. No te importa, ¿no?

—Lo he entendido. ¿Y qué pasa contigo?

—¿Conmigo? Yo he estado aquí —respondió Wilson mientras movía el brazo de un lado a otro para abarcar todo el bar.

—Tenía entendido que debías reunirte con los tipos del ejército de Estados Unidos —dijo Schmidt.

—Ya me he reunido aquí con ellos. Con todos menos con el tipo que saltará conmigo. Al parecer se retrasó y se reunirá conmigo más tarde.

—¿Y cómo ha ido?

—Eran un puñado de soldados que bebían y contaban anécdotas —relató Wilson—. Aburrido, pero cómodo y fácil de llevar. Cuando se fueron, me quedé aquí, y ahora me dedico a escuchar a todo el que entra en el bar y habla de lo que está pasando hoy.

—Hay demasiado bullicio para eso.

—Ah, pero tú no tienes un oído superhumano genéticamente mejorado, ¿no? Ni un ordenador dentro de la cabeza capaz de filtrar el ruido para poder oír sólo lo que te interesa.

Schmidt sonrió.

—Vale. Dime, ¿qué oyes ahora?

—¿Aparte de tus quejas por tener que traerme la cerveza? Hay un diplomático holandés y uno francés detrás de mí preguntándose si los europeos deberían permitir a los rusos integrarse en su alianza para conseguir la estación o si los rusos no tendrán en cuenta el pasado y acabarán aliándose con los Estados Siberianos y China. También detrás de mí, a mi izquierda, un diplomático de Estados Unidos ha estado tirándole los trastos a una diplomática indonesia durante los últimos veinte minutos, y no parece darse cuenta de que esta noche no va a pillar porque es un completo imbécil. Y justo enfrente de mí, cuatro soldados de la Unión de Estados Surafricanos llevan una hora bebiendo sin parar y los últimos diez minutos buscando la manera de pelear conmigo de manera que parezca que yo los he provocado.

—Un momento. ¿Qué has dicho?

—No te miento —le aseguró Wilson—. Después de todo, soy

verde. Destaco en cualquier grupo de personas. Al parecer, esos tíos han oído que los soldados de las Fuerzas de Defensa Colonial somos unos tipos formidablemente duros, pero me miran y no es eso lo que ven. No señor, no lo ven en absoluto. Así que quieren pelear conmigo para comprobar si de verdad soy tan duro. Estoy seguro de que sólo es para satisfacer su curiosidad.

—¿Y qué vas a hacer? —le preguntó Schmidt mientras miraba a los soldados de los que le hablaba.

—Voy a seguir sentado aquí, disfrutando de mi cerveza y escuchando conversaciones —respondió Wilson—. No estoy preocupado, Hart.

—Son cuatro, Harry. Y no parecen buena gente.

—Son inofensivos —replicó Wilson. Tomó un trago largo de su IPA y dejó el vaso sobre la mesa. Entonces se quedó escuchando algo durante un rato—. Oh, vale. Han decidido hacerlo. Ya vienen.

—Genial —rezongó Schmidt mientras observaba a los cuatro hombres que se levantaban de la mesa.

—Tranquilízate, Hart. No es a ti a quien quieren pegar.

—Aun así, puedo ser una víctima colateral —repuso Schmidt.

—No te preocupes. Te protegeré.

—Eres mi héroe —dijo con sarcasmo Schmidt.

—Eh, tú —dijo uno de los soldados, dirigiéndose a Wilson—. ¿Eres uno de esos soldados de las Fuerzas de la Unión Colonial?

—No, es que me gusta el color verde —respondió Wilson. Apuró la cerveza y miró con desazón el vaso vacío.

—Te lo he preguntado bien.

—Tú eres Kruger, ¿verdad? —dijo Wilson, dejando el vaso en la mesa.

—¿Qué? —preguntó con desconcierto el soldado que le había hablado.

—Claro que eres tú —continuó Wilson—. Reconozco la voz. —Señaló a otro—. Tú pareces Gossen. Y tú, probablemente, Mothudi —añadió, señalando a otro—. Con lo cual, tú debes de ser Pandit. ¿He acertado?

—¿Cómo lo sabes? —quiso saber Kruger.

—He estado escuchando vuestra conversación —respondió

Wilson mientras se ponía en pie—. Ya sabéis, ésa en la que discutíais cómo hacer que pareciera que yo os provocaba para poder pegarme.

—Nunca hemos hablado de eso —replicó Pandit.

—Ya lo creo que lo habéis hecho —lo rebatió Wilson. Se dio la vuelta y le dio a Schmidt el vaso que había dejado sobre la mesa—. ¿Me traes otra?

—Claro —dijo éste mientras cogía el vaso sin despegar los ojos de los cuatro soldados.

Wilson se volvió de nuevo hacia ellos.

—¿Queréis tomar algo? Yo invito.

—He dicho que nunca hemos hablado de eso —repitió Pandit.

—Sí lo habéis hecho —insistió Wilson.

—¿Estás llamándome mentiroso? —lo desafió Pandit con cierta agitación.

—Es obvio que sí, ¿no? ¿Y bien? ¿Alguien quiere algo? ¿No? —Se volvió de nuevo a Schmidt—. Pues sólo para mí. Bueno, ya sabes que tú también puedes pedirte lo que te apetezca.

—Quizá tarde un poco —repuso éste.

—Esto… —dijo Wilson—. Nosotros acabaremos enseguida.

Pandit agarró el hombro de Wilson y éste dejó que le diera la vuelta.

—No me gusta que me llamen mentiroso delante de mis amigos —dijo el soldado, y soltó el hombro de Wilson.

—Pues no mientas delante de tus amigos. Ya ves lo sencillo que es.

—Creo que le debes una disculpa a Pandit —intervino Kruger.

—¿Por qué? ¿Por reproducir fielmente lo que dijo? No lo creo.

—Tío, por tu bien te aconsejo que le pidas perdón —le advirtió Goosen.

—Eso no va a pasar —respondió Wilson.

—Entonces creo que tenemos un problema —afirmó Goosen.

—¿Quieres decir que ahora vais a intentar darme una paliza? —dijo Wilson—. Me dejáis perplejo. Si hubierais empezado por ahí, ya habríamos acabado.

—No vamos a intentar nada —replicó Mothudi.

—Claro que no —afirmó Wilson. Se apretó el puente de la nariz con gesto exasperado—. Amigos, me gustaría resaltar el hecho que vosotros sois cuatro y yo estoy solo. También me gustaría que os fijarais en que no muestro la menor preocupación porque un cuarteto de musculitos aguerridos como vosotros planee machacarme hasta reducir mi cuerpo a comida para perros. Bien, ¿qué significa eso? Por un lado, podría significar que estoy delirando. Y por otro, que quizá no tenéis ni idea de dónde os estáis metiendo. Decidme, ¿qué creéis vosotros que significa? Elegid una opción.

Los cuatro soldados se miraron y sonrieron.

—Vamos a quedarnos con que estás delirando —respondió Kruger.

—Bien —dijo Wilson mirándolos con extrañeza. Enfiló hacia el pasillo que había justo delante de la barra. Los cuatro soldados lo observaron con desconcierto mientras caminaba hacia allí. Wilson se dio la vuelta—. Venga, no os quedéis ahí parados como unos idiotas. Venid.

Los cuatro fueron hacia él sin demasiado convencimiento. Wilson les hizo señas para que se acercaran un poco más.

—Vamos, chicos. Ahora no finjáis que no queríais esto. Poneos delante de mí.

—¿Qué pasa aquí? —preguntó Goosen con tono vacilante.

—Vosotros queréis pegarme —dijo Wilson—. Está bien, escuchad, os propongo lo siguiente: colocaos en el orden que queráis. Luego que uno intente pegarme. Si yo no bloqueo el golpe, podéis pegarme otra vez. Pero si lo bloqueo, será mi turno. Entonces tendré que conseguir pegaros a los cuatro sin que ninguno me bloquee el golpe. Si uno de vosotros me para el puñetazo, vuelve a ser vuestro turno. ¿Lo habéis entendido?

—¿Por qué lo hacemos así? —preguntó Mothudi.

—Porque así parece que estamos jugando a un inofensivo juego de habilidad y no que estáis intentando provocar una guerra entre la Tierra y la Unión Colonial por insultar sin venir a cuento a un soldado de las FDC —respondió Wilson—. A mí me parece ingenioso. ¿A vosotros no? Venga, empecemos. Colocaos donde queráis.

Los cuatro soldados se desplegaron en semicírculo delante de Wilson.

—Cuando queráis —dijo éste.

—¿Harry Wilson? —dijo una voz femenina.

Wilson se volvió a mirar, ocasión que aprovechó Kruger para cargar hacia él con los brazos levantados. Sin embargo, Wilson atajó la embestida y lo tiró de espaldas al suelo. Kruger soltó un gruñido de sorpresa.

—¿Atacando mientras estoy distraído? —le recriminó Wilson—. Inteligente. Infructuoso, pero inteligente.

Wilson tiró de Kruger para levantarlo y lo devolvió de un empujón a su posición inicial. Luego se volvió de nuevo a mirar a la mujer que había pronunciado su nombre.

—Danielle Lowen. Que sorpresa más agradable.

—Vale, me rindo —dijo Lowen. La acompañaba un hombre de uniforme—. ¿Qué estás haciendo exactamente?

—Estoy dejando en ridículo a estos cabezas huecas —respondió Wilson.

—Necesitarás un poco de ayuda —apuntó el hombre que acompañaba a Lowen.

—No, me basto solo —le aseguró Wilson.

En ese momento Mothudi arremetió contra él, y cayó a la cubierta una fracción de segundo después.

—No era tu turno —le dijo Wilson con un afectado tono de reprimenda. Soltó el cuello de Mothudi y dejó que el soldado regresara gateando a su posición. Volvió a mirar a Lowen—. ¿De dónde salís vosotros dos?

—De hecho, estábamos buscándote —dijo Lowen, y movió la cabeza en dirección al hombre que estaba a su lado—. Te presento al capitán David Hirsch, de las Fuerzas Aéreas de Estados Unidos de América. Y mi primo.

—¿Tú eres el que va a saltar conmigo? —le preguntó Wilson.

—Así es —asintió Hirsch.

—Encantado de conocerte —dijo Wilson.

—¡Oye! —bramó Kruger—. ¿Estamos peleando o qué?

—Perdón, ya voy —le respondió Wilson. Se volvió hacia Hirsch y Lowen—. Disculpadme un minuto.

—Tómate el tiempo que necesites —dijo Hirsch.

—No tardaré nada —respondió Wilson. Se volvió a los cuatro soldados—. ¡Tres rondas!

—¿Qué? —preguntó Kruger.

—Tres rondas —repitió Wilson—. Os golpeo a cada uno tres veces y acabamos. Yo tengo visita y vosotros seguramente tendréis que ir a practicar la respiración boca a boca o algo parecido. Así que tres rondas, ¿de acuerdo?

—Lo que tú digas —respondió Kruger.

—Bien —dijo Wilson, y los abofeteó fuerte en la cara a todos ellos antes de que vieran llegar el golpe.

Los cuatro soldados se quedaron como unos pasmarotes, frotándose la mejilla con la mano.

—Ésta es la primera —dijo Wilson—. Vamos con la segunda.

—Espe... —comenzó a decir Kruger, pero el final de la palabra se perdió en el estrépito de sopapos.

—Vale. La segunda ya está. ¿Preparados para la tercera?

—Que te jodan —espetó Goosen con los dientes apretados, y los cuatro soldados cargaron simultáneamente hacia Wilson.

—¡Yyy... tercera! —exclamó Wilson mirando al cuarteto, que ya estaba desparramado en el suelo, agarrándose el cuello y jadeando—. No os preocupéis, chicos, sólo es una magulladura en la tráquea. Mañana estaréis bien. Bueno, ¿qué me decís? Hemos acabado, ¿no?

Kruger vomitó en la cubierta.

—Interpretaré eso como un «sí» —dijo Wilson. Se agachó y le dio unas palmaditas a Kruger en la cabeza—. Gracias por la sesión de entrenamiento, chavales. Ha sido divertido. No os preocupéis, no hace falta que me acompañéis a la puerta. —Se enderezó y se acercó a Lowen y a Hirsch.

—Ha sido impresionante —dijo éste.

—Lo que acabará de asombrarte es que soy la versión de un soldado de las Fuerzas de Defensa Colonial en pésima forma —afirmó Wilson—. Estos últimos años he sido una rata de laboratorio.

—Es cierto —asintió Lowen—. Apenas lo vi moverse la última vez que coincidí con él.

—Te gané bebiendo —le recordó Wilson.

—Y me diste calabazas cuando te tiré los tejos —añadió ella.

—No soy de esa clase de chicos —repuso Wilson.

—No sé si quiero escuchar esta conversación —dijo Hirsch.

—Sólo bromeábamos —le aseguró Wilson.

—Cobarde —lo chinchó Lowen con una sonrisa de oreja a oreja.

—Hablando de eso, mi amigo Hart se ha quedado en la barra pidiéndome una cerveza —dijo Wilson—. ¿Os importa si se une a nosotros? —Señaló con el pulgar por encima del hombro a los cuatro soldados que seguían tendidos en el suelo—. Me ofrecí a invitarlos a una cerveza, pero la rechazaron. Miradlos ahora.

—Creo que nosotros nos uniremos a ti —decidió Hirsch—. Aunque sólo sea por precaución.

—Sabia decisión —repuso Wilson—. Sí señor.

IV

—¿Quería verme? —preguntó Abumwe cuando se reunió con Coloma.

—Sí —respondió ésta—. Siento haberla apartado de sus compromisos.

—No lo ha hecho —replicó Abumwe—. Me había reservado una hora para comer y relajarme. Eso es todo. Y después de cuarenta minutos escuchando a un delegado de Kenia explicarme por qué deberíamos darle la estación a su país, aparte de por qué el ascensor espacial tiene su base en Nairobi, cualquier cosa que me diga será en comparación como un chorro de sensatez cristalina.

—Me han movilizado—anunció Coloma.

—Retiro lo dicho —repuso Abumwe—. ¿Qué quiere decir con «movilizado»?

Coloma mostró a la embajadora su PDA, en la que estaba abierto el documento con la orden de las FDC.

—Las Fuerzas de Defensa Colonial, con el beneplácito del Departamento de Estado, ha designado, por lo menos temporalmente, la *Clarke* como una nave de las FDC; y, por lo menos temporalmente, me han incorporado a filas. Con el mismo grado, de manera que sigo siendo capitana del servicio civil de la Unión Colonial, así que ninguno de mis tripulantes debe ser movilizado para obedecer mis órdenes. También se me ha ordenado que debo mantener mi movilización y la nueva designación de la *Clarke* en estricto secreto.

—Me lo está contando —observó Abumwe.

—No, no estoy haciéndolo —replicó Coloma.

—Entiendo.

—Como sea, esto los afecta a usted y a su equipo. Con órdenes o no, debe saberlo.

—¿Por qué cree que las FDC han tomado esta decisión? —preguntó Abumwe.

—Porque creo que esperan que ocurra algo —respondió Coloma—. Sacrificamos la *Clarke*, la antigua *Clarke*, en Danavar cuando alguien que aún no hemos identificado tendió una trampa a los utche. Las FDC utilizaron esta nave para tratar de descubrir a un espía en sus filas, sin éxito. Cuando la delegación terrícola visitó la nave, uno de sus integrantes asesinó a otro y trató de inculparnos, por razones que nunca nos han quedado claras. Y luego está el episodio con la *Urse Damay*, que nos atacó, controlada por fuerzas desconocidas, cuando acudíamos a un encuentro con el Cónclave.

—Nadie nos ha culpado de ninguno de esos incidentes —dijo Abumwe—. El objetivo no éramos nosotros.

—No, ya sé que no —reconoció Coloma—. Hemos estado en el sitio equivocado en el momento equivocado. Pero en todos y cada uno de esos casos, un grupo desconocido ha manipulado los acontecimientos para lograr un fin. ¿El mismo grupo? ¿Distintos grupos? Y en este último caso, ¿grupos que colaboran entre ellos o independientes? ¿Y con qué fin? Y ahora estamos aquí, negociando con representantes de la Tierra. Sabemos que todavía hay un espía dentro de las FDC. Sabemos que en la Tierra también hay alguien moviendo los hilos.

—Y si se propone hacer una declaración o acometer alguna acción, qué mejor lugar y qué mejor momento —concluyó Abumwe.

Coloma asintió.

—Sobre todo porque las Fuerzas de Defensa Colonial no tienen naves ni personal en la Estación Tierra aparte del teniente Wilson.

—Y ahora usted.

—Correcto —dijo Coloma—. Mi misión principal es estar

atenta a las naves que llegan. Me han enviado un listado con las naves de la Unión Colonial que tienen prevista su llegada a la estación durante las próximas noventa y seis horas. También me han concedido acceso a los sistemas del control aéreo de la Estación Tierra, así que puedo enterarme de las comunicaciones con las naves. Si algo me parece sospechoso, debo dar la voz de alarma en la Estación Tierra y activar una sonda que han ubicado a la distancia de salto, que inmediatamente saltará de vuelta a la Estación Fénix.

—Es más probable que la amenaza venga de la Tierra que de fuera de ella —apuntó Abumwe—. El tronco ya ha sufrido algún atentado. Ahora mismo hay revueltas en la Tierra en protesta por esta cumbre y en contra de las FDC. Cualquiera de ellas podría ser una tapadera para una acción de ataque.

—Es posible, pero no creo que ésa sea la principal preocupación de las FDC. Creo que quien ha diseñado este plan piensa que es más probable un ataque desde una nave.

—¿Por qué está tan segura? —preguntó la embajadora.

—Porque las FDC me han enviado algo más que instrucciones —respondió Coloma.

—¿Qué demonios está tramando en realidad la Unión Colonial? —le preguntó Lowen a Wilson, que, junto con Schmidt y Hirsch, estaban en el bar tomando la tercera ronda.

Wilson sonrió y pegó la espalda al respaldo de la silla.

—Éste es el momento en el que debo fingir sorpresa y exclamar que la Unión Colonial está actuando movida por los sentimientos más puros y virtuosos, ¿verdad?

—Idiota sabelotodo —refunfuñó Lowen.

Wilson levantó el vaso.

—A que me lo bebo de un trago.

—Era una pregunta seria —dijo ella.

—Lo sé —repuso Wilson—. Y mi respuesta seria es que tú sabes tanto como yo. —Señaló a Schmidt—. Tanto como nosotros.

—Recibimos las nuevas directrices una hora antes de poner el pie en la Estación Tierra —dijo Schmidt—. Nos hemos llevado una sorpresa tan grande como vosotros.

—¿Por qué lo habrán hecho así? —preguntó Hirsch—. Yo no soy diplomático, así que quizá se me escapa alguna sesuda jugada de ajedrez, pero parece que estén dejándose guiar por el instinto.

—Ésa es la impresión que quieren dar —dijo Lowen—. Han soltado por sorpresa la idea de alquilar la estación a las delegaciones de la Tierra para alterar su plan inicial de elevar una queja legítima contra la Unión Colonial. Se la han soltado por sorpresa a sus diplomáticos de la Unión Colonial porque ellos no tienen ninguna autoridad real para hacer nada más que escuchar a las delegaciones de la Tierra que se arrastren hasta sus pies para conseguir la estación. Así se cambia el tema central de la cumbre y la consideración de la Tierra hacia la Unión Colonial. No, David, quieren dar una impresión de confusión. Pero me juego lo que queráis a que la Unión Colonial lleva mucho tiempo planificando esta estrategia. Y de momento está saliendo exactamente como querían. —Tomó un trago de cerveza.

—Lo siento —se disculpó Wilson.

—No te culpo a ti —repuso Lowen—. Sólo eres un peón, como todos los que estamos aquí. Aunque tú pareces estar pasándotelo mejor que la mayoría.

—Ha estado bebiendo cerveza y pegando a gente —intervino Schmidt—. ¿Cómo no iba a gustarle eso?

—Y habló el hombre que se refugió en la barra del bar mientras yo me enfrentaba a cuatro tipos —bromeó Wilson.

—Me dijiste que me fuera. Sólo te obedecí.

—Y de todas maneras, el capitán Hirsch, aquí presente, y yo tenemos un asunto muy importante mañana —les recordó Wilson.

—Es cierto —asintió Hirsch—. A las dos de la tarde, el teniente Wilson y yo saltaremos desde una fabulosa estación espacial.

—Sólo hay que dar un paso —dijo Wilson.

—El salto en sí no me preocupa. Lo que me preocupa ligeramente es el aterrizaje.

—Bueno, eso déjamelo a mí —le aconsejó Wilson.

—No tengo más remedio que dejártelo a ti. Tú eres el que tiene el ordenador dentro de la cabeza.

—¿Qué quiere decir? —quiso saber Lowen.

—Los trajes que llevaremos puestos se controlan con el CerebroAmigo —explicó Wilson, dándose unos golpecitos en la sien—. Por desgracia, tu primo no tiene uno, y parece poco probable que lo consiga entre ahora y el momento del salto. Así que yo controlaré los dos trajes.

Lowen miró a su primo y luego a Wilson otra vez.

—¿Y eso es seguro?

—Aterrizamos en la superficie de la Tierra desde una altura de varios centenares de kilómetros —dijo Wilson—. ¿Qué más da si eso es seguro?

Hirsch carraspeó de una manera exagerada.

—Lo que quiero decir es que sin duda es seguro —dijo Wilson—. No podría no ser seguro. Es más seguro que ir al cuarto de baño. ¿Sabías que mucha gente muere mientras está cagando? Ocurre todos los días.

Lowen entornó los ojos mientras miraba a Wilson.

—No debería decirlo, pero David es mi primo favorito.

—Se lo diré a Rachel —dijo Hirsch.

—Tu hermana me debe dinero. Ahora cierra el pico. Estoy amenazando a Harry.

Hirsch sonrió y cerró el pico.

—Como estaba diciendo —continuó Lowen—, David es mi primo favorito. Como le ocurra algo, iré a por ti, Harry. Y yo no seré tan fácil de batir como aquellos cuatro soldados. Te prometo que te trituraré vivo.

—¿Alguna vez has triturado a alguien? —le preguntó Hirsch—. Siempre fuiste una chica muy femenina.

Lowen le soltó un puñetazo en el brazo a su primo.

—He estado reservando mi faceta de trituradora para una ocasión especial. Esta podría serlo. Deberías sentirte honrado.

—Oh, y me siento honrado —afirmó Hirsch.

—Si tan honrado te sientes, ve a buscar la siguiente ronda —dijo Lowen.

—No sé si me siento tan honrado.

Lowen lo miró asombrada.

—¿He amenazado a un soldado de las Fuerzas de Defensa Colonial por ti y no vas a invitarme a una cerveza? Se acabó. Te retiro oficialmente tu estatus de mi primo favorito. Rachel ha recuperado el primer puesto.

—Pensaba que te debía dinero —le recordó Hirsch.

—Sí, pero tú me debes una cerveza.

—Familia —dijo Hirsch, mirando a Wilson y a Schmidt, y luego se levantó—. ¿Vosotros queréis algo?

—Yo me encargo de lo de Harry —dijo Schmidt, poniéndose en pie—. Vamos, David. Te acompaño a la barra.

Los dos se abrieron paso a través de la multitud en dirección a los dispensadores de cerveza.

—Parece un buen tipo —comentó Wilson.

—Lo es —afirmó Lowen—. Y te lo digo en serio, Harry. No dejes que le pase nada.

Wilson levantó una mano con gesto suplicante.

—Juro que no dejaré que le pase nada a tu primo. Pero en el caso improbable de que le pasara algo a él, también me pasará a mí.

—La última parte no me inspira ninguna confianza —replicó Lowen.

—Te prometo que todo irá bien —le aseguró Wilson—. La última vez que hice esto había gente disparándome mientras caía. No me reventaron una pierna por milímetros. Esto será coser y cantar comparado con aquello.

—Aun así no me gusta.

—Te comprendo perfectamente. Ya sabes que no ha sido idea mía, ¿verdad? Oye, David y yo tendremos que vernos mañana en algún momento antes del salto para repasar el protocolo y explicarle un poco lo que vamos a hacer. ¿Por qué no nos reservas un rato de tu abundante tiempo libre y vienes tú también? Me aseguraré de dar la impresión de que sé de lo que hablo, te lo juro.

Lowen sacó la PDA y revisó su agenda.

—¿Puedes a las once? Tengo un hueco de quince minutos. Iba a aprovecharlo para mear, pero puedo buscar otro momento para ir al baño.

—Yo no quiero ser el responsable de que le ocurra algo a tu vejiga —dijo Wilson.

—Lo tendré en cuenta a partir de ahora —afirmó Lowen. Soltó la PDA—. Yo por lo menos tengo tiempo para mear. Conozco a gente que tiene programadas tantas reuniones que corren un serio riesgo de sufrir una peritonitis.

—Las agendas echan fuego.

—Sí, bueno, es lo que pasa cuando una de las partes suelta una bomba en las agendas y convierte lo que iba a ser una cumbre con un orden del día perfectamente definido en un maldito caos, Harry.

—Lo siento —volvió a decir Wilson.

—Esto me recuerda lo que te comenté sobre la arrogancia —siguió Lowen—. ¿Lo recuerdas? Ya hemos hablado sobre el tema. El principal problema de la Unión Colonial es la arrogancia. Aquí tienes el ejemplo perfecto. En lugar de sentarse con las naciones de la Tierra para debatir las consecuencias de la represión a la que nos ha sometido durante siglos, se embarca en una enrevesada maniobra de distracción con el alquiler de esta estación.

—También recuerdo haberte dicho en aquella ocasión que si buscabas a alguien que defendiera las prácticas de la Unión Colonial habías entrado en la tienda equivocada. Aunque me gustaría poner de manifiesto, como mera observación, que el plan de la Unión Colonial parece estar funcionando a la perfección.

—Funciona ahora —repuso Lowen—. No me importa reconocer que es una solución práctica a corto plazo. Pero como solución a largo plazo presenta serios inconvenientes.

—¿Por ejemplo? —preguntó Wilson.

—Por ejemplo, ¿qué va a hacer la Unión Colonial cuando Estados Unidos, China y Europa planteen que, como compensación, la Unión Colonial debería regalarles la Estación Tierra? —sugirió Lowen—. Olvida toda esa mierda del alquiler. El precio de una estación espacial es irrisorio en comparación con los beneficios obtenidos por la Unión Colonial durante los doscientos años que ha disfrutado de mano de obra y de ejército gratuitos. Os habéis ahorrado una pasta.

—Dudo que la Unión Colonial esté de acuerdo contigo —señaló Wilson.

—No tenemos por qué estar de acuerdo. Lo único que tenemos

que hacer es esperar. La Unión Colonial no puede sostenerse sin colonos ni soldados nuevos. Estoy segura de que los economistas y los administradores del ejército de la Unión Colonial ya se han dado cuenta de ello. Vosotros nos necesitáis más que nosotros a vosotros.

—Supongo que la réplica lógica a tu afirmación sería que no os gustaría lo que le pasaría a la Tierra si la Unión Colonial se hunde —dijo Wilson.

—Tendrías razón si la Tierra se quedara sola. Pero hay una opción B.

—¿Te refieres a una anexión al Cónclave?

—Ajá.

—La Tierra tendría que estar mucho mejor organizada de lo que está en este momento —manifestó Wilson—. No veo al Cónclave negociando con porciones del planeta.

—Creo que la motivación sería suficiente para hacer el esfuerzo —afirmó Lowen—, si la alternativa fuera una alianza con los antiguos opresores y convertirnos en una víctima colateral cuando ese opresor cayera.

—Pero la humanidad estaría dividida —observó Wilson—. No sería bueno.

—¿Para quién? —contraatacó Lowen—. ¿Para la humanidad? ¿O para la Unión Colonial? Sabes que no son la misma cosa, ¿verdad? Si la humanidad finalmente se divide, ¿quién será el culpable? Nosotros no, Harry. La Tierra, no.

—No tienes que convencerme, Dani. Dime, ¿qué opina la delegación de Estados Unidos de tu argumento?

Lowen arrugó el ceño.

—Ya —dijo Wilson.

—Tú crees que el nepotismo debería ayudarme, que ser la hija del secretario de Estado de Estados Unidos debería darme un par de ventajas, sobre todo cuando tengo razón, pero existe el pequeño problema de que mi padre está aquí con la orden expresa de que debemos cerrar un acuerdo antes de que acabe la cumbre. Dice que mis teorías serían un buen «plan alternativo» si no conseguimos el contrato de alquiler.

—¿Y es sincero?

Lowen volvió a fruncir el entrecejo.

—Ya —repitió Wilson.

—Vaya, ya llegan las bebidas —dijo Lowen, señalando en dirección a Hirsch y a Schmidt, que regresaban entre la gente con las cervezas en las manos—. Justo a tiempo para ahogar mis penas.

—¿Nos hemos perdido algo? —preguntó Hirsch mientras le daba la cerveza a su prima.

—Sólo comentaba lo duro que es tener siempre la razón —comentó Lowen.

—Pues has encontrado al tipo perfecto para hablar sobre ese tema —repuso Schmidt, sentándose—. Harry tiene el mismo problema. En serio, pregúntale.

—Bueno —dijo Lowen, y levantó el vaso—. Propongo un brindis. ¡Por tener siempre la razón! ¡Qué Dios y la historia nos perdonen!

Los cuatro chocaron los vasos.

Segunda parte

I

—Capitana Coloma —dijo el alférez Lemuel—. Acaba de aparecer otra nave.

Coloma masculló un «gracias» al alférez y echó un vistazo a la PDA. Había dado la orden permanente a los tripulantes del puente de mando de que la avisaran cada vez que una nave llegara a la Estación Tierra o la abandonara, si bien no les había explicado el motivo. La tripulación no cuestionaba la orden; apenas requería esfuerzo rastrear otras naves. Era última hora de la mañana del segundo día de la cumbre y la orden llevaba cumpliéndose desde primera hora.

El aparato de Coloma registró la nueva nave, una pequeña fragata. Era una de las once naves que permanecían suspendidas alrededor de la Estación Tierra; las otras diez ya descansaban en las zonas de estacionamiento. Cuatro eran naves diplomáticas de la Unión Colonial; además de la *Clarke*, estaban la *Abertorh*, la *Zhou* y la *Schulz*, cada una de ellas con sus respectivas misiones diplomáticas complementarias para negociar con los representantes de la Tierra, que llegaban a la estación por el tronco de habichuela. Tres naves, la *Robin Meisner*, la *Delfín saltarín* y la *Rus Argo*, eran naves de mercancías de la Unión Colonial que comerciaban con limitaciones con la Tierra. Las otras dos eran vehículos de transporte budek. Los budek estaban negociando su anexión al Cónclave, pero mientras tanto eran unos obsesos de los cítricos.

Coloma oyó a través del auricular que el controlador aéreo de la Estación Tierra solicitaba a la nueva nave que se identificara. La primera vez no obtuvo respuesta. Las naves de mercancías de la Unión Colonial estaban dotadas con transpondedores encriptados cuyas señales las estaciones identificaban en cuanto la nave aparecía en su espacio aéreo tras un salto. El hecho de que el controlador estuviera solicitándole una identificación significaba que la nave no tenía el transpondedor o que lo había deshabilitado. También significaba que su llegada no estaba programada; si lo hubiera estado, aunque no contara con un transpondedor, el controlador la habría saludado con su nombre.

Coloma ordenó que la *Clarke* escaneara la nave recién llegada y cotejara el resultado con una base de datos específica que le habían enviado las FDC. La concordancia tardó en aparecer menos de un segundo. Era la *Lucero del alba Erie*, una nave civil de transporte y de mercancías que había desaparecido meses antes. La *Lucero del alba Erie* había sido en su origen un crucero de las FDC, que había prestado sus servicios durante más de setenta años. Para su uso civil como nave de transporte, la habían vaciado por dentro y reacondicionado.

Eso significaba que no podía volver a ser reacondicionada para fines militares.

La Estación Tierra solicitó la identificación a la *Lucero del alba*

Erie por tercera vez sin éxito, lo que acabó de convencer a Coloma para considerarla oficialmente sospechosa.

—Capitana, acaba de llegar otra nave —informó Lemuel.

—¿Otra? —preguntó Coloma.

—Sí, señora —asintió el alférez—. Esto… y otra… dos más, señora. Están apareciendo simultáneamente un montón de naves.

Coloma echó un vistazo a la pantalla de la PDA. El aparato mostraba ocho presencias nuevas, y dos más surgieron mientras la capitana miraba la pantalla, y enseguida otras dos más.

Coloma oyó por el auricular que el controlador de la Estación Tierra estaba maldiciendo y advirtió una nota de pánico en su voz.

En total se habían sumado quince naves nuevas a la *Lucero del alba Erie*.

La base de datos que le habían entregado las FDC era un listado con dieciséis naves. Coloma no se molestó en comparar los nombres de las otras quince.

—¿Dónde está nuestro transbordador? —preguntó.

—Acaba de aterrizar en la Estación Tierra y está preparándose para volver —respondió Lemuel.

—Dígale que espere y que se prepare para traer de vuelta a los nuestros —ordenó Coloma.

—¿A cuántos? —preguntó Lemuel.

—A todos —respondió Coloma. Ordenó que se diera la alerta en la *Clarke* y que se enviara un mensaje urgente a la embajadora Abumwe.

La embajadora Abumwe estaba escuchando por boca de una representante tunecina los planes de su país para la Estación Tierra cuando su PDA tembló con tres cortas vibraciones seguidas de otra larga. Abumwe cogió el aparato, lo desbloqueó y leyó el mensaje de la capitana Coloma:

Problema grande. Dieciséis naves. Saque a su gente de ahí. Transbordador en puerta de embarque número siete. Parte

dentro de diez minutos. Quien llegue tarde se queda en la estación.

—Regrese al tronco de habichuela —dijo Abumwe, mirando a la representante tunecina.

—¿Perdón?

—He dicho que regrese al tronco —repitió Abumwe, y se puso en pie—. Métase en el primer ascensor que baje. No se entretenga. No espere.

—¿Qué está ocurriendo? —demandó la representante de Túnez, pero Abumwe ya había salido por la puerta y estaba enviando un mensaje a todo a su equipo.

II

—Pareces embutido en un unicapote —comentó Danielle Lowen, señalando el traje de combate de Harry Wilson cuando éste y Hart Schmidt se reunieron con ella y con David Hirsch. Se habían citado en una bodega vacía de la Estación Tierra.

—Lo curioso del asunto es que eso se debe a que estoy embutido en un unicapote —dijo Wilson. Se detuvo ante ella y dejó caer la gigantesca bolsa de lona que llevaba en la mano—. Eso es nuestro traje de combate. De hecho, éste en particular es un modelo más resistente, diseñado para funcionar en condiciones de vacío.

—¿Hacéis concursos de baile con él puesto? —bromeó Lowen—. Porque me encantaría veros.

—Lamento comunicarte que no —replicó Wilson—. Y no porque no queramos.

—Así que voy a tener que ponerme uno de ésos —dijo Hirsch, señalando el traje de combate.

—Sólo si quieres sobrevivir —respondió Wilson—. Es opcional.

—Creo que escojo sobrevivir.

—Probablemente la elección correcta —dijo Wilson. Metió la mano en la bolsa de lona y le dio a Hirsch el unicapote que había en su interior—. Éste es el tuyo.

—Parece un poco pequeño —apuntó Hirsch tras cogerlo y mirarlo con semblante dubitativo.

—Lo ensancharé para que quepas —dijo Wilson—. También les serviría a Hart o a Dani. La talla única le queda bien a todo el mundo. Además tiene una capucha. Cuando la active te cubrirá toda la cara. Intenta no flipar cuando eso pase.

—Entendido.

—Bien. ¿Quieres ponértelo ya?

—Creo que esperaré —respondió Hirsch, y se lo devolvió.

—Gallina —le soltó Wilson mientras lo cogía y lo volvía a guardar en la bolsa. Sacó otra cosa del interior de la misma.

—Eso parece un paracaídas —observó Hirsch.

—Desde el punto de vista de su función, has acertado —afirmó Wilson—. Literalmente, no. Es tu depósito de nanobots. Cuando entres en la atmósfera se liberarán y formarán un escudo a tu alrededor para que no ardas como una tea. Y cuando entres en la troposfera formarán un paracaídas y te deslizarás por el aire. Aterrizaremos en un campo de fútbol en las afueras de Nairobi. Tengo entendido que habrá amigos tuyos esperándonos con un helicóptero para trasladarme al tronco de habichuela.

—Así es —asintió Hirsch—. Siento que tu estancia en la Tierra no sea más larga.

—Aun así, será un placer volver a poner los pies en el suelo de la Tierra —repuso Wilson. Dejó el paquete de nanobots y sacó otro objeto de la bolsa—. Oxígeno complementario. Porque la caída será larga.

—Gracias por pensar en eso —dijo Hirsch.

—De nada.

—No parece que haya mucho oxígeno ahí dentro —comentó Lowen mirando el contenedor.

—Y no lo hay —repuso Wilson—. Cuando le cubra la cara, el traje de combate aislará el dióxido de carbono y volverá a circular el oxígeno. No necesitará mucho.

—Es un traje muy práctico —comentó Lowen—. Qué pena que tenga un aspecto tan ridículo.

—Sabes que tiene razón, ¿verdad? —lo provocó Schmidt.

—No empieces, Hart —protestó Wilson, y entonces su CerebroAmigo y la PDA emitieron el pitido que avisaba de un mensaje urgente. Wilson lo abrió; era de la embajadora Abumwe:

Dieciséis naves no identificadas han aparecido alrededor de la Estación Tierra. Deje lo que está haciendo y diríjase a la puerta de embarque número siete. El transbordador parte dentro de cinco minutos. No espera. No provoque el pánico. Simplemente váyase. Ahora.

Wilson miró a Schmidt, que en ese momento terminaba de leer el mensaje. Éste miró a su amigo, alarmado. Wilson lo guardó apresuradamente todo dentro de la bolsa.

Lowen se percató de sus expresiones.

—¿Qué pasa?

—Podría haber problemas —respondió Wilson, levantando la bolsa del suelo.

—¿Qué clase de problemas? —preguntó Hirsch.

—De la clase de dieciséis naves misteriosas apareciendo de repente al otro lado de la ventana —dijo Wilson.

Sonaron las PDA de Lowen y de Hirsch. Ambos las sacaron.

—Leed los mensajes mientras caminamos—sugirió Wilson—. Vámonos.

Los cuatro salieron de la bodega y enfilaron hacia el pasillo principal de la estación.

—Me dicen que vaya a los ascensores del tronco de habichuela —dijo Lowen.

—A mí también —confirmó Hirsch—. Estamos evacuando la estación.

Se incorporaron por una puerta de servicio al pasillo principal, donde reinaba el caos. La noticia había corrido como la pólvora. Un enjambre de terrícolas, cuyas expresiones iban de la preocupación al pánico, avanzaba a empellones hacia los vestíbulos de los ascensores del tronco.

—Esto tiene muy mala pinta —comentó Wilson, y echó a andar con determinación en el sentido contrario al de la multitud—. Venga. Vayamos a nuestro transbordador. Está en la puerta de embarque número siete. Venid con nosotros. Os sacaremos de aquí en el transbordador.

—Yo no puedo ir —los informó Hirsch, deteniéndose. Los demás también se pararon—. Mi equipo ha recibido la orden de colaborar en la evacuación. Tengo que ir al tronco.

—Te acompañaré —dijo Lowen.

—No. Harry tiene razón, esto es un caos y va a ponerse peor. Ve con él y con Hart. —Se acercó a su prima para abrazarla y darle un beso rápido en la mejilla—. Nos veremos pronto, Dani. —Miró a Wilson—. Sacadla de aquí.

—Lo haremos —le aseguró Wilson.

Hirsch hizo un gesto de asentimiento con la cabeza y se alejó por el pasillo, en dirección a los ascensores del tronco.

—Aún tenemos que recorrer una cuarta parte de la estación para llegar a la puerta número siete —señaló Schmidt—. Deberíamos empezar a correr.

—Pues corramos —dijo Wilson.

Schmidt salió a la carrera, serpenteando entre la gente, seguido por Wilson, que iba abriendo camino para que pasara Lowen.

—¿Tendréis sitio para mí?

—Lo haremos si es necesario —respondió Wilson.

—No hacen nada —dijo la segunda de a bordo Balla con la mirada fija en las dieciséis naves—. ¿Por qué no hacen nada?

—Están esperando —dijo Coloma.

—¿Esperando a qué?

—Todavía no lo sé.

—Usted sabía que esto iba a ocurrir, ¿verdad? —dijo Balla—. Nos ha tenido controlando el tráfico de naves. Estaba sobre aviso de que podía suceder.

Coloma negó con la cabeza.

—Las FDC me pidieron que estuviera atenta a la posible aparición de una nave. De una. Su servicio de inteligencia sugería que una nave podría atacar para sabotear la cumbre, como ya ocurrió con nuestra reunión con el Cónclave. Una nave habría bastado para conseguir ese objetivo, así que me prepararon para esperar una nave. —Coloma señaló la pantalla, que mostraba dieciséis naves en modo estacionario alrededor de la estación—. Eso no es lo que esperaba.

—Ha enviado una sonda de salto —dijo Balla—. Pronto enviarán la caballería.

—He enviado los datos a la sonda. Está a la distancia de salto. Los datos tardarán dos horas en llegar a la sonda, y tardarán por lo menos el mismo tiempo en decidir si envían alguna nave. Lo que sea que vaya a ocurrir aquí ya habrá acabado para entonces. Estamos solos.

—¿Y qué vamos a hacer? —inquirió Balla.

—Esperar —respondió Coloma—. Infórmeme sobre nuestro transbordador.

—La gente está embarcando —le comunicó Balla al cabo de un minuto—. Quedan por llegar dos o tres personas. Está a punto de cumplirse el tiempo límite. ¿Qué quiere hacer?

—Mantenga el transbordador en la estación todo el tiempo que sea posible —dijo Coloma.

—Sí, señora.

—Comuníquele a la embajadora Abumwe que estamos esperando a los rezagados, pero que deberá despegar si la cosa se pone fea —ordenó Coloma.

—Sí, capitana —asintió Balla, y señaló una pantalla que mostraba la imagen de la estación. En la parte inferior había movimiento. La cabina de un ascensor estaba descendiendo por el tronco de habichuela—. Parece ser que están evacuando a la gente por los ascensores.

Coloma fijó su atención en la cabina de un ascensor que descendía silenciosamente y lo observó durante unos instantes, y entonces la asaltó una certeza tan rotunda que casi le produjo el dolor físico de un golpe.

—¡Dígale al piloto del transbordador que cierre la puerta y parta inmediatamente!

—¿Señora?

—¡Ahora mismo, Balla!

—¡Capitana, han disparado misiles! —bramó el oficial de artillería Lao—. ¡Seis misiles se dirigen a la estación!

—No se dirigen a la estación —dijo Coloma—. Todavía no.

—¡Empújalos! —le gritó David Hirsch a la sargento Belinda Thompson—. ¡Comprímelos como en el metro de Tokio!

A ambos les habían asignado la misión de mantener el orden en las cabinas de los ascensores, que de «cabinas» no tenían nada más que el nombre, pues cada una de ellas era del tamaño de una vasta sala de reuniones con forma de rosquilla, por cuyo orificio central pasaba el cable. En cada cabina cabía fácilmente un centenar o más de pasajeros; Hirsch pretendía llenarlas con el doble de su capacidad. Él y Thompson empujaban a la gente sin demasiada delicadeza y le bramaban que fuera hasta el fondo de la cabina.

Por las vibraciones que comenzó a notar en las plantas de los pies supo que una de las cabinas por fin había comenzado a descender por el cable hacia Nairobi. «Doscientas personas menos de las que preocuparse», se dijo Hirsch, y sonrió. El día no estaba yendo como había planeado.

—¿Por qué sonríes? —le preguntó Thompson mientras metía a empellones a otro diplomático en la cabina.

—La vida está llena de sorpresas —dijo Hirsch, y entonces el universo lo succionó.

Seis misiles habían impactado en la cabina del ascensor que acababa de iniciar su descenso y lo habían destruido junto con el cable del tronco de habichuela. El cable seccionado había golpeado como un látigo el vestíbulo de los ascensores abriendo una grieta en el suelo por la que Hirsch y varias personas más se precipitaron al vacío. El cable también había aplastado la cabina que Hirsch y Thompson estaban llenando. El aire que escapaba por la grieta en la cubierta arrastró a varios infelices al espacio.

Los sistemas automáticos de la estación se activaron y tomaron el control. Se aisló herméticamente el vestíbulo de los ascensores, lo que condenó a todas las personas que había allí, trescientos o cuatrocientos diplomáticos, a una muerte por asfixia.

En todos los rincones se desplegaron los mamparos de emergencia que sellaban secciones enteras de la estación con las personas dentro, con la esperanza de limitar la pérdida de presión atmosférica a unas pocas zonas y proteger el resto del vacío del espacio.

La cuestión era durante cuánto tiempo lo lograrían.

III

Wilson sintió más que vio el mamparo de emergencia deslizándose delante de él y atisbó a Hart Schmidt, que ya había cruzado al otro lado del tabique. Agarró a Lowen de la mano y trató de abrirse paso a través de la muchedumbre, ahora completamente presa del pánico. Sin embargo, la masa de gente los empujaba hacia atrás con el ímpetu de su huida. Wilson apenas tuvo tiempo de ver la expresión de terror en la cara de Schmidt antes de que el mamparo sellara por completo el pasillo y los dejara a cada uno en un lado. Wilson le gritó a Schmidt que corriera al transbordador. Pero éste no oyó nada en medio del alboroto.

Los gritos de la gente que rodeaba a Wilson alcanzaron su punto álgido cuando todo el mundo se dio cuenta de que habían quedado atrapados por los mamparos. Estaban encerrados en aquella sección de la Estación Tierra.

Wilson miró a Lowen, que estaba pálida, pues había llegado a la misma conclusión que el resto de la gente; luego echó un vistazo a su alrededor y descubrió que estaban en la puerta de embarque número cinco.

«No hay ningún transbordador», pensó, y se le ocurrió una idea.

—Vamos —le dijo a Lowen, cogiéndola otra vez de la mano.

Avanzaron en dirección a la puerta de embarque, con Wilson delante tirando de una Lowen a la que habían abandonado las fuerzas. Wilson echó un vistazo a la puerta y comprobó que no estaba cerrada con llave; tiró de ella para abrirla y empujó a Lowen al otro lado antes de pasar él y cerrarla, con la esperanza de que nadie los hubiera visto.

En la zona de embarque no había nadie y hacía frío. Wilson dejó caer la bolsa que cargaba, la abrió y hurgó en su interior.

—Dani —dijo, y alzó la vista cuando no obtuvo respuesta—. ¡Dani! —. Ella lo miró con una expresión ausente—. Desnúdate.

Aquella orden la sacó del trance.

—¿Perdón?

Wilson sonrió; su inapropiada petición había surtido el efecto deseado.

—Necesito que te quites la ropa para que te pongas esto —dijo, con el unicapote de combate de las FDC entre las manos.

—¿Por qué? —preguntó Lowen, pero un segundo después puso los ojos como platos—. No.

—Sí —dijo tajantemente Wilson—. La estación está siendo atacada, Dani. Estamos atrapados. Quienquiera que esté haciendo esto tiene la capacidad de mondar esta estación como si fuera una naranja. Hemos perdido el transbordador. Sólo hay una manera de salir de aquí. Saltaremos.

—No sé cómo se hace.

—No hace falta que sepas porque yo sí sé —dijo Wilson, y le tendió el unicapote—. Sólo tienes que ponerte esto. Y rápido, porque no creo que tengamos mucho tiempo.

Lowen asintió, cogió el unicapote y comenzó a desabotonarse la blusa. Wilson le dio la espalda.

—Harry.

Wilson giró ligeramente la cabeza.

—¿Sí?

—Que conste que no era ésta la manera como había planeado desnudarme contigo.

—¿De verdad? Porque sí es como lo había planeado yo.

A Lowen se le escapó una risita débil y apagada. Wilson devolvió la vista al frente para respetar el pudor de Lowen… y para que no viera la expresión de su cara mientras intentaba ponerse en contacto con Schmidt.

Cuando la Estación Tierra se estremeció y las alarmas se dispararon, Jastine Goeth, la piloto del transbordador de la *Clarke*, decidió que había tenido suficiente.

—Abróchense los cinturones —dijo, y cerró la puerta del aparato.

—Me faltan dos personas —dijo Abumwe—. Vamos a esperarlas.

—Nos marchamos —replicó Goeth.

—Creo que no me ha oído —repuso Abumwe, utilizando su más frío tono de «no me jodas».

—La he oído —respondió Goeth mientras activaba la secuencia de despegue—. ¿Quiere esperar? Abriré la puerta durante cinco segundos para que pueda bajar. Pero yo me voy, embajadora. Este lugar está desmoronándose a nuestro alrededor y no pienso estar presente cuando se volatilice. Ahora bájese o cierre la boca. Si quiere puede colgarme de un árbol después, pero ahora mismo, ésta es mi nave. Siéntese y déjeme hacer mi trabajo.

Abumwe se quedó mirando a Goeth con los ojos echando chispas, pero la piloto ni se inmutó. Luego dio media vuelta, levantó de su asiento a un miembro de su equipo con una mirada fulminante y se sentó.

Goeth apretó el botón en el que ponía «Vaciado de emergencia» de su panel de mandos, lo que aceleró el ciclo de vaciado estándar de la estación. Se produjo un estruendo cuando la puerta del hangar del transbordador comenzó a abrirse todavía con presión atmosférica en el interior y el suelo se combó succionado por el vacío exterior. Goeth no esperó a que la puerta se abriera por completo y salió de la estación golpeándola. No creía que a esas alturas importaran unas abolladuras en la puerta.

Schmidt vio que los mamparos se deslizaban y que Harry le gritaba algo que no oyó, y luego echó a correr de nuevo hacia la puerta de embarque número siete, que ya veía al final de aquella sección de la estación. A estas alturas ya sabía que no llegaba a tiempo, pero tenía que comprobarlo con sus propios ojos.

Y fue lo que hizo a través del gigantesco ventanal de la sala de espera en cuanto llegó a la puerta. El transbordador acababa de despegar.

—Por qué poco —masculló, pero apenas pudo oír sus propias palabras en medio de los gritos de las personas atrapadas en la misma sección. Todos iban a morir juntos allí.

Schmidt deseó que no fueran tan escandalosos.

Recorrió con la mirada la sala de espera, se encogió de hombros y se dejó caer en uno de los bancos, con la mirada fija en el techo. Había perdido el transbordador por segundos. Se dijo que no podía haber esperado otra cosa. Siempre iba medio paso por detrás.

Oyó un llanto desgarrador y aterrado procedente de algún lugar indeterminado de la sección. Comprendió lo que estaba oyendo, pero él no era capaz de compartir aquellos sentimientos. Si éste había de ser su final, no era el peor que podía imaginar. No lo asustaba. Sólo pedía que llegara pronto.

Sonó la PDA. Era Wilson. «Cabrón suertudo», pensó Schmidt. No le cabía duda de que Harry ya estaría tramando algo para escapar de allí. Él quería a su amigo Harry, lo admiraba e incluso lo respetaba, a su manera. Pero ahora mismo, en lo que parecía ser el final de sus días, se dio cuenta de que lo último que quería hacer en ese momento era hablar con él.

—Dos nuevos misiles —anunció Lao—. Se dirigen a nuestro transbordador.

—Cómo no —murmuró Coloma. Los autores del ataque querían dejar clara su opinión sobre que la gente abandonara la Estación Tierra.

Por suerte, Coloma no tenía por qué consentirlo. Se acercó a su pantalla personal, marcó los misiles que volaban hacia el transbordador y la nave que los había disparado. Luego abrió un teclado táctil en la pantalla y pulsó un botón.

Los misiles se volatilizaron y la nave que los había disparado estalló en llamas.

—¿Qué ha sido eso? —preguntó Balla.

—Neva, dígale al piloto del transbordador que se dirija a la Tierra —ordenó Coloma—. Estas naves están disparando misiles Melierax, que no están preparados para atravesar atmósferas. Se desintegrarán. Quiero que el transbordador entre cuanto antes en la atmósfera terrestre.

Balla transmitió la orden y luego se volvió a su capitana.

—Ya le he contado que las FDC esperaban una nave. Así que me cedieron uno de sus nuevos juguetes: un vehículo espacial no tripulado que dispara partículas de antimateria. Desde ayer está suspendido en estado estacionario junto a la *Clarke*. Creo que querían probarlo en una situación real.

—Pues creo que funciona —comentó Balla.

—El problema es que sólo dispone de seis disparos. He empleado uno para cada misil y tres para la nave. Sólo me queda uno, y eso si tenemos suerte. Si sólo tuviéramos la amenaza de una nave eso no sería un problema, pero quedan quince. Y acabo de convertir la *Clarke* en un objetivo.

—¿Qué quiere hacer?

—Quiero que envíe a la tripulación a las cápsulas de escape —dijo Coloma—. Todavía no nos han disparado porque están preguntándose qué acaba de pasar, pero eso no va a durar eternamente. Saque a toda la gente de la nave antes de que sea demasiado tarde.

—¿Qué va a hacer usted?

—Voy a estrellar la nave —respondió Coloma—. Con un poco de suerte me llevaré a alguien conmigo.

IV

La primera andanada de misiles, seis en total, disparada contra la Estación Tierra destruyó la cabina del ascensor y dañó de un modo irreparable el cable del tronco de habichuela. La segunda andanada, que quintuplicó el número de misiles de la primera, seccionó lo que quedaba de cable justo en el punto de unión con la Estación Tierra.

La estación y el tronco de habichuela eran la aplicación práctica de unos principios de orden superior de la física que los mantenían suspendidos a una altura a la que no deberían haber podido estar suspendidos, construidos de una manera que no debería haberles permitido durar. Esta inverosímil obra de ingeniería recibía toda la energía del mismo suelo de la Tierra, desde un profundo pozo de energía geotermal que se hundía desde la superficie del planeta, y que exigía un esfuerzo adicional, puesto que estaba situado en Nairobi, más de mil quinientos metros sobre el nivel del mar.

Sin esta fuente de energía casi inagotable, la estación quedaba a merced de las leyes de la física convencionales. Esto significaba la perdición para ella y para el tronco de habichuela que le suministraba la energía, una perdición que se había diseñado con la misma minuciosidad y determinación que la propia estación.

Su perdición se había diseñado teniendo en cuenta dos cosas. La primera era proteger el planeta Tierra (y su espacio aéreo) de los fragmentos de una estación espacial de 1,8 kilómetros de diámetro, así como de un tronco de habichuela de varios centenares de kilómetros de longitud. La segunda era evitar que la tecnología secreta empleada en su construcción cayera en manos de los terrícolas. Dos problemas resueltos con una solución.

El tronco de habichuela no cayó. Se había diseñado para que no cayera. La energía dedicada a mantenerlo entero y estructuralmente seguro se invirtió de un modo inmediato e irrevocable en otra tarea completamente distinta: pulverizarlo. A cientos de kilómetros de la superficie terrestre, los filamentos del tronco de habichuela comenzaron a descomponerse en moléculas de microscópicas partículas de polvo metálico. El calor residual generado propagó los gases generados durante el proceso por las capas superiores de la atmósfera. Las corrientes de aire y las turbulencias de las capas inferiores hicieron la misma tarea a menos altitud. La población de Nairobi que miraba al cielo vio que las partículas del tronco de habichuela lo ensombrecían empujadas por los vientos predominantes, como los frenéticos trazos con carboncillo de un dibujante.

El tronco de habichuela tardaría seis horas en vaporizarse. Sus partículas regalaron al cielo de África Oriental unas impresionantes puestas de sol durante una semana, y durante un año, la temperatura del planeta fue una centésima de grado inferior a la que habría sido de no haberse dado aquel fenómeno.

En cuanto a la Estación Tierra, dañada y separada de su fuente de energía, comenzó el proceso de autodestrucción de una manera organizada antes de que su energía rotacional interviniera para introducir el caos. Resignada como estaba a su propia destrucción, la estación activó las reservas de energía para emergencias, que mantendrían en las secciones selladas de la estación la temperatura y el aire que las hacían habitables durante aproximadamente dos horas, tiempo más que suficiente para que las desesperadas personas que quedaran en ellas llegaran a las cápsulas de escape, cuya ubicación se indicaba ahora mediante unas marcas luminosas en el suelo y un sistema de megafonía automatizado. En la parte exterior de la estación se desprendieron unos paneles que dejaron a la vista las cápsulas de escape con medio casco fuera, lo que facilitaba su expulsión cuando estuvieran llenas de gente.

Una vez que todas las cápsulas de escape se hubieran alejado, la estación comenzaría a desmantelarse. Pero no lo haría siguiendo el mismo método que el tronco de habichuela, que requería una cantidad de energía dirigida ya inaccesible e imposible de gestionar para la estación, sino mediante un proceso más sencillo y menos elegante: detonaría unos explosivos potentísimos. Nada con un volumen mayor de treinta centímetros cúbicos quedaría entero, y todos los fragmentos se quemarían al entrar en la atmósfera o serían arrojados al espacio profundo.

Era un buen plan en cuyo diseño no se había tenido en cuenta cómo podría afectar un ataque a una autodestrucción ordenada.

Porque Hart Schmidt era una de las escasas personas encerradas en aquella sección de la estación que no gritaba ni lloraba. Fue uno de los primeros en oír la voz grabada que informaba a la gente atrapada allí de que las cápsulas de escape ya estaban a su disposición en las dársenas de los transbordadores de cada puerta de embarque. Schmidt pestañeó, volvió a escuchar el mensaje para confirmar que había oído lo que le parecía haber oído, y se concedió un momento para pensar: «¿Quién cojones le dice a la gente que hay cápsulas de escape cuando ya está atrapada y convencida de que va a morir?». A continuación se levantó y enfiló hacia la puerta de embarque número siete…

… que estaba cerrada con llave, o parecía estarlo, que para el caso era lo mismo. Los tirones de Schmidt para abrirla lo hacían parecer un niño tirando de una puerta que mantenía cerrada desde el otro lado un deportista profesional. Maldijo para sí y la emprendió a patadas con ella. Cuando se le pasó el dolor en el pie, reparó en una cosa: la puerta estaba tan fría que Schmidt notaba como escapaba el calor de su zapato simplemente con tocar el suelo. Pegó una mano a la puerta, cerca de la jamba: era como de hielo. También pareció succionarle las yemas de los dedos.

Luego acercó la cabeza a la puerta y, por encima del fragor de alaridos y chillidos de la gente, oyó otro ruido que no tenía nada que ver con el griterío: un silbido estridente.

—¿Vas a abrirla? —le preguntó alguien.

Schmidt se volvió, retrocedió para alejarse de la puerta y se frotó la oreja. Eran Kruger y sus tres amigotes.

—¡Tú! —bramó Kruger, que tenía el cuello amoratado.

—Hola —dijo Schmidt.

—Abre la puerta —le espetó el soldado. Para entonces, un pequeño grupo de personas que habían oído el mensaje por la megafonía se había reunido detrás de Kruger.

—No es buena idea —dijo Schmidt.

—¿Estás de broma? —casi chilló Kruger—. La estación está haciéndose añicos a nuestro alrededor, al otro lado de esa puerta hay cápsulas de escape, ¿y me dices que no es buena idea abrirla? —Agarró a Schmidt antes de que éste pudiera reaccionar y lo lanzó a un lado—. La muy cabrona está atrancada —dijo un momento después, y se preparó para tirar de ella con toda su descomunal fuerza.

—Hay vacío… —comenzó a decir Schmidt.

La fuerza de Kruger realmente era descomunal, pues abrió la puerta; si bien no del todo, sólo lo justo para que cupiera su cuerpo de lado, pero fue succionado de una manera tan inmediata que cuando la puerta volvió a cerrarse, las puntas de sus dedos no acompañaron al otro lado el resto de su mano.

Por primera vez desde el comienzo de la crisis se instaló un silencio sepulcral en la puerta número siete.

—¿Qué cojones acaba de pasar? —dijo Mothudi, rompiendo el silencio general.

—Al otro lado de esa puerta hay vacío —respondió Schmidt, y entonces reparó en la expresión de incomprensión de Mothudi—.

No hay aire. Si sales ahí no podrás respirar. Morirás antes de que llegues a la rampa de las cápsulas de escape.

—¿Kruger ha muerto? —preguntó otro de los soldados, el que se llamaba Goosen.

«A menos que lleve su propia bombona de oxígeno, sí», pensó Schmidt, pero no lo dijo.

—Sí, Kruger ha muerto —afirmó en cambio.

—¡A la mierda! —exclamó el tercer soldado, el llamado Pandit—. Yo me voy a la puerta número seis.

Pandit salió como un rayo hacia la puerta que estaba al final de aquella sección, donde la gente hacía cola para entrar en las cápsulas de escape. Mothudi y Goosen lo imitaron un segundo después, seguidos por la alborotada masa de humanidad que se apretujaba frente a la puerta número siete, a la que por fin se le ocurrió pensar que quizá no habría espacio en las cápsulas de escape para todos. Acababa de estallar un motín.

Schmidt sabía que si quería sobrevivir tenía que sumarse al combate en la puerta número seis, pero se sentía incapaz de llevar su cuerpo hasta allí. Había llegado a la conclusión de que prefería morir como un ser humano razonablemente decente que vivir como el cabrón que le arrancaría el hígado a quien hiciera falta para meterse en una cápsula de escape.

Ese pensamiento le procuró una paz interior… que duró unos cinco segundos. Entonces la idea de que iba a morir recuperó el protagonismo y le produjo un pavor atroz. Echó hacia atrás la cabeza para apoyarla en el banco contra el que lo había empujado Kruger y cerró los ojos. Volvió a abrirlos y miró al frente, la parte interior del mostrador del empleado que controlaba el embarque de la puerta número siete, donde entre otras cosas había un botiquín de primeros auxilios de tamaño considerable.

Schmidt se volvió a mirar brevemente las puntas de los dedos de Kruger, resopló, cogió el botiquín y lo abrió.

En el interior encontró, entre otras cosas, una sábana isotérmica y un equipo de oxígeno muy pequeño.

«¡Eh, mira! ¡Tu propio equipo de oxígeno!», le dijo a Schmidt su cerebro.

—Sí, bueno, no te emociones —respondió en voz alta a su cerebro—. Aún tienes que abrir esa puerta sin dejarte la mano.

La puerta número seis explotó.

Schmidt no estaba seguro si se había quedado sordo porque la explosión le había reventado los tímpanos o por todo el aire que estaba succionando el espacio junto con Goosen, Pandit, Mothudi y todas las personas que se habían apelotonado en la puerta número seis. Entonces notó cómo se le escapaba el aire de los pulmones entre los labios y por la nariz y decidió que lo demás no importaba. Agarró el maletín de primeros auxilios, se ciñó con una mano la manta alrededor de la mitad superior del cuerpo y con la otra se puso la máscara de oxígeno, que le tapó la cara y la boca.

La máscara se empañó de inmediato. Schmidt tomó una rápida bocanada de oxígeno y trató de contener el ataque de pánico.

Al cabo de un minuto, en aquella sección de la estación reinaba un silencio absoluto y Schmidt comenzó a notar los primeros síntomas de congelación. Se levantó del banco, se puso a cuatro patas y avanzó gateando hasta la puerta de embarque número siete. Se abrió sin apenas oponerle resistencia.

Al otro lado encontró a Kruger, cianótico, sin dedos, congelado y con una expresión de cabreo. Schmidt rodeó el cadáver y descendió la rampa a todo correr, aferrándose la manta isotérmica y la máscara con los dedos azulados.

En el suelo de la dársena de la puerta de embarque número siete habían surgido lo que parecían varias escotillas que conducían a nichos subterráneos. Eran las cápsulas de escape. Schmidt eligió la que le quedaba más cercana y, con manos temblorosas, cerró la escotilla. Una vez sellada, la cápsula de escape detectó el vacío y el frío y comenzó a inyectar oxígeno y calor al interior. Schmidt gritó mientras tiritaba.

—La cápsula será lanzada dentro de diez segundos —dijo una voz grabada—. Abróchense los cinturones, por favor.

Schmidt, todavía agitándose con fuertes temblores, levantó un brazo y tiró del sistema de sujeción del sillón acolchado mientras la cápsula iniciaba la cuenta atrás. Se desmayó antes de que la voz llegara a «tres» y se perdió el lanzamiento.

Lowen lanzó un grito de alivio cuando la voz grabada anunció la existencia de las cápsulas de escape y se dirigió a una de ellas en cuanto las puertas situadas en la cubierta del hangar se abrieron. Wilson la sujetó.

—¿Qué haces? —le gritó ella, cogiéndole el brazo.

—Nosotros tenemos una manera de salir de la estación —dijo Wilson—. Otra gente, no.

Lowen le señaló las escotillas de las cápsulas de escape que estaban abriéndose a su alrededor.

—Prefiero esa otra manera. Me gustaría estar dentro de algo cuando salga al espacio.

—Dani, no va a pasarnos nada. Confía en mí.

Lowen se detuvo, pero no dio muestras de que renunciar a la cápsula de escape le hiciera ni pizca de gracia.

—Cuando empiecen a lanzar esos cacharros, probablemente inicien el ciclo de vaciado —dijo Wilson—. Preparémonos. —Acopló el aparato de oxígeno al traje y luego se cubrió la cabeza con la capucha.

—¿Cómo ves? —preguntó Lowen, mirando la capucha con cara de no comprender.

—Los nanobots del traje son fotosensibles y envían una señal de vídeo al CerebroAmigo, lo que me permite ver —explicó Wilson. Extendió los brazos para ayudarla con su aparato de oxígeno y a sellar la capucha.

—Genial. ¿Y cómo voy a ver yo?

Wilson se quedó parado.

—Eh…

—¿Eh…? ¿Estás quedándote conmigo, Harry?

—Veamos. —Wilson envió instrucciones desde su CerebroAmigo al traje de Lowen, que se cerró herméticamente a excepción de la parte de los ojos—. Te dejaré así hasta que saltemos.

—¿Cuándo será eso?

—Estaba a punto de iniciar un vaciado de emergencia del hangar —dijo Wilson—. Pero ahora esperaremos a que salgan primero las cápsulas.

—Y entonces me quedaré ciega.

—Lo siento.

—Bueno, pero no dejes de hablarme mientras caemos, ¿vale?

—Eh…

—¿Otra vez «eh…»? —exclamó Lowen.

—No, espera. ¿Llevas encima la PDA?

—La guardé bajo la ropa interior, ya que insististe en que me desnudara.

—Sube al máximo el volumen del altavoz. Así oirás mi voz.

Ambos oyeron los gritos de pánico procedentes de la parte superior del hangar del transbordador y el estrépito de pasos de la gente que bajaba corriendo por la rampa.

—Dios mío, Harry —dijo Lowen, señalando el torrente de gente—. Mira.

Harry se volvió a tiempo para ver un destello, un agujero en la cubierta justo donde había estado la rampa, y gente que se precipitaba y era succionada por el boquete. Lowen gritó y apartó la vista, perdió el equilibrio y se estampó contra el suelo. El golpe la dejó momentáneamente aturdida. La fuerza de succión del agujero tiró de ella y la arrojó silenciosamente al espacio.

Harry envió apresuradamente un mensaje al traje de Lowen para que se sellara por completo y luego saltó al espacio detrás de ella.

V

La capitana Coloma había seguido de cerca a Schmidt y a Wilson, las ovejas perdidas del rebaño de la *Clarke*, a través de la PDA y del CerebroAmigo respectivamente. Wilson había estado moviéndose en las inmediaciones de la puerta de embarque número cinco, pero parecía encontrarse bien. Schmidt estaba en la puerta número siete; acababa de perder el transbordador y había permanecido quieto la mayor parte del tiempo hasta el anuncio sobre las cápsulas de escape. Luego, las naves que estaban atacando la Estación Tierra comenzaron a disparar misiles contra las puertas de los hangares de los transbordadores, con el claro objetivo de destruir las cubiertas donde la gente se amontonaba para meterse en las cápsulas de escape.

—Hijos de puta —dijo Coloma.

Estaba sola a bordo de la *Clarke*. Las cápsulas de escape que habían sido lanzadas desde la nave no parecieron atraer la atención del enemigo; al menos no les habían disparado.

No a todos los tripulantes les había hecho gracia abandonar la nave. Coloma había tenido que amenazar a Neva Balla con una acusación de insubordinación para conseguir que se metiera en una cápsula. Sonrió sin alegría al recordarlo. Balla sería una gran capitana.

Las naves apuntaron sus misiles y acertaron en las secciones en las que estaban Wilson y Schmidt. Coloma acercó la imagen y vio el desastre y los cuerpos que salían vomitados por las brechas en el casco de la Estación Tierra.

Los datos de seguimiento la informaron de que, milagrosamente, Wilson y Schmidt seguían vivos y estaban moviéndose.

—Vamos, chicos —dijo en voz alta.

Los datos de Wilson indicaban que había sido arrojado al espacio desde la puerta de embarque número cinco. Coloma torció el gesto, pero entonces recibió más información de su CerebroAmigo. Estaba vivo y en buen estado, salvo por la hiperventilación. Coloma no se explicaba cómo era posible, pero entonces recordó que tenía programado un salto con un oficial del ejército de Estados Unidos. Al parecer lo había adelantado. Siguió observando los datos que le llegaban de Wilson para asegurarse de que estaba bien y luego se centró en Schmidt.

Los datos que recibía de éste eran menos exactos porque su PDA no registraba sus constantes vitales, a diferencia del CerebroAmigo de Wilson. La única certeza que tenía era que estaba moviéndose. Había bajado por la rampa de la puerta número siete, la que la piloto del transbordador de la *Clarke* había dañado, lo que significaba que en el hangar se daban condiciones de vacío. A pesar de ello, Schmidt había conseguido entrar en una cápsula de escape. Coloma sintió curiosidad por saber cómo lo habría hecho, y lamentó que, tal como estaban las cosas, lo más probable era que nunca lo averiguara.

La cápsula fue lanzada al espacio y comenzó su caída hacia la atmósfera.

La *Lucero del alba Erie* disparó un misil directamente hacia ella. Coloma sonrió. Se acercó a su pantalla personal, marcó el misil y lo pulverizó con el último rayo de antipartículas.

—Nadie dispara a los míos, capullo.

Por fin, Coloma y la *Clarke* recibieron la atención de las naves intrusas. La *Lucero del alba Erie* le disparó dos misiles. Coloma esperó a tenerlos casi encima para activar las contramedidas. Los misiles explotaron lejos de la *Clarke*, que ahora se balanceaba tras haberla puesto en movimiento Coloma en dirección a la *Lucero del alba Erie*.

La *Lucero del alba Erie* respondió con otros dos misiles. Coloma también volvió a esperar al último momento antes de activar las contramedidas. Esta vez no tuvo tanta suerte, y el misil que llegaba por estribor atravesó la piel de la *Clarke* y destruyó algunos compartimentos de proa. Si hubiera habido alguien allí habría muerto. Coloma esbozó una sonrisa feroz.

Otras tres naves dispararon contra la *Clarke*, dos misiles cada una. Coloma miró la pantalla para ver la estimación de tiempo para el impacto. Hizo una mueca al ver los números y puso los motores de la *Clarke* a la máxima potencia.

La *Lucero del alba Erie* por fin había comprendido qué tramaba la *Clarke* e inició las maniobras de evasión. Coloma recalculó el rumbo e introdujo unas ligeras modificaciones hasta que quedó satisfecha: no había manera de que la *Lucero del alba Erie* evitara el beso de la *Clarke*.

El primero de los últimos misiles disparados impactó en la *Clarke*. Lo siguieron el segundo, el tercero y el cuarto en rápida sucesión. La *Clarke* se quedó a oscuras. No cambiaba nada. Tenía la inercia de su parte.

La *Clarke* embistió a la *Lucero del alba Erie* en el mismo momento en el que el quinto y el sexto misil la alcanzaban y dañaban severamente las dos naves.

Coloma sonrió. Las disposiciones de las FDC dejaban claro que, en el caso de encontrarse ante una nave hostil que la atacara o atacara la Estación Tierra, debía inutilizarla si era posible y destruirla sólo si era imprescindible. Querían coger vivo a quienquiera que viajara a bordo de la nave con el fin de descubrir al responsable de todos los ataques que estaba sufriendo la Unión Colonial.

«La nave está como mínimo inutilizada —pensó Coloma—. ¿Destruida? Si es así tiene lo que merece. Atacó a mi gente.»

Sentada en la oscuridad de su puente de mando, Coloma tendió una mano y dio unas palmaditas afectuosas a la *Clarke*.

—Eres una buena nave. Estoy contenta de haberte tenido.

Un séptimo misil hizo añicos el puente de mando.

Wilson no veía a Lowen, pero podía rastrearla. La señal de vídeo que llegaba a su CerebroAmigo la mostraba como un duende dando volteretas en el aire a veinte kilómetros al este. Bueno, él también estaba dando volteretas debido a la precipitada salida de la Estación Tierra. El CerebroAmigo le proporcionaba una visión estabilizada artificialmente. Pero más que las volteretas de Lowen, lo que lo preocupaba era su completo silencio; incluso que gritara habría sido preferible, porque significaría que estaba consciente y viva. Sin embargo, no llegaba ningún sonido de la doctora.

Wilson intentó no pensar en ello. De todas formas, ahora mismo no podía hacer nada al respecto. Cuando entraran en la atmósfera podría maniobrar para acercarse a ella y enterarse de cómo estaba. Por ahora, lo único que tenía que hacer era asegurarse de que no se ponía a arder cuando entraran en la atmósfera.

Para no pensar en Lowen, Wilson centró su interés visual en la Estación Tierra, que flotaba encima de él en una completa oscuridad, sólo interrumpida por los ocasionales destellos de los impactos de los misiles. Wilson realizó una comprobación de las naves diplomáticas estacionadas en la Estación Tierra. La *Aberforth*, la *Zhou* y la *Schulz* estaban alejándose de la estación a toda velocidad, con o sin sus delegaciones diplomáticas. Probablemente sus capitanes estaban convencidos de que, de una manera u otra, la Estación Tierra iba a estallar como una candela romana.

La *Clarke* estaba desaparecida o no respondía. Eso era una noticia horrible. Si se había marchado, daba igual que todo el mundo hubiera conseguido subirse al transbordador; en la estación habrían encontrado el mismo destino. Wilson intentó no pensar en ello.

Sobre todo intentó no pensar en Hart.

De la Estación Tierra salió una luz cegadora y Wilson volvió a centrar su atención en ella.

Estaba explotando. Pero no lo hacía de un modo aleatorio, como en un ataque; no, se trataba de algo planificado. Una serie de brillantes detonaciones destinadas a reducir la nave espacial entera a fragmentos no mayores que una mano. Lo que las naves hostiles habían comenzado, los protocolos de detonación de la Unión Colonial estaban acabándolo.

Un pensamiento le cruzó la mente: «Algunos de esos fragmentos caerán en esta dirección y a mucha más velocidad que la tuya».

Un segundo pensamiento le cruzó la mente: «Mierda».

El CerebroAmigo alertó a Wilson de que Lowen estaba a punto de entrar en la atmósfera terrestre; un segundo después le informó de que él estaba a punto de hacer lo mismo. Wilson ordenó la liberación de los nanobots e inmediatamente se encontró dentro de una esfera negra. Sabía que la parte exterior de la esfera estaría a una temperatura de varios miles de grados por la fricción, de la que los nanobots estaban protegiéndolo al tiempo que absorbían algo del calor de la entrada para reforzar el escudo mientras caía.

«No sería el mejor momento para que despertara Dani», se dijo al pensar en la oscuridad impenetrable que lo rodeaba. Entonces recordó que de todas maneras ella no vería nada porque no tenía un CerebroAmigo.

«Definitivamente, las primeras citas no son lo mío», pensó.

Siguió cayendo e intentó no pensar en Lowen, o en Hart, o en la *Clarke*, o en el hecho de que seguramente pedazos de la Estación Tierra estaban pasando por su lado a velocidades supersónicas y podían convertirlo en carne picada si impactaban contra él.

Eso limitaba mucho la lista de temas sobre los que pensar.

Se produjo un repentino sonido de revoloteo y los nanobots se desgarraron. Wilson entornó los ojos con el sol del mediodía. Se asombró al recordar que aún era primera hora de la tarde en Nairobi; todo había sucedido en el lapso de sesenta minutos.

No se veía con fuerzas para aguantar más horas como ésta.

Lowen regresó a su cabeza; ahora estaba a más o menos cinco kilómetros de él y le llevaba un kilómetro de ventaja en la caída.

Todavía daba volteretas, aunque no tantas por la acción de la atmósfera. Wilson fue acortando cuidadosamente la distancia con ella, la estabilizó como buenamente pudo y comprobó sus constantes vitales. Por lo menos aún respiraba. Ya era algo.

Sin embargo, el hecho de que no estuviera consciente sería un pequeño inconveniente cuando fueran a aterrizar.

Wilson reflexionó un momento, pero sólo un momento, porque la superficie terrestre iba a convertirse en un problema en un futuro muy cercano. Entonces revisó el número de nanobots que le quedaban, calculó el peso que serían capaces de aguantar y luego se abrazó a Lowen y pegó la cara a la de ella. Tendrían que aterrizar en tándem.

Por fin echó un vistazo a su alrededor para orientarse. A no mucha distancia de él, el tronco de habichuela seguía en pie, meciéndose con el viento. No tenía ni idea de por qué estaba ocurriendo eso, pero gracias a ello supo que se encontraba en algún lugar cercano a Nairobi. Miró abajo, comparó el terreno con el que tenía almacenado en el CerebroAmigo, y se dio cuenta de que aún podía aterrizar en el campo de fútbol en el que tenían previsto hacerlo él y Hirsch.

Lowen se despertó cuando estaban a unos tres mil metros de altitud y comenzó a gritar y a agitarse. Wilson le habló directamente al oído.

—Estoy aquí. Tranquilízate.

—¿Dónde estamos? —preguntó Lowen.

—A unos tres mil metros de altitud sobre Kenia.

—Dios mío.

—Te tengo cogida. Somos un tándem.

—¿Por qué lo has hecho? —preguntó ella, algo más tranquila.

—Me pareció mejor idea que dejarte caer sola estando inconsciente —respondió Wilson.

—Vale —dijo Lowen tras pensarlo un momento.

—Dentro de cinco segundos desplegaré el paracaídas —la puso sobre aviso Wilson—. ¿Estás preparada?

Lowen se apretó a él.

—Que sea la última vez que hacemos esto.

—Te lo prometo —dijo Wilson—. Allá vamos.

Wilson desplegó los nanobots de los dos para que se unieran para formar el paracaídas. Se produjo un fuerte tirón y ambos flotaron en el aire.

—Si quieres ver, la altura y la velocidad ya no son peligrosas para los ojos —dijo Wilson unos segundos después.

Lowen asintió y él le abrió la capucha.

Miró abajo y luego echó hacia atrás la cabeza, con los ojos cerrados.

—Vale, ha sido una idea espantosa.

—Aterrizaremos enseguida —le prometió Wilson.

—¿Y este paracaídas para dos no se enredará?

—No —le aseguró Wilson—. Es más listo que los paracaídas de verdad.

—¡No me digas que no es un paracaídas de verdad!

—Es más listo que otros paracaídas —se corrigió Wilson—. Va adaptándose al viento y a otros factores desde que lo abrimos.

—Genial —gruñó Lowen—. Avísame cuando lleguemos.

Aterrizaron un minuto y medio después. Los nanobots se disiparon con el viento en cuanto sus pies tocaron el suelo. Lowen se separó de Wilson, se cogió la cabeza con ambas manos, se dio la vuelta y vomitó.

—Lo siento —dijo Wilson.

—No es por ti, te lo juro —repuso Lowen. Escupió para limpiarse la boca—. Es por todo.

—Entiendo. También te pido disculpas por eso.

Wilson alzó la vista al cielo y observó la caída de los pedazos resplandecientes de la Estación Tierra.

—Ya te advertí de que era mala idea —dijo Rigney.

—Tomo nota de tu permanente falta de entusiasmo —respondió Egan—, pero en este momento no nos sirve de nada.

Estaban sentados en un banco del parque Avery, un pequeño parque de un barrio periférico de Ciudad de Fénix, dando de comer a los patos.

—Me gusta esto —dijo Rigney mientras tiraba pan a las aves.

—Sí —asintió Egan.

—Me da paz.

—Es cierto —estuvo de acuerdo Egan mientras arrojaba migas de su trozo de pan a los patos que le graznaban.

—Si tuviera que hacer esto más de una vez al año, probablemente acabaría apuñalando a alguien.

—Esto está muy bien —manifestó Egan—, pero me dijiste que querías que nos pusiéramos al corriente. Supuse que te referías a ponernos al corriente de algo serio, no de los resultados deportivos. Y ahora mismo no es el momento de ponerse al corriente de nada en la Estación Fénix.

—Eso ya lo sé —repuso Rigney.

—Entonces, ¿qué quieres saber?

—Quiero saber la verdadera gravedad del asunto. Es decir, desde vuestro punto de vista. Ya sé lo grave que es desde el nuestro.

—¿Y cuál es la verdadera gravedad desde vuestro punto de vista? —quiso saber Egan.

—Un ataque de pánico aburridísimo —respondió Rigney—. Si quieres entro en detalles, pero podría darte por huir gritando de aquí. ¿Y desde el vuestro?

Egan siguió arrojando pan a los patos en silencio.

—¿Recuerdas esa vez que acudiste a mi presentación ante aquellos burócratas de cargos intermedios y me oíste decir que la Unión Colonial desaparecería dentro de treinta años?

—Sí —respondió Rigney.

—Pues bien, nos equivocamos —afirmó Egan—. Más bien será dentro de veinte.

—No puede ser sólo por lo que sucedió en la Estación Tierra —dijo Rigney.

—¿Por qué no? Creen que fuimos nosotros, Abel. Creen que atrajimos a varios centenares de sus mejores diplomáticos y políticos al paredón y luego hicimos que un falso grupo terrorista hiciera saltar por los aires el lugar. No dispararon con la intención de destruir la estación; atacaron las cabinas del ascensor y esperaron a que la gente acudiera a las cápsulas de escape para dirigir sus misiles a los hangares. Fueron a por los terrícolas.

—También dispararon a la *Clarke* y a su transbordador —señaló Rigney.

—El transbordador escapó. Como también lo hizo la única cápsula que consiguió salir de la estación. En cuanto a la *Clarke*, es muy difícil defender el argumento de que era un señuelo, básicamente porque todos sus tripulantes menos la capitana sobrevivieron. Y especialmente porque catorce de las naves que atacaron la Estación Tierra parecen haber regresado al mismo agujero negro del que salieron. No me digas que no tiene todo el aspecto de una conspiración.

—Sí que son muchas cosas —admitió Rigney.

—Las serían si estuviéramos tratando hechos racionales —dijo Egan—, pero míralo desde el punto de vista de la Tierra. Ahora no tienen ninguna puerta reseñable al espacio, sus castas políticas están mermadas y paranoicas y se les ha recordado que en este momento su destino no les pertenece. Para ellos, la cabeza de turco más fácil somos nosotros. Jamás olvidarán lo sucedido. Jamás nos lo perdonarán. Y da igual las pruebas que salgan a la luz para exonerarnos. Jamás las creerán.

—De modo que la Tierra se ha levantado de la mesa.

—Hemos perdido la Tierra. Esta vez para siempre. Ahora sólo nos queda esperar que se mantenga neutral y no se anexione al Cónclave. Eso querrá decir que quizá dentro de setenta años volvamos a tener una oportunidad con ellos. Si se unen al Cónclave se habrá acabado definitivamente.

—¿Y el Departamento de Estado qué probabilidades cree que hay de que se alíen con el Cónclave? —preguntó Rigney.

—¿En este momento? Más que de regresar con nosotros.

—Ya sabes que en las FDC existe el consenso de que el Cónclave está detrás de todo esto —dijo Rigney—. Desde lo de Danavar. Cuentan con los medios para infiltrar espías en las FDC y en el Departamento de Estado. También tienen los recursos para hacer desaparecer nuestras naves, reconvertirlas en naves de guerra y enviarlas a la Estación Tierra. Las dieciséis naves que nos habían desaparecido se presentaron allí. Y hay otra cosa que todavía no le hemos contado al Departamento de Estado.

—¿De qué se trata? —preguntó Egan.

—La capitana Coloma estrelló la *Clarke* contra la *Lucero del alba Erie*. No había tripulación a bordo; sólo un cerebro dentro de una urna.

—¿Cómo el de la *Urse Damay*? Naturalmente, el Cónclave sostiene que la *Urse Damay* también les fue robada —afirmó Egan—. Junto con otras naves.

—Nuestros servicios de inteligencia todavía no ha confirmado esas historias. Quizá sólo se lo han inventado para confundirnos.

—Entonces hay alguien saboteando activamente nuestras relaciones con la Tierra —dijo Egan—. Y hay un segmento creciente de la población de las colonias que quiere sustituir la Unión Colonial por un organismo completamente nuevo de alianzas en el que la Tierra ocuparía un lugar central. Es una idea que ha parecido surgir de un día para otro.

—Otra cosa para la que el Cónclave cuenta con recursos —observó Rigney.

—Tal vez —repuso Egan—. O tal vez hay un tercero que está jugando con nosotros, con la Tierra y con el Cónclave con un objetivo que todavía no hemos desvelado.

Rigney negó con la cabeza.

—La explicación más sencilla suele ser la correcta.

—Estoy de acuerdo en eso —asintió Egan—, pero discrepo en que la explicación más sencilla sea que el Cónclave es el malo de la película. Me parece obvio que alguien desea la destrucción de la Unión Colonial, y la Tierra es la clave para conseguirlo. También pienso que es posible que esa misma persona haya estado provocando al Cónclave, buscando el modo de destruirlo también. Nosotros estuvimos a punto de encontrarlo una vez.

—No creo que las FDC se sientan cómodas con algo de ese nivel de siniestra conspiración, Liz —apuntó Rigney—. Prefieren una cosa que puedan golpear con un palo.

—Primero, encuentra lo que sea, Abel —dijo Egan—. Luego ya podrás golpearlo todas las veces que quieras.

Ambos permanecieron sentados en silencio, lanzando pan a los patos.

—Al menos tú has hecho una cosa bien —dijo Egan.

—¿A qué te refieres? —preguntó Rigney.

—A tu equipo apagafuegos. La embajadora Abumwe y su gente. Seguimos enviándola a misiones imposibles y siempre saca algo de ellas. A veces no es lo que queremos, pero siempre obtenemos alguna cosa.

—Echó a perder las negociaciones con los bula —replicó Rigney.

—Nosotros echamos a perder las negociaciones con los bula —le recordó Egan—. Le pedimos que mintiera y ella obedeció; y nos pillaron con las manos en la masa.

—Sí, vale —reconoció Rigney—. ¿Qué vas a hacer ahora con Abumwe?

—¿Quieres decir ahora que ella y su equipo son los únicos que salieron ilesos del ataque a la Estación Tierra, ahora que su capitana se ha convertido en una heroína póstuma por salvar todo nuestro equipo diplomático y por derribar dos de las naves hostiles, ahora que lo único rescatable para la Unión Colonial en todo este lamentable desastre es que el teniente Wilson salvó la vida a la hija del secretario de Estado de Estados Unidos al saltar con ella de una estación espacial a punto de explotar? —preguntó Egan.

—Sí —dijo Rigney.

—Creo que empezaremos con un ascenso —declaró Egan—. La embajadora y su equipo han dejado de ser el equipo B, y ya no podemos perder más tiempo. Las cosas nunca volverán a ser como antes, Abel. Tenemos que construir el futuro sin perder un instante, antes de que se derrumbe sobre nuestras cabezas. Abumwe nos ayudará a conseguirlo. Ella y su equipo. Todos. Al menos todos los que quedan.

Wilson y Lowen estaban ante lo que quedaba del tronco de habichuela de Nairobi y de la Estación Tierra, esperando el transbordador que se llevaría a Wilson, que había reducido la velocidad para acometer la maniobra de aterrizaje.

—Dime, ¿cómo te sientes? —le preguntó Lowen.

—¿Cómo que cómo me siento? —inquirió Wilson.

—Al abandonar la Tierra por segunda vez —dijo Lowen.

—En muchos sentidos, igual que la primera vez. Estoy emocionado por marcharme, por ver lo que voy a encontrarme en el universo. Pero también sé que es bastante improbable que vuelva. Y también esta vez dejo a personas que me importan.

Lowen sonrió y le dio un beso rápido en la mejilla.

—No tienes que marcharte si no quieres. Siempre puedes desertar.

—Tentador —admitió Wilson—. Pero por mucho que ame la Tierra, tengo que reconocer una cosa.

—¿Qué cosa?

—Que ya no soy de aquí —dijo Wilson.

El transbordador aterrizó.

—Bueno. Si alguna vez cambias de opinión, ya sabes dónde estamos.

—Sí. Tú también sabes dónde estoy yo. Sube a verme alguna vez.

—Dadas las circunstancias, a partir de ahora va a ser más difícil hacerlo —dijo Lowen.

—Ya lo sé, pero la oferta sigue en pie.

—Algún día te tomaré la palabra.

—Bien —dijo Wilson—. La vida siempre se pone interesante cuando tú andas cerca.

Se abrió la puerta del transbordador y Wilson cogió la bolsa para marcharse.

—Oye, Harry —dijo Lowen.

—¿Sí?

—Gracias por salvarme la vida.

Wilson sonrió y le hizo un gesto de despedida con la mano.

Hart Schmidt y la embajadora Ode Abumwe estaban esperándolo dentro.

Wilson sonrió y estrechó afectuosamente la mano de la embajadora.

—No sabe lo feliz que me hace volver a verla, señora.

Abumwe esbozó una sonrisa igual de afectuosa.

—Lo mismo digo, teniente.

Wilson se volvió a mirar a Schmidt.

—En cuanto a ti, ni se te ocurra volver a hacer eso de casi morirte.

—No te prometo nada —respondió Schmidt.

Wilson abrazó a su amigo, se sentaron y se abrocharon los cinturones.

—¿Te lo has pasado bien en tu regreso a la Tierra? —preguntó Schmidt.

—Sí —respondió Wilson—. Ahora, vámonos a casa.

Abumwe hizo una seña con la cabeza al piloto del transbordador. Dejaron la Tierra abajo y ascendieron por el cielo que se abría encima de ellos.

AGRADECIMIENTOS

La escritura de esta aventura en particular ambientada en el universo de *La vieja guardia* me planteó una serie de desafíos únicos, de los que escribir trece episodios separados que debían funcionar de manera independiente a la vez que hacerlo cuando los integrase en la novela no fue el menos complicado. Me lo pasé genial, pero al mismo tiempo me dio muchísimo trabajo.

Por esa razón, me gustaría expresar mi agradecimiento en primer lugar a mi editor, Patrick Nielsen Hayden, cuya confianza en el libro desde el mismo momento que le sugerí la idea hasta que estuvo concluido fue de una ayuda inestimable, sobre todo los días que la inseguridad me acuciaba y me arrepentía de haberme metido en este lío. Su capacidad para no dejarse arrastrar por el pánico es una virtud extraordinaria que le agradezco profundamente.

Asimismo quiero agradecer a Irene Gallo su labor en la parte artística del proyecto, pues en esta ocasión (sobre todo en la versión electrónica) ha sido mucho más exigente que lo que suele ser habitual. Irene es la mejor directora artística de la ciencia ficción y posiblemente de todo el mundo editorial, y siempre estaré en deuda con ella por haberme beneficiado de su trabajo.

La contribución que John Harris ha hecho con su cubierta a la edición original de *La humanidad dividida* es tan importante que él es una de las personas a las que he dedicado el libro, pero me gustaría agradecerle de nuevo el trabajo espectacular que ha realizado para la novela y los episodios independientes. Sentí un placer inmenso al ver todas sus ilustraciones por primera vez y mayor aún al poder mostrároslas a todos vosotros. Este libro no sería como es sin su esmerado trabajo.

El trabajo de edición y corrección de esta novela ha supuesto una labor de dimensiones épicas, por ello debo dar las gracias a Sona Vogel. Gracias por detectar mis numerosos errores. Gracias también a Heather Saunders por el diseño del libro, y a Alexis Saarela, Patty Garcia y todo el departamento de publicidad de Tor por ayudarme a darlo a conocer a la gente.

La humanidad dividida no se ha publicado únicamente como un libro impreso, también lo ha hecho por episodios en versión electrónica. Esta novedad era un territorio desconocido para Tor y para Macmillan, que se aventuraron a experimentar con una nueva forma de poner las historias a disposición de los lectores. Por el éxito de esa aventura, me siento en deuda con Tom Doherty, Linda Quinton, Fritz Foy, Dan Schwartz y Brian Napack.

Siempre me dejo en el tintero a otras personas de Tor a quienes debería darles las gracias. Espero que acepten mis disculpas y me gustaría que supieran que les reconozco el trabajo que hacen para mí y para el resto de los autores.

En cuanto a Audible, encargada de la producción del audiolibro de *La humanidad dividida*, mis agradecimientos recaen en Steve Feldberg y William Dufris.

Gracias como siempre a Ethan Ellenberg y Evan Gregory, mis agentes para las obras de ficción, a quienes deseo éxito en su misión de vender la novela en el extranjero. Este también es un buen momento para expresar mi gratitud a mi agente para los asuntos relacionados con el cine y la televisión, Joel Gotler, y a la gente involucrada en el proyecto cinematográfico de *La vieja guardia*: Wolfgang Petersen, Scott Stuber, Alexa Faigen, David Self y Chris Boal. ¡Ánimo, chicos!

La edición electrónica de *La humanidad dividida* incluía una dedicatoria en cada uno de los episodios. Las personas a las que estaban dedicados cada uno de los episodios eran, por este orden: Brad Roberts y Carl Rigney; Alex Seropian, Tim Harris, Hardy LeBel y Mike Choi; Alexis Saarela, Patty Garcia y el departamento de publicidad de Tor; Paul Sabourin y Greg DiCostanzo; Glenn Reynolds; Jonathan Coulton; la junta directiva de la Asociación de escritores de ciencia ficción y fantasía de los EE.UU. del periodo 2012-2013; Diana Sherman; Jared Cloud y Joanna Beu; las clases de 1987 de las escuelas Webb de California; Rena Watson Hawkins; Megan Totusek y Jesi Pershing.

Mientras escribía *La humanidad dividida* estaba inmerso en la gira promocional de *Redshirts* (mi novela anterior) y siempre estaba viajando de un lado a otro. El esfuerzo que me exigió que todo lo que estaba haciendo ajeno a la nueva novela no me distrajera de ella fue una experiencia mareante, como mínimo. Entre los amigos que me ayudaron a no volverme loco en el proceso se encuentran (sin seguir un orden en particular): Karen Meisner, Deven Desai, Mary Robinette Kowal, Joe Hill, Kyle Cassidy, Doselle Young, Will Wheaton, Bill Shafer, Kate Baker, Pat Rothfuss, Natasha Kordus, Robert Lawrence, Jenny Lawson, Pamela Ribon, Lorraine Garland, Neil Gaiman, Paolo Bacigalupi, Hiro Sasaki, Dave Klecha, Yanni Kuznia, Karen Healey, Justine Larbalestier, Adam Lisberg y Daniel Mainz. Gracias a todos por aguantarme cuando me sentía desesperado. Sé que me dejo gente. Lo siento, pero mi cerebro todavía está recuperándose. Os ruego que me perdonéis.

Gracias a los miembros de la junta de la Asociación de escritores de ciencia ficción y fantasía de Estados Unidos por su comprensión cuando básicamente desaparecí durante el mes de octubre mientras acababa la novela: Jim Fiscus, Matthew Johnson, Ann Leckie, Lee Martindale, Bud Sparhawk, Cat Valente y Sean Williams. Perdonadme, chicos. No volverá a ocurrir durante mi presidencia. Os lo prometo.

Y para acabar, me gustaría daros las gracias a todos vosotros. Durante mucho tiempo estuvisteis insistiéndome en que regresara al universo de *La vieja guardia*. Quería asegurarme de que cuando lo hiciera, pensarais que había valido la pena la espera. Espero que lo disfrutéis. Yo me lo he pasado muy bien escribiendo la novela para vosotros. Gracias por hacerlo posible.

JOHN SCALZI
27 de octubre de 2012